U0133488

满族口头遗产传统说部丛书

飞啸三巧传奇

（上）

富育光 讲述

荆文礼 记录整理

吉林人民出版社

图书在版编目（CIP）数据

飞啸三巧传奇：上下册/富育光讲述；荆文礼记
录整理. -- 长春：吉林人民出版社，2019.5
（满族口头遗产传统说部丛书）
ISBN 978-7-206-16901-4

Ⅰ.①飞… Ⅱ.①富… ②荆… Ⅲ.①满族—民间故
事—中国 Ⅳ.① I277.3

中国版本图书馆 CIP 数据核字（2019）第 293290 号

出 品 人：常　宏
产品总监：赵　岩
统　　筹：陆　雨　李相梅
责任编辑：付晶淼　周立东
助理编辑：王　磊
装帧设计：赵　谦

飞啸三巧传奇（上下册）
FEIXIAO SANQIAO CHUANQI

讲　　述：富育光　　　　　　记录整理：荆文礼
出版发行：吉林人民出版社（长春市人民大街 7548 号　邮政编码：130022）
咨询电话：0431-85378007
印　　刷：吉林省优视印务有限公司
开　　本：720mm×1000mm　　1/16
印　　张：48.5　　　　　　字　　数：800 千字
标准书号：ISBN 978-7-206-16901-4
版　　次：2019 年 5 月第 1 版　　印　　次：2019 年 5 月第 1 次印刷
定　　价：165.00 元（全两册）

如发现印装质量问题，影响阅读，请与出版社联系调换。

出 版 说 明

满族口头遗产传统说部是具有较高社会价值和文化价值的满族文化的百科全书。整理发掘满族说部的项目工作被文化部列为中国民族民间文化保护工作试点项目，并被国务院批准列入第一批国家级非物质文化遗产名录。

"满族口头遗产传统说部丛书"是千百年来满族各氏族对祖先英雄事迹和生存经验的传述，一代一代口耳相传，保留下来的珍贵的满族遗存资料。经过近三十年抢救整理，从二〇〇七年到二〇一七年的十年间，根据整理文本的先后，我社分四次陆续出版了五十部说部和三本研究专著。此套丛书无论从社会价值和文化价值来看，都是一套极具资料性、科研性和阅读性融为一体的满族文化的百科全书。

此次出版对以下两个方面做了调整：

一、在听取各方专家建议的基础上，对原丛书进行了筛选，选取最有价值、最有代表性的四十三部说部，删去原版本中与文本关系不紧密的彩插，对文本做了大幅的编辑校订，统一采用章回体表述方式，并按照内容分为讲述萨满史诗的"窝车库乌勒本"、讲述家族内英雄人物的"包衣乌勒本"、讲述英雄和历史人物的"巴图鲁乌勒本"、讲述说唱故事的"给孙乌春乌勒本"等，突出了说部的版本特色。

二、保留研究专著《满族说部乌勒本概论》，作为本丛书的引领，新增考古发掘的图片和口述整理的手稿彩色影印件。

特此说明。

吉林人民出版社

编 委 会

序

冯骥才

任何民族的文学都包括两大部分。一是个人用文字创作的、以书面传播的文学，一是民间集体口头创作的、口口相传的文学。后一部分文学是前一部分文学的源头，是根性的文学。中国作为东方文明的古国，口头文学的历史去之遥远。就像西方文学始于古希腊罗马的神话故事，我国文学史上第一部作品是《诗经》，即民间口头文学集，这表明口头文学是一个民族文学的源头。在漫长的历史中，这两部分文学一直同根并存，相互滋育，各自发展，共同构成一个民族文化与精神的极为重要的支撑。

中华民族有着巨大文学想象力和原创力。数千年间，各族人民以口头文学作为自己精神理想和生活情感最喜爱和最擅长的表达方式，创作出海量和样式纷繁的民间文学。口头文学包括史诗、神话、故事、传说、歌谣、谚语、谜语、笑话、俗语等。数千年来，像缤纷灿烂的花覆盖山河大地；如同一种神奇的文化的空气在我们的生活中无所不在；且代代相传，口口相传，直到今天。

我们的一代代先人就用这种文学方式来传承精神，表达爱憎，教育后代，传播知识，娱悦生活，抚慰心灵；农谚指导我们生产，故事教给我们做人，神话传说是节日的精神核心，史诗记录文字诞生前民族史的源头。它最鲜明和最直接地表现中华民族的精神向往、人间追求、道德准则和价值取向。中国人的气质、智慧、审美、灵气、想象力和创造力，充分彰显在这种口头的文学创造中。

这种无形地流动在民众口头间的口头文学，本来就是生生灭灭的。在社会转型期间，很容易被忽略，从而流失。

特别是在这个现代化、城市化飞速推进的信息时代，前一个历史阶段的文明必定要瓦解。口头文学是最脆弱、最易消亡。一个传说不管多么美丽，只要没人再说，转瞬即逝，而且消失得不知不觉和无影无踪，所以联合国教科文组织把口头传统和表现形式，包括作为非物质文化遗产媒介的语言列为非物质文化遗产之一。

在中国，有史诗留存的民族并不很多，此前发现的有藏族史诗《格萨尔王传》、蒙古族史诗《江格尔》、柯尔克孜族史诗《玛纳斯》、苗族史诗《亚鲁王》。作为满族民族历史和文化传统的重要载体——"说部"，是满族及其先民世代相传的极其宝贵的精神财富。它最初用"乌勒本"（满语 ulabun，为传或传记之意）指称，后受汉文化影响，改称为"说部"或"满族书""英雄传"。说部最初用满语讲述，至清末满语渐废，改用汉语并夹杂一些满语讲述。在漫长的历史进程中，满族各氏族都凝结和积累了精彩的"乌勒本"传本，如数家珍，口耳相传，代代承袭，保有民族的、地域的、传统的、原生的形态，从未形成完整的文本，是民间的口碑文学。"满族说部迥异于其他文类，不仅涵盖了口头传统，也吸纳了民俗学中多种民间文艺样式，包容性极强。"

我以为，对于无形地保留在人们记忆与口口相传中的口头文学，抢救比研究更重要。它是当下"非遗"工作的重中之重，要清醒地认识到文化和文明于人类的意义。当社会过于功利的时候，文化良知就要成为强音，专家学者要在抢救非物质文化遗产中勇于承担责任，走进民间帮助艺人传承与弘扬民间艺术，这也是知识分子的时代担当。

让人感到欣喜的是，经过吉林省的专家学者近三十年的抢救、发掘和整理，在保持满族传统说部的原创性、科学性、真实性，保持讲述人的讲述风格、特点，保持口述史的原汁原味的基础上，将巨量的无形的动态的口头存在，转化为确定的文本。作为"人类表达文化之根"的满族说部，受东北地域与多族群文化的影响，内容庞杂，传承至今已逾千万字。此次出版的《满族口头遗产传统说部丛书》为四十三部说部和一本概论。"说部"分为讲述萨满史诗的"窝车库乌勒本"、讲述家族内英雄人物的"包衣乌勒本"、讲述英雄和历史人物的"巴图鲁乌勒本"、讲述说唱故事的"给孙乌春乌勒本"四大部分。概论作为全套丛书的引领，从学术研究的角度对乌勒本产生的历史渊源、民族文化融合对其的影响、发展和抢救历程等多方面深入思考。

多年来"非遗"的抢救、保护、研究和弘扬，已取得卓越的成就。但未来的路途依然艰辛漫长，要做的事情无穷无尽。像口头文学这样的文化遗产的整理和出版，无法立即带来什么经济利益，反而需要巨大的投资和默默无闻的付出，能在这个物质时代坚守下来，格外困难。

文化传统和传统文化不是一个概念，我们的终极目的不是保护传统文化，而是传承文化传统。传统文化是固定的、已有既定形态的东西。我们所以要保护它，是因为这些文化里的精神在新时代应以传承，让我们的文化身份不会在国际资本背景下慢慢失落。

现在常把文化自觉与文化自信并提，这两个概念密切相关同时又有各自的内涵。文化自觉是真正认识到文化的重要性和自觉地承担；文化自信的关键是确实懂得中华文化所具有的高度和在人类文明中的价值。否则自信由何而来？

对传统文化的抢救与整理，不仅是为了传承，更为了弘扬。我们的民族渴望复兴，复兴的重要精神支撑在我们的传统和文化里，让我们担负起历史使命，让传统与文化为民族的伟大复兴发挥它无穷的力量。

冯骥才

二〇一九年五月

目录

上册

下册

《飞啸三巧传奇》流传情况

　　满族传统说部《飞啸三巧传奇》，在黑龙江沿岸的满族人家中，已流传很多年了。早先年，在北方，一到大雪纷飞的腊月，诸项农事和狩猎业早已完毕。那时，满山遍野，白雪皑皑，朔风凛冽，唯有各个家舍的炉火烘烘，热炕暖融融。一族上下老少围坐在炕上，听讲《飞啸三巧传奇》。这是北方满族人家最受欢迎的一部说部，就连住在北方的一些汉族、鄂伦春族、达斡尔族、赫哲族兄弟们也都爱听，不少人还能有声有色地讲上几段。

　　本书最早的传本，据说是咸丰初年的传本，是由一位瑷珲副都统衙门的雁大人传下来的。雁大人叫关雁飞，是副都统衙门五品总管，后来又升为三等笔帖式。他的父亲是道光朝的进士及第。这部书是咸丰末年，由卜奎①的将军衙门传下来的。最早有很多名字，如《飞啸传》《穆氏三杰》《飞啸三怪》，还有叫《新本三侠剑》的，等等，这是一个传本。还有另一个流传比较广的传本，就是郭氏传本。传人是清代二等笔帖式郭阔罗氏，由他们的家族传下来的，这个传本叫《飞啸三巧传奇》，由此，以后就定下来，都叫这个名字。

　　郭氏传本在内容上，要比关氏传本更加丰富，故事雄浑壮阔、曲折生动、跌宕感人。本书就采用了郭氏传本。因为这个传本是由卜奎传到瑷珲城，当时城里有个书场，有人在此专讲《飞啸三巧传奇》，听书的人很多。甚至当时在满族比较大的姓氏家族中，每到逢年过节，自己也能讲三巧传奇，脍炙人口，妇孺爱听。这期间，传本还挺多，比如刘氏本、祁氏本、孟氏本，都是《飞啸三巧传奇》的不同传本，不过在内容上互有补充、文字有短有长罢了。孟氏传本较为完整，但情节、人物均有变动。刘氏传本比较特殊，是汉人讲的，评书特点非常浓，像一本剑侠书，突

---

　　① 卜奎：即齐齐哈尔。

出了拜师、上山学武艺等内容。

本书讲述的传人，是郭氏传本的传人——郭阔罗氏富察美容，是个女性，满洲正白旗。富察美容生于清同治十年，辛未年。一九四五年（乙酉）病逝，享年七十四岁。她是承继其父亲、爷爷两代人传咏《飞啸三巧传奇》的故事，是从他们口中传承下来的。过去，满族有敬女的习俗，家中女为上。一般都是男的出去干活，女的主持家务，同时也掌握一些说部的段子，逢年遇节，就给本族的上下老小讲。富察美容就是这样学来的。后来她嫁给瑷珲城大五家子的富察氏，这是个很出名的望族，他是黑龙江将军富察氏萨布素之后。在年节中，这个家族多次请富察美容讲这些段子，并由她的儿子富希陆记录于一九二八年前后，后来经过多次整理，就慢慢传了下来。

郭氏传本，据富希陆先生早年回忆，他的母亲富察美容，在出嫁前，常听她的父亲郭振坤先生讲。郭振坤先生是晚清较出名的遗老。他是光绪末年盛京衙门的笔帖式，到民国年间，搬到齐齐哈尔，曾给一些有钱人家当庭师，就是家庭教师，教授汉学、满文。闲暇时，他常听其二爷郭詹爷讲传统说部。詹爷过去很出名，是很有社会地位的。"詹"本是清代的官名，但这里不是指官名，而是专指在满族的家族里，或在集市、城镇中一些有文化的德高望重的人士。他们社会经验丰富，很博学，能推理，善言辩，助人为乐。所以，族中或族外一些人遇有燃眉之急的事，常请他们筹谋并得到解决。因此，人们把这些人奉为詹爷。郭詹爷不但能歌善写，而且还能演讲。郭氏传本如果推算的话，还是从郭振坤先生的二爷郭詹爷那儿传下来的。除此以外，据可靠人士讲，从这部书的内容来看，应该还有一些人参与口头创作和记录、整理的。为什么这样说呢？因为这部书不同于满族其他说部。满族说部的突出特点最早是用满语讲，而且都有家族的崇拜史，夹叙夹唱。而这部《飞啸三巧传奇》汉学痕迹十分明显，非常像后来的评书，或确切地说，非常像宋、明以来的话本。而且这部书中说书人有很多扣子，这个特点在说部中也是比较少见的。这种演说技巧，肯定是经一些博学的汉人之手丰富、加工而形成的。这说明，这部说部最早的创作者，应该是一位汉学家，或者是一位懂汉学的说书人。不仅如此，他们还因为通晓、了解清代乾隆、嘉庆、道光年间宫廷大内的秘史及一些大臣们的生活背景，在这个基础上，写成了这部说部。从此，这部说部在满族民间或其他民族之间流传开来。这种说法的可能性是有的，那么，谁能做到这一点呢？据很多说书人讲，这位说书人很可能就是英阁老。

英阁老，即英和，是清代嘉庆、道光年间的名人，曾做过户部尚书、协办大学士。后来，在道光年间因有罪，被流放到黑龙江的齐齐哈尔、瑷珲，在那生活了一段时间。跟随他去的有个叫严忠孝的人，这个人不是一般寻常的人，在清乾隆、嘉庆、道光年间，也是一位内廷的名士。他是乾隆的进士，曾做过巡抚。他为官清廉，对当时社会的黑暗，当官的腐败贪婪、鱼肉乡里的事情，深恶痛绝。在道光朝时，他在湖南做通判布政使，曾对这些事情有过怨言，褒贬时政，因而得罪了他的上司巡抚，被判了罪。囚禁时，被严刑拷打，苦不堪言。正在此时，军机大臣英和，因公事下访察看，将其救出。英和大人虽然耿直，清廉勤政，但他同朝廷一些官宦无法抗衡，无力使严忠孝官复原职。严忠孝也是个心胸坦荡的人，他感谢英大人的救命之恩，愿意在英大人身边伺候。他已看破红尘，决心不再为官，准备做一个自食其力的庶人，并同后来蒙难获罪的英和一同去了黑龙江。到卜奎、瑷珲以后，英和、严忠孝同当地的满族及其他族人相处得非常好。据讲，这部书很多内廷里的事，一些鲜为人知的秘闻，都同英和、严忠孝的参与和传播有关。所以，这部说部引起当时社会中的满人、汉人和官场的重视。这部说部，不单有英和、严忠孝的影子，更重要的是，确确实实反映、记录了清代中期的时政，歌颂了那些忠于大清、捍卫疆土、同邪恶势力做英勇斗争的英雄壮士，揭露了朝廷中一些官员贪赃枉法的罪行。这正是这部书的价值所在。

引　　言

　　现在，我开始讲《飞啸三巧传奇》。这部书和一般满族说部一样，有个共同特点，即先唱引子。满族说部的引子，满语为笔折赫乌朱，意思是书的头，就是讲述开始的那个书头，或称书的首。意思是通过引子，讲也好，唱也罢，能使听众注意，精神集中，跟着说书人的声音一块儿走进故事所描述的广阔世界中去。满族说部的引子，通常都是唱，而此书的引子却是说。

　　尊贵的格林①、妈妈、玛发②、阿哥（哥哥）、达爷③，炉火烧得红彤彤，暖炕热腾腾。点着了獾油灯、糠油灯啊，东西上下屋一片亮堂堂。暖融融，红彤彤，晚辈我恭恭敬敬地敲起了悦耳的鹿皮响铃抓鼓，哗嘣嘣，哗嘣嘣。雁雀啼鸣，哪有鼓声好听噢，我的书开讲啦！塔哈基④们，坐好了，沙里甘居⑤们，别笑了，不要闹，不要吵，现在老实听着吧！我焚烧起三束安期香，满屋清馨，香烟缭绕。看哪，听啊，香烟里降临了晓彻祖先勋业的千岁妈妈⑥，千岁妈妈来了！她骑着神鹿，背上背的褡裢袋里，装着什么？装满了昨天的故事、昨天的血泪、昨天的足迹。听啊，我的皮鼓响得多么清脆、多么甜美、多么迷人噢。这鼓声，就是千岁妈妈铿锵的歌声。歌声里，传开了往昔北海的惊涛骇浪，传开了往昔雪山冰原的征杀；歌声里，激扬着往昔护卫疆土的颂歌。

---

① 格林：满语，各位。
② 玛发：满语，爷爷。
③ 达爷：满语，头领、头人。
④ 塔哈基：满语，小子。
⑤ 沙里甘居：满语，姑娘。
⑥ 千岁妈妈：满语即"翁固妈妈"，是原祖的始母神，意指年岁已超过千年。

第一章　穆哈连雪山蒙难

众位阿哥：我引出这部书来，要从庚辰年说起。当时，正逢大清国嘉庆二十五年秋，是个微寒之夜，嘉庆皇帝突然驾崩于巡幸木兰围场的承德避暑山庄时。这真是普天苍悲，山河挂孝。御前大臣赛冲阿①等，跪拜在大行皇帝的梓宫前，天下不可瞬息无君，他紧捧宝匣，取出大行皇帝嘉庆爷的密诏，密诏上传命他的皇次子旻宁继位，承继大宝，并定明年为道光元年，即辛巳年。于太和殿告祭天地太庙社稷，并遗诏四邻诸国，颁诏天下。众位臣子们，都在为刚刚过了六十一岁的皇帝的驾崩而惋惜，感到万分的伤悲。

嘉庆皇帝的名字叫爱新觉罗颙琰，是一位勤勉务实、精于朝政的君主。颙琰是清高宗乾隆皇帝的第十五个儿子。他精骑射、好苦学，在诸弟兄中，一向谨严、持重，深得父皇乾隆的暗暗赞许，认为颙琰能够继承自己苦心经营几十年的皇家基业，有守成之才。事实上，嘉庆皇爷真的很勤奋，他经常讲，"朕终日不知你遐想"，闻其言可见一斑。乾隆五十四年封颙琰为嘉亲王。乾隆六十年册立为皇太子，第二年正月，传位给颙琰，让其承继皇位，自己做太上皇，改年号为嘉庆。

颙琰是个很尊贵的皇帝，他是在清代十二位皇帝里，第一个赢得如此崇高殊荣的人。他虽然没有圣祖康熙、爷爷雍正、父王乾隆的赫赫伟业，但他勇于铲除权贵、勤于守业。比如，嘉庆四年正月，太上皇乾隆驾崩，嘉庆正式临朝执政。他临朝之后，马上办的第一件事，就是将父王在位时的一个大权臣、大贪官和珅②，包括其身边的所有余党以及为虎作伥的一些权贵、皇亲国戚都抓起来，并以罪全部杀掉，没收其家产，交回国库。此事震动了朝野，很多人对嘉庆帝有了新的看法，认为他是

---

① 赛冲阿（？ –1826）姓赫舍里氏，满洲正黄旗。
② 和珅（1750–1799）字致斋，姓钮祜禄氏，满洲正红旗。

个好皇帝，敢办大事，威信骤增。嘉庆帝的这步棋，确实收到了非常好的效果，朝政出现了清新的环境和局面，一些腐败、肮脏的东西，随着和珅的被杀亦稍有收敛，政令重新得到贯通，稳定了乾隆朝时就已出现的动荡局面。与此同时，嘉庆帝颙琰还多次力排众议，极力削减各地的田赋，减轻农民负担，深得民心。此外，又有赛冲阿、戴均元[①]、英和[②]等一些良臣的辅佐，使社会得到安宁。

事实上，大清国到了嘉庆的时候，已经是江河日下，灾祸连绵。北方的罗刹，虎视眈眈，咄咄东进，日益难宁；官府贪婪如虎，民怨沸腾；旱灾、水灾不断，饿殍遍野；教徒起事，真是国势日衰。就在这紧要关头，大清的天下真到了必挽狂澜于既倒的地步了。就在这个时候，嘉庆皇帝颙琰突然驾崩了，真可谓事出仓促、晴天霹雳。在这危难之时，皇帝撒手不管，走了。各位大臣悲伤难抑，六神无主，搓手顿足，懊悔万状，又不敢张扬出去，很多马上应办的军情国事不知如何应付。这种心情说起来是有原因的。

原来，几天前，御前大臣、德高望重的赛冲阿，大学士戴均元、军机大臣托津[③]等人，看到皇上年复一年地日理万机，得不到休息，太累了，越来越苍老，身体亦逐渐衰弱，觉得应让皇上好好休息一下，尽兴地玩几天，宽宽心。那么，到哪儿好呢？老哥儿几个商量来，商量去，最后决定到承德的木兰围场。于是，他们就陪皇上来到避暑山庄，想玩几天就回去。但凡事难以预料。就在这时，满洲都统英和大人派人从北京骑着马连夜送来密报，说事情非常急，不能等，并告诉赛冲阿，要想办法一定禀奏皇上，还必须保护皇上龙体，不能惊吓皇上。赛冲阿、戴均元、托津等人心急如焚，密奏应及早禀报，但又怕坏了皇上的猎趣。他们决定，还是先陪皇上玩两天，然后再向皇上密告。

今天，正好来到避暑山庄，赛冲阿就将英和密折揣在胸前的布囊里，想找机会再说。赛冲阿这个人，年岁已高，久经沙场，处事稳健，不露声色，遇事深思熟虑，做一件，成一件，从不拖泥带水。他想，今天，一定找机会说说这件事。

但你想，这人和人不同啊！戴均元的年岁比赛冲阿大，也是一位遗

---

① 戴均元（1754-1840）乾隆四十年进士，嘉庆二十三年拜文渊阁大学士晋太子太保。

② 英和（1772-1840）幼名石桐，字封琴，号照斋，姓索绰络氏，满洲正白旗。

③ 托津（1755-1835）字知亭，姓富察氏，满洲镶黄旗，嘉庆二十四年万寿庆典赐双眼花翎紫缰。

老，很出名，是乾隆朝的老臣。到了嘉庆朝，也很得宠。这个人很有特点：非常耿直，心直口快，有啥说啥。乾隆帝就喜欢这样的人。虽然戴均元有时也顶撞乾隆，使其不快，但乾隆帝总觉得还是逆耳忠言，所以，对他这个人还是很喜欢的。乾隆在做太上皇时，就曾对嘉庆帝颙琰说："我转给你的这几位臣子，年岁都比你长，都很有经验，你要多听他们的。戴均元这个人有什么说什么，忠言逆耳呀，他是个忠臣。"因此，嘉庆帝也很尊重他。

戴均元就是这样一个人。他今天心中有军情之事，又同英和的关系好，他就着急，总想说。可回头一看，赛冲阿坐在马上洋洋自得、不慌不忙，一副若无其事的样子，心中想："哎呀，你呀，怎么还不快说，快告诉皇上呀！"又看看托津，也是不动声色。他想，这可不行。他憋不住哇，就总想凑到皇上跟前说这件事。嘉庆帝当时正兴致勃勃地骑在马上，向远处眺望，只顾游览湖光山色，没有注意到他。后来，嘉庆帝终于发现这些人的神色不对。但也没想别的，还以为他们跟皇帝在一起，可能有些不自在。

这时，引起嘉庆帝注意的是，他看到前面一片翠林里，正跑着一群梅花小鹿。这些鹿，实际上是用很多的八旗兵丁给圈过来的，供皇帝射猎用的。这些小梅花鹿又跑又跳，相当美。有两只小鹿跑一会儿，站住了，扭过头来，梗着脖子，睁大眼睛看着嘉庆帝。嘉庆帝乐了，他越看小鹿，小鹿越不动。小鹿瞪着两只小黑眼睛，扭动着小嘴，像是在说："皇上，你抓不着我，抓不着我。"嘉庆帝越看越高兴。这时，又跑过来两只小鹿，并排地和先前的小鹿站在一起，望着这边的陌生人。看到这些人打着黄龙飞舞的绫罗伞盖，穿着箭衣，手拿弓箭，骏马扬蹄咆哮着。小鹿非常好奇，越看越不动。

嘉庆这时回头一看，戴均元下了马，慢慢地走过来。嘉庆帝向他招招手说："老爱卿，你过来。"戴均元慌忙叩拜，恭恭敬敬地说："皇上，我，我……"刚说"我"的时候，嘉庆帝忙说："老爱卿，均元哪，朕赏你先射第一箭，难道不想显示一下你当年之勇吗？"

一般来说，都是皇上射第一箭。嘉庆帝让他射第一箭，应当说，这是对他最大的恩赐。可戴均元却没往这方面想，他只是想说，我有急事要向皇帝启奏，又怕扰乱皇上射猎的兴趣。他刚要说，赛冲阿骑马过来，跳下马，捅了一下戴均元的后脊梁，戴均元一打嗝，话就说不下去了。一个想说，一个不让说，这个过程被嘉庆帝看到了，感到他们之间有什么事要说。于是嘉庆帝就说："说吧，众爱卿，到底有什么难开口的事？"

嘉庆帝是个办事非常稳健的人，他看到这个情景，就觉得肯定不是一般的事，一定有军机大事要向自己禀报。于是，他转身下马，把马交给身边的两个侍卫，缓步走过来。这时，赛冲阿、戴均元、托津全都过来了，先搀扶着皇帝，然后双膝跪下，赛冲阿说："我们确实有事要启奏皇上，一直在找机会，没想到均元先把事情捅开了。"

嘉庆帝一听就笑了，便说："有什么急事一定要说呀？好吧，咱们不走了，在这块儿找个地方坐下来，就不到行宫里去了。咱们君臣几个，就议政议政，你们有什么事，尽管说，我都能听下去。"

皇上的旨意一下，几个侍卫马上抬过来早已准备好的蒙着豹皮的两个御榻，摆到枫树的树荫下，拿上书台，放上茶杯，倒上水。皇上躺在御榻上，众大臣刚要下跪，嘉庆帝说："众爱卿围我坐下吧。"这豹皮椅非常好看，是长条的，中间有个靠椅，两侧被伸出来，像个"山"字形。嘉庆帝背靠着椅，其他几位大臣依次地挨着皇帝坐在一个椅子上，显得君臣之间非常亲密。

嘉庆帝每次临朝都是这样，只要有奏折，特别是边关飞报的急折子，哪怕事情再忙，都是放下其他的事情，首先批阅奏折。批阅时，总是非常认真地字字推敲，不知疲惫，而且从不过夜，这已成了他的习惯。有时早上还没来得及梳洗，身上只穿着内衣，外边由侍卫、太监给披上一个龙毯，就批阅奏折。待奏折批阅完毕，再穿衣、梳洗、传膳。只有这时，他才有心去圆明园颐养啊，到花园里赏花呀，或者到南园看看自己喂养的小鹿哇，等等。所以，现在一看众臣的样子，他心里知道，肯定是外地传来了急报。

清代的急报很多，分五百里、六百里、七百里、八百里，一直到一千五百里不等。根据边关的远近、事情的急切程度来规定这个数字。当然，这里的里数不一定算得那么准。此时的嘉庆帝，一边观察几位老臣慌张的神色，一边分析这急报可能是八百里以外传来的，或许是一千五百里到一千八百里传来的。他首先想到的是他的故乡，是长城以外的事儿。

事实上，嘉庆帝的心情比别人更沉重。前书我已经讲了，在嘉庆驾崩的前后，国势已经日衰，特别是有几件事始终拖累他，使他心神不安，精神颓唐，身体逐渐消瘦。一个就是惊动朝廷内外的、近两年出现的天理教徒勾结内奸作乱的这件大案子。虽然主犯林清已被正法，但随着这件事的出现，不但诛杀了一些人，而且株连了更多的人，甚至很多兵丁也乘机肆虐、诬陷、掠索，无恶不作。那些受株连被审查的疑犯入监以后，被刑讯逼供，遭严刑拷打，皮肉仅存，家产亦被荡尽，不少人殒命黄泉。出了这么一件大事，除了刑部管理不善之外，嘉庆帝认为与己有关。说明自己用人不当，管理不严，非常内疚。尽管他发现得早，并及时加以制止，使祸端没有再继续蔓延下去，但嘉庆帝觉得此事有伤民心。所以，心里非常难受。这也是他精神疲惫、身体消瘦的重要原因。

再一个就是今年江南、江北的大旱。天不滴雨，禾苗一年不见生长，百姓穷困潦倒，卖儿卖女，人心惶惶。这对嘉庆帝也是很大的刺激，觉得自己对民心体恤得不深，预感到危难已经临头。所以，心情很不好。特别是从嘉庆十八年七月以来，他从收到的密折中，知晓了江南一带贩运吸食鸦片的情况，这引起他极大的震动。他亲自下诏，对贩运吸食鸦片的，一定严惩治罪。此事在同御前大臣赛冲阿等人商量时，他曾说过："如果现在有一人吸食鸦片，就会有两人；两人就会有三人，三人就会有百人、万人。如此下去，国将不为国，城将不为城，大清就将面临灭顶之灾呀！"他不敢再往下想。嘉庆帝甚至还曾含着眼泪对赛冲阿说："一定要想办法，在我临政期间将鸦片制止住，绝不能带到明天给子孙留下祸患！"对这件事，嘉庆帝想得很远。后来，鸦片烟真是随着洋人的入侵大量地进入。从他去世之后，鸦片烟的蔓延，看出嘉庆帝的预见是对的。

就在嘉庆帝陷入沉思的时候，他看到群臣跪着叩拜，赛冲阿抬起头来，从怀里拿出密折说："皇上，微臣确实有急事上奏。我们恭请皇上圣躬安健，万不要因我们启奏这件事伤了龙体。若是陛下为此茶饭不进、彻夜难眠，我们做臣子的心实难忍。请求皇上一定能聆听臣子的劝告。我们之所以拖到今天才向皇上启奏，就是怕皇上心情不好，本想等有个机会再禀告，望请恕罪。"说着，赛冲阿老泪横流。嘉庆帝深情地看着他们，站起身来，轻轻地扶起了众大臣，让他们重新坐到豹皮龙椅上。待嘉庆帝坐好后，赛冲阿等几位老臣又再次叩拜。赛冲阿这时就向皇帝奏报了英和大人密报的内容。

英和大人送达的，确实是一千五百里以外的密报。密报共谈了三件事。密报讲：

一、俄罗斯帝国进犯石勒喀河、格尔必齐河，并北上北海、鄂霍次克海以北、以东古地，建立据点，堵住我朝采捕古路，如海象牙、貂皮、野猪皮、獐皮、鱼虾、盐类等各种猎物和海产，均已无法顺畅地输入大内与入关。据估，近年损失已达数十万两白银。

二、俄罗斯帝国老羌匪徒，秘密地扶持当地各部落头人，暗竖旗帜，与我大清对立，并给他们以资助，像军火、弹药，还供他们食品，命他们与本朝相抗衡，并肆意煽动诸头人，妄杀本朝巡逻的八旗兵丁。仅近五个月以来，就有五十余具尸体。杀戮之后，碎尸万段，抛尸遍野，有的甚至扔到树梢上，惨不忍睹。在罗刹匪徒煽动下，边疆战火不断，引起部落间的仇杀。罗刹坐收渔人之利，值得本朝万分警惕啊。

三、陛下的爱将、恩人三等侍卫穆哈连，遭到惨杀，现在尸首还没有找到。凶杀他的人，还没有查到。这肯定是谋杀。同时，还请我朝密切注意，我们过去多年建成的、了解罗刹动静的、巡防北界各部落的联络点，现已全部被捣毁、溃乱，使我们难以进行北进据点的联络……

这里值得说一下的是，很蹊跷，群臣在禀奏密报的时候，嘉庆帝让侍卫召唤太子旻宁过来，让他也听听这些密报，以便共同与众臣商量这件事情。所以当时太子旻宁也在场。嘉庆帝听了密报，大吃一惊，特别是第三件事，对他触动极大，如钢刀剜心，使他痛苦万分。他停了半天，一言不语。突然，身子一动，双手扶着几案，低头伏在桌案上。这一动，碰倒了几案上的茶杯，茶水洒了一桌子。

这可把群臣吓坏了，慌忙站起，赛冲阿、戴均元赶紧过来，一个抬皇上的右臂，一个抬左臂，一边呼唤着，一边抚摩着后背，轻轻地说："陛下，陛下，你怎么了？请保重龙体啊。"托津忙叫侍卫去叫随行的御医。慌乱中，不大一会儿，嘉庆帝身子又动了一下，慢慢地睁开了双眼，手扶着茶几，头渐渐抬了起来。赛冲阿看到皇上苏醒过来了，非常高兴，忙跪在地下，两腿倒腾着过来，伏在皇上的身边，双手握住嘉庆帝两只冰凉的手说："陛下，您要静养龙体呀，这是万民之幸啊！现在龙舆已经过来了，请快坐轿回宫歇息吧！"

嘉庆帝有气无力地说："爱卿，你要为我派员亲奠穆哈连。穆哈连武功盖世，忠勇不凡，其子定如其父。你去后，可带其进京，特旨侍卫衔，大内行走。唉！云鹤兄弟近况不知怎么样了？他们也是干练之才呀！朕真是亏待了他们哪！"停了停，又说："余事，尔等妥加定夺吧！"

嘉庆帝慢慢地站起来，他觉得心里不适，有个热腾腾的东西，在胸中鼓动。在侍卫的搀扶下，登上了龙舆，起驾返回山庄的行宫。众臣心情异常沉重，一声不吭地紧随其后。谁知当天的己卯，嘉庆帝的病情突然大变。不久，急命人召来太子旻宁探视奉安。不一会儿，就驾崩于避暑山庄的烟波致爽殿。

群臣心里万分难过，君臣多年的情感，真是难舍难分。万万没想到，白天的几句话语，竟成了嘉庆帝留给赛冲阿等群臣的最后一道圣旨。赛冲阿觉得罪在自己，万不该上奏，造成皇帝的不幸。但他又一想，不禀奏这密报，也是不忠啊！未尽到臣职啊！真是左右为难。众臣悲伤难抑，又不敢张扬此事。这件事，确实成为嘉庆末年几位遗老的千古遗恨。

列位阿哥，说书人讲的前段故事，主要是说，嘉庆帝驾崩在承德避暑山庄，与群臣间的最后诀别，临终的遗训以及嘉庆皇帝对他早年恩人、身边的卫士、打虎英雄穆哈连冰山遇难的体恤和褒奖。这非常重要，由此引出了全书的主体。穆哈连的孩子是一胎三女，也就是本书要讲的"飞啸三巧传奇"的三巧。这话以后再说。

且说嘉庆帝驾崩后，即日奉大行皇帝嘉庆的梓宫回京，素服百日。各州、府、县，永免额赋，刑部停止本年的秋决。太子旻宁登基，为道光帝。众大臣奖赏有加。这些细事的安排，搁下不叙。

单讲御前大臣、太子太保赛冲阿等人，遵照先皇的遗训，奏请新帝道光皇上，迅即办理派员赴北疆祭奠穆哈连之事，并要求迅速查清奸党，秘密打通和恢复黑龙江以北广袤沃土的管制权，驱逐俄罗斯匪帮，重建采捕新站，亡羊补牢，严防老羌入犯染指。

要知道，道光皇帝旻宁登上皇位时，是辛巳年，已三十九岁，是个快四十岁的人了。他对朝廷内外之事，了如指掌；对父王每次颁布的政令，以及周围的军机大臣、御前大臣的所作所为，也非常清楚。所以，他在承继皇位时，是心中有数的。旻宁在做太子时，就常陪王伴驾，在自己的父王嘉庆皇帝身边跟随。他年轻好学，马术高强。从小就同父亲一样，愿意到健锐营去操练。他们父子又都喜欢练武，对剑术和各种枪法都挺谙练。他对周围一些重要老臣也很熟悉，并非常敬重他们。老臣们对太子也很喜欢，看出他将来能承继王位。

道光皇帝在做太子时，就认识三等侍卫穆哈连，并喜欢他的箭法和骑术，以及他的为人平和、仗义勇为的性格，早就将他看成是本朝的重要巴图鲁①，很钦佩他，更喜欢接近他，而且常同他一起切磋箭法、学武艺。特别是也知道穆哈连打虎救驾的英雄事迹，所以，对他从来都是另

① 巴图鲁：即英雄。

眼相待。这次随父王在承德擒猎时，嘉庆帝把他叫到跟前，亲自听到了众大臣的密奏，也知道了穆哈连雪山蒙难之事，心情非常悲痛。正因为如此，在他当皇帝以后，对赛冲阿的禀奏，心里完全能够接受，觉得上奏所言，正合他的心意。

道光皇帝继位时，正是大行嘉庆皇帝刚刚命归西天之时，百事缠身，作为儿臣，要戴百日孝，心情压抑，万分悲痛。尽管这样，他的心里亦完全清楚：父王六十多岁，带着诸多遗憾驾崩，心有难言之隐。在执政的二十五年中，虽然也关注臣僚们关于北患的密奏，但还是重视不够，有些松弛，致使罗刹有机可乘。所以，他默默地暗下决心，在承袭皇位之后，一定不辜负先帝的遗愿，从我朝做起：用一定的精力，重视北患；抽出一定的力量，防备北边狼的侵扰；集中力量，选出一些能人，专门对付罗刹，以告慰先帝的在天之灵。正因为如此，道光皇帝对赛冲阿的禀奏十分重视。

各位阿哥，下面，就要向各位介绍一下本书所讲的穆哈连。朝廷为什么对雪山蒙难的穆哈连这么关注？他究竟是什么人？到底有什么能耐？各位有所不知，穆哈连是个非常重要的人物，他是这个故事的眼。

穆哈连是郭佳氏，满洲正蓝旗。祖上达尔罕，曾为顺治朝做过旌旗护卫。康熙二十一年，他随一等功臣彭春、副都统玛拉远成瑷珲，抗击罗刹，是位抗俄英雄。早年，在签订尼布楚条约时，就有他先祖的功绩，所以，后世也都很尊敬他的先祖。穆哈连是达尔罕长子班达理的后裔，是班达理的七世孙。自幼生长在漠北，也就是黑龙江以北的北海部落里，同北方民族一起生活，茹毛饮血。由于长期生活在林海雪原，他能在雪中踏板、奋飞。他不仅能在雪上走，还能在树尖上走，是个非常勇敢的小英雄。他熟悉北方各部落的民风、民俗，懂得几个民族的语言。长大以后，就留在北疆，成为北方的一个好猎手。他身体强壮，箭法好，一箭能射穿九张牛皮。

过去比箭法，通常是将几张厚牛皮，叠放在一起，谁能射穿，谁的力量就最大，功力也最强。一般能射穿三到五张。九张牛皮并在一起是相当厚的，十分坚硬，要射穿，那不是容易的事。穆哈连把九张牛皮叠放在百步远，搭弓劲射，只一箭，就将九张牛皮全部射穿。这力量是非常大的，说明他的功力坚实，身体强壮，真可谓神力。

嘉庆初年，吉林将军设箭场，选拔弓箭手，穆哈连得中了。当时，他刚十七岁。由于箭法高强，被推荐到京师健锐营。他在健锐营中十分效力，得到了将领们的嘉奖。因为他勇敢过人，箭法绝伦，不久被授予佐领衔、参领衔，后被宫内收为三等侍卫。在皇上一次御猎中，他一箭射杀猛虎，救驾有功，受到嘉庆帝的褒奖，成为神箭恩公。后来因为北方疆土关卡日紧，穆哈连又通晓北方各族的土语，并会老羌语，受朝廷之托，秘密地以采捕谙达的身份，派回到黑龙江以北，组建了采捕营。丁兵多数是几个部族的乡勇，都是他在下边召集的兄弟，像亲哥们儿一样，个个都是神箭手，终年驰骋在万里北疆。夏天，就坐桦皮船或骑着骏马穿山越岭；冬天，赶着数十只狗拉的雪橇或滑着雪板，飞跑在雪海冰原之间，所向披靡，屡建奇功，使山贼们闻风丧胆。他们在雪中行进的速度，往往让人觉得只听到一声响，这狗拉的雪橇就"嗖"地过去了，乡亲们都叫他们"白风"。因他们身上都罩着用白板皮刷上白色做成的白袍子，同雪一样煞白，加上行进像风一样神速，感觉如同大风吹过，所以人们都形象地叫他们"白风"。可万万没想到，这次竟遭到这样的噩运，雪山蒙难。噩耗传来，嘉庆帝相当难过，感到非常惋惜。当时作为太子的道光，也很悲痛，认为这是很大的损失。

道光皇帝很清楚，健锐营这些武士，像穆哈连这样的英雄，之所以能够为朝廷效力，靠谁呢？是靠父王嘉庆帝身边的谋臣赛冲阿、英和、松筠①、托津、文孚②、卢荫薄③、晋昌④这些人帮忙。他们本身武艺就很高强，在赛冲阿、托津、英和的极力推荐下，才使父王从吉林将军那儿，得到神箭手穆哈连。他不但认识了穆哈连，还同父王认识了当时赫赫有名的福建的林氏飞啸剑法的掌门传人，长寿翁云鹤兄弟。道光皇帝想：如若重振北方的铁骑，同罗刹抗衡，像云鹤兄弟这样的老仙翁、穆哈连这样的巴图鲁难寻哪，他们是非常可贵的人。要想把往日的英雄组织起来，再建起像穆哈连所率领的域北雪原的采捕营，还是离不开大学士赛冲阿啊！

赛老将军是赫舍里氏，满洲正黄旗。从小善剑法，十五岁进入宫廷的健锐营，很快官职为参领。乾隆朝时，远征台湾，因立下赫赫战功，

---

① 松筠（1754-1835）字湘浦，蒙古正蓝旗人，玛拉特氏。

② 文孚（？-1841）字秋潭，姓博尔济吉特氏，镶黄旗满洲人。

③ 卢荫薄（1759-1839）字南石，山东德州人，乾隆四十六年成进士，选庶吉士，嘉庆四年授陕甘总督。

④ 晋昌（1759-1828）字戬子斋，清宗室，正蓝旗满洲人。

赐号为飞额巴图鲁。曾任过吉林、三姓副都统。嘉庆二年，率吉林兵远征四川，平复了那里的匪患，后来当了盛京将军。赛冲阿是从长城以外的满洲故乡来的，他对故乡的生活、兵站及北疆的情况了如指掌。他善骑马，尤其在冬天，别人都赛不过他，人称雪上飞。他为人正派，很慈祥，又善战，无论在乾隆朝，还是嘉庆朝，都是非常出名的。从道光做皇帝开始，已被正式任命为御前大臣，身兼重职，并又加了公爵衔太子太保，授紫缰，就是骑马那个缰绳，和一般人不同，是最显赫的。要完成先帝的遗训，组建采捕营，抵御罗刹，就得想办法请赛冲阿老将军出面。再一个就是托津，这也是我的依靠，不能忘了他们。

托津是嘉庆朝时的军机大臣。他是满洲富察氏，镶黄旗人。其父是尚书博清额。托津本人及其家族都很出名，祖上就是黑龙江将军萨布素，抗俄有功。他的家族过去始终在北方，同沙俄做斗争，是有赫赫战功的。他的家族，从萨布素时起就有遗训：凡是自己的族人，必须学老羌语，知己知彼，才能百战不殆。托津就会老羌语。他在乾隆时，被授都察院笔帖式、军机章京。嘉庆五年做了副都统，后在军机大臣衔上行走，以后又做户部侍郎。同英和大人很熟，曾共同赴热河承办查处贪污的案件。为人耿直、正派，是嘉庆帝身边倚重的权臣。只可惜暂时还不能用他。道光帝知道，托津和大学士戴均元在一次拟诏时，写错了字，因此犯了罪。虽然惋惜，但国法不容，就将他俩免了官，降了职，不能在朝廷露面办事。

再一个就是戴均元老先生。他也是嘉庆朝的重臣，也因拟诏犯了错，降了职。对此，道光帝心中是有数的。这几位可敬的老臣，暂时还不能任用他们，等过一段时间，选适当的时候再下旨，将老臣们请出来，辅助赛冲阿组建采捕营，把北疆的事管理好。

道光皇上想到这儿，非常兴奋，就坐不住了。他站起来，忙命侍卫备马，要亲自去拜见赛冲阿。

道光帝从年轻做太子时，就常到赛老将军的府上玩，同赛老将军很亲，就像对待自己的长辈一样，特别随便。赛老将军对皇太子，也很尊敬，很喜欢。因道光好学，武艺高强，所以，武将爱武将，也常帮助、指导他，给他出主意，教其剑法。道光这时虽然当上了皇上，有龙体之尊，但还像过去的老习惯一样，出了午门。侍卫备了简单的御轿，他也没坐，而是骑马走的。在几个侍卫的跟随下，很快来到了太子太保、大学士赛冲阿的府邸。叫人到门前禀报，门子马上传入内厅。

不一会儿，只听里面人声嘈杂，像开锅一样。只见四门大开，赛冲阿率领六个妻妃、众儿女、奴仆、丫鬟出了正门，跪了满地、满院。赛冲阿慌忙跪在马前说："吾皇万岁！哎呀，皇上怎么躬亲来奴才的府上，您叫一下微臣，不就行了吗？怎么还像过去当太子一样啊？您现在是龙体之尊啊！都非常亲近您呀！奴才何德敢劳圣上躬亲微府哇，不敢啊！"赛冲阿像捣蒜一样磕头。

这时，道光帝从马上跳下来，弯腰把老将军扶起，说："赛老将军，不要这样，还是把我看成您的学生吧！"赛冲阿搀着道光帝的手，从满地跪着的家人、奴才留出的道中间，领进正厅。

待皇上坐好后，赛冲阿带领自己的儿子、女儿、妻妃，又重新跪在皇帝面前。道光帝站起来说："都平身吧。"然后对赛冲阿说："让周围的人退下，我有事同你商量。"赛冲阿立即命令所有的人都退下去。贴身的丫鬟送上芳香的清茶，而且让几个仆人将四周的香炉点燃。这香炉非常清香，使人兴奋，有一种飘飘欲仙的感觉。

道光帝喝了一口茶，停下来就同赛冲阿说："赛老将军，我猜你大概想不到，我惦记之事，就是你向我上奏之事。我想，怎么能完成先帝的遗训，把北边的采捕营重新建起来。你老将军是有功劳的，我还要靠你。有很多事，我还不明白，想请教老先生，能不能把老羌国家的内部情况，他的历史以及如何和我们结成冤仇的，向我介绍一下。"

赛冲阿听了皇上这番话，心里非常高兴，他多希望有圣明的天子啊！他多年侍奉过乾隆帝、嘉庆帝。虽然也了解道光帝的品德和才学，但也知道，他们祖孙几代人各不相同。风华正茂、才华横溢的，要说起来，那是乾隆帝。十全武功，世无二人。可以说，在当今大清朝，除了圣祖康熙帝之外，是第二个圣主。再一个，就是刚刚去世的大行皇帝嘉庆，为人平和，好学，精于武功，但比父亲逊色多了。他是守成之君，没有开拓之功。为什么呢？因为嘉庆当皇帝，是顺理成章的。他在开始当皇帝时，乾隆还活着，可以做他的参谋。乾隆驾崩后，靠乾隆所选出的一些文臣武将来辅佐他。这些人都是身经百战，经验丰富，很有知识和阅历，远远超过嘉庆帝。嘉庆帝是个太子，平时也不知道那么多事。所以，出了什么事情，都要靠周围的人，就是乾隆所培养的身边那些权臣，帮他出主意，使他成了一个不善于思考、探求的君主。不过，他还是个挺勤快的人。

到了道光，这孩子有勤奋劲儿，但其主意赶不上父皇嘉庆。嘉庆有主见，比如，他能处理和珅，这就很不简单。道光为人更平和，与世无争，对谁都用一种比较合适的处事态度与品德。由于他长期在深宫大内，未经大的世面，阅历、经验都比较少，所以，主见略差。后来出现的事，也越来越验证道光帝用了一些闲人或别有他意的人，这也正是赛冲阿比较担心的事。他心中想："唉，人生有几何呀！我的年事已高，能想那么远吗？现在看，也只能是这样了。将来究竟怎么样，还真不好说。"他担心将来道光帝身边，再没有像自己这样的一些老臣来辅佐了，他容易听到一些谗言，比他父王听的更多，这也是最让赛冲阿放心不下的事情。他这时，只是满口称赞道光皇上说："陛下呀，这个想法太好了。您刚刚执政，就能想到这些大事，这真是万民之幸啊！我们众臣都非常钦敬您哪！我作为一个三朝老臣，愿效犬马之劳，在所不辞。"

道光帝站起来，双手抱拳，向赛老将军说："请老将军不要客气。以我为晚生，咱们都是家内说话，不必讲朝政那些大的礼法。我向你请教，就是刚才提的这个问题，能否给我讲一下？"

赛冲阿这时心里正在琢磨一个人，那就是他始终惦记着的，也是他最亲近的朝内大臣、三朝元老、老哥哥戴均元。刚才我说书人已说过的，由于在草拟下诏时，出了错，按照皇帝的家法，应当问斩，甚至抄灭九族。因他功高盖世，道光帝和皇太后都一样样给免了，免到最后，降了四级，使戴均元不能到朝上见他，正在家里问罪呢！赛冲阿想："不如趁这个机会，在陛下跟前将均元介绍一下。均元这个人还是有忠心的，虽然说话有时不注意，但乾隆皇帝知道他，嘉庆皇帝也知道他，连新皇帝道光也知道他，而且非常敬重戴均元大学士。"

想到这儿，赛冲阿说："陛下，微臣斗胆提一件事，不知陛下是否允许？"道光帝说："我不是说了嘛，咱们不要拘君臣之礼，还是像晚生对老将军这样对待吧，有啥事尽管说，我不怪罪。"

赛冲阿听了皇上这番话，如同壮了胆一样，就直言地说："陛下想要了解老羌的情况，这好哇！有两个人您能不能把他找来。一个是英和，户部尚书，过去就是先帝的谋士。长期以来，了解罗刹的情况，他也很关心这些事情。再一个就是罪臣戴均元。戴老先生精通史学，对罗刹的情况，很有研究。不知能不能也把他叫来，君臣几位在一起谈谈，请陛下听听可否？"

道光帝听了很高兴，也没在乎戴均元所犯的罪，就答应下来说："好啊，赛冲阿，你赶紧叫人，去把两位老先生请来。晚上，我就在你家吃饭，不回宫传膳了，我还是愿意吃你家的饭。今天，谈到什么时候都可以，然后我再回宫。"

赛冲阿非常高兴，马上告诉家人做好准备，陛下晚上要在咱们家用膳。而且怕皇太后惦念，另派人到宫里，赶紧捎信儿给皇太后，就说皇上在赛冲阿这儿。

不大一会儿，英和进了屋，叩拜了道光爷，皇上让他坐下。

又过了一会儿，大学士戴均元进来了，戴老将军匆匆忙忙地跪下磕头说："罪臣戴均元见驾。"

道光帝赶紧站起来，亲手搀起了戴均元老先生，忙说："戴均元，你不要再说什么罪臣。我现在还像过去一样，以师代友。你功高盖世，这点错算得了什么，我信着你了。今天，请你还当我的议士，有些事要向你请教。"道光帝的这番话，使老人感动得涕泪横流。坐下后，赛冲阿一个一个给他们亲自倒茶斟水。

按照常理，现在，正是大行皇帝驾崩后的百日素服期。京师里，笙歌不动，万籁俱寂。凡是官宦人家的门扉和几道门庭，两侧均竖有白布幡条，就是所说的丧幡。还有满族人家吊唁亡人的佛托，就是用白纸剪成条子，扎成树枝形。实际上，也起丧幡的作用。这是满族人家丧葬的一种习俗。赛冲阿府内，亦是格外肃穆的装饰，每人衣帽都有白带子缠绕。

道光帝此次出宫到赛冲阿府上，上身也穿着素服，头上的皇冠上，围着一圈白绸，戴着孝。因有紧急国家要事，道光皇帝才离开宫殿，来到了御前大臣赛冲阿的府邸。这件事，在清的前几朝皇帝都没有过，真是破例了。

赛冲阿和戴均元这两个老臣明白这个，怕有人挑理呀，觉得皇上还是年轻啊，阅历不多，这样轻举出宫，有失国家的礼节，就婉言告诫皇上："皇上啊，举哀之期呀，日后，可不要轻易出宫啊，恐生谗言哪，臣子们也担待不起呀！"

道光帝心里想：我为的是政务，是遵照先王的遗训哪，这么做，没什么错。但又觉得两位老臣讲的也合乎国礼，就简单地说了一句："好，我记下了，以后再不这么做。"不过，又把声调提了一下，跟他们说："还是国事为重啊，老爱卿们，你们不要多心，诸事也不能那样拘泥，顾不得那么多了。大家就像刚才我来时说的那样，轻松一些，还是给我讲讲我想知道的事情，待把事情办完了，下次不这么办还不行吗？"

赛冲阿、戴均元及英和觉得皇上这样讲，也有一定的道理，就点点头。芳香四溢的客厅里，照样洋溢着热烈和谐的气氛。戴均元、英和、赛冲阿见道光帝仍然是太子时那样的神态，一点儿没有帝王的架子，神采奕奕，讲起话来还是那么坦然、随意，觉得非常可亲，心情也就放松了许多，那些严格的君臣大礼，相见的紧张情绪也就没了。大家又变得谈笑风生，举止自如，非常融洽祥和。

道光帝再次请他们讲讲老羌的来历，赛老将军笑着抱拳说："均元兄，还是您先讲吧。您研究老羌历史已有年头了，在理藩院的时候，就很注意研究北疆的情况。"赛冲阿也曾在理藩院待过，对边疆及外国的情况都很了解。但他很谦虚，觉得自己是主人，戴均元大哥是客人，又是兄长，还是请他先说为好。

戴均元这位老将军、大学士也很谦虚，站起来，推让了一番说："老弟，你不讲，我也不想讲，还是让英和大人讲吧。他抓吏部，又抓户部，而且在黑龙江多次奉旨钦差秘密进行过调查，察看过北方的情况，还是让英和大人先说吧。"

英和急忙欠身礼让说："请均元大人不要推让了，陛下爱听，就敬请谨遵圣意吧，还是请老先生您开始讲吧。"就这样，他们又谦让了一气儿，最后，还是由均元大人先讲。

这里，我说书人没那文化和才学，不能把几位大人讲的北方的一些情况，向各位阿哥详细介绍。不过，我可以将他们讲的要点，通过我的笨嘴笨舌，向众位学说一下。

他们讲的主要是三层意思。一个是，他们向皇上介绍了北方的民族，特别是满洲先民女真人辽金以降黑水白山的发祥历史；二是说明了北方的疆土，原来就是清代入主中原的满洲人及各族兄弟们，自古就是生息繁衍的土地，并不是外人的领地，是不折不扣的大清龙旗下的世代故土；三是讲了这些年来，俄国人，沙皇野心勃勃，得寸进尺地在蚕食我们的土地。讲这些的目的，是让皇上坚定信心，不要忘了，在治国安天下的时候，既要注意南方和西方的疆土，更要注意北方的疆土。北方的身边有条狼，它张着血盆大口，正虎视眈眈地吃着我们。

他们讲了这样几件事：

黑龙江以北的地方，自古就是大清朝的土地。过去的黑龙江，那是我们的内江。黑龙江以北的八千多里的土地，北到楚克奇这些地方，过去是北方各民族兄弟冬夏常去捕猎的地方。那时，这块土地冬天太冷，无法生活，所以去的人比较少，但不等于不是我们的土地。而且，最早到那儿探险土地的，正是我们大清人的祖先。历史上不是有个肃慎族吗？在汉代、北魏，一直到隋朝，先后又称为挹娄、勿吉、靺鞨这些名字，他们都向中原王朝纳贡。这儿的土地，也是肃慎的故土，这在历史上，早已讲得清清楚楚的。到了唐朝时，唐政权管辖了这个地方，并正式建立了行政机构。那时，历史上有靺鞨族部，黑水靺鞨和粟末靺鞨，渐渐地兼并了这些地方，归附了唐朝，向唐朝称臣纳贡。黑水靺鞨直至黑龙江中下游，包括现在的库页岛，那都是我大清的土地。大清的臣民早就在那里居住。这个，皇上您应该知道，而且希望皇上能亲自去一趟，那是个相当美丽的岛，矿藏、物产极其丰富。黑水靺鞨还设立了黑水州都督府，由唐王朝管辖。由此可以看出，黑龙江以北、以东一带，早在唐代时，就是我们直接管辖的地方。

再向皇上禀报，在黑龙江的中游和上游，就是石勒喀河，也就是先王康熙王朝与俄国所签订的《尼布楚条约》里讲的：格尔必齐河和石勒喀河，是我们西部的疆土，与贝加尔湖紧连。这个地方，原来都是我大清的土地，我们的祖先，有多少代都埋葬在那块儿，那里有我们的祖坟哪！但近些年来，却让罗刹占去了。他们在那里建了不少帐房，掠夺我人畜，为他们开垦、种地。石勒喀河流域，黑龙江上游的地方，现在已不是挂我大清的龙旗，而是悬挂罗刹的双头鹰旗，那里早已不让我们去了。不仅如此，他们得寸进尺，还在向东、向北扩张，见人就杀，见物就抢，非常野蛮，把我们人抓住后，惨无人道地开膛破腹，吃人心，吃人肝。就这个地方，唐朝时，也建有都督府。

在黑龙江的下游出海口的地方，有个亨滚河，这个河在明代时，就建了乌尔汗城。它的西部有木林木汗山、那旦山，这些山，都有我们满洲人的祖先居住，在辽金时是祭天祭祖的地方，是萨满祭神的地方。所以，那里有不少敖包、祭坛。这些地方，现已被罗刹侵占，很多祭坛被践踏，不少石堆和古寺被焚烧，甚至片瓦不存。

我们的先祖努尔哈赤，统一了女真，建立后金。到了清太宗时，正式称国号为大清朝。清承明治，就接管了从盛唐以来的所有疆域的地方。这些地方，很自然地就在我们清朝管辖之下，黑龙江以北的整个流域及石勒喀河以西的一片流域，都在我大清版图之内，而且，远比清以前的明朝、宋朝、唐朝的疆土扩大得更多。我们的铁骑已远在北疆外兴安岭之外，建了一些敖包和边疆的一些石城，由武士看守。太宗在世时就讲过：“这些地方住着各个部落的人哪，本皆我一国之人，饮食甘苦，一体共之。”所以，这自古就是我们的地方。而且，自清代以来，户部掌握的所有典籍都记载着北方有六百二十五个满洲姓氏，其中就有一百三十九个姓氏在黑龙江流域和以北的地方。这就足以证明，满洲人最早就在黑龙江以北，这是我们自己的领土。

道光皇帝听得非常入神。戴老将军兴致勃勃、引经据典地介绍，讲得很细致、很具体。他虽已是七十多岁的高龄，头脑却还那么清晰，有这样的良臣辅佐，真是大清之幸啊！道光皇帝心里非常高兴，就说：“请老先生休息一下，您别累着，喝口茶吧。”这时坐在身边的英和见戴均元说得有点累了，便抱拳说：“陛下，让戴大人先休息一下，我接着给陛下说说吧。”道光帝高兴地点点头，忙说：“请英和大人讲吧，不要客气。”英大人就接着均元老先生的话题说下去了。

这里要特别提到的是，英和大人同赛冲阿一样，对黑龙江的情况，也是非常熟悉的。赛冲阿是从吉林那儿，就是从长城以外过来的，在那儿成长的，所以，他自然知道很多。而英和不同，他早在乾隆和嘉庆时，曾多次受命出关，微服调查，回来向军机处、理藩院，特别是直接向皇上禀奏，而且写下了不少重要的调查记录，很珍贵。也曾秘密到过罗刹地方，到过莫斯科，他的罗刹语也相当好，因此，他讲的就更细了。

英和大人告诉皇上，咱们大清管理黑龙江以北的疆土，是按满洲的习俗管理，建的都是噶珊①，就是按过去屯子里户口那个办法，一个部落一个姓氏，由族长来管，住在哪儿，就在哪儿，没有大的村寨的变动。朝廷只是到一定时候，派人去那里调查一下人口情况，帮他们安排牛羊生产及解决一些困难。管理这地方的人，都是当地的人。你是什么族人，就由什么部族的人来管，并授命于部长，他有承袭权。分呼伦达②、噶珊达③、穆昆达④这些人来管。开始时，比较安定。后来罗刹入侵后，就搅乱了这里的秩序。特别是罗刹这些人，心怀叵测，有的收买了部落的人，让内奸挑拨是非，使他们钩心斗角，互相残杀，引起内乱，而罗刹却在一旁看笑话。嘉庆年间，有一次，我在穆哈连侍卫的陪同下，到一个地

---

① 噶珊：译为乡、村。

② 呼伦达：呼伦达部落的头。

③ 噶珊达：“达”汉语为“头目”“首领”“村长”。

④ 穆昆达：穆昆是女真人一种父亲血缘组织，享以祖先名字及住地命名，穆昆达是管理其内部事务的头目。

方，了解这些情况。当然，皇上，我们上述的机构管理比较好。比如，我们有宁古塔副都统，有瑷珲副都统，还有很多我们自己的秘密采捕点，来管理我们的政权。在黑龙江以北，有六十四个这样的秘密据点，每个据点都有我们的人。冬天用狗爬犁，夏天通过鹰、狗来传信，所以，各个卡伦之间的联系比较密。目前，罗刹虽然得寸进尺，一步步窃取我们的土地，但那是痴心妄想，我们能够很快把这些据点重新修复起来，重新再找一位名人，一位像穆哈连那样的英雄，将抗击罗刹的火炬重新点燃，使其成为长城以外的极北边的新的长城。这个长城，罗刹是攻不进来的。

道光皇上听了非常高兴，觉得必须赶紧把这个北方长城建起来。赛冲阿、戴均元两位老先生也很高兴，称赞英大人讲得好。英大人紧接着又向皇上介绍罗刹的情况：俄国这个统一的国家，是在莫斯科一个大公国的基础上形成的。它原来的地方就在欧洲，与亚洲根本没有关系。是在几万里以外，真是所说的，八竿子打不着。很早以前，大概在唐宋之后，约在辽金时，俄国这个大公国，只是在欧洲的一片小地方，莫斯科河中游的一块狭小的土地上建起来的。因为那儿有一条莫斯科河，就根据这条河而叫莫斯科这样的一个小国家。那么，为什么叫公国呢？当时，伊万继位以后，蒙古势力金章汗已经发展起来，西进，征服了欧洲许多国家。伊万与金章汗互相勾结，他支持金章汗，镇压俄国的一些诸侯叛乱。由于伊万的支持，使金章汗的势力越来越强大。莫斯科这个小国也得到了金章汗的庇护和帮助，金章汉为了感谢伊万的支持，就封他为大公，这样伊万就把自己的国家叫大公国，建在莫斯科。伊万三世父子后来继续扩张，兼并了俄国周围的许多诸侯，建立了统一的俄罗斯国家。因此，伊万三世说："我是全俄罗斯的大君主。"以后，俄国又有发展。到一五四七年，伊万诺夫这个家族起来了，推翻了伊万，自己做了皇上。到伊万诺夫四世时，在加冕典礼上，把古罗马皇帝凯沙这个称号给用上了，象征自己独裁、专治、威武天下，自称"沙皇"。沙皇陛下，就是这么起的，他们把皇帝叫沙皇。从此以后，野心越来越大，征服了附近的伏尔加河中游的喀山汗国。那里的土地肥沃，地势险要，距俄国最近，成了沙皇最先征服的目标。之后，又攻占了伏尔加河下游的阿斯特拉罕汗国，整个的伏尔加河所有的汗国，先后并入了俄国的版图。

这样血腥的征服还不算，伊万诺夫四世下令，继续向东扩张。西伯利亚这块土地，是我们祖先生活和狩猎的地方，成为他的眼中钉，口中的一块肥肉。便命令他的家族，越过乌拉尔山，派哥萨克骑兵带着武器进犯，很快就征服了西伯利亚汗国。至此，其野心还不死，东西伯利亚的毛皮、黄金吸引着他们。沙皇伊万四世为满足贪欲，又派哥萨克兵东侵，到我们所管辖的领土内，缴罚毛皮，收税，要求臣服他，否则就杀掉或做他的奴隶。就这样，他们的力量越来越强。一直到康熙圣祖时，势力已到外兴安岭，西部占领了贝加尔湖以东的很多地方。我们现在正在他的包围之中，如不加强北疆的抵御力量，势必有一天，黑龙江以北的很多地方，都被抓在他们的魔爪之中了！到那时，儿孙们也会骂我们的。因此，现在到了非防不可的时候了！

说到此，英和大人眼含热泪。旁边坐着的赛冲阿、戴均元，也直点头，唉声叹气，首肯英和大人的话。他们听了这些，似乎见到了一个魔掌，完全围住了黑龙江以北的土地，将来会有一天，将我们紧紧束缚在黑龙江疆土之内。

不知不觉中，夜色已经很深了。府里的家人，悄悄进了屋，慢慢地走到赛冲阿大人跟前，将他叫了出去。赛冲阿知道，是吃饭的时候了。他又走了回来，到道光帝跟前，轻轻地禀报："陛下，该到传膳的时候了，您一定很饿了，今天就先讲到这儿，以后再随时同皇上讲。"道光帝听得正有趣，但也觉得，知识像海洋，也不是一时半时就能掌握得了的，而且需要消化一下，深入想一想，有些语重心长的话，搅动他的肺腑，像开了锅一样，不能平静。于是就说："好吧，传膳。"这样，就停了下来。君臣一起说说笑笑地到了后厅。

今天晚上，他们吃得很特殊，这是赛冲阿有意安排的。给道光帝上的菜，都不是平时经常吃到的，也不是在皇宫大内常吃的，上的什么呢？除了几个饽饽、点心和肉汤以外，上了两个大圆盘，盘中堆着像小山一样的东西。道光帝一看乐了，问赛冲阿："这是什么？"老将军也笑了。英和大人说："陛下，您尝尝吧，这一盘是咱们北国出名的犴鼻做成的菜，那一盘里是两样东西，一个是俄库次克海内金盆蟹。一只蟹，像小盆那么大，金黄色，现在正是有子的时候。这种蟹，只有我们的北海才有，南海及其他地方都没有，它的夹子里都有肉，子很大，非常清香。这种著名的金盆蟹，产在俄库次克海、北海，也就是您的爱臣穆哈连殉难的冰山跟前。另一样，是一尺多长、很胖的龙虾，这个陛下您常吃。不过您吃的，多半是黄海、南海产的，您再尝尝这北海的大龙虾。"戴均元大人看着这些新鲜之物也非常高兴。

　　道光帝虽然当了皇上，已是近四十岁的人了，但在几位老将军面前，还像孩子一样，没有君臣大礼。自己的上衣由侍卫脱掉了，身边的侍女给他洗了手，擦擦脸，把他的内袖挽好。几个侍女说："皇上，这龙虾是我们替您剥呢？还是陛下您自己剥？"道光帝笑着说："不用你们，不用你们，我自己剥。我要看看这金盆蟹，就等于朕也到了北海。"

　　君臣用过夜膳，到了前庭正堂。待道光帝重新在虎皮太师椅上落座，戴均元、英和、赛冲阿等人，才在两侧的虎皮椅上坐了下来。侍女们献上了峨眉香茶，茶香扑鼻。道光帝没有喝茶，忙说："不早了，赛冲阿，我要走了。"说着，就命侍卫备轿，起驾。赛冲阿及众臣不敢怠慢，忙站起身来，站立一旁，准备送驾。

　　赛冲阿这时向后厅招了招手，不大一会儿，翩翩走出六位美貌的满族少女，她们穿着相当漂亮。上身穿银丝彩叠坎肩，内穿红、绿色的彩绸丝裙，足蹬绣花寸底鞋，头上扎着满洲非常漂亮的小扇头结的彩头，彩头上还扎着很多的点子、簪子，簪穗很长，在灯光下熠熠闪光，像仙女一样，翩翩而来。她们每两个人手里，合提着一个金丝盘花的小竹篓。这小竹篓不高，像个小葫芦，上有小盖，精雕细刻而成，特别好看，本身就是件艺术品。到正堂后，轻轻将三个小竹篓放在堂的中央，然后按照满族的习惯，施摸鬓、蹲礼，跪在皇上面前，异口同声地说："万岁爷，受主子之命，送上北海新鲜的金盆蟹，敬献皇太后笑纳。祝皇太后、皇上万岁，万岁，万万岁！"

　　赛冲阿忙走过来，到三个小花篓旁边，揭开其中的一个盖儿，让皇上看看，里面装满了金盆大蟹。新鲜螃蟹的清鲜味，扑鼻而来，说明这是刚从漠北飞马采来的最新的大蟹。然后，盖好盖儿，跪下叩拜："微臣薄意，谨请陛下带回宫去，算是给皇太后的孝敬。待日后，如皇上还喜爱，再献给皇上新的北方山货，孝敬陛下，孝敬皇太后。"然后，他站起来，向戴均元、英和二人说："另外两个小篓，献给兄长戴大人和好友英大人，请你们笑纳，不要客气。"

　　道光帝因常到他家来，很熟悉，也没多想，时间又太晚了，忙说："好吧，我们都要了。"命侍卫提一个小篓说："咱们带着回宫吧！"三位大人在门外，恭恭敬敬地送走了皇帝之后，戴均元、英和才上轿，赛冲阿一一与两位好友对拜、握别，各自回府。

　　列位阿哥，说书人说到这儿，好像这件事已说完了，其实没有，我想告诉你们，这件事后，出了奇案。这个奇案，引起这部书以后的很多纠葛和矛盾，甚至出现了征杀。这是件什么事呢？情况是这样的：他们分别以后，天已将晓。你说怪不怪，道光皇帝回宫后，觉得很累，想到内室安歇，并命侍卫将赛冲阿的金盆蟹早些送到皇太后的宫中。话刚说完，哪知身边的四个侍卫，慌忙地跑过来跪下给他磕头，其中一个侍卫更着急，干脆抱着道光帝的腿说："陛下，陛下！我们死罪，我们死罪！"

皇上看他们一个个胆战心惊的样子，又好笑，又可气。道光帝问："什么事？到底出什么事情了？"

一个侍卫慢慢地禀报说："陛下，刚才在回来的路上，我们一时疏忽，忘了可能有坏人搅乱皇驾。前头的两个提着竹篓的兵丁说，走出不远时，只觉有一阵清风刮过，头一晕、身一晃、手一松，醒过来时，手上的竹篓已不翼而飞。他们觉着奇怪，到处寻找，都没找着，非常害怕，就跑来悄悄告诉了我们。我们也觉得蹊跷。当时有两个侍卫带着刀，上了墙，飞檐走壁，转圈察看，到处鸦雀无声，没有任何动静，就回来了。我们想，这肯定是世外高人在和我们作对，请陛下给我们处罚，并愿戴罪立功，去抓回该死的强盗。"

道光帝一听，也觉得纳闷儿，他想：这宫廷大内，怎么能出现这样的事呢？年轻时曾听说过，近十几年很平安，这些事已没有了，怎么我刚要临朝，就又出现了呢？越想心里越有气，就对侍卫说："去，把赛冲阿给我叫来！"又令两个侍卫说："你们去戴均元、英和家察看，看他们两家拿回的竹篓还在不在？赶快回来告诉我。"两个侍卫说一声"喳"，就去了。

话说赛冲阿把皇上及两位大人送走以后，也感到有些累了，但心里挺高兴，觉着今天同皇上谈得很好，像是完成了一件大事。他刚宽衣要睡觉，门子来报："皇宫大内的侍卫来了，请你赶快去，皇上要见你。"赛冲阿一听，脑袋发蒙，这是怎么回事？皇上不是刚刚回去吗？赶紧重新穿好衣服，马上来到皇宫。

进宫以后，见皇上没在正厅，而是在寝宫的前屋坐着，几个侍卫站在一旁，后侧站有侍女。只见道光帝坐在那儿，两脚一叉，手扶在案上，两眼瞪着，紧闭着嘴，正生气呢。赛冲阿忙跪下说："微臣赛冲阿见驾。"

道光帝说："起来，起来！我跟你说一件事。"他就把刚才侍卫向他禀报的事，说了一遍。赛冲阿真是丈二和尚摸不着头脑，也觉得奇怪，怎么净出这样的事？但又一想，也不觉奇怪。为什么呢？我前书已经讲了，赛冲阿是久经沙场的老将，武艺高强。对武林各派非常清楚，都在他们的掌握之中。他想，这些年，宫廷大内，包括京师、中原一带，武林各门派斗争有些平息。但马上又想到，清风一吹，人就迷糊，这正是清风派，是武林九派中的醉仙派，属于柔心志。此中人心黑、手狠，有帮规，多有后台，有人豢养着他们。想到这儿，心里打一冷战。他转念又一想，多年来的清风派又出现了，证明现在有一些人想做手脚。眼下正是嘉庆皇爷驾崩、新皇帝刚刚登基、万事交替、慌乱之时，他们是想乘机作乱哪！此事还不能跟皇上讲太多，若引起恐慌，就更不好办了。我得想办法，详细了解刑部的人，暗中查访，等我把事情查清后，再禀报皇上。所以，赛冲阿没把自己心里的事情说出来，他只是挑了几句能安慰皇上的话，便跟皇上说："皇上啊，臣请皇上保重龙体，恭请圣安，不要在乎这些小事。也请皇上别把这件事情声张出去，等老臣我先和均元、英和以及军机处、刑部悄悄商议，小心地详查以后，再叩请皇上。现在呀，就请皇上安心静养，这件事，没什么，不要把它看得那么重。"

道光帝在地上来回走动，听着赛冲阿在讲，自己心里也在想。道光帝也是武术高强的人，他从小跟很多人学武术，赛冲阿也算是他的老师。武林中的人他都知道，所以，他一听"清风"这两个字，心中也有数，这些人只不过是武林中一些撮篁而已。但又一想，他们为什么向我下手呢？此前我没有注意，现在看来，暗中有人在窥探我。他们干这件事想说明什么？向我显示什么呢？道光帝想了想，似乎又明白了，肯定是大有原因，醉翁之意不在酒。他们真想要动手的话，应先杀我，可是他们没有，只是到轿的前边，把那个竹篓抢走了。这个竹篓是谁的呢？是赛冲阿他们的。很清楚，这伙人不是对我来的，不是对我旻宁来的，肯定是冲着赛冲阿这几个老臣来的。想到这儿，他稍微安静和宽点心。他又想到，历来宫廷大内，臣僚之间，向来是尔虞我诈，钩心斗角，争权夺势，从来没有停止过。他想到了，从他的皇祖乾隆帝开始，这种邪风就在抬头。皇祖乾隆帝是很有气魄的，他最憎恶这种互相倾轧，往往抓住一件事情之后，就狠狠地惩罚这个肇事人，甚至把他罚成庶人，让他不能从政，或者杀头。就因为乾隆帝手腕硬，又憎恶这些事情，所以，这方面显得不那么明显，不那么公开、大胆。到了他父皇的朝代，也就是嘉庆年间的时候，就跟他的皇祖不一样，为人更平稳一些，而且遇事大事化小，小事化了，睁一只眼，闭一只眼，所以，权势之间，互相倾轧的事情就多了些，社会不稳定，朝纲紊乱。用人就不像皇祖爷那个时候，真正是公平，不偏斜，不同人各有不同的结果。在他父皇的时候，不能做到公正，往往是平分秋色，好不好、坏不坏一回事。想到这儿的时候，道光帝又想到眼前，正是父皇刚刚驾崩，我才临朝不久，就出了这事儿，这不是给我脸色看吗？他想到这儿，自己感到不寒而栗。

这时道光帝思绪万千，想了很多很多。他想到自己应该怎样仔细临朝理政；想到在权臣中间自己怎样保持皇权地位；想到这些人偷走小小竹篓，看来是小事，这里必有大的原因。这说明，赛冲阿这些老臣，也有仇人。面对这些复杂的事情，我不能偏袒一方，也不能单纯依靠自己的老臣。正像母后在避暑山庄的时候跟我说的：你要有自己的亲人、亲臣子，不能都依靠老臣。这话看起来是有原因的。我要细细地思考，容朕一一地调查。道光帝想到这儿，心里就坦然了，回过头来笑着向跪在地上的赛冲阿说："赛冲阿，你起来吧，别老跪着，这事朕也想开了，我按你的话办，不声张。你们呢，要当回事来办，要好好查查这事情，然后再禀报我，你下去吧，我现在累了。"赛冲阿头都没抬，一直跪在地上。这时候，轻轻地把头抬起，说："谢主隆恩。臣，谨遵圣意，退下了。"说着起来，后退着走了。

道光帝这时候觉得轻松了不少，好像一肚子火立刻就泄了。他回到了自己的内宫，反过头对太监和侍卫说："你们都退下去吧，朕要休息了。"这时候侍卫们都一个个退下去了。道光帝进了自己的寝宫，衣服都没脱，砰的一声就躺在炕上，拿起一个被，蒙到了自己的头上。就这样，他糊里糊涂地过了一夜。

单说赛冲阿这个人，这些年为官是非常自信自尊的人，从来都是旗开得胜，马到成功，哪受过这个窝囊气呢，丢了这个丑，自己越想越火冒三丈。他离开皇宫，走在道上，心里总是犯嘀咕，这个丢竹篓的怪案，令他百思不解。这不仅使他在道光帝面前丢了脸，而且使道光皇上今后不再那么信任他，认为他在众臣子中声名不那么好，也有些仇人。众人也不一定都敬重他，并不像皇上说的：德高望重、誉满海内的名相。这说明，老臣后面还有一些人在反对他。他想到这儿，心中不安，从轿里探出头，对一个侍卫说："你赶紧到英和大人和戴均元大人的府上，请转达我的意思，请他们赶快到我府上来，有要事和两位大人商量。"这两位侍卫听了主人的吩咐，马上"喳"了一声，就分头走了。

赛冲阿在轿里想自己的心事：这个案子的前前后后，觉得非常蹊跷。他心里总是嘀咕，金盆蟹是头天中午我派图泰总管，带着三个伙计到灯市口聚宝货栈挑来的。当时要挑金盆蟹是临时的想法，事先也没有准备。因为道光皇上说了，在我家听讲北疆的事，不想走，自己下旨要在我家用膳。我没有办法，心想，让皇上吃点什么呢？灵机一动，好，讲的是北边的事，也让皇上尝尝北边的海鲜。于是就想到自己的老朋友曾经说过，现在灯市口的聚宝货栈里有北边来的新鲜海货。这事儿只有他知道。当时我急忙传命图泰总管去买来。这个事情就这么简单嘛！怎么这么快就传出去了呢？这事儿也就我知道，家里再没有人知道。我跟图泰也没告诉任何人，这消息从哪传出去的呢？而且没过几个时辰，当天夜里就出了事，就有人把送给皇上的礼物给抢走了。他们不动刀，不动枪，只是抢走了金盆蟹，你说这事怪不怪呢？这是什么意思呢？他心里想，这件事情肯定与聚宝货栈有关。另外，他们怎么猜得这么准，怎么知道皇上到我这儿来？皇驾是不能随便往外传的，别人怎么知道的？道光皇帝是悄悄来的，也没鸣锣开道，声张出去。更觉奇怪的是，皇上是在下半夜，自己突然提出来，天已很晚了，我该走了，当时下一道旨，就离开我们府。这是临时提出来的，也没有宣布，有人就知道了。他想，准有一伙人在监视我，在暗中盯梢。这又是为什么呢？他左想右想，这个作对的人，究竟是谁呢？他想来想去，也想不出个头绪。

他坐在轿中，忽悠忽悠，不知不觉已到了自己的府上。在门口等他的，正是他的总管图泰。见到图泰，他的心情好多了。图泰是他最心爱的勇将，他们之间已有多年的情谊，他有很多的难事，多数都是图泰帮助解决的。在北京和幽燕一带，以至盛京、吉林、黑龙江都知道他，他是个小有名气的英雄。

说书人这里再介绍一下图泰。说起来，他是个满洲人，不过他是个奴才，他的祖上辈辈是奴才。他是家生子，什么叫家生子呢？在赛冲阿父亲的时候，图泰的父亲就是他家的老家奴，为赛冲阿家尽心尽力，勤勤恳恳。赛冲阿的父亲见他为人挺好、诚实、肯干，就赏给他一个奴才，做他的妻子。两个奴才结合在一起，生一个儿子，这个儿子就是小图泰。这样，他的身份没有变，奴才生奴才，满语叫乌津，就是家奴，土话叫家生。后来，图泰的父亲在一次平叛战斗中，被几个匪徒杀害了。他母亲，体弱多病，生活不能自理，就靠小图泰照顾。小图泰在赛冲阿家长大，从六七岁时就给赛冲阿家放马、放牛。

有一天，突然刮来一阵旋风。这个旋风可不一般，昏天黑地，像黑柱一样，从远方滚来，呜呜直响，惊天动地。小图泰一看，有个黑柱子从西北角呜呜过来。黑柱子一过来，把柴草、房盖都卷起来了，他身上瓦凉。小图泰见势不好，赶紧赶牛羊。牛羊也懂事，吓得钻到草棵里，有的钻到树林里。小图泰紧紧抱着一棵小树不放。龙卷风从他身边过去，他身上像冰似的。有的牛羊被卷走了，有的小树连根都被卷走了。小图泰死死抱着小树不放，等他醒来时，他身边站着一个挺胖的和尚。

小图泰正在哭呢，冻得浑身哆哆嗦嗦，直打战。老和尚把他抱起来。这个和尚是云游僧，成仙得道，是一位世外高人。这天他从伊兰过来，到了吉林，正往盛京道上走，就遇到这事。他看这个小孩胖乎乎的，挺可爱，就把他带走了。带到哪去了呢？带到崇山峻岭的地方。这个山叫青柱峰。小孩到这儿来什么都不清楚，听老和尚讲，这已是关里，山西境内。他也不知道什么是关里关外，究竟有多远。小图泰走进古庙，跟师父学艺。师父教他双杵。

双杵是什么兵器呢？双杵像个擀面杖，两个铁棒，都一尺半长左右。双手握着铁棒中心，上下舞来舞去。这个双杵挺厉害，中间凹，两头尖，像两把尖刀一样。平时把它别在腰间，左右各一根。用时拿出来，有时用一个，有时用两个。这个杵很有意思，两根小棒耍来耍去，其妙无穷。你别看杵短，在武术中间这套技术非常高，它可以对长枪，也可以对利刃，还可以对各样锋利的宝剑。在对方看来，好像双棒一样，露出两个铁尖。但是，它的主要作用，在于这个使杵的人运用自如，你怎么扎，也扎不到他。他纵跳非常快，可以就地滚，脚一蹬地立刻站起来。你刀剑刚要刺，他一翻身滚在地上，特别快，像个火球，左滚右滚，上闪下闪，你扎不着，刺不着。它更高之处，是有两个铁链子，杵的一头拴着铁链子，铁链子另一头别在腰间皮囊的铁环上，杵和身上连在一起，手可以抓着杵。这样，这个杵就更厉害了，两只手抓住上下一舞，可以抵挡十八般兵器，如入无人之境，谁也抵挡不了。也可以不用手拿杵，两只手抓住铁链子舞，上下腾飞，各不相撞，直冲向对方。对方防不了，因为你防这个杵，那个杵飞来；防那个杵，这个杵上来，上下左右，整个把你缠住，相当厉害。这个杵既像匕首，又像个铁棒、小铁锤，所以，人们把有链的杵叫飞棒、飞锤、飞枪、飞匕首。

说起这个宝贝，师父告诉他，平时轻易不要使用，容易伤人，杀人太多，阿弥陀佛，这是罪过。在万不得已的时候，你也不要乱用啊，不要枉杀无辜。另外，云游老和尚还教他一个神功。师父跟他说：你使杵，靠笨劲不行，必须学会轻功。你轻功有十分长处，这个杵就有十分能耐。你有百分的轻功，你的杵就有百分的能耐。孩子，你要先练轻功，你轻功不会，这个双杵拿在手里，就是一对废物。

于是，图泰就跟他师父学轻功。图泰在青柱峰，吃尽了千辛万苦，练轻功。后来，图泰的轻功达到了炉火纯青的地步。他能做到，踩在树枝上，树枝不弯；踩在水面上，只是鞋沉在水里；踩在纸上，纸不穿。师父对他说："我给你起个外号，你将来就用这个名字，叫小清风。你啊，想办法，达到师父给你外号这个高度。师父让你时时刻刻努力，要天天练、天天学，天天在琢磨。人活一辈子，就要钻研一辈子。你要像清风那样，随气而飞，随气而动，随气而静，随气而震。这样的话，你就会为国效力，永远使师父我放心。为师我教给你，看你这个人心好、人品好。千万别把我教给你的武艺往邪道上走。有一件事情，我要告诉你。你呀，过两天就走吧，你岁数也不小了，该是报效大清的时候了，现在土匪猖獗，你应该出力了。"

图泰忙给师父跪下说："我现在到哪去呢？师父，我跟你一辈子，保护你一辈子，谁也不敢欺负你。咱们在一起生活，一直到死。"老和尚笑着说："傻孩子，我教给你武功，就是为了让你报效国家。你不能在这儿待着，我让你走，一定听师父的话。我呢，是一个万事皆空的人。我就在这儿休闲，一直到佛爷接我走。我吃的是清泉水和山中的野果。我呼吸清风，万事不想，你走吧。你现在必须走，马上下山，就按照我领你来的那个路走。"

图泰这时候愣住了，就说："师父，你领我来的路，早就忘了，那时候我还小，不知道。"师父告诉他："你从山西出来，奔北京城，不要进城，从城边过去，然后直接往北走，过了山海关。山海关有人把守，你就想办法用轻功过去。你走不远的时候，就会有事干了。你要听我的话，要杀贼，立功，你将来会有大出息的，去吧。今天晚上我也不给你吃的，就喝碗清泉水吧。"

清泉水是图泰每天从山下背上来的，这泉水冰凉，甜滋滋的。让他喝清泉水，意思是别忘了恩师，别忘了培养你的土地。图泰遵师父之命，喝了一碗清泉水，给师父磕个头就走了。

图泰按师父指引的路，很快就过了北京城，又走了一天多，到了山海关。山海关有兵丁把守。在金代的时候，没有正式过关的关票，是不让过去的，因为它是封禁之地。从大清康熙、乾隆朝时，一般严禁汉人出关，这是为了保护自己祖宗发祥之地。这个卡子相当厉害，可是怎么能卡住图泰呢？图泰悄悄地找了一个地方，他随着小山路往上走，到了长城。他一看周围没有兵丁把守，上身一纵，就上了城墙。他在城楼里睡了一觉。醒来时，他在城墙上看到下边有一片森林。他选了一个地方，树特别粗，又非常茂盛，他一纵上了树，又从树上下来。在平地上，他行走如飞，很快就到了锦州。

在辽河岸的鸡窝岭下，天还没放亮，就听有人喊：杀呀，杀呀！逃呀，逃呀！可了不得了！刀枪剑戟，打得不可开交。他过去先看看，究竟是谁杀谁呀。他看这边是大龙旗，啊，是官员；再看那边，各个头上绑着白巾，正跟官兵打在一起，打得挺厉害。旁边有一个头上缠着白巾的人喊："逃呀，快逃呀！"图泰冲了过去，把这个人按住，这个小子忙跪下喊："爷爷饶命呀，我再也不做坏事了。"图泰说："你说说，这是怎么回事？""我们是从盛京过来的，要抢前头鸡窝岭老财主家的东西，现在被官兵堵住了。"图泰一听是这么个情况，就把他放了，"你走吧，以后别再干坏事了。"

这时候，图泰向前冲了过去，一看官兵人不多，还是头缠白巾的这伙强盗的力量强。过去很多人不知道这些情况，因为在清代的时候，往往一讲关外的动乱，清史总觉得家丑不可外扬。所以，关外三省一些和八旗满洲作对的事情，比如土匪叛乱、教会杀官府的，都是就地解决，然后上报宗人府，再上报给皇上。在盛京，这样的事情都不往外讲。所以，关外的事情鲜为人知，关外显得很平静，事实并不是这样。本书要提示的正是关外鲜为人知的事情，闲话不多说了。

图泰一看，强盗围着一个将军，这个将军手握长枪，正跟这些如狼似虎的强盗征杀。很危险，如果再不去助战，将军很可能遭到强盗的惨杀。他把自己的双杵从胸前掏了出来，用自己的轻功，脚一跺地，就飞到了空中。底下人有的拿棒，有的拿枪，正在围攻清兵的将军。图泰这时一脚蹬这个贼的肩膀，一脚踩那个贼的头，他抡起双杵，喊咔咔嚓，很快打死了上百人。一帮强匪，正打得起劲，很快要抓到清兵的统帅了，他们喊："快打呀，咱们马上要得胜了！"哪知上边有东西，是墙倒了，还是扔的石头，一会儿这个被砸倒了，一会儿那个被打翻。他们往上一看，有一飞人，脚蹬着他们，一会儿踩着这个人的脑袋，一会儿踩着那个人的脑袋，像在天上飞一样。"不好了，来神人了！"吓得跑的跑，逃的逃。图泰很快就把将军救下了。

将军已身负重伤，昏迷不醒。图泰忙把将军扶了起来。将军闭着眼睛，战袍上鲜血淋淋。这时候，不少八旗兵骑着马赶了上来，看到救命恩人，都给他磕头作揖。大家忙把主帅抬到不远的行军大帐，同时还把这个救命恩人也簇拥到大帐。

这时，主帅慢慢地苏醒过来。随从和随军的郎中，窝克拖西①，把主帅的衣服撕开，擦洗伤口，把脸上的血擦干净，又用凉水把手巾沾湿，拧干，把它压在将军的脑门儿上。主帅慢慢地睁开眼睛，忙问："现在强盗怎样了？"周围的人忙答："强盗已全部逃散，全仗这位壮汉救了你，也救了我们。"

说着，将军在大家的搀扶下坐了起来，一看这个陌生的壮汉，就抱拳说："非常感谢你，全仗你救了我，请问小将士，你是哪地方的人哪？怎么赶到这儿来救我呀？"图泰想到是师父让他来的，他就把师父怎么叫他来和自己的身世向将军说了。开始的时候，将军听了没在意，可能他是随便讲讲吧。后来，他们主客坐在一起，谈笑风生，一起喝着茶，吃着肉粥、烤肉，两人越谈越亲。在帐篷中睡在一起。将军说："咱们很有缘，你又是我的恩公，对我有救命之恩哪，我是不能忘的。我回去之后，要禀报朝廷，给你奖赏。另外，希望你也能够到八旗兵里来，为国效劳。"将军很爱才，就把他留下了。

帐篷里篝火熊熊。帐篷顶上有个空洞，烟从洞中流出。帐篷里有两个皮褡裢，他们对坐在篝火的两边，边喝酒，边吃兵丁烤的狍子肉，边谈着话。在谈话中间，图泰知道不少国家大事，很多事图泰过去都没听说过。另外，将军从图泰的言谈中，也知道不少关外的事情。图泰还唠到他阿玛②是怎么死的，他额莫③怎么被洪水淹死的。主恩人怎么救了他全家，他又怎么在主恩人家长大等等。将军越听越觉得近乎，左看右看，就问："你叫什么名字？"图泰说："我那时没有名字，给主人家放牛、放羊。我的名字是师父给起的，叫图泰。师父希望我们大清王朝得到安宁，万民得到安泰，这是师父的意思。让我学了本事，为国效劳。我是谨遵师意，来到将军这儿，就是为国效劳的。"

---

① 窝克拖西：满语，医生。

② 阿玛：满语，父亲。

③ 额莫：满语，母亲。

将军听了很高兴，图泰说的事情就像他自己家事似的。他也不管自己身上伤痛，就站起来，往图泰这边走了几步，在图泰坐的皮褥上坐了下来。他对图泰说："你把衣服脱了，我看看。"图泰很吃惊，将军也没管他，就把他上身衣服扒下来。将军看到图泰的右背上有块大红痣，就认定图泰是自己家的家生子。将军说："因为你右背上有块大红痣，所以，小时候都叫你红小子。真是老天有眼呀，老天保佑，红小子又回来了，咱们又到一起了。"

图泰不明白怎么回事，什么红小子。将军说："我叫赛冲阿，是副都统，现在受皇命领兵剿匪。原来我在吉林、三姓，现在盛京这块儿受皇命平叛乱匪，维持这里的治安。我就是你父母所说的那家主子的儿子。后来我听说，你小的时候被龙卷风卷走了，以为你早死了呢，没想到在这儿见到了。"说着，两人抱在一起痛哭。

就这样，图泰拜赛冲阿为自己的继父。赛冲阿感激他的救命之恩，并说："你早就不是我家的奴才了，我申请宗人府把你招旗入籍，隶属我们正黄旗下。你到我的家来，管管我们的家事吧。"图泰欣然应允。从此，图泰一直跟着赛冲阿从关外到京师。赛冲阿做了御前大臣，后来又做了大学士，在礼部、刑部、理藩院都任过职，图泰始终伴随他左右。

说书人要多讲几句，因为这个书有很多的事情都要提到图泰。多年来，图泰为了赛冲阿的家真是尽心效力，就像赛冲阿的亲儿子一样。总管这个差使，事无巨细。赛冲阿很多想不到的事情，图泰都想到了，甚至比他想的都周全，有些事情帮他安排得明明白白。所以，赛冲阿当官在外，家里的事情是很放心的。赛冲阿这个人，一心为公，一心为国事操劳。他在家里非常有威望，平时就像家祖一样，很有身份，大家都敬重他。图泰这么忙碌，却听不到他的继父——赛冲阿说一些表扬的话。赛冲阿是个将军，从来不靠这一手。但是，图泰深刻地体会到赛冲阿在各方面对他的关心、照顾，以及对他的信任。因而，图泰甘愿为赛冲阿家效犬马之劳。赛冲阿把整个家庭，包括兵丁、武卫、柴、米、油、盐、醋，大事小情都交给图泰来统揽。

这样一个全面的家庭，在满族姓氏里头是个传统。不像在明代，兵都是国家的，个人没有。满族开始发展起来，就是父子兵。他是以氏族噶珊为一个细胞，一个局部，由噶珊达一个本姓的族长来领头，家里的人都是兵，不管是男是女。所以，满族人家一窝子兵，一出来全家出动，都能征善战。因为都是自己的亲人，不是他的弟弟，就是他的哥哥、姐姐、妹妹。所以，一人受害，全家都不答应，他们非常抱团儿。过去讲，女真人非常勇猛，一人顶十人，就是这个意思。满洲进关以后，皇家还允许在自己的府邸里头有一定数量的家兵。要用的时候，这些兵完全融到国家八旗兵里面去，招之即来。清代初期，这些家兵力量很强，只是到后期才越来越松弛。

赛冲阿家里有兵丁，也有自己的府兵。赛冲阿家中还有个武馆，用来培养自己的亲属、子弟和身边的府兵。这些府兵都很出名，他们能帮助朝廷做很多的事情，就像参加剿匪、平乱、参与查案、护驾等等。这些事，只要朝廷有令，他们立刻行动。赛冲阿是朝廷的大臣，他要出去时，护驾的都是他的亲信，人不够时，再申请兵部、军机处派人。一般以自己家里的武馆为中心，所以，力量非常强。图泰是这个武馆的总达，就是"布库"达。"布库"达，乍听起来，好像是光管摔跤的，其实不然，他是武术总管，是本府的军部统帅。图泰身边有四个出名的好汉，也是他得力的助手。

一个叫雷福，是图泰的徒弟。他师傅图泰的外号叫"小清风"，他学他师傅，也叫"小清风"，他的轻功非常好，迅捷如燕，是图泰的得意传人，实际是第二个"小清风"。他是图泰的心腹，重要的武将。他能征善战，屡立奇功，跟随赛冲阿在很多的战役里，都有他们哥们儿的声威。

第二个是"水耗子"麻元。这是雷福拜把子哥们儿，是图泰在长江上一次平白莲教的作战中，从一个穷人家里救出来的。当时他没有名字，因为他脸上有麻子，所以人们都管他叫麻元。他长期在长江上生活，穿行若鱼，水量相当棒，外号叫"水耗子"。他在水里如行陆上，有万夫不当之勇。

第三个是"一声雷"牛老怪。有一年图泰去山西青柱峰看师父，不料师父已经圆寂了。图泰在青柱峰遇见一个好友，这个人也是武林高手。他有个徒弟叫小牛，小牛身材魁梧，性情暴躁，嗓音洪亮，在打仗之前，他先大吼一声。这一吼就把人吓住了，等被吓得一激灵的时候，他的刀就刺过去了。当你醒过腔来时，肚子已被开膛了。因为牛的叫声哞哞的，所以，人们就管小牛叫"牛老怪"。他的师傅图泰说：你就叫牛老怪吧，这个名字也能吓人。另外，你的声音这么洪亮，像闪电雷鸣一样，你的外号就叫"一声雷"吧。

还有一个叫"千里雁"常义的，是雷福的弟弟。常义擅长走路，脚底板子特别有劲，能夜行百里，快如飞。他不但能在地上跑，还能在树上飞。所以，有些通风报信的差使少不了他，故有个绰号叫"千里雁"。

图泰身边这四个弟子，都是他的亲信，好帮手、好耳目。可以说，都是盖世英才，各有奇功。赛冲阿想，身边有这么多的英雄，即便是碰到了丢小竹篓这件事，并不可怕。所以，他对道光帝说："这事没什么了不起的，不要声张。"他认为，我身边有这些人，哪怕是上天摘星，入地找宝，没有我赛冲阿做不到的。正因为赛冲阿有能力，嘉庆帝才百般地重视他、信任他。道光帝对这件事情虽然有气，但他心中有数，赛冲阿老将军准能想办法，查清这件事儿。

赛冲阿府中有这一帮高手，而这些人又善于网罗武林中各路英雄，穆哈连就是其中的一个。穆哈连这个人还没提到，请各位阿哥要谅解，我说书人只有一张嘴，不能同时讲几段故事。现在只能从京师讲起，请各位阿哥慢慢听。

穆哈连这个人，说书人虽然没详细交代，但是前段书都是围着穆哈连讲的。穆哈连初进京师时，就是由赛冲阿和英和这些大臣，在吉林将军衙门武士比赛中选拔出来的，可以说是出类拔萃、武林高手。穆哈连刚到京师时，没地位，赛冲阿就把他留在自己的府中，让他跟图泰在一起。因为他们都是武林中的英雄，英雄相见都非常亲。另外，赛冲阿在下头就知道穆哈连的箭法好，非常喜欢他。就跟英和大人说："英大人，就让穆哈连住在我这儿，你随时用就随时吩咐。"英和大人非常尊敬赛冲阿，就说："好吧，住你这儿比住我那儿更方便。"这样，穆哈连就住在赛冲阿家里。

穆哈连和图泰相比，他们各有千秋。在武术上，说实在的，穆哈连赶不上图泰，图泰有高师传授。但是从年龄上看，穆哈连比图泰大几岁，像图泰的哥哥一样，更为老实、厚重。穆哈连到赛府以后，一看图泰的为人处事和身边这些小英雄，真是人才济济，这样他更加崇拜赛冲阿。后来，穆哈连被选进宫廷做了侍卫，到嘉庆帝身边去了。这样，穆哈连就与赛府分开了，和图泰的来往也不那么多了。但是，有的时候，皇帝和太后在赏月和骑射的时候，各路英雄偶然能看到。再说，穆哈连很喜欢图泰，所以，闲暇的时候，他也常回赛府坐一坐，和图泰谈论古今，他们谈得很投机。图泰从穆哈连口中知道不少漠北雪原的奇闻轶事，听起来很羡慕，也真想有机会去北国，与这些英雄朝夕相处，能在那里建功效力。这次图泰听说他的好朋友穆哈连，遭到不幸，被贼人杀害。他心里非常难过，并暗下决心，什么时候跟主子说，到北边去，我要立功，要替我的老哥哥报仇。人不能贪图安逸，追求满足，人的一生总得有个抱负，有个追求，要敢于赴汤蹈火，不虚度一生。都说大漠风雪寒，罗刹吃人不吐骨，我图泰偏要去，要亲身领教一番。

说书人，现在不多讲图泰的心情，回过头还得讲赛冲阿。赛冲阿身边有这些谋臣良将，出了丢竹篓的事，他心里当然不服气了。再说，赛冲阿不论是在盛京、吉林、黑龙江领兵征战，还是做御前大臣，成绩斐然，历来都得到乾隆帝、嘉庆帝两朝圣旨的恩奖，这是不足为奇的。嘉庆皇爷就曾经说过："赛冲阿是朕的一顶黄龙伞盖啊，有了爱卿你啊，朕睡得香。"所以说，丢竹篓这件事，赛冲阿既没在意，心里又不服气。我打鹰还让鹰给鹐了眼睛，在皇上面前，确实丢了我大将军的面子，让我的一帮老朋友，像我的老哥哥均元、我的老朋友英和老弟，都感到脸面上不够光彩。我得回去找图泰，这小子还是挺聪明的，他有办法，帮我尽快查清这件事，也许他现在就有办法了。赛冲阿想到这儿，不知不觉就到了自己府门跟前，轿帘打开一看，图泰总管已在府门前恭恭敬敬地等着呢。

赛冲阿赶紧让落轿，图泰忙过来施礼，搀着大人下了轿。赛冲阿在前头，图泰随在后头，两人匆忙进了府门。赛冲阿边走边说："这事你怎么看哪？"图泰总管没有直接回答大人的话，在后头边走边恭恭敬敬地禀报："大人，英大人早在书房等候您呢。他来得甚早，他边喝茶边和他的护卫乌伦巴图鲁说话呢。另外，均元大人也过来话了，他老人家说，他是有过之人，就不到府里打扰您了。不过，他又说，大人您，应该安危并重，广交朋友，少杀生，尽早地选定北上的能人，以安圣念。"

赛冲阿听了老朋友的嘱咐，非常惭愧，很感激知心好友均元的肺腑之言。他们有多年的交情。均元老哥哥遇事从来是很有远见的，而且有些语重心长的话，使赛冲阿听了觉得非常舒服。自己身边能有这些亲密的好友，真是一生之幸啊。他想着想着，就进了屋。

英和马上站起来，两位老朋友相互抱拳，简单地寒暄了一番。乌伦巴图鲁也忙着给赛冲阿大人施礼问安。三个人刚刚坐好，没等赛冲阿发话，只见他的总管图泰满面春风地过来，挤了挤眼睛说："大人们啊，你们看这是什么东西？"这时，赛冲阿和英和、乌伦巴图鲁把眼神都集中到图泰的手上。图泰手上提着三个金丝盘花葫芦形的、红漆的小竹篓。

这个小竹篓正是咱们前书说过的，是赛冲阿敬献给皇上的，还有两个是给英和大人和均元大人的。就是这个小竹篓，现在又失而复得。赛冲阿和英和两位大人看了以后，惊讶大笑。图泰总管把竹篓放在地上，然后把竹篓的盖都打开了，里面还装着满满腾腾的金盆蟹，一点儿没有变，完璧归赵。赛冲阿和英和老哥儿俩，紧紧抱在一起，都惊异地叫起来："哎呀，这不是昨天天亮前，咱们丢的那个小竹篓吗？你可回来了。太神奇了，失而复得，真神速。"

赛冲阿高兴地说："阿弥陀佛，这是大行皇帝嘉庆帝在天有灵，保佑我们。这是当今皇帝道光帝洪福齐天啊！"

赛冲阿没想到，这事情就这么圆满地解决了。他一身的冤枉、一身的委屈，立刻烟消云散了。他知道这事情一定是他的管家图泰做的。于是就对图泰说："图泰啊，我感谢你呀，你有功啊。你真是创下奇功呀，你怎么得到的，能不能详详细细地讲给我们哥儿俩听一听。这真是神人相助，连做梦都梦不到这个奇迹呀！"

图泰走过来忙说："请大人坐好，我把这事的前因后果禀报大人。论起这份功劳，不能说是我图泰的。这些年，我谨遵您的嘱咐，要管好这个家。所以，做这事是理所应当的，是我分内之事。我要提到的是，能使这个小竹篓回来，没有乌伦巴图鲁的鼎力相助，也是办不到的。这里有他很大的功劳。大人啊，您还不知道这些情况呢。"

这里说书人把这事再细说一遍。前书说过，原来英和大人得到了北疆的密报，军情非常紧急，就派人飞马把密报送到承德。这密报是谁带回来的呢？就是英和大人身边的护卫乌伦巴图鲁。他受命到北疆去，然后带回来的。乌伦巴图鲁不是满洲人，是达斡尔人。他很聪明，从小生活在塞北。他不但会达斡尔语，还会蒙古语、鄂伦春语、索伦语、雅库特语，好几个民族的语言他都会说，而且对他们的生活非常熟悉。他是去年四月受命巡查北疆边境情况的。他这次去主要是巡查两件事：一个是罗刹东进、南进的事情，这直接威胁我大清的安全，巡查老羌人的动向；第二个，大清在通入北疆的路上建了好多哨卡，现在由于罗刹的进犯，使很多哨卡被破坏了，不但中断了中原和北疆的联系，造成信息不通，而且，有些向中原王朝进贡的土特产和吃的、用的东西，有的被沙皇俄国士兵抢走了，还有的被一些部落不明真相的人抢走了。他这次去是带着军机处、户部、理藩院的密贴牌子去的。他到了北疆，和穆哈连一同去潘家窑巡查，穆哈连在山洞里遇难。他马上回京禀报，在回京的路上，他化装成雅布特的商人，卖酒的贩子，从黑龙江上游格尔必齐河往西走，一路了解情况。俄罗斯人和北方人都爱喝酒，连喝带唱，他们把酒看得比钱、比金子都重要。乌伦巴图鲁赶的是一辆大轱辘牛车，车上放着大的木桶，有铁箍，上边有塞子，装的都是六十度老白干儿。这酒香味特别浓，大轱辘车从旁边一过，一里半里的远处都能闻到酒香味。所以非常能招揽顾客。很多少数民族的人都围着他，像看秧歌、看热闹一样跟着他的车跑。

乌伦巴图鲁很会联系人，他爱唱、爱跳，特别显眼。有一天，他赶着三辆牛车到了一个小镇。这个小镇不出名，平时就三五户人家，遇到赶集时，才热闹起来。在山脚下，有条土路，土路旁搭起四个木刻楞的房子。北方森林相当多，各个民族除了住帐篷外，一般是把树砍倒，用木头一个摞一个，然后用泥一抹，不透风。所以，这屋特别暖和，又非常结实。这儿本来就是我们大清的地方，没有蓝眼睛、大鼻子的人。后来这里人越来越多，也有从贝加尔湖来的罗刹人。今天他们往这边占一尺，明天又占一丈，就这么，一点一点靠，一直靠到我们的集镇这儿。集镇这儿已离额尔古纳河很近了。

这天，乌伦巴图鲁领着几个人，装成醉鬼，边喝边扭，醉醺醺的，不大一会儿就招来不少哥萨克骑兵。他们都爱喝酒。乌伦巴图鲁用俄语笑眯眯地说："咱们都是朋友，你们是远方来客，我们从来见客人都是开怀畅饮，要什么钱，只要你喜欢喝，咱们就一起唱，一起喝。"哥萨克骑兵很高兴，把马拴好以后，就过来了。他们问哪个车的酒最多，乌伦巴图鲁说："这个车的酒没有动呢，如果你们都能喝了，就都给你们了，我好早点回家，不想在这儿卖了，我和妻子、儿女很长时间没见面了，很想他们。现在已到晚秋的时候了，我得早点回家了。朋友们喝吧，能喝了，就都给你们。"这几个哥萨克骑兵都是从欧洲过来的，一听喝酒，特别高兴。他们喝得醉醺醺的。乌伦巴图鲁还把自己带来的牛肉干拿出来，切给他们吃。这样，他们之间的关系越来越密切。

这些骑兵里有个头目，不太大，乌伦巴图鲁问他："你们到这儿干什么来了？"小头目说："前些天，我们处决了一个大清的奸细，怕让大清国看见了，现在想把他埋上。但是，我们来这儿找不着尸首了，不是让熊吃了，就是让狼猪虎豹给吞了，再不就是被雪埋上了，我们回去想告诉上司。"沙皇俄国一般杀了人不埋，但是他们认为，这是大清国的奸细，怕大清知道了和他们交涉，不好办，只好埋了，让你得不到一点儿罪证和痕迹，可是他们这次来没找到尸体。

乌伦巴图鲁装作不知道，就问："在哪个地方？"哥萨克的小头目接着说："哎呀，那个地方不好找啊，是个冰山，叫乌里特因冰山，我们到那也没找到。后来详细了解才知道，原来，清朝有一个噶珊达，就是柴士大，他受清政府命，化装成哥萨克人进入我们罗刹的尼古拉赛，他进来以后，烧了我们的牧场、柴草垛，又把我们十几个粮仓和鼓楼也给烧了，还煽动不少已经投靠我们沙皇陛下的大清部落的人，又重新反叛，做大清的顺民。后来我们在冰山那块儿把他抓住了，脱光他的衣服，把他冻死在冰山上，让这些顺民看看，要跟大清国的、为大清国出力的人，就是这个下场。听说，这个人叫穆哈连，还是清王朝的侍卫。"

乌伦巴图鲁问得非常细，他默默记在心里。他这次巡逻要了解的秘密军事情况就非常清楚了。他没有机会和时间再返到乌里特因冰山去，因为太远了，在北海，到那还有很远的山路。必须赶紧回去，向皇上禀报。于是，乌伦巴图鲁从额尔古纳河南下，进入蒙古人住的帐包草原，再进入张家口，回到京师。

乌伦巴图鲁回到京师时，正值嘉庆帝率众臣到避暑山庄打猎。当时理朝的是英和和几位大臣。乌伦巴图鲁是英和的护卫，所以，首先向英和大人禀报。英和大人根据乌伦巴图鲁写的北疆调查情况，写了一个密折，派人送到承德，给皇上和大臣们审阅。

英和大人听了乌伦巴图鲁在北疆了解的情况，也听了不少故事，他都非常重视，只不过是没往外讲。他心里暗想，这里头有很多疑点，比如说，俄国老羌的情况，和自己的爱将、著名的侍卫穆哈连之死，这里肯定是有原因的。这个死不是一般的，肯定与边关复杂的情况有关，京师里有没有人和北疆秘密联系？他让乌伦巴图鲁秘密了解这方面的情况。为什么英和大人这么想呢？因为灯市口有个著名的聚宝货栈，这个聚宝货栈将来说书人还要讲。这个货栈不是一般人开的，一般人也开不起。这个货栈天天来的客人，都是达官贵人，而且多半是身穿朝服，有的甚至挎着腰刀。一般都是二品以上的官员去。所以，这块儿车水马龙。这个货栈不同一般，所有的货也都不是一般的货，什么绫罗绸缎了，什么糕点了，而它卖的东西都是难弄来的，是从几千里、几万里以外弄来的，一般人都吃不到、看不见的东西。它摆出的、卖出的和库藏的，可以说，都是天下的奇珍。这里最出名的，是北方的鲜货，包括海里的、陆地的和天上的，样样都齐全。比如说，给皇上的金盆蟹，那只有在北海才有。另外，鲸鱼的眼睛，那是做珠子和各样装饰品用的，鲸鱼的须、刺，北海的大龙虾都相当出名。再有北海的海豹肝、海狗肾、海狗鞭、海豹鞭。这些鞭都是雄性阳物，在清代就非常出名。一般说起来，多少两金子、银子都买不到。过去达官贵人，一说你现在保养身体吃的什么，多少个妃子服侍你，他一般讲，我是专用北海的海豹鞭、海狗鞭，或者是北极熊的熊鞭，这都是在聚宝货栈买的。又比如海狮宝，这个东西特别珍贵，那不是用银子能买到的，一般都是用金锞子去买。海狮宝实际上就是海狮的小胎儿。把怀胎的母海狮抓住，活活打死，马上开膛，把胎儿取出来，用麻绳将脐带系上，里头装着满满的血，然后放在阴干的地方，要风吹着，还要温火烤着，要经过六个月的炮制。这样就制成了海狮宝。把海狮宝切成片，放到汤里，男人、女人喝都是相当好的，不但能延年益寿，而且对妇女保胎的效果又非常好。所以说，聚宝货栈不是一般的地方。英和大人想到这儿，他就感到，只有能够接触北海地方的人，才有可能知道北海的一些情况。而且，对大清京师的情况，能让俄国人和一些对大清有反叛想法的人，那么及时、迅速地了解，谁能办到呢？一般京师的庶民不到万里之遥的北海是不知道那里情况的。那么，谁能和北海连得这么紧呢？他想来想去，就想到灯市口的聚宝货栈。他说：只有聚宝货栈的人，才有这个条件和可能，因为他们常到北疆去，他们有军机处、理藩院或者光禄寺、内务府等等官方的大印和腰牌。只有这些人才可以去漠北，别人是无能为力的。

这里，说书人还要多说几句，让大家明白，为什么北海又和光禄寺、理藩院、军机处、内务府连得这么紧呢？这是大清朝和历朝不同的一个特点。大家都知道，清朝发源于长城以外，关外是它的发祥地。进关以后，清人把长城以外作为祖先之地，所以，非常重视这个地方。有这种故乡观念以后，他们吃的、用的尽量从北方运来。他们认为北方就是家乡的地方，从小祖上就是吃那北海的水、北海的兽、北海的菜生活过来的。他们在祭祖，给祖先供奉礼品的时候，都想办法用他们的故乡，也就是北海的一些土产和珍贵的实物来孝敬祖先。可以说，在大清的历朝，从顺治乃至嘉庆和现在的道光，都是这样的。大清王朝衣食生存主要基地还是在北疆，所以他们非常重视北疆。这就说明了北疆在大清王朝心目中的地位。

他们之所以这么重视，还因为，这几年有虎视眈眈的沙皇帝国，跃跃欲试，随时南侵，惹出事端。这些年边关战事不停，天天有边关的急事报来，报到朝廷。那么，清王朝有哪些主要部门重视北疆呢？一个是军机处，边关要事它要管。另外，内务府有些事情也要过问。还一个理藩院也要管，因为它直接和罗刹，以及已经降服大清和没有降服大清的部落有关系。再一个是光禄寺也要管。光禄寺管什么呢？管吃的，其中有珍馐，有些大臣，比如掌醢都是给皇宫大内准备禽肉鱼物的，他们到北海去采集、收购，供朝廷大内用。还要做成肉脯、肉干、肉酱，这些光禄寺都要管。内务府里的广福寺也管这些事情。因为广福寺管银两、皮张、绸缎，管衣服等等。这里的皮张，主要靠他们的故乡供给。所说的北皮非常出名，其中有北极熊皮、雪狐皮、雪豹皮，除了貂皮以外，这些都要征集。征集各方面需要，都得到北疆去。这些人去都有腰牌。光禄寺、理藩院和内务府都有自己的腰牌，你装多少东西，过多少车，只要有龙旗，有这些腰牌，就畅行无阻，州府衙门都以礼相待。这些人到哪都趾高气扬，飞扬跋扈，认为自己是天子脚下的臣民，是通天的。所以，他们到下边任意欺压百姓，搜刮民财。带腰牌的人都非常富，民间说他们长得像个球，胖得都流油。谁的腰牌越多，就越威风，越有气魄，下头，甚至将军也管不了他。这些人出关的时候，还有皇上的御印或者军机处的大印。

　　这些英和大人都想到了。如果说京师里有人要作乱，或者有什么不轨的事情，一个应该查查聚宝货栈，有没有这样的人；再一个就是掌握腰牌和大印的人中，有没有人做些不轨的事情。这时，英和大人又想，现在北疆情况这么混乱，许多重要的关卡、卡伦已经瘫痪，可是，为何见不到有关这方面的文书上奏皇上呢？也没听皇上和内大臣讲这些事情呢？况且，关卡瘫痪又不是一天两天的事情。这回要不是乌伦巴图鲁巡北带回来这些秘情，想来，我朝上下还蒙在鼓里。既然北疆的边关这么吃紧，近邻罗刹又甚嚣尘上，可是，我们京师里一个显赫的聚宝货栈，所出售的北疆海鲜还能够及时运来，并没看到有什么货源不足的现象，难道他们还有更秘密的办法？英和大人有个古怪的脾气，就是爱动脑筋，这也是嘉庆皇帝喜欢他的一个原因。英和越想越多，百思不得其解。

　　因为近来是一个非常时期，嘉庆帝刚刚驾崩，新皇帝道光登基不久，百日素服，朝中大臣举哀敬悼，相互间没有更多的机会见面，在一起议论朝政。所以说，英和还没来得及把这些事情和别人说，这些想法只是憋在肚子里。这次道光帝破例，在大祭之日，走出龙廷，会见御前大臣赛冲阿。赛冲阿又把他招到赛府，商议这件事。英和特别高兴，他想，正有个机会把我憋在肚子里的事好好谈谈，也听听赛大人的意见。于是他欣然前往。临走前，他对乌伦巴图鲁说："我要去赛府，你呀，别闲着，我看今天晚上，你应该有点动静。"这话是暗语，大人一讲，乌伦巴图鲁就懂了。乌伦巴图鲁是在军机处中提起的官员，他常协办这些事情，警觉高。所以，英大人一讲，他就明白了。

乌伦巴图鲁曾在理藩院任过职，也做过启心郎[①]，专门从事与涉外的人联络事务，他能翻译北方几个少数民族的语言，并且讲得特别好，他能和少数民族打成一片，因此他善于了解军情民心，疏导各个部落人的心倾向大清。乌伦巴图鲁的武术也很高强。有一次在湖南剿匪的时候，他立了功，皇上赐给他巴图鲁这个称号。所以，乌伦巴图鲁是个很聪明能干的年轻武将。

这天，他接受英和大人的命令，当晚就换上了夜行衣，见英和大人走了，等星星出来后，他就悄悄地带着所有的兵器，出了后门，穿过好几条大街小巷，拐弯抹角，来到了赛府的后门。他又绕到青砖大墙的后面，往前一看，墙边有棵槐树，长得非常粗壮，枝繁叶茂。他看街里没人，就悄悄地爬到树上，蹲在树丫上。

赛府的大墙，很有北京清代建筑的特点，是清一色的砖墙，墙上边用砖搭成像房脊似的，非常整齐、好看。乌伦巴图鲁把着树枝，如同猫一样，轻轻一蹿，就蹿到起脊的青砖瓦墙上。因为他也会轻功，噌噌噌，很快就从墙上走过去。他走到一个大砖墙上，这可能是赛府的西厢房。这西厢房的雨搭上，垒着砖，像台阶似的。他用双手抠住砖，这力量相当大，身体紧紧贴着墙，来一个蝎子爬墙，嗖地一下子，一折跟头，很快就上了房。他上了房，这时天色已完全黑下来了。

那时候，京师的街道灯并不多，只是在大的府衙和达官贵胄之家门上挂两个灯笼，后边没有什么灯。一般行人走路，都是提着灯笼，所以，街道非常黑，这便于乌伦巴图鲁夜间行动。他脚步像猫一样轻，一点儿声音没有。他悄悄地选了一个角，西边靠墙，前面能看到小院，正房的灯火和门前门后出出进进的人都能看到。他侧耳往里边听，里边好像有几个人说话，有时偶尔听到赛大人的话，啊，这是英大人的话，有时候

---

① 启心郎：负责做依附本朝各方人士思想工作的官员。

还恍惚能听到皇上说话的声音。皇上怎么来这儿了？他悄悄地靠着墙，闭目养神。他想，先别动，我今天来就是静观。他一直悄悄地等啊，等啊，等啊，快等到下半夜了，还没什么动静。

这时屋里还非常热闹，灯光还很明亮。不大一会儿，就听有人说，传膳，传膳。他们可能吃饭去了。乌伦巴图鲁没敢动，又过了一会儿，里边又热闹起来，灯光又亮了，人都回来了。很长时间，他觉得没什么变化，感到非常自然。可能不会出什么事，英和大人遇事都非常细心，不会出事的。屋里没什么动静，外边又很平静，天马上快亮了，自己不能总在这儿待着，天一亮，别人走道就能看见，早点回去吧，他心里这么想。

突然，乌伦巴图鲁觉得对面的墙上，有个黑影一闪。随着黑影一闪，他觉得身边有股清风在两侧刮过去。嗖的一声，一股小凉风刮过去，他刚一动，又看见一个黑影过来。他连续看到三个黑影，跳上赛府的墙。看起来有人，引起他特别注意。他看见这三个黑影，悄悄地移到对过的东厢房。过去房子的烟筒都在房头，是砖搭的。乌伦巴图鲁一看这三个人，每人抱着一个烟筒，蹲在烟筒后边。很巧，乌伦巴图鲁是在他们斜对过的暗处，这三个黑影在南楼，他看得很清楚。这是乌伦巴图鲁的情况。

就在这个时候，赛冲阿的总管图泰，闲没闲着呢？没有。咱们都讲了，他是一个很了不起的高人，在武林中得到很高的赞誉。赛府中的很多事情都出自图泰之手，他身经百战，经验丰富，深得赛冲阿的喜爱。就说这次，他听赛冲阿主子说："今天哪，你好好安排安排家里事，去弄点好吃的，现在皇上在咱们家呢。"他按照主子的意思，到聚宝货栈，专门买回金盆蟹、金盆虾，这都是他表面上应该做的事情。但是他暗里做些什么，连赛冲阿都不知道。他安排好以后，自己暗暗地想：今天很可能有人下"绊子"，我一定要预防，绝不能有一点闪失。于是，他把自己的心腹悄悄地叫到一起，这里有小清风、水耗子、一声雷和千里雁，四名奇才勇将。他悄悄告诉他们，让他们这么、这么地做好护驾的差事。又说，你们一定不要贪吃、贪喝、贪玩，要小心地暗中侍候好，咱们护驾重任在身。现在皇帝在咱们府上，万不能轻心大意呀，可不能出一丁点漏子，咱们哥们儿可要对得起咱们的大人。要是出一点儿事情，咱们谁也担当不起，万不可为老大人惹出一点点麻烦来。

图泰表面上乐乐呵呵、轻轻松松、忙这忙那、张张罗罗的，但是，谁也没看出来，他心里惦记这个事儿。图泰本能地，早就暗暗地严密地监护着皇帝和几位大人，图泰是历来如此。这次皇上来得非常仓促，图泰马上应付些事情，没来得及把自己护驾的想法告诉给赛冲阿。他心想，这些事不跟大人讲也行，这是自己分内的事情，自己一定要尽职尽责。他十几年都是这样做的，这已成了他的规矩和习惯。

说来呀，也真有意思。天刚擦黑儿的时候，图泰一一安排好了赛府的各方面的杂务，并郑重地告诉夫人和家眷，让他们好好休息，不要累着，同时又嘱咐内厨灶的总管事以及家里所有的仆人，要好生地侍候好大人，不得有违、有误。我有个客人，得出去几个时辰，你们不必找我，不可怠慢。他下头的属从、家人们，一个个点头哈腰，喳喳称是。他把事情安排好之后，天已经很晚了。皇上和赛大人、戴大人、英大人他们在大厅里正谈得十分热烈的时候，他悄悄地出了后门。

其实，他哪是到外边办事呢，他换上了自己的夜行衣，然后飞身上了赛府小姐的惠春楼。楼顶上是全院最高的地方，在这儿隐蔽住，他就可以洞察全府各个角落，同时还可以看到临街的情况。外边人看不着他，他可以一一观察和注意到任何一个出府、入府人的动向。另外，他的四个心腹，也按照他的吩咐，这时候，各自都到了自己应去的地方，就是赛府房上的四角，一个人占一个地方，隐蔽起来。这样，赛府房上就有五双夜眼正聚精会神地、一眨不眨地盯住了府里。真可以说，有个鸟飞过，有个什么大虫子爬过去，都在他们的监视之中。这些，全府家人和任何人都不知道。

再说乌伦巴图鲁，他对这个地方不像图泰那么熟。他上了楼，找个地方隐藏起来，这些动作，都在图泰的监视之中。图泰一看身影知道了，啊，这是乌伦。他跟乌伦虽然不是一个师父，但他们的岁数差不多，图泰比乌伦大两岁，他们关系特别好。因为他们都是跟着大人，况且，赛大人和英大人关系又那么近。所以，他俩常在一起说笑，一起切磋武艺。不过，这个时候，乌伦巴图鲁并没有看到他。图泰就不同了，他是赛府的人，不但熟悉环境，还藏到最高处。他在小姐的惠春楼顶，居高临下，一切情况都在他眼睛里。就连乌伦在那一闭目，打个盹儿，都看见了。图泰偷着捂着嘴一笑，心想，乌伦哪，乌伦，明天我告诉你，你是怎么打盹儿的。

西楼角上，暗暗盯梢的小清风也看到了。小清风一看，哎呀，那块儿有个黑影。因为他师傅事前有话嘱咐，看到什么情况，用暗号联络。

所以，小清风按照师傅的话，就学了秋蝉的搓尾声。在京城，一到盛夏和初秋的时候，蝉的叫声非常悦耳。他轻轻地这么一叫，学秋蝉的叫声非常像，谁也不会重视。这个意思是禀报他师傅：注意我这儿有个黑影。小清风对乌伦不认识，因为他是下一辈，只知道这个人的名字。不大一会儿，小清风就听到，从惠春楼的楼上，吱、吱，非常缓慢的秋蝉喳翅声。这声音在告诉小清风，也让其他三位徒弟听着，你们不要理，要静静地观察动静。

赛府的庭院非常宽阔，有楼阁，还有花园，厢房、正房，建筑特别漂亮。正因为这样，房脊上有图泰和他的四个徒弟，还有乌伦巴图鲁，另外，还有三个黑贼。他们各占自己的位置，纹丝不动，盯着下边。图泰不同他们，他除了盯住院子的情况外，还要不时地盯住这三个贼，这是他的主要任务。图泰这时心里想，现在还不能动手，要了解一下他们的来历，是哪地方的贼？住在哪？他们为什么能找上门来？看来，他们早就盯上赛府了。这事呀，确实应引起我们的警惕，可不能放走，一定要想办法抓住一个。

图泰正想着，只见蹲在正门门楼上烟筒后边的三个黑影动了一下。他仔细一看，见那三个黑影慢慢地起来了，挪动着，往后退，他们要走。图泰这时候，也轻轻地起来，黑影往后动，图泰就跟着他们动。这时候，乌伦巴图鲁也看见三个黑影在动。比这早一点，他看见了图泰，没有出声，同时看到四个角上也有人，他估计是赛府的人。他见图泰一动，也悄声地起来，跟着图泰后面，一块儿追这三个黑贼。

小清风雷福等四个徒弟没有动，因为师傅早就有话，没有特殊信号不能动。你们的任务就是盯住这个院。我要是追贼人去，你们不用管，你们就看住咱们的家。我什么时候让你们撤，再撤。我不让你们撤，你们就纹丝不动。这四个徒弟，有师傅的嘱咐就没有动，死死盯着这个院不放。

图泰和乌伦巴图鲁，用自己的隐身术和轻功，悄悄地跟在三个黑影的后面。这三个黑影看起来也是高手，走得相当快，轻功也都很好。他们光注意往前走，没注意图泰和乌伦巴图鲁在后头盯着他们。他们这些人都会飞檐走壁，在京师的房脊上蹿来蹿去。图泰和乌伦巴图鲁这时候会合在一起，他们互相一打手势，就明白了，一个往左，一个往右，让三个黑贼在中间，他们两边包抄，像钳子似的钳住，就怕他们跑了。

这三个黑贼，走一走，又停住了。原来，他们又跳出赛府的院。看起来，他们真明白，想盯住赛府中谈话的人会不会出去。再说，天也快亮了，他们为了隐身也不敢在里边待着。不一会儿，三个黑影都到了赛府对过儿临街的一片青砖瓦房上，又隐身不动。看出他们仍然在盯着赛府的大门。图泰看到了这个形势，用手使一个暗号，让乌伦也收身隐避在后头，图泰也隐避起来。

这时，就见赛冲阿大人推开了大门，不一会儿，过来三个小轿子。这些轿都是一般的轿。其实，道光帝出外微服，坐的是蓝布花轿，一般官府和有钱人家都坐这样的轿。因为属于皇家，那是黄缎子的。一般富人家都是蓝绸子或者是其他绢布的，绣着花，带些铃铛，非常好听，样式也比较简单。头一轿里头的人已经坐上了，有几个人护拥着。赛大人和戴均元大人、英和大人，叩拜，送小轿子。另外，戴均元和英和也各坐上自己的轿子，忽悠悠、忽悠悠地往另一个方向走了。

三个黑影，这时候也分开了，一个黑影盯住前边的小轿子，在房上轻轻地跟着过去了。那两个黑影跟着后面两个轿子的方向去了。图泰和乌伦巴图鲁做了一个暗号，黑影一闪，两人分开了。乌伦受命跟那两个轿子，图泰跟前面的轿子。图泰知道，前面的轿子里坐的是皇上，护驾要紧，所以，他跟着前面的轿子。图泰又给乌伦巴图鲁一个暗号，叫他想办法擒住那两个黑贼，别让他伤了人。乌伦巴图鲁心里完全明白。

咱们先讲乌伦巴图鲁。乌伦巴图鲁在墙上用隐身术，时而把身子抬抬，时而把身子贴在墙上，在后面跟着，且快且慢。两个黑贼跑得也很快，紧跟着两个轿子，拐了一个弯。乌伦巴图鲁想，这不行，他们是两个人，我要抓，只能抓一个，那个跑了。同时抓两个，够不上。我得想办法吓唬他们，让他们赶紧有啥事办啥事，马上让他们撤，不能让他们跑远了。如果这两个轿子真要一分开，那就不好办了。他知道，一个轿子里头坐的是他的主子，英和大人，那个轿子是戴大人坐着，到时候得分开。我只能管一个，管不了两个。不行，我得马上让他们干，不能让这两个黑贼分开，要分开，我就不好抓了。这时，乌伦巴图鲁把脚一伸，把房脊上一块砖踩下去了，咔嚓一声摔在地上。

这一摔，像信号一样，使两个黑贼一惊。这两个黑贼马上警觉了，互相也打了个暗号，口哨一响，两个人就跳下墙。这时，天还没亮，黎明前最黑暗。这两个黑贼跳下来，各奔一个轿。他们不是抢轿里的人，而是抢前面人提着的小竹篓。这两个黑贼，都是武林高手，手疾眼快，提竹篓的人没等反应过来，小竹篓就没了。

两个黑贼抢到小竹篓，刚要转身走。说时迟，那时快，乌伦巴图鲁已经赶到，他怕两个黑贼跑了，他的钢刀一转，其中一个黑贼的头骨碌碌滚出了老远，血就像喷泉一样，噌地一下蹿向前边。乌伦巴图鲁想，我宰了那个，你这个我也宰。他忙又举起刀，指向那个黑贼，那个人纵身一跳，又跳上小巷旁边的墙上。他上去以后，一反手，呜的一声，乌伦巴图鲁明白，这是甩过小暗器。他本能地把头往下一低，身子转圈一扭，想躲过这个小暗器。他并没觉得身上碰着什么，所以，他也没在乎。可是，那个黑贼已无影无踪了。他见一个黑贼跑了，便赶忙上前把小竹篓捡起来。他着急呀，不知图泰那边怎样了。他拿着小竹篓到前街去迎接图泰。

咱们再讲图泰这边。图泰悄悄地跟着前边的黑影。这个黑影是瞄着前边的小轿子。小轿子正晃悠悠、晃悠悠地往前走，不大一会儿，转过街道，拐到另一个小巷时，这个黑贼跳下了墙，冲到了前头。前头有两个兵丁，提着小竹篓，保护小轿子。这个黑贼到了前头，抬轿子的和兵丁都没看到他，只觉一股凉风过去，他已经探囊取物了。这些动作都在图泰的眼里。图泰当时为什么没动他呢？要知道，这是皇驾。他怕一动手，容易伤了皇上，所以他没动手。他想，等你把东西拿到手以后，让小轿子过去，我再追你也不迟。你往哪跑？能跑出我图泰的手心吗？他非常自信。

等小轿又拐过一条街巷，黑贼拿着小竹篓跑到远处时，图泰才忙着赶过来。谁知道，这个贼人挺厉害，图泰怎么撵，也撵不上。图泰心里想，这小子纯粹是在耍我，看我无能耐。于是，他用轻功，把身子往上一提，很快就站到树梢上。他在树梢上嗖嗖地走，黑贼在地上噌噌地走。这时，他像老鹰一样，俯冲下来，他用两腿一夹，黑贼一蹲，就来个狗抢屎。图泰想，这回你不用活了，不用我杀你，你的骨头都碎了，脑袋也剩一半了。然后，图泰又使自己的反力量，就是千斤坠，把自己的气运至丹田，用力往下压，这个力量相当大，这是他练的功夫，甚至木头都能被压扁了。他用丹田之力，往下一使劲，只听哎的一声。哪知这一使劲，他觉得身子下部，腿一麻，他就明白了，这个人不简单。

原来黑贼用双手点他胯下的两个麻穴。这一点，你想，图泰是往下使劲，力量很大，黑贼是用手指的力量。如果上边有万斤力，黑贼的手指能超过万斤。黑贼的手指往上一顶，正好顶住了图泰大腿下边的麻筋。图泰麻筋一疼，赶紧来个鹞子翻身，霍地一下就蹿起来，下边的贼人一骨碌，站起来，然后翻身进了一个小院，一点儿声音都没有，什么也看不着。就在这时候，乌伦巴图鲁也赶到了。

各位阿哥，我还得跟你们说。说书人我讲这些动作的时候，看起来很复杂、很慢，其实就是一眨眼的工夫。这两员虎将谁都没出手，谁也没说话，喊里喀喳，一转眼，就把功夫做完了。这一比试，他们双方都知道对方的实力。图泰心里暗暗佩服，这个人是武林中的高手，绝不能等闲视之。这个人的功夫不在我之下，好些地方我可能不如人家。估计那个人，心里头也会暗暗琢磨：追他的人挺不简单，有这么大的能耐。我暗地扎他麻筋的时候，我使的是万斤以上的力量，一般说来，我想穿透他的心，那是很容易的，就是一块铁，我也能顶出一个坑来。但他能活动起来，而且动得很快，他的功力是了不得的，证明他的武功是非常高强的，我不一定能抵挡了他。他俩都暗地里互相佩服。

这时候，乌伦巴图鲁见图泰走路不那么顺当，一拐一拐的，图泰觉得腿有点酸疼，勉强在地下把小竹篓捡起来。乌伦巴图鲁忙问："怎么样？我看你腿上是不是出了毛病？"图泰咬着牙说："没事，没事。"两个人再没有说什么，就赶紧回府。这时，图泰回头一瞅乌伦巴图鲁就笑了，乌伦还没在乎。在乌伦夜行服上粘着一块白纸，白纸上写着字，挺有意思，写着满文"娃哈"，是啥意思呢？"娃哈"就是臭的意思。图泰一看到这个字就笑了，忙过去，把乌伦脊背上的字撕下来，这时乌伦还不知怎么回事。图泰把字给他看。乌伦一看，非常憎恨，这是在戏弄我。但是，他心里又一想，这个人真了不得，他什么时候在我后头写的字呢？啊，他打过一个小暗器，我一躲，一扭身。那么，用什么暗器把一张纸贴上的呢？他丈二和尚摸不着头脑，不知人家用的什么技术。

这时，两个人的心情都不怎么好。他们虽然把竹篓弄到手了，可是没想到，又碰上了两个世外高人。他们想着想着，往前走，突然图泰看到对面的墙上钉着一个小布条，他们过去一看，是有人用暗器把梅花针钉在墙上。暗器打出去，用气的力量把针顶出去，钉在墙上，这劲多大啊。针的后头，缀着一个小布条。

图泰过去把针薅下来，掉下一个小布袋。他想，肯定就是那个人干的。他把小布袋拿来一看，小袋上边有个口，口上头用线缝着，就像过去的小皮口袋，里头有绳，绳往上一紧，小口袋就紧到一起了。现在正好，线一松，里头有一个不大的红布口袋，非常显眼。图泰把小红布口袋上边的口一抻开，就在里边掏出一个小纸条。这个纸条是毛头纸，上边用毛笔写着工整的楷书，字写得相当漂亮。

这时，天已大亮，街上偶尔有卖货的，远处还能听到卖浆子、果子的叫卖声。图泰把纸打开，乌伦也过来看。图泰一看纸上写着七言绝句：

青柱峰前同叩佛，
七载兵刃任逍遥。
唯念同师手亦慈，
雪寒域阔看海潮。

图泰一看这诗，心里咯噔一下，他明白了。这不是别人，正是自己的师弟。他从离开师父以后，曾到山西青柱峰去一趟，看看师父。这时他已是赛冲阿的重要管家，而且是皇宫的侍卫衔。他不忘恩师，总是惦记着。他要给师父捎些东西，师父也不让，他是出家人，一尘不染。师父对他说："你要一心为公。我是青山为脉，到处云游，阿弥陀佛。"他看到师父话语不多，苍老不少。后来小和尚告诉他，师父为什么苍老呢？前两年师父收了个徒弟。这个徒弟岁数还挺大，那时已四十多岁了，是个要饭的。师父可怜他，就把他领到庙里。

这个人，还挺勤快，打扫院子，打扫佛殿。有时候还给师父烧洗脚水，师父也挺疼他。他家里没有别人，是逃难之人。小时候在家里也学过武术，有点能耐，一般说来，都打不过他。因为，在南方武术是家中必学的东西，一般的男孩子、女孩子都会，不过高低不同罢了。后来，师父就把他留下了，并对他说："将来我要云游四海，我走了以后，你要有个饭吃，不要让人家熊住。你要多做好事、善事，不要做坏事。"师父出于这种心情，就教了他几个高招、绝招。这个人喜欢美色，有一次，他到一老两口家，儿子外出做买卖，老两口领着儿媳在家度日。夜里他用点穴的方法，把老头儿和老太太点睡过去了，他就把儿媳妇奸污了。后来，这事老太太知道了，觉得对不起儿子，就郁闷而死。儿媳妇也跳河淹死了。这事师父知道以后，气坏了，想要惩罚他，他就偷着跑了。从此再没有音信。

图泰想，如果要是自己的师弟，那就是他，他一看这诗，也是这个意思。因为，这个人挺聪明，字写得好，还有学问。青柱峰是师父住的地方，也是教徒弟的地方。同叩拜，咱们都是在老和尚面前学的徒。七载兵刃任逍遥，我练的是单刀；唯念同师手亦慈，我就因为想到咱们都是同一老师教的，今天我饶了你，没杀你。最后一句，雪寒域阔看海潮，这句话是什么意思呢？图泰犯寻思了。啊，他可能要到北方去，看北方的海。那就是说，将来他要在北疆扩展自己的势力，你敢不敢去？你能不能像我一样到漠北去，到最苦的地方去？含义特别深，这就是这首七言绝句的诗底。

图泰和乌伦俩人各揣心事，往回走。后来图泰对乌伦说："你把小竹篓交给我，你够辛苦的了，谢谢你，乌伦。没有你鼎力相助，我还不知怎么样呢。原来，我想得太简单了，我以为他们仅仅是小小的蟊贼，咱们能制服他。昨天夜里咱们监视他们时，我以为他们不知道。其实，那三个人也看见我了，他们是装傻。哎呀，我在武林中也是身经百战，没想到今天还输给他们了。"图泰非常内疚，没想到自己栽这个跟头，师弟虽然走上了邪道，但是，他也教育了我，让我更老实地做人，更精心学艺，我只有精心学艺，才能战胜邪恶，为国效力。

图泰一边走着，一边想着，跟乌伦告了别。乌伦从另一个小巷回到英府，图泰提着三个小竹篓慢慢往回走。不管怎么说，今天把三个小竹篓弄回来了，使赛大人挽回脸面。今天大人进宫时，也好向皇上有个交代。

图泰回到自己的住处，脱掉夜行衣，简单地洗一洗，到厨房要点吃的，就大口大口地吃起来。这时图泰的四个小徒弟进来了，图泰就跟他们说："你们先回去休息，有事我找你们。现在我累了。"这四个徒弟拜别了师傅，就回去了。

图泰边喝茶边想：这事我怎么跟大人讲呢？图泰想来想去，自己决定，先不要跟赛大人讲，因为有些事情现在也讲不清楚，反倒使大人心事重重。何况，这次意想不到地见到了多年来未曾见面的陌生的师弟。他是一个文武双全的人，只可惜没走正道，我作为恩师的把门弟子，有责任管教好我的师弟。这次我看他鬼鬼祟祟的样子，肯定是已经投靠了什么人。另外，他为什么要到北疆去？我都不清楚。

图泰琢磨来琢磨去，觉得现在还不能跟老大人讲。

图泰想着想着，不知不觉到了前厅。他到前厅一看，没有人，问仆人，仆人说："皇宫的太监来传话，皇上要面见大人。大人已经进宫去了。"图泰一听就知道了，皇帝召大人去，肯定是为丢小竹篓的事。哎呀，大人一定遭到皇帝的斥责！没法子，现在只好到门口等大人回来，然后再禀报吧。不大一会儿，赛大人回来了。他把大人接进了屋，主奴见了面，这就是前书所讲的过程。

下面我就接着讲。赛冲阿回到府里，见到英和大人和他的护卫乌伦巴图鲁。图泰把小竹篓弄到手的事情交代以后，他们商量下一步怎么办。他们杀了一个贼，跑了两个，这擒贼的线索断了。这个贼究竟是哪来的？怎么知道皇上在这儿？他们来得怎么这么巧？这真是个谜。

英和大人做事非常细，他问图泰："被杀的那个贼人的尸体，你们收起来没有？"乌伦说："我们俩已经收起来，转交给刑部。"英和大人一听非常高兴，就说："你们做得对。三个飞贼来窥探不是一般的小事，因为有皇上在，这是惊驾大事，要说大的话，就是杀头之罪。所以，你们交刑部处理是对的。刑部现在来的是新人，还不熟，主要是个侍郎在管。我们军机处也要过问。这件事情，看起来不管不行了。"他说着就告诉乌伦："你现在就去，找得力仵作把尸体好好验验，能不能查出蛛丝马迹，找出罪证来。"乌伦说一声"喳！"，告别了大人。

接着英和大人又对赛大人说："大人，现在该轮到你了。你呀，应该把昨天出的事情和他俩找到小竹篓这件事，如实向皇上禀报，让皇上知道，我们已经把贼抓住了，让皇上安心，别再蒙在鼓里，让皇上消气。竹篓已经找到，坏人已被杀死一个，使皇上更信着我们。"赛冲阿点点头，觉得这事说得对。英和大人接着又说："你进宫，我们不能光跟皇上介绍这一件事，皇上肯定要问，下一步你们要怎么办？咱们向皇上报过北疆的密报。你呢，就向皇上提出来，着即遵照大行皇帝的遗诏，把三等侍卫穆哈连的后事妥善处理好，以示皇恩浩荡。"

赛冲阿想了想，感到真是这个理儿，就问英和大人："你说，咱们该怎么办好？"英和大人说："现在，咱们首先报上一个奏折，把几件事想得细一些，让皇帝同意批下来，我们就好办了。我感到有个迹象，不知大人想没想，为什么咱们刚开始谈这件事，还是皇上找咱们谈，夜里就有人上你府上盯着，对这事他们为什么这么热心？另外，我命乌伦多次到灯市门聚宝货栈私下里暗访过，觉得那块儿情况不一般。有人已向我秘密讲过，你知道不？这个货栈背后的大掌柜的是谁呢？"赛冲阿还真不知道是谁，光瞪着眼睛，晃晃脑袋，不知是谁。英和悄声地说："这个人很可能是，你曾经向皇上奏过本，指过他的罪，被贬到光禄寺，做光禄卿的那个人。因为我知道，在聚宝货栈里头，有不少的小伙计，对穆大人崇拜得五体投地。"

穆大人穆彰阿，他是这部书中又一个重要的人物。嘉庆末年时，他在刑部，处理一些案子有过错，被刑部的人提出来了。穆彰阿当时年轻，聪明，做事干净利落，但独断专行，粗心大意，所以，有些错案让刑部人抓住了，上报给皇上。当时御前大臣赛冲阿，一听这事就火了，对嘉庆帝说："陛下，这件事一定要重视。处决一个人，要经过多少次认真地盘查，一件一件核实以后，才能最后朱笔定案。穆彰阿一连气定这么多案子，一个接一个地批。皇上，我看他不能做刑部侍郎了。这么重要的官职，涉及杀人的事情，各地官府应慎重，朝中刑部更应该百倍注意。爱民如子，是我们本朝的宗旨。"

嘉庆皇帝格外赞赏赛冲阿的说法，所以就下旨，把飞扬跋扈、趾高气扬、目空一切的穆彰阿贬了，贬到了光禄寺，给皇上张罗吃的、用的，穆彰阿是一肚子火。赛冲阿是秉公办事，所以当时没往心里去。现在英和大人一提，他想起来了，是啊，是有这宗事。穆彰阿现在是越来越有名气，更主要的是，道光皇帝当太子时，穆彰阿就跟他有来往，关系非常密切。这回道光旻宁当上了皇帝，把他当成靠山，这是顺理成章的事。他们的想法还真对。

穆彰阿从打大行皇帝嘉庆驾崩以后，就没闲着。他把自己在聚宝货栈很多的珍馐、美味，还有他在光禄寺时，从下边，特别是从黑龙江以北一些哨卡采集来的食品、皮张，都是海货、鲜货，通过他认识的太监、朋友，拐弯抹角送给太后。这里就有些秘密了，道光旻宁成帝，皇太后帮了不少忙。皇太后说，旻宁承继大统是先皇已经定的。所以，嘉庆驾崩后，道光及时当上皇帝，他由衷感激皇太后。皇太后在道光皇帝耳边常讲：一朝皇帝一朝臣。你呀，不能光依靠老臣，他们年逾古稀，不能经常到下面巡视，他们知道什么情况？你应当让那些身强体壮、精力充沛的年轻臣子，辅佐你才行。皇太后一再嘱咐道光，对老臣要敬重他们，但是更多的要用年轻有为、后起来的大臣。特别是在道光面前，多次推荐非常机灵、非常有办法的穆彰阿。道光本来就认识穆彰阿，他武术好，要文有文，要武有武。这个人活泼大方，长相是标准的满洲男儿，大眼睛、大耳坠、浓眉毛、高个子，仪表堂堂。道光确实挺喜欢他，经皇太后一说，更喜欢了。对这些情况，英和都看在眼里。

赛冲阿和英和两位大人，边喝着茶边谈着，非常有劲头。这时候乌伦回来了，他兴致勃勃地向二位大人作了个揖，禀报大人："我才从礼部回来，我们和礼部、刑部的一些仵作，对那个贼人的尸体详细做了检查，从尸体的内衣里搜出一张翠香阁的银票。还从贼人身上，扒下一件很精致的透珑的鱼皮云珠镶金丝坎肩，其他就没有什么东西了。值得注意的是，刑部前些日子丢了些到北方的腰牌，这件事已引起朝廷的注意，所以，现在尚书空缺。刑部德龙泰主事，让我把从这个罪犯尸体上搜出的东西，和他们对这件事情的看法禀报给两位大人。因为这件事是遵皇上之命办的，何况御前大臣和军机处也有权过问这件事。德龙泰让我跟大人说，由你们定夺吧。有什么事需要他们办的，就敬请吩咐。"乌伦说着就从皮囊里拿出那件鱼皮坎肩，和一张翠香阁的银票。

赛冲阿和英和接过这两件东西，他们两人从表到里，翻来翻去，看得非常仔细，辨认这两件东西的真伪。他们一看银票是真的，另外，还是头一次看到鱼皮坎肩，这确实是件新鲜之物。

说起来，这两件东西很有意思。翠香阁，在座的没有不知道的，都熟悉，在嘉庆初年时，就享誉京师。翠香阁在当今北京前门外，罗锅巷里大栅栏闻名的大妓馆。里外陈设，都是雕龙画凤，相当讲究，可以说，金屋藏娇。所有的美人都是从江浙选来的，美貌绝伦，多才多艺，各有绝技。不但长得好看，而且一个个都非常年轻，一过二十六七岁就被撵出去了。在翠香阁可以听到很多大清国最好听的曲调，什么昆曲、越剧、南曲，都有出类拔萃的人物。真可以说是琵琶楚乐，通宵达旦，乐曲婉转，声声醉人。能够进到翠香阁的人，不但要有使不尽的银子，而且鸨子最看中的是这个官家的顶子，品级越高越视为上宾。美其名曰，翠香阁是天下最阔的官场，就是皇上老子来了，比宫中大内也差不了几分。所以，翠香阁不是凡人能去的地方。

现在，能从这个歹徒的尸首上翻出翠香阁的银票，说明这个歹徒不是一个平常身份的人。即使自己不是什么达官贵客，也一定有哪家官宦人家的资助，他一定与他们有不寻常的关系。赛冲阿和英和大人也分析，这个歹徒的银票是不是从哪抢的、偷的？有这个可能，但是，可能性非常小。因为，翠香阁的银票，是相当不容易得到的，它专放到金柜里头。要想从鸨子那儿弄银票，你得先交银子，按鸨子说的数，你给足了，她才给你一张银票。有了银票，在翠香阁就可以喝茶、吃点心、听歌、看舞。跟某个小姐在一起说、学、逗、唱，吹、打、弹、拉呀，走的时候，把银票都收回来，不能带出去。什么情况下能把银票带出去呢？就是隔日的银票，先买下来，要在明天去或某天去，到那天才能用。这个歹徒有翠香阁的银票，他身后一定是有钱人，至少是有什么品级的，或者带红顶的人在后边资助他。这样分析的话，这个歹徒来抢小竹篓，可能是受人指使，他的后台值得注意。

再一点，赛冲阿和英和两位大人又分析，这个歹徒能穿鱼皮坎肩，很蹊跷，不一般。京师人常见常穿的坎肩都是绫罗绸缎做的，但是，用鱼皮做的坎肩平常都没见过，有这个坎肩的地方，都是边远之地，是在长城以外，在北疆、在漠北。比如说，乌苏里江以东的赫哲人，他们喜欢穿鱼皮坎肩。另外，在黑龙江出海口一带，在北海精奇里江下游住的满洲人，还有一些以渔业为生的其他部落的人，他们也喜欢穿鱼皮衣裳。这说明，鱼皮坎肩应来自漠北，此物不是北方人赠给他的，就是这个人曾经到过北疆，或者说，这个歹徒本身就是北疆人士。赛冲阿、英和以及他身边的两个亲信，图泰和乌伦，越分析，越觉得银票和鱼皮坎肩很有价值，不是一般之物，是个线索。这说明，在朝廷之外，确实有作对的人。

赛冲阿想到这里，不觉打了个冷战。嘉庆皇帝刚驾崩，新皇帝才登基不久，就出了这个事情，能掉以轻心吗！由这件事，他们又想到穆哈连在北疆雪山蒙难。穆哈连能进京见了皇上，后来又成了宫廷的侍卫，这全靠着赛大人和英大人极力向朝廷举荐。所以，赛冲阿、英和大人和穆哈连关系非常密切，他们之间只不过一个是长辈、一个是晚辈而已，他们都是倾心向着朝廷的知己。穆哈连这个人，非常勇敢，武艺高强，忠诚憨厚，朴实无华。人虽然走了，但他的声容笑貌一直留在人们心里。不仅是他的弟兄们，就是在大臣们中间，只要认识他的，都非常怀念他，没有不为他的蒙难感到惋惜的。穆哈连也真不愧为英雄，他捍卫北疆，确实是对罗刹的进犯，给一个沉重的打击，要不然罗刹怎么这样恨他呢！另外，穆哈连刚正不阿，秉公办事，对那些贪赃枉法、妄图霸占北疆奇珍异宝的人，疾恶如仇，所以，这些人对穆哈连恨之入骨，把他视为眼中钉、肉中刺。赛冲阿和英和大人心里明白，穆哈连蒙难，肯定与这有关。这些恶人想铲除朝廷在北疆的心腹，开出一条平坦的路。他们杀穆哈连就是借此恐吓我们。赛冲阿和英和他们，越想好像问题越清楚了。昨夜突然出现的飞贼，不伤人，只偷走了竹篓，他们的动机，就是向朝廷挑战，向赛冲阿、英和这些忠于朝廷、忠于道光皇爷的老臣挑战。

想到这儿，图泰走过来，向二位大人说："眼下咱们不能再等了。昨夜三个歹徒两个已经逃跑了，其中一个，说实在的，学生我还认识，细情在这儿我就不讲了。通过同他们较量，我才知道，不能小看他们。开始时我挺轻敌，以为是个小蟊贼，一较量，才看出他们武功超群，我们不能掉以轻心。现在，我们应趁热打铁，请求大人恩准，及早禀报皇上，商议派人北上。学生想了个主意，不知可不可以。赛大人，我想先离开府上几天，带上我的徒弟，一行五人，悄悄地，以做买卖的身份，赶着车到北边去，暗里承担大任。我们到那儿摸摸情况，看北疆究竟出了什么事情。大人，不知可不可以？我到那儿，会会我的朋友，也会会那些趾高气扬的人。我愿意向大人立军令状。我总想，在京师，南七北六十三省的人都来这儿，查一个人非常不容易，还是先从下边查，然后再往上边查。这样能在最短时间内弄个水落石出。咱们就来个顺藤摸瓜，理线抓鱼，看他和京师哪个部门有联系，与朝廷中哪个人士有关系。我们把蛛丝马迹弄明白了，好下手，好禀报皇上，这样就能事半功倍呀。"

图泰这番话，讲得很有道理，英大人点了点头，乌伦站在一旁，也很高兴，因为这正合他心意。他赶忙接着说："大人，我去北疆两次，熟悉这个道。图泰总管没去过，还不如让我和他一同去，我们一起破贼。英大人，你答应下来吧！"

图泰说："不，乌伦，你还是留在京师为对。京师有些事情我们还不清楚，不能放下京师不管。大人府上一旦有个三长两短，我们怎么交代？你留下来，我放心。何况，你已偷偷监视聚宝货栈有些日子了，你不能放弃。我还建议你，应找个机会去夜探，不入虎穴，焉得虎子。这样，我们就南北各负其责，在紧要关头，两方面再会合。"

赛冲阿大人听了他的两个部下、年轻有为的护卫和侍卫的话，非常高兴，便说："你们是后起之秀，能承担大任，你们去，我放心哪。说到这儿，我倒萌生一个新的良策，跟你们商量一下，特别是英和大人，你看行不行。我年岁已高，北边是我的家乡，这些年我忙于朝廷政务，也没时间回去。而且很长时间在新疆伊犁，回到京师以后，我就没有时间到我的老家塞北去。我看这是个机会，在我有生之年，我同图泰一起去北疆。有他保护着我，你们也会放心。京师又有英大人你，我也放心。这样的话，你我也是两头忙。我跟图泰去北疆这件事，等上朝时，我就向皇上禀报我的想法。"

图泰一听，特别高兴，就说："大人，大人哪，这可好啦！我非常同意，同意啊！"两位大人和两个侍卫就这么唠着，欢欢喜喜，一直唠到很晚。

双雀飞树，各栖一枝。众位阿哥，说书人的嘴不能老是偏爱一方，早有另一方被我说书人慢待了。从开书到现在，那一方哑言不语，他们在骂我，骂我不公平。所以说，我现在要表另一方。我要小动唇舌说说本书的另一个主人。这个人，外号叫串地龙，龙福春，龙大人。我先从他讲起。今天正是龙大人喜庆之日，他的义子猛哥，娶了龙家堡子远近闻名的美女俏俏为妻。今天要把俏俏媳妇迎进门了，真是红毡铺地，唢呐声声，鼓乐喧天，洞房花烛夜，连理并蒂枝。

俏俏是部落里一个丫头，长得很美。龙家周围一些邻里，都想看看新媳妇俏俏长得什么样。因为龙家住的是一个土窑子，本来只有百十口人家。这百十口人家，多数还是龙家的奴仆，所以，没见过世面。现在真是变了样，到处搭着彩楼，挂着红布，摆满了喜庆的鲜花，热闹得很。来贺礼的，串亲戚的，瞧热闹的，人来人往。吹鼓手，嘀嘀嗒嗒，把整个小土窑子轰上了天，能传出十里二十里。你看，男男女女，老老少少，远亲近邻，有的骑马，有的坐大轿车，轿车上戴着铃铛、铜镜，非常好看，有的是坐小毛驴车的，毛驴头上扎着彩绸，戴着铃铛，一跑哗哗地响，非常有节奏。另外，还有推着"老太太乐"的，咯吱吱、咯吱吱地响。"老太太乐"就是单轱辘车，又叫胯车，推车人很有技术，把绳子往脖子上一挎，两手握着车把，推车有一定的姿势，脚步迈得挺匀称，俗话说"胯车不用学，全凭屁股摇"，走起来像扭秧歌一样。就这样，把个龙家堡子闹腾得比北京大栅栏还招人看。

说起来，龙福春龙大人，他的身世就是一部书，可不简单。嘉庆五年时，他还是天津北边蓟县县城观音庙前的一个小掌鞋匠，无妻无子，独身一人。他为人很好，肯于帮助邻里，掌鞋也不计报酬，你愿意赏就赏几吊钱；你没有钱，拿着掌完的鞋走也可以，只要留下一个名声就行了。好在嘉庆帝在位那几年，风调雨顺，当时，一个人怎么干都能填满肚子，所以说，他还没觉得太穷。他不仅这样，还经常到鳏寡孤独的人家里去帮工，不要钱，吃一碗天津卫喷香的苞米糊糊和一根撒着白糖的大麻花，他就心满意足了。龙福春就这样，终日靠着蹲庙台，来乞求过路的恩公、行人，问他们："你有鞋让我收拾的吗？""这位先生，你要不要收拾鞋？"冬天都穿毡疙瘩，补一补，他不嫌臭、脏，过路人都觉得方便，这个掌鞋匠还真好。

单说，观音庙这个地方，正好是临街大道，车水马龙。西边直通北京，东边，稍微往北拐一点弯，就是大清皇家的东陵，离这儿也就是二三百里。上至王公贵戚，下至庶民百姓，多少人都在这条宽坦的大道上走，从早到晚，来来往往，非常热闹。要是赶上节日祭日，太后和皇上有时去东陵，也在这儿路过。那时候还能常看到红毡铺地，鼓乐喧天，满身铠甲的八旗兵勇，一字排开，站立两旁。还有穿着各样品级衣服、戴着各种顶子的王公大臣，有的坐轿，有的骑马。走起来，真像人河一样，一个挨一个，这个场面好个气派。

俗话讲，天有不测风云，人有旦夕祸福。又常讲，一生常做善心事，终得吉祥世人知。有这么一年，正是隆冬大雪飘飘的日子。龙福春清早起来，看看天，天还昏沉沉的，雪还下呢。他犹豫半天，去不去掌鞋呢？但是，他是个闲不住的人。他明知道，这么大的雪天，谁还出来叫他掌鞋呢？但是，他还是起来了，穿上衣裳，擦擦脸，喝几口炉子上小壶里装的炒米茶，饭也没顾得吃，背起掌鞋的箱子，冒着大雪就来到观音庙。

观音庙的石头台阶上，有三个庙门，正门是挺宽的红门，两侧是比较窄的小红门。三个红门上头都是用石头砌的飞檐。龙福春每次来，都坐在观音庙一侧小红门的下边，他搬过一块小木墩，又往地上铺上他带来的有窟窿眼的皮褥子，他把掌鞋箱子打开，把里头的刀子、剪子、锤子都摆在那儿。因为他坐在庙门的一侧，房檐的下边，可以避雪、避雨，天天如此。

这时雪还下着，满地银色，大道上行人稀少，雪把大道铺得挺厚，一片白茫茫的。龙福春有个习惯，他总是整天地坐在这儿。不管有活没活，他就像个柱子立在这儿一样，今天照样如此。不少街坊邻居都暗地议论他："瞧呀，这个笨小子，不管是雨天、雪天都坐在这儿，也不想想，这样的天气，谁还上你这儿掌鞋呀。这个死木头疙瘩，真是死心眼。"但是，龙福春不这么想，他认为在这儿坐着可以眼观六路，耳听八方。他坐在角门，往这边看看，往那边瞧瞧。哪块儿有个大事小情，老人家摔跟头了，瞎子摸不着道了，小孩哭着找不到家了，两口子拌嘴打成一团了，或者过往的行人、车辆要问道了，问哪个住户的姓氏、住址了等等，龙福春都是热心迎上去，主动帮助解决疑难的事情。他就这样终守每日，从不感到无事寂寞，反而觉得挺充实、满舒适的。

雪还是越下越大。好在天津卫这块地方，也不算太冷，有个小耳包，戴个卷檐的有点毛的毡头帽，身上穿着薄的长袍，套个坎肩，也就不觉得怎么冷。

雪仍然在下着，行人不多，没有动静，也没有谁要找他帮忙。他说："嘿，今天这么太平。"这时，他肚子里头咕噜咕噜直叫唤，向他讨饭了。"哎，今天就到这儿吧，今天吉祥，我走了，明儿个再早点出来。"他忙着站起身，打扫打扫身上的雪，拎起掌鞋的箱子，卷起破皮褥子，把掌鞋的家什都收拾起来，把小木头墩放在台阶下边的墙角底下。

他上了台阶，待了一会儿，又觉得木墩没放严实，要不然来个淘气的孩子给我弄走了，我就没有坐的了。于是，他跳下台阶，去摆弄木墩，没想到让一个东西把他绊了一跤。回头一看，原来是一堆乱草，让雪盖上了。他踢一踢草，草上的雪掉下来，露出一双小花鞋。他顺着小花鞋一掏，哎呀，是一个人哪！他赶紧把草和雪都扒拉开，原来草底下睡着一个小姑娘，睡得还挺香。他开始以为是被冻死了呢，他扒拉一下，一看那丫头醒了，坐了起来，暖乎乎儿地，也不瞅他，双手一个劲儿地揉眼睛，半天没吭声，坐着不动，满不在乎的样子。

龙福春很奇怪地打量她，一看，这姑娘头上梳着两个小辫，小辫扎着红头绳，额前还梳着很整齐又弯又长的刘海儿，头上右侧还别着一个展翅翩飞的玲珑翡翠的花蝴蝶，真好看。上身穿红丝绒卷边镶着琉璃珠的盘花棉袄，下身穿着浅绿缎子有花绦子镶边的彩裤。一双绣花鞋也挺讲究，鞋上绣着鹊雀登枝。袜子上蒙着不少雪，雪一化，所以袜子是湿漉漉的。再细看，还有一层白霜。这小姑娘是旗人打扮，不是汉人。从她的模样看，不是附近的小姑娘。她的年岁也就十七八岁，怎么睡到这儿来了？他问她什么，这个姑娘什么也不说，也不瞅他。是哑巴？不，你要一碰她，她还咿咿呀呀地叫。瞅她脸，她还嘿嘿一笑，半天大舌头啷叽说一句，阿玛哈①，阿玛哈。

在京津这一带，那时候说满洲话的人很多。龙福春虽然是汉人，他对满洲话也会点儿。他一听就懂了，意思是说，我要睡觉，干什么你把我弄醒了，你搅了我的美梦，埋怨他的意思。他问她哪来的？家里都有什么人？这个姑娘都不知道。他想，不能让姑娘在雪里冻着，时间长了，不冻死也得作病。遇到这事，他能不管吗？他看姑娘的样子，像个傻子，也可能是受了刺激，精神失常，逃出了家。大雪天，在外边睡觉，还不冻坏了胳膊腿，哎，可怜天下父母心哪，家里人还不知怎么着急、怎么惦记着她呢。我呀，不能不管。先把她接到我家，安顿好以后，我再帮

---

① 阿玛哈：满语，睡觉的意思。

助找她的父母。他主意定了，就好言劝姑娘走，姑娘也不动，他就好奇地把姑娘扶起来。他用一个肩膀背着掌鞋的箱子，一只手拉着姑娘的胳臂。他连劝带推，好半天，才把她拉到自己矮趴趴的小土房子里。

他进屋马上升上火，屋子烧得暖烘烘的。不知这姑娘跑出几天了，满脸是泥，手都黑乎乎的。他用凉水给她擦擦脸、洗洗手。又给她熬点小米粥，盛了两个饽饽给她熥熥，切了一小碟萝卜丝咸菜，想让她吃。

这个姑娘一看就炸了，瞪着黑眉毛，大眼睛，蹬着两腿，嗷嗷叫起来。龙福春不知她要说什么。这时她干脆把桌子一搁，就把吃的东西全都搁到地上，嘴里说着"吃萨其马、萨其马"。啊，她吃不惯这个，想要点心吃。姑娘一个劲儿地闹，龙福春也不心烦，他想，人家是病人，我既然把她接回家了，就不能让她饿着。于是，他到外边买点糕点，总算对得起她的爹娘。这时，姑娘还哭叫着，龙福春就悄悄地把点心放在她跟前。

我要跟各位阿哥说一说，龙福春是很穷的，你想，一个掌鞋的能有什么钱，买这点糕点是不容易的。他是悄悄地在破炕席底下拿出点银子买的。姑娘吃着点心，不闹了，不一会儿，就睡着了。屋子太小，怎么办呢？他把屋里的小炕让给姑娘睡，自己在外屋地灶火坑边，只能放下一个锅的地方，挨着墙角，半靠着墙半躺着，盖着自己的老羊皮过了一夜。

话要简说，就这样，这姑娘在龙福春家待了三天三夜，龙福春侍候她三天三夜。找姑娘的家吧，这姑娘全不知道。他到处打听，谁都不知道姑娘的来历，只能养着吧。这样，姑娘又住了三天。龙福春身边没多少银子，姑娘还整天要好吃的，一侍候不好，不是哭就是闹，说话她不理，像五六岁的孩子一样，什么都不懂。她就是呵呵咧咧的，听不懂说些什么。这可好，四只眼睛一碰，谁也不知啥意思，可苦了龙福春了。就这样，又熬了十多天，她慢慢习惯了，不闹了，还能帮他背箱子，在观音庙石台阶上，看龙福春一针一针地掌鞋。

时光荏苒，转眼，冬去春来，万物复苏，龙福春费了多少心思，也打听不到姑娘家的下落。这一天，艳阳高照，龙福春带着傻姑娘，到观音庙台阶上掌鞋。顺便还要说一下，这些日子，姑娘吃的用的，已花了不少银子。龙福春穷得叮当响，啥也没有了。后来，实在没法子，他把他娘过去传给他的千手观音佛像拿出来。这个佛像有老年头了，据说是大元朝忽必烈时期的文物，他一直供着。眼下没法子，拿出去当了吧。他到县城当了些银两，买了些糕点，总算使傻姑娘性情好多了。

有一天，他们又来到观音庙，傻姑娘帮他把掌鞋的家什拿出来摆好，龙福春刚刚坐好，就在这时，见大道的对面，走来一位背着包袱、穿着一身灰色僧袍的云游和尚。这和尚长得很魁梧，浓眉大眼，不过因苍老眉毛已变成灰白色，两个眉毛弯弯地压在眼角上，很慈善、安详。他来到龙福春的身边，向龙福春单手作了一个揖，说："阿弥陀佛，善哉，善哉，施主啊，贫僧打扰您了，我过路口渴，想到您这儿讨口水喝。"

龙福春放下自己手中的家什，忙着拿起放在台阶上的小水壶，傻姑娘还真懂事，瞅瞅和尚，拿起水碗，又接过龙福春的小水壶，递给和尚，口里还呜噜呜噜地说，又赶忙拿过一个小木墩，放在老和尚面前。这个和尚慢慢地上了台阶，坐在他俩的斜对面，一点儿没客气，就大口大口地喝。喝完这碗，又喝那碗，看样子真是渴坏了。

龙福春忙说："老仙翁不要着急，慢慢地喝。不知仙翁从何处来？奔何处去？""啊，我是从河北遵化金佛寺来的，顺着道往京师走，路过京城潭柘寺，我要在那儿讲经，讲完经我要去五台山会友，然后就回到山西青柱山，我的禅房了。"

龙福春边干着活边说："哎呀，这条路可远了，老仙翁够辛苦的了。别着急，在这儿歇歇吧。"他仰头看看天，又跟老和尚说："现在天已不早了，日头都偏西了，要不这样吧，你在我这儿住一宿，明天你早点赶路，稍微贪点黑，你可能就赶到了，要不，你这时走，在哪住呀。"龙福春这个人，从来是热心肠，他总是替人家想得多。谁想，这老和尚也真不客气，顺着话就说："那就打扰您了，我就住你这儿，多谢了，阿弥陀佛。"

龙福春就是这样爱管事的人。他赶忙向傻姑娘比画比画，叫傻姑娘帮他赶紧收拾箱子，回家吧。又来一个客人，傻姑娘非常高兴，就忙这个，忙那个，还抢着背箱子，走在前头。龙福春与老和尚在后边跟着，不一会儿就到了家。

龙福春把门一开，老和尚个儿挺高，低着头猫着腰进了他的屋子。龙福春告诉老仙翁："你先歇着，我给你做点素面吧。"他洗洗手，把面一和，又把锅烧开了，给老和尚做清水刀削面。龙福春手艺还真行，一手拿着面团，一手拿着片刀，唰唰唰，面削得挺齐整，块儿一般大。不大一会儿，就把面削完了，撒了点盐，别的什么也没放，就把面端过来了。老和尚接过来，连汤带水就喝进去了。傻姑娘一看老和尚爱吃，自己也不要点心了，也要吃刀削面。这个傻姑娘吃完了，还剩一点儿面汤，龙福春自己就垫补垫补。

他们吃完了饭，龙福春把油灯点着了。和尚问他，这屋子怎么住呢？龙福春说："这屋子由傻姑娘住，看没看着，我就住在外屋灶火坑这个地方。"和尚更随便，就说："我就跟你住在这儿吧！"怎么住呀，也没地方。老和尚到外边拣些干草，从他自己包袱里拿出一个圆的小布垫，把它放在草上，老和尚双腿一盘打坐，叫坐禅。他把包袱里的经书展开，放在自己的双膝之上，闭目养神，话也不说。这时，龙福春依然睡在灶火坑前，还是盖着他那块老羊皮，和衣而卧。

半夜的时候，龙福春睡得正香，就觉得有人在推他，他醒过来一看，是老僧醒了，在跟他说什么。他以为老僧要出去方便方便，可能不知地点，问这个事儿。龙福春忙着坐起来，点着小油灯，就说："仙翁真抱歉，我忘了告诉你了，外边野地哪都行，不必到远地方去，愿在哪方便就在哪方便。"

老和尚一听笑了，忙摇摇头、摆摆手："阿弥陀佛，善哉，善哉，我哪也不去，就想跟施主你说上几句话。我告诉你吧，大概在十多天以前，我从京师这条路过来时，施主没看见我，我可看见你了。这个傻丫头就坐在你旁边，我当时就打量你好半天，我不知是怎么回事。后来旁边有人告诉我，说你是个好心人，好帮助别人。我佛最喜爱帮助他人的人。你做的好事，我都知道了。施主啊，现在我跟你明说了吧，我是来帮助你的，你看看，有什么事让我帮忙吗？"

龙福春一听很感动，忙着跪下，给老和尚叩头、施礼，然后说："谢谢佛祖保佑，龙福春我只求能够解救屋里那个可怜的姑娘，她失落了父母，在我这儿已半年多了，没找到她的家，她一定是哪个富贵人家的闺女，你看她穿的、要吃的东西，和我们都不一样，说实在的，不怕仙翁耻笑，我真是养不起她呀。何况呢，这样长此下去，也不是那回事。拖累我无法生活下去，眼下，我真是钱财一空，全靠着借债养活她。请仙翁赶紧点化我，我可怎么办哪？"说着就给老和尚磕了一个头。

老和尚说："施主，苦到头来必有甜，一心向善有机缘。我看这姑娘，她的五官面貌是个有福之人，黑根毒苦美芙蓉，前途无量，阿弥陀佛。"

龙福春听不懂，就问："什么黑根毒苦美芙蓉？我不明白你老的话。"

老和尚说："这些你不必要问，不懂就不懂吧。我给你二十一包药，我再给她针灸。你呀，等我每次扎完一次针，就把我配的药，给她冲一包喝下去，然后让她睡觉。得这病的人，就怕惊吓，不让她悲伤忧虑，让她静心安养。我已经看出来了，她没有不治之症，让她好好睡觉，咱们能治好她的病。"老和尚说完，从包裹里拿出早已准备好的药和银针，让龙福春按照他说的办法给姑娘服用。这药是他在十几天前，知道这事后，从外地采集来的。

老和尚让龙福春在前面，他在后头，把门开开。龙福春端着油灯，进了屋，叫醒了傻姑娘，用手比画来比画去。这个傻姑娘也挺灵，懂得了龙福春的手语，忙把衣服穿好，向老和尚傻笑，一边点头施礼，一边比画着。老和尚不知啥意思，龙福春在一旁解释说："她谢谢老仙翁救她，你怎么扎针她也不怕疼。"就这样，老僧让她重新躺下，在她前后心、肩膀、胳膊、腿上扎了好几针。

老和尚在龙福春家整整住了七天七宿，龙福春就待候老和尚、傻姑娘七天七宿。天天从早到晚，把他忙得不可开交，也顾不得去掌鞋，这在他几十年还是头一次。不少人都吃惊地议论：这个掌鞋匠过去是风雨不误，这几天怎么看不着了呢？这个好心人，可别有病啊。周围的人都非常惦记他。

在七天七夜的最后一天，天刚刚亮，老和尚给傻姑娘扎了最后一次针，然后叫龙福春把第二十一包药给她灌了。吃完了这包药，傻姑娘就睡下了。这次睡的时间比哪次都长，从子夜一直睡到第二天下午的酉时，整整睡了十个时辰。这可把龙福春吓坏了。他赶忙问师父："这是怎么了？可别出了人命啊！要出了人命咱可担待不起啊！老师父，你赶紧救救她！"

老和尚闭目养神，手捏在傻姑娘的右手腕上，另外，他还不时地、慢慢地、轻轻地翻开姑娘的眼皮，看看她的眼仁。龙福春哪懂得这一套呀，天热，他不时给老和尚和姑娘擦擦汗。等到天要黑的时候，傻姑娘哎呀一声，忙叫："彩凤、彩莺你们在哪呢？"这时候老和尚笑了，龙福春也笑了："哎呀，姑娘懂事了。"

正是，苦尽甜来喜临门，恩情总有酬报时。龙福春真是悲喜万分，他听她叫什么彩凤、彩莺，他想，肯定是她家的人，看起来，她真好了。真是谢天谢地，他感到这些日子没白忙活。马上跑到门外，跪在地上，冲着天磕起头来。老和尚呢，这时在屋里，慢腾腾地从包里掏出小葫芦，倒出两粒金丹。他看姑娘睁着眼睛躺在那儿，把两粒药交给姑娘，让她一会儿吃下去。龙福春从外头进来，一看老师父又拿出两粒药，忙去倒水。老和尚对姑娘说："你把这两粒金丹用水吃下去，它会保佑你永远安康，不会再犯了。"姑娘把药吃下去，用水漱了一下，老和尚又说："你已得病多时，身体很弱，吃了药，让你多睡一会儿，恢复恢复身体，等你醒来之后，那才完全好了呢。"

这时，姑娘的精神确实挺好，她似乎明白了很多事情。得病时她像傻子一样，那时心里想要说的，嘴不会说。心里想的，一到表达时就颠倒了。现在她觉得自己的理智清楚了，几个月来她所见、所闻、所处的事情，都重新记起来了，过去被颠倒的印象都正过来了。她就像大梦初醒一样，一切都那么真真切切了。这时候姑娘明白了："哎呀，我跑到别人家来了，是人家救了我，他就是我的救命恩人。"她有许多话要问、要说、要表白。她知道，是老和尚救了她，她刚要说什么，老和尚赶忙止住，而且用手把她的嘴捂住了："好姑娘，你现在不能说话，万不可情绪激动、浮躁，大悲大喜对你都不利，对你身体有害，你一定听我的话。吃了这金丹以后，你什么都不要想，就好好给我睡觉。闺女呀，你睡的时间越长，将来的身体越好。等你醒过来时，你就能看到更大的喜事儿。今后啊，你会有很多喜事啦！"姑娘听了仙翁的话就躺下去了。

老和尚又悄悄地把龙福春叫到外屋，把门关严了。老和尚跟龙福春说："施主啊，咱们的缘分已尽了，我给你几句赠言，你可要好好记住，你啊，今天是今天，明天是明天，得了明天要想今天，万事贪生祸，小福应自安。施主啊，你要好自为之。阿弥陀佛。"

龙福春也不懂老和尚的话是什么意思，听了半天糊里糊涂，他就说："不忙，不忙，等姑娘醒了，我们到观音庙去上炷香，拜观音菩萨，感谢他们保佑。"

正说着，忽然门咯吱响了。龙福春一看，是他的邻居淘气包虎球子来了。他是十几岁的孩子，常帮助龙福春家做些好事，龙福春也挺喜欢这孩子，就赶紧跟他过话。

就在这时候，老和尚悄悄地走了，又云游天下去了。龙福春没想到，也没注意这个事儿。

虎球子进来以后就说："龙大哥，仁信堂的老板派人来了，说是要看看你。"龙福春就让他们进来，很客气地说："哎呀，对不起客官，我的屋子太小，你们就在我的屋子委屈坐一坐吧。"屋里没地方坐，有的坐在锅台上，有的在地上蹲着，有的在门外站着。这时候仁信堂的账房师傅说："龙师傅，你当的千手观音佛，那天让这位客官爷看中了，他特来想买它，有些事情你们自己商议吧。我把他领来，给你们搭个桥，行就行，不行就不行，我还忙着，就先走了。"

屋里就剩下龙福春和两位客人。龙福春一看，这两个人打扮都挺阔气，一问，他们都是从北京京城来的。看样子，都不是一般人家。旁边站着那个五十八九岁、穿着黑貂皮坎肩、里头穿的是丝绒长衫的人，慢腾腾地先说了："龙师傅，这是我家的穆大人，我们的官爷，他特来拜访你。"

龙福春一听，好惊讶。这个人穿得这么漂亮，还是个管家。一看那个人穿得更好，帽子上还有玛瑙的顶珠，是个官家的打扮。身上穿着绸缎，而且是袍服，手里拿把扇子，很阔气。那公子抱拳施礼，然后说："大爷，你好。我家的祖母一向朝佛，她老人家在仁信堂见到一个千手观音佛像。哎呀，我家的老祖宗她从来就爱佛。她看了这千手观音佛，就不动弹了，就在那儿看哪看哪，一定让我想办法把佛请回家去。她老人家要供在佛堂里，天天拜它，要给它磕头。她朝思暮想这件事儿。后来，我的阿玛，就命我带着管家，先到当铺打听，经当铺掌柜的介绍，我们又左问右问，才打听到你这儿。听说是你家当的，为了救我们家，你能不能卖给我。只要你说个价，你说多少钱就多少钱，我们不嫌贵。你说吧，你这东西要多少银子？"

龙福春忙说："官爷，实不相瞒，那是家父在世时祖传的遗物。儿子我不孝，一生没挣多少钱，家里十分贫寒，近日又遇到一些麻烦事儿，暂时把它存放在当铺，万不能卖，也不想卖，也不敢卖。"

那个公子又忙抱拳，很友好地、恳求地说："你有什么难事，我可以帮忙。我的祖母想千手观音佛，已重病不起，茶饭不进。我们全家人都为老祖母的病，愁得个个都消瘦了。如果老人家为这件事有个三长两短，我们怎么办哪？何况我的祖母已是古稀之年，就算你救我家祖母一命吧。她什么都不要，一生就酷爱信佛的事儿。"说着公子潸然泪下。

为这事儿，双方争个没完。一个坚持一定要买下来，一个执意不肯卖，声音越来越高，也越急切。双方都讲自己的道理，就像吵架一样。不知怎的，这声音传到屋里，惊醒了正在睡觉的姑娘。

这姑娘吃了老和尚的药，睡了很长时间，在睡的中间，药力发作了，她的大脑恢复过来了。头脑一清楚，外界的吵声都进到她的脑海里。她这时似睡非睡，好像又听到有人说话，像她哥哥的声音，还像有老管家的声音。后来，她似乎又见到自己的阿玛、额莫来了，还有她最想念、最亲的奶奶也来了。不一会儿，这些人又都没了，她着急了，就大声喊起来。这一喊，真喊出声来，她喊谁呢？喊她身边的几个奴仆，她最熟悉、最亲的一个是彩凤，一个是彩莺，跟她好些年，现在她头脑清楚了，就想起身边的奴仆了，"彩凤、彩莺，你们来呀！你们在哪呢？"

这声音传到了外头，管家一听，这声音挺熟啊，叫彩凤、彩莺，这两个人都是咱们府上的人哪。不一会儿，屋里的姑娘，又把杜布林老管家的名字喊出来了。因为老管家从小就是他家的奴才，是在他家长大的，后来抬旗，就成了穆家的人了。这个杜布林心肠好，常领小格格，也就是现在的姑娘出去玩，到湖边划船，采莲藕，套鸟雀，只要小格格说到哪去，老管家就带她去。所以说，杜布林在姑娘心里印象特别深。这会儿，她连续喊："杜布林老玛发，杜布林老玛发你在哪呢？"

这一喊，可把屋外的人闹愣了，因为啥呢？在外头站着那个老头儿，就是老管家杜布林。这时候，他正帮助公子劝龙福春把那东西卖了，冷丁听叫彩凤、彩莺，他想可能是耳朵走邪了，听错了。又一听，有人喊他的名字。一般主子叫奴才，赶紧"喳喳"答应，这已成习惯了。回头一看，没有人，这真怪了。这时站在旁边的那个公子，也听得特别清楚，而且这个声音非常熟，不是别人，这是小琪娜呀。丢了这么长时间找不着，怎么她的声音出来了？他也觉得很怪，是人还是鬼呀？他慌了，马上就问："这声音哪来的？我妹妹在哪？"

龙福春这时也听到叫声了，他以为姑娘在做梦，可能是说梦话吧。可是一看这两个人挺惊慌，要找这声音是哪来的。龙福春明白了，他们是不是知道姑娘的家，也许他们就是姑娘家里的人哪。他高兴了，便不跟他们争论卖佛不卖佛的事儿，上前就说："这声音是我的屋里传出来的，屋里正躺着一个姑娘，她来我这儿半年多了，我们已经把她的病治好了，刚才老师傅给她吃了药，她已经好了，你们进屋看看。"

龙福春把他们二人带进了屋。这两个人一看，便失声痛哭，正是自己失散半年多的妹妹。真是踏破铁鞋无觅处，得来全不费功夫。那个公子说："我们全家为了这个格格，为了我们的小琪娜，我的老祖母啊，一心倾佛事，直到现在还在病中。就为了想我的妹妹，我的额莫是一品诰命夫人，也在重病之中，差点她们都要疯了，天天有几个郎中名医在身边侍候，甚至连宫廷中的御医都请来给她们看病，也不见好。有时我的额莫天天到处跑，到处喊，找我的小琪娜。我的玛发穆大人，也天天唉声叹气。就因为丢失了我们的小格格，将自己家里不少的老妈子和贴身侍女，像彩凤、彩莺都辞去了，认为她们有罪，没有看住格格。现在全大清国各省都贴出了告示，画出了像，不少州、府都派人到处寻找，始终不知道下落。没想到，今天我怎么在这块儿见到你了呢？"

哎呀，这屋里头，兄妹相抱痛哭。老管家杜布林忙跪下磕头说："我的好格格，现在老祖宗可想你了，诰命夫人想得也快疯了。哎呀，老天保佑，佛爷保佑，真是千手观音佛把我们领到这儿来了。"说着也老泪横流。

姑娘这时完全清醒过来了，她让自己的哥哥和老管家赶紧过来，拜过她的救命恩公龙福春。龙福春赶忙让他们起来，不要磕头。姑娘又转过身，向龙福春介绍自己的哥哥。她说："哥哥是刑部的一个官员，叫福康安，这位就是我家的老管家，他像我自己老爹一样亲哪，他叫杜布林老玛发。"姑娘让他们坐好，龙福春给他们倒上茶，什么茶呢？是炒米茶，有糊巴味，你想公子能喝惯吗？他干脆没喝。但是姑娘已经喝惯了，她就自己喝。姑娘给他俩介绍怎么离开的家，怎么到这儿来的，后来，龙福春这个掌鞋匠怎么把她留下，又怎么侍候他，待她就像自己亲妹妹一样。后来，来一个老和尚，帮助龙福春给她看病，她刚刚好过来，说着，自己也号啕大哭，真是感激不尽啊。

福康安这时过来，跪在龙福春面前，说："龙大哥你是我们全家的救命恩人，我回去马上禀报家父大人，一定会重谢你的。我妹妹已经失落半年多了，家里人都想疯了。我的老祖母因为丢失自己的孙女，一心向佛，天天祈祷佛爷保佑她，现已重病不起。我的母亲也是个病人，我的阿玛，已经悲伤多日，无法临朝。我今日能够见到自己的小妹妹，都是恩公你的帮助。你孤身一人，住在这样的小破房里，我们实在过意不去。请你到京师，到我们府上去，我家人都叩见你，都要感激你，把你当作世上最大的活佛菩萨来供养。走吧，天色还不晚，咱们趁早进城吧。"这时候，他又吩咐老管家，快去备好车轿，好让格格上轿起程。

姑娘也同意自己哥哥的安排，就对龙福春说："龙大哥，小妹真是感激你，走吧，按我哥哥的安排，到我们家去吧。我阿玛、额莫都要看我，也要看你的。"

龙福春真是晴天霹雳，喜从天降。他根本没有这个思想准备，所以这件事一出来，他反倒不知怎么办好了。他面对着自己曾关心过，并在一起生活很长时间的小姑娘，都没想到原来她的身份这么了不起。当然，他还不知道她家究竟在朝廷做什么官，是什么大臣。他现在光知道她家是京师里头最富的人家，她是最富人家的格格。所以，他一看这几个人的身份跟自己差得太多，反而话也不会说了，嘴也开始哆嗦起来了，对他们不那么自然了。半天，才说："我是个掌鞋匠，已经习惯了，你呀，还是跟你哥回家吧。你回去了，我心也安了。我在这儿，还有很多事要办，一时也不能脱身，你回去以后别忘了我就行了。"

福康安和这个姑娘琪娜，他们兄妹俩怎么能答应呢？再说，老管家也不答应。他们苦苦哀求："龙大哥，无论如何，今天你得给我们一个面子，还是到我们府里去吧，不然，我妹妹也不能答应。你不走，她能走吗？你有什么事儿，我们帮你办。"龙福春最后还是坚持不去。他想，我是个穷人，跟人家攀不上。小琪娜一心想回家，只好含着热泪和龙大哥匆匆告别。临走的时候，还向龙福春喊："龙大哥，你等着，过几天我一定来接你，我阿玛来，我额莫也来呀！"

琪娜随着她哥哥福康安，回到了穆府，自然别有一番失散相聚的悲欢场面。老祖母看了以后，顿时大病痊愈，马上就精神了，又能吃饭，又能下地了。全家马上到佛殿叩拜。这真是，苦心找事找不到，却在求佛心中见亲人。真是这样，他们因想买千手观音佛，才来到蓟县这个小屯，而且见到了家藏千手观音佛的老龙家，哪知他们丢失的小格格就在老龙家。这事多巧啊，说起来，真让人不可思议。这难道真是佛的点化吗？使他们跟琪娜格格重逢。不仅重逢，原来精神失常的病人，现在完全好了。他们感谢佛的保佑，一边叩头，一边痛哭流涕。

龙福春从此一步登天。琪娜格格之父是谁呢？就是我们前书讲的，赫赫有名的穆彰阿。关于穆彰阿，我说书人还要多说几句。穆彰阿，字鹤舫，是郭佳氏，满洲镶蓝旗人。父亲叫广泰，嘉庆时期，官内阁学士，迁右翼总兵。后来犯了罪，也没什么大的名声。不过他的儿子穆彰阿就出名了。嘉庆十年进士，后来选为庶吉士。嘉庆二十年在刑部做侍郎。前面提到，因一日批了二十余件立决的案子，经查有错，皇上下诏，将穆彰阿从三品官降到光禄寺卿。这件事使穆彰阿特别恨一些老臣，其中恨得最厉害的就是赛冲阿，他一定要报这个仇。但他这个人表面上你还看不出来，他善于阿谀奉承，挺会办事，特别是对上边的权臣，他想各种办法，不是送礼，就是叩拜，或者以学生自谦，虚伪地向他们献媚。但是，对一些非常耿直的人，或者是地位比他低的人，从来看不起，也不接近。道光旻宁当太子的时候，他就和旻宁交往甚密，他认为旻宁将来很有发展，总有一天会继承皇位的。所以，他经常教皇太子旻宁一些诗文、一起写诗绘画，或者练剑法、骑术，他们之间特别亲密。道光帝继位不久，穆彰阿曾两次秘密见道光帝。

这次他听到儿子福康安介绍龙福春这个人，小琪娜又把龙福春为了救她，怎么省吃俭用，把他母亲留下的家传千手观音佛都当了，又说了一遍。穆彰阿也感到他是个热心肠的人。另外，小琪娜天天跟他阿玛哭闹："他要不来，我就回去。我跟他生活半年多了，说句不好听的话，我一个姑娘，在一个男的家住了这么些天，我要嫁给他。"开始她阿玛、额莫也有想法，你们俩不般配，他是个掌鞋匠，你是什么出身。但是，小琪娜说："不，我宁嫁给他。我已是他的人了，我要以身相许，感激他。"

这事感动了穆彰阿和他的夫人，特别是小琪娜的祖母，穆氏家族身份最高的老太太，也非常敬仰龙福春，认为他心肠好，有菩萨心。要是没有他的相救，孙女怎能回到家呢？而且病还好了。所以，当她听说孙女要嫁给龙福春时，就对穆彰阿两口子说："叫我看，你姑娘小格格做得对，咱不能忘了人家。"穆彰阿听了老太太的话，也欣然同意。这样，穆彰阿就用一个特别的红色大轿，吹吹打打地到了龙福春的家，将他接到府中。这时的龙福春非常光彩，周围很多人出门相送，都说龙福春这人，好心有好报哇！

穆彰阿夫妇立即让他同自己的女儿琪娜格格成婚，琪娜格格并不恋名府的生活，甘愿和自己的丈夫同住陋舍。为什么呢？因为龙福春从来都是住破房子，已经习惯了。他到了穆府，这个来了送东西，那个来了帮助干活，他吃呀，住哇，洗洗涮涮，干什么都觉得不方便，还愿意到屯子里去住。但穆彰阿觉得，他是自己的女婿呀，要是还回那破地方住，给我丢脸哪！于是，就和穆老太太商量怎么办。穆老太太说："你给他买个地方不就行了吗？问问孙女要多大的，在北京附近选个地方，买下来，再置上房产，田产，雇些人。这样，要奴才有奴才，要什么有什么，还不一样吗？离北京近也好，你若想他们，可以去；我要想孙女，他们坐轿就来了。这城里乱糟糟的，咱们有个远亲，常去走走，不挺好吗？"

穆彰阿觉得老太太说得极是，便同姑娘、姑爷商量了一阵子，最后，按龙福春的意见，在京郊的小王庄，买下了一块大的田地，并用了三五年的时间，在这块地上，盖起了正房、厢房，还有漂亮的青砖大院，在房子的周围，建了不少土窑子。这些土窑子住的人，有的是从穆彰阿家带来的奴才，有的是龙福春原居住地的一些亲朋好友，比如小虎球子呀，等等。从此，这个地方变成了一个很漂亮的新的屯寨，一个土窑子，后来起名叫龙家堡子。主人就是龙福春及他的夫人琪娜格格，由他们掌管。

龙福春是皮匠出身，哪张皮子好坏，能做什么，他都知道，很有经验。一天，穆彰阿问龙福春："姑爷，你愿意做什么？是想当官呢？还是做点别的事情？我是量体裁衣，听你的。"龙福春也讲不出什么，这时琪娜格格接过话头说："阿玛，这事你还用问他吗？他从来没做过别的，就是掌鞋的，只懂得皮子呀！你不是在光禄寺吗？那不是需要很多皮子吗？他能到北边弄更多、更好的皮子，不如就给他这个差事得了，让他管皮货，肯定能干好。"

穆彰阿觉得女儿说得对。这时的穆彰阿，身为光禄寺卿，也就是光禄寺的掌权人。具体说，光禄寺就是给皇上管事的，给皇上备办衣、食、住、行所需的物品。这些东西绝大多数是从北疆，也就是从长城以外运来的。当然，南国的也有一些。穆彰阿想了想，便对龙福春说："这样吧，再不要说你是老穆家的，就说自己开买卖，用龙家的名。在外还要打我的旗号，我能帮你。我想办法给办个腰牌，你就可以出去，花很少的银子办大事，想弄什么，就能弄到什么。"从此，龙福春就执掌北疆各种山珍海味、皮货的运输。表面上是龙家买卖，打的是龙家旗号。背地里，都是穆家买卖，替穆氏家族执掌北疆的生意。

我们前书提到的聚宝货栈，那儿的东西，有一部分来源于龙家堡子。所以，龙家堡子和聚宝货栈有关系，外人并不知道。看起来，聚宝货栈是由几股合成的，但其中很大一股是龙家的股。龙家的腰之所以这么粗，就因为他是穆家的女婿，这个股实际是穆彰阿的。聚宝货栈的东西不但好，而且既新又鲜，成色很高。为什么呢？能到北边去进货，主要靠老龙家。龙福春过去是个皮匠，能吃苦耐劳，不怕风雨，穆彰阿心里挺服气。他暗中庆幸，能找到龙福春这样的女婿，真是如虎添翼，老天保佑哇！

龙福春这些年，是越干越得手、越干越好、越干越通。再加上贤内助琪娜格格，里里外外地张罗着，有不明白的事，就去找阿玛商量，总能做到心中有数。弄到好的皮货或新鲜的海货，就赶紧卖给或送给礼部、刑部、兵部，结交了很多关系。都知道老龙家是老穆家的姑爷，谁也不能得罪。帮了老龙家，实际上就是帮了老穆家。这样，每年哗哗的白银能进数百万两。他们家的库，也都是银库。那么，这些库都在什么地方呢？就在龙家堡子瓦房青砖大院的下边，有个窖，是龙福春及夫人琪娜格格雇人偷着挖的。那时供京师的人吃菜，都是将秋天收的菜，冬天放到窖里，然后到城里去卖。所以，他们对外就称这些窖是菜窖。实际上，大部分是银窖，里面装着满满的白银。龙福春就是这样兢兢业业地帮穆家拢钱，使老穆家越来越富。有钱能使鬼推磨呀，穆彰阿有了钱，他什么都能买下来。穆彰阿曾背地说过，皇亲国舅都可以用钱一个个买下来。

仅仅几年的工夫，龙福春就出了名。已不是过去那个掌鞋匠了，而成为京师一带赫赫有名的龙大人，可以说，没人不知，无人不晓。走到哪儿，都有自己的保镖、八抬大轿，前呼后拥。还设了镖局，雇了些武师、打手，其中有不少是武林的人，甚至是有名的武林高手。有兵丁数百人，势不可犯。如果犯到他手上，关系比较好的，可能不置于死地。反之，则决不客气。只要他一眨眼，就能杀一个人。龙福春已变得极其狠毒、凶残。

龙福春从嘉庆末期开始，曾五次带腰牌北上，秘密到过北海，甚至有时也打着龙旗去的。三次南下两广，两下云贵，朋友和伙计遍布大清各省，各地都有他的耳目，他的人，他的皮张。那时，只要问："这是哪儿的皮子？"回答是"龙家的"，就不用再问，肯定都是上等皮，没说的；哪块出的好皮子，都是龙家货，全让他给霸占了。所以，人们给他起了个外号，叫"串地龙"。他同大清国边疆所有出皮张的地方，都联系上了，那些地方都有他的眼线、他的据点、他的人，像串地龙一样连在一起，力量相当强。比如，哪块有个小皮货店，他只要嘴一张，就把你挤黄了。你若是厉害点，他就动用武林高手，把人一杀，财产一抢，房子一烧，找都找不到人！你要不服气，告到官府，这边银子一递，那边就把人处决了。龙福春表面上装得挺好，常帮人做些小事，也很慈祥。所以，原来在蓟县住的那些老人，还认为龙福春是个好人。实际上，龙福春早就不是原来的龙福春了，世人早就不知道"龙掌鞋匠"是何人了。穆家向来仰慕高官和皇室众亲，为人贪奢，视穷贫者若草芥，盘剥吸髓而不足惜。龙福春为穆门名婿，往日普爱众民之心，已荡然无存。他视财如命，与往日判若两人。

龙福春有时喝着酒，与自己亲爱的琪娜格格相亲相爱，搂抱在一起，很多奴婢侍奉着，吃香喝辣的。这时的他，才真正知道天下什么叫富，什么叫阔。完全忘了过去住的那个小破土房、多少日子挣不来几吊钱的掌鞋匠的穷日子。

这时，他想起那个老和尚的话。心想："哈，这老和尚真有眼力，眼睛挺毒哇！他说的那几句话，当时我不懂，现在看来是警示我的。这正是僧人常用的一些偈语，是让我做好事。"想到这儿，他就同坐在他怀里的琪娜格格说："当年，你吃完药躺在那儿，什么也不知道，那个穷和尚对我说了几句话，当时我不太明白，现在想起来，他的话真是些屁话！他说：'今天是今天，明天是明天，得了明天想今天，万事贪生祸，小福应自安，施主，好自为之吧。'"琪娜格格就问："这话是什么意思呢？你怎么分解师父的偈语呢？你是怎么想的？"

龙福春打断了琪娜格格的话，就说："你不懂，他说的都是些傻话。人生哪能像他那样做呢？他是一个穷得叮当响、管咱们要水喝的和尚。这话，我现在明白了。你想啊，他说的'今天是今天'，是指我龙福春，你是掌鞋匠，就要记住，你就是掌鞋匠。'明天是明天'，这个老和尚很有预见，他想到了明天的我，那就是今天。今天，我成了老穆家的乘龙快婿，我现在的家产家业，数也数不清。你们老穆家，除老祖母、穆大人和诰命夫人之外，咱们俩就是第三，万人之上，三人之下，谁敢惹咱们呢？这老和尚劝我，做了今天这么阔的龙福春的时候，得了明天要想今天，不要忘了过去的穷日子，不要太贪。'万事贪生祸'，这话是说，不管什么祸端，都是因贪婪而起。如果能够安贫，也就没事了。他不让咱们贪财，不要太富了。'小福应自安'，是说，你这大家闺秀嫁给了我，咱们生活也好了，有这个小福，我龙福春该满足了，得意了，不要再想吃天鹅肉了。让我有了你以后，好好过日子就行。'要好自为之'，这句话我也明白了，这穷和尚就是不让咱富，让咱们还穷，这哪行呢？"

龙福春越来越暴露了他的另一个本性——贪婪。现在的龙福春，确实不像过去的龙福春了。琪娜格格听到这儿，坐起来，亲了他一口说："哎呀，我的好女婿，我的龙大人，你现在真变了。有了你，我们家肯定能富起来。"说着，又亲了他一口。

泥坛子里的人，越泡越黑，能黑透了心。我们说龙福春坏，已坏透顶了。他不单坏在贪财上，还是一个忘恩负义、背信弃义的人。琪娜格格爱他，真心喜欢他，毫无二心，每天忙里忙外地帮他。但龙福春富起来以后，就有了二心。龙家堡子里，说起来最让他朝思暮想的，就是美女——虎球子的姐姐媚儿。

媚儿十八岁，已嫁给刘栋才为妻。刘栋才和媚儿，原来都在蓟县城观音庙下居住，同龙福春是好邻居，都是一帮子穷人，穷帮穷，心连心嘛，所以他们相处得很好。龙福春这个人，原来也真是仗义疏财，好帮助别人。媚儿的父母有病，瘫痪在炕，家里的活都要靠媚儿去干。她每天还要拾柴，除了家用以外，再卖几吊钱，赡养她的父母。为此，周围的人都很喜欢她。龙福春也常到她家帮助干活。有时将自己挣的钱，省下一两吊，交给媚儿，让她给父母买点粥喝。媚儿不但感激他，也很敬重他。一来二去，他们的感情也越处越近。龙福春常想，媚儿一个姑娘家，养爹妈不易，应想办法给她找个男的，这样她就有个伴儿了，小两口疼疼爱爱地过日子，一起照顾瘫痪的二老，不挺好吗？龙福春想来想去，想到了他的好朋友刘栋才。

刘栋才也是个穷人，老实憨厚，是个赶大车的老板儿，给一个富人家干活。听说他是从山东逃荒过来的，到这儿举目无亲，同龙福春处得挺近乎，成了好朋友。栋才每次赶大车回来，在路边把马一拴，就到龙福春掌鞋的地方坐一坐，聊聊家常，介绍一下他在外边看到的新鲜事儿，有困难也常找龙福春帮忙。当然，更多的还是他帮了龙福春。栋才常去遵化城、京城拉脚，能碰到一些比较便宜、质量好的皮货，总是给龙福春买回来，有时还不要钱。龙福春偶尔进城，就搭栋才的车捎脚，从不要脚钱。有时拉东西，也要用栋才的车。有时两人到城里办事，在饭馆里吃完饭该掏银子时，还没等龙福春拿出来，栋才就把钱交了。这样，他们之间越处越近，栋才在龙福春的心里，印象相当好。龙福春常想，我能帮栋才弟什么忙呢？唉，对了，还是帮着给他娶个媳妇吧。媚儿配他不是正合适吗？于是，他就积极地为栋才和媚儿牵线。媚儿信着龙大哥，也了解栋才的为人，所以也就答应了。因为都是穷人，后来也没放鞭炮，没过彩礼，搬到一起，就算把婚结了，成了小两口。

且说龙福春一步登天，成了京城名门的女婿，声望越来越高，权势越来越大。而栋才和媚儿的日子过得紧巴巴的。他俩商量时，媚儿说："栋才，在这儿，没什么好日子过，咱们还是投靠龙大哥吧。你赶个大车，活又不太多，又这么累。你到龙大哥那儿，叫他给你找个好差事，咱们还能多挣点钱，好供养咱瘫痪的爹妈，也算咱尽点孝心。"栋才一听，觉得媚儿说得对。再加上龙福春也愿意让他们搬到龙家堡子来，经常对他们说："你们还是搬过来吧，我能帮你们，这边生财有望啊！你们会有好日子过的。"栋才和媚儿小两口，就在龙福春的精心张罗和安排下，搬到了龙家堡子。龙福春给小两口盖了很漂亮的三间大土窑，明光瓦亮，真阔气，谁见谁羡慕。而且还派家丁，用土坯垒了个大院套，送去了小毛驴、看家狗和不少鸡、鸭、鹅。小两口非常高兴，真是感激不尽哪！

日子一长，龙福春一有空闲，就去看望小两口。栋才因是帮工，得听主人摆弄。掌柜的一说，就得马上出去，少有十天半月，多有月余不等。有一次，龙福春给栋才揽一个活儿，这个差事好，是到关外盛京附近的浑河一带，因那里有水灾，给官府送赈济粮，大约得五个多月的时间。这是个官差，钱挣得多，一般人抢不到这个活儿。媚儿和栋才，虽然觉得时间长，但毕竟是个肥差，很高兴。龙福春在送栋才上路时，对栋才说："栋才老弟，这一去，时间是长点，你放心吧，家里的事你不用惦念，媚儿有什么事儿，让她尽管找我，我能常来照顾，没事，你就放心去吧！"说着，龙福春把买来的糕点放在栋才随身带的包袱里，栋才千恩万谢地上路了。

栋才走了以后，龙福春有事没事的，总是去看媚儿。一去，就缠着不走。今天说点这个，明天套点那个；一会儿，碰她这儿一下，一会儿，又摸她那儿一把，不断地用语言和行动挑逗她。这媚儿也是结过婚的人了，什么不懂啊！再说，媚儿在没嫁给栋才之前，早已从常来常往的龙大哥的眼神和对她的照顾上，看出对她有意，只是那时都很穷，没往那上想罢了。这会儿处到一起了，媚儿又很羡慕龙福春的风流倜傥，有权有势，加上他对自己体贴入微地关怀与照顾，这干柴烈火凑到一块儿，是很容易点燃的。又何况媚儿年轻，水性杨花，会卖弄风骚。再说了，这时间一长，媚儿也想丈夫。你想啊，那样一个妙龄女子，丈夫一走好些天，长期孤守空房，身边没有别人喜欢她，自然很寂寞，也难受，憋不住。特别是这些日子，龙福春对她极尽温存，经常故意往她身上贴，有时，龙福春仰躺在炕上，两腿一叉，那个东西就支起来了。媚儿每次看到，脸一红，就扭过身去。可架不住龙福春的不断勾引哪。一来二去，两个人的心越来越近，谁也离不开谁了。媚儿总是盼着龙福春来，他一来，媚儿真觉得心花怒放，比蜜都甜。哪怕不吃饭，只要他坐在跟前，心里就美滋滋的，极尽卖弄风骚之能事。

前书我们说了，琪娜格格从小在奶奶身边长大，愿意在奶奶怀里要娇。奶奶特别喜欢她，她也最疼老祖母。听说祖母想她，她也想奶奶了。所以，有一次，琪娜格格回娘家给祖母陪宿，一去就要几天。龙福春趁这个机会，将媚儿偷偷接到府上。那么，他为什么没敢在媚儿的家呢？因为媚儿家的周围都是土窑子，住的多是蓟县来的老熟人，怕一旦被人堵在屋里，脸面不好看。

俩人进屋，把门一扣，马上就脱了衣服滚到了一起，那真是干柴烈火、颠鸾倒凤。媚儿非常高兴，尽展风骚，特别卖力，是个玩不够的女人；龙福春对媚儿的美貌，早就垂涎三尺，恨不得立即得到她。这次是久慕鱼池，终成玩水人。仆人们终日在门外，谁也不敢进去。只听见屋里传出的"哎呀""啊、啊"的怪叫声，都吓得哆哆嗦嗦的，不敢声张。他们特别害怕，害怕这时琪娜格格回来，夫人一闹，劲得往他们身上使，气也往他们身上撒，成了他们的罪过。龙福春有个脾气，只要他在干那事儿，谁若是给搅了，轻则一顿打，重则驱逐出门，永不录用。所以，只要龙福春把那个女的弄进去，干那事时，他们赶紧离得远远的，双手把耳朵捂住，都怕沾上事儿。府上一个侍候他的婆子，爱多嘴，就因为讲了几句："哎呀，这么一个臭掌鞋的，现在不着调了，这不是作孽吗！"后来，这话不知怎么让龙福春知道了，逼着家丁剪掉她的舌头，并撵出龙府。正逢大雪天，老婆子连冻带饿，死在荒郊野外。龙福春之所以这么狠，就是怕老婆子一讲，传出去，被琪娜格格知道。那时，只要有权有势，逼死个人像杀小鸡似的，谁也不敢告。

琪娜格格回到穆府以后，龙福春就不管那个了，干脆不回家了，住到媚儿那里，仆人照样去送饭、送茶、侍候着。龙福春也不管别人是否看见，天天没早没晚地和媚儿搂在一起鬼混。时间一长，龙家堡子的人，没有不知道的。都说：媚儿是龙大人新的贵妃呀！谁见了媚儿，都指她脊梁骨吐唾沫。但当面都不敢声张，怕得罪了她。媚儿要一说，龙福春眼一瞪，还不起杀心哪！

单讲媚儿的弟弟虎球子，他也听到了风声。他开始不相信，我龙大哥哪是这样的人呢？后来，也想看个究竟，验证一下人们说的到底是真还是假。

有一天，天刚冒亮，他就从后土墙爬了进去。姐姐家的看家狗认识他，只摇摇尾巴，也没叫。仆人每当这时，都吓得躲得远远的，谁也不敢在跟前。所以，虎球子很容易就把外门打开了，又进了内屋。龙福春胆大妄为，认为谁也不敢惹。媚儿的胆子也大了，觉得有靠山了，什么都不在乎。所以，内屋的门根本没插。虎球子悄悄地、慢慢地把内屋的门打开，他一看，愣住了。两人正在干那事呢！这虎球子能让吗？踢门进屋，上去就抓龙福春，并大声说："龙福春，你简直是个畜生！"

龙福春一看虎球子来了，大怒！光着腚，跳下炕，一手抓住虎球子，像提小鸡似的提起来，然后狠狠地摔到地上，上去就对瘦弱的虎球子一阵拳打脚踢，把眼珠子都给打冒了，疼得虎球子"嗷嗷"直叫。这时，媚儿赶紧穿上衣服，跪在龙福春面前，给弟弟求情说："饶了他吧！我就这一个弟弟，求求你，饶了他吧！"龙福春根本不听，一脚踹在虎球子的脑袋上，虎球子立刻昏了过去。

这时，龙福春才穿上衣服出来，怕这脏事抖搂出去，他向仆人一使眼色，身边的人明白，是让他们把人整死。他们将迷迷糊糊的虎球子装进一条麻袋里，把口一绑，推到水牢里。半夜时分，都用不着龙福春知道，仆人们就把装着虎球子的麻袋悄悄抬走，放在马背上。马跑得飞快，来到东边的运河，将麻袋推入河中。可怜的虎球子就这么死了，死时只有十七岁。

十几天没有虎球子的信儿，有人传，说虎球子是到外地干活，挣钱去了，得去很多年，一时半会儿回不来。对这话，不少人心里都明白，这肯定是龙福春让人故意嚷嚷出去的，谁都不傻，心里都明白是怎么回事儿。

然而，没有不透风的墙，龙福春是个对房事要求非常强的人。这一点，琪娜格格最清楚，也是领教过的。结婚初始，他们的感情非常甜蜜，如胶似漆，终日难舍难分。两人分开一会儿，都受不了，天天愿意搂抱在一起。可时间并不算长，龙福春就腻歪了。琪娜觉得反常。她想，"福春怎么了？往常不是这样呀！可是，近几天变了，人也不一样了。"琪娜经常一个人过宿，龙福春有时也陪着睡一会儿，但总是借故说，今天累了，明天有事，后天还要到哪儿去，不愿同琪娜睡在一起。琪娜想到这儿，越发觉得这事儿很怪。于是，她将从穆府带来的两个家丁叫到跟前，让他们每人手提棒子，把那些龙府的男女奴才唤来。琪娜格格说："你们快说！我没在家期间，大人这些天，暗地里都干什么勾当？你们一五一十地告诉我，讲了，有赏！知道不讲的，撵出家门，要么，就打死你们！"几个奴仆吓得慌忙跪下，都知道龙大人是个白眼狼，杀人不眨眼。不说吧，娘娘熬不过；说吧，那也是个死。所以，就一个劲儿地"咣咣咣"往地上磕头，哀求琪娜格格饶命。琪娜这时让那两个家丁，把他们给吊起来说："不行，就吊起来打！什么时候招了，什么时候再放下来。"这样一折腾，谁也挨不起那个打呀！就一五一十地把大人和媚儿的事儿，全给抖搂出来了。

琪娜格格一听，肺都气炸了！这简直是反天了！她哪能容忍这事儿呢，一气之下，她把她的阿玛穆彰阿请来，又派人把媚儿五花大绑地抓来了，也把媚儿的丈夫刘栋才抓来了，同时，叫人把龙福春找回来，气氛相当紧张，院外面让穆氏家丁围住，把看热闹的人都撵走。

龙福春一见琪娜格格气那样，媚儿也来了，媚儿的丈夫刘栋才在那儿站着，穆大人也在那看着，心里全明白了。他若无其事，未给穆大人施礼，反倒趾高气扬地站在那。为什么呢？穆彰阿的小辫子，已经让女婿抓住了。现在的龙福春可不是当年的龙福春了。执掌着穆家九座皮货买卖，暗地里管理穆家数不清的银库，这些银子的来历，好多都是赃银。穆彰阿很多的隐私、丑事儿，如若被龙福春揭出去，那就够他死多少次了，所以，他很害怕。另外，龙福春还有不少北疆的武林高手，现在也都攀龙附凤，成了他的得意门生和保镖。所以，他没在乎。

穆彰阿明白，这可不能乱来！心想：小琪娜呀，你真糊涂！怎么这样莽撞？事先为什么不同阿玛我说一声？现在，咱们可动不得龙福春哪，他是世上难找的精明干练之才呀。何况，他现在羽翼已经丰满，得罪了他，就等于穆家自灭呀，等于将阿玛我告上朝廷，穆家的老少几百口人，就将身败名裂，穆家几代的基业，就毁在你琪娜格格的手里了！穆彰阿想到这儿，忙开口说："琪娜格格，我早就心里有数。媚儿是个淫荡的女人，她好勾引男人，名声很臭。她为了图财，勾引诬陷我的好女婿，你不要不动脑筋，糊糊涂涂地上别人的当，要相信你的丈夫。福春为咱们穆家，日夜操劳，有时甚至茶饭不思，苦不堪言哪！他哪有那么多精力，迷恋儿女情长之事呢？我这个老头儿不能信你的话，我了解自己女婿的品德、为人和忠心，他绝不是贪财贪色之人。琪娜格格，你再好好想想，当年是谁救了你？是谁同你患难与共才有了今天？如果没有福春，你会是什么样？咱们家会是什么样？你是最清楚不过的。你是他身边之人，应能承担事情，不能心胸这么狭隘，没有涵养，听风就是雨。本无其事，却闹得这么大。要是嚷嚷出去，不仅丢了你的脸，也丢了咱家的脸。我在朝廷怎么为官呢？以后，皇上能信着咱们吗？孩子，你太年轻了，辜负了祖母及我对你的疼爱呀！你不该这样胡闹。这样做，也毁了你丈夫福春的名声啊！以后，他在外面做事，谁还能听他的？那咱们家不就完了吗？琪娜格格呀，咱们要宽大为怀。一定要相信自己人。万不能受外人挑拨，轻易听信谗言和诽谤啊！这样，才能永远立于不败之地。你要再继续闹下去，我就不认你这个女儿了！"

穆彰阿是个非常有心计的人，能随机应变，而且假戏真做。他一边说，一边鼻涕一把泪一把地痛哭，非常伤心。周围的仆人们都说："这个格格真不懂事，怎能让大人伤心到这个程度呢？"大家七嘴八舌地都在埋怨琪娜格格。

琪娜格格听阿玛这么一说，也猛醒了。琪娜是个聪明孩子，她的心胸还是挺开阔的，也很有眼力，也有善心。琪娜格格这时明明知道事情的底细，但又觉得阿玛说得很有道理，阿玛想的是大事，而我只想到了自己。琪娜格格想到这儿，火就比以前消多了。她又想："我千不看，万不看，也应看在福春救我的分儿上。若没有他，现在我还不知游逛在什么地方，可能是个疯子，也可能是个傻子，或许变成了无家野鬼，早已命丧黄泉了呢！他是我的救命恩公啊！哪怕他有再大的错，再大的罪，也应饶了他。"琪娜格格又扪心自问："作为妻子，有些事情我做得也不对。这些日子自己粗心大意，光顾回娘家了，没在家里陪伴丈夫。福春也够累的，没早没晚的。男的都应得到女的给予的温存，我现在做得也不如以前好。总是贪玩，总想奶奶，像个孩子，没做好妻子呀！福春找了另一个女的，这与我有关哪，不应把错都推在丈夫身上，这是夫妻两人的责任。不能这样闹下去了，这要传出去，真是两败俱伤啊！后果不堪设想。"

琪娜格格真是个明白人，顾全大局。就这样，大事化小，小事化无，完事了。穆彰阿大人见事已平息，随即上轿，并嘱咐他们两口说："你们要好好过日子。琪娜，你要多听福春的，这是我对你的忠告。"琪娜向阿玛施了个蹲礼，告别说："阿玛，您放心吧。"这样，轿很快就走远了。这场风波就这样平息下来。

龙福春也很会来事儿。进屋以后，见琪娜坐在那儿，心里还憋着火，福春想：夫人总是要摆点架子。这事无论如何是我惹起来的，是我的错。爱妻还真给我留了面子。琪娜是个好心肠的女人，对人很正直，没什么坏心眼，也真疼我，处处关心我。能有这样一个人做妻子，应高兴才是。想到这儿，龙福春就走到琪娜格格跟前，跪地下拜，请求格格饶恕他。琪娜破涕为笑，起身将龙福春扶起。这样，他们之间的感情也就好了许多。

龙福春是经过世面的人。这事之后，也做了反思。他想：自己进到穆氏家族，大业初成。虽得到了穆大人的垂爱，又有琪娜格格对自己的信任和谅解，但今后确实应谨言慎行。一个有成就的人，到什么时候，都应审时度势，可不能再放肆了，应收敛一些。收敛，才能有将来的发展。所以，这件事以后，龙福春比以前稍有些注意了。

琪娜格格由于龙福春施以柔情及多次不断地忏悔，承认自己的过错，加上阿玛背地里的劝慰和开导，使她想开了，心也有些软了，对媚儿的印象稍好些。为了顾全大局，后来琪娜格格主动提出把媚儿放了，并把她送回家。媚儿也觉得琪娜格格给了她很大的面子。当时，外面不少人知道老龙家和老刘家有事，但不知是什么事儿。有些人也猜到了，大概就是那么回事。可一看，媚儿和琪娜格格手拉着手，搂脖子抱腰、谈笑风生地回来了，有人就说："净瞎猜，你看人家媚儿和穆家关系多好，看起来，琪娜格格还是信着媚儿了。"

这件事，也给刘栋才一个面子。因为刘栋才回来以后，就听有人嚷嚷："你现在可能是做了王八头了！"刘栋才这人非常老实，别人说什么，他从来不吱声。心想："能吗？龙大哥不是那种人哪！我的媳妇媚儿对我又好，别人的话不能听。"可那天，龙府的人把他叫去，把他的媳妇五花大绑地捆去了。当着那么多人的面，一看穆大人，赶紧跪下来磕头，起来又向龙福春行礼，再给琪娜格格磕个头，琪娜格格没理他。刘栋才非常紧张，半天没出声。但他心里想：这肯定有事儿，他只好听着。开始时，他觉得龙大哥不够意思，咱们那么好，从来就没有夺朋友妻的。世上有的是人，什么人找不着？怎么跟我家里人插一条腿呢？这不让人笑话吗？媚儿，媚儿呀，我对你那么好，待你像亲妹妹似的，连你的瘫痪爹妈，进城看病，都是我备车拉他们去，还接济他们银两。你怎能背地里做这等不仁不义的事呢？后来听穆大人一讲，刘栋才这脸面就放下来了，还觉得挺光彩。你看没这事儿，真没这事儿，别人可以不信，可穆大人是朝廷要员，是在皇帝跟前出出进进的人，这流言蜚语听不得。我只听穆大人的，相信媳妇不能有那事，也相信龙大哥不是那种人。特别是这件事完了之后，龙福春亲自拉着刘栋才，把他送回家。临走时，偷偷往刘栋才的兜儿里放了一个金锞子，刘栋才很感激，这也是给刘栋才一个面子，让别人看到龙福春和刘栋才的关系也很好。

再说，穆彰阿也反复劝说琪娜格格："你应当宽宏大量。为了穆家的大事，为了将来的发展，你一定要听我的，阿玛求你了，你应当这么这么办。"琪娜格格听阿玛一说，想来想去，也觉得这事应当这么办。

什么事呢？有一天，琪娜格格将刘栋才接到家里，用她的三寸不烂之舌，对刘栋才说："告诉你，媚儿你养不起。我想把媚儿接到我家，做我的干妹妹。不管你愿意不愿意，我说做就做。我给你银子，你将来到哪儿，愿意说谁当媳妇都行，你要能把皇家公主说到手也行。你就跟媚儿分开吧！何况她家还有瘫痪的二老？我已定了，叫媚儿到我家来，她就是我妹妹。"说完，给了刘栋才不少钱。前书已经说了，刘栋才是个老实巴交的人，谁都知道，是个窝囊废。听琪娜格格这么一说，他想，自己胳膊拧不过大腿，人家硬要，你有什么办法？人家势力大，就是不给你钱，把媚儿抢去，又能怎么样？人家说杀谁就杀谁，何况抢一个人呢？行了，这面子不如做到底了。这么想着，他就同意了。

刘栋才回家后，媚儿觉得自己做的这些事，对不起刘栋才，所以，总想同栋才说说话。想说，又觉得不好说，就眼泪吧嚓地来到栋才跟前。栋才什么也没说，把自己的东西偷偷收拾一下，饭都没吃，就走了。待媚儿再找他时，也不知栋才到哪去了。从此，刘栋才在龙家堡子失踪了。后来，本文将要讲到，他到塞北度日去了。

刘栋才走了以后，这屋里只剩下媚儿一个人了，正在犯愁呢。突然，有人敲门。一看是琪娜格格带几个丫鬟来了，外面还停了一乘轿。琪娜格格进屋对媚儿说："刘栋才心挺狠哪！他对我说了，认为你没贞操，不守节，不要你了。他走了。我是心软的人，你就到我家吧，把你瘫痪的爸妈也接到我家，我们老龙家养着你们。只要有我一口饭吃，就有你爸妈的饭吃，我们一定将你爸妈养老送终。"就这样把媚儿硬拉着塞到轿里。

媚儿这时也不知如何是好，也不知道这心里是甜呢，还是苦，真是百感交集。她想去，因那儿有龙福春；又难受，因她心里还有原来的老邻居、老穷人刘栋才。她相信刘栋才不是甩了她，是自己没守节，对不起刘大哥。现在他走了，我怎么办？自己又没能耐养家，到琪娜格格那儿去，只能寄人篱下。琪娜格格真是个活菩萨，我跟人家男的干偷鸡摸狗之事，人家没有怪罪我，反对我这么好。媚儿这时的心里，又愧又难受，在轿里"呜呜"地哭个不停。

就这样，媚儿到了琪娜格格家，以后成为龙福春的妾，也就是小老婆。从此，琪娜格格和媚儿都侍奉龙福春。当然，龙福春也挺会对待这两个美女，左边一个，右边一个。暗地里，自然是和媚儿鱼水相亲。这不在话下。

穆彰阿为了平息这桩不快之事，让龙家堡子的人，早点忘掉这个同穆家有关的风流韵事，于嘉庆二十四年春，命龙福春上北疆购买海货，借以打开北海的关口，暗地建立自己的运货渠道，并秘密笼络北疆部落的人马，以便将官家的力量压下去。要想这样做，目前，龙福春身边虽然有几个武林高手，但力量还不够。比如龙福春有个心腹，叫猛哥，就是书开头讲的猛哥，是他的继子。这个猛哥是嘉庆二十三年时，龙福春在塞北的索伦部落中物色的一个勇敢的猎手。他的力量大，箭法好，一个人可以同牛斗，把牛犊子摔倒。他同公鹿打架，只用力一搬，就能将公鹿放倒。非常有力气，剽悍过人。龙大人高兴地把猛哥收下了，对他说："你呀，就跟着我吧！做我的护从。"猛哥心想：这人是从中原王朝来的阔商，投靠他，当然很好，又能喝酒，又能吃肉，还有银子花。他在龙福春的帮助和银两的支援下，悄悄笼络了不少本族和外族的人，建立了一个轻骑队。这个马队相当厉害，他们直接同北疆的打牲乌拉总管，也就是和采捕营的总指挥穆哈连对立。猛哥曾多次与穆哈连的队伍进行过血战，杀了不少采捕营的兵丁，杀出一条血路，偷着将一些皮张，通过山间小路，秘密河谷，装到桦皮船上，一点一点地运出去。然后装在马背上，绕过牛满江，过黑龙江，进入逊别拉河，再放到驼子上，越过小兴安岭，进入松花江。过了松花江，又上了挂着龙旗的车，这才大摇大摆地进京师。

他们回到京师以后，龙福春一看猛哥很有出息，就把他留下了。龙福春说，你别回去了，我给你请个高师，学学武术吧。他跟谁学呢？跟马龙。这个马龙，前书名字没露，但人已露面了，就是那天晚上跟图泰交手的那个，他是图泰的师弟，武艺非常高强。马龙是穆彰阿手下一个武备总管，叫穆林彰太，从武林里头请来的。所以，马龙现在是穆氏家族中武艺最高的一个老师，也是穆彰阿的亲信。猛哥就跟马龙学武术，学单刀，学得很快。龙福春为了笼络猛哥，收为自己的义子，又把部落里非常出名的丫头俏俏，做了他的媳妇。这就是前书所讲的，龙家堡子大办喜事的由来。现在我交代明白了。

穆彰阿想，龙福春这次去北疆，光靠猛哥还不行。因为他现在知道，他们的敌手穆哈连已经被他们杀了，而且他也知道，朝中的英和和赛冲阿，正在注意这件事情，并要派自己的心腹图泰和乌伦巴图鲁北上，想破这个案子，要抓凶手。穆彰阿是幕后人，不能出面。他认为龙福春官场经验不足，要想保护住自己，不露出来，龙福春的身边必须有更多的武将，有更多出类拔萃的师傅来帮助他，来保护他，这样才不至于被朝廷发现，还能把自己的力量培养起来。

这时穆彰阿想到，应该再告诉龙福春，除了你想到的几个人外，有两个人必须请到，一个是神刀将马龙，马师傅，这是咱们武林中的骄子，现在真正能战胜他的，可能武林中还没有，恐怕赛冲阿身边了不起的英雄图泰，也不是他的对手。另外，把我身边另一位大师也带去，那就是八宝禅师黑头僧人，这个人是武林高手。他是五台山出家的和尚，云游四海。他本来与青柱峰云游和尚是师兄弟，也就是说，他跟图泰和马龙的师父，本来都是很好的哥们儿，他们是另一派的高手。但是两个人在佛门中悟性不同，意见相左，各有各的看法，总是说不到一块儿。不论是诵经也好，坐禅也好，论世道也好，讲一讲，两人就掰了，常常弄得不欢而散。虽然他们同禅学佛，但各有所求，后来他们就分道扬镳了，谁也不理谁，各立门户，各树一宗。现在的八宝禅师，就是另一宗。眼下他正在几个省招揽徒儿，准备要开办武馆，开办京堂，要培养自己的力量，将来准备和青柱峰决一雌雄。这个人挺厉害，也有号召力。穆彰阿告诉龙福春，要拜他为师，要敬重他，让他跟你一块儿到北疆去，帮你出谋划策，让他成为你很好的谋士，就像你身边的诸葛亮一样。

就接前书所讲，那天晚上，下半夜，道光皇帝在赛府，和赛冲阿、英和大人商议军情时，马龙已经派人盯梢了。马龙亲自带两个人，其中有一个是他的徒弟。他们三个暗地上了赛府。他们到房上一看，影影绰绰上来一个人，那是乌伦巴图鲁，他装作没看见。不一会儿，他又看到四角有四个人，另外，楼的上边还有一个人，这人就是图泰。他装傻，让他们产生一个错觉，我们就是一般的小毛贼，使他们不注意。他用暗语告诉那两个人，咱们影在烟筒后边，摸清情况，暂不跟他们动手，你听我的信号。他们就是这个策略。天快亮了，马龙想：这么不行，天一亮，咱们就露馅了。要是打起来，也不怕，不一定被他们打败。但是这样容易把穆大人露出来，要露出来，可不是小事儿。他想到这儿，就用暗号叫那两人走。他一动，就看见图泰在追他们。他到对过房顶潜伏时，注意屋里头都有什么人，什么时候出来。他知道屋里有皇上，因为穆彰阿在宫中有内线，得到了皇上到赛府的消息。不大一会儿，屋里人出来了，分别上了三个小轿，然后就分开了。马龙想，既然来了，也被他们看见

说起马龙这个人，拜倒在穆彰阿门下，成为穆府的总教头，这事已有年头了。他们是在嘉庆二十几年时，相聚在一起。马龙虽然武术高强，万夫难挡，但他到了穆府以后，不愿声张。他也知道，有一个大师兄，在朝中某个大臣手下做总管，而且又得到皇上御旨，成为侍卫，他名声在外，但他的武术不一定比自己高强。他在暗中较劲，麻痹图泰。等他聚集一定力量以后，再后发制人。这些年，他是暗中帮助穆彰阿和穆氏家族，以至龙家堡子龙氏，培养了不少爪牙，力量很雄厚，其中有些已经派到北疆去了。所以，北疆有他的力量。

了，不动手不行，但动手不能惊圣驾，惊了圣驾，这是大事，容易使穆大人受连累。于是他用暗号，告诉那两个人抢小竹篓。抢小竹篓，就得先用武力，结果三个人中两人脱身，马龙的徒弟小汉被打死了。

小汉是从山西来的，刚跟马龙学武术不几年。小汉也曾跟龙福春到北疆去过，所以，他挺喜欢鱼皮坎肩。马龙说，你最好脱下来，穿着容易惹事。那天他粗心了，就忘脱了。他身上那张翠香阁的银票，不是他的，是马龙的。马龙非常好色，本身就是个淫贼，被他玩弄的、奸淫的妇女，不计其数。他到翠香阁，鸨子对他另眼相看，任意戏弄美女。银票是小汉替他师傅拿着的，因为走得仓促，也没有经验，忘了把银票交给师傅，又穿着鱼皮坎肩，结果捅了娄子，事情败露了。马龙心里非常懊恼，觉得不应该带徒弟出来。又一想，也没啥，既然捅了娄子，也不怕，图泰不是知道我来了吗？更好，所以他就写了七言绝句，让图泰知道他的情况，而且明目张胆地告诉图泰，我要到北疆，你有能耐也到北疆去，咱们比个高低，看谁胜、谁强、谁笑、谁哭，决一生死。

这时的马龙，一心向着穆彰阿，他对龙家堡子的人还不怎么亲。他根本不佩服龙福春，把他看成老穆家的奴才，一个阿萨，是个乌合之众。他就是仗着穆彰阿的势力起来的，过去只不过是个掌鞋匠，论武术没有武术，要学问没有学问，只能张嘴卖卖皮张。我马龙不能做你的奴才，听你的调遣，这样就降低了我的人格。

穆彰阿看出他的情绪，心里非常高兴。龙福春虽然是自己的姑爷，但他心里有数，看龙福春的羽翼一天比一天丰满起来，将来一旦控制不住，就不好办了。所以，他希望有些力量直接归自己调遣。他一看自己的爱将，武术镖头总师傅马龙跟他一条心，心里落地了。

龙福春也看出来，马龙瞧不起他，根本没把他放在眼里。但是龙福春又不敢惹他，知道他武术高强，不知什么时候，要宰你的头，像探囊取物一样，非常容易。所以，他不敢得罪马龙，还得溜须他。这次听穆大人说，让他带着马龙去，他心里打怵。马龙也不能听我的，我要听他的，不就麻烦了吗？我有好多秘密事，他都告诉穆大人，我早晚就被人家捧出去，滚蛋出沟。这不行，得想办法把马龙拢过来，若能把马龙拢过来，八宝禅师黑头僧人就好办了。用什么招能把马龙弄到手呢？他想来想去，必须摸清马龙的秉性，爱吃哪一口，他得意什么，就给他什么。龙福春察言观色，平时看马龙的眼睛总往女人身上瞅，爱色。我要把他弄到手，只能用女色。龙福春也清楚，穆彰阿能把马龙弄到手，靠什么？

就靠翠香阁的银票。穆彰阿是翠香阁的常客，并把银票给了马龙。他在翠香阁把马龙讲得比神仙还神，所以，鸨子们对马龙都另眼看待，认为皇家一等、二等、三等侍卫谁都打不过他。马龙是世上的高人，这些都是穆彰阿给吹出来的。龙福春想，我没有翠香阁，用什么办法把马龙笼络过来呢？他左想，右想，有了，我应该在媚儿的身上打主意。媚儿已经是他的小妾，但是，龙福春见异思迁，身边有好些美女，今天这个，明天那个，他对媚儿不像过去那么亲了，时间一长，人老珠黄，就不那么喜欢了。他想，不如把媚儿许给马龙，甩出去得了。

　　龙福春晚上回到府里，先找爱妻琪娜格格商量。琪娜虽然是穆彰阿的宝贝姑娘，但是，她对阿玛也是很有意见的。觉得阿玛太专权了，到处树敌，这样，穆家早晚要出事的。另一方面，她对阿玛既袒护龙福春，又怕龙福春，心里也有想法。觉得阿玛不向着自己的女儿，女儿让人家给骗了，名声都扫地了，可他为自己的利益，却睁眼说瞎话，只顾保护龙福春，让女儿的感情受了伤害。他不尊重女儿，将来若是有什么变化，说不定我的阿玛也会把自己的女儿抛出去。她越想越伤心。这些龙福春都看出来了，所以，他敢于跟琪娜格格商量，怎么把马龙控制在手里。龙福春用媚儿做鱼饵，勾引马龙，琪娜格格也高兴。因为她嫉妒媚儿，现在要把媚儿送给别人，她想，福春心中还有我。

　　马龙知道媚儿年轻美貌，早有垂涎之心，只是碍着她是龙福春的人，不好下手。那么马龙是怎么对媚儿产生情爱之心的呢？还是那天龙福春给他义子猛哥娶俏俏的时候。龙福春说，我要找一个美貌的女子做我儿媳妇的傧相，请谁呢？他就想到了媚儿，别人他都看不中。果不然，媚儿的美貌竟压倒了这次办喜事的所有的女人。俏俏是个十六岁的少女，长得挺美。但是，她和媚儿站在一块儿，那就逊色多了。你别看媚儿的岁数比俏俏大得多，但是，人们觉得她不比俏俏大多少，媚儿长得那么年轻，像天仙一样，怎么看都觉得美，怎么挑剔都找不出一点儿毛病来。所以，参加婚礼的老老少少、男男女女都让媚儿给迷住了。甚至连穆彰阿大人，都啧啧称赞。龙福春跟在座的人说："媚儿长得是挺好看的，就是皇上看了，也会把她领进宫的。"他这一说，把大家都逗笑了。这一笑，把媚儿闹得一会儿红了脸，一会儿白了脸；一会儿低下头，一会儿扭扭脸。她这一表现，大伙儿更注意了。大家觉得不是来看新媳妇的，反倒是来看媚儿的。

　　这时候，马龙坐在穆彰阿和龙福春中间，他两眼瞪得溜圆，直勾勾地看着媚儿，一眨都不眨，简直让媚儿给迷住了。他忘乎所以，一会儿抻起长脖子，一会儿站起来，一会儿坐下。这些龙福春都看在眼里。

说实在的，马龙是走江湖的人，南七北六，各省都去过，他见的人多了，美女如云。他曾抚爱过的美女不少，就是翠香阁那些妙龄艳女他都亲自领受过。但是，这时他觉得，世上最美的人是在这块儿，在龙家堡子。他暗暗下了决心，我穿上夜行服，要夜访媚儿，和媚儿好好干那个事儿，也不愧我来世一回。

媚儿忙完了婚事就想回去，龙福春执意挽留她，一块儿吃完宴席再回去。媚儿说，自己身体不适，要回去。因为她在人群中，已看到在中堂上坐着一位非常漂亮的公子，她知道这就是穆府赫赫有名的武将，也是总镖头。让他看的，自己不敢抬头，心里慌乱乱的，赶忙躲开。她急着往家走，走着走着，觉得后面有一个人过来，她也没瞧，只顾低头往前走，只见那个公子从她身边走过，用手把她的手掐了一下。媚儿觉得挺奇怪，她一摸头上簪子没了，再一看，手镯缺了一个。她心慌了，急忙往家走。

她到屋里刚躺下，不大一会儿，龙福春就回来了，对媚儿说："今天有个事儿，还得请你帮忙。"媚儿说："什么事？你说吧。"龙福春慢声慢语地告诉她："我过几天奉穆大人之命，到北疆买货去。我这次去，身边必须带几个武将保护我，那边盇贼多，一路非常危险。我请的这个人，赫赫有名，就是马龙师傅。他是神刀将，当今盖世英雄。今天他到我这儿来，媚儿，你应当陪他，他看上你了。你一定给我赏这个面子，劝他喝好酒，吃好饭，让他倾心地帮助咱龙家堡子，使咱们的财源更加茂盛。我跟马龙关系不那么近，他是穆大人家的，咱们必须跟他套套近乎。"说到这儿，龙福春用小指头把她小脸蛋慢慢勾了一下。媚儿听了以后，脸一甩，非常生气，就说："福春，你心怎么这样坏呀，把我们女人当这个用。我对你这么好，可你为了别的目的，就把我抛出去了，你不丢脸吗？"说着，真不真、假不假地哭了起来。龙福春还要往下讲，媚儿越哭声越大。龙福春气得也说不下去了，把门一踹就走了。

龙福春找琪娜格格，跟她商量。琪娜格格也没什么主意，龙福春左想右想，最后想了一个毒招，伏在琪娜格格的耳边，嘀嘀咕咕，这么着这么着，就行。琪娜格格按照龙福春的安排，到里屋，把龙福春过去准备的一包药拿出来，偷着倒在小酒壶里。然后拿着小酒壶来到媚儿的屋里。

媚儿还在憋气哭呢，看来她是真哭。龙福春这个人朝三暮四，今天跟这个女的，明天跟那个女的，纯粹是把女人当玩物。而且现在又用她的姿色勾引马龙，她越想越觉得肮脏，死了都对不起自己的爹娘。这里简单交代一下，她的爹娘在前几天就死了，龙福春讲得好，怎么发送她爹娘，其实就派几个家人把尸首一炼就完了。事情办完以后，才告诉媚儿，把媚儿气坏了，跟龙福春干了一仗："我恨死你了，你骗我，对不起咱阿玛额莫！"龙福春现在觉得媚儿碍手碍脚的，见媚儿跟他干仗，他也来气了，狠狠踹了媚儿一脚。所以，媚儿的哭和这事儿也有关系。她看清了龙福春这个人是个狼，根本不是真心爱她，今天又提出让她陪马龙，她能没有气吗？

这时，她听到门咣的一声响，一看，是琪娜。她把眼泪擦擦说："姐姐，你怎么来了？"琪娜装着不知道，就说："好妹妹，我现在也憋着一股气，咱们做女人太苦了，怎么做也换不来真心，男的一个个都这么坏。来，咱姐俩在一起宽宽心，喝两盅闷酒。咱们是亲姐妹，我把你接过来，是真心对你好，我也愿意跟你好好说说心里话。"说着，她表现一种伤心的样子，也掉了几滴眼泪。停一会儿，她倒点酒，自己先喝一杯，然后硬逼着媚儿喝。媚儿真的就喝了，喝完以后，不大一会儿就睡着了。琪娜格格拿来的酒，就是龙福春在药店里买来的一种迷人的麻醉酒，喝了使人昏迷，睡不醒。

再说前厅，龙福春和马龙两个人，推杯换盏，酒性大发。但是两个人各揣心腹事。龙福春心想，我用女人的迷魂阵把你套住，我抓住你的小辫子，以后你就得乖乖听我的。马龙想，凭我的本事，早晚要置你于死地，你的家产和所有的美女都归我。两个人都装作若无其事的样子，一边喝着酒，一边划拳，直到星星都出来了，这时马龙假装喝醉了，龙福春一看马龙真醉了，就说："马师傅你别走了，我叫人已把房子打扫了，你就住在这儿吧，不用回去了。我也喝多了，白天挺累，我要回去了，马师傅你就早点休息吧。"

马龙把龙福春送走以后，把屋门关好，和衣而卧，把灯吹灭，让外边人看，他是睡觉了。到半夜时，马龙悄悄起来，把自己的小行囊打开，拿出夜行衣。夜行衣是黑色的，在夜里不显眼，不容易引起人们注意。这衣服是紧袖籍身的，走路非常利索，适合跳、跃、站、跨。夜行衣是武林防身的一种衣服。马龙把门打开，没有带兵器。他身轻如燕，悄声的，连狸猫走动都赶不上他，一点动静都没有，狗也没听出他的声音。他到了后院三间大瓦房，这是龙福春伴着两个夫人的内宅。他悄悄到房的后头，看看房瓦都非常结实。他把土块扔到房檐上，咕噜噜掉下来，周围没有动静，看起来没有人。他噌噌蹿上房，一个脚尖垫一下房檐的瓦，一个脚蹿过去。他上房后先到西边，从烟囱下边过来，到房檐跟前来个金钩倒卷帘，整个身形像条绵软的黑色的长虫子一样，搭在房檐之上，他的双脚倒着脚尖狠狠地钉在房檐的瓦上，纹丝不动。这是内功，他全仗着脚尖内功的力量一顶，没个掉下来。他头朝下，正好这儿有一棵老杨树，树梢遮住他的身子。他在树和房檐之间趴着，都在黑暗处，不容易让人看见。他把身子轻轻探下去，探到自己的脑袋能碰到窗框。他手指抹些唾沫，把窗棂纸润湿了，用小指轻轻捅开，他探着眼睛往里看。要知道往下探，身子不得劲。那时候，京津一带的房子有个特点，墙垛子上有一层一层的小台阶，为了好看。正好他的手搭在小台阶上，脚钩着房檐，看得非常清楚。

马龙多年来有耳闻，他知道，龙福春这个人贪婪无度，被他糟蹋的良家妇女不计其数，而且金银成库。短短的几年时间，他就富到什么程度呢？可以说，这一带谁的资产也比不上他，甚至他夸海口说，比国库里藏的银子还多。名义上他是穆大人身边的管事人，是他的女婿。但是，穆彰阿也惧他三分。因为他有很多的秘密，很多的短处，很多暗藏的财富，都在他女婿的脑海之中，在他腰囊的账本中。说要是把他的女婿龙福春弄到手，把龙福春的嘴撬开，就等于把穆彰阿是黑、是白的肚子都撬开。所以说，穆彰阿能不害怕吗？他对龙福春是敬三分，爱三分，又惧三分，真是复杂的心理。

这些马龙都看在眼里，心想：大人啊，你这是养痈遗患呀。你是在养一只狼，到时候不吃了你才怪呢！我要得到穆大人的信任，就得把龙福春的底细弄清楚，只要掐住了龙福春，我就等于在穆府里站稳了脚跟。所以，他早就想找个机会，好好探探龙福春，看究竟在你这一亩三分地上有什么故故道，有什么把柄让我抓住的。今天正好有这个机会，他能放过吗？他看得非常细心，要弄清这个所谓龙大人的来龙去脉。他既然是京城的富豪，看看他都有什么摆设，也让我好好见识见识。他就是这种心情，看得能不仔细吗？他不是一般的夜探，也不是一般的淫贼，把哪个女人玩一玩就走。他心里早有打算，这次来是下了茬子的。他既然要查看，就不能不按原来的规矩。

清代的生活习俗是一夫多妻制，有的是正娶，有的是小妾。比如房子，哪个妻子住在哪个屋，都有一定规定，这叫气魄。一般大夫人在上，上指西，西为上，东为下。下屋有左暖格、右暖格、南暖格、北暖格，有的还有过堂屋。东屋是他的爱妾、小妾住。马龙知道，大屋肯定是龙福春的明媒正娶的妻子、穆大人的宝贝格格琪娜的卧室，东屋就是他的爱妾、龙家堡子这一带谁也超不过的美女——媚儿的住处。一般说来，先到东屋查，这次没有，他是一个屋一个屋地查。他当时用手捅开一个窟窿眼，往里看的屋，正是琪娜格格的屋。这个我说书人要说清楚，往下就好讲了。马龙以为没问题，肯定是琪娜的屋，在白丝丝的幔帐里，躺着一个人，还是两个人，没看清楚。这时，他又悄悄看看东屋，还是用金钩倒卷帘的姿势，又用右手点湿了食指，把窗棂纸捅个窟窿，往里一看，啊，这屋里就是我朝思暮想的美人，今天白天我戏弄她，掐了她的手，在我的行囊中还有她的银镯子和一个银簪子，这是媚儿的屋。他又仔细看一看，这屋的墙是用白纸糊的，还贴着几张年画，挂着白纱缎的幔帐，还没有完全把睡美人罩上，她的幔帐是打开的，所以看得特别清楚。因为是正房，她头朝西，脚朝东，横躺在那儿。这个美人，仰着脖子躺着，非常好看。外衣已经脱了，内衣也脱了，膀子还露出粉白的细皮肤，下身微盖着绿花格的小被，正压在她的肚脐上，睡得特别香。哎呀，他的心都要蹦出来了，很长时间没看见这样的睡美人了，真想多看一眼。她睡得挺实，一动都不动。好像在说："你多看吧，多看吧。"把他看得馋劲儿勾上来了，想赶紧进去。他翻身起来，然后来一个倒卷，轻轻地滚到一个角，又悄悄地走到门前，用刀轻轻一拨，把门插关儿拨开，一推门，他侧身进去。里面还有道门，仍然是用刀把门插关儿拨开，他进到厅里。

这个厅挺漂亮，雕龙画凤，桌子上摆着钟，挂着字画，中间供个佛。他推开里屋的门，香气扑鼻，这是女人的屋。他像小猫似的，双手按地，慢慢往里爬。这是夜行人常掌握的知识，他在地上爬，头尽量往下低，贴地走，你在炕上躺着不容易看见。他到屋一看，这女人真美、真香，他好像头一次见女人一样，看不够。他马上把全身脱个精光，悄悄地钻进媚儿的被窝里。媚儿睡得真香，马龙进去，她根本不知道。他一摸，媚儿上身穿着小红坎肩，两个奶子鼓得挺高。他又往下摸，小肚子下有个内裤。他把手伸进去，往里摸，正好摸到媚儿的那个地方。马龙不愧是个淫贼，他尽量想办法不让她知道，让她在梦中享受。

这时，因为马龙的劲非常大，她已经醒过来，睁眼一看，这哪是龙福春，这不是马龙吗？这时，她已身不由己，也不管是谁，让我心里舒坦就行。她对马龙的印象非常好，也很有感情。这时，她睁着眼睛，又啃又咬又抱着。马龙也亲着她。他睁眼一看，这哪是媚儿，这人这么漂亮，也不次于媚儿。这不是琪娜格格吗？哎呀，天哪！人这是穆彰阿的爱女琪娜格格，我怎么跟她抱在一块儿了？这是天赐之福啊！其实，两人早有互爱之心，只是不好表示罢了。因为两人各有身份，不可能凑到一起去。今日是天公作美，天赐良缘，这真是老天爷把他们从闷葫芦里头给凑合到一起了。

说来，这还真是圆了马龙的梦。马龙爱过这个，爱过那个，其实，纯粹是百无聊赖，是逢场作戏而已。就是去找媚儿，夜探龙福春的家，也不过是无事可做，出于好奇之心。这回他想的可不是这个，因为他早就想过，要能和琪娜格格成了婚，自己多光彩呀，那真是平生之幸啊。我要成为穆彰阿的乘龙快婿，将来能出人头地，不白白来世一生。今日真是天公作美，如愿以偿，没想到，真得到了琪娜。

琪娜心里早就佩服马龙，他是保护阿玛的恩公。他武艺高强，人又年轻，长得那么漂亮，正是风华正茂的时候。年岁和她比较般配，实际也就差一两岁，不像龙福春大她二十多岁。就因为他救命有恩，不是真正爱他。她想，嫁给福春，听天由命吧，谁让自己过去有这个苦了。人家可以找个乘龙快婿，找个美男子，陪伴自己一生，我不能想这个。所以，琪娜格格以前也挺满足，对龙福春百依百顺。但是，天不遂人愿，龙福春到她家以后，随着生活的变化，人就变了，与原来一点儿都不一样了，真是判若两人。现在的龙福春越来越坏，越变越让人恨。他们已经没有夫妻恩爱之情了，只有个空名声。现在琪娜格格明白，龙福春对待她，就像一个破盆，今天用她，就用用，明天不用了，就甩到一边，根本谈不上什么夫妻恩爱。她自己经常暗暗地伤心落泪，恨自己命怎么这样苦，有怨无处诉，有苦无处讲。跟自己阿玛讲吧，阿玛也不愿意听，还总说龙福春的好话。她感到自己举目无亲，走投无路，度日如年。今晚老天有眼，给她送来一个早就盼望得到的美男子。今天她好像一个青春初动的少女，头一次知道什么叫爱，头一次体会到爱是啥滋味。今晚才享受到幸福。马龙就是她梦中想的那个美男子，他比龙福春强多了。她越想心里越高兴，她紧紧搂住马龙不放。

马龙也是这样的感情，此刻两人真是恩恩爱爱地交媾。他们互相紧紧搂抱着，把整个心灵都融合在一起，谁也不愿离开谁。他们两个尽情地欢乐了很长时间，马龙才精疲力竭地瘫在琪娜的身上。琪娜亲切地爱抚着他，半闭着眼睛，两人谁都不语，好像都在品味仙境，都不愿破坏它。

待了半天，马龙起身又在琪娜脸上亲了一口。琪娜这时也慢慢睁开眼睛，温存地说："马师傅，你怎么知道我瞅你呢？你怎么就敢来我这呢？"她好奇地问他。马龙慢慢地笑着说："实不相瞒，今天我想夜探龙福春，他多行不义，看他都干什么坏事。今晚上他请我吃饭，我装喝醉了酒，等龙福春走了，我就偷偷出来，看看你们府里有什么藏龙卧虎的事儿，我为这个来的。我以为这屋是媚儿的屋，格格你不要生气，我哪敢碰你。当时我想碰碰媚儿，我把她的簪子和镯子都拿来了，她还不知道呢。格格，你怎么上这屋来了？"琪娜格格说："现在福春没在屋。他让我给媚儿喝药酒，她喝醉了，在福春那屋，福春想看看她。媚儿在那屋，我就过来了。"

马龙说："好格格别说了，我也真爱你，今天咱们既然在一起，这是天作之合。格格你就答应我的要求，咱们从此棒打鸳鸯两不分。咱们将来生活在一起，可以吗？"马龙说着又亲了一口："我一定娶你，咱们终身不移。"琪娜格格说："马师傅，这些你都说到我心里了，只是我没这个福分。你能喜欢我这个人吗？我已经嫁给人家了。再说，龙福春也不能答应啊。他把我当成摇钱树，他不爱我，但他离不开我。他若没有我这个招牌，我的阿玛、额莫能信得着他吗？所以，他死死抱着不放。"说着自己痛哭起来，又倒在马龙的怀里。

马龙说："你不要哭，这些都好办，你告诉我，龙福春到哪去了？"琪娜理智地说："不瞒你说，真叫人恶心，他现在在俏俏那儿闹呢。这事儿啊，哎呀，不能说呀。"马龙说："你现在把他的秘密事和背着你干的事告诉我，我现在要证据。你不能放纵他，也不必保他了。让他胡作非为，你们这是引狼入室，将来你的家遗患无穷。你不能再傻下去了，你应帮助你的阿玛，重整家门。我既然受你阿玛之托，成为你们家的保护人，我一定铲除害人精。不然，穆大人要受龙福春的牵连，到那时就不好收场了，后果不堪设想啊！"

这时，琪娜格格就把龙福春不少秘密事情和他在各处藏的东西以及账本都原原本本告诉了马龙。马龙一一记在心上，并穿上夜行服，对琪娜格格说："请你相信我，我一定要你。你先休息，不要声张，我去惩治龙福春，不能让他占我徒弟媳妇的便宜。我要为我徒弟报仇。"琪娜怕惹出大乱子，不好收场，忙喊："马师傅，马师傅！"这时马龙早已出了屋，不知去向。

果不其然，龙福春正在俏俏的屋里，死缠着俏俏不放。俏俏和猛哥今天是结婚大喜的日子，可龙福春就把猛哥支走了，说有急事要办，得天亮时才能回来。龙福春利用这个空子，假装殷勤地来俏俏的屋，一会儿问俏俏有什么事，一会儿又问俏俏做什么，越说越近。俏俏看干爸来了，也非常尊敬。于是，时间一长，她看干爸有歹心，直往身上贴。送茶水吧，他不接碗，专抓自己的手腕。有时还专往她身上碰一碰。甚至有意碰她的奶子，这时俏俏就说了："干爸你怎么这样呢？我男的不在家，你这么做太不好哩。"

俏俏家里是正经八百的庄稼人，也是龙福春家的一个佃户。俏俏长得挺俊美，虽然没念多少书，但懂得礼教。她嫁给猛哥心满意足，夫唱妇随，两个人挺甜蜜的。猛哥走的时候，小两口亲亲爱爱，猛哥安慰她，天亮时我办完事就回来，过几天我领你到关东去，看看我的额莫。可是俏俏等啊等啊，猛哥一直没回来，干爸却来了，来了以后就缠着没完。天快到半夜的时候了，龙福春上前要搂俏俏，俏俏把他推开，就说："你再前进一步，我就上吊，你上来，我就喊！"他俩正闹着时，门嘎吱一声开了，谁来了呢？是俏俏的男的，猛哥回来了。

猛哥一进屋，看到这个情景，就炸了。虽然龙福春是他的干爸，曾救过他，但是要知道，北方少数民族部落的人，非常顽强，宁死不屈，疾恶如仇。猛哥火冒三丈，就说："龙福春你真胆大，你不怕作孽吗？你怎么向自己的儿媳妇下手？"猛哥气的，一脚把龙福春踹到一边。这时俏俏跑到一个墙角，痛哭起来，寻死上吊的，猛哥干脆没管，对龙福春拳打脚踢，龙福春怎么哀求也不行。

正在这时候，有一个黑影进来，猛哥没认出来。只见这个武士把他和龙福春分开，给龙福春点穴。然后把猛哥叫到外边，他俩悄声嘀咕一会儿之后，猛哥回屋，先把龙福春的穴道点开，对龙福春说："我现在饶了你，千不看万不看，看以前咱们还有一段父子情缘的面上，你赶紧滚回去，就像没这事一样。以后再有这事，我就宰了你。"龙福春吓得狼狈地走了。

说书人不能不暗中交代一下。马龙这时也匆匆地飞身来到俏俏的房上，他看到龙福春正在纠缠俏俏，飞快地把刀拿出来，刚想跳下去，这时外门嘎吱一声开了，从马上跳下一个人，这个人正是自己的徒儿猛哥。马龙在房上静静地听着，看他怎么处理这事儿。这时，马龙又看到一个黑影，穿着夜行服，从墙那边绕过来，直接进了屋。这个人是英和大人的护卫乌伦巴图鲁，马龙曾经领教过，咱们前书已经说过，因小竹篓的事。不大一会儿，乌伦巴图鲁把猛哥叫出来，在猛哥耳边低声碎语，不知说了些什么，然后他扭身出了门，就不见了。

马龙看见龙福春被打得一瘸一拐地出来，正哎呀哎呀地往前走。马龙突然从房上跳下来，站在龙福春的前面，大喊一声："龙福春！"龙福春一见是马龙，吓坏了，扑通一声跪在地上："马师傅，马师傅，饶命饶命，下次我不干这事了，我缺德呀，我老糊涂了。"马龙过去抓住龙福春的脖领子："你这个无耻之徒，竟干出这种伤天害理的勾当，龙福春，你知道我应当怎么处置你？"龙福春说："现在要杀要剐全仗你们师徒啊。"马龙说："我徒儿宽宏大量，饶了你，但是，我要跟你算账，你跟我走！"龙福春知道他拿刀子，不是好事，赶忙说："马大人，马爷爷，我把我那个媚儿给你了。"马龙说："少说废话，跟我走！"

马龙把刀架在龙福春的脖子上，龙福春知道马龙杀人成性，杀人像杀小鸡似的，根本不在乎。明晃晃的刀架在自己的脖子上，冰凉冰凉的，他能不害怕吗？尿都撒了一裤子，就说："师傅，爷爷，饶了我吧，我将来做好事，一定好好供着你。"马龙说："我要你脑袋，你已恶贯满盈，我替天行道，为你害死的冤魂报仇！"说着，像提小鸡一样，把龙福春提到江边，他把龙福春往地上一摔。其实马龙是想吓唬吓唬他，没想结果他。龙福春被猛哥和马龙一打一闹乎，吓得挺不起来了，早就伸腿瞪眼完蛋了。马龙把手放在他嘴上，没有气了，死了。他是罪该万死。然后到琪娜格格那儿，把龙福春的罪证一包，就去找穆彰阿，让穆大人定夺。

第二天，这个热闹、繁华的龙家堡子小街里，谁也不知道出了这样一件大事，这儿著名的寨主让马龙给铲除了。这件事对穆彰阿来说，并没感到悲伤，反而觉得心里一块大石头落地了。因为他早已憎恨龙福春，认为马龙给自己除了一个大隐患。马龙将龙福春在龙家堡子搜罗的东西，私藏的金银单子，还有私藏的皮张，来往的账目，暗地里交往的名单和秘密书信，这些图谋不轨的罪证，都一股脑儿地呈给穆大人。

穆彰阿看了马龙呈上来的一张张罪证，真是如梦初醒，反倒出了一身冷汗。他过去光以为龙福春飞扬跋扈，做了些不轨之事，没想到，他向我下手，从我的兜里掏银子。他喝了一口香茶，站起来，在屋子里来回走了一会儿。这时马龙还站在那儿，静心听大人的吩咐。

穆彰阿背着手，转过身来，对马龙说："马总管，谢谢你。你不要声张，我考虑，龙福春这些年也有不少党羽，名声也出去了，他跟我已是一根绳上的蚂蚱，谁也跑不了。人家都这样认为，他是我的姑爷，他的丑事，就是我们穆家的丑事。这事要嚷嚷出去，真不好听，有损我的名声，怎么办？"他问马龙，马龙照样没出声。

因为什么呢？马龙知道，穆彰阿这个人非常奸猾，做事想得非常细。他这么说的意思，想多听听别人的意见，但你真要说了，他还不愿意听，所以，他说什么，你只好听着。不一会儿，穆彰阿就想出主意，对马龙说："马总管，就说龙福春暴病猝死，把这个消息传出去。另外，找我的管账先生，让他写个呈子，报给州县，让他们知道是暴病猝死。"马龙"喳"了一声就退下去了。

这个事很快就办了，州县的人都是穆家的人，谁还想得罪穆彰阿大人。何况，那是人家家里的事，他自己的姑爷，给他查那个干啥，说咋死的就咋死的，反正自己得了银子。这样，这件事很快就平静下来。

在京城一带，龙福春这件事算一个小事儿，所以传几天也就过去了。头几天可能有人问一问，龙福春长，龙福春短，有人讲一讲。后来也就没人问、没人讲，龙福春已在人们的记忆里消失了。可他一生走过的路，都警示着人们。龙福春过去是挺好的一个人，做点好事，确实得了好报。得了好报，他不守成，不会珍惜自己的名声，越干越糟，最后弄得身败名裂。那位老和尚告诫他的那些话，让他好自为之，看佛家的话讲得多么好，多么准哪。看来，人生之路，不容半点含糊，善恶本自分，全靠自己走啊。这件事儿，说书人讲到这儿，让他成为一面镜子，我们做人不要像龙福春那样。

再讲马龙和琪娜格格，两人手拉手，亲亲爱爱，大摇大摆地进了穆彰阿大人家的正堂。琪娜格格娇里娇气地把自己的额莫、一品诰命夫人请了出来。他的阿玛坐在上首。另外，琪娜格格又领着四个丫鬟，把老奶奶也请了出来。老奶奶说："孩子，把我拉出来干什么，也不让我坐下歇一歇。"一品诰命夫人看老夫人出来了，忙垂手站立迎接。这时，把老奶奶请到中堂的最上座，穆彰阿和一品诰命夫人左右相陪，旁边有好多的仆人站着，气氛庄严和谐。

琪娜格格把马龙拉过来，两人在他们前头跪下磕了三个头。然后琪娜格格说："我求老奶奶恩准，求阿玛、额莫恩准，我要嫁给马师傅，请老人给我们做主，恩准我们成婚。"马龙又跪下磕头，也说了自己的决心，如何疼爱琪娜格格，求老奶奶、大人和夫人恩准。

老夫人早就听儿子讲了这件事儿，挺高兴，就说："只要格格愿意，只要你们过得好，我就心满意足了，当老的管什么。看你们一个个长得像小苗似的，粗粗壮壮，日子过得好好的，没病没灾，我就阿弥陀佛了。"

最关心这件事的还是穆彰阿，因为将来他要用马龙，靠着马龙，一切事情要靠马龙来办。他信任马龙，马龙年轻有为，文武全才，不像龙福春没文化，什么都不懂。这回好了，正中他的下怀，只有把自己心爱的格格嫁给他，才能拢住他。格格又愿意嫁给他，真是两全其美，这回马龙就可以拼死拼活地为我们穆家效力，所以，他越想越高兴，不住地点头笑。

一品诰命夫人也欢喜，格格总算没有守寡，马师傅跟琪娜挺般配的，年龄很相当，他们站在一块儿，确实像个小两口，她从心里高兴。

最后老奶奶说："这件事，你们就委屈了，不要再操办什么婚礼，也不要敲锣打鼓吹什么喇叭了，你们就在一起过日子吧，家里人都同意了，然后再报给咱们旗人府就行了。"她又告诉她的儿子穆彰阿："你们也不要亏了格格，也不要亏了马总管，该给人家赏钱给人家赏钱，他们要买彩礼，买衣服，收拾房子，这要花银子，必须拿够，把我的体己钱也拿出一些，赏给他们。"这话说得挺周到，穆彰阿大人一一地点头，喳喳称是。

说完，老夫人由一品诰命夫人搀扶着到后堂去了。琪娜格格站起来，就跟阿玛说："我也到后堂去，看看我的老奶奶。"然后她跟马龙递个眼色，意思说，我回去。马龙说："你去吧，去吧。"这样，厅里只剩下穆彰阿和马龙。马龙看周围没有人，向穆彰阿禀报："大人，我告诉你一件事情，我的徒弟，也就是龙福春的干儿子猛哥，他现在跟英和大人的护卫乌伦巴图鲁勾搭在一起，我看他俩秘密说话，但不知说些啥，我想把这事查一查。"穆彰阿说："对，你好好查查吧。"

从此，龙家堡子也就改了个名号，马龙成了这个堡子的真正主人。下边所有的奴仆都恨透了龙福春，所以，主人一换，大家都高兴。不少家放了鞭炮，以示庆贺。人们管这地方不再叫龙家堡子了，叫马家窑了。后来，马家窑的名字越叫越响。马龙挺会笼络人心，他见到穷人就给赏钱，不打不骂，都以礼相称。马家窑很快就变了天地。媚儿，在琪娜格格的撮合下很自然地嫁到了马家，成了马龙的二妻。马龙在穆家的名声很快就起来了。这就是这几天穆家发生的事儿。

单说小力士猛哥回到了家，怒气冲冲，一脚把他干爸龙福春踹到地下，又把他干爸轰出门外。然后，他赶忙安慰他的爱妻俏俏。俏俏哭得非常伤心，把手一甩，不让他拉。猛哥又过去按她的肩膀，俏俏把肩膀一扭搭，坐在炕那边。猛哥赶紧跟过去，坐在她身边，贴着她说："俏俏，别哭了，我这不回来了吗？"俏俏一肚子委屈像开闸的洪水一样，哇，都吐在猛哥身上："我嫁给你多可怜，你一去就不管我了，你多狠心啊。"说着边哭边猛劲地捶猛哥。猛哥不知怎么办才好，就劝她："俏俏别哭了，以后不离开你还不行吗？我到哪就把你带到哪，行不？将来要是打仗，我就把你揣到兜里，我若是见皇上，就把你揣到心窝里，行不行？"俏俏说："去你的吧，今天亏你来得早，再晚来一会儿，奴家可能就跳河自尽了。"说着，又哭个不停。猛哥搂着爱妻，慢慢地抚慰她，俏俏渐渐平静下来，破涕为笑。小两口本来是你疼我爱的，又恢复了原来的情感。

不一会儿，俏俏扭过头问猛哥："看你刚进屋时那个愣样，恨不得要把龙福春吃了。后来进屋一个人招呼你出去，你回来以后就变了，马上把龙福春撵走了，你变得这么快，肯定是那个人给你出的主意，你怎么不把他请到家里坐坐呢？"猛哥这时一五一十地告诉俏俏："那可是一位好心人呢。他是我的救命恩人，你不知道吧，我上次去宁波，好悬掉了脑袋。半道遇见了贼人，你想，好虎架不住一群狼，贼人越围越多，眼看我要吃亏的时候，突然从树上蹿下一个人，手握单刀，喊里喀喳，一顿砍，把好几个强盗的脑袋砍掉了，其余强盗都吓跑了，我才得救。他是我的救命恩人，我从来没有忘了这个好心人。他不是一般的武士，是著名的武林高手，是当朝户部尚书英和大人身边的护卫，乌伦巴图鲁。他是达斡尔人，为人正直，不但武艺高强，而且还懂文学。他喜欢我们索伦人，他常讲，我们索伦人、满洲人和他们达斡尔人都是北方的兄弟民族，都是一条心的。所以，我很喜欢他，也敬佩他，他就像我的哥哥一样，我有啥事都愿找他唠唠。"俏俏还要往下问，猛哥就说了："你不要问了，这事你也不要往外讲，免得生出事端，好不？俏俏我再告诉你，过些天我要去家乡黑龙江，我本想早点走，可是乌伦哥哥劝我先不要走，他说让我帮他办一件重要的差使。既然是乌伦哥的事儿，我得帮他办，人家是我的救命恩人，我不能推辞。另外，我相信，乌伦哥要办的都是正事儿，绝不能干些歪邪的事儿，所以，我就答应了。俏俏，这事你知道了，也不要告诉别人。"

原来，乌伦巴图鲁自从认识小力士猛哥以后，真像得了个助手，而且，有了自己的耳目，知道不少事儿。猛哥是龙福春从塞北带回来的，后来龙福春把他放在聚宝货栈做保镖的武士。平时他跟着货栈的人到各地送货或者取货，有时候到漠北，有时候到江南，都是贩运些皮张和一些土特产什么的，有的非常值钱。他货栈自己家养的武师，所以，猛哥对聚宝货栈的情况比较清楚。另外，他是马龙的徒弟，对马龙的情况、马龙的行踪也很清楚。正因为如此，赛冲阿大人和英和大人很重视这个情况，觉得这些天总算没白张罗，掌握点蛛丝马迹，知道一些情况的动向，有个抓手。

图泰总管受赛冲阿和英和大人之托具体查这件事。图泰听了乌伦介绍以后，觉得非常好，就一再跟乌伦说："好兄弟，应当感谢你，你做了件好事。看起来，咱们这几日大有进展。现在就这么办，和猛哥交朋友，他是索伦人，少数民族，跟咱们满洲人在感情上像亲兄弟一样，跟他多接触。这些人天真无邪，不会拐弯抹角，但是容易受坏人挑拨。所以，咱们应更亲近他，使他们免得上坏人的当。我们要多关心猛哥，让他认清什么是狼，什么是羊，谁是自己的朋友，谁是自己的敌人，让他自己慢慢去分清。只要我们把猛哥抓住了，京师有些情况可能就会突破。"

猛哥这次回来，看到自己的妻子被侮辱，义父龙福春也被人杀了，自己的师傅马龙现在不可一世，他觉得京师这块儿人人钩心斗角，今天你整我，明天我整你，都各揣心腹事。他越想心里越乱。那天，他跟他的好朋友乌伦在一个小酒馆里喝酒。乌伦给他热了两壶酒，他酒劲一上来，嘴就没有把门的了，干脆把不少事都抖搂出来。他说："我也不知道师傅是怎么回事，老惦着八竿子打不着的事儿，他就好整个人。"乌伦问："什么事呀？整什么人呀？"猛哥说："真的，这事和我没关系，他们使坏，在塞北把一个叫穆哈连的人杀了。穆哈连是旗人，在一个卡伦负责，是个官。他们把他杀了，怕这事儿传到京师以后来查。我回来以后，让我多了解一下京师的动向，看有没有人查这件事儿。我师傅今天受命到处去查。这几天我们就没闲着，天天早晨、晚上轮番到人多的地方，了解街谈巷议，看有什么动静没有。听师傅说，现在正赶上新皇帝登大宝，天下正乱的时候，容易出事儿，让大家多注意点。有时候把我们忙得夜里都不得闲。"接着猛哥又说："有一天晚上，我师傅和师爷八宝禅师黑头僧人，还有我的大师兄汉哥，他是我师傅从山西带来的，他们三个去的，让我在家看家。他们夜探歹徒，哎呀，这事可不得了，大哥，你听了可别往外讲，行不行？"乌伦说："我不去讲，你放心吧。你说说，究竟怎么回事？"

猛哥接着说："听我师傅讲，那天夜里他们去探赛冲阿的府第。他们在房上，看到那边有人监视他们，他们没动弹。原来我师傅马龙想，不要厮打，不要伤人，了解完情况就回来。谁知道，后来发现从门前出来三个轿子，每个轿子前都有人拎着小竹篓，不知是什么意思，觉得挺奇怪的。我师傅就想了解一下竹篓里装着什么东西。当时不知道院里出来的是什么人，更不知道还有皇上，这是后来听说的。我师傅施点小计，顺手把三个竹篓抢到手。哪知道，小清风图泰总管相当厉害，当时跟他们动起手来，把我的师兄汉哥杀了。我师兄从山西过来不到三年，就死在这块儿了，你说，他死得多冤吧。"

乌伦说："好兄弟咱们喝咱们的酒，这事跟咱们没关系，咱们别管。回去你也不要说了，一旦让你师傅听到了，不惹事儿吗！"猛哥非常感激，心想，真是好哥哥，怕我出事儿，不让往外讲。

就这样，乌伦又知道一些情况，把这个情况告诉了图泰。图泰又及时向赛冲阿大人禀报。赛冲阿和英和觉得这事情已经水落石出，看起来，京师确实有一股势力，正在破坏朝廷在北疆的策略，不知他们要干什么，这不能不引起我们的注意。图泰呀，咱们应该早点北上，这是上策啊。

再说穆彰阿，他原来打算让龙福春领着马龙和八宝禅师黑头僧人，一同去北疆。干什么去呢？一个要联络知己，打开和疏通一些运货的秘密通道。这些通道官方不容易掌握，只是一些土人知道，道非常便捷，又好走，便于运输。官方不容易查到，想办法把这个图画出来。必要时候，把官家已建立的据点，给破坏了。另外，龙福春已被铲除，没有隐患了。这些事由马龙接管，一切事情就绪，现在已经到了该实施的时候了，争取早日北上。

就在这时，突然有人来密报马龙总管，听说八宝禅师黑头僧人，在漠北白桦峰遭到三个女侠、剑客的围困，腿被砍坏了，险些丧命。眼下正在一处咱们秘密修建的土窑子养伤，现在缺药又无人侍候，老师父疼痛难忍，十分火急，望师傅快去营救。这是八宝禅师黑头僧人亲自讲的，他说，只有你去才行，别人去他信不着。

前书我们已经讲过，八宝禅师黑头僧人是马龙师叔的辈分，这人武术高强，就是好管闲事，好参与朝廷之事，结果身受其害。

这时又有人密报，说小力士猛哥带着妻子俏俏离开了马家窑，不知所去。有的说，他到乌伦巴图鲁那去了，跟乌伦到塞北老家去了；有的说，是乌伦巴图鲁把他抓去了，进了牢房。几种说法，大有差异，祸福不知，真是一宗宗，一件件，闹得马龙丈二和尚摸不到头脑。他想，我赶紧到穆府，拜见穆大人，看穆大人对这事怎么办。然后离开他的小娇妻琪娜格格，还有媚儿，到漠北去，我要亲自探个究竟。

阿哥、达爷们，现在马龙就准备北上，要知道下情如何，你听说书人给你说个究竟。

第二章　三巧出世

阿哥、达爷们，这一章可就热闹了。前书像整个引子一样，现在开始把我们最珍贵的人物，奉献给各位听众了。

现在我说的地方是在北海。这个北海，各位阿哥、达爷们不太知道。这个北海有多远？远得很，就是大雁三十天也飞不到头；要是最快的鹿，百天百日也跑不到边。这个北海是在遥远的北边，是冰天雪地的地方。中原的古书上叫作"大漠"，或者叫"漠北""朔方"，"朔漠"就是这个地方。那是我们大清王朝北边边疆之地。我们很多的祖先，在遥远的过去都曾经住在那儿。现在说书人所讲北海的时候，已是初冬时节。

北海的初冬，冰天雪地，树叶早就落没了。北海的冷，也不全是冷；北海的寒，也不全是寒，其中有小阳春的地方。你听起来好怪，其实也不怪。为什么呢？我现在讲的地方，是北海中最热的地方。这地方林木茂盛，古树参天，全都是林子遮盖着，这地方都是松林。各位知道，松林的叶子冬天仍然是碧绿青翠，互相之间，你搭着我，我搭着你，枝叶蓬松盖在一起，雪掉不下来。而且下边的树，都是密密麻麻的，一个挨一个，像头发似的，人要进到里头去，连风都没有，四处听不到任何声音，非常静。所以说，里头相当暖和。

这地方就是北海的三百里古松林。这松林里都是千年以上的松树，长得相当高，非常粗壮，大的七个人都抱不过来，枝叶互相搭在一起，盖了一层棚，又盖了一层棚，有的树上盖了四五层棚，不但风吹不进去，就是寒气也进不来。在树林里待着，你可以穿单衣，也不觉得冷。可是你到树林外，得穿皮衣。

这个地方离中原的京师——北京老远了，就是离滚滚的黑龙江还有八百多里。要是快马跑，一天按五十里来算的话，得跑上三十多天。有人要问了，马怎么跑得这么慢呢？一天才跑五十里路，人都能走过它。错了，要知道，那时候一片密林，山又是崎岖险恶，山连山，水连水，树连树，麋鹿都难行，何况人呢。要骑马，没有马道，密林连着密林，层峦叠嶂，沟壑纵横。两个山头相望没有一里地远，但是由上坡到下坡，一天也走不到那边去。要是骑马走，马不能爬山，走得更慢了。没有道，全是自己蹚着走，而且走一步，在树上砍个记号，然后再向前走一步，再砍个记号。回头还要看看太阳，不看太阳不行，不知方向。因为到处是密林，在密林一呆，东西南北都分不出来。一天能走五十里路，那是能手、快手，是正经八百的骑手，一般人走不出来。

在北海这块儿，为了使人尽快走出去，修了不少栈道，有的是马道，牛道，每走三十里地，或四十里地的时候，就竖起一个高杆，晚上在高杆上挂个灯笼，白天就在树上砍个记号，或者在石头上凿个记号，这些都是路标，你按这个走不能丢。所以明白的人，在北海走路先看树排，看这些路标。每到平川的地方，一般说来，都有一个倒货场。什么叫倒货场呢？这些地方，不是有高山，就有峡谷，凡是远行之人，不能自己孤身走，有的是带着货，有的是带着给养。到这地方，把东西寄放到这儿，由这儿的人帮助你把东西倒腾过这个山，或者是帮助你过这个难行的山涧。从黑龙江到北海，有上百个这样的倒货场。什么倒货场，说白了，就是吃人的老虎口。每一个货场，每一个帮你提东西的人，都有锋利的虎牙，你不给他留下东西，也得扒你一层皮，否则休想走出去。那是拿命换来的，不然走不出去呀。就是一辘轳儿道，也得走几个时辰，还得好话多说，磕头作揖，才能走出去。这个风气，从大明朝开始，到咱们大清朝也没改，还比以前变本加厉了，为什么呢？因为当今朝廷里头，单有吃这口的。说书人在这块儿为什么要讲这个呢？因为不把这些事情讲清楚了，主人公是请不出来的。各位先生、各位阿哥，请你们还要静静地、耐心地听下去。

到了咱们大清朝的时候，这些倒货场，名字都变了，加上了官名，都受了官封。叫什么呢？叫站官，美其名曰，站、哨卡、卡伦，而且都有官。这个官，不一定是京师派下来的，也不一定是地方将军或哪个衙门派下来的，就是当地有谁一指，自己就有权有势，自命为官，自命为站。所以说，这些站官不少就是当地的恶霸、当地的土匪，他们驾驭这一带的大权，真是雁过拔毛。这个站官最大的头，叫哈番。满语的哈番，就是官，叫八大哈番，就是地方官，跟佐领同行。佐领是四品，所以他的品位很高，权很大。一个县官，在清代是七品，他要高过县官。一个站只有五六个人，既管兵、又管农、管工商。不管是谁，只要从这儿过，必须留下买路钱。八大哈番，四品大员，他的下头有三个达爷，管财粮、管皮货、管车马和一些鹿等等。达爷在清代就是头，他下头有站丁。这站丁也有权，他有一个腰牌，一把刀，在那儿一站，横眉立目。你货来了，就得让他背，要多少银子，他说了算。站丁下边有站奴，是他们雇的人，都是奴才。这些站奴一方面给运货的人干活，一方面侍候站官，侍候达爷。这些站官像老爷一样，抢男霸女，无恶不作。这块儿天高皇帝远，大清王朝顾不过来，鞭长莫及，所以这些人更是有恃无恐。

就这个虎狼之地，凡是到北海的人，或从北海回到内地的人，都要经过它。你要过这些关口，要费很多口舌，还得搭上很多银子才能过去。不然，你根本过不去，为什么呢？我已经说了，这儿到处是密林，山山水水，野兽那么多，狼都三五百一群，野猪群一走就是一个时辰，呼呼啦啦过去。野猪过去之后是老虎和豹。所以，人都非常害怕。天稍晚一点，赶紧找扒你皮的栈道的地方住下，还得跟人家说好话，叫爷爷，不然人家不留你。你要是在外边住，冰天雪地，不是冻死就是被野兽吃了。另外，密林层层，你找不到东西南北，迷失方向，那就会饿死、困死。过去有不少这样的人，走了五个月，还没走出林子，后来这些人就变成野人。在北海单有个野人营，怎么个野人营？因为好多人都走不出密林，后来他们凑到一起，也不想再走了，干脆就过野人生活吧，安营扎寨，就自命为野人营。

方才我讲了这块儿路的现象，我还要给你们讲一讲风光，山的特殊景色。讲三巧传奇必须先讲山，这个山是全书的书眼。因为在北海，很多的征杀，很多的智斗，很多的贪婪，卑鄙和正义，邪恶和善良，都和这个山紧密地交织在一起。讲山就是讲关口，讲乾隆以来，到道光之间朝廷的派系，它像山一样，各自为政，互相对峙，形成了很多你争我斗的派系。

北海这块儿，有三个大山。这三个山非常出名，山名叫乌勒滚特阿林，这是满语。乌勒滚特是生喜的意思，阿林是山，乌勒滚特阿林，满语的意思是，一座可以生出欢乐的山，这是代表了过去女真人的一种希望和寄托。这三个山都有名字，一个叫德勒给乌勒滚特阿林，是东；一个是阿玛勒给乌勒滚特阿林，是北；还一个是瓦勒给乌勒滚特阿林，是西。乌勒滚特阿林，这个山长得很有意思，像三足鼎立，直插云霄。但是，三个山都是各自一方，互相比高，各有各的奇色、奇景，而且山势各有各的陡峭，各有各的雄险和美貌。

在满族很早北海的神话中，就谈到这三个鼎立的山。传说是天神的三个女儿，东边的乌勒滚特阿林，它是老大，北边乌勒滚特阿林是老二，西边的乌勒滚特阿林是老三。她们原来都在天上，是天宫中的美女。后来她们觉得在天上生活非常枯燥，没意思。她们姊妹三个商量，什么时候一块出去，把咱们的美貌送给大地，送给人间。这个建议是老二北乌勒滚特阿林提出来的，老大和老三也同意了。到哪去呢？她们选啊选啊，最后就选北海到黑龙江中间这块儿。觉得这块儿很好啊，特别漂亮。你看，野兽非常多，树林这么茂密，风光这么绮丽。北边是一望无边的碧海，就是北海。往南一看，一条玉带，从东到西，美丽宽阔。姐三个商量，就把咱们的风姿送到这块儿，将来永恒地站到这儿，让世人看看咱们的美貌吧。于是，她们就下凡到人间，化成三个最尖的山。因为她们三个女性非常高，所以，往那一站就是顶天立地，英姿飒爽，婀娜多姿，形成了北海的人间仙境。这三个山天天总是云雾缭绕，山顶上四季皆白。方圆三百里内的山峰，没有一个能超过她们的。只要是在这三个山尖上一站，就可以把北海五百里地的山河一览无余。所以说，这块儿是闻名国内、闻名北海的奇景。

这三个山曾经引出不少故事。传说在明朝嘉靖九年夏天的时候，有一个落第的进士，叫闵济舟，字文庚，号飞云居士，山东蓬莱人。他这人性奇，好游山海之地，有山有海的地方他都愿意去。后来他听说，北海有长鲸。大的鲸鱼，满族和北方民族叫牛鱼。这鱼头顶上可以喷水，还有声音，轰鸣。他想，我什么时候去北海，看长鲸去。这样，他就万里昼夜骑驴，由山海关出关，一直往北走，走了很多日子，到了萨哈连黑龙江。过了黑龙江到了北海。在传记中，他是文人中最早到北海的人。特别是他看了这个名山，感到非常奇秀。江南的山他都到过，那儿是一个山连一个山，像树林似的。这儿的山就不同了，在平地拔地而起，像品字形，鼎立天穹。这个奇景世上罕见，唯独在北海能看到。他在北海写了不少诗文，歌颂这三个山。这些诗文后来都流散在民间。他给三个山起了不少名字，这些名字从大明，一直传到咱们大清，在北海那块儿都保留下来。他起的名字都非常怪，有的叫擎天柱，因为这个山非常高，山上长着又粗又高的大树，顶着天，像支天的棍子一样，所以叫擎天柱，民间叫支天棍。

这三个山的山涧挺深，有的是千丈深。山之间很近，对面说话声都能听到，人看得非常清楚。互相要拉手的时候，还够不着，只能是下到山涧，然后再爬上另一个山坡，爬下爬上一般得五个时辰，有的需九个时辰，才能在对面山上相逢，就这么难。这五个时辰或九个时辰，是指年轻又会轻功的人，是武林高手。一般人，就是走三天五天也过不去。这山峰之间有这样的奇景，要想到对面另一个山上去，不必下去过山涧，然后再从山涧爬到另一个山上去，因为三姊妹山之间，有这样的老松树，是千年的古松，它长一长就往横着长，长到对面山上去了，对面山上的古松又长过来。民间说，她们姊妹时间长了互相想，她们就把自己的手拉在一块儿了。这松树互相搭在一起，就变成天然的桥。文庾先生给起的名字，叫双涧柱，也叫连涧桥。

山的北边不远的地方，随着山坡下去，就到了北海。下头是海岸，海浪哗哗地响，无风三尺浪，大浪击石，这个景观挺奇特。山的半山腰，还有一种树，也是千年古松，这古松不往天上长，也不往横处长，单往海里长。这古松从树干伸出一个臂，枝干都有两抱粗，直接插入海底，与海里的礁石拼在一起。这个树，文庾先生给起个名，叫探海柱，或者叫探海针，就是探海的顶梁柱。山上的古松与大海连在一起，这是一大奇景。

第三个奇景，这三个姊妹山相当高，是在云际。这山完全是石崖山，长出许多巨石。从平地到山上，必须攀岩才能上去。有的攀八百多个磴，有的攀五百多个磴，有的攀三百多个磴。爬到山顶时，你会发现，这山的上边是一马平川，有树林，也有草地，也有各种花卉，非常美丽。在山巅上，你看不出这是一个很窄小的山顶，而是一片沃野。它和天相连，周围是碧绿的青天。山上可以藏兵百万，它是兵家必争之地。山上屯兵，山下万夫难过。另外，山上和山下过着不同的季节。有时山下冰雹四起，风雪交加，山上往往是晴空万里。有时山上下着雪，山下还是阳光普照，差别就这么大。要从山上俯视山下，山底下的人像蚂蚁，看树像地上的青苔，看山脉、河流，就像棋盘那么错落无绪。鸟、仙鹤、白鸭都在脚下飞，真是惊险无比。更奇特的是，山上是平川，再往上登时，山上还有山，上了山好像已登上了天似的，但是再往上爬山时，还有一层天。所以，这山非常有意思，分了几层，一层落一层。山上有不少的岩洞，这是漠北人最喜爱的。因为这岩洞是最好的生存之地，风吹不着，雨淋不着，天冷冻不着。你别看这么高，山上还有水。每座山上都有甘泉，不用到山下取水，这真是难找之地。

正因为如此，这三个山就成为数百年来北征的各族人民非常喜欢的地方，争做自己寄居之处。世世代代，这个地方就成为兵家必争之地。无论是哪个朝代，谁兵强马壮，谁能攻善打，谁就能霸占这三个山。霸占了三山，就割断了北海和内地的联系。这三个山，更重要的是，它和东边的库页岛隔海相望。如果把三个山控制住，就能把北边的北海控制住，把西边千里林海全部纳入眼中，这样就堵住了罗刹东进的锋芒。这三个山是重要的战略要地。把三个山控制住，就保卫了大清的北疆。

这三个山历来都被各朝所重视。特别是从宋明以来，明朝当时有人来勘察和巡访过。所以，真正注意了北疆，还是从明朝开始。从明正德年间的时候，特别是明嘉靖年间，这三个山上，都有兵马和一些官府治理北疆的官员占据着。当然，有的时候也有当地的土匪和响马占据着。因为嘉靖爱道教，天天忙于炼丹，朝政事不管。大奸臣严嵩挟政，社会黑暗，网罗不少余党，统一了漠北的土地，后来又霸占了三个山。他们与当地的响马和有权有势的土匪勾结在一起，到处搜刮北疆的皮张和土特产，运往京师，然后再贩销全国。所以，从明朝开始开发这里，到大清嘉庆十年，这中间一共有三百七十三年的历史。这三百七十三年，北疆发展得非常快，这是很多人都不知道的。这些年，北疆出了很多善人、恶人，数不胜数。特别是一些地方王、草头王雄踞漠北，他们围绕三个山钩心斗角，尔虞我诈，为罗刹的乘虚而入造成了可乘之机。

这三个山到了清代，我说书人说的时候，已经把它叫三个噶珊。噶珊是满语，就是屯落、屯子。这屯子可大了。三个噶珊，就是三个大的部落。在清代，凡是用噶珊一词，都是自有军权、政权，统辖一方。这三个噶珊，就是北海鼎立的三家，也是本书的扣子。本书所有的矛盾，所有的恩怨、恩仇都是在这三家身上发生的。说书人就把这鼎立三家的情况，一一向各位阿哥们讲明白。

这三座鼎立的大山，山上都很平坦，可以建不少房舍，养很多的兵马。我先从最大的噶珊讲起。当时影响最大、左右八方的是第二噶珊，也就是北方的山，"北乌勒滚特阿林"。北，满语叫"阿玛勒给"；"乌勒滚"是大喜的意思。"特"是坐的意思。我已经说过了，北边的山，坐在这个山上可以得到幸福，得到喜庆。这个山上的寨主是谁呢？是在乾隆、嘉庆年间赫赫有名的、威震北海的杜察尔氏家族。他是满洲人，正红旗，汉字一般姓德，他的满姓是杜察尔氏。他世居在牛满江上游。康熙年间，由牛满江上游滨杜河迁过来的。因为他的祖先都世居滨杜河，所以自称滨杜部。顺治朝初期，他归顺了大清，清政府封他为滨杜部部长，滨杜河的头领，由他总领黑龙江江北牛满江流域的众部落。康熙二十一年讨伐罗刹南侵的时候，滨杜部的头领也派人马帮助围剿罗刹匪帮。当时他和抗俄名将萨布素将军一起作战，并受萨布素的调遣。打败罗刹之后，他又回到自己的滨杜部，力量一天比一天强大。他占据着滨杜河一带广阔的山林土地，那块儿所有的资源都变成他自己家的财富，势力越发展越大。

由于大清王朝的疆域非常广大辽阔，而且朝廷忙于治理、平叛中原的匪乱、教乱，很少有兵力和官员到黑龙江以北问津。这样就使滨杜部的势力越来越膨胀起来，他任命自己为异地的额真。到了杜察朗的时候，势力更强大了。杜察朗的爷爷潭洞大玛发，很傲慢，总觉得祖上曾经跟罕王爷打过天下，自己有功，所以看不起别人。另外，他又觉得自己势力强大，有抗衡的能力，所以朝廷派人去收贡品、收皮张、收土特产时，总是和朝廷讲价钱，自己不愿多拿，常常跟派来的人争吵。有时，朝廷的官员打着朝廷命官的旗号，到下边胡作非为，要吃要穿还要美女陪伴。有这样一个官员到那去收贡时，看到潭洞大玛发身边有个特别好看的侍女，实际是潭洞大玛发的小妃子，叫旦旦格格。他曾调戏了旦旦格格。潭洞大玛发知道后，就鞭打了这个命官。于是命官向朝廷禀报，说潭洞要造反。朝廷不知怎么回事，就派兵要跟潭洞决一死战。

这时潭洞害怕了，就悄悄找罗刹人齐谢·达马罗夫商量。达马罗夫把他领到赤塔俄国上流社会里去，把他作为上宾接待。因为大清国出了逆子，罗刹非常需要这种人。所以天天是大宴小宴不断，美女陪伴，使潭洞分不出东西南北，迷糊了，自己不知怎么办了。罗刹人非常奸诈，看他贪婪、好色，就满足他的要求，送给他黄金千两，布帛百匹，还有两台自鸣钟，大钟走到一定钟点，就当当地响了，就知道几点钟了，这是神物啊，没人见过。另外，还给他九个俄国金发女郎，侍候他。从此，他跟罗刹的关系越来越近，他忘了祖上曾经抗过罗刹的入侵。现在他跟罗刹坐在一个板凳上，一个鼻孔出气。但是，他又惧怕清朝的力量。所以，他坐在清朝和俄国两个大船之中，左右摇摆，忽而，投向俄国，忽而又亲向大清。

这时候，罗刹把火炮秘密给他五六支，这东西大清王朝还没见过，

① 萨布素：姓富察氏，镶黄旗满洲人。康熙朝首任黑龙江将军。
② 额真：满语，主的意思。

都是些神物。有了这个，他就不可一世，认为自己已经成了一代枭雄。因此，在向清廷纳贡时，他敢和大清衙门、牛满江的大总管分庭抗礼，甚至不承认自己是大清的臣民。朝廷根据这个情况，派去了当时打牲衙门牛满江大总管四品云都尉迺木痕将军，由他亲自处理这件事情。迺木痕将军到那儿一看，他如此蛮横，二话没说，就地把背叛大清的潭洞砍头示众。

这件事在当时引起很大震动。因为潭洞大玛发投靠罗刹，敢跟大清王朝对峙。他越得势，罗刹给的东西越多。原来不少部落的头人想，胆大能吃肥东西，咱们得学潭洞大玛发，跟罗刹交朋友，有了罗刹，朝廷就不敢欺负咱们。现在一看不行了，朝廷真下茬子了。你看，还是恶人有恶报，不得好死，咱们可不能这么干。就这样，刹住了一股向罗刹讨好的邪风。

现在，我要向各位介绍一下这个迺木痕将军。他是非常出名的穆氏族人，就是书上将要讲的，也就是前书一再提到的被人杀害的穆哈连的爷爷。迺木痕当时决定，把朝廷原来封给杜察尔氏的权力都收回来，赐给原来受杜察尔氏管辖的另一个地区，也就是我下面要讲的第三个噶珊，达斡尔族的大玛发奇格勒善，由这位老人掌管这个权力，让他做牛满江滨杜河总理大督办。督办比总管的权力大，总管是帮朝廷管，处理啥事得往朝廷报，他没有决定权。督办就不同了，不但能管，上级政府不来的时候，他可以处理，怎样处理都代表朝廷。所以，奇格勒善大玛发的权力更大了，这是杀鸡给猴看。这样做，使附近的各族的头人和首领，都羡慕。有的说，你看哪，咱们不能向坏蛋潭洞学，要向奇格勒善老人学，人家是忠于职守，忠于大清，忠于自己的族户，平时人家不干亏心事，所以好事就送上门。咱们也要多做善事，不做坏事，要向奇格勒善那样为人处世，走正道，可不能走邪道。迺木痕这样处理，给各族头人很大震惊，使北疆很快风平浪静。

单说，杜察尔部，自从潭洞大玛发被砍了头以后，他们的气焰没有以前那么嚣张了。潭洞的儿子布革温继承了父业，自立杜察尔部大玛发。他当了玛发以后，心怀不满，牢记杀父之仇。他秘密网罗党羽，特别是收拢朝廷那些叛逃之人，即被朝廷判了罪，后来又逃出去的。逃到北疆之后，他把他们保护起来，做自己的党羽。另外，他用小恩小惠笼络达斡尔族、雅库特族的部长，今天我送你几个皮张，明天我送你罗刹给我的什么礼品。这样，他悄悄地扩大自己的势力。他暗里称自己为总辖滨杜河的大额真，跟朝廷对峙。他常常领着自己的兵马，向和朝廷关系比较融洽的奇格勒善大玛发挑衅。意思说：好啊，你胆真大，朝廷给你权力你就敢要，你小心点，不定什么时候我就砍掉你的脑袋。不但这样威胁他，有时还烧他的村落，杀他部族的人。奇格勒善大玛发被逼得无奈，只能求朝廷帮忙。

这件事发生在乾隆朝的时候。乾隆皇爷非常正直，疾恶如仇。他听到这个奏折之后，大怒，马上命令盛京、黑龙江将军衙门派兵征讨，一定使北疆除恶务尽，不能让这种犬狼之辈，逍遥法外。这是皇帝的谕旨，哪知这件事，早被朝廷的内奸飞报给北疆的布革温大玛发。这就是清廷的腐败呀，有内奸。

布革温知道这个信后，马上商量对策。他想跟罗刹联系，又觉得罗刹离着太远，关山重重，路也不好走，等他们过来也不赶趟儿了。朝廷大兵真要发过来，我们部落不就完了吗？想到这儿，布革温吓出一身冷汗，立刻就病倒了。后来，布革温想出一个权宜之策：行啊，干脆我就退隐吧，把权力交给我的长子杜察朗，让他来处理这个乱摊子吧。

杜察朗，就是现在说书人说的杜察朗大玛发，让他改弦更张，处理这些事儿。布革温这一招挺管用。朝廷听到这个信儿，心情稳定下来，把火也慢慢压下去了。杜察朗大玛发不一般，他曾到京师学习过。那时理藩院每年都拿出帑银，把边关各族头人的儿子请到京师，给他们授业，给他们讲大清的礼仪、讲各族之间相亲的关系，还给他们赏银，待遇相当好。用这种办法，培养各少数民族心向着清朝的人。从康熙年间就注意做边疆后继有人的事。用这种办法来笼络少数民族，使他们不反叛，更好地归顺大清。这是稳定边疆的一种计策。杜察朗曾到京师北京，在健锐营学武术、学满文、学国语、学礼仪，所以他对清政府比较清楚。杜察朗任大玛发以后，朝廷也就没再出兵。这样的话，滨杜河一带的总理权就不再争了。但是，朝廷非常明确，这个总管，总理滨杜河的大权，仍然由达斡尔族的头人来掌握，并没交给杜察朗。朝廷心里明白，对杜察朗要以观后效，我不能把权交给你，只是赏给杜察朗银两、布匹，让他安心于家族的兴旺事业，多做些利国利民的事。

杜察朗大玛发，说起来也是非常奸诈的人。别看他年岁不大，但很多地方都跟他爹一样。真是狼生狼，凤生凤，他仍然有他父祖的反骨。杜察朗这个人，长相特别古怪，他在当地是一个险恶之人。大高个，像灯笼杆似的，尖下颏，颧骨挺高，三角眼睛，鹰钩鼻子，鸭子嘴，说话时，嘴吧吧吧，上下呼扇着。留着几根络腮胡子，长得一脸凶相。看人，先翻动他两个白眼珠子，来回转动，不时地想着计谋。他非常阴险，好杀人，爱吃人心。你想，像杜察朗这样的人，能跟朝廷一条心吗？杜察朗接任以后，比他父亲更阴险狡猾。他一反常态，改变了他父亲公开与清廷相对抗这样一种拙笨强硬的政策。他明着对朝廷相当好，你不是要贡吗？我及时给你送去，送得不但多，比你想的还周全，所以理藩院和各部都很高兴。另外，凡是朝廷的官员他都送礼，这样，他给那些官员都留下了好印象。但是，他暗中与俄国的奸细交往。在他噶珊里头有几个暗舍、地洞，住的全是罗刹人。有的来自彼得堡，有的来自莫斯科，有的来自贝加尔湖，他们直接与沙皇有联系。这些罗刹人，经常给杜察朗出谋划策。

说书人讲到这儿，只是说你知我知的事情，许多秘密的事情，朝廷一点不知道，周围人也不知道。将来我的书还要讲，他们怎么进来的，怎么走的，他们的办法相当多。但是表面上你看不出来，他跟朝廷的关系相当好，热爱大清国，我是大清国最忠诚的子民，我为边疆鞠躬尽瘁，死而后已。他的府下，聘请了不少清朝的官员，是凡没有职位的，他都帮你谋个职位。所以，朝廷一些官员认为杜察朗真变了，比他爷爷，比他阿玛都好。现在的二噶珊可是咱们大清朝的了，咱们放心了。整个朝野造出这种舆论。

单说，杜察朗大玛发觉得光用这些招还不行，他又用了一招棋。什么棋呢？就是用"沙里甘"，沙里甘，是满语，就是妻子。他会打女人的牌，玩女人的棋。这着棋非常漂亮，他有三个娇女。说起来，杜察朗从十三岁起，他阿玛就给娶妻，他有多少个妻子，根本算不过来。我现在专讲一个出名的妻子，五福晋，就是第五个妻子。这个妻子来自罗刹的圣彼得堡，是一个叫雷基诺夫大商人的女儿，叫柳米娜。她是从罗刹用轿车，路经三个月秘密送来的。送来以后，布革温大玛发在二噶珊的窑洞里，秘密给他办了喜事。办完喜事以后，柳米娜的家人坐着轿车，半夜偷偷离开二噶珊，回到西边贝加尔湖，然后取道返回圣彼得堡。

柳米娜和杜察朗结婚后，俩人情投意合，她连生了三个姑娘。柳米娜长得非常美，是西方的美人。她生的姑娘都像她，长得也很美，是金发西洋女郎。说起来，在大清国是千里难寻的。人家是金丝头发、蓝眼珠、高鼻梁、眼毛特别长，长得像天仙一般。这三个洋娃娃，谁看都看不够，认为是天赐的仙女，是北疆的奇宝。杜察朗大玛发给三个姑娘起名字，想了多少日子也想不出来。后来自己就定了，叫丹丹。大女儿叫大丹丹，二女儿叫二丹丹，三女儿叫三丹丹。而且，大兴土木，给她们建漂亮的房子。中原王朝有个故事和成语，叫"金屋藏娇"。这个词不是我们满洲人常用的，但是我说书人借过来用一下。在北海这块儿，"金屋藏娇"这四个字，确确实实，杜察朗大玛发做到了。他给这三个美女专门建了彩楼，将来我的书展开还要讲。

杜察尔大家族，他们在大山顶上建起了大寨，非常壮观漂亮。是四进大院，不算山洞、地窖，纯是正式建筑，完全是明朝的大官府的建筑。这都是从中原京师和江淮一带请来的名师、匠人给建的。在这个大的宅院里头，分正堂、宴乐楼，还有女眷内宅。这个女眷内宅一部分是他的女人和妃子住着，另外，大丹丹、二丹丹、三丹丹都各有自己的屋，各有自己的奴仆侍候着。这三个姑娘成了他们家族里头看不够、爱不够的宝贝。杜察朗从京师请来世外高人，传授武艺，使她们从小就受到严格的教育。

这一点，还应当说一下，杜察朗确实高他父一筹。他有远见，他要成大事，必须有谋略，有人才。人是成事之本，他自己很勤学，也很苦练。他虽然荒淫无度，但是，他本身的武艺很高强。他身边用的人，确实都是出名的人，他有中原王朝孟尝君养贤士食客数千人之风。他身边还有不少曾经在朝廷不得志或被管辖的人，曾经要被砍头的人，后来被劫狱出来的高手。他不管你过去犯了什么罪，只要到他这儿来，都是美食、美衣、美女侍候，供养他，将来为己所用。他对自己三个姑娘，不单是当成玩物，好看，而是把她们培养成武林高手。每一个人都能对付众多的武将。为了振兴自己的杜察尔氏家族，他不像他爷爷和阿玛那样鼠目寸光，跟朝廷硬干。他表面和朝廷的关系很好，要什么给什么，但是，他使内劲，积蓄自己的力量。这样，经过七八年的经营，在三座鼎立的大山中，他的北噶珊是最强的。可以讲，他的兵力很强，盛京兵、吉林兵、黑龙江兵都不敢跟他打。他是兵多将广，一个将可以挡十个人。这些将士多数都是武林高手。

说书人还要提及，过去往往一说武林高手，就是指江南一带，或者是黄河一带。长城以外是满族过去的故乡，是龙兴之地，没有武林高手。不是的，有，只是过去没人讲而已。龙兴之地，家丑不可外扬，实际上是灯下黑，有很 多的事情，不亚于甚至更胜于中原内部的尔虞我诈。那些武林之间的宗派之争更厉害。杜察朗就是这样，他全力培养女儿的武术，使她们武艺高强。这三个姑娘，不负所望，武术都非常好。她们的功底多数是五台功，还有少林功，比较杂。因为杜察朗请的人多，不单请一派的人，不管谁来了，你有能耐，就是我的老师。我养着你，你就给我教。所以，北边有这样的特点，不是单一派，是杂派、杂家。他这三个女儿，刀、剑、棍、棒都行，另外轻功也可以，一般人也对付不了。

　　杜察朗还专程从罗刹请来名师，教她们拳击术，这点说起来，也相当厉害，每个女孩专有十几个男人陪练，让她们打。这些男人都打不过她们，三拳两脚，一打呼啦都倒下了。这三个姑娘都有万夫不当之勇。杜察朗大玛发没有男孩，他把自己希望和筹码都押在这三个姑娘身上。他想，不管是男是女，将来能为杜氏家族复兴，为父祖复仇就行。他把功夫都用在培养孩子身上，所以，这三个姑娘很快都成长起来了。

　　大丹丹已经十八岁，二丹丹十六岁，三丹丹十四岁。杜察朗大玛发想，我该打出去了。现在该打我的女儿棋子，第一个女儿棋，就把大丹丹嫁到京师，这谁也没想到。黑龙江、盛京和吉林将军都派人去，想为儿子讨个美女，他都没答应。杜察朗却把大女儿远嫁到三千里以外的京师，嫁到北京去了。当时正赶上光禄寺三品大员穆彰阿的儿子福康安来北疆巡查。

　　光禄寺是专给皇帝家族、大内准备衣食住的，他的权相当大，是皇家御用的人。当时光禄寺卿是谁呢？是穆彰阿。穆彰阿为了访查和了解北疆供应皮张和各种土特产的情况，他把自己儿子福康安派出来，代表他上北疆巡查。福康安受命之后，就在盛京、黑龙江将军派员陪同下，到了漠北，而且住在杜察朗府第。杜察朗由黑龙江、盛京官员举荐，认识了福康安。他知道福康安之父就是当今朝廷光禄寺卿穆彰阿大人，你想，他多高兴。在大宴中间，他把他十八岁的美女大丹丹打扮一番，让她出来接待。大丹丹在宴会上唱北方的歌谣，还跳莽式舞。她的舞姿和歌声，使福康安非常羡慕，特别喜爱。

　　宴会以后，他俩一起到了后花园，大丹丹提出跟他比剑。福康安在酒兴中跟她比剑。福康安的剑法也很突出，满洲人子弟从小就练剑法，练骑术，这是习以为常的事情。他跟大丹丹比剑挺高兴，大丹丹把他吸引住了，迷住了。哪知道，大丹丹的剑法真不一般，使福康安大吃一惊。大丹丹本来就有勾魂之术，这样就在一个秘洞里头，两人亲亲热热，做完了美事。没过两天，大丹丹哭着向她的父罕杜察朗禀报了这件事。杜察朗本来就有这个意思，正中下怀。他跟夫人柳米娜商量，同意他们结成连理。没过五天把婚结了，而且是鼓乐喧天，就这么快。整个北噶珊都欢腾起来了，真是轰动全北海，很多人都来送礼，一连热闹了十天。杜察朗大玛发借机更加宣扬自己，使他一下子就成了穆彰阿大人的亲家，他真是一步登天。从此盛京、吉林、黑龙江的官员谁敢惹他？都敬重他。这是他把大姑娘嫁给了名门，跟京师赫赫有名的穆彰阿结了亲，穆彰阿就是他最知心的靠山。

　　他的二女儿二丹丹，十六岁下嫁给二噶珊达斡尔族大玛发奇格勒善的小儿子都尔钦。这个事二丹丹恨自己命苦，赶不上姐姐，自己怎么嫁给达斡尔族这个地方，整年在山沟里待着。她又哭又闹，坚决不愿意。但是又违背不了虎狼之心的阿玛杜察朗，父命不能违，她被逼着成了婚。杜察朗大玛发就和达斡尔大头人奇格勒善结成了亲家。

　　前书已经介绍了，奇格勒善现在是清朝在这一带管辖的总督办，权势很大。但是，奇格勒善这个人非常善良，跟谁都平易近人，尽量大事化小，小事化了，不挑拨是非，也不显示自己有清朝的官印，平时对任何人都以礼相待。即或这样，杜察朗也觉得他是身边的障碍，不利于发展自己的势力。得想办法笼络住奇格勒善，想来想去，他就想出了美人计，硬把自己的二女儿给许过去了。这事大伤了二女儿的心，二丹丹也是人，也是有感情的人。轻易地就把她抛给了达斡尔人，跟他们没有感情，又不认识，她能愿意吗？杜察朗不管女儿愿意不愿意，为了自己一得之利，为自己所谓长远的计谋，就这么办了。他留下的罗乱是他自己造成的，现在不讲这个。二丹丹嫁出去了，整天是以泪洗面。奇格勒善小儿子都尔钦也是个好人，心疼她，又没有办法。俩人长期都是唉声叹气在一起。

　　单讲奇格勒善这个人，也不愿意成全这事儿。他原本也没想给儿子娶这么漂亮的丫头，他根本没这么想。他想，人家姑娘是金发女郎，咱们哪能配上人家，一推再推三推，怎么也不行。杜察朗大玛发几次亲自登门，拜访奇格勒善，就说：咱们一定结成亲家，我就看中都尔钦了，给她找到了福地，咱们结成永生之好。奇格勒善怎么也推托不出去，人家兵多、势力大，也惹不起。所以，只能是将计就计，就答应了这门亲事。亲事办成之后，杜察朗做出很多违犯朝廷规定的事，今天做一件错事，明天又做一件错事，这些奇格勒善碍着儿女亲家的关系，只好睁一眼闭一眼，不再跟杜察朗纠缠违犯朝廷的事情，他想办法帮助大事化小，小事化无，后来干脆不再过问了。滨杜河一带的事情，他就撒手不管了。人家问他，他说不知道，他没办法管了。杜察朗为所欲为，总理滨杜河的大权，实际上又回归到杜察朗之手。这样，杜察朗就完成了他父祖的大志，而且还与朝廷保持了边关的隶属关系，表面看来，谁也挑不出错来。这就助长了杜察朗的野心，他更加不可一世了。到嘉庆中后期，北海的广袤之野，尽属于杜氏家族的，由他们来管辖，这就是北噶珊。

三个山咱们说了北山，现在再说西噶珊。这个山大家都知道了，就是滨杜河的总理大督办奇格勒善老人他们所在的地方，就是西乌勒滚特阿林。奇格勒善是达斡尔族，是萨音布玛发的后裔。达斡尔族是北疆的世族，这块儿世世代代有两支，从顺治年间开始，一支迁到了黑龙江北的嫩江流域，一支没有迁走，仍然生活在原来的故居，这一支就是现在的奇格勒善祖先的部落。他们按照季节的变化，有时候为了渔猎，离开了乌勒滚特阿林。有时北上，有时东进，有时南下，在乌勒滚特阿林一带几百里的土地上，他们世代繁衍生息。

就在这一支中，有一部分北迁到库页岛去了，在那生儿育女，发展起来了，现在跟他们没有关系，奇格勒善就是留下这支。他们祖上供奉的神祖，就是远世祖萨音布玛发和萨音布额莫。他们最早居住的地方在精奇里江一带，这一带正是精奇里江的河源，面积相当广，方圆在八九百平方公里内，都有精奇里江的支流。萨音布的名字就是精奇里江上游一个小支流的名字，萨音比拉，从这音转过来的。他们的部落就用萨音比拉这个河的名字命名了自己的祖名。所以，他们叫萨音布，他们的姓氏就根据河的名字起的。久而久之，这个萨音布部落越来越发展，就成为精奇里江上游人口非常繁盛的一个望族大姓。他在黑龙江以北是特别有影响的。

萨音布部落，主要是以渔猎为生，勤勤恳恳，纯朴正派，从来也不好贪婪争斗。萨音布的父亲，是杜革尔玛发，是当时非常出名的一个世族首领。杜革尔玛发的祖上，是杜革尔额莫，是个女首领。他们是由女首领发展而来的，成为本世族代代承继的祖先神。他们祖上就要求自己的后代，要勤于自己的族事，不要贪婪好斗，为人要诚恳正直。所以，他们的后代，就像奇格勒善老人一样，非常慈祥，乐于助人。

奇格勒善生于清雍正十年，壬子年，属鼠，今年已经八十多岁了。朝廷把权力交给他以后，杜察朗大玛发气不公，对朝廷怀恨在心，认为自己的势力强，奇格勒善是个糟老头子，快死之人，行将就木之年，把权力交给他，总是不服气，想法欺负他。但是，奇格勒善德高望重，远近闻名，各族的首领，各族的头人，没有不佩服的，都亲近他，都把他看成是自己的玛发，像对待自己的爷爷一样对待他。你别看他是八十多岁的人了，慈眉善目，满面红光，非常壮实。雪白的胡子，盖满他的前胸。头上也是银白的几绺头发，后头的辫子到了自己的后腰，让人看起来肃然起敬。他无论说话也好，做事也好，就如同二十几岁的年轻人那样爽快利索。他走起路来，快如风，搁后头一看，也就是三四十岁的样子。他头聪眼明，耳不聋，说话的声音特别洪亮，是个大嗓门。说话带笑，爽朗，是个热心肠的人。他的剑法也挺好，七十多岁的时候，还到盛京参加过比武，很多年轻人都没比过他，还得回一个御赐的奖赏。

奇格勒善有六个妻子，北方都是多妻制，有几个媳妇，在少数民族中没有什么讲究，只要你能养住就行。他有九个儿子、五个姑娘。他几个孩子说起来挺有意思，只有小儿子在他身边，其他几个儿子有的在京师赛冲阿那，跟图泰在一起。因为他为人好，别人信得着他，所以愿意带他的儿子。他的儿子大部分都很正派，武术也好，得到各方面的喜爱。他的大女儿非常惨，在打猎时，碰到一个老狗熊旁边的小熊崽，老狗熊生气了，用前爪把她抓过来，然后扔在地上，把她坐在屁股底下，当时就惨死了。奇格勒善的三女儿嫁给了林严昌，也就是我将要讲的，头噶珊的林氏家族。

头噶珊又叫作林家山噶珊，就是东乌勒滚特阿林。在三个山中间，它是最东边的山，高于另外两个山。这块儿历代叫月亮桥，为什么叫月亮桥呢？说这山太高了，是通往月宫的桥。人们一提月亮桥，就指头噶珊说的。这山高到什么程度，如果上到山尖上去，就可以进月宫。就在这个山上，住着一家姓林的孤身二老，他们终身不娶，是世外高人。他们祖籍是福建人。这两位老人叫林云鹤、林彤鹤，是老哥儿俩。这两位老人长得其貌不扬，从外表看起来，谁都瞧不起。因为他们长得矮小，骨瘦如柴，体形如猿，身体的重量都不过百斤。只能看到两个大眼睛，身上不长肉，平时要躲在树里头，你都看不到。甚至有人这么形容两位老人，说豺狼都不愿意吃，因为身上没一点儿肉。有的讥笑二老，老虎吃他像吃个苍蝇，吃不出味来。但他们行动非常机灵，善于轻功，能在悬崖峭壁上纵身一跳，飞来飞去，落地无声。他从地上嗖地一跃，能悄悄悄地跳上十几丈高的树上。在树与树之间、石砬子与石砬子之间，走起来，像在平地上一样，就那么快，就那么稳。往往两个山之间，或树与树之间，离得相当远，他不用挂上绳索，也不用木杆搭桥，只要他看准了，身子一纵，就能轻轻落在他所要去的那个地方，非常稳当，一点儿都不晃，甚至踩在树上都没有声音。就连一只鹰、鸟落在树上，树枝还动一下呢。可是他落在树上，树枝却没有响声。说起来，他的腾飞技术真到了炉火纯青的地步。纵和跳是他们的本事和功夫。所以，老哥儿俩，在北边不少武林中间，称赞他们是没长翅膀的老鹰，是没有四条腿的身轻善动的雪山跳猫。

他们不但有腾飞的轻功，更主要的是林家的拳、林家的剑法。他们家传的剑，那叫林家剑。在剑法宗派中间，一提到林家剑没有不知道的。他的剑都是经过自己选铁、选钢，然后自己锤炼而成的。宝剑的做法都有自己家传的秘方。宝剑为什么这么锋利？为什么软中有钢，削铁如泥？其中配了一种特殊的，任何人都不知道的药和轧钢的机密，这都是二老的绝密。所以，他们的剑是非常出名的。有一句诗形容林家剑："黄赤白金若闪电，易水同风腾飞龙"，指他们的剑有黄光、赤光、白光、金光，易水同风，是说耍剑起的风像一条龙似的，就这么神奇。

不但如此，他们的拳法也相当厉害。在武林宗派中，林家拳独树一帜，汇各派之长。他们有自己特点，主要讲究弹拳，弹、躲、踢、跳、勾、滚、滑、顺、连、搭，十大法全融入他的拳宗。所以，林家拳深奥无比。这个学问不是一天两天就能讲清的。要练他们林家拳那得是一生的功夫。云鹤和彤鹤二老早就说过，我们祖传的林家拳，从我们懂事就开始学，老人耐心地教，我们一生都在学、在练，到现在我们的岁数都这么大了，也仅知道十之一二而已。作为他们这么高深的世外高人，对林家拳的奥秘都这么认识，可见林家拳到了何等炉火纯青的地步。在武林中，很有名气，他和中原的少林、五台，西南的峨眉拳是并驾齐驱，不在他们之下，甚至有的宗派还不如林家拳。

林家的拳和林家的剑是属于中华闽南宗派，有两千多年的历史，可以说从干将莫邪造剑以来，就有林家剑，一直传下来，这是赫赫有名的。诸位阿哥都知道，说书人还要多说几句。台湾有个郑氏父子，林氏的祖上就是郑氏父子的幕僚，是郑成功的部下。后来又在郑成功的后人郑经、郑克塽他们手下，成为一员武将。和当时清朝对抗，他们都是重要的战将。云鹤和彤鹤他们的祖上，是非常有名的林兴珠、林兴磋兄弟，他们都是清朝康熙年间著名的人士。后来郑经被清朝打败，这是康熙帝玄烨的大功之一，当时就把这些战将完全收降，而且重用，作为大清的武将。这些人收降以后，就把他们请到朝廷，让他们管理闽南的水师营。林兴珠、林兴磋兄弟就是当时水师营的管带，也就是管战舰的，战舰之长。虽然这样，但他们对满洲人入主中原还是耿耿于怀，他们当时都是明朝的臣民，一下变为清朝来管，心里不服。另外，说实在的，大清中也有很多的败类、腐败的官员，他们对水师官员进行盘剥、欺压、倾轧，引起他们的不满。当时又赶上吴三桂叛变，反清复明，他们就呼啦一下，投奔了吴三桂。林兴珠和林兴磋兄弟被吴三桂重用，提为管理洞庭湖水师的总都督，主管的大将。在吴三桂反清的气焰下，他们确确实实发挥了很多的作用，把清兵打得落花流水。因为他们在水上如蛟龙，清兵是陆地的，马上兵在水上寸步难行。

后来康熙听了重要臣子的话，要想降服吴三桂，还得把水师争取过来。当时康熙年轻，是个非常有作为的皇帝，他派人秘密劝说，使林兴珠、林兴磋幡然悔悟，弃暗投明，降了大清。这样一来，就像砍了吴三桂的大臂膀一样。林兴珠兄弟投降以后，康熙圣驾亲迎，接见林兴珠，而且把林待为贵宾。林兴珠一看，康熙皇帝那么年轻，特别懂得事理，虽然自己是皇帝，还站起来，亲自给我下拜，并说："林将军，你为大清立了功，我作为大清的子民，要感谢你。"康熙帝下拜，使林兴珠非常感动，痛哭流涕，恨自己认识玄烨太晚了。当时康熙皇帝向他求教，如何战胜吴三桂，林兴珠就向他提出很多建议，其中最主要一条就是八个大字：扼其水路，断其粮草。什么意思呢？说吴三桂，别看他兵将那么勇敢，他的力量那么强，但是，他要北上，有长江天险，有鄱阳湖、洞庭湖，这都是主要的障碍，他们水路也不行。如果你把水路控制住了，大兵、粮草没法运出，这样就断绝了他兵马的后路。这个妙计，使吴三桂大兵顷刻土崩瓦解，很快被清朝的大将岳托率领的清兵，控制了洞庭湖一带的水师，打败了吴三桂。林兴珠因为有功，被封为建义侯，而且世袭永替。林兴珠搬到了京师，享受侯爷的待遇，受到国人的崇仰。从此林兴珠和康熙帝的关系相当密切，经常进到大内，和康熙对弈，或讲讲水师的事，或提出一些治水的方略，这些都中玄烨之心，甚得器重。

在康熙二十一年，征讨罗刹进犯黑龙江，林兴珠受钦命，随郎坦①、

---

① 郎坦：瓜尔佳氏，正白旗满洲人，副都统。

彭春公^①、萨布素北征雅克萨。因水师是他从福建带来的籐牌兵，在这次作战中起了很大作用。他们能潜到水下，在水下把船钻个窟窿，水进了船，就下沉，这样把罗刹打得一败涂地，很快就把罗刹霸占我们的雅克萨城夺回来。当时很多的八旗兵乘胜追击，罗刹兵仓皇北逃。清兵在后头追，包括水师籐牌兵也追，后来鸣锣收兵。由于到处是密林，有的迷了路，没赶上大军。特别是籐牌兵回来的不多。这些籐牌兵个个勇猛，能征善战，都立了功。有的牺牲在黑龙江滚滚洪流之中，死得都很惨，伤亡惨重。林兴珠和林兴磋兄弟，对他们带领的家乡父子兵，非常讲义气，看到这种惨状，心里特别难受。兴珠现在是受命京都的侯爷，弟弟兴磋跟他说："阿哥，你得奉旨回京师去，不能抗旨。回京师一定要复命。弟弟我就不能返回祖籍福建了，咱们还有些故乡的兄弟，已经是魂断黑水，到现在尸首难寻。弟弟我愿意一生就陪着这块儿的亡魂，久视黑水，留下来，我就不走了。好在萨将军也是心肠很热的人，咱们处得很好，萨大人又挽留我。大哥，请你回京师，我就留下来，逢年遇节，再给亡魂烧些纸，永远在这儿待着了。"兴珠心里非常难受，觉得弟弟说得很对。他擦擦老泪，想到皇命不可违，就跟兴磋在江边杀牛、宰马祭奠亡灵。然后兄弟相抱，热泪分别。从此，林兴磋就留在了黑龙江。

就这样，林兴磋后代传下来，代代留在这里。方才说的林云鹤、林彤鹤兄弟就是林兴磋这支留下的后人。兴磋从康熙年间开始，传到严禄、严昌兄弟时，已到乾隆年间。后来，大哥严禄带着儿子和一个女儿，返回了福建。在福建长乐七岩山下定居。老二严昌从此留在了北疆。严昌为人很正直，常在山林狩猎，跟当时达斡尔族的首领奇格勒善大玛发很熟悉。萨音布大玛发见严昌这个人很正派，祖上是赫赫有名的林氏家族的人。他们家族为抗罗刹死了不少人，这种大义凛然的精神使萨音布大玛发深受感动。于是就主动把自己的二女儿，乌林格格嫁给严昌。从此，严昌就成了达斡尔族首领奇格勒善大玛发的二女婿。严昌和乌林格格生了两个儿子，就是云鹤和彤鹤。云鹤和彤鹤的姥姥家是达斡尔族，也就是现在的西乌勒滚特阿林的达斡尔部落。

云鹤老人，生于乾隆二十八年，癸未年夏末，属羊。弟弟彤鹤比他小两岁，生于乾隆三十年，乙酉年，属鸡。这兄弟俩，在慈母乌林格格的关怀爱护下，长得很快，很精神，严昌非常喜爱。不到五岁，就让他

---

① 彭春公：姓栋鄂氏，正红旗满洲人，副都统。

俩练功，管得特别严。因为练功是个苦差事，两个孩子天天很早就被弄醒，去练功。你想，五岁的小孩，那时还可以吃奶呢。乌林格格看着自己的孩子痛苦的样子，非常心疼。为这事，严昌常跟他的福晋乌林格格发火。这两个孩子是乌林格格身上的肉，是她心肝宝贝，能不心疼吗？但是不能太溺爱了，她还得听丈夫严昌的话。严昌就跟妻子说："我们林家从小就是这样，是世代英豪。英豪两个字，不是谁轻易封的，也不是老人给的，必须是从苦中磨出来的。铁杵磨成针，不吃苦是得不到甜的。孩子们练功，我得好好管，你不要心疼孩子。你若不管他，他像小树一样，就长不直，等将来变成歪脖树，咱们心疼就晚了。练武，特别是练我们林家拳，必须从小开始练，我们哥们儿，从四五岁时就断了奶，单独有严师管教。从那时起，天天挨打挨骂，天天把头往上一吊。头发绑在房梁上，一动，头皮都拽下来。你要不好好学习、练功，两天都吃不上饭，水也不给你喝。"严昌时刻监督，刻苦地训练，精心培育两个儿子。他把自己全身心的情感和希望都给了小云鹤、小彤鹤，希望他们真像个仙鹤一样，能鹤立青天，飞黄腾达。在这种心情促使下，他把两个孩子练得又瘦又小，个儿也没长起来。这老哥儿俩就这么练出来的。

后来，乌林格格不久就死了，年仅三十六岁。严昌虽然丧妻，并没有影响他教儿子练功，他把自己的爱都给了两个儿子。他想，爱妻没过四十岁就比我先走了，这时他既当爹，又当娘，照样严格地管教两个儿子，天天教他们练轻功，练武功，练剑法，没早没晚。这个精神，使他的老丈人，奇格勒善大玛发心疼、难受，他既疼爱自己的外孙，又怀念自己的女儿。哎呀，真可惜，没想到走得这么早。这男的若没有女的，日子多苦啊。老玛发非常心疼，回去以后，左琢磨右琢磨，最后一咬牙，又把自己最小的女儿，刚满十五岁的库吉木格格，嫁给了严昌。让她像二姐乌林格格一样，侍候严昌。另外，要照顾好她姐姐的两个孤儿云鹤和彤鹤。这时候，严昌白发苍苍，已经是六十多岁的人了。但是，阿布凯恩都里[1]恩赐，使他老年得子。不久，两年后，库吉木格格，在十六岁时，给他生一个儿子，起名叫翔鹤，飞翔的白鹤。不久，又给严昌生了一个小女儿，起名叫丫丫，就是后来的林氏。所以说，云鹤、彤鹤和后来的翔鹤、丫丫，他们是一父两母的亲兄妹。他们之间的情感像同母一样的亲，因为他们的母亲是亲姐妹。所以，他们跟西乌勒滚特阿林噶

---

[1]　阿布凯恩都里：满语，天神。

珊，真是恩深似海呀，那是他们姥爷家。他们之间走动相当勤，像一家人一样。

在这三个山中林家山是最高的山。三个噶珊之间，都有联姻关系，当然，走动最密切的还是东噶珊和西噶珊。后来不久，严昌老人一场重病不起，就去世了。他们兄妹几个，就把父亲葬在林家桥。这是北边的习俗，人死后，为了让他永远和自己的亲人在一起，往往在院的一侧，立上坟，砌上砖，把棺椁砌在一起，让他的亲人世世代代和他生活在一起。所以，北边家坟就跟自己亲人在一起，代代传下去。这在北方太多了。严昌老人的棺椁就葬在他们兄妹四个住的院内，给老人砌起一个棺墓，按时给老人上供，叩拜，就像活着一样。这个地方，也是严昌老人过去建造的、生活的地方。严昌老人在重病中留下遗训，告诉他们哥儿俩："你们一定不要忘了祖传的功法，要终身习练。现在我要走了，咱们林家武功、林家拳、林家剑就靠你们哥儿俩来传了。你们哥儿俩为了继承咱们林家的武功、咱们的剑法，必须不伤自己的身精，要使自己的精力不懈，这是咱们家的秘法，就不许婚媾。云鹤、彤鹤，你们现在要跪在为爹跟前，我要听听你们发誓，你们能不能办到？"云鹤、彤鹤马上跪在病入膏肓的严昌老人的床前，叩头下拜，请老人放心，儿子谨遵父命。严昌老人也知道，自己从小培养起来的两个儿子，他们都跟我一样，相信他们能做到。所以，严昌老人微微地闭上眼睛，一声没出，就仙游而去。云、彤二老谨遵父命，终身不娶，一生苦磨林家剑。

我前书已经说了，林家剑法深奥无穷，不是说学了就会。他们剑法的功力深得很，是无止境的，那是学一分，长一分；学十分，就长十分；学百分，就有百分的功。学一生就有一生的功夫。云鹤和彤鹤在锤磨林家祖传的功夫时，也深有这个体会。他们把全部精力都融入林家功法之中，融入林家大院之中。

林家大院很有意思，它是在山的最顶上，修了一个正房，朝南坐北。这个正房面积很大，房的两头是他们兄弟俩的卧室，中间是炊室，做菜用的。兄弟俩各住上间和下间，上间是云鹤大哥住，下间是彤鹤住。上、下间房子的头上，各有两个练功的房子，屋里摆着刀、枪、剑、戟等兵器。西边是上间，房山头上有个屋，是云鹤的练功房。东侧是下间，房山头上辟出一间宽敞的屋子，是彤鹤的练功房。这房子是对称的，特别好看，井井有条，互不干扰，自己练自己的功。

这个院还有两个厢房，也都是练功的地方，平时有徒弟来了，或者远道慕名而来的师友，跟他们切磋武艺，就请他们住在这个地方，还能在这儿练功。在房子东边，开辟了一个林间小路，地上铺的石头，有台阶，能有一百十多丈远。他老哥儿俩依着山势而铺的，很平坦。有几个台阶搁东院套直接出去，因为平时在那练功，地上的草都被踩平了，非常光，土质很坚硬，周围还有些木桩子、沙袋等物，都是练功所用的。还有捡来很多的巨石，有的石头有数百斤重，他们练功时，抱来抱去，有时用单手举起来。你别看老哥儿俩长得瘦小，有的石头甚至比他们个子还高，可他们都能举起来，就有这么大的力气。

在院子的后侧，有个鹿圈。老哥儿俩平时到野外去，看到受伤的小鹿，看见小狍子崽，找不到爹娘，没有吃的或被毒蛇咬伤了，他们就抱回来，放在鹿圈里。这个圈养的都是小鹿，时间长了，有的已经长成大鹿。老哥儿俩平时爱看这些鹿，作为消遣。有些鹿长大了，就把它们放回大森林去。

这个院的右侧，就是他们的父亲严昌的坟墓。坟墓是用石头堆起来的，前面有一个非常好看的平台，是摆放香案和供果用的。前边有个冲南的大门，出了门是顺山势而下的台阶，都是用石头铺成的。有多少个台阶呢？有八百八十八个磴，从山下得上这些磴才能到山上去。这个建筑非常宏伟、壮观。在院子的后面，还有一个围着的院墙。这个院墙都是用很高的木头围成的，是狗舍。里头还养着数只狗，冬天可以用狗拉爬犁，做运输用。有时候他们赶着爬犁到北海去出游。后院的右侧，还养着牛和马。另外，后院有一个门，因为房子后头是山，挺高的石山，出门就是山。紧挨门道的山下有个天然的石洞，他们把石洞修得干干净净，有些地方还用石头铺成，里边还能住人。他们给这个洞起个名字叫紫云洞。这几个字是云鹤自己刻在石头上的。平时老哥儿俩在这个洞里练功，冬天时在洞里避风寒。老哥儿俩就在这个洞里修身养性，天天琢磨他们林家的武术。

他弟弟翔鹤住在东厢房，小妹丫丫住在西厢房。他们兄妹几个就这么安排住着。这个小院很紧凑，人口比较少。云鹤和彤鹤遵着父命，终身不娶，天天练功，不辜负林家的使命。另外，他们始终不忘先父的嘱托，要为林氏家族传宗接代。他们想了个办法，通过他们的姥爷奇格勒善大玛发介绍富察氏家族的一个姑娘，嫁给翔鹤为妻。翔鹤本身没有学武术，因为林氏家族有这样一个规矩，一家有两个人学武术了，其他人可以不学，可以结婚生子，传宗接代。这样他们兄弟之间就这么分工，老大老二精通林氏的武功，小弟弟管世俗和家族方面的事情，让他娶妻生子，为林氏传下烟火。

单说，东噶珊林氏这个安排，本来是与世无争，没什么野心，也没有想和朝廷对抗。但是，天有不测风云。单讲北乌勒滚特阿林，也就是北噶珊的杜察朗大玛发，这个人前书已经讲了，野心勃勃，为了扩大自己的势力，尽量笼络人才，网罗不少天下的高人。杜察朗整天想把月亮桥林家窑里的人收买过来，特别是想把云鹤、彤鹤两个老鬼笼络过来，成为身边的打手，哪怕拜他为师，磕三个头也行。因为当今的世外高人，还没有赶上这两个老鬼的，如使云鹤、彤鹤能听摆布，这样，我在这三山之中，就占据了优势。他对达斡尔族的西噶珊并不那么重视，认为他们是乌合之众。他现在最惦记的还是东噶珊，林家厉害，不但武术高强，他们都是从京师来的，祖上非常出名，康熙朝就封为侯，而且他们家族中有一支是世袭的，代代为侯，是朝廷中很大的命官。另外，这云鹤和彤鹤也不一般，过去是道光皇帝的师傅，京城有他的心腹，其中有不少还是在位的大员，他哪方面都行。我如果能把他兄弟俩弄到手，那我就如虎添翼，了不得了。不但能顶住穆彰阿，而且其他所有的大臣都得听我的喝。到那时，江山易改，不知我将来变成什么样呢。

杜察朗左思右想，突然心里一亮，便决定带自己身边的家丁到林家桥去。在北边走山路，一般不用牛马，因为牛太慢，马特别笨，又不善于上山。一般都用鹿，梅花小鹿，或者是用马鹿。鹿行动比较灵巧，便捷，占地又不大，而且它们是野生的，从来就在林中、山上走惯了，善于穿行，只要山洞有个草道，就能过去，掉不下来，非常轻巧。在鹿的身上，架上柳条编的筐，装上东西，把筐绑在鹿的肚子上，这是北方常用的搬运工具。杜察朗选了五十只最好的梅花小鹿，每个小鹿身上都绑上小轿子。所谓轿子，就指柳条编的筐，上头盖上盖。为了更好看，筐盖上头罩上皮子，还能防雨。所以，鹿走起来，像小房子似的，悠哉，悠哉，相当壮观。如果是一群小鹿，一个链一个，在老远一看，非常美。鹿，只要人们精心驯养，它也挺驯服，不像现在的野鹿，看着人就跑。人跟这些驯养的鹿，特别亲近，是相互依赖的关系，所以，鹿也不怕人。鹿一般不用牵着，只要人牵着前头的鹿，后头的鹿一个链一个，像骆驼一样，走起来一串串，谁也不能碰谁，而且走得很匀称，悠哉，悠哉，像锁链一样，在树林中穿行，非常好看。一般的鹿轿队是两只鹿到十只鹿。

杜察朗为了显气派，选了五十只鹿，有的装布匹，有的装吃的、海物，一共五十多样东西。如果按银两算，那是价值连城啊。他在前头骑着高头大马，后面一些家丁跟着，亲自来拜望云鹤、彤鹤二老。

到林家桥，得上八百八十八个磴，才能到山顶上。其实，到他们北噶珊去，上山也有磴，他是三百三十三个磴，比东乌勒滚特阿林矮。到西噶珊的正门，也要攀磴，山路修得相当好。凡是有台阶的磴，都是人行的路。如果是马、鹿、牛、狗，不走前头的八百八十八个磴，从另一个山坡斜着慢行上去。山路，沿着山脊攀山而上。这几个山寨都是这样。

单说杜察朗大玛发，他骑着高头大马，后头赶着五十只梅花小鹿，缓缓地沿着山坡，到了山顶，让家丁通报给林家。云鹤、彤鹤二老分头打坐，正在练功。这时翔鹤就来报了："大哥，北噶大玛发杜察朗来了，而且带着礼品来了。他带来五十只鹿，每只鹿的轿上，还装着不少东西，说是要见大哥、二哥。"

云鹤和彤鹤这两个人从来就是清高，他们什么人没见过。他们原来在乾隆帝手下，教太子的武术。当今的皇上是我的弟子啊，你们算什么人？简直是乌合之众。另外，云、彤二老特别看不起北噶，对他们父子的为人、德行，嗤之以鼻。就是把你们北噶的所有财富都拿到我云鹤面前，你看我能不能向你低头？你以为这样来，我就接待你，你想错了。云鹤对小弟弟翔鹤说："你就对他说，大哥、二哥现在功事很忙，无暇接待，改日再说。"翔鹤老实啊，就说："大哥，他不走呢。""不走也不用管，不走就这么待着，咱们有院，没人接待他。"翔鹤听了大哥的吩咐，就出去了，见了正在马上的杜察朗大玛发。

杜察朗大玛发以为我这次带来这么多东西，这两个老鬼肯定来接我呢，怎么没见他们出来呢，还让不让我下马？我堂堂的大玛发，不会受到无礼的对待吧？我们那儿是多富的地方，这儿算啥地方？我们的噶珊都是名师良匠帮助建的，甚至有鲁班再世的人才建的，你们这是什么地方？他这么想着，半天才出来一个人，他一看是老三翔鹤。翔鹤上前，把大哥的话一一向杜察朗说了。杜察朗说："我们想见他，不能白来呀！"翔鹤说："我大哥就是这个脾气，他现在正在练功，从来练功时不见人、不办事，茶饭不进，你就是在这儿待一天，我大哥也不会出来。"

杜察朗知道这是回避他，但是他又一想，云彤二老确实在专心地练功，他们练起功来如醉如痴。正因为如此，他们才是世外高人。他们练功，不能干扰，那不是我一个人就能扭转的。好吧，显得自己姿态高，冷眼笑一笑。他从来是用他的尖下颏、尖颧骨、鸭子嘴，叭叭的，煽乎说几句："好吧，改日再说吧。"讪不搭的，率鹿轿队回去了。就这样，云、彤二老把杜察朗打发走了。

杜察朗回去以后，不死心，我得想办法，让这两个老家伙出山哪。一天，他让管家娄宝和齐宝带着请帖又去东噶珊请云、彤二老。娄宝和齐宝带着水和轿夫们一起上路了。有人说，走路带着水多啰唆。你想，路这么远，下山上山的，轿夫渴了，不能把轿停下。哪个轿夫要渴了，就叫管爷，我要喝水，管爷就把水葫芦递给他。水葫芦平时就带着，这是旅途上常用的东西。大轿子忽悠、忽悠走的时间很长。

闲话短说，他们就把云、彤二老给抬来了。云、彤二老本想不来，但是，他郑重地下了请帖，请帖上说他们大寨整修了牌楼，要祝贺一番，这就不能不去了。这里有段历史云、彤二老是知道的。这三个山北噶的资历最老，而且最有名气，因为有大清皇帝乾隆帝的御笔。两位老人非常清楚，乾隆帝在落笔之前，还曾经把他俩找去过。当时太上皇挺高兴，不知应该写什么，就跟云鹤和彤鹤商量。因为他们也是文武全才，另外，乾隆帝是这样的人，他看中的人，哪都好，他都愿意接近，哪怕你不懂，他也问你些事情。乾隆帝听了他们介绍北疆的情况以后，给牌楼写的御书。他们曾经去拜过牌楼，在御书面前下拜、磕过头。今天一听说，为了这事，当然得去。他们告诉自己的弟弟翔鹤不要出去，把门关好，在家里等大哥二哥回来。吩咐完以后，他们哥儿俩上了轿子，翔鹤和福来、三个丫头一直送到大门，然后起轿，就走了。

起轿时单有喊轿的，这个人得有好嗓子，他一喊，抬轿人的动作才能一致，步伐整齐。喊的声音还要好听，过去讲究比派头嘛。这个喊轿的人，没找别人，就是娄宝自己喊。"起轿——"拉着长声，抬轿人先蹲下，把轿杠放在肩上，两手按着双膝。这么一蹲，然后等喊"起轿——"，随着"嗷"的声音一停，大家一齐抬起来。轿夫都知道，这是个规矩。轿夫不能出声，闭着嘴，眼睛要前视，后边人要瞅着前边人的脚，不能瞎走。听到喊声以后，心里跟着韵律一起喊。喊轿人喊"嗷"的时候，轿夫很自然地肩膀就抬起来。时间长了，轿夫和喊轿人心心相印。轿抬起来以后，发出哎嘿、哎嘿的声音，迈着四方步，一步一步往山下走。他们就这样，很快把轿抬到了北噶。

轿子到了北噶之后，有两个男护卫，都是杜察朗身边的家丁，是武士，挎着腰刀，把轿帘子打开，分别把云、彤二老搀扶下来。这个时候，二老才看清楚，他们两个下轿的地方，不是在正厅，也不是在大门口，而是上了三百三十三个台阶以后，前头是一个大牌楼。这个牌楼是明代的建筑，到清代以后，历朝都做过修复。牌楼的几个大圆柱，都有两人搂抱那么粗，这都是江南的楠木，经过万里之遥，洒过多少汗水，走了一年多，才运到这儿。运来百根，据讲在百根中选出四十根，建起了牌楼。后来清代历朝都遵循明朝的制度，到江南一带，特别是到两广、云贵一带选好的楠木，运来后再补修。到现在已补修多少次了，非常壮观。其实这个大牌楼，在南山任何一个山尖上都可以看到。就不在山尖上，你在山下就可以看到它的红颜色。特别是在出晚霞的时候，阳光一照，在山上远看，这牌楼就像坐着的一个老人，也像坐着的一个佛爷一样。因为看得远，牌楼就好像蹲坐在高山之上，显得特别壮美。

二老被护卫搀扶着慢慢地下了大轿，这时他们才看清，旁边已经站了不少人，都是常住在北噶的各路著名的官员，也有些是晚明时的遗老，也有杜氏家族的知名贵客，站满了大轿的两旁。大家一看二老从轿里出来，都肃然起敬。二老一看牌楼，确实重新粉刷了。他过去看过，有的漆已经剥落了，匾上的字已暗淡了。他这回一看，啊，字都烫金了，整个牌楼都粉刷了红漆，有些雕刻的图像又重新收拾了，显得焕然一新。这个牌楼的正门两边有两个副门。正门上原来只是一个匾，到清以后又加一个匾。原来的匾，是明代嘉靖皇帝封的，他御笔亲赐的匾。到清代以后，顺治、康熙帝没有加，只是他们知道这件事。到乾隆爷时又赐一块匾。

乾隆帝当时已是太上皇，臣子们一再请求，另外，当时的嘉庆皇上跪请皇阿玛亲自写这个匾。乾隆帝说："你现在是一国之君，你就写吧。"嘉庆皇帝一再推托，就由太上皇来写。太上皇也非常重视，觉得过去没去过北疆，江南江北走了很多地方，各地只要请乾隆帝赐御笔，他都欣然命笔。这次他觉得不好办，因为他已到了晚年，从来没到过北海。虽然他到过辽东，曾经几次去拜祖庙，也到过盛京，到过永陵，还到过吉林乌拉，因国事甚忙，他没再往北走，北边道路崎岖，再加上匪患多，不安全，他没那个心思。所以说，究竟北噶珊是什么样，只是听林云鹤、林彤鹤等人说过，北噶有明朝时建的牌楼，牌楼上的匾是嘉靖皇帝的御笔，而且这个建筑是建在大清国北疆的北门那块儿。北疆的北门，是面对着罗刹。他从各方面考虑，应该写，以此施展大清的国威。当时他找来很多人商量写什么，大家意见不一。

　　乾隆帝怀着对大清国土的深厚感情，挥笔写下四个字："玉宇澄清"。表面看来，在高山之上，这块是非常静洁的地方，晴空万里，无有尘埃。"玉宇澄清"这四个字，实际上太上皇是一语双关，含有深刻意义的。是什么意思呢？是说，这个天下，是我们大清建立的，我们澄清和扫清了一切妖氛，使我们的国家更加强大。玉宇澄清，澄是三点水的澄，就是澄清宇宙的妖氛和尘埃，这个天下已经成了我们大清朝的，意思诏告天下，特别是北疆的罗刹，你们听着，这个宇宙是我们大清的疆土，谁也不能染指，这话意味深长。乾隆帝写完以后，就令人飞马把御笔传报盛京将军，又传到黑龙江将军，由将军衙门做好了匾，又飞马千里之遥，送到北疆。

　　这个牌楼上原来的匾，是大明嘉靖皇帝的御笔，写的是"海阔天高"，这块儿对面是北海，他是从此地景色、环境来写的，大明的江山海阔天高，也很有气魄。这两块匾怎么放呢？这事禀问了乾隆帝。把嘉靖皇帝的御笔放在前头，不要错了位。这是乾隆帝亲自定的。一般来说，把明嘉靖放在后面，把大清皇帝放在前面，可是乾隆帝没让这样做，这表现了他的谦虚。现在这个牌楼，把大明嘉靖皇帝的御笔"海阔天高"放在正位，大清乾隆爷的"玉宇澄清"匾放在次位，扶助嘉靖皇帝的匾。嘉靖和乾隆的御笔都盖了章，都有大宝。牌楼上有两朝皇帝的匾，这个排场可就大了。

　　除了两朝皇帝两个御笔外，在这个大牌楼的右侧，就是右附门，上边还有一块小的匾，没有嘉靖皇帝的匾大。这是一个著名的权臣写的，他就是明代大奸臣严嵩。严嵩考虑到，嘉靖皇帝写的匾大，我写的匾不能跟皇上写的一样大，将来别让人说我有欺君之罪。所以他写的匾比皇帝写的匾小。他也写了四个字，什么字呢？"北朔雄风"。北朔，也是朔北，这是自古对北疆的一个统称，叫朔北，朔漠。他用了这个词，北朔雄风。这四个字写得也很气派。最后他署上严嵩书，大明嘉靖多少年。

　　单说二老看完牌楼以后，走到站着一排的众人跟前。这些人都非常尊敬，忙着给二老打千、施礼。人们都知道，二老名闻天下。他们游居北海，是因为自己厌倦仕途生活，他们宁愿走这条游居之路。他们过去都是京师的名人，当朝的皇上嘉庆跟他学过武术，嘉庆的儿子道光也跟他学过武术。这事说书人以后还要讲。这些人不管心里尊不尊敬二老，表面上都虔诚下拜、致礼。

　　这时鞭炮齐鸣，啪，啪，啪，响声震撼四野。杜察朗大玛发心里甜蜜蜜的，一看周围这个场面和来的贵客，心里想，你看有没有人捧我的场，你们这两个糟老头子，我是看中你了，才把你请来，就是没有你这个鸡蛋，我也做糟子糕。这回看你回心转意不？凭我的能耐，谁敢不服我？我就得用计谋，让这两个老家伙，随着我的手转。我要改变他们那种高傲的态度。你虽然在京师里当了皇上的老师，受过太上皇的恩宠，有什么了不起！我不就借借你的光嘛，你为什么不赏给我这个光？

为了这事儿，前几天他把身边不少的谋士请来，包括受他收买的明朝的遗老，还有清朝的一些官员，让他们住在这儿，天天是肥吃肥喝，明着是给朝廷办事，在这儿驻在，实际上让他们有享不尽的福，天天丰衣足食，还有美女侍候，他们何乐不为。这些人，一个个养得膘满肉肥，只要是杜察朗大人说什么，哪怕是点点头，这些奴才都尽力去办。

这天，杜察朗把这些人找到跟前，让他们帮助出主意。出什么主意的都有，最后他们一致想出了一个办法，什么办法呢？

这三个大山，最富、最阔，而且建筑时间最长、最有名望的还是北乌勒滚特阿林。书中已经讲过了，请了很多江淮一带的名师来建的，都是飞檐画廊，雕龙画凤，建得相当美。在北疆、北海宽阔的冰雪之地，在关东除了盛京以外，真正像京师这样漂亮的飞檐楼阁，没有一处，而在远离京师几千里以外的北海之滨却出现了，这是值得骄傲的。让罗刹这些野心狼看一看，你们根本不能与我们大明的文化、历史相比。所以，从明朝开始就很重视，为什么在边关建这么好的楼阁？这也是显示明代的文明。他要统一四海，对周围各种异民，都要听我中华的指挥。所以，北噶从大明时就开始建，已有三百七十多年的历史，这些年始终在建。有时遭雷击，着起大火，烧完了，又重新建。因为过去都是木头房子，有时天不下雨，大旱，一烧房子就落架。这三百多年就是这样，建完了被烧掉，烧完了再建，一直到大清朝。太宗的时候，由于忙着对付大明，当时无暇北顾。到了顺治爷，坐殿北京城，后来有的大臣上奏皇上，就说，北海山上有个重要的建筑，那是显示中华文明之地，那上边有大明皇帝的御笔。像这样的地方咱们应该重视起来，保护起来，这是咱们边关的重地。

顺治爷当时年轻，就问皇父多尔衮。多尔衮想一想，这事应该办。他身边有几个大将，在平定大明时都立下了汗马战功，其中一个就是杜察尔大将，在平定南方的血战中，他一马当先，连破十阵，杀死明将百余人。他的战袍和马的身上全溅上了血，自己身上也中好几箭。特别是在身受重伤的情况下，他视死如归，攻下南方许多城市。在扬州一战，他打开了南大门，功劳不小。多尔衮就想起了杜察尔大将军，他现在已是重病在身，不久可能要命归西天。他就把这个想法跟年轻的小皇帝顺治讲了。顺治说，皇父就按您说的办吧。因为杜察尔氏的故乡在黑龙江以北，后来随着罕王爷一直征战东西南北，赫赫有名。所以，皇上下旨，将北乌勒滚特阿林明朝的建筑送给他，让他在那里养老，让他的晚辈在那开垦边疆，为国争光。这时杜察尔将军已是半死之中，接受圣旨，话也说不出来，只是淌了两滴眼泪，就闭目而死。从此，北噶的建筑就归了杜察尔氏，历史上就是这么回事。所以，他们得的名正言顺，是祖上的功劳。可惜家风败坏，黄鼠狼子生豆鼠子，一辈不如一辈，到后代就更完了，没有像他祖先那样，真正拿出满洲人的这种志气、骨气来，而是贪图享受，安于生活，没有进取之心，也没有爱人之心了。他们的后代私心开始膨胀起来，没有铭记祖训。一个个都居功自傲，忘了自己祖先为大清江山出生入死、献出血和泪的历史，忘了自己祖先过去的苦和难。不仅如此，他们还把皇上恩赏给他们的土城，变成他们反对大清朝、反对当今盛世、勾结豺狼罗刹的本钱。今天所讲的，就是这样一段辛酸的历史，这话说书人就不多说了，请各位阿哥自己去冥想。

单说，杜察朗大玛发一心想把云鹤、彤鹤两个老鬼拘来，为他所用，有人给他支招儿说：大玛发，你看北疆就这么个好地方，现在建得这么好，比明朝、比大清建得都好，你这不是一件大功吗？你用这个办法，皇帝赐给咱们的地方，请各路人马和一些名门权臣和有名望的人士，到你这儿来，摆一个鲸鱼宴。北海有的是鲸鱼，抓一头就行，做鲸鱼宴。请京师的御厨都好办，您的老大人、老亲家在光禄寺，他们有很多人都是给皇宫做菜的，你请两三个来，让大家尝尝御菜。办个鲸鱼宴，庆祝北噶大寨建设成功，这是顺治帝赏给的，皇恩浩荡。你借这个由子多好，这样谁敢不来？谁不来，那是抗旨，那是有违皇恩。这两个老头子再有能耐、再骄傲、再厉害，他敢不来吗？大人，您再想想。

他这招真绝，还真灵。确确实实，你有多大的武功，多大的轻功，皇恩浩荡，这四个字，你敢惹吗？何况，云、彤二老对当今皇上感情又那么深，人家从来就是忠臣，忠于大清，又懂得礼节，能不来吗？其他人听了，个个都赞成，没有不拍手叫好的。都说：对，好，就这么办，这是一箭双雕啊！这样就抬高了你大玛发的声誉，你在这块儿，谁敢不听你的指挥？另外，你举办这个大宴，在北疆，北海这块儿，你就真正是承继皇恩的杜察尔氏后裔。杜察朗大玛发，你是辽东第一人，将来一旦有什么事儿，你会一呼百应。你想办什么事儿，吉林将军、盛京将军、黑龙江将军，谁敢惹你？谁敢碰你？

这事就这么定了，决定在五日以内办好这件事。杜察朗大玛发命他身边两个心腹，娄宝和齐宝，他们都是满洲人，是他的侄儿，由他们赶紧在大寨内做头办，组织人到北海捕一头最大、最肥的鲸鱼，而且一定要保护好，不能坏了，赶紧运回来。家里所有节日的准备，该粉刷的粉刷，该打扫的打扫，该洗的洗。庭院哪儿不整齐，重新修复。另外，让所有家人都知道，天下所有的名人都将汇集到这儿来，谁要出了事，就砍头，或者活埋了，大玛发绝不宽恕，必须办好，办好有赏。娄宝在家办这事，齐宝速到京师穆彰阿大人家去，带上我的手书，把事情讲清楚，请几个御厨来，越快越好。到京师就五天能回来吗？说实在的，回不来，这不过是造舆论。这就是过去官场的风气。这风刮出去了，到京师去请人，去不去是另回事，全仗嘴上吹气了。其实根本就没去。

单说杜察朗大玛发，他们做了认真的准备，真是兴师动众，费尽了心机，一心想把这场戏演得非常漂亮，让各方面人士都伸大拇指佩服他。所以，他特别上心，把所有人都派出去了。特别是派娄宝和齐宝，这两个人能说会道，会办事儿。五天时间，转眼就到了，一切都准备完毕。至于他们怎么准备的就不多说了。

五天后，这戏就开始演了。在演戏之前，说书人非常抱歉，还要费些唇舌，耽误各位的宝贵时光。我要问一句：现在究竟是什么年头啊？各位听我一问，可能就不知道了。是啊，你说这是什么时候的事呀？这我不能不再说一下。说书人只长一张嘴，各位阿哥，真对不起，我不能同时说两件事。现在咱们讲的是北海，大清国的北疆，离中原王朝所在地的京师北京，有几千里远。前书，我在第一章里，主要向各位阿哥介绍京师的情况，在前头打个场子而已。要不我的书没法讲，三巧没法出世。京师的情况介绍完以后，我是反过来再讲北疆的情况。前章书讲京师的事情，正是嘉庆二十五年和道光元年之间，新老皇帝交替的时候。现在我讲的这北疆的事，是在嘉庆二十三年的时候，为什么呢？就为解开书中的扣子。前章书讲了，已故的将军穆哈连被害、蒙难，朝中为此事一片慌乱，正在着急。与此同时，又有一伙人图谋不轨。现在书中就要解开这个扣子，就得从嘉庆二十三年开始。今天杜察朗大玛发大办庆功宴，是有狼子野心的，他一心想把北疆赫赫有名的二老笼络过来，然后为他所用，以便今后更好地对付当时威震四方的穆哈连将军。穆哈连的三个女儿正在苦心学艺之中。就在这青黄不接——老的在逐渐谢世、新的小英雄还没有出世之时，北海这块儿出现的一些乱事。这个乱事讲清楚了，我们的小英雄，就会迎着朝阳，把他的剑光射出来了。

齐宝遵照大玛发的旨意，专门出了两个八抬大轿，并派二百人随从。这个轿接谁去呢？也就是到林家窑接云、彤二老。各位说，怎么带二百人，要知道，太远了，得下这个山，然后又上那个山。北噶珊有三百三十三个磴，一个台阶一个台阶地下，才能下到山底下。然后还要走很远一段路，才能到东噶的山底下，接着又得上八百八十八个磴。回来时也是下山、上山，这人不换能行吗？两个八抬大轿，因为是二老，不能让两个人坐一抬轿，那也不尊敬人，再说也不气派，一个轿由一百人轮换着抬，就这样轿夫也得累够呛。娄宝和齐宝亲自跟随，每人都带上腰刀，怕路上遇到强盗、歹徒，中间要耽误时间怎么办？庆功宴不能耽误，他们想得非常细。

杜察朗的爱婿，盛京将军府衙门二等笔帖式尚琦大人做司仪，宣布庆功宴开始。这里还得介绍一下，尚琦大人的夫人，就是杜察朗大玛发大妻生的女儿，叫文文，所以尚琦是杜察朗的姑爷。因为办庆功宴，杜察朗把他也拉来了，这是拉大旗做虎皮，让他张罗这件事，显示自己的威风。既然老丈人有话，尚琦告了假，搁盛京打马很快赶来了。

尚琦说："前来参加杜察朗大玛发办的庆功宴，有各路英豪。首先介绍月亮桥闻名天下的、德高望重、当今皇上的恩师，武林泰斗，林云鹤，云老大侠；林彤鹤，彤老大侠。二位先师光临寒山，为我们增辉添色，若明月当空。"他说完，鼓乐齐鸣，礼炮震天，表示热烈欢迎。

接着尚琦大人又讲："今天，参加盛宴的东道主额真，大清国光禄寺卿穆彰阿大人的亲家，杜察尔部的部长大玛发，北海如意侠，满洲正红旗，北海总穆昆杜察朗大人。

贵客有：大清国光禄寺卿特委派北海给事中，三品启心郎刘文阁刘大人（此人会后返京师），典簿费长明费大人（随从刘大人返京）；掌醢庞大人，典簿秦大人；

大清国军机大臣、太子太保英和大人三品护卫，乌伦巴图鲁；

大清国内务府广储寺总管七库副郎中、员外郎五品满洲佐领培齐布大人；

盛京内务府总管北海事务、中堂副主事、五品满洲副参领那齐亚大人；

京师灯市口总理四海奇珍异宝的聚宝货栈副中堂大管家卓兴阿大人；

内务府备办御品，特旨钦差，太监衙门总管处桂臣大公公。"

他念到这儿，会场一片欢腾，人声鼎沸，相当热闹。尚琦大人接着念："另外，还有西噶珊达斡尔萨音布大首领、滨杜河总理大督办奇格勒善大玛发。

另外，还要特别宣告各位的：特请现任，钦命北海打牲总理事务、北疆水陆兵马总哨官、三品侍卫衔穆哈连大人，因尚在外地奉行要务，未能莅席，代理他来的有：三等昂邦章京德格勒、游击三等甲喇章京胡特、骁骑校文生卡布泰。"

他们宣传这些人，对云、彤二老来说，不愿意听，他们只好听着吧。说实在的，这些人让他佩服的不多，这里头一个是穆哈连。穆哈连是自己的学生，在京时就在一起，是自己的爱徒。穆哈连跟他心心相印，认为他是个英雄。再一个是乌伦巴图鲁，那是英大人的人，也是他的小徒弟。乌伦巴图鲁昨天赶到，晚上特意来看二老。他们谈到很晚，乌伦巴图鲁就和云、彤二老同睡在一个炕上，跟他们的孩子一样。再有，他们佩服的一个人，就是尚琦，你别看他是杜察朗大玛发的女婿，他还挺正派，是个好人，忠臣。对其他人都不在乎，认为都是跟屁股虫，臭得很，二老也没正经听。

尚琦宣布完了以后，所有参加庆功宴的人，都在祭坛前，向南叩拜，就是向大内皇宫叩拜。接着就是杀乌牛、宰白马，一片祭祀的气氛。晚上吃的是鲸鱼宴，做了五道三百多个菜，都是用鲸鱼做的，花花样多极了。云、彤二老还不能走，只好耐着性子陪着。吃了一天半，好歹算把这个鲸鱼宴吃完了，散了席。

这时候，有一些跟屁股虫就老吹嘘，让大玛发领着大伙儿看看他的美丽庄园。这一点，对好大喜功的杜察朗大玛发来说，正和心意。他想，正好，让他们都长长见识。他让专人领着，由前到后，看看他所有的建筑。这对二老来说是很高兴的，因为什么呢？他们非常关心这儿的秘密暗道和建设，平时也没机会来，就是来了，他也不让你看。他们确信北噶这几年建了不少秘密的要害之处，他就想知道这个底细。为这个，他哥儿俩曾经跟穆哈连商量过，什么时间一定夜探北窑。所以，这次有人提出要看看他的庄园，二老非常愿意。老哥儿俩互相暗示，使个眼色，觉得这是个好机会，咱俩一定细细观察一下。因为都是内行人，有一句话，行家看门道，力巴看热闹。行家用眼睛一扫，就知道地下有什么，二老就有这个能耐。他能看出有没有工事，有什么暗道，有没有机关，这一点很重要。再有一个人也特别高兴，就是乌伦巴图鲁，这个小伙子受英大人密派，也是他的好朋友图泰安排他来的。来这儿就要摸一摸这里的底细，他是作为一个贵客打进来的。至于怎么来的，后头我还要讲。

杜察朗大玛发，这一下子脑子有点热了，没想太细，但是他身边的人想起来了，谁呢？像娄宝、齐宝这些心腹，马上就过来，悄声地把大玛发拽到一边，说："大人，大人，不好了，不能让他们看哪，这里有的是咱们的人，有的不是咱们的人，千万不能让他们看哪。"杜察朗大玛发，这时头脑发晕了，马上把眼睛一瞪，骂了两句："混蛋，你们懂得啥，事儿就这么简单，让他们看，怕什么？咱们从来没怕过人，越看越知道我大玛发是不好惹的。"娄宝和齐宝，连声嘿嘿称是。主子一说，他们就不敢出声了。有的愿意吃喝玩乐，不愿意看这个，从这个山走到那个山，上上下下，道还不好走，多累呀，看那玩意儿呢，所以没有跟着去。跟的人，一般说来，都是会武艺的，他们都有些想法。跟着看的二十几个人，其中最主要是云、彤二老和乌伦巴图鲁，其他的人都是他们的院丁和护卫，前呼后拥地跟着。

云、彤二老看得仔细，北噶大寨的建设确实了不得，这使他们大吃一惊。他们原以为就是盖些房子，有练功的地方，只不过房子摆设漂亮一些，使来往的客人住得舒服而已，最多是请中原一些名妓，不会有什么牢房、监狱之类的东西。但是，二老这次一看，就暗暗称奇，心中想：穆哈连，穆哈连，你真得要小心，现在看来，咱们的对手不一般啊。乌伦巴图鲁挽着二老一同看。

这时娄宝和齐宝两个眼睛贼溜溜地转，看他们都看什么，注意什么。杜察朗大玛发不是冲昏了头脑吗，他俩可没有，十分警惕，特别注意二老都看什么、摸什么，他俩的眼睛死死盯住二老。

这个大寨，整个山上建设整齐宏伟。前头是相当高的大牌楼，过了牌楼百步远是红漆的正门。正门修得特别漂亮，上头有两个虎，两个老虎嘴里叼着两个大铁环，就是开门大铁环。这个门都是带台阶的，两边都是花墙，用花雕成的墙，非常好看。后面全是用粗木头劈成两半拼成的，劈的平面在外头，鼓的那面在里头，这样，一个拼一个，中间用钉子钉上，里头用土坯砌起来，结实坚固。院墙的四角都有烽火台和瞭望楼。

前院，也就是第一个院，大门一打开，迎面是正堂。正堂的上面是起脊的飞檐瓦房。瓦房上头还有一个针，就是避雷针。正厅的前廊抱柱相当粗，而且都在台阶上面。台阶两侧有虎石，显得很威武。两边的厢房很长，都是客房，就是平时来些三亲六故的客人居住的地方。这是第一道大院，特别阔气。每间客房最多住两个人，一般都是一个人住一个屋，很讲究。房间里的用品准备得相当齐全。在正厅两边，还有两个餐厅，客人在这里用餐。

正厅的后头，有个小月亮门，进去以后，就是第二道大院，叫宴乐楼，是个三层楼，用木头建的。一层楼有走廊，走廊外头有石柱子。正门上有三个大字，"宴乐楼"。第三层楼上住贵宾，一楼为宴餐阁，重要的餐宴都在这儿举行。二楼是乐舞楼，有乐妓。这里既能吃又能唱，还能游戏，这是第二道院子。

第二道院后头也开一个月亮门，把月亮门一打开，就是三进院。这三进院就不让你看了，这是什么院呢？主要是家眷，特别是己眷所住的地方。前书所讲的大丹丹、二丹丹、三丹丹，他的几个宝贝姑娘都是在这儿长大的，也包括他的几个夫人，都各有各的楼舍，各有各的居室。院里还有戏台、秋千架。这个己眷的屋子没让看。搁这个楼过去有道回廊，左右两侧都可以出去，两边都有餐室。如果从左餐室出去，能看到马圈、鹿圈和狗舍。地下有洞牢，就是牢房。搁右侧出去，是厨房。后头有水牢和牢房。正厅的两边各有一个宽敞的马场，那是练武的地方，里面修得很漂亮。

整个大院的后头，有台阶，至少有一百多个磴，从台阶可以上山，上去就是一个大高山。他们把这个山开个洞，外头有大门，没让云、彤二老进去看。听这里的人说，这个洞挺深，里面有好几个库，叫地库，都是藏着金银财宝和各样东西的地方。洞的两侧都是仆人、用人住的地方，旁边的一些房舍都是他的卫士和兵丁住的地方。

在山的西北侧，也是个高山，他们在山上挖了一个洞，洞里没让进去看。云、彤二老知道，这就是著名北寨七十二个匿洞，就是有七十二个逃匿之洞。这是明朝时建的，如果一旦有事，这个洞有七十二个地方可以逃走。但是，外人进去就迷路，找不到出去的方向。洞里不但有秘密的通道，而且还有秘密暗号。如果是外人进去就会被憋死，出不来。这是只能进、不能出的洞。只有懂得暗号的人，才知道哪个是生道，哪个是死道。山上一旦有事，他们就可以藏在洞里，里边还备些食品和用的东西。就是在洞里隐匿一年，也没事儿。山里已经掏空了，里头修了各样秘密的通道，而且还藏着各样的机关，有的密室能飞出箭，有的能喷出火，有的就是地牢、地针，有的把你钩起来，扎穿，你根本跑不了。这个洞就是这样一个重要秘密的地方。你在外边看，就是一个山，山上长满了树，其他什么也见不到。云、彤二老知道，七十二匪洞，就在这个地方。

他们看了以后，在头脑中有一个完整的印象。他们想，杜察朗要困一般人的话，那就关在大院两边洞中的牢里。有些重要的要犯，就关进地牢里。地牢的上头有个大铁盖。平时铁盖不吊起来，若吊起来就看到有个像天井一样的梯子，从梯子下去就能进到各屋，这里是关押犯人和提取犯人的地方。另外，除了地牢之外，东侧还有水牢。从这个洞再往里去可以通暗道河，也就是地河。用地河的水修一个水牢，上头盖上盖，然后再堆放些木头，一点儿也看不出。只有几个窟窿眼儿，透一点儿阳光和空气。这就是这个大寨的大概情况。

二老看完了非常高兴，转身就要走，杜察朗咋能让他们走呢。娄宝和齐宝俩人赶紧阿谀奉承，连拥着带搀着地说："哎呀，老先师，太累了，先稍事休息休息，要不然我们就背着你吧。"说着，旁边来一个背椅子的，北方叫背夹子。你坐在椅子上，脸背着他，他把椅子往身上一背，也不觉得沉。他们一直把二老背到前厅，请他们在正厅休息。

这时天色已晚了，满大厅点着獾油灯，非常亮。随着乐声，一些舞女翩翩起舞。有不少姑娘来自罗刹，他们跳罗刹舞。这在中原是看不到的。他们又把二老请进一个内厅，二老一看，摆设非常风光，都是江南的盆景。有些花卉在江南的季节能开，在北海早已凋谢了。但是在这温暖清馨的内室，仍然是鲜花怒放。这时灯光忽然暗下来，有几个獾油灯自己就灭了，大厅里仅有五盏灯显得幽暗。渐渐地响起罗刹的音乐声，这是西方的乐曲，在中原王朝没有听到过的声音。二老从年轻到现在也是头一次听到一种非常难听的声音。随着乐曲的旋律，进来几十位穿着轻纱的罗刹美女，她们穿着很简单，连胸罩都没戴，翩翩起舞。她们到二老跟前，就要和二老抱着跳舞。这能行吗？把二老气坏了，甩手就出去了。有几个卫士想要挡住，二老的脾气大家都知道，两手一拨，众卫士已经倒了一地。二老大声喊道："杜察朗，你在哪儿，你给我滚出来！"

杜察朗从旁边的屋子匆忙地走出来，见二老愤怒的样子。这时，旁边的乌伦巴图鲁，马上把二老扶到另一个屋子。杜察朗大玛发过来，向二老深深地下拜，表示歉意，请二老息怒，息怒。云、彤二老气得脸色铁青，嘴唇在发抖，已不知说什么为好。

这时，只有谁能说上话呢？就是杜察朗的女婿尚琦和乌伦巴图鲁，他们能劝二老平静心情，同时也都埋怨大玛发不应该这样做。杜察朗这个人非常阴险，他明知这是在羞辱二老，这样做是调戏他们，是戏弄他们。但表面上还装作致歉的样子，说："二老，我不知道，不知他们进屋去。我事先没安排好，这是一个误会。"

杜察朗假装大怒，喊他的心腹娄宝和齐宝，你们怎么安排的？娄宝和齐宝知道这是大玛发让办的，但这戏只能装着演下去，马上把这事揽过来，立刻给二老跪下，说："这是奴才的错呀，大玛发没这么安排，是奴才安排错了。"一边说着，一边两手直打自己的嘴巴，打得啪啪直响。

这时二老才稍微地安静一些，杜察朗大玛发搀扶云、彤二老到了另一个屋，他想跟老人单独谈一谈。这时，天色很晚了，二老没法走了，山路崎岖，哎，就这样吧。只好跟着杜察朗到了另一个暗室。他们坐下以后，奴才们捧上了茶，边喝着茶，杜察朗大玛发就说："我有个好朋友，是罗刹人，他叫班达罗夫，是东正教的大牧师。前些日子他路过卡伦，让穆哈连大人给扣留住了。这件事情让我非常棘手，他是罗刹朋友，如果是给罗刹惹怒了，他们要发兵怎么办，这不给咱们天朝惹出乱子吗？"

云、彤二老听了嘿嘿一笑，然后说："你就这么怕他吗？我们是猎人，猎人从来就没怕过狼！"杜察朗大玛发没有听二老的话，又委婉地说："请二老帮忙，穆大人是您的妹夫，只有请您帮助说一句话，从中周旋一下，还是放了他吧，凡事还是以和为贵。俄国人是最厉害的，如果把他们惹怒了，那不是我的事，是穆哈连的事，恐怕连二老你们也有关系。"

这时，云鹤老人就说了："我们属于山野之人，有事请你找穆哈连商量。我们从来不过问朝政之事，这一点大玛发你是知道的。我们以修炼为本，其他事情一概不管。你跟我说就等于跟聋子说话一样。"就这样，二老一点儿没给他面子，说完，他们两位就闭目养神，盘腿打坐起来，静心修炼。佛家就是这样，诵经时全神贯注，周围有什么乱事，全当不知，万事皆空，和自己毫无关系。二老一盘腿打坐，一声不出，如果站在他们跟前，都听不到他们喘气的声音，好像呼吸都停止一样，就这样安静。

杜察朗大玛发看到这个情况，也知道跟他们说等于白说。这两个老顽固，已经不可救药了。他想到这儿，非常有气，为这事儿，把他俩接来，弄得这么兴师动众，花了多少银两，结果是一事无成。他怒气冲冲，甩袖就走了。

第二天，杜察朗大玛发一气之下，没派人用轿把云、彤二老送回去。来时是用八抬大轿抬来的，回去时干脆不管了。这一点，云、彤二老都想到了，我们好来不能好回，我们也就这样了。如果好回，我们的人格也就没了。所以，他们在清晨的时候，天刚欲晓，两位老人就匆匆离去，飘然而归。

这场轰动一时的鲸鱼宴，就这样不欢而散了。但是，事情恰恰就出在这两天。翔鹤到北海打海豹，已走了三天没有返回。大家特别着急，因为平时到北海去，也就是百十多里的路程，已经踏出了羊肠小道，路也很好走，不会迷失方向，何况猎人也相当多，不会遇到其他猛兽。为什么翔鹤失踪了呢？

云、彤二老听到这事儿心里咯噔一下，感到必有其因。因为北噶大寨什么坏事都能干出来，如果他们不对我们下手的话，就会向我们的亲人下毒手。于是，云鹤在晚上的时候，施展自己的古爻之术，暗暗地进入紫云洞，取出了祖传的八卦图，用手摸记九九之歌。

九九之歌，是林氏家族的祖传，他有秘密的八卦图。八卦图上有八个方位，八卦方位都是木头刻的，凸出来。他进到窑洞以后，要把灯全部熄灭，算卜卦的人要闭目，心里头念九九之歌，用手摸上头，已经雕刻好的八卦图，只要在九九歌念完之后，摸到哪个地方，就停下，然后把灯点着，再看手摸的地方，就是点爻卦的那项。他叫身边的侄子福来把獾油灯点着，这时他才看清，他手按的地方是坎位，坎为北，他属水，属于隐浮之项。卜爻得了这个卦，这是个凶卦，为什么呢？因为北为寒，为水，有寒有水，那就没有生存的希望。有寒是万物凋谢，有水是水冲一切，那就是空空如也。见到这个卦象，那是凶卦，空卦，也就是说，什么也得不到，你想要的东西没有。属于下下卦，是隐浮深处，是一个艰难的卦象。

云鹤心里非常不痛快，得了这个卦，但他心中也有数，北，那肯定指的是北噶，也就是杜察朗大玛发所在的地方。这件事情，肯定和杜察朗大玛发有关，很可能我的小弟弟就困在他的北方，有水的地方，北方是山，那就在山上，啊，那就证明困在他的水牢里。

云鹤跟弟弟彤鹤商议，他们觉得北噶的势力甚强，咱们强攻不是上策。虽然咱们武术高强，但是真要破，难度很大。因为他集中了南七、北六很多高人。另外，强打也不是办法，要夜探呢？即使用咱们的轻功，也能看到弟弟所在之地，但是，救也不好救呀。他层层有守卫，关卡甚多，机关也多，恐怕无济于事，反而容易打草惊蛇。他们想到这里，感到事情非常棘手。但是必须抓紧，他们想，还得去萨音布噶珊，找咱们的外祖父奇格勒善大玛发，跟他商量这件事情。

咱们前书已经讲了，萨音布这是他们一个姓。萨音布是精奇里江上游的一条小河，他们祖辈就用这条小河命名他们的姓氏，现在奇格勒善大玛发就姓这个姓。北方有个习惯，为了尊敬长辈老人，一般说来，只尊称其姓，不直呼其名。特别是晚辈对上辈都是这样。故此，本书里所讲的萨音布玛发也好，萨音布噶珊也好，实际上都是指八十多岁的奇格勒善老玛发。这时奇格勒善大玛发见自己的两个外孙来了，很高兴，把他们让到屋里。云、彤二老向老人深深地下拜以后，就把自己遇到的难事和小弟弟丢了的事告诉了姥爷。奇格勒善一听就猜到了八九分，别人不会干那坏事，这块儿坏水最多的就是北噶珊，都是他干的鬼勾当。他把小儿子都尔钦叫来。

他小儿子最近才办了喜事。杜察朗大玛发一定要把自己的二女儿嫁给他，他们成了亲。但这个亲成得很不痛快。因为杜察朗的二女儿二丹丹长得非常美，自己想跟姐姐一样嫁到京师名贵之家。没想到她阿玛把她嫁到达斡尔族这儿来。她恨自己的阿玛杜察朗 大玛发，自己想了很多办法，都逃不出去。自己想上吊，又不能死，周围有很多人。她整天哭哭啼啼，泪流满面。

奇格勒善非常心疼，看这孩子多么诚心，人家不愿做我的儿媳妇。于是就把自己的小儿子都尔钦叫来，对他说："你看人家二丹丹不愿意怎么办？"都尔钦也是个好人，他说："我同意阿玛的话，我也不一定跟她成亲，我们就兄妹相称吧。"就这样，他们在一起，表面上看像是成了亲，在奇格勒善大玛发的安排下，二丹丹就住在这屋里头。他跟二丹丹说："丹丹你不用着急，我的几个儿子都在京师，我想办法让他们帮助你找一个京师的大英雄。"所以，二丹丹一听非常高兴，连忙叩头下拜。这样就把北噶杜察朗大玛发身边爱女争取过来，成为奇格勒善大玛发身边的人。

二丹丹也把奇格勒善大玛发看成自己的老爷爷，甚至超过对他父亲的亲近。正因为这样，奇格勒善把他的小儿子都尔钦和二丹丹召唤过来，让二丹丹出主意。你阿玛是不是抓了一个人，这个人是咱们的亲戚，叫翔鹤。他不会武功，现在已经丢了好几天了，这个人在哪呢？我们想，很可能让你阿玛藏起来了。二丹丹说："怎么办呢？"奇格勒善大玛发说："你悄悄回去，跟你额莫探探信儿。你表面上啥事都不知道，你就听听你额莫的口气。北噶大寨最近抓没抓一个什么人，回来告诉我们就行。"

次日，二丹丹悄悄地回到了北噶大寨，见到了自己日夜想念的额莫柳米娜。柳米娜正含着眼泪想自己的二姑娘，走了这么些天，不知姑娘怎么样了。今天好不容易见到自己的宝贝姑娘，真是喜出望外。她拽着自己的姑娘，痛哭流涕地说："丹丹，你到西噶怎么样呀，你顺心不顺心？额莫知道你肯定不满意这门亲事，都是你阿玛逼出来的。"

二丹丹也哭了，偷着向额莫讲了到西噶的情况。西噶的主人大玛发心肠特别好，他小儿子都尔钦也挺好。他们体贴我，对我很关心，特别是老玛发一见我这么悲伤，对我像亲孙女一样爱护，我们在一起就如同一家人那样亲。她把到西噶的前前后后情况，都告诉了额莫。

柳米娜听了非常高兴，自己向天作揖，表示感谢。另外，还知道自己的姑娘二丹丹到现在也没有伤身子，自己保护了自己。柳米娜就对二丹丹说："这个事你做得对，你就跟西噶人交朋友，先这么住着吧。将来有朝一日咱们想办法再从西噶出来。现在你就保守这个秘密，千万别让你阿玛知道。"二丹丹点点头，柳米娜又问她："丹丹，你怎么回来了？"二丹丹就把来的情况和想问的一件事告诉了她额莫。

柳米娜平时也不过问大寨的情况，不过有的时候，大玛发杜察朗喝着酒，偶然心情痛快时，从嘴里就蹦出几句，使柳米娜听到一些信息。她平时不打听这些事儿，不过二丹丹这么一问，又听说东噶丢了人，是不是杜察朗大玛发干的？柳米娜想了半天说："没听说这事儿，也没听说抓什么人。如果有，我也能听到哭声和打骂声，因为平时抓人，要从咱们女眷旁边过到后头的监牢，锁链声、棍棒声、吆喝声，都能听到。"二丹丹又跟她额莫说："你想想，这几天有没有这个事呢？"

这时，柳米娜和两个女儿一起回忆这几天的事。小丫头，三丹丹很正直。往往周围的环境不好，就会使人变坏。但是变坏的家庭，并不一定他的子女都不好。就拿北噶来说，杜察朗大玛发喜爱的三个宝贝姑娘就很好，没有随着她阿玛变坏。他的小女儿三丹丹，很天真，在额莫跟前，也帮助回忆。她额莫想了半天，没想起什么。后来，她冷丁想起来，有一次杜察朗大玛发喝醉酒回来，就躺在她的卧室里，露出了两个字，

"翔鹤"，然后就睡过去了。当时我还挺纳闷儿，怎么叫翔鹤？

这时小丫头三丹丹也说："是啊，当时阿玛说了以后，你还说，怎么打着翔鹤了？是什么意思？"二丹丹说："额莫，这个翔鹤不是指的鸟，这是人的名字，他叫林翔鹤，是老林家人，是云、彤二老的三弟弟。他们就是月亮桥的人，正好丢了这个人。这几天到处找，就是找不着。我为这个回来的，既然你们提到翔鹤，那肯定是在咱们家了。"

柳米娜说："哎呀，咱们这么大个地方上哪找去啊？这事也不能问你阿玛。"二丹丹又说："二老像神人一样，是世外高人，他们占了卜，从八卦里头卜定，翔鹤有水难，他是被藏在一个有水的地方，又在咱们大寨，那肯定是在水牢啊。"

二丹丹这么一说，反倒启发了柳米娜："是啊，咱们是有水牢啊。在水牢怎么办？钥匙、锁头全都掌握在你阿玛手中，大玛发掌握着，谁敢拿呀。"这时三丹丹就说了："这事好办，我能到阿玛那去偷钥匙。"柳米娜马上说："还要腰牌。"三丹丹说："腰牌也好办，我能把腰牌弄到手。有了腰牌，到下头去就好办。下头的狱头，都熟悉我，我能办这事儿。"说完，她姐俩商量好了，天黑以后就行动。

这天正赶上她阿玛大玛发举行宴会，陪着来参加这次鲸鱼宴的京官和盛京、吉林、黑龙江将军衙门的官员喝酒。杜察朗大玛发一高兴，就喝多了，回来就和衣而卧，大睡不醒。他小姑娘三丹丹，借机偷着到后屋去了。杜察朗大玛发秘密的东西，都放在他自己卧室的一个暖阁里。暖阁的墙上有个木头挡着的小门，小门上有个锁，把小锁一打开，就能从墙里头取出一个木头匣子，里边有他的大印和自己要开锁的钥匙，和他对下头发令的腰牌。因为这屋别人都进不来，只有他的宝贝姑娘能进来，还有最爱的妻子柳米娜能进来，其他的四个妻子都进不来。所以，非常放心。他也知道这些人不会偷东西，因此没什么警惕。

这天，杜察朗回来躺下就睡着了。三丹丹进到屋里，先到她阿玛的身边，一看小钥匙就拴在他左手的手腕上。手腕上有个铁链子，在链子上带着钥匙。所以他平时走到哪儿，带到哪儿，谁也没法摘下去。三丹丹到阿玛跟前，俯下身子亲阿玛的脸颊。因为，杜察朗大玛发挺累了，睡得很死，三丹丹怎么亲他，也不醒。这时，三丹丹到阿玛左手铁链跟前，把小钥匙摘下来。这个钥匙是一个铁条式的，过去的锁头都有弹簧，只要把钥匙一插，乒一下弹簧一崩，小锁就开了。三丹丹把这个钥匙摘下以后，悄悄地到了暖阁跟前，把帘子打开，露出一个小门，她把小门上的弹簧锁开开，从小匣中取出两个秘密的铜牌。只有这个铜牌，她才能进大寨的秘密通道。有了这个铜牌，谁也不敢挡，这是额真的命令。见了铜牌，就等于额真亲自到了一样。三丹丹把这个铜牌拿出来，照样用锁头把门锁好，然后把小帘一盖，悄悄地过来。这时，大玛发还呼呼地睡着，像牛似的。三丹丹把他左胳膊了一下，阿玛一点儿也不知道。她把小钥匙又轻轻挂在小铁链上，然后就出了门。

这时，柳米娜还跟她的二姑娘在外屋坐着，怕声音大惊醒大玛发。三丹丹出来后，与姐姐互相使个眼色，点点头，手一摆，意思是全都办妥了。说话之间，已到夜深的时候了。姐俩飞快地走出了门。

前书已经讲了，她们姐俩都是在世外高人指点下，所以，她们的武术非常强，飞檐走壁，如走平地一样。二丹丹十六岁，三丹丹才十四岁，虽然年岁小，但却很精明。二丹丹领着妹妹，穿过酒楼，是一片长廊。过了长廊到了后花园。过了后花园，是一片密林。这个密林是他们家的练武场，摆着各样的兵器和各种沙袋。穿过密林以后，就到了东角门。从东角门出去，又到了一个练武场。在这个练武场的左边门出去，又是一个小角门。从这儿出去就是洞牢。

我前书讲的，北噶大寨的周围都是山，在山里掏的洞，洞穴里头都是监牢。到这儿就有把门的了，有几个文官在那儿站着，点着篝火和松油火把，怕有坏人来，火把照得非常明亮，地上有个针都能看清楚。姊妹俩噜噜来到跟前，对面有人把刀亮出来，连声喊道："谁？"

我要说一下，在北噶他们互相之间联络的暗号，全都是用黑话。她们说："多不利，多不利。"是夜里的意思。一说夜，就是我来了，谁来了，是我额真，杜察朗来了，任何人不可阻挡。站在对过儿的兵丁一听，是主子来了，两边的人都跪下。她们姊妹俩穿着黑衣裳，身上披着黑斗篷，每人都拿着短匕首，两人来到跟前。她们一看值日官就认出来了，正好是娄宝。娄宝见她们来挺惊奇，连忙说："哎呀，二格格和三格格，你们怎么来了？"

二丹丹和三丹丹连话都没说，把手一摆，就进去了。娄宝忙说："你们怎么到这个重要的地方，这地方能随便来吗？"二丹丹马上掏出铜牌给娄宝看。

娄宝一看，大吃一惊，这是主子的铜牌，只有主子有铜牌，只要见到铜牌，有什么事就办什么事，二话不敢说。娄宝想，这可能是杜察朗大人夜审翔鹤，让自己的亲格格带去呗，别人都不放心，连我娄宝都不放心。他也没想，二丹丹已嫁出去了，为什么突然回来？他脑袋一时糊涂，什么都没想，反正一看见铜牌，他就吓坏了，赶紧执行，赶紧办。另外，他知道，大丹丹、二丹丹、三丹丹是这个大寨的三宝，是杜察朗大玛发眼中的珠子，谁也不敢惹。所以说，娄宝二话没说，当时就问，你们要办什么？

三丹丹说："赶紧把水牢打开，里头是不是有人？"娄宝说："对呀，是有人，里头就是林家那个人，刚抓来几天，现在还在水里泡着呢。"二丹丹说："你赶紧给我背出来，我们现在要审他。"

娄宝嘁的一声，赶紧把门打开，自己跳到水里。牢里水挺深，人泡在水牢里，要坐下，只露出脑袋，全身都泡在水里，要站起来，水到肚脐眼儿以下。有没有没水的地方？也有，就是转圈有高台，这地方没水。平时犯人在水里坐着，坐一定时候，比如你要拉屎撒尿，可以到台上去，单有马桶。你也可以在台上坐着，但台上相当脏，有很多的虫子，还有很多的蛇爬动。你要怕蛇，就在水里蹲着。监狱的水牢是最苦的，它比旱牢要苦十分。

娄宝把翔鹤背了出来，这时翔鹤已昏迷不醒。这几天可能是茶饭不进，头紧紧耷拉在娄宝的肩膀上，两只胳膊也耷拉着。娄宝费了很大劲搁水里把他背出来，二丹丹告诉他，赶紧背走。周围的狱丁们都非常羡慕二丹丹、三丹丹长得美，平时看不着，没想到在这儿看到了。

闲话少说，娄宝把翔鹤背出来后，三丹丹就说："娄宝，我告诉你，什么事都不许你说，如果大玛发问了，你就说不知道。"娄宝说："我是值日官，人没了，怎么办哪？"二丹丹说："你就说，来一个世外高人，他是林家人，用什么药，把我们全给弄昏了。我们当时都睡过去了，什么事都不知道。这个人能飞檐走壁，而且不在地上走，在空中走。我们迷迷糊糊看见一个人开开门，就把人背走了。你就这么说，别的什么都不要说，你说错了，我要你的命。"

娄宝也知道，杜察朗这两个丫头，武艺也相当高强，他根本不敢惹，何况，自己又是杜氏家族的奴才。另外，人家是父女关系，那不像咱们奴才。我要一说出这事儿，就得把两个格格得罪了，那也受不了。这是他心里话，这事不提。

单说，二丹丹、三丹丹把翔鹤救了出来，他们靠着铜牌，轻易就把事办成了。二丹丹因为有武功，在墙边用自己托举之力，轻松地把翔鹤举起来。在墙外边接应的是乌伦巴图鲁。他们事前都约会好了，由乌伦巴图鲁在墙外接着。乌伦告诉云、彤二老，请你放心，我去迎接，我身体强壮，这事不用二老操心，也不用二老出面，杀鸡不用宰牛刀。请二老相信，我肯定和丹丹把他保护好，顺利把他背回来。

就这样，他们用暗号，到了墙角，二丹丹在墙里把翔鹤往上一举，这力量不小啊，这是气功的力量。她往上一推，翔鹤像驾云一样，迷迷糊糊就起来了。这时在墙外边等着的乌伦巴图鲁，听到有暗号，一看人已推到墙上了，他用气功之力，双手掐住翔鹤肩膀下边的胳肢窝，往下一搜，就落到了地上。这时，二丹丹也随着翻身跳到墙外。二丹丹和乌伦巴图鲁连背带抱，他们互相轮换着，很快就回到了东噶的山下。

到了东噶，这时云、彤二老都在山下迎接呢。他们一看真是自己的小弟弟回来了，上前用火把一照，只见翔鹤脸色刷白，闭着眼睛，一声不吭。老哥儿俩说："好了，非常感谢你们，我们现在要把弟弟背回去了，因为他身体很不好，已经受了很大的损伤，容我们日后再感谢你们吧。"

这样，二老亲自背着自己的弟弟回林家寨。当时，二丹丹和乌伦巴图鲁都要送，老哥儿俩没让去，就说："乌伦不用送了，我们俩能背走，你就在这儿待几天吧。等你哥哥穆哈连回来后，你们把要办的事情商议好，还得去办，今天就别去了。"他们简单话别之后，云、彤二老轮换着背自己的弟弟回到了林家寨。

翔鹤因为这几天连续被折腾，已经到了不省人事的程度。你想多苦啊，整天泡在水牢里，他们把硬窝头扔到臭水里，你爱吃不吃，就这样。这时，翔鹤只有喘息之声，好在云、彤二老都懂得脉学，又懂得医道。在云鹤老哥哥一再抢救之下，翔鹤慢慢地稍微睁开了眼睛，看了看自己的哥哥，然后又闭上了眼睛，就与世长辞了。只活了四十多岁，扔下了自己的妻子和小儿子福来。

翔鹤的妻子富察氏，是个非常仗义之人。当时翔鹤被抓时，她不在家，回娘家去了。本来云、彤二老不想告诉她，后来这事传出去了，传到翔鹤老丈人家去了。他们夫妻感情特别好，她听到丈夫死了之后，干脆就不想活了，为夫殉葬，跳进大海，死在了北海。这样就扔下一个小儿子福来。

云、彤二老的爱弟翔鹤是被北噶杜察朗大玛发残害而死的。这笔血债呀，把二老恨得咬牙切齿，悲痛万分。杜察朗纯粹是刽子手，他杀害无辜的翔鹤，实际上这是冲着我们老哥儿俩来的。我三弟翔鹤是个冤魂，他没有得罪你，你有仇，你要有能耐，对我们老哥儿俩发泄，你不能向无辜施展你的毒威。

杜察朗从来就是这样，飞扬跋扈，处处占尖取巧，若是占不着一点儿便宜，他们都不答应。说起来，月亮桥的老林家，他们就因为宽宏大量，才一忍再忍。有很多的事情，他们早就应该向杜察朗算账，他欠了很多的债，其中有两笔债，二老记在心里，只是没有动手。一笔债，就是在他的小妹妹身上发生的。

云、彤二老的小妹妹叫丫丫。那时候，严昌大人，他们的阿玛还活着。小妹妹丫丫，长得很好看，人又机灵，武功好，马也骑得好。从严昌到云、彤二老，武艺都非常高强。出在这样家庭里的人，哪个都不是白给的。丫丫骑一匹快马，能在马上追公鹿。她有两个武器，一个是甩榔头。什么叫甩榔头呢？这是严昌老爹教给她的技术，在马上拿着用皮条子编成的长绳子，把圆石头磨出一个孔，把绳子绑在圆石头孔上。这石头都是花岗石，特别坚硬。她每次出去打猎，都带两三个石头挎在马上。她一只手提着绳子，一只手拉着马的缰绳，两条腿夹着马肚子。随着马跑，她的腿就指挥着马，腿使劲一蹬，马就快跑。如果腿不蹬，马就慢跑，马都知道主人要干什么。她左手紧抓马缰绳，缰绳一松，马就跑得快。如果把缰绳往回一拢，马就站住。所以，配合得相当好。她右手提着皮绳，皮绳的头上有个石头疙瘩，当马快要追上鹿的时候，她右手迅速往上一甩，正好圆石头砸在鹿的头上，鹿翻几个跟头，就一命呜呼了。这个技术不是一般人能掌握的，要打不好，容易打着自己。再打不好，会打到马身上。要是打在鹿身上也不行，它照样能跑，必须打在鹿的头上，而且正好打在双耳之间，这个技术相当高。

还有一个武器，她有一个长扁担，随时拿在手中。她看到地上跑的狼和猞猁，包括貂、狐狸，从她身边跑过去的时候，她不用射箭，还是用左手握马缰绳，腿紧紧夹着马肚子，右手拿着扁担的一头。马跑着撵前边的猎物，等快赶到跟前的时候，马前蹄一扬，她往后一仰，这时扁担往后一挑，正好打在小兽的屁股上，啪的一下，把它打得翻两三个滚，立刻就趴在地上。如果是公的，正好打在睾丸上。如果是母的，打在肚子上，劲头相当大。因为马在跑，速度又快，扁担劲头大，没等它反应过来，已经被打倒在地。所以，丫丫远近闻名。

杜察朗很早就相中丫丫了，一心想把丫丫弄到手。你想，严昌老人能干吗？云鹤和彤鹤也不让。谁能看得起他们家呀，是一窝狼。最美的大雁从不飞过狼窝，好花怎能插在臭粪上呢？干脆就拒绝了，为此，杜察朗怀恨在心。

一天，丫丫正在追赶一个野兽的时候，杜察朗让一些家丁藏在两边，就用网把丫丫从马上捆下来。捆下来以后，把丫丫扔到山涧下，全仗着落到山涧下一些树上，没有摔死。他们干完坏事，都偷着跑了。把家里人急坏了，云鹤、彤鹤和阿玛严昌，到处找啊，找啊，后来听到山下头有马的叫声。马跟主人很熟，没有跑，就在丫丫落在树上的山坡下，冲着主人直叫。马一叫，云鹤和彤鹤就听到了，知道小妹妹遭人暗害。

他们下到山涧，从树上挂的网上，把丫丫救了下来。丫丫已被树枝刮伤，满脸流着血。丫丫知道这是北噶人干的，但是北噶什么人没看清，只看见他们都往北噶珊的方向跑。她把这个情况告诉了阿玛和两个哥哥，当时云鹤和彤鹤都气得火冒三丈，马上要找杜察朗报仇。后来严昌打了个唉声说："咱们还是宽宏大量吧，记住这件事儿，仇宜解，不宜结呀。"

时光过得真快，这年，他们相依为命的严昌老爹与世长辞了。丫丫在三个哥哥的照顾下，也越来越懂事了。而且长得花枝招展，可以说，在这三个大山的各个部落中，没有不知道林家丫丫的，那是这一带的美女，年轻有为，而且武艺高强，年轻小伙子都比不上。真是人人喜爱，个个都想追到手。多少个男儿，都眼巴巴地望着林家月亮桥这个高山上的美女，谁要是得到丫丫，那是一生的幸福啊！丫丫又生长在赫赫有名的林氏家族，她又是云、彤二老的妹妹，谁敢惹呀？

这就更引起刚才我说的北噶珊那个阔家阿哥杜察朗的注意。他凭靠着自己父祖的威名，横行霸道。他像一个馋猫似的，天天想抓鸟，天天想得到丫丫，如同疯子一样。他这个人非常淫荡，玩女人，挑逗人家姑娘，成为自己一大乐事。他身边有不少护兵和打手，谁敢惹呀？他一跺脚，地都三颤悠。所以，他为所欲为，凡是这一带的良家妇女，只要稍微好看一点儿，他都想办法到跟前贴人家去。人家不理，他硬往跟前凑，就像个癞蛤蟆一样，让人家膈应。但他不在乎，只要他看中了哪个姑娘，都想方设法把她弄到手，什么诡计都使。他弄到手以后，玩够了，就一脚踢出去。不少的良家女子都含恨而死，有上吊的，有投河的，还有跳北海的，就不用说了，人们敢怒不敢言。这一带他家就是霸主，凡是居住在北噶乌勒滚特阿林山沟里头，所有受他爷爷大玛发管辖的猎户、蘑菇户，都得老老实实叫他管。

什么是蘑菇户？就是专门采蘑菇的。因为大清国的臣民特别爱吃蘑菇，蘑菇都进贡中原。北方蘑菇长得又大又香，是非常好的食品和补品，所以，专有采蘑菇的，一采采很多，然后运到中原去贩卖。

还有树皮户，树皮当时做染料，大清的染料，多数是各种树的树皮熬成的，有各种颜色。有的户采来树皮，用锅熬，熬出染色膏子，做染料，卖给商人。他们用这些染色膏子精制各种染料。

还有网户，就是专门打鱼的渔户。还有药户，北海一带，盛产各种土药，这里不单纯是植物药，还有各种的动物、鸟类和各种的虫类、各种的石头以及海里的各种杂物，都可以入药。所以，有不少商人专门到这儿来收购北海的各种药材。还有海蜇、虾户，大海蜇像房子似的，在海中漂游。北海有的螃蟹，长得像盆子那么大，又肥又香，蟹子一个个都如同黄豆粒那么大。所以，有的户专门到海里去捕海蜇、捕虾、捕螃蟹。

这些户都由潭洞大玛发管辖。哪家要娶妻了，第一宿必须到他们家来过，这在北方成了习俗。就是说，谁家最富，谁家说话就算数。你要娶媳妇得到他家办喜事，在他家办完喜事以后，你再回去，怎么结婚都行。再一个习俗，看哪家的姑娘好，甚至媳妇好，虽然已经嫁人了，但我看中了，你不给，我可以抢，那时兴抢。你要保护住你的媳妇或者姑娘，就拉倒。你要保护不住，人家抢去了，将来人家就敲锣打鼓到你这儿来聘。原来有丈夫也不行，所以，有抢婚的习俗。这在北海都非常时兴，是凡有这个权力的，一般来说，都是部落长，或者是有钱有势的人，或者是当地的土匪、土霸王。他们有这个权，一般的黎民百姓，无权无势，打不过人家，只好默默认可。

北噶乌勒滚特阿林，这个大庄园，从潭洞大玛发，到他儿子布革温大玛发，世代都是这样。谁家要结婚了，得先报告他。他们知道后，就命令你把小两口送到山上去。有时候，他们出个轿，把小两口抬到山上来。

山上专有一个举行婚宴的屋子，这个屋子修得相当漂亮，也可以说，进到这屋子就像进到京师几品大员之家一样，让小两口享受富豪人家过的什么日子。山里那些野民哪见过？有的被迷糊住了，眼花缭乱。不仅如此，他们还美食款待，吃完、喝完以后，把他们小两口分开，男的到男室，女的到女室，这里分别由罗刹来的美女和男的陪伴。屋子里挂的是罗刹的金丝帐，西方的窗户非常大，还有百叶窗。大清国的窗户纸糊在外边，这个婚宴的屋不是这样，进屋都是白纱帐，看不到墙，转圈都是白纱。白纱上边贴着各种花朵，有的是金色的，有的是银色的。各种彩带，在灯光映照下，好像进了一个色彩斑斓的神仙世界一样。让你尽情享受这些豪华的生活。

进屋以后，男女分头住着，就住一宿，什么都别说。第二天，由潭洞大玛发，或者由他儿子布革温赏给小两口布匹、银两，然后用花轿或彩轿把他们送下山，让他们成婚。究竟在山上这一宿男的和女的，都干了什么勾当，无人可知。反正吹吹打打把他们送下山。这些事不让别人跟着，只是家里一两个人跟着，在山上吃好的、喝好的，这一宿他们过得飘飘若仙，谁也不知道具体细情。他们分开以后，都要喝喜酒，都得喝。这酒都是俄罗斯的，都是用玻璃、透明的高瓶子装着。中华大地没有这个瓶子。这瓶子相当高，有一人高，里头的酒不是白色的，都是黄色的和深红色的，在灯光照耀下，非常好看，甚至把人都能照出来。这酒叫长生幸福酒，是用北方野药黑穗草酿制成的。这酒喝完以后，就昏迷过去，飘飘然，长睡不醒，一宿连梦都不做。等你醒来之后，已经是鸡鸣报晓了。

这小两口在这屋里享受美食，享受荣华富贵，表面来说，这是大玛发怜爱自己的子民，让他们将来白头偕老，过得更幸福，实际上有不可告人的秘密，反正这些要结婚的姑娘自己都知道，就因为碍于羞涩，谁愿意把这一宿的事讲出来？若讲出来，让自己的丈夫知道了，不出事才怪了。所以，都把眼泪往自己肚里流。也有的新娘，在那熬了一宿以后，第二天就不愿回来了，宁愿在山上做奴婢都行，不愿意跟山下的男人成亲了。有的女人，就被这种风花雪月的生活给勾住了。当时什么样的人都有，也有个别的女人，含恨而死。

杜察朗也踏父祖之辙，也愿意享受这种权力，而且比他父亲还变本加厉，他把这种权力变成北噶珊自立规矩的土法律。杜察朗当了大玛发以后，他享受这个权力的时间更多更勤了。如果谁要不同意，胆敢违抗，他就派家丁下山硬抢，把男的、女的抢到山上，逼着他们完婚。完婚第一宿，按照古俗办理，然后再把他们送下山。所以，北噶这块儿就有个阿他布秘哈翻[①]。这个官不做别的，专门下去摸摸谁家要结婚了，按照这个习俗，把他们接到山上办理婚事，然后再把他们送下山。这个官，就是帮助杜察朗干这些不可告人勾当的。

---

① 阿他布秘哈翻：满语，和解成亲的官。

杜察朗就碍着云、彤二老的威名，不敢太放肆。他虽然心里惦着丫丫，想着丫丫，天天盼着丫丫到自己怀里来，但总是不能如愿以偿，实在是不甘心，整天想得抓耳挠腮，坐卧不安，茶不进，饭不想，像失魂落魄一样。即使有千个美女他都不放在心上，简直让林家小丫丫的姿色迷疯了。

自从云、彤二老把丫丫许配给穆哈连，这事儿一传出来，就像炸雷一样，给杜察朗很大刺激，他暴跳如雷，恨不得把云、彤二老千刀万剐。但是，他只是心里恨，表面上还得装作正经。就在丫丫和穆哈连成婚的时候，云、彤二老还按照礼节向北噶珊杜察朗大玛发送了请帖，请他来参加小妹的婚礼。请帖是由月亮桥林家大寨送来的，他看了之后，就像抱刺猬猬似的，你说扔了吧，有失礼节，你说去吧，又如同杀了他一样。他怎能见这个场面呢？当时他转来转去，不知怎么办才好。

后来，还是他的心腹娄宝和齐宝给他出了主意，就说："大人你得去，无论如何得去。你去了，看到这事你心里闹得慌，有些话你又说不出口，但你这么大的权威咋能怕他们呢？如果他们真拿你问罪，二老这个老鬼，也没啥了不起的。咱们有多少人，有多少师傅，要是闹起来了，咱们就砸烂他林家窑。大人，你去对，你要不去，说咱们是孬种，不去，有丢咱们的体面。"杜察朗一听，对，必须得去，哪怕是刀山，也得上。所以，他备办了价值很高的珍贵的礼物，自己就去了。他身边就带着娄宝和齐宝，他怕一旦出啥事，没有帮手。

丫丫和穆哈连成婚那天，云、彤二老见北噶珊杜察朗大玛发来了，非常高兴。以礼相待，鼓乐相迎。这时候，穆哈连也亲自出来，向杜察朗表示感谢，施礼，把他们迎进去。在酒宴席间，开始时，杜察朗还装得像个人样，酒一喝多了，嘴就没有把门的了，而且自己歪心就压不住，是狼总也扮不出人样来。这时他的鬼脸就露出来了，龇着牙，本来长得就够丑的，扁扁的鸭子嘴就开始呼扇起来了。他的眼睛瞪得像牛眼珠子似的，就要开酒疯了。他冲着云、彤二老说："你们糊涂，这么好的姑娘，怎么嫁给穆哈连这样出身低贱的人，他算什么东西，他就会骑马撵兔子。他有什么能耐？你不怕他给你们林家丢面子，我还怕给我们北海丢面子，丢名誉。我们北海的美女，应该是选北海的盖世英雄。应当是英雄家有美女，不能是一个兔子娶了天上的美女。"他胡言乱语就讲起来，什么癞蛤蟆想吃天鹅肉呀，我呀，我想打抱不平。甚至站起来喊："穆哈连，你过来，我要与你比武，你敢不敢？"

他这一吵吵，把云、彤二老气坏了，因为来的客人很多，他怕这一闹，把喜事闹砸了，赶紧找娄宝和齐宝，哀求地说："娄爷爷，齐爷爷，赶紧把你们主子接回去，他喝醉了。哪天我们俩亲自领着妹妹和妹夫看他去，现在请你们高抬贵手，高抬贵手。"

娄宝和齐宝看着杜察朗那个样，也不像话，让人家看笑话，这不等于耍狗熊嘛，一点也没有身份。我让你来，说几句就行了，说这些不着边的话干什么。连仆人娄宝和齐宝都感到丢脸。他们连搀带拽，把杜察朗搀到外边，一活动，他吐了一地。

杜察朗的酒真喝多了，他心里难受呀，你想，他梦想多年的美女，这些年折腾来折腾去，怎么也没弄到手。没想到，让不怎么出名的穆哈连给夺去了，他心里能好受吗？他和穆哈连是天壤之别，他在天上，穆哈连在地下，根本就没瞧得起。穆哈连家没出名的，我们家世代都出名，应该嫁给我。他今天窝囊，酒就喝多了，越喝越多。所以，他说的话都是屁话，驴话，现在真不是人了。娄宝和齐宝把他塞到轿里，他也不知怎么回事，还张着嘴瞎骂呢。把他抬在半山腰时，娄宝打开轿帘一看，大玛发睡着了，全裤兜子都是尿。他们赶紧把他抬回去。

杜察朗在大庭广众面前，跟云、彤二老说穆哈连出身卑贱，没什么能耐，只会骑着马赶兔子，这话说得不对。在这里，说书人还得把穆哈连好好讲一讲。这部书开头就讲穆哈连，讲了这么长时间了，还得讲穆哈连。穆哈连的出身不是卑贱的，老穆家是非常出名的，他的祖上是闻名天下的，也是有功之家。他们是满洲正蓝旗，满洲的姓是郭佳氏，也是郭佳哈喇氏。我的书曾暗暗说一笔，他和现在当今朝内光禄寺卿穆彰阿是一家子，他们都是京师老穆家。在康熙年间的时候，穆彰阿的祖上，原来都是北京八旗，住在北京西山，是皇家的御林兵。康熙二十一年，他的祖先达尔罕，随郎坦、彭春公北戍黑龙江，征讨罗刹。在雅克萨之战，打败了罗刹，签订了大清帝国第一份边界条约——《尼布楚条约》。划定了乌苏里河以南和外兴安岭以南，都是我们大清的疆土。这个条约当时非常有力量，赶走了俄国狼。在这场血和火的战斗中，穆氏家族和林氏家族，他们携手并肩战斗，他们还和达斡尔族奇格勒善大玛发的祖先，都为这场历史上著名的疆土保卫战，做出了贡献。他们之间都是生死与共的患难弟兄，所以，对老穆家也不能小看，穆哈连的祖上也是出名的功臣之后。

穆氏家族后来在康、雍、乾朝时，也曾出过几名武将。但是到了乾隆朝末期时，当时出了个大贪官、大权臣和珅，这个人相当阴险，顺我者昌，逆我者亡。他们穆氏家族受到和珅的忌妒，就籍没了他们全家的钱财，杀的杀，关的关，就把他们流放到北疆。到黑龙江以后，让他们永世为庶民，就是辈辈当一般老百姓。到迺木痕时，就是我前书讲的迺木痕，他做了很多好事，曾经把权力交给奇格勒善大玛发。但因为他特别耿直，被奸党所害，死于非命。

到了迺木痕的孙子倭西肯的时候，正赶上嘉庆帝临朝，处死了奸党和珅，被和珅所害而蒙难的众臣，都给平反昭雪。穆氏家族从此才见了天日。倭西肯因为多年受压，非常苦，得了痨病①，也接受不了什么衔，就由他儿子穆哈连承继过来。穆哈连过去是个猎手，善于骑马，武术非常高强，一箭能射穿两只鹿，劲头特别足。所以，骑马打兔子确实出名。因为他祖上被平了反，他由普通的猎民，一下子就飞黄腾达起来，盛京讲武营把他收进去了，授给他七品营兵。因为他在营里报效有功，臂力超群，又善于射虎豹，屡被重用。

有一次，乾隆爷在东巡打猎的时候，遇到一只老虎。这个虎很厉害，好悬没伤了乾隆爷的马，被惊驾了。当时护卫穆哈连冲了上去，抱着老虎。他力量多大呀，虎往上一扑，他从底下蹿上去，双手抓住虎的前腿。老虎想吃他，已经不赶趟儿了，他两手使劲一掰，把虎的胸脯撕开了。他是救驾有功，使乾隆爷大加赞赏，世上竟然有这样的英雄，怎么赏你呢？当时被随驾的大臣赛冲阿、方俊看在眼里，想把他推荐到京师健锐营。后来，由乾隆亲自下旨，把穆哈连选到京师健锐营。嘉庆当了皇帝，乾隆帝做了太上皇，封穆哈连为三品护卫。而且还让他陪着太子旻宁练武，就是后来的道光皇帝。陪着太子一起练武的还有图泰和乌伦巴图鲁，他们之间都非常熟悉。他们当时的师傅就是云、彤二老，我前书已经讲了，他们在京城给太子当老师时，穆哈连也在这儿。他们关系特别默契，他们与图泰的感情就是这么建立起来的。为什么图泰听说穆哈连蒙难，那么悲伤，决心要北上报仇去，就因为他们有深厚的交情。穆哈连从小在山野里长大，为人忠厚、老实。他平时就是一个猎人，没有那么多的花花道。他从来不怕苦，又肯学。这一点被二老看中了，觉得他很不容易。现在穆哈连起来了，二老想好好帮帮他，让他对得起自己的祖先，让他成为英雄，名闻天下。所以，云、彤二老对穆哈连比对别人更精心，

① 痨病：肺结核病。

使他成为更好的爱徒。

云、彤二老不愿在京师待着，愿做山野之人，前书已经讲了，穆哈连也有这个想法。穆哈连说："我也不愿在京师待着，我从小就在山野长大，我离不开树林子，也离不开大山。我到这儿来，夜里做梦都梦到山。我也离不开那些小动物，我一天要不去打熊、打野鸭子、小鹿，我的手都痒痒。"他也要求回到山野去。云、彤二老更是喜欢过清静的野民生活，不愿沉醉在京师繁华的日子，他们看不惯那些花天酒地的生活，总想走，他们熬呀，熬呀，一直到嘉庆五年的春天，太上皇驾崩以后，他们感到这回行了，嘉庆帝能放我们走了。所以，他们一再要求。

嘉庆帝也舍不得让他们走，可是，耐不住云、彤二老磨来磨去的，也只好准允了。他们返籍时，穆哈连也一再请求，由云、彤二老帮助说合，嘉庆帝也答应下来，同意他们回到北疆。

这时候，正赶上原来管理北疆打牲乌拉的官员，年老又是丁忧，就是家的老人去世告假，边疆的事情没人管理。北疆离京师那么远，又是寒冷之地，内地人谁都不愿意去，官和兵都不好派，真是鞭长莫及。这时，赛冲阿和英和就想到了，呀，正好穆哈连要回去，不如让他承担这个差使。他们两位大人就向嘉庆帝举荐穆哈连，嘉庆帝就同意了。

嘉庆帝下谕旨，钦命穆哈连为三品侍卫衔，管理北海打牲乌拉，总理事务，兼管北疆水陆兵马总哨关之职，这个衔很高，权力也很大呀。这是嘉庆帝对他的恩赏，也是看着赛冲阿、英和两位大人的面子，特别是他相信，让穆哈连去，他后头有两位世外高人云、彤二老的帮助，那是一百个放心。嘉庆帝知道，穆哈连在那做事，他两位师傅肯定关心，遇到难事，师傅能不帮助吗？所以，把权交给他，实际上是委托二老了。二老，我把你徒弟任这么大的官，北疆的大事，全靠你们操心了。这一点，云、彤二老也明白。

云、彤二老和穆哈连在告别嘉庆帝时，千恩万谢。然后，他们又告别了赛冲阿和英和两位大人，又告别了与他非常要好的图泰和乌伦巴图鲁。临走的时候，图泰和乌伦一直送他们到京城以外一百多里地远，他们洒泪相别。因为，图泰和乌伦都是赛冲阿和英和身边的护卫，他们对国家之事相当关心。他们惦记的就是边疆应有忠于大清的人，这样才能把住北边的国门。他们觉得，现在穆哈连回去了，重任在肩。那边很多事情都不知道，另外，很多哨卡都没建立起来，又听说，那儿土匪猖獗，当地又出现很多的恶霸，想到这儿，心里暗暗替穆哈连捏把汗，觉得他前途艰险。所以，离别时，互相抱拳握手，难舍难分。

云、彤二老和穆哈连回到了黑水。因为他们三位都是皇家身边的人，特别是，穆哈连身上带着嘉庆帝的谕旨和内务府通知各地的书函，所以，备受各地官员的重视。路过盛京、吉林和黑龙江时，各地将军衙门都是远接近送，非常热情。他们因为眷恋着自己的故土，师徒几位并没有过多地打扰地方官员，只是求各地官员给备办好轿子、轿夫和好的马匹，他们继续北上。

他们先到了黑水之滨的瑷珲旧地，到了穆哈连的故乡。真是物换星移，沧海桑田。穆哈连到这儿一看，瑷珲的副督统已经换了好几个人，根本不认识。他顺着原来的老路，到了自己家。打开破落的门，小院的蒿子已长有半人高，一片荒凉。他打听邻居才知道，阿玛倭西肯老人已经仙逝，是瑷珲副督统衙门帮助送的葬。媳妇，也就是穆哈连的糟糠之妻，由于长年侍奉老公公，积劳成疾，也已经去世。没想到，穆哈连竟成了孤身一人。他非常想念自己的爱妻，他们从小在一起，可以说是青梅竹马，有口粥给对方喝，有苦往自己肚里咽，天天如此。为了侍候他们父子，有时妻子一宿不合眼，缝缝补补，忙来忙去。他妻子是望门之女，他们从小相爱，为人非常贤惠。没想到，阿玛去世了，自己的爱妻也走了。他泪流满面，痛哭不止。

云、彤二老劝他，不要哭了，既然已经这样，就想开吧，要保重你的身体。穆哈连买点酒菜，到阿玛和妻子的坟头祭奠。然后就匆匆地随着二老继续越过黑龙江，绕过牛满江，沿着黑熊走的密道往前走。这条路直，要是从江上走，曲曲弯弯，时间更长。他们考虑，尽早到任，公务在身，不能久留。穆哈连这个人，从来就这样，把自己的差使放在第一位。二老就陪同他，快马加鞭，很快就到了东噶珊，月亮桥。

头几天穆哈连就住在云、彤二老家。师傅家有严昌老爷爷，还有二老的弟弟翔鹤和聪明伶俐、非常美貌又热心的小妹妹丫丫。后来他们又在一起住了很长时间。二老说：现在事挺多，你就忙事去吧。回来你就住在这儿，这就是你家，不要客气。严昌老爷爷也特别热情，听说是自己儿子的徒弟，就把他当自己孙子一样看待。

穆哈连在北疆已着手开辟打牲衙门方面的各项事务。原来地方官也管打牲方面的事情，这块儿有好些散在的部落和民族，每年一到七月份时，由清朝官员来收皮张和各种土特产，同时也发放一些食盐、布匹、粮食和武器、刀箭，赈济贫困猎民，有时还在这儿贩卖牛马、牲畜一类的东西。所以，每到那个时候就挺热闹，但是没有一个正经八百的哨卡，也没建一个房子。穆哈连下去到处察看，他发现各地匪患猖獗，很多哨卡的河边，都由土匪占据着，只要有人过河，必须留下买路钱。整个到北海的路，到处有杀人抢劫的事情，一般人都不敢走，很多部落的人都非常害怕，把自己的家门关得严严的。

穆哈连在二老的帮助下，铲除了九个土匪的据点，同时建起了九个关卡，每个关卡都用皮张围起来，并雇用当地的新人把守，这些人多数是达斡尔族，从西噶珊请来的。这九个关卡建起来后，使这里平静多了，人们沿路行走也不害怕了。在不到两年的时间，北海这块儿就安定了，穆哈连的名字家喻户晓，越来越响亮了。因为他不怕死，不管什么地方，只要土匪一起来，他马上领兵就去冲打。有时打不过来，二老就帮助围剿，甚至小妹妹丫丫也一块儿上。

他们这样忙忙碌碌，把北海治理得相当好。各个部落的猎民们都拍手叫好，可是这块儿的一些富豪，也就是北噶珊杜察尔氏家族却反对，因为，一些土匪的后台就是杜察尔氏家族。潭洞的儿子布革温，几次想办法破坏穆哈连的行动，并放火烧了几个关卡大寨。后来都让二老和穆哈连平息下来，杀了几个豪霸土匪，把一些潜藏的土匪全给镇住了。

穆哈连平息匪患，打通了北海交通要道，为大清北方的安定日夜操劳，这一切二老的小妹妹丫丫看得非常清楚，她打心眼儿里喜欢穆哈连。虽然穆哈连的岁数比她大不少，但她认为穆哈连憨厚、老实、正派，有一股使不完的劲头，从来不怕苦，那股傻劲儿着实让人疼。所以，小丫头天天偷偷摸摸地给他做荷包。她有时挺害臊，怕自己哥哥看见了。她就偷着给穆哈连缝褡裢、缝补刮破的衣服。坎肩穿坏了，就重新给穆哈连做一个。这样，一来二去，这个小丫头，对穆哈连真有了感情，总舍不得离开他，天天看着他，有时到他跟前谈这个，问那个，总是说不够。穆哈连从心眼儿里也喜欢丫丫，对自己这么知冷知热，你说能不爱吗？他们双方的感情，云、彤二老早就看在眼里，乐在心中。

我们前书所讲，严昌老人去世以后，现在林家窑的家祖就是云鹤、彤鹤了。他们惦记两个人，一个是小弟弟翔鹤，后来被害而死；一个是小妹妹丫丫。他们想帮她找一个门当户对的、互相知冷知热、使他们放心的佳婿。现在他俩一想，有了，这个佳婿就是他的徒弟穆哈连。他是小妹喜欢的，也是我们喜欢的。

有一天晚上，在院子里，老哥儿俩把丫丫招呼过来，丫丫问什么事儿？老哥儿俩冲她笑，丫丫不明白，就问："大哥、二哥，你们笑什么？"彤鹤先说了："丫丫，你手里拿着什么东西？"这一问，把丫丫弄得满脸通红。她手里拿着一个套裤，北方到处是密林，容易遇到蛇。所以，进山的猎人，把裤腿都扎上。扎上也不行，因为草的棘力很强，磨来磨去，很快就把裤子磨破了。就是穿皮裤，有时也被剐碎。人们把皮子和旧的布缝了好几层，非常厚，像皮革一样，做成套裤，套在腿上，走路既轻便，又保暖防寒。这个套裤一般女人都不用，多数是男猎人用的。彤鹤又问丫丫给谁？丫丫脸更红了，她抱着大哥、二哥，揉来揉去："你说我给谁？我就给穆哈连大哥。"云鹤哈哈笑着说："对，好妹妹，敢作敢当，这就对了，我们就为这事儿跟你唠唠。你喜欢不喜欢他？我们哥儿俩喜欢他，你若喜欢就嫁给他，好不好？"丫丫是在山野里长大的，性格爽朗，从来不隐讳自己的想法，大哥二哥一说，自己坦然应允，就同意了，别的没说。人家脸都没红，脑袋一扭，撒着娇，就把事情定下来了。

云、彤二老选了吉日良辰，准备给他们完婚。二老在回来的路上，早就跟穆哈连许过愿，只是没敢跟丫丫讲。他们从京师回到瑷珲以后，知道穆哈连的父亲已经仙逝，他贤德的妻子革哲勒氏也随她公公走了。穆哈连悲伤不止，眼泪不断。云鹤安慰他，事情已经这样了，你不要过于忧伤，来日方长，你还有很多事情要办，朝廷委你重任，你要有志气，不负众望。现在赛大人和英大人都这么器重你，你一定不要辜负他们的期望。我虽然年岁大了，但我跟我的弟弟彤鹤会千方百计，在各方面都帮助你。

穆哈连非常感激，心里觉得放心了，因为有师傅在身边，什么事都好办。回到北海以后，穆哈连住在他们身边，二老悄悄跟他说，你看我的小妹妹怎么样？开始时，穆哈连拒绝这件事儿，心里仍然想着他的妻子。时间一长，感到丫丫真是个好姑娘，对人挺热情，他在恩师家就像在自己家里一样，慢慢就同意了恩师的意见。二老心中有数，他们跟小妹丫丫闹哄的时候，早就知道穆哈连同意了。所以，很快就把这事儿定下来了。云鹤对妹妹说："婚事要早办，不然夜长梦多。"这话有原因！小妹也知道，北噶有一只狼还在盯着她呢。他们很快就办了这件大喜事儿。

这件事确实惹恼了北噶珊杜察朗大玛发，他总想挑衅，闹这件事，甚至派自己的心腹去烧卡伦的营所，曾用暗箭射杀穆哈连。穆哈连骑着马巡逻时，在林中一过，常常有暗箭嗖嗖射过来。穆哈连的命真大，几次箭都没射中。这些事都是杜察朗大玛发派人干的。杜察朗心狠歹毒，总想杀死自己的情敌穆哈连。他想，只要把穆哈连整死，我就能把丫丫弄到手。他用了很多办法，但是哪一次都没有办成。他知道穆哈连这个人老实，嘴不会说，心眼儿少，用什么花言巧语都能骗过他。

有一天，他派人请穆哈连大人赶紧到山上来，说我杜察朗得了一种怪病，肚子里总是响，这响声挺奇怪，很多人都认为我活不长了。听人家讲，我是受邪气缠身，要是有好兄弟来才能冲邪，我就盼着兄弟你来，你一来，我的病准能治好。这话纯粹是胡说八道，穆哈连头脑比较简单，一想人家来请，不去不好，就没想到其他复杂和背后阴谋的事情。他就去了，到那一见杜察朗很好，也没有病。杜察朗说："今天我挺好，没有犯病。既然老兄弟你来了，咱俩现在喝一盅，我新搁北海弄回的海狮，海狮肉特别清香，我弄了好的作料，请了好的厨师，做几个菜，咱们喝着酒，尝尝海狮肉。"

穆哈连急着要下山，有很多事还要办，不能在这儿喝。但是，怎么推也推不过杜察朗。谁能斗过杜察朗？说来说去，就把穆哈连推到桌边，坐上就开始喝。其中有一种酒是毒酒，叫里辍酒，喝了半天，杜察朗喝迷糊了，原来他把酒弄错了。穆哈连喝完酒就要走，杜察朗以为他已喝了毒酒，心想，你下到山底下不睡死才怪呢，于是就放了他。

穆哈连下山，一路没啥事，照样办他的事。后来听说，杜察朗喝完了酒，一醉就是七天，醒不过来。可把他阿玛吓坏了，请了不少郎中来看病，也没看好。过几天，他眼睛一瞪，放几个屁，就熬过来了。他一心想害别人结果害了自己，好悬没一命呜呼。穆哈连的命真大呀！

单说，到了嘉庆十一年的初冬。这天夜里，杜察朗心怀鬼胎，一计不成，生二计，二计不成，又生三计，现在已经不知他生多少计了。他换了夜行服，事先就探听到，穆哈连这两天可能不在家，趁这个机会，要夜奸丫丫。既然公开我得不到手，那你也逃不过我，我不能让你闲着。但是，他又怕云、彤二老，他们武艺高强，谁也不敢惹。他知道穆哈连和丫丫住在山下，山下是交通要道，离月亮桥还有八百八十八个磴。穆哈连经常不在家，只有丫丫一人在家，有时她哥哥下山照顾，怕有坏人打扰。所以，杜察朗怕二老来，就把他的心腹娄宝和齐宝带去了，作为他的两个耳目。这天夜里，他们悄悄地，很快地来到了林家窑下面穆家的住地。

这个地方就是清兵一个打牲的行营哨卡，它起什么作用呢？只要是有贩运皮张、野鹿的，他们有权扣留。因为清代是不让贩运这些东西的。现在北海各地的商贩和官宦勾结在一起，和土匪串通一气，把这些东西抢掠之后，拿到内地，高价出售。这样，就破坏了北疆打牲衙门的治理，把制度弄得非常乱，这件事在北海一带引起不同的反响，好人拥护建哨卡，为穆哈连喝彩。坏人把穆哈连看成眼中钉，肉中刺，恨不得把他劈成十八半才好呢。

穆哈连建的这个行营哨卡，在东噶山的下头，是个交通枢纽，南边通黑龙江，过黑龙江就能到内地，是到辽东、京师的必经之地。往北走，先到北噶珊，从山下过去，一直往北走，就能到北海。稍微偏北，到北海西部的原始森林。如果搁穆哈连住的哨卡，直接往东走，过了一片树林，走出二百多里地，可以到鞑靼海峡。从鞑靼海峡西岸，可以看到库页岛，这儿是上库页岛的必经之路。库页岛是大清的疆土，大清的臣民上库页岛，一般不走水路。因为太远，有时就走山路，山路近。要走山路，必经穆哈连这个哨卡，得从这块儿过去。这是东南西北要道的咽喉。要搁这块儿往西走，先从西噶珊山下过去，往西走，可以一直走到尼布楚。这几百万平方公里的土地，山连山，水连水，一片沃野。经过五大河、罗鼓河，直接到尼布楚。再往西走，就是微亚河，这是非常重要的地方，从大明以来，是兵匪必争之地。

穆哈连胆也真大，他选择这样一个十字路口，住在这儿，而且就他和媳妇丫丫两个人住。因为人少，其他兵丁派到别的地方去了。他把自己放在一个最重要、最危险的咽喉要道。这个事儿，云、彤二老都替他担心，他们把心都提到嗓子眼儿去了，就说："哎呀，我的好孩子，你的胆咋这么大呀，别在那儿住了，多危险。这儿历来是兵家必争之地，一旦碰到哪个匪患来了，好虎架不住一群狼，你还是躲开点儿好，要离这儿远点，或者到山上住，有啥事再下来，我们还能帮助照应。孩子，你现在住在火山口，你是在狼嘴里蹲着，这哪能行呢！"但是，穆哈连没听老人的话，他说："不要紧，我不怕，我只有在这样的地方，才能够天天监视匪徒的活动。我要离得太远，等知道他们干坏事了，我再从山上下来，就不赶趟儿了。"他婉言谢绝了二老的好意。就这样，有时候穆哈连出去巡逻不在家的时候，就剩下丫丫一个人在家守护。老哥儿俩不放心，常常下山看看。看看有啥动静没有，出没出事，问问妹妹怎么样，然后老哥儿俩就蹭着台阶，噌噌上山去了。一来二去，时间长了，就不一定能碰上土匪来捣乱。

偏巧，这天夜里，淫贼杜察朗带着娄宝、齐宝，挎上单刀，人不知，鬼不觉地潜入穆哈连的咽喉哨所。杜察朗在远地方趴在树林的草丛中，手搭凉棚往哨所看。原来哨所有两个皮帐，是用两张大块鹿皮毯子蒙着。一块毯子是用四十多张鹿皮连接成，底下也是用两层鹿皮缝成的，四周都有皮绳套拴住，把大毯子用木头一支，支出棚子，四周的皮套用绳子一接，地上钉个橛子，这就是鹿皮大帐。四周再用长条皮子围上，在草原和林海中都是建这样的哨所房。里边再搭上床，放上各种皮张，中间可以拢上火，烟从上头的窟窿眼儿出去。如果不烧火，外边下雨或下雪，帐篷上面单有一个盖，盖住窟窿眼儿。烧火的时候，把盖链拽下来，就能通天。

杜察朗一看这两个皮帐一前一后，他明白了，啊，前一个是穆哈连行营办公用的，后一个稍微小一点儿，做得比较牢靠，周围没有通风的地方，挺紧称。这肯定是他跟丫丫住的地方。他看明白以后，使个暗号，让娄宝和齐宝在旁边小心隐蔽起来，注意，我要没事你们千万不要动。我要有事，就来接应我。娄宝和齐宝明白了他的意图，就悄悄藏在那块儿。

这时，杜察朗身子一抬，像狸猫似的，嗖嗖嗖，很快就贴近了小一点儿的帐篷。他到帐篷跟前，贴耳一听，里头有说话的声音。他想，现在来得真不巧，肯定是穆哈连在屋里，这可怎么办？他不断地搓手，想办法。有了，他反身悄悄地退出帐篷。退出以后，他就用夜猫子叫声，噢，噢，把娄宝和齐宝引到了密林深处的一棵大树下。他轻轻捂着嘴在他俩耳边窃窃私语几句。娄宝和齐宝明白了，马上飞身就走了。

单说，这时候的大帐篷里头，确确实实有二人，一个是身怀六甲的丫丫，还有一个就是最疼爱她的丈夫穆哈连。他们夫妻感情非常好，互相体贴、关怀。穆哈连虽然不善于言讲，但他心里是有数的，无论走多远，他都惦记着爱妻。特别是她怀孕以后，穆哈连千方百计照顾她。她的肚子一天比一天显怀，所以，无论他走多远，哪怕是走出二百多里地，办完事儿，不管是刮风、下雨，也不管道路多么崎岖，都拼命地赶回来，照顾自己的爱妻。只要有一点儿时间，他都陪着妻子。有时他公务在身，必须出去办事，他就安慰妻子："好丫丫，我出去办事，一定快去快回。"

这天，他刚回来不久，跟妻子说几句话，然后就给她烧水。妻子坐在皮榻上，背靠着被褥，喝着水。这时，猛然间，他就听到外头乒乒乓器格斗声，而且听着打得很凶狠，兵器乒乒乓乓地响，声音很大。穆哈连想，胆大的土匪，敢到我营地跟前来斗，真是嚣张已极啊。

不大一会儿，就听外头喊，"救命，救命！有强盗，把我的人抢走了！"这喊救命声非常悲凉，让人坐不住，站不住。要不救，这个人可能就一命呜呼。穆哈连是疾恶如仇的人，另外，自己又身负治乱安民的大任。他想，强盗行凶都到我家门口来了，真是好大的胆子。他告诉丫丫，小心，不要动。然后从帐篷里头摘下腰刀，回头轻轻拍拍爱妻的肩膀，告诉她，不要动，我一会儿就回来。说着，嗖的一声蹿出帐篷。

他出来一听，没有声音，听了半天，好像在树林里有打仗声和哭喊声。他按照声音的方向追去了。追到一片树林，拐了一个弯，看见两个黑影，这可能是贼。他想，先救受害的，看了半天，也没找到。他又一想，可能是受害人害怕，藏起来了。不，我得先把这两个歹人抓住。这时，黑影已经看不着了，他就拼命追了过去。

再说，就在穆哈连追歹人的时候，杜察朗看得很清楚。他马上起来，像夜猫子似的，很快钻进了帐篷。这时候，帐篷里点了两盏油灯，照得很亮。杜察朗往里一看，对面是一张床，丫丫正脸朝里，背着身子，坐在獾皮褥子上，下身盖着雪狐皮的小花被，上身大衣已经解开，露出红缎子梅花小棉袄，非常好看。头发松散着，夫妻可能要睡觉。杜察朗一看，简直像天仙一样，这就是世上的活菩萨。他完全被丫丫的风姿美貌迷昏了头脑。他想，不能慢了，慢了，穆哈连就回来了，早点干好事要紧。他悄悄走过去，丫丫没注意，他突然双手抱住丫丫，抱得相当紧。丫丫开始一机灵，以为是自己的丈夫在抱她。她扭头一看，吓了一跳，哎呀，这不是憎恶多年的色狼杜察朗吗？

此时，丫丫为了保护自己，施展武功。她双手往一起紧，护着自己的肚子，生怕杜察朗下毒手，伤她腹中的宝贝孩子。她的手先一挡，然后施了动身之术。什么叫动身之术呢？就是双肩往外使劲，因为杜察朗的两个胳膊压着她的肩膀。她把自己的身体护住以后，用气功把身体尽量往外扩。这内动功相当厉害，这是他们林家功之一。你别看她表面上不怎么动弹，她是外静内动，里边动的劲特别大，那有千斤的力量。丫丫不动她的下身，她用上身的功力，把肩膀、手臂和后腰往外扩。她突然双臂一推，嘎的一声，这力量真大啊。

这时，杜察朗正使劲按着，他是个色狼，不想用武力掐死她，哎呀，我好容易才得到你，盼了多少年哪。他是从猥亵的角度，没有防备，哪知道丫丫使的是内动功。丫丫的两个肩膀和两个胳膊肘子和后背的力量，往外一反弹，那是千斤之力，把杜察朗的双手和胸脯、肚子震得发麻，哎呀，他刚一动不要紧，丫丫两个胳膊肘尖一弹，把他推得老远，腾，腾，腾，杜察朗四仰八叉倒在地上，正好躺在帐篷的门口。

这时，丫丫反过头，拿起身边的剪子。她身怀六甲，也待不住，想给孩子做件衣裳，正在剪布的时候，杜察朗突然进来了。咱们知道，丫丫有甩头功，这也是他们林家的功夫，她是跟父亲严昌学的，过去我讲过。她用皮条编的绳子，绳头上套个石头，甩哪打哪，打得特别准，可以把雄鹿打死，这是多年练出来的。她把剪子拿出来，想用甩头功，扎死杜察朗。她正要往外甩的时候，突然听到外边有脚步声。她非常机灵，这个脚步声，肯定是自己丈夫穆哈连回来了，她怕伤了自己丈夫就没甩。

这时，杜察朗反应也挺快，他看到丫丫要甩什么东西，又听到门外有脚步声，可能是穆哈连回来了，他忙来个鹞子翻身，就地十八滚。穆哈连匆忙往屋里走，没顾这个。刹那间，杜察朗就从他脚底下，像个蛇似的往外滚，然后顺道跑出去了。

穆哈连听到兵器厮打声后，就忙着去追歹人。追了一会儿，追不上，他冷丁想到，是不是歹人施调虎离山计，把我招呼出来，然后对我夫人下毒手。夫人可别受害呀，他想到这儿，就拼命往回跑。刚到门口，觉得脚底下有什么东西绊了一下，他知道贼人已经跑了。赶忙过来看丫丫怎么样了。这时候，丫丫已经闭目靠在床背上。要知道，丫丫当时为了救自己，保护肚子中的孩子，没敢全力使用内动功，就是这样，她的血液循环太快了，伤了自己的身子，顿时觉得头昏，胎儿上冲，等穆哈连回来的时候，丫丫的头嗡地一下，就不省人事了。

穆哈连到跟前一看，夫人全身完好，只是双目紧闭，一动不动，他以为被吓昏过去了，马上轻轻叫了几声："丫丫，丫丫。"她嘴上呼吸还平衡，一高一低的。这时穆哈连想，赶紧找人抢救丫丫，她不是一个人哪，肚子里还有孩子呢。想到这儿，他赶紧去林家窑，找他的两位恩师。

穆哈连跑得满头大汗，上气不接下气，到山上一说，云、彤二老就着急了，马上随他噌噌噌，快步跑下了山。他们匆忙进了帐篷，云鹤到妹妹跟前，翻翻她的眼皮，掐住她的手腕，摸摸她的脉象，然后说："她是血冲百会，伤了神志，赶紧抢救，不然有生命危险。"他让穆哈连把丫丫靠在一边坐着，坐得非常平稳。云鹤上了床，盘腿坐在那块儿，脸朝着丫丫，两手伸出，闭目给她做气功。他用气功的力量来疏导她，使丫丫慢慢恢复过来。这样连续做了一会儿，丫丫还是一动不动。

这时，穆哈连一看丫丫腿下边有点湿，再往下一摸，慌张地说："不好，有血！"二老一听更着急了，让穆哈连想办法，赶紧请郎中。二老急忙背自己妹妹，哥儿俩连背带抱，噔，噔，噔，很快就把丫丫背到了山上，林家大院。因为帐篷里太小，转不开。再说，帐篷里也不是治病、安养之地。

让穆哈连赶快去请郎中，到哪去请呢？北海这块儿，郎中有两对，北噶珊杜察朗大玛发专有一对郎中，另外，西噶奇格勒善大玛发也有两位郎中，平时给他和猎民们治病。现在看来，非常急，北噶那儿是仇人，是豺狼之地，不能求。只能到西噶奇格勒善老爷爷家去请。

穆哈连飞马赶到西噶珊。老人听了急得火上房，叫人赶紧请郎中宝昌大师傅。他们在整个山都找遍了，也没找到宝昌大师傅。原来宝昌郎中昨天晚上让北海的几个牧民给接走了，去接生去了，到现在还没回来。这事非常急，不能等啊，奇格勒善大玛发就跟穆哈连说："这事等不得，云鹤、彤鹤他们也是大夫，他们就能治，还找什么大夫，自己的亲人，还有什么说道，救命要紧，走，跟我走。"

这时，奇格勒善命人拿出他的外衣，他边走边穿上衣裳。他虽然已是八十多岁的老人，但走起路来，健步如飞。他在前头走，穆哈连在后头紧紧跟着。老爷子很快就到了月亮桥，云鹤、彤鹤慌忙向姥爷下拜。

老爷子看着昏迷不醒的丫丫，非常心疼，就说："可怜的孩子，你怎么也遭到恶狼之害。"然后反过身向云、彤二兄弟说："你们还等什么，我那两个郎中都不在家，他们都让人家给接走了。现在不能等，治病要紧，救人要紧。丫丫的生命，就是咱们的心肝。现在烧水，你们俩给我接生，还有什么说道？"老人的话，就是命令，云、彤二老二话没说，马上烧水，擦洗自己的身子，换上衣服，然后又把窗户和所有漏风的地方遮上。屋里只留下云、彤二老和他们的妹妹丫丫。穆哈连扶着奇格勒善老人到另一间屋坐着，喝茶、休息，静听佳音。

不一会儿的工夫，老人家就听到那个屋有婴儿哭叫的声音，老人非常高兴，心从嗓子眼儿一下子就落下来了。"好啊，阿弥陀佛，新的婴儿降生了，这是老林家的福气呀。"不大一会儿，又听到一声婴儿的哭叫，老爷子愣了，马上站起来："怎么，是两个孩子？这是福上加福啊！"正在说着，又一声婴儿哭叫，连续三声婴儿哭叫，是一胎三子。

这时，老人大步流星地进来，云、彤老哥儿俩转身对自己姥爷说："姥爷，您看，是一胎三女，这是世上罕见，福上加福啊！"云、彤二老和奇格勒善大玛发，还有穆哈连，他们互相致贺，真是万分激动。这三个婴儿，个个长得都挺精神，红脸膛，声音特别洪亮。预示着这三个孩子，将来前程无量啊。这声音冲破了沉寂的东噶珊乌勒滚特阿林。这声音传出千里、万里，向人们呼喊，有三女来到人间了，一切邪恶的势力都将被驱散。

老玛发过来，帮助穆哈连把已经准备好的白鼠皮的小被给三个婴儿盖上。白鼠皮的小被在北海这块儿有的是，这个小被还真是丫丫一针一线认真细致做的。她真有远见，小衣服、小被子，哪样都做了三套。你说巧不巧，神不神？这些小褥子、小被子做得都非常好，外边是白鼠皮，刷白的，鼠皮挺柔软。三个鼠皮褥子都一般大，颜色都一样，你说奇不奇？丫丫怎么知道会生三个孩子呢？他们几个心里也都觉得奇怪。

他们给三个小宝宝擦洗干净以后，就用小白鼠皮的被子一个一个包好，放在炕上。然后，二老又过来，看看自己的妹妹丫丫。现在丫丫仍然闭目无声，但是看她的脉和呼吸的声音都很平稳，她好像累了，没有一点儿疼痛，或者难受、忧伤的样子，显得挺安详。这时，云、彤二老给丫丫擦洗完身子，穿好衣服，用气功给她调理。

哥儿俩轮流给丫丫做气功，他们头上的汗珠子噼啪直掉啊，他们真够累的了。哥儿俩连续足足做了两个多时辰。到后来，干脆哥儿俩一块儿做气功。他们盘腿坐着，面对着自己的妹妹用气。然后，他们摸摸丫丫的寸官天脉，又摸摸脚上的浮洋脉，又摸摸她的心脏，看看她眼皮里的瞳孔。他们觉得自己的妹妹死不了，她的体力挺好，现在正在恢复之中，不会有生命危险。他们把这个看法告诉了自己的姥爷奇格勒善大玛发。奇格勒善非常高兴，就说："好啊，天不会辜负那些好人的，善良的人会有好报的。孩子们，我回去了，如果用到我的时候，你们尽管说。我回去以后，把我那边的用人给你们拨来几个。"云、彤二老说，不要太多，就请两位到三位就行了。

奇格勒善大玛发回去以后，就拨来两个干活热心、勤快，他们特别喜欢的老妈妈，来侍候这三个小宝贝。这些天，由于二老的精心调治和奇格勒善大玛发的热心帮助，又由于穆哈连照顾得好，丫丫的病情越来越平稳。这样，一下就救了四条命。

第二天，奇格勒善大玛发又把自己寨子里刚刚生了崽有奶的母鹿，让仆人赶来三头。云、彤二老这块儿也有母鹿，因为他们心地善良，丫丫也如此，在野外看有受伤的小狍子、小鹿，就把它们救回来，自己养着。这时候，有几头母鹿都生了小鹿，都有奶。这样，三个小女孩，天天喝鹿奶，由那两个老妈妈给挤鹿奶。有时候二老也帮助挤鹿奶。他们就这么精心地侍候这三个小丫头。

等丫丫和三个小姑娘都平稳以后，云、彤二老嘱咐穆哈连："你还得忙去吧，这个仇要铭记在心，这些个冤孽，终有讨还之时，咱们心中有数就是了。你初到北海，公务甚忙，又承蒙赛大人、英大人的信任，还是安心忙你的事情吧。丫丫和你三个小姑娘的事就不用惦记了，有我们呢，你放心地去吧。"穆哈连听了二老这番话，对两位老恩师真是感激不尽。他心里始终离不开的还是他的爱妻林氏丫丫。至于这三个刚生下来的小女孩，他还不怎么挂念，只要有奶，现在又有乳娘侍候，定能茁壮成长，最使他牵肠挂肚的还是丫丫。他现在要走了，可是跟丫丫根本说不了话，丫丫就闭着眼睛长睡不醒，还在昏迷着。我走后，她会怎么样呢？是轻了还是重了呢？哎呀，他真不忍心离开爱妻呀。

云、彤二老就冲着站在身边的爱徒，也是自己的妹夫穆哈连说："哎呀，你也不要太心焦了，丫丫的事和你三个小丫头的事就交给我们哥儿俩吧，你不用惦记着。"穆哈连听了师傅的话，虽然很放心，但是真要走时，就是挪不动步。他对躺着的爱妻说："丫丫，我现在要走了，还有很多事等着我去办。你能不能睁开眼睛看看我，咱们俩说说话。你现在究竟是怎么回事，你能不能跟我说一句话？"

穆哈连的眼泪在眼睛里转，就是走不出去。两眼直勾勾地看着丫丫，心里很难受，不知她昏迷不醒到什么时候，会不会有个三长两短呢？他难舍难分。这一点，云、彤老哥儿俩非常清楚，所以就劝穆哈连，赶紧走吧，越在这儿站着越揪心，你自己还有很多事要办。这时，穆哈连也真得该走了，自己身兼要职，重任在身，必须去办。

穆哈连把全部精力都用在治理北疆上，骑着马到处踏察，建立哨卡。他爬冰卧雪，风餐露宿，一干就是几年，真是吃了很多苦。穆哈连从小在北疆长大，吃苦对他来说并不可怕，他心中最惦记的还是爱妻丫丫。他平息完叛匪，不管是刮多大的风，下多大的雪，他都急忙往回赶，照顾丫丫。一天早晨他刚到家不久，乌伦巴图鲁匆匆忙忙从奇格勒善大玛发的西噶跑上山来，对穆哈连说："哈连大哥，现在告诉你一件事，听说北噶杜察朗大玛发那块儿有个秘密的暗洞。这个暗洞挺大，据说藏着二三百人，每天往里头送吃的、送水喝，非常诡秘。周围二十多里地以外，都有卡子，谁也进不去，不知这是什么地方。难道这是强盗窝？这个事儿，咱们得想办法查一查。"

穆哈连一听很惊讶，忙问，"这事你怎么听说的？"乌伦巴图鲁说："我是听奇格勒善大玛发的小儿子都尔钦说的。因为奇格勒善大玛发有两个儿子好吃懒做，羡慕北噶珊的生活，让他的阿玛大骂一顿。他们一气之下，就投奔了杜察朗大玛发，现在给北噶办事呢。有一次他回来，说话不注意，把北噶珊的一些情况说出来了，让他的小弟都尔钦听到了。北噶有个暗道，里头有很多机关。山上还有个洞，听说这个洞是什么库，里头藏不少东西，是京师聚宝货栈在北海总的发运库。这说明北噶与京师的聚宝货栈都有联系。这事赛大人和英大人都很关心，让咱们查个究竟。"乌伦巴图鲁说完之后，等着穆哈连把这事好好想一想，想出办法，他俩好一起行动。

一天晚上，穆哈连去西噶找乌伦巴图鲁商议下一步行动。公务在身，他没法陪二老照顾丫丫了，便向二老告别，又看看昏迷不醒的爱妻丫丫，就匆匆地走了。

时光荏苒，丫丫在两个哥哥的照顾下，病情一天比一天好起来。现在看来，命是保住了。可是有一个毛病到现在还没治好，就是长睡不醒。云、彤二老都懂得药，他们亲自进山寻找能治丫丫病的草药。他们把采来的草药，洗得干干净净，亲自熬，调理好，然后一勺一勺地喂自己的妹妹。同时，奇格勒善大玛发也从他的大寨，把宝昌郎中师傅请过来，与云、彤二老一块儿切磋配什么药，哪种药能有奇效，尽快治好丫丫昏睡不醒的病。在他们的精心治疗下，丫丫的气色越来越好了，呼吸也比以前正常、平稳了，只是还没醒过来。但是从脉象来看，比以前好多了，这是令人欣慰的。

这时，已经到了嘉庆十二年。天天吃鹿奶的三个小丫头，个个长得水灵灵的，非常招人喜欢。大眼睛，长眉毛，红脸蛋，个个都挺精神。三个小丫头，长得一模一样，你要不细看，根本就分不出来，哪个是大的，哪个是小的。有时二老看了以后，常常叫错了，出了不少笑话，逗得二老直乐。

这三个小丫头瞅着二老张嘴笑，也像要说话，咿呀学语。看着她们那个天真样，二老心里美滋滋的，增加不少乐趣。二老过去总是在练功房，现在多了一个营生，天天过来看三个孩子。除了看看小妹妹以外，就是围着三个小丫头转。有了这三个小姑娘，原来寂寞的林家窑，好像一下子来了很多人一样，天天忙活活的。二老对她们真是无微不至地关怀，一会儿过来问一问喂没喂奶呀？孩子哭没哭？尿擦没擦干净？有时自己亲自动手去挤奶、熬奶。有时候还要抱抱三个小丫头。就这样，二老把心都交给了这三个小精灵，对她们寄托了无限的希望。而这三个小机灵鬼，好像懂事似的，见到二老，六只小眼睛，瞪得溜圆，嘿嘿直笑。三个小丫头一笑，脸上六个小酒窝，笑得特别开心，笑得那个甜劲儿，你说怎么不逗二老高兴呢。何况，这是自己的爱徒和最亲爱的小妹妹之女，真是喜欢哪，是万分珍爱。

时光过得挺快，到了嘉庆十五年，这三个天天靠吃鹿奶长大的小丫头，已经是五岁了。五岁，就到了练功的年龄。前书已经讲了，林严昌大人，他从五岁就开始练功。林严昌的父亲林陈，在乾隆年间官至巡抚，是个武进士，也是从五岁开始练武。所以，他们林家代代如此，云鹤、彤鹤也是从五岁开始练武。云鹤、彤鹤秉承自己祖先的家法和传统，就向五岁的林丫丫之女传授林家的武功。二老原来想，等自己的弟弟翔鹤的孩子生下来后，就传给他林家的武功，后来老哥儿俩一商量，不行。咱们小弟弟的儿子，还得让他治理家务，是林氏在北疆的后裔，能传宗接代。咱老哥儿俩就别教福来的武艺了，让他像他的阿玛翔鹤那样，代代传林氏香火吧。二老把希望早就寄托在自己妹妹的三个小丫头身上。我们俩现在已到古稀之年，应该向这三个小丫头传林氏武功，这样代代就有人接上了。

云、彤二老决定在嘉庆十五年正月二十八，也就是庚午年的正月二十八，开始教她们武艺。为什么要选 这一天呢？因为这三个小丫头是在丙寅年正月二十八生的，属虎，她们是虚五岁，满四岁，她们是三只小老虎。虚五岁满四岁的小孩什么都会说了，能理解大人的一些话，模仿力、注意力、分析力都达到了可以教育的程度，正是让她们学习的好机会。特别是武功，头脑固然是重要条件，而身体的素质最为重要。四岁到五岁，正是儿童长筋骨的重要时期。人的身体这个时候的可塑性最佳，像一个木弓子一样，你要搋成什么样，就搋出什么样。

他们定下来以后，就选了一个地址。这个地址不是在月亮桥林家大院里，而是在老哥儿俩曾经秘密寻找的一个地方。这个地方，不单翔鹤不知道，丫丫也不知道，那福来更不用说了。这是二老自己秘密的一个隐艺所。过去的武林高手都准备几个地方，这叫狡兔三窟。你来打我，只能知道我一个地方，不能知道我第二个、第三个地方，高手都是这样。你来只能打我林家的月亮桥，但另一个地方你不知道。这个地方就是二老专门找的，只有他们的仙翁严昌老人知道。现在为了培养三个小丫头，他们重新启用了这个地方。

云、彤二老在山中转来转去，一会儿爬山，一会儿下山，走了大约有十几里路的地方，一看，前头是一个高山，这就是本书讲的，月亮桥最顶端，是一片平川。我不讲过吗，平川上有山，山上还有山，月亮桥是最高的山。平川的对面是陡峭的石崖，石崖上没长树，光秃秃的，在石崖的上边，有密林压着，唯独这块儿是一块石头，好像石墙一样，顶天立地地长在那块儿。

两个奶妈跟着，"哎呀，妈呀，这是什么地方？"她们惊奇地说着。三个小丫头，一个奶妈背一个，另一个由彤鹤老人亲自背着。小丫头看着这陡峭的山峰，吓得哇哇直哭。云、彤二老领着她们又秘密地拐一个弯，这时两个奶妈才看清楚了，对过是一个大石墙，转圈是水，什么都看不着。再拐过去，前头有一个石头挡着，好像一个马面堵着。绕过这个像马面的石头，往左拐，再往右拐，在石墙的右侧有一个洞，这是天然的洞口，这个洞口有一人多高，外边用木板挡着，看来这是个秘密的地方。奶妈到月亮桥这几年，根本不知道这个地方，还是头一次来。

云鹤老人用弹簧钥匙往里一按，门咯吱一声就开了，里边很深。他们进洞之后，二老回过身把门关上。洞上边有个窟窿眼儿，是透光和通气的地方，这都是二老自己修的。洞虽然是天然洞，但他们做了修整，地上都铺着整齐的小石块。刚进去十几步远还有亮，再往里走就没有亮了，风也没有，很寂静。洞的旁边有用石头垒的台，小石台上放着土，土里插着松明子，用它来照亮。云鹤从怀里拿出两块火石，两块石头相碰，唰、唰、唰，不大一会儿，出了火星子，随着火星子，点着了旁边放着的树绒。这是过去林区常用的办法，树里头的软膜，要腐烂还没有腐烂，这些东西非常易燃。点着树绒子，然后再点着松明子，一共点着十五把松明子。到里头，又下了台阶，再往里走，就有亮光了，这是天然的天井，是造物主自己造成的天堑，是一个广阔的天地。原来这山是顶天立地的石山，随着地壳的变迁，也可能是地震，使山中间裂出一个缝，这个缝正好露出天空。从上面缝子往下一看，底下如同天井一般，是一个平台地。地上有了亮，因为上头的石头已经裂开，就像对着天的洞口一样。仰头望天，顶天立地，石崖直插天地，很有劲。人工是造不出来的，这真是大自然造物的奇迹。从洞里往上瞅，洞顶上的窟窿眼儿不怎么大，就像人脑瓜儿那么大。可是下边却很大，挺宽敞，还挺圆，这儿成为二老天然的练功场。在山的心脏里头还能看到天，你说这个地方难找不难找？真是千座山、万座山也难寻的地方。就在林家窑这块儿有这样的山，你说奇不奇吧！

两个奶妈瞪着眼睛，张着大嘴看，大吃一惊。这时云鹤又领她们往里看，在天井的四面还有三个洞口，一个深一些，一个比这个稍微浅一些，人进去只有三五步远，还有一个不太深，好像凿了几下就不凿了。这三个地方，云、彤二老都给利用上了。最深的地方，是他们平时打坐的地方。这个洞曲曲弯弯，往上走，是向上的台阶，爬上去，里头挺宽敞，点着松明灯。那个不太深的洞，往下下几个台阶，左侧有水，哗哗地流，洞顶上还往下滴水，有个钟乳石像石钟挂在洞的上边。这水是活水，是山中之泉。再往里走，又是一个宽敞的地方，也是老哥儿俩练功的地方。最浅的洞，洞口堆着石块。他们练功累了，就坐在石头上休息。

他们把这三个洞，重新做了安排。最大的洞，由两个奶妈和三个小丫头住。稍微浅一点的洞，是他们老哥儿俩住的地方。最大的洞，里头还有些小洞，可以放些吃的、用的东西。他们又找一个小洞，砌起了炉灶，有了做饭的地方。

云鹤让奶妈通知福来，也就是翔鹤的儿子，让他每天早、午、晚，按时挤奶、送奶，不要误了时辰，随时背些米、菜来。平时不让两个奶妈出去，每个洞都有茅厕的地方，大小便之后，地水就能冲走。所以，只要有吃的，在洞里住上十年、二十年都行。云鹤对两个奶妈说："这块儿就是咱们的家，现在我要给三个小格格传授功法，为了保密，不让世人知道，你们两个以后就辛苦了，我们老哥儿俩将来会报答你们的。"

两个奶妈是奇格勒善大玛发身边亲近的人，主人把她们送来了，这就是她们的家，二老也是自己的主子。她们忙跪下说："您二老不要这么说，我们活着是你们的人，死也是你们的鬼，现在为了侍候这三个小格格，你们的心肝宝贝，我们豁出去了，会尽全力扶持好，请二老放心。有啥事你们随时吩咐，我们在哪儿不是过日子，这里这么好，请二老不要多心。"

云鹤说："好吧，咱们赶紧安排。我告诉你们，这个地方叫白鹰洞，这个名字是我给起的。我跟弟弟彤鹤早晨在山上练功时，突然发现一个白鹰。白鹰在天空盘旋一会儿，就落到这块儿。白鹰把我们领过来，就飞走了。我们到白鹰落的地方，就发现了这个洞。这个洞已发现十多年了，我们管这个洞叫白鹰洞，这是老天赐给我们老哥儿俩一个秘密练功的场所。一旦有什么事情，我们林家窑就放弃，悄声到这儿隐避，谁也不知道，请你们一定不要往外说，任何人也不能告诉，这一点我得向你们说清楚。你们什么都可以讲，唯独这个地方，谁都不能告诉，至死都不能说啊。"两个奶妈嗫嚅承诺，谨遵二老之命。

就这样，由两个女仆照顾三个小丫头吃、住，其他事情一切由云、彤二老承担。山外之事，他们一概不管，全交给福来自己去照看、打理。二老把全部身心都交给白鹰洞，现在也跟着三个小丫头和两个奶妈住在一起。早晨练功时，他们让三个小丫头跟着打坐，小丫头不会盘腿，现给她们撅弯了腿，盘腿坐着。练功是个苦差事，两个奶妈看三个小丫头身上疼的样子，就掉眼泪。三个小丫头一看奶妈哭了，就跟着哭，她们一哭就不好好练功了。云、彤二老对奶妈说："小丫头练功时，你们不要到跟前来看，你们一看、我就不好教了。因为她们不愿意这么吃苦，愿意在你们怀里待着。所以，你们一来，她就让你们抱，这样一来，把我教的全忘了，而且还容易增加她们的懒惰，奶妈，以后不许你们到跟前来。"两个奶妈嗫嚅称是，但背地还偷偷地为三个小丫头吃苦抹眼泪。

说起来，这三个小丫头也真够苦的了。那是五岁的孩子，不但玩不着，还得天天撅腿、窝腰。窝不好，"啪"照屁股就是一巴掌。你要是哭，让你窝得更厉害。师傅都这么狠哪，不狠能行吗？不狠，你就学不成艺。那真像受刑一样，到晚上，奶妈看着三个小丫头的小手肿得像小棒槌似的，小胳臂红一块紫一块，腿窝和膝盖都肿了，心疼得偷偷地哭。林家的功法，那是非常严格、非常尖刻的。

这么小的孩子，得学几个功呢？一个叫躺功，在一个横杆上，两边有个高架子，上头横一个板子，在上头躺着，一点儿不能动，两腿绷直了。要静躺一个时辰，甚至一个半时辰、两个时辰，就练这个横劲，是横心的横劲，这就是躺功。

还有一个是立功。高杆上面有一个横杆，让小丫头站在上头，两手紧紧并在两条大腿的两边，眼睛往前平视，稳稳站在那块儿。风来了不能动，鸟从两边飞过也不能动。你要往下瞅，离地挺高，一害怕就蹾下来。那是四五岁的小孩啊，像钉子一样钉在高空的横杆上，一个时辰，两个时辰，三个时辰，就练这个功。练腿的力量，使腿的肌肉和骨头紧紧绷在一起，一点儿不能松懈，这是立功。

再一个是滚功。在地上打滚儿，必须连续滚。身子躺在地上，两手紧紧按着大腿，不用手的力量，也不用腿的力量，而是用身子的力量，用肩膀和臀部扭动的力量，使身子产生旋转力，一个时辰、两个时辰地滚动。

最后一个是跳功，就是跳跃、蹦跳的功夫。两腿直立，双手紧并在大腿的两边，用自己脚跟的力量和臀部上提的力量，尽量往上提，先提半分，然后渐渐提一寸、半尺，使自己的身子尽量平行直立地离地，练一个时辰、两个时辰。

这几个功，得练到什么程度呢？练到躺在杆上变成一个小细杆，风吹也掉不下来，这是躺功。立功，哪怕脚下钉一个钉子，站在钉子上也掉不下来。滚功，滚起来相当快，不是用手扒拉，也不是用腿乱转，而是用周身的力量使其滚动。还有跳功。这些功，三个小丫头都能非常自如地完成。这都是最基础的项目，林氏在练林家拳、林家的功法、林家剑法之前，必须把最基本的，属于刚入门的小把式练好。这些都不算啥技术，就是随便活动活动筋骨，为将来更精深的武功，创造一个能够进行习练的起码条件。

老天不负苦心人，这三个小丫头，在二老严格的传授下，身体得到了锤炼，武艺倍增。她们到七岁的时候，就能够行走如飞，和小鸟比高度，和飞鼠比速度，和麋鹿比耐劲，和跳猫比弹跳。林家窑是这块儿三个山中最高的名山，我前书已经讲过，在白鹰洞边有个白鹤崖，这个山砬子，高千仞。上石砬子，有七级可以登到顶上，下山崖，也有七级。上下七级，共十四级。这七级不是指台阶，而是指立陡石崖的大砬子。攀崖时，双手紧紧抠着石头，从这个石砬子攀到那个石砬子，很费劲。这一级很高，有的有五个大人那么高，何况她们都是七岁的小丫头，非常不容易。这三个小丫头，就像小山猫一样，噌噌噌，上得相当快，就如同小跳猫似的，一层一层上，两个小手都起了厚厚的茧子。

这个地方，都是光秃秃的，根本没有可攀崖的地方。所说攀崖，就是在石砬上，这儿凸出一块，那儿凸出一块，都是天然的、立陡的，不掐住就摔下来。下头是几十丈的深渊，摔下去，就没命。所以，攀崖不仅仅要掐住石头，还要把肚子紧紧贴在石头上，两条腿必须蹬紧了，蹬住了。一般来说，攀崖的小孩的胸脯和大腿都穿皮衣服、皮裤，或者是戴皮兜兜。有的是用老熊皮做的，多数是用野猪皮做的兜兜，上边有个绳，套在脖子上，遮着胸脯，在腰上一系。也有用海象皮做的。攀崖的时候，必须紧紧贴着石头，不然就掉下去。要贴得紧，两只手和两个脚丫子必须紧紧抠着石头。要练两个脚指头的劲，用两个脚的大拇指抠着石头，风吹不动，按都按不下去。这三个小丫头的脚指头非常有劲，紧紧抠着石头，身子就像钉在石头上一样。真是非一日之功啊。

林家的剑术相当厉害，它有独到之处。林家的剑术是腾飞和轻功相结合的剑术。所以，二老又特别锤炼三个小丫头的腾飞功，也是在白鹰洞旁边的白鹤崖这块儿练的。这个地方还有一个特点，也是造物主给创造一个非常奇特的练功的环境。白鹤崖是个立陡石崖的山涧，下面是万丈深渊。从上头往下看，有潺潺的山泉在底下流淌。有一群群的野鹿，好像一群小虫子似的，到山泉边喝水，然后又隐入山林。这个山相当高，石崖根本不长树，光秃秃的，只是在石砬子的那些缝隙中间长出些古松，还有榆树、杨树，有的树长得很粗，有一抱多粗，都是千年的老树。这树的生命力真强，你别看岩石那么坚硬，顶天立地，但是，树有什么能耐呢，它的种子随风一刮，落到石头缝里头，种子在水的滋润下，就像个利剑似的，经过几百年间，它把须根伸进了岩石之中，说起来，可能有很多人不相信，事实确实如此。

山崖石砬子上长出的那些树，开始是横着长，后来又弯过来直着长。有的把石头都挤裂了，出现许多裂缝，它伸进上千个须根，紧紧伸到石砬子之中，后来这些须根又把石头包住，把一些碎石头紧紧包在一起。须根和石头就这样你抱我，我抱你，使整个山崖更坚固起来。因为营养不够，石砬子上的树长得不高，只能往粗下长，而且长了很多的疙瘩。疙瘩长得特别突出，这块儿长出一个包，那块儿鼓出一个包，一棵大榆树，一棵老槐树，一棵老松树，长了许多像球似的疙瘩，在石头里头往外冒，长得非常好看。由于树包着石头，这些老树相当结实，你在上边怎么打滴溜儿，就是有上百人坐在树上也没事。石砬子长出的树，一长就是上千年。长一长树干伸到外边，又往上长，像歪脖子烟囱一样，长出青枝绿叶。在不远的地方，又有一棵树从石砬子里头长出来，然后又歪上去。这样，整个石砬子有五六层，特别壮观。这些树的旁边除了长冬青以外，又长些古藤。藤靠树而生，攀树而长。藤相当粗，有的像碗那么粗，而且非常坚硬，人用刀砍都砍不动。藤子还长些杈，每根杈都长出很多嫩叶。这些杈都很坚硬，藤子如同网似的盘在树上。藤子还长出许多须根，须根又盘在藤子上。从山上，这个藤子伸到下一棵树，下一棵盘的藤子又伸到下一棵树上，一直伸到山崖底下。所以，从远处看，这个万丈山崖，伸出五六层歪脖古树，每棵古树上都长不少藤子，藤子又生藤子，搁远处看，像挂着的帘子。我这样说，各位阿哥可能明白了。

这地方，成了三个小丫头练腾飞的场所。她们搁最高层的碴子上，往下纵身一跳，跳到第二个碴子伸出的树上，然后坐在那儿，把着藤子往下跳，再到第三个碴子的树上，以至到第四、第五个碴子的树上，她们就这样练习腾越的能力。

练腾越要有胆量，下面是万丈深渊，没有胆量，不用说往下跳，就是往下看，也吓你个半死。她们原来是在横杆上抱着腿练，现在是在高山顶上，往下跳，直接往山涧中跳。要跳到石碴子上长出的树上，然后要抓住藤子，马上坐在那块儿。坐在树上以后，再翻身一纵，跳到下一个石碴上伸出的歪脖树上。这中间，两手随时倒腾藤子，不然就骑不到树上。要手疾眼快，几方面都要配合好，心中不能有邪念，眼睛不能斜视，一定要盯住下一个树。通过腾跃，练自己的胆量，练腾飞的准确性，还要练手脚的灵敏度。要一层一层地跳，一直跳到底下。还要通过藤子的力量，进行攀岩。用过去练的翻滚术，一滚一折，就折到老树上去，搁老树上再攀到一层树上去，一直到山顶上。

说书人上嘴唇下嘴唇一动，吧吧一讲，说得倒容易。其实，这是万分惊险的功夫，不是容易做到的。猿猴能办到，飞鸟能办到，这就是古代所讲的动物模仿术，武林特别讲究这个功夫。我们很多武林的招式和动作，都是如意功和模仿功，用来护卫和防御自己。这些功夫都是模仿动物的动作，跟动物学来的。你细琢磨，没有一个不是。

云、彤二老把三个小丫头领到这儿来练功，非常高兴。他们说，这真是天助我也。上哪找这个好地方，想当年，就是严昌老人教他们的时候，也没找到这样一个大自然创造的雄奇、古怪的山崖。这个地方，真是天上难找，地上难寻。说起来，武林高手都非常注意自己周围的练功环境。这三个小丫头，真是老天保佑，生在了北海，遇到了这样得天独厚的练功环境，在这样雄奇的地方锤炼自己。你想想，将来她们的武术，谁能赶上？要胜过千万个英雄。这一点，云、彤二老充满了信心。因此，他们对三个孩子练功要求得更严，抓得也更紧。

三个小丫头天天刻苦练习，她们搁山上纵身跳下来，攀着藤子，再纵到一棵歪脖古树上，然后再纵到另一棵古树上。这个功夫，在武林的猿禽模仿术中，叫飞鸟骑枝功。飞鸟在天上呼呼飞，然后"嗖"的一声，落在一个树枝上。它落的时候，先看好树枝，所以才落得那么准。落的时候，膀子在树枝上颤悠一下，爪子紧紧掐住树枝，这就是飞鸟骑枝功。另外，这个功也叫飞鼠腾援功，就是像飞鼠一样，从这个树蹿到那个树，援就是抓住，腾就是跳起来，像飞鼠在树上跳来跳去。

现在，云、彤二老就让三个小丫头，在这么高的山涧中练这个功。这个功有什么用处呢？大有用处。这三个小丫头都使宝剑，她们是剑客。将来三女出山时，她们打遍天下无敌手，很多的仇都是她们报的，很多奸凶的脑袋是她们砍的。奸凶的脑袋掉了都不知怎么掉的。这个技术哪来的？各位阿哥，现在你们要知道，日后这三个小英雄，是怎么扫尽大清的一切妖魔，澄清了玉宇，使那些贪官污吏无有藏身之地。二老用一片赤诚和耐心，把所有的希望和寄托全部交给这三个小丫头了。他们心中所有的委屈和邪恶之人对他们所有的欺压，包括后来翔鹤之死，和三个小丫头的额莫丫丫的死，他们无力来解决。他们等着明天申冤，明天的笑，明天的欣慰，所以，他们现在把劲头都用在教三个小丫头的武功上了。老哥儿俩把自己所有的本事和这些年对林家武功的切磋和所有的心得，所有的体会、经验，这些结晶，通过对这三个女孩的培养和传授，都熔铸于甘泉并投入刻苦磨炼之中。

上面说的动物攀援术，按武林来说，增加了几个力度，都是什么力度呢？一个就是视力的力度。眼睛在武林中，特别是剑侠，使宝剑的，剑不到，眼睛先到，眼睛一到剑必到。要剑到眼必先到，等我下文书还要接着讲。云、彤二老练三个小丫头的眼睛。眼睛的力度不快、不稳，看得不真切，你的剑就点不到要害的地方去。所以说，眼到剑到，这是武林中的要旨。她们现在练的第一个就是视力，跳山涧和攀援，就像鸟和飞鼠一样，眼睛必须看得准，不然就落到枝外头，掉下去了，还要看准树枝的承受能力行不行，上面有没有抓手，判断必须准确。在大脑里这是瞬间的事情。

第二个力度就是快度，快非常重要。打仗不能慢，要有速度。等你慢条斯理打过去，人家刀早就砍过来了，你防不胜防。你的剑法慢，人家就躲过去了。你必须使他不能防，趁机把剑点过去，等他要躲时，剑已经扎进去了。所以，速度特别重要。你想，跳山涧的速度多快呀，"嗖"一下子就过去了，像鹰似的，在树上看到地上的老鼠，看准了，嗖一下就飞过去。老鼠在地上跑得多快呀！听到动静，马上就站草棵里去。鹰在那么高的树上，没等老鼠听到动静，鹰已经抓住了，这速度多快呀。

剑也如此。使剑的不像使刀的，喊里喀喳，砍来砍去，剑不是这样。剑一出手，光一闪就过去了，剑不能防。你的剑要慢，人家就能防了。因为剑窄，又薄又脆，一打仗，"啪"，就折了。剑不能让对方磕打，老磕打宝剑就完了。人们常说宝剑削铁如泥，那是指剑的锋利而言。

还有一个力度是准度，这也是很重要的。视力好了，能迅速，还必须准，捅对方致命的地方。出手不准不行，这和跳山涧是一回事，练秉性，也练功力。跳山涧，先看准了，跳到应该跳的地方，马上就能抓住。你抓不住，坐不稳，只好等着别人来攻击你。如果是，你看得准，杀得快，刺得又准，对方就没有还击之力。当他刚要喘息过来，已经被你刺中，一命呜呼，这是第三个力度。

第四个力度是狠度。二老教这三个小丫头，光视力好，有快度，有准度，还不行，关键要有个狠度，要置于死地，不能半途而废。就是说，你捅了他一刀，没捅死，对方要反扑过来，你就不好对付了。所以必须狠，要干就干到底，不能犹豫，不能心慈手软，更不能留一手。

这些基本功，二老让三个小丫头在这惊险的万丈深渊中练习，就是培养她们刚毅的性格和武林中准、快、狠的气概。说起来，这三个小丫头练习也不那么容易，都是人嘛。人哪，从来就有两个字，什么字呢？在不懂之前，都有个怕字，谁不怕死呀？说不怕死是假的。但是，如果你把道理弄清楚了，你掌握了这个底细和机密，就由怕变成不怕，由没有胆量变成有胆量。这就是由无知变有知的过程。从未掌握机密到掌握，就是升华的过程。这是武林中的一种造诣，一种精神。

三个小丫头开始也怕，不敢跳，二老亲自给她们示范，做一遍，她们还不干，再做第二遍，然后就引导她们做。再不做怎么办呢？云、彤二老分开，云鹤在山上，彤鹤坐在树杈上，云鹤放下一个孩子，彤鹤就抱住一个。云鹤把小丫头往下一放，小丫头一跳，彤鹤坐在树杈上一抓，这样慢慢就熟了，她们也不害怕了，个个都挺机灵。二老真是精心，想了很多办法，使她们熟练地掌握了腾跃的技术。这千仞之崖，到后来她们就像玩游戏那样轻松自如。这个功，她们足足练了一年多，天天是腾跳、攀援，看起来是重复，但是锻炼了她们的意志和恒心，提高了她们的视力、速度和准确性。现在，三个小丫头可以跟鹰、鸟比腾飞的技艺了。她们任意地从这个树飞到那个树，从那个树又腾跃到这个石砬子上。如果她们从地上往山坡上腾飞，就像三个小鸟在天上和白云之间，在山崖和树上腾来飞去，那样轻松，那样自如，非常好看。

到了嘉庆十七年正月，这三个小丫头已是虚七岁了。她们的腾飞功已经达到日臻完善的地步。这个时候，二老开始向她们传授剑法。这里，还要向各位说一下。林家的剑法，云、彤二老还真没传授给其他任何人。他们在京师那么长时间，主要讲林家的枪法和林家的潜水术，就是在水中怎么擒敌、怎么自卫、怎么潜伏等技术。这些都教给八旗健锐营的武士们，像当时的图泰、乌伦巴图鲁、穆哈连都跟着学过。二老家传的林家剑法，他们没往下传。因为有家规，没有特殊的原因，没有真正看中的可心的弟子，是坚决不能传的。而且传的时候，也不是乱传，像讲课似的，来几十人，坐在一起传讲。

林家的剑法，一般是单传，选中谁就教给谁。要是教，也就教那几个人，教多了，就乱套了。传好了，好，要传不好，有的品德差，就可能做坏事。或者，学不好，又传给别人，那不走样了吗？对林家的剑法，在定下单传的人以后，还要经过一审、再审。这个单传人必须是看中的，不是看中的人，是不传的。现在的林家剑术，那是从林陈开始，到严昌这一代，又到了云鹤、彤鹤老哥儿俩，现在他们又往下传，实际上是传给老穆家的三个女孩。因为她们是林家之女，丫丫的后代。老哥儿俩信得着自己的小妹妹，也信得着穆哈连，认为这也是传给林氏家族。所以说，现在讲林氏的剑法，本书必须讲清楚。云、彤二老虽然在京师当过武师，但没传剑术，传别的了。现在他要传给他妹妹丫丫一胎生下的三女。

在武林中，不管是林派的朋友，还是林派的敌人，都知道老林家的剑法相当厉害。可是，从来没人看到往下传，也没看到有人使用这个剑术。就连云、彤二老也未曾露过。有人在京师曾经问过云、彤二老，他们只是说："啊，这是我们祖上的。"含含糊糊一带而过。所以，在社会上，也就是说书人在说书的时候，他的朋友和对手，都认为这是从前的事，林家真正会剑术的人已经没有了。云、彤二老就靠着他是乾隆爷赏识的人，教过太子一般武术而已。他们也不会林家的剑法，林家剑恐怕没有传人了。特别是，当时大清武林宗派中都没见过，他的敌人，也就轻视这件事情。这正是云、彤二老的智慧所在。他们始终记住这样一句祖训：凡事都要谦虚，什么事情都不要过于声张，不要老是把自己摆得这也好，那也好，甚至比谁都强。树大招风，反倒更容易出事。所以，云、彤二老在社会上非常谦虚。不知道底细的，都认为两个瘦老头子，瘦得不能再瘦了，啥也扛不起来，就靠他们祖先有点名声。

这次云、彤二老认为，时机已到，应该把自家的神威剑法传下去，为大清朝做出贡献，不负皇恩浩荡。他们在传剑法之前，把这三个小丫头折腾来，折腾去，天天刻苦练功，都是为了将来能拿起这沉重的林家剑。现在，这三个小丫头预期的训练，都是优异的，使二老非常满意。所以说，从嘉庆十七年正月开始，他们就秘密造剑。二老在白鹰洞另一个洞穴里，架起了炼铁炉，开始秘密地造林家的宝剑。

宝剑各家都有自己家传的造法。各位阿哥，这就是武林各派中的秘密。表面看来，好像剑都差不多，有剑刃、剑柄、剑鞘、剑穗，其实不然，差别主要在剑上。一般的剑三尺多长，有的四尺多长。这个剑可不简单，造剑确实是最高的技艺，同样的一块铁，一样的打法，一样的锻造，最后的磨、锉和镀都不一样，上头还要凿出各样的字和花，这里有一道道非常精巧、细致、神秘的工序。有的剑要造三五年的时间，有的甚至七八年的时间，不是那么轻易就磨出一把剑来。

云、彤二老从训练三个小丫头开始，他们余下的时间，就到山里选各样的晶石，可以说，他们在北海走了千里多路，到处去采药，到处去寻找一种特殊的晶石。就连翔鹤去打海豹，都有任务。那是大哥秘密给他采集奇特石头的任务。在一块石头里，有时能遇上一颗晶石。得把石头凿开，取出晶石，然后用特殊的火，必须用强火，一般的木头火都不行。还用各样的血、各样的骨头烧，最后把它熔化了。从坩埚里熬出铁水，倒在一个模子里，然后再进行锻造。他们在山里采来几种矿石、几种树、几种草，还有几种动物的血，把它们混成一种气味相当刺鼻的液体，然后把熬出的铁块放在液体里泡。泡一段时间以后，再放火里炼。炼完以后，把渣子去掉，再泡，然后再炼。取其之精，再进行锻造。

在这个过程中得用一百三十七种特殊的草药，其中有不少是虫子和鸟的血，把剑放里边泡着、喂着。这个剑得喂七七四十九天，拿出来，再用火锻造，用锤子当当地砸，砸成锋刃的剑的形状，然后用锉刀锉、磨石磨。再配一种特殊的药，使它抛光，闪一种特殊的光。这些工序完成以后，还要取早晨太阳的七彩之光，用太阳的阳和月亮的阴，让它再过七七四十九天，从洞里拿出来，再重新锻造。就这样精打细凿，经过两个三百六十五天，也就是七百三十天，造出三把宝剑。

这三把宝剑，个个都寒光凛冽。因为最后喂的药不一样，所以发出的光也不一样。夜间要是屋里没有灯光，剑一甩，就能出来光。能出红、橙、黄、绿、靛、蓝、紫的光，靛、蓝、紫是重光，必须深一点儿才能看出来。要细看的时候，这靛、蓝、紫光中都包括了红、橙、黄、绿光，有的是紫光多一些，有的是靛光多一些，是烁眼青光。一耍剑，像闪电一样。这就是林家的传人云鹤、彤鹤二老用全部心血铸造出来的，这剑真是价值连城啊。

据说，在台湾岛郑成功和郑克塽的时候，有这样的宝剑。后来降清的时候，他们的祖先觉得大明的人，不应该降清。因此，一怒之下，就把宝剑偷走了。所以，后来他们没有这样的宝剑。到了林兴珠的时候，做了吴三桂水师的总督时，也没有这样的剑。但那个时候，战争打得很激烈，朝廷倾注了全部力量，特别是康熙下令平定三藩之乱，非常紧张，当时没有时间在山洞里选石，费七百多天的时间造剑。所以，他们始终没造这样的剑，这是真事儿。后来，朝廷比较平稳，也没造这样的剑。现在面对北海的形势，二老说："必须造剑，只有它能够平定北方，治国安邦，报答大清。何况我们已经到了行将入墓之年，应该留下这个宝剑，应该有个传人。只要有了这样的宝剑，有了传人，何愁不能平北，不能治乱？"

现在他们把紫光剑、青光剑、蓝光剑造出来了。这三把剑，总的光是白光和黄光。把剑挂在墙上，真是光灿满室。白光中透有紫、青、蓝三光，这属于寒光，寒光刺骨，威力无穷。这些光本身就有杀人之力。最好的宝剑，不仅用刀锋杀人，而且削铁如泥，吹毛立断，剑一过去，人头就落地了。过去不是有句话嘛，用宝剑杀人，脑袋掉了，还能说几句话，眼睛还能动弹。因为太快了，脑袋虽然离开了人体，但精神还没有断。此外，宝剑还用它的光杀人。各位阿哥，你们要知道，好的宝剑，它的光先伤人，云、彤二老造的林家剑就有这个能耐。因为他们是用这么多的药、用那些复杂的工序、经过这么长的时间、费这么多的心血，锻造成的宝剑。所以，宝剑的光就能伤人身子，刺激人的眼睛。随着它的光，剑刃割进你的身子，你的骨头就碎了，慢慢成为粉末，变成骨头渣了，肉就往里溃烂。这剑就这么厉害。

林家的三把剑，贵在神速。这个剑，光到人到，光走人走，这是一层意思。再一层意思，光到了，证明被杀的人头落地了。等光走了，被杀的人早已死了。所以，持剑的人，必须有超神的飞腾之术。这个神速之剑，是光到人头落地。对手如果看不到光，证明人家没使剑。人家要用的时候，就会看到一种光。当你看到这个光时，就说明剑已经架在你脖子上了，等你知道的时候，那头颅只觉得一阵凉爽，便两目茫茫，已

　　晕然无所知了。所以，过去就有这样一个民间传闻，说让林家剑砍了头是不受罪的，自己不知何为死，命已进黄泉。这个剑速度太快了。

　　林家剑还有一个特点，就是刚中有柔，柔中有刚。这剑柔软到什么程度呢？把剑可以搦过来，缠到自己身上。剑软不折，不怕搦碎了。这剑不仅柔软，而且又长又细，比一般的剑稍微长一点，拿起来轻如垂柳，就像拿一根柳条一样。

　　这个价值连城的宝剑，它的剑鞘也非常精美。鞘的外壳是用鲸鱼的骨头刻成的。骨头的外边是用北海著名的松花蟒皮包成的。北海，别看寒冷，却有很粗的大蛇，是北海的蟒蛇。蟒皮的花像松树皮的花，太阳一照直闪光，特别美。皮子相当厚，且柔软。把蟒蛇的皮剥了以后，绷开，蹬紧，挂在墙上，阴干以后就成很平的皮子。外边再用海豹皮包上，海豹皮的绒毛很短，而且溜滑、锃亮。用鲸鱼的鱼漂熬出的胶，是最好的胶，它不腐烂，还没有邪味。在胶里头加上草药，既防腐还有香味。在蟒皮和海豹皮中间抹很厚一层胶，然后把它蒙在鲸鱼骨上，外头缠了几层，缠得挺紧。干了以后，把外面包的东西打开，这样剑鞘就做出来了。其中所说的钉子，完全是珍珠镶到里头，这个剑鞘做得非常好看，再加上彩穗，就更显得完美了。云、彤二老精心打造这三把宝剑，真是付出了一片爱心，可以说，是传世之宝。

　　单说，做剑这个喜事，使大家的心情刚稍微好一些，可是不久，丫丫的病情却越来越重了。二老急忙回去，到家一看，妹妹的脉搏跳得相当缓慢，已经是病入膏肓。云鹤让福来骑上快马，赶紧告诉穆哈连，叫他马上回来。

　　这时候，穆哈连还在西噶珊奇格勒善老玛发那儿，正和乌伦巴图鲁商议平叛的事情。穆哈连接到信以后，匆忙地赶回来。到家时，丫丫已经人事不省了。她的脉象跳得越来越不好了。人到快咽气的时候，脉象就跳得乱了。这时二老非常着急，把三个小丫头从白鹰洞秘密地招呼回来。她们已经有好几年没在自己的额莫跟前了。她们五岁时走的，现在已经十多岁了。这回可好好看看昏睡不醒的额莫。二老命她们给额莫叩头。

　　这时，丫丫已经由穆哈连和她的哥哥们穿好了寿装，在子时时，她长出一口气，就去世了。三个小丫头痛哭不止，扑在额莫的身上，半天也不起来。她们三个从生下来，只是在逢年过节的时候，拜拜自己有病的额莫，从没跟额莫说过一句话。她额莫也没睁眼看看自己心爱的女儿，就这样走了。

丫丫能够活这些年，说起来，全靠二老精心地服侍，延长了丫丫的生命。现在二老唉声叹气，自己无力回天了。当天，云、彤二老和穆哈连、福来以及三个小丫头就把丫丫安葬在院子的东边，也就是严昌大人和翔鹤三哥的一侧。晚上，他们祭拜丫丫，烧了纸，设了灵堂，然后又回到林家大院的正堂。云鹤和彤鹤命令穆哈连带着他的三个女儿进了内屋，就是林氏家族的家谱前，跪下磕头，焚香。神案子上，有画像，这是林氏家族供的祖先堂。正面是严昌的绘像，绘像的上面是他曾祖林兴磋和祖父林陈的牌位。

云、彤二老也下跪叩拜，然后让穆哈连站在一边，让三个小丫头仍然跪在地上，云鹤老人说："自从嘉庆十一年，小妹丫丫成为穆哈连之妻，是三女之母，遭世仇杜察朗之害。杜察朗又是杀害爱弟翔鹤的凶手，血债累累，罄竹难书。为申明奇耻大恨，以告慰爱弟和小妹的亡灵，我们兄弟俩呕心沥血，暗自将林家的全部武术传授给穆哈连的三个女儿，也是我小妹的亲骨肉。我们多年来始终担忧，北噶珊杜察朗的党羽甚多，他们豢养了虎狼之师，穷凶极恶，故我们秘密地将三个女孩隐匿在世人皆不知的白鹰洞中，并向世人讲述，丫丫受了重伤，她的婴儿均未生存，以此蒙蔽仇敌。今日三女身健无恙，且武功日深，甚慰吾兄弟。哈连，我现在直接传告族训，你有什么意见？"

穆哈连慌忙跪地，泪流满面，叩头说："恩师，说哪里话，二老待我如亲生父母，我穆哈连纵然几世做牛做马，也感激不尽，谨遵师命，二老不必多想。"

云鹤说："我们老哥儿俩，是行将入墓之人，林家的功法，自承袭先父以来，从未偷闲怠惰。今日我们已将全部林家剑法教授给你的三个女儿，也是我们林氏家族传人，林丫丫之女。她们学会了林家剑法，我们心安了，纵死九泉，也能瞑目了。三个小丫头，我现在告诉你们，要牢牢记住。"

三个小丫头也连声说："请您老训示，我们谨遵祖命。"

云鹤又说："一、你们要恪守林家的法度，要仗义救民，忠贞报国，不可苟安，切不可亵渎我们的瞩望。二、要立志为民除害，以雪家恨。三、汝三人，是一胎所生，长相十分相同。我们用两年七百三十个阴阳之日，锻造出紫光、蓝光、青光之剑，分别送给你们。为分辨你们的长相，按剑色在自己侠帽上各系与本剑光色相同颜色的绥带一条，互为区别。尔等，一定要同心协力，相互支持。三剑像品字，可围击八八六十四方之敌，其光其锋，所向披靡。持紫光剑为长女，给汝起名曰，穆巧珍；持蓝光剑为次女，给汝起名曰，穆巧兰；持青光剑为三女，给汝起名曰，穆巧云。你们记住没有？"

三女叩头说："谨遵爷爷训示，我们记住了。"

若论亲属关系，二老是三女的舅舅，但因二老又是三女阿玛的师傅，所以三女称二老为爷爷或师爷。

就这样，这三个小丫头，从此有了名字。本书所说的三巧，就是这么叫起来的。云鹤老人说："现在我们在祖先面前授剑。"

云鹤的话音刚落，彤鹤大步走到祖先的神堂前，神堂香烟缭绕，两边的灯光很亮，摆着杀的鸡和供品。在案子上，专有一个平台，平台下边铺着一张鹿皮。鹿皮上面，恭恭敬敬地摆着三把闪着光的宝剑。彤鹤老人到祖先神案前，先跪下磕头，起来后到放剑的小台上，先取了一把紫光剑和紫色绥带，来到正跪在神案前的三个女孩那块儿，把剑授给了刚起名的穆巧珍。巧珍双手举起，接过老人授给的紫光剑和绥带。然后彤鹤老人又到摆剑的台前，取下蓝光剑和蓝色绥带，交给双手接剑的穆巧兰。而后，又把青光剑和青色绥带授给了穆巧云。

她们接过各自的宝剑和绥带以后，云、彤二老让她们把绥带系到自己的头上。这时候，她们还没有穿自己的女侠衣裳和斗篷，没戴女侠的侠帽，只是把绥带系在头发上。这个绥带做得非常好看，是三角形双层的，两边绣着花，这个三角形的绥带，正好系在她们额头上边的发髻上。宝剑授给了三个女孩，就意味着新的征程即将开始了。

在这之前，云、彤二老领着她们苦练腾飞术的神功，并且给她们每人一根柳棍，以棍代剑，朝天每日教他们轻功、拳法和剑法。刀、剑、棍、棒都用柳棍来代替。林家的剑高深、细腻，因此也最难学。因为打仗互相之间有攻有防，这是战斗的两个方面。所以在林家的剑法中，一个是进刃法，有三百三十三招，相对应的还有三百三十三招破刃法。你这么进刃，我那么进刃，我用什么办法守住、挡你、破你。这是一招，另外还有三百三十三招虚刃法。我想刺你、点你，实际上这是假的。打仗不单纯有攻有防，还有虚、有实，这也是打仗中必有的战术，我攻你，也可能是虚攻，虚点一下，让你无法提防。你认为我这一剑可能刺这块儿，那是虚的，实际我要刺另一个地方。

这还不算，还有三百三十三招滚刃法，如果对方很厉害，而且用其他办法压住你，正面不好进剑时，你来个就地十八滚，而且在滚的中间仍然用剑攻击对方。这个滚刃法，是在和对方交手赢不了的情况下用，一般时候不用。因为天外有天，人外有人，你不一定都强于对手，一旦对手比你强，他的剑术和兵刃要盖过你怎么办？这时候，林家剑术就用自己的滚刃法。所说的滚刃法，不是指剑术滚来滚去，是指一种花剑的障眼法，使对方不知你怎么回事。花剑不是按原来的规则进、砍、批、挑、刺的办法，而是特别灵活，变化万千，使对方猜测不到你的对策。这种滚刃法是奇异的招数，也是一种在劣势的情况下，急中生智、险中求胜、由被动变主动的一种剑法，这个剑法很重要。滚刃法实际上是在败中求胜，在退却中求胜的一种战术。林家剑法真绝，各方面想的都很细，胜时怎么办，打不赢的时候怎么办，都有对策。

此外，还有两个十三招法，就是飞刃法，这都是使用比较短的武器。身边除了带正常的宝剑之外，还要佩带短剑，要大于匕首，比匕首长，比正剑短，藏在自己的身上，外边看不着。或者是藏在自己两腿的某个地方。在紧要关头，把短剑抽出来，补充你打击敌人的力量。它突然飞出去，让对方措手不及。这是十三招飞刃法。还有十三招短刃法，那就是用短剑近距离和敌人较量。这样的短剑，多半是夜间双方碰到一起，没有灯光，非常静，这时用长剑容易碰到什么，因为你不知周围的环境，最好用短剑，不容易和其他物体相碰，而且进退自如，使用方便。所以，林家的剑法真是丰富得很，奥妙无穷。

今天，云鹤、彤鹤就在祖先堂前和盘托出，向自己的继承人仔细讲剑术和剑法。这些招数和法数不是一成不变的，必须灵活掌握，熟能生巧。不能背着干，而是熟中干。只有把这些剑法融会贯通，你才能成为一个真正的剑侠，真正发挥林家剑的神威。二老今天就讲这个，并决定把所有的招法都拿出来，一点儿都不隐瞒，包括老哥儿俩后来琢磨的办法。二老说："孩子呀，我们一点儿都不保留啊，将全部教给你们。你们要认真地学，仔细地听，好好地练。我们相信，别看你们人小，将来会有冲天之日，你们要遵祖命，不辜负我们这一片诚心和父祖们的期望。"

巧珍、巧兰和巧云字字铭记，天天从早到晚坚持练功。她们除了吃饭、睡觉之外，都全身心地投入练剑之中，真是只争朝夕啊。老的带小的，老的也拿剑，这三个小丫头拿的都是二老打造的宝剑，他们是剑对剑哪。不像过去，每人拿一个柳棍比来比去，这回可不是啊，每人拿的都是锋利的剑，真下招，而且你必须得破招，就这么练。这就不多说了，三巧的剑术，天天在提高，而且进步特别快。

这天，云、彤二老让三个丫头自己琢磨练习，把两个奶妈请来，让她们坐在那块儿。这时云鹤老人站起来，向她们拱手致谢说："这些年，我们老哥儿俩非常感谢你们，你们是有功的。你们费尽心机侍候我们这三个小丫头，使她们才有了今天。我们不能忘了你们，今天把你们请来，表表我们的心意。我们用省下的银两，已经正式和我们的姥爷奇格勒善大玛发和他们的家族说了，也得到奇格勒善大玛发的同意，我们已经把你们赎回来了。你们从此就不是萨音布家族的奴才了，从你们这代起，就是正式的平民了，身份和我们一样了。这一点你们记住了，不是奴才了。以后，你们就住在我们林家，作我们外甥女的继母，这点我们给做主了。你们要好好侍候她们，我们就感激不尽了。再过几年她们长大了，我们再分给你们田亩，并帮助你们找到合适的男人，你们自己成家立业吧。"

两个女仆听到这儿，叩头感激，真是千恩万谢，给她们赎身了，不辈辈是奴才了，当平民了，你说能不感激吗？两个奶妈热泪盈眶，直说："大恩人哪，你说哪去了，我们情愿把我们所有的精力，所有的能耐，都献给三个姑娘，我们一定不辜负二老的希望。"

这时，就听到洞外，嗵嗵地跑来一个人，谁呢？正是福来。福来进来向二老叩头，然后禀报，外面穆哈连有急事求见。云鹤听了以后，就告诉弟弟彤鹤："你去吧，看看有什么事儿，帮助安排一下，我就不过去了，还得忙着教这三个丫头的剑术。"彤鹤遵着哥哥的吩咐，紧跟福来出了白鹰洞，大步流星地赶到了林家大院的山前。

穆哈连正慌慌张张地、焦急地踱来踱去。他一见自己的师傅彤鹤老人来了，忙施礼打千，就说："师傅，我现在有急事，必须禀报，我们很快就要走了。"彤鹤忙说："为什么这么急？"穆哈连说："师傅，您不知道，这几年有您老的关照和帮助，咱们好不容易打通了到北海的交通要道，建起了五座打牲哨卡，不仅通了北方，而且往东又通了去库页岛的路。可是，最近这帮匪徒非常嚣张，昨天晚上，把北山韩家寨，我们十六号打牲营南沟的卡伦给烧了。更可憎的是，把这个哨卡的达爷岱坤保大人杀死了，一块儿被砍死的还有两个跟随他的站丁。"

岱坤保大人，彤鹤老人熟悉，他是满洲镶红旗，富察氏，萨布素将军的后裔。他和林氏也好，和穆氏也好，他们从康熙年间以来，一直就是生死相依的弟兄，互相之间都有姻亲关系。岱坤保的姐姐就是云、彤二老弟弟翔鹤的妻子，所以，他是福来的舅舅。前几天，岱坤保还来看望两位哥哥，而且还向自己的姐夫翔鹤的坟前献了酒和祭品。没想到，才几天的事情，就被万恶的土匪给杀了，死于非命。听起来，彤鹤老人心里万分难受，于是就问："哈连，你们下一步怎么办？用不用我们？"穆哈连说："请您老放心，现在还不能打扰您。我们已经商定，准备明天就走，事不宜迟，早一点去，也可能抓住些蛛丝马迹和歹徒，时间长了，夜长梦多，怕不好办了。"老人点了点头。

其实，穆哈连想得挺细了，他知道这事以后，和乌伦巴图鲁连饭都没顾得吃，觉也没顾得睡，俩人共同想办法，尽快抓到凶手，尽快打掉北边匪徒的嚣张气焰。他们考虑去北海的路和到北噶杜察朗的后寨，就是他们秘密的通道，而且怎么联络，怎么走，现在一点儿都没有准确的信息。道路崎岖难行，甚至根本就没有路，只能靠住在密林里的各族朋友帮助，请他们做向导。所以，一定和林中各部落的首领和猎人处好关系，这是非常重要的。同去的人，他们想来想去，筛来筛去，一个是乌伦巴图鲁，那是没问题的，肯定要去的。一个是穆哈连身边特别能干的骁骑校卡布泰，他的马上骑术很出名，他的箭法也很高，他骑着马，有时连射五箭，就能射中四只鹿。这是挺不容易的，不但马向前跑着，还要在林子缝隙中跑，而且箭还得射在前边飞跑的鹿身上。要没有几年的工夫，是没这个能耐的。另一个是佐领德格勒，他对北方少数民族很熟悉，他会费雅喀语、雅库特语，他本身就是雅库特人，有了他，就能和当地的猎民联系上。

除此以外，他们还请了几位特殊的助手，这是各位想不到的，有谁呢？有莱塔、杜娜、凯泰。你们以为他们都是大英雄？不是的，他们都是一群训练有素的猎狗。小莱塔，是个小公狗，特别厉害，是头排狗，虽然才一岁多，但站在那块儿，比人的腰还高，既壮实、有劲，又很凶猛。小杜娜是个母狗，也相当厉害。凯泰也是个小公狗。在北海生活的各个部落，包括八旗兵，甚至一些在阴暗里做坏事的匪徒，都离不开狗，而且都有自己的狗。林海茫茫，野兽成群，狗是人最重要的，甚至是生命攸关的好伙伴，好帮手。它能帮助你选择依山靠水的宿营地。要找水源，必须靠它，它知道附近哪有水源。另外，如有野兽，老虎在前头，它都先知道。它的鼻子特别好使，耳朵也灵敏，它能帮助侦察、传递消息，还能帮助主人厮杀格斗，围攻进攻主人的凶恶野兽。所以，多少年来，住在北海的人，都把狗作为人类最亲密的朋友。冬天，它们是最灵巧的拉雪橇的重要力量。北疆冬天大雪封地，必须靠狗爬犁做交通工具，所以家家都养狗。穆哈连在每一个哨卡，都养了狗，都有狗拉的雪爬犁，非常轻便、快捷。尤其是在匪徒猖獗的地方，没有狗，就等于失去千里眼、顺风耳。

穆哈连他们安排得很周到，彤鹤老人听了挺高兴，并嘱咐他说："家里的事你就不要挂念了，你们出去事事小心，万万不可马虎大意。必要的时候，你们就让小莱塔送个信儿来。"彤鹤老人也熟悉莱塔，最早他是从奇格勒善老玛发的狗站把莱塔要来的，二老养了很长时间，后来，穆哈连磨来磨去，说了不少好话，才把莱塔要去的。

这时，穆哈连拿出一个大包裹，彤鹤老人不知怎么回事。一看，原来是他妹妹丫丫过去穿的衣服和用品。穆哈连说："二师傅，这些衣服都是丫丫在世时用的，现在也不用了，我找了出来，而且衣服还挺新，就给巧珍、巧兰、巧云吧，她们还能穿着，也是她额莫留下的纪念。穿上这些衣服，就像她们的额莫在自己身边一样。"彤鹤老人说："很好，我给她们。"说着，穆哈连又拿出一个大包裹，这是他从西噶珊奇格勒善老玛发那块儿求人新定做的衣裳。穆哈连说："这是我给我的姑娘们做的衣裳，也算是我作为阿玛应尽的一点儿心意，您老看行不行，特请示一下，若不行，我就拿回去，给西噶珊的人。"

彤鹤老人打开一看，原来是给他的三个姑娘巧珍、巧兰、巧云做的三套衣服，这是穆哈连的一片心意。都有什么呢？三顶英雄巾，是包头的，这个英雄巾外头还罩着紫金的银环。过去北方的满族，在夏天的时候，妇女往往把头发一扎，有时上头箍一个银环，或者是缠上带子，在外边干活，比较整齐，不乱，碰上树枝不能挂着头发。这个英雄巾，戴上以后，显得威风好看。还有三身由紫线、蓝线、青丝线镶嵌的，里头是粉红色，外头是银花配冬竹的，还镶着不少如意花的大英雄氅，看来很清楚，这是给他的三个姑娘巧珍、巧兰、巧云每人一身，按照各自不同的颜色配备的。此外，还有三副带彩珠的，还有珠穗的，是脖子上戴的大银环，每人一个。还有六副银制的戴在手腕上的镯子。三双狍皮丝绒的英雄统靴，每双靴子的鞋面上，还盘绣着吉祥如意花，刺绣非常精巧、美观。

这些都是奇格勒善老爷爷听到三女授剑这个喜讯以后，同穆哈连商量做的。穆哈连就请达斡尔族里最出名的九位老妈妈，连夜裁剪、刺绣做成的。达斡尔族刺绣工艺品在世上闻名，可以说是传世的民间艺术杰作。彤鹤一件一件翻来覆去，左看右看，爱不释手，赞不绝口。

彤鹤老人对穆哈连说，你先等一等。然后他匆匆返回后山，把这些事跟他大哥云鹤说了，云鹤听了也特别高兴，就跟弟弟一块儿出来，而且带着巧珍、巧兰、巧云三个姑娘，他们一同来到前山的林家大院。

三巧见到自己的阿玛蹲身下拜、施礼。云鹤老人过来仔细看了这些珍贵的衣物，赞不绝口。这里不但有自己的爱徒穆哈连对子女深深宠爱之情和对自己子女无限期望之心，而且也深深渗透着西噶珊他们的姥爷，奇格勒善老玛发和达斡尔族兄弟们如海一样的深情，怎么不让人感动呢？云鹤老人忙说："哈连，我们老哥儿俩，把这个情全收下了，好徒弟，你的一片心，你的三个姑娘，她们会牢记的。你此行，担子可不轻啊，你一定小心，早去早回，有事千万告诉我们，现在咱们的月亮桥今非昔比，可再不像往常那样孤单单的，没什么力量，现在咱们的力量强起来了。孩子，曙光在前，我们等你的佳音。有事找我们，我们随时听候你这钦命三品侍卫的命令。"说完，哈哈大笑。当然，这都是谈笑之言。

穆哈连拿来的三个英雄氅，三巧现在还小，穿不了，等过几年就能穿了。三巧都过来，叩谢阿玛一片心意。云、彤二老互相使个眼色，心想，哈连公务在身，要走了，让他们父女在一起亲一亲，谈一谈，咱俩回到前屋的暖阁里稍事休息，喝茶去吧。

房间里，就剩下穆哈连和他三个爱女。这三个小丫头，活泼伶俐，说说笑笑，跟自己的阿玛特别亲。说来，自从她们额莫去世以后，他们父女还是头一次在一起。大丫头抱着他这边的胳膊，二丫头抱那边的胳膊，小丫头扑在他身上，瞅着阿玛又笑又蹦，这个亲劲儿就不用说了。他们父女都有说不尽的话。穆哈连想到自己的爱妻，又看到正在成长的爱女，真是百感交集，泪水就在眼圈里转。

这三个小丫头的性格，哈连完全可以想象出来。你别看她们长相一样，性格可不大一样。大丫头巧珍，文雅娴静，沉稳忠厚，平时话语不多。二丫头巧兰，那是机灵鬼，手也很巧，她学什么学得最快，悟性也强。最数三丫头巧云活泼伶俐，你别看她小，顽皮，也是机灵鬼，疾恶如仇。她看不上的事情，小嘴一噘噘，马上就说出来。她那眉毛一扭，鼻子一动弹，可逗人笑了。多少年来，父女能这样亲在一起，笑一起，搂在一起，享不尽的天伦之乐，真是机会不多呀。穆哈连非常忙，三个丫头，两位老师傅安排得又这么紧，这次真是二老给的恩赐，是多年没有的头一次。

　　穆哈连看看天近晌午，就忙站起身来，要辞别二老和三巧，急着上路。二老一再挽留，共进午餐，烧他们爱吃的鹿脯、鱼子酱和二老最爱吃的咸菜瓜子鹌鹑肉。行前，云鹤老人将自己佩带多年、特别喜爱的一件丝绒翡翠荷包，送给了自己的爱徒，并告诉他："这个药香荷包，要随身带着，这里头我配了北海的十一种香料，还有特殊的草药，你带在身上，可以防毒蛇，就是猛兽闻到了，它也不敢轻易地到跟前来。"哈连下拜叩谢，深深打了个千。然后，就噔噔噔地下了八百八十八个台阶，回到山下自己过去和丫丫同住的那个哨卡行营。

　　这时，才看到乌伦巴图鲁，还有骁骑校卡布泰、佐领德格勒都在等着他。另外，还有二丹丹和奇格勒善的小儿子都尔钦。大家一看穆哈连回来了，都忙站起来。哈，更热闹的是在屋里蹲着的莱塔、杜娜、凯泰这三条亲爱的狗，它们见穆哈连回来了，这个亲，那个舔，莱塔干脆就蹲在穆哈连的身边，一步也不离开他，舔不够。这是一次很有意义的行动，多少年来，大家都没这么凑在一起，联手干这么有意义的事情。穆哈连从接受任务以来，没有辜负圣恩，也没有辜负二老对他的期望，兢兢业业，没有闲着一天，他甚至连妻子、孩子都不顾。这可以说，在大清朝北疆历任的哈番官员中，都没有像穆哈连这样精诚敬业的。

　　乌伦巴图鲁告诉穆哈连：大哥，我们商量了一个办法，你听听行不行。原来奇格勒善老玛发为这事儿，也费尽了心机，他已八十多岁，对北海这一带最熟悉。北海的风风雨雨，花草树木，所有的历史风云，血泪沧桑的事情，他最清楚。他想，从大清立国以来和大明没啥区别，怎么说呢，北边鞭长莫及，离中原王朝太远了，虽然从顺治爷，特别是康熙爷时，就明确规定，北疆、北海这一带，是由黑龙江将军来统辖。另外，盛京将军和京师也派出一部分人马，随时随地支援，按时到北疆来巡逻，并且建立地方政权，多数采取驻在的办法，派出机构，或者以打牲衙门的名义，治理这一带。因为这块儿各部落相当多，而且住得极其分散，百里之内常常找不到一户人家，都是狩猎的猎户，他们随着季节而动，骑着马，马驮着衣、食用的东西，到哪儿块打猎，就地搭起帐篷。对兽和禽打够了，把帐篷一收拾又到别的地方去了。所以，他们没有固定住地，不像内地有噶珊或屯子，这儿到处是一片密林，常常有野兽嗥叫。正因为如此，历朝不好治理，派的官员，一到这儿，冷清清的，找不到一个人。你就是走遍千山万水，可能见到一个猎人，你问他啥事，他都不知道，只知道自己家的事，传达指令也不好传达。所以，奇格勒善觉得，哨卡被破坏，哨卡的达爷被杀，这是常有的事。一般来说，睁一眼闭一眼就过去了。哪个官爷为国殉难了，把他的顶子一摘、辫子一剪，然后送回他的家乡，往上一报，论功行赏，就算完事了，谁还真正去破这个案子。

穆哈连就不这样，他想，既然圣恩钦命我为这块儿的总管，我就一定不负圣望，我一定办点事，何况他身边的助手，是英和大人的护卫，那也是三品。乌伦巴图鲁是从皇帝身边来的，那就是靠山，就是力量，给了他不少鼓舞。乌伦也这样想，咱们应趁热打铁，顺藤摸瓜，对这件事情要打破砂锅问到底。赛冲阿大人、英和大人早就想摸一摸北疆的奥秘，都非常着急，也愿意将穆哈连派到这里，不入虎穴，焉得虎子。一定要打通通往北疆之路，这样才有利于守住北方的国门。乌伦巴图鲁和穆哈连是一个心情，要揭开北疆的内幕，看他葫芦里卖的什么药，哪些是红的，哪些是黑的，这回一定要搞个泾渭分明。所以，他们就得依靠当地的头人，依靠奇格勒善大玛发，让他帮助多出些主意。

奇格勒善大玛发就跟他们说："办这事儿，你们就得有胆量，敢于上刀山，下火海。再一个，一定要有韧劲儿。可不能像历朝来的人，开始来时挺猛，也有一股劲头儿，可是他们走一走，看一看，山路遥遥，困难重重，就退了步，都是虎头蛇尾，不了了之。所以，北边的一些难题，从大明以来就是一本糊涂账。"老玛发的话，语重心长，穆哈连他们一一记在心上。穆哈连暗下决心，只要我还活着，就一定要探明北疆之路，为我们大清做点小小的贡献，使我们嘉庆皇爷坐得住龙廷，使他的后辈也坐得稳。

这时穆哈连一看，小都尔钦来了，他挺喜欢这个小伙子，人长得并不高，很机灵，心还非常好，主持正义，他最佩服的就是对待二丹丹。都尔钦一看二丹丹被他阿玛逼过来，天天痛哭流涕，他主动对他的老玛发说："我已有心爱的人塔娜格格，阿玛，你看这事怎么办？咱们是不是把我和塔娜格格的事说清楚，然后把丹丹救出来？"奇格勒善也非常喜欢这个小儿子，其他几个儿子都出夫了，就把他留在身边，让他继承自己的家业。奇格勒善对儿子的看法很满意，要是心怀不轨的人，多给我一个媳妇还不好吗？可都尔钦不这样，他忠于塔娜格格，又心地善良地同情二丹丹。这事也放在以后再说。

现在我还要按原来的书绪接着讲下去。都尔钦受他阿玛奇格勒善大玛发的嘱咐，跟着穆哈连和乌伦巴图鲁两个大哥干一番事业。阿玛对他说：我把你交给穆哈连，你要像对亲哥哥一样待他们，听他们的话，跟他们好好学武，在卡伦里做一个巡逻的骑甲，在那锻炼锻炼，我就放心了。所说的骑甲，在北海这一带常用这个词。原来八旗兵是马甲，骑着马，戴着盔甲打仗。这里山高林密，光靠骑马行不通，有的时候，要靠牛、靠鹿、靠狗等各样的交通工具。八旗的子弟兵，就用骑甲来代替，实际上是甲兵、马甲。为适应这一带的地理环境，把它叫骑甲，这是一种习惯的叫法。

至于二丹丹要来，也更有意思。二丹丹的武艺也很高强，她阿玛曾请来中原的名师给她点传。她虽然生于虎狼之家，在匪窝子里头长大，但性格好，仗义、刚强、心直口快，她看不惯阿玛杜察朗的做法。自从杜察朗把她嫁出去，她总觉得阿玛太缺德了，你为了拉拢西噶珊奇格勒善大玛发，把我出卖了。你也不想想你女儿是什么心情，你多狠哪。再说，奇格勒善大玛发已是八十多岁的人了，是走南闯北的老英雄，人家只不过是不跟你一般见识而已。你想把我嫁过来，就能拢住人家，这不是梦想吗？所以，这件事对二丹丹教育挺大，使她幡然悔悟，跟她阿玛一刀两断。你不是我的阿玛，表面上她什么也不说，实际上是她的仇敌。

另外，她到奇格勒善大玛发这边一看，这里的人个个都那么热心，没有钩心斗角，乌伦和都尔钦这些人多好啊，人家想的都是一心为国，不像阿玛他们徇私营利，坑蒙拐骗，无所不为，肮脏得很。二丹丹这么一对比，更喜爱奇格勒善这边的生活。虽然这边的生活不如北噶那么富、那么阔，但生活得开心。北噶不但有中原王朝京师的摆设，而且还有罗刹的设施，使你大开眼界，有享不尽的荣华富贵。这些，二丹丹都看不上，她觉得太没意思了，天天这样，都过腻歪了。所以，二丹丹也来了，决心跟他们一起做点事，你们有需要我的地方，我肯定出力。乌伦巴图鲁因为和二丹丹的关系，就不同意她来。二丹丹说："我给你们了解那么多的情况，还不相信我吗？你们有我，还有个帮手。我可以帮你们打头阵，你为啥不让我去？难道你还怕我是奸细不成？"他们争了好几次，后来二丹丹向穆哈连告了状。穆哈连笑了，就说："我们欢迎你。"这样，二丹丹也参加了这次难得的行动。

这里还要介绍一下，西噶珊最近办了一个特殊的喜事，这就是二丹丹和乌伦巴图鲁的婚事。刚才说了，二丹丹怀恨自己的阿玛杜察朗大玛发，自己到奇格勒善大玛发这边来，又得到了他们父子的关怀，奇格勒善大玛发同意小儿子都尔钦提出的二丹丹和乌伦巴图鲁的婚事。都尔钦娶西呼鲁噶珊达爷之女塔娜格格为妻，这已经公开了。奇格勒善大玛发把西呼鲁噶珊达爷请来摆了宴席，让都尔钦与塔娜格格成了婚。达斡尔族办喜事非常热闹，这里不是杀猪宰羊，而是杀鹿，杀豹子，喝的是酒，跳的是舞。

第二天，他们又给乌伦巴图鲁和二丹丹办了喜事。我前书已经讲了，奇格勒善曾经给他大儿子雷福、三儿子常义捎过信儿，把二丹丹的事和穆哈连的意思，让他们转告给图泰，希望图泰能跟乌伦巴图鲁说，把二丹丹嫁给他。二丹丹是个作风正派、十分美貌的女子，她家虽然不好，但祖上也是有功于大清的。他俩如能结合到一起，会更好地为国效劳。这事得跟乌伦巴图鲁商量，咱们不能包办。能不能请乌伦以公务的身份到北疆来，顺道把这事儿也办了。穆哈连办事稳重，想得特别细，就让奇格勒善大玛发把这个意思通过他的两个儿子告诉图泰总管家。

图泰接到信儿以后，就把乌伦请来，就像对他自己的弟弟一样。乌伦还没有结婚，他总是找不到意中人。图泰向他介绍了情况，并说是穆哈连介绍的，乌伦巴图鲁非常高兴，就同意了。因为他很敬佩穆哈连，穆哈连看中的人，他肯定也会看中的。图泰也这样认为，穆哈连看中的，肯定没问题。因为英和大人和赛冲阿大人要了解北疆的情况，也需要派乌伦巴图鲁北上。乌伦最早知道京师灯市口聚宝货栈的情况，让他再到北边去一趟，看他们之间有什么秘密的连带关系。

乌伦受命秘密来到北海，到了北海就与穆哈连接上了头，互相商议，参与了穆哈连在北疆的一切行动，成为穆哈连的主要助手。乌伦巴图鲁在穆哈连和云、彤二老的介绍下，认识了云、彤二老的姥爷、赫赫有名的滨杜河事务总理大督办、达斡尔族德高望重的领袖奇格勒善大玛发。大玛发的风度、为人和做派，乌伦巴图鲁是久仰大名的，不过没像这次这么亲近。这回，奇格勒善把他留在自己家住，他们朝夕相处。另外，都尔钦对乌伦也特别亲，把他当作自己的亲哥哥，他们越处越近，在一起无话不谈。

通过他们父子介绍，乌伦认识了忧伤中的二丹丹。从外貌看，二丹丹是绝代佳人，不但有大清美女之美，而且还有西方美女之艳，她是混合在一起的。因为她额莫是俄罗斯的美女柳米娜，所以，无论是个头儿还是长相，都像她额莫。二丹丹不仅长得好，武术还非常高强。乌伦巴图鲁曾经跟她比过剑，比过拳，乌伦暗暗称赞。另外，他几次跟她在一起，从生活和谈吐中了解到，她的心肠很好，正直、善良，疾恶如仇，有啥说啥。乌伦跟她能谈得来，二丹丹也真喜欢他这个大英雄，对他以诚相待。他俩生活在一起，心心相印，感情从无到有，由有到浓，由浓到炽热的程度。所以，就由奇格勒善大玛发做主，为他们办了喜事。

办喜事这天，都尔钦带着自己新婚的妻子，西呼鲁噶珊达爷之女塔娜格格参加了婚礼。穆哈连也参加了他们的婚礼。婚礼办得挺隆重，鞭炮齐鸣，鼓乐喧天，大摆鹿宴，真是别有一番热闹景象。

这是前两天的事情。今天乌伦带着爱妻二丹丹都来参加这次行动。按照计划，先在二丹丹的带领下，夜探后山的七十二匿洞。这些洞是大明朝时建的，后来，杜察朗的祖上，把洞又修了一下，比以前建的更合理，设施更齐全，住起来更方便。不仅如此，暗道机关比以前又加了不少，使人感到更加神秘。多少武林高手，都为之赞叹。到这个洞来，都不敢轻易贸然行动。这个匿洞究竟里头是什么样，还是像传闻那样，越说越玄，越说越奇，谁也不知道。

说起来，这个洞太复杂了，可能连他们的主子杜察朗大玛发也不知道那么细。各洞都不一样，各洞有各洞的洞官，都有督办来管。所以，他们很难知道各洞里头的奥秘，这里头藏匿些什么东西，是抓来的人呢，还是藏些金银财宝？这里有没有和罗刹有关的人和事？这里是不是他秘密的指挥机构？为什么杜察朗知道那么多的事，而且招儿出得又奇又险？肯定他的背后有不少谋士和高人。平时到北噶珊去，看不到人，也见不到车马和抬轿子的人，但是能见到一些陌生的人。这里有中原的人，也有满族八旗的名官，也有些商人。除此之外，还能看到很多高鼻子、蓝眼睛、黄头发的西方人，就是罗刹人。不但能看到一般的罗刹人，还能看到很多穿着黑色长袍、系着白色领带、手里掐着圣经、胸前戴着十字架的一些东正教的大牧师。他们是何时到的？怎么来的？这些都让人称奇。是从天上掉下来的，还是从地上蹦出来的？人们都说，北噶珊肯定有秘密的暗道，这些都是穆哈连从接任以来铭刻在心的事情。

穆哈连常想，我既然在任，就一定要弄个水落石出，不然我就没法向圣上报告北疆的真实情况，那要我穆哈连干啥？他这个人就是犟，做啥事就要个认真，不干则已，干，就要干个明白。所以，他到了以后，一件事一件事地做，非常踏实。他不像前几任，虽然有个官牌子，建立什么总管、督办，这些都是空名。每年到时候一来，领取俸饷，然后骑马坐轿就走了。穆哈连不这样，他一来，就和当地的猎民、山民、野民住在一起，所以，他知道的事情非常多。他早就想好好摸摸这块儿的情况。这次正好赶上岱坤保大人被杀，使他更坚定。为此，他跟乌伦和二丹丹商量，先去探探他的后山。

二丹丹说："只要大人你愿意，我在所不辞。咱们夜里去，最好不白天去，那儿岗哨多，而且有不少土匪，容易使他们警觉。夜里鸟和野兽一叫，风一吹，林涛呜呜响，他们不容易听到咱们的声音。咱们在暗处，他们在明处，咱们想办法接近他们，必要时我可以出面，找我认识的人。"穆哈连和乌伦赞成二丹丹的想法，于是他们在月上梢头的时候，每人都换上夜行衣就出发了。

他们走时还带着三条狗。各位不要怕，狗不叫，这三条狗都是经过训练的猎狗，而且它们都通达人意，就是不会说话而已。它们和人完全可以交流。所以，遇到关键时刻，它们也像人一样，一声不吭，屏住呼吸，一动不动。在二丹丹的指引下，他们绕过了一片密林，又绕过一个山崖，就到了北噶珊。这三个山，北噶是第二高山，这块儿北通北海，得绕过很多的山，山路特别惊险。从这儿要接近北噶的后山，得绕一百多里路，还得绕过对面的三百三十三个磴。因为上头有瞭望楼，看得很清楚。那他们得怎么走法呢？他们得搁西噶珊的密林过去。林子里有熊瞎子走的路，还有鹿走的路，各种动物都有自己的路。熊愿意在树林子里走，有时吃吃臭李子啦，吃吃山梨啦，它好爬到树上去。鹿不愿意在密林里走，因为鹿角挺大，容易被大树挂着，所以，鹿一般在小树丛中间走。山羊愿在立陡石崖的山上走，山羊蹄子跳跃得非常快。他们这回选择雄鹿走的路，雄鹿在林中踩出一个小道。他们秘密地绕了很多弯儿，就到了北噶珊的北侧。

从这块儿他们又进了密林，然后又过了两道山，在山梁上翻过去，下面是山涧，山涧下面有条小溪，泉水是从山涧上面流下去的，形成了小瀑布，哗、哗、哗地流，很远就听到了。所以，他们走路时说话，不把耳朵贴到跟前，根本就听不到声音。他们又从小瀑布的旁边绕过去，走了三十多里，开始上山。上了山再往东走，进了一片密林，搁密林往南拐，就到了北噶乌勒滚特阿林北山的后面。

搁后面看北噶山挺有意思，它是两个山连在一起的，南边的山大，北噶山城和整个房屋、城阁都建在这上面。在山下的树林缝隙中可以看到后头的大红门和南北墙上的瞭望楼。在城墙里还能看到三层楼，那就是宴月楼，咱们已经介绍了。北边的山上，还有山，这个城阁是依着山势建的，山上有练马场，还有他们的牢房、马圈、鹿圈、狗舍。这两个山的下面，是一片密林，把两个山包围起来，成为他们隐避秘密的地方。就在这个北乌勒滚特阿林里，有著名的七十二匿洞，如从大明朝算起，已有三百多年的历史了，工程不小。所说的传闻也好，武林高手称奇也好，就是指这里。这里究竟藏着什么秘密，谁也不知道。穆哈连他们现在就要探明这个。

他们搁山下继续往上攀岩，一声不响地往上爬。小都尔钦和卡布泰轻轻地把三个猎狗一拍，小狗挺懂事，莱塔四爪趴在地上，匍匐前进，噌噌噌，爬得很快，一声不吭地跟着人悄声地往上爬。人猫着腰，狗也猫着腰。就这样，他们慢慢地接近了北噶乌勒滚特阿林后山北侧的山崖下面。

这时往山上一望，看见一条小路，这条路是攀山小路，是从山上修下来的，这是人工修的道，有石阶，一磴一磴的，路旁边挂着灯笼。在灯笼的旁边建些大帐，有的是用木刻楞压的房子，一个压一个，压成四方的，上头盖上盖，人在里边住着非常暖和。北边林海里这样的房子挺多，叫木刻楞。在罗刹，也有这样的房子。这些房子都是瞭望哨，是护卫后山匿洞的，是杜察朗大玛发丁兵住的地方。他们不能再往前走，因为上边有瞭望哨，容易发现下边的动静和迹象。这时穆哈连悄悄地，用猫头鹰叫的声音，告诉大家，咱们不在这儿走，要小心，绕过去，往山里走，走另一条路，这样不容易被瞭望哨发现。

二丹丹又把他们领到密林里，然后往山上爬。山特别陡，他们拽着树根子一点儿一点儿地往上爬。乌伦告诉大伙儿，千万小心，别把石头蹬下去。大家都特别注意。二丹丹对大伙儿说："你们要把着粗树，不要拽小树，容易摔下去。要是摔下去，可有生命危险哪，下面是万丈深渊。"他们就这样一步步往上爬，慢慢上了山。

他们爬到山崖上，在大石砬子的后面，发现一个洞口，前边用石头堵着，这是天然堵着的，不是人特意堵的。人只能从石头的缝隙侧着身子进到洞里去。如果对着洞射箭，根本射不进去，真是无奇不有。他们仔细看，洞口的两侧，也就是两边夹缝的地方，都用木头堵着，在洞门前的石头后面，用木头架着，和两边石头夹缝用木头堵着浑然一体。在木头架下面的两边，各有一个小门，可能有兵丁看着。小门关得严严的，在月光下，显得静悄悄的。他们看得特别仔细，也非常清楚。

二丹丹说："这是七十二匿洞中的一个对外出口。像这样的洞一共有七个，里头都有专人守护，洞里头有暗道机关，咱们不能轻易进去。如果要碰到机关，就会粉身碎骨。"二丹丹领着他们几个，把这七个洞口的形状和周围的地理环境，一个一个地仔细观察，铭记在心。虽然他们没有进去，但是对七十二匪洞外面的环境都看得十分清楚。他们发现，有的洞，外头不单单有石头的台阶，而且从上到下修了一条盘山路，很宽，上头铺着很粗的木头，一排一排的。这说明，有载重的货车，从山下往山上，或者从山上往山下运货。这使穆哈连和乌伦巴图鲁又明白了一件事，这里不仅住着人，还藏了很多货，是什么货还不清楚。

另外，还有一个洞，这个洞口'正对着西噶珊的方向。这块儿有一条很宽的路，在洞门口还露出一个瞭望的窟窿眼儿，搁瞭望的窟窿眼儿还伸出一个镜子。二丹丹说："这是我阿玛从罗刹弄来的，他们叫什么千里眼。"这说明，这块儿是很重要的瞭望之地。当时的大清国，从西方和一些国家也买了一些千里眼，但非常少，因为太贵了，只能在海边用一些。可是没想到，在北疆这个荒凉之地，在杜察朗的家也用这个。说实在的，黑龙江将军府、吉林将军府、盛京将军府，恐怕都没有这个东西。

他们观察完了以后，就秘密下了山，按来时的小道，回到了穆哈连的行营哨卡。这时，天已快亮了，月亮早已没了。他们回去以后，马上就把他们见到的，由乌伦巴图鲁在纸上一一地、详细地画了下来。整个的路线，每个洞口的形状，洞与洞之间的距离，有多少步远，他们都记得很详细，留着以后要用。

单说，杜察朗大玛发，他很善于用人，凡是朝廷派到他这儿来的，驻在的所有哈番、官员，他都千方百计地拉拢过来，热心地迎送，肉麻地奉承，除了给他们金银、美女之外，还尽量发挥他们的特长，委以重用。有些官员，受金钱的促使，就忘了自己的身份，成为杜察朗大玛发手下的谋士。比如说，在杜察朗大玛发身边，就有两个这样的人。一个是京师光禄寺派来的，征验北海山产海生诸项珍品的哈番，秦典薄。典薄是官的名字，他姓秦，一般就叫秦典薄。还一个叫庞掌醢，掌醢也是光禄寺里官阶的名字，因为他姓庞，所以大家恭维他叫庞掌醢。

这两位大人，都明白一些打牲衙门方面的事情。特别是他们谙熟土特珍禽的各种窖藏和存储办法。就拿庞掌醢来说，这个人很了不起，他对打来的各种野兽，兽肉怎么保存，使它不腐烂，永远鲜嫩有一套办法。他对各样的山货，如何窖藏，也有自己独到的办法。另外，他对制造各种土特产、飞禽、鱼类等珍馐美味的各种储存法、窑藏法和炮制法，也是非常高明的。他能使各种肉类、果实保持色、香、形、味不变。正因为庞掌醢有这个能耐，后来就被荐举到京师光禄寺，被光禄寺卿穆彰阿大人看中，从此他就到光禄寺任掌醢这个衔。是四品，品级很高。庞掌醢这个官就是这么当的。

到了穆大人的身边，他善于阿谀奉承，特别是他看到穆大人，善于培植自己的势力，就投其所好，主动提出到北疆去。他对穆彰阿说："大人哪，我对北疆相当熟，我的朋友也多，下头的官衙有不少都是我的知心人。大人您有什么要办的尽管吩咐，在下小的，愿效犬马之劳，死而无憾。"那真是推心置腹。穆彰阿就盼着有这样的人，他从到光禄寺以后，心里就有数，要当官必须有自己的人马，而且，这些人必须听我的指挥，按我的意图办事。光禄寺是财源之地，我到这儿来，北海的土特产品，都由我说话算数，银子不是有的是吗？所以，他非常器重庞掌醢。

庞掌醢到杜察朗大玛发那儿一住，就一年多了。因为他后边有穆彰阿这个靠山，说话口气特别大，他就像个钦差一样。杜察朗一看庞掌醢真能通天，能跟穆彰阿连上，这对他来说太有用了。他把庞掌醢奉为主子，天天供着，天天都去看望他。庞掌醢也真帮了他的忙，前书我讲过，福康安到北海考察，那是受他阿玛穆彰阿之命，到了北海，很快就跟杜察朗大玛发的大丹丹相爱了，结成夫妻，这个拉皮条的就是庞掌醢。他跟福康安一说，福康安很快就同意了。所以，庞掌醢使杜察朗一步登天，成了大清朝光禄寺卿的亲家，一下子和京师联上手了。这个靠山多硬啊，多光彩啊。由于他成了穆彰阿的亲家，所有的将军、州府都刮目相看，谁敢惹呀。这些都有庞掌醢的功劳。

那个秦典薄也了不得，但比较滑，他不像庞掌醢一心想往上爬，一门看主子的眼色行事。秦典薄这个人，也贪，也会奉承，只不过胆小，比庞掌醢收敛些，说话、干事都留有余地。庞掌醢飞扬跋扈，有啥说啥。秦典薄有时候表面上还装一点儿，怕人看出来。他怕穆彰阿一旦官又升任了，或者迁移做别的官的时候，不要因为穆大人走了，自己也没处待了。所以，他自己就留一手，这是个老滑头。但是，这两个人都是贪得无厌，下头的人没有不憎恨的，都嗤之以鼻呀。你想，当个狗谁能看得起，表面上尊重他，背后没有不骂的，给他俩起个外号，管庞掌醢叫胖成海，管秦典薄叫秦划拉，你就看这两个人的德行吧。

他们对杜察朗大玛发的三个小格格，也很喜欢。大格格已经出嫁了，三格格，也就是三丹丹，年岁小，很顽皮，那是个小孩子。就剩下二丹丹，他们暗送秋波，不管人家愿意不愿意，总往身上贴。这二丹丹让他俩惦记着，为了讨好二丹丹，唇枪舌剑，互相讽刺，都想贴近二丹丹。他们贴近二丹丹，不仅出于风流之心，更主要的能和二丹丹的额莫连上。他们惦记的是柳米娜。你别看柳米娜生三个孩子，照样是美女，非常好看。谁看都爱看，何况这个胖成海、秦划拉，从来没搂过洋妞。

杜察朗这个人眼睛挺毒，他也很嫉妒，他爱的人，不许别人碰，稍微有点儿不对头，他就能看出来。他对胖成海、秦划拉的歹毒之心，早就看出来了，心里挺吃醋的。柳米娜这个人，谁向她笑，谁跟她说话，她都愿意搭腔。杜察朗不愿意让柳米娜出去，就在屋里给我待着。这样，柳米娜也不愿意，你把我圈到牢房里怎的，我偏要出去，我就出去。她一撒娇，杜察朗还没法管，只是悄悄地告诉他的人和那些女奴们，一定要把福晋看好，不让她到处走。但是，那些女奴和丫鬟们，谁敢说呀，只是哼、哈答应，柳米娜爱上哪去，照样上哪去。

柳米娜还真愿意跟庞掌醢和秦典薄在一起嘞嘞，为什么呢？庞掌醢和秦典薄的银子多啊，都是杜察朗给的，他们用不了，就给柳米娜，溜须柳米娜。另外，庞掌醢总讲京师怎么好，柳米娜没去过呀，只知道彼得堡、莫斯科，别的地方没去过。庞掌醢说，你那个彼得堡不行，我们京师那是几千年的文明呀，你看，我们皇上住的地方，那是宫殿，金碧辉煌呀。还跟她讲天坛、太和殿，把柳米娜听得入迷了，总想，我什么时候也到京师去。庞掌醢向她打保票，什么时候，我用八抬大轿把你抬去，让你到京师看一看。柳米娜一听特别高兴。

杜察朗后来发现，有时候二丹丹总是中间给传信儿，柳米娜有什么事，告诉二丹丹，二丹丹就去找庞掌醢、秦典薄。他俩听说柳米娜找他们，就上赶着，乐颠颠地去了。他们还专赶上杜察朗不在的时候去，他们在一起喝酒。庞掌醢和秦典薄经常跟柳米娜学跳俄罗斯舞蹈。有时候，庞掌醢、秦典薄送什么礼物，也常常背着杜察朗大玛发，让二丹丹偷偷转送给她额莫。所以，二丹丹起着中间搭桥、联络的作用。为什么杜察朗把二丹丹匆忙地嫁出去，推到了西噶珊奇格勒善那里去？是不是有这个原因，当时有人这么猜想，包括庞掌醢、秦典薄也这样想。啊，你杜察朗要断我和柳米娜的联系，才把二丹丹送走了，你也够坏、够损的了，但他们又说不出口。

二丹丹从被送到西噶珊以后，有时偷偷回来，暗自向他们流泪，秦典薄和庞掌醢见了二丹丹，也为之惋惜、悲伤，更主动接近二丹丹。今天他联系，明天他联系，互相之间还都有戒备。不管这两个色鬼怎样，二丹丹心中想的只有乌伦巴图鲁，爱的也是乌伦巴图鲁。真是落花有意，流水无情呀。二丹丹这回回来接近他们，是另有原因的。

自从二丹丹与乌伦相爱，两人的感情相当深，乌伦对二丹丹的影响也挺大。乌伦不但教她很多做人之道，让她认识什么是黑暗，什么是正直，还让她认识到她阿玛错在哪，他的罪是什么。乌伦让她有意接近庞掌醢和秦典薄，从他们嘴里套些事儿，这是非常重要的。

乌伦告诉二丹丹："丹丹，你一定抓住这个机会，我相信，你这样做是为朝廷办事儿，你是给你阿玛赎罪，你阿玛现在背叛了朝廷，干了很多不可告人的勾当，将来你还会知道更多的情况。现在你是帮助我，帮助穆哈连大人做事，实际上也是为你们杜察尔氏家族做好事，做积德的事。丹丹你要明白，不是有那句话吗：'凡事不看根土恶，只察顶天擎柱功。'做啥事，我们不看小树底下的土，脏不脏，坏不坏，只看长出的树有用没有用，能不能做顶天立地的栋梁之材。你的阿玛坏，你丹丹并不坏，也包括你的小妹。我们相信，早晚会把你小妹救出来，让你额莫也认清事实，虽然她是罗刹人，只要她不跟我们大清作对，我们都是朋友，我们都会心心相印的，尽量把你阿玛背后捣鬼的事都抖搂出来。"这些话对丹丹教育挺大。丹丹为什么这么积极，这里既包括对乌伦的爱，也包括乌伦对她的帮助，使她越来越明白了一些事理，因此，愿意跟穆哈连这些人在一起，对她的阿玛更加憎恨、讨厌。

穆哈连、乌伦、卡布泰他们，因为有二丹丹的秘密帮助，便很顺利地摸清了杜察朗大玛发在后山洞的一些不可告人的事情。虽然葫芦里装的什么药还不清楚，但从蛛丝马迹中可以窥见一斑，这里有他们肮脏的东西，可能还有里通外国之嫌。他们掌握这些北海的土特产，按大清的律令规定，有不少是国家和国库要掌握的。个人虽然可以猎取一些，但也是有限的。官员不能囤积居奇，这是抗旨的，必然受到国法的严惩。大清朝是这样，明朝也是这样，哪有自己做了官，就用手中的权力来聚敛财富，使自己成为一个大富翁，这是绝对不允许的。所以，穆哈连他们几位坚定了这个想法。

几天来，他们转来转去，整个的山，都装在穆哈连和乌伦的脑子里。哪儿有山沟，哪个山包上有洞，有几条河，哪儿河最宽，哪儿最窄，怎么过，哪儿可以秘密地接近山洞，哪儿有毛毛道，这些都记在他们脑子里。在山里，他们饿了就摘几个山果吃，自己带些干粮，在树林里，秘密打几个小兽，用火一烤，蘸着盐就吃。渴了，趴在地上，咕咚咕咚喝几口山泉水，就像野人一样地生活。黑夜，在林子里搭个小帐篷，铺上皮子，和衣而卧。他们身上痒的，咔嚓咔嚓使劲地挠。什么困难都阻挡不了他们，唯一的想法，就是尽快摸清北噶珊杜察朗的底细。

单说这天，天色稍晚，他们在山沟的旁边，铺上几张狍子皮，互相拥挤着睡觉。山里，夜间是很冷的，风也特别大。在他们躺着地方的右侧，下头有个小山洼，小山洼底下有条小河，那是山涧的泉水，水多时，小山洼就变成一个小湖，非常好看。如果是干旱之年，水就少了。因为今年年初是连阴天，水比较多，这块儿的水像湖一样，是山腰的湖，很美。他们就在湖边的树林里扎营。这里视野挺宽，小鹿、狍子、小鸟在旁边来回过，在湖边喝水，他们都看得清清楚楚。这时正是夕阳西下的时候，他们看到小湖的旁边似乎有个人影，都尔钦眼睛尖，他悄声地说，那块儿有个人。奇怪呀，密林深处，怎么会有人呢？这引起了他们的注意。

这时穆哈连和乌伦仔细瞧，看走道的样子，确实是个人。看那个人，在林子里钻来钻去，是往湖边去的，再细看，是个女的。德格勒说："大人，我下去看看。"穆哈连说："不，咱们一块儿去，要小心。她可能有些事情，咱们还不清楚，也许是杜察朗搞的什么鬼，别让她钓了咱们的鱼，咱们互相配合好，使杜察朗抓不住任何把柄。"

乌伦他们几个，把自己的行囊和东西悄悄放在宿营地，把自己的衣服扎好，他们六个，从两个方向包抄那个人。他们悄悄地搁林中爬着过去，等快接近湖边时，乌伦把手指头放在嘴里，吱吱吱地叫。这是暗号，大家都明白，他已接近目标，仔细观察不要动。因为有树林挡着，这个黑影看不到他们，他们反倒能看到这个黑影。等他们又往前靠，仔细一看，确实是个女人，打扮得还挺漂亮，下身穿着彩裙，上身穿着彩袍，袖子还系着，头上梳着像明代的卷子，干活方便，从这儿也能看出她的身份。这个女人脸冲着湖水，很忧伤的样子。她嘴里还喃喃自语，不知说些什么，从情绪来看，像是在寻找什么。

这时乌伦又吱吱吱叫，告诉大伙儿，往前走，往前走，接近她，接近她。这样，六个人，一边三个，像钳子似的包围这个女人。他们越看越清楚，是个少女，身段还挺美，梳的丫鬟发髻，已经开了，头发乱蓬蓬的。另外，他们又听到女子的哭声，哭得非常伤心，好像有什么冤枉似的，快走到山涧边了。这时穆哈连和乌伦看出来了，这个女人是寻短见，要跳山涧自杀呀。不能再等了，再等这个女人就没命了，现在到了紧急关头，救人要紧。

这时，穆哈连、乌伦巴图鲁等六人马上站起来，这个女人正要往前蹿的时候，他们从后头呼啦一下都蹿过去，有的抱胳膊，有的拽衣服，把这个女人拽个趔趄，躺在地上，把她吓了一大跳。她仰头一看，身边围着一帮人。她以为这些人都是杜察朗大玛发身边杀人不眨眼的魔王，就说："哎呀，各位爷爷们，为什么管我呀，我不想活了，饶了我吧，慈悲、慈悲吧，现在你们就饶我一命吧，让我一死得了。"她又磕头，又作揖。

穆哈连马上过去，把她嘴捂住，然后悄声地说："不要哭，不要哭，我们不是北噶的人，你再哭，让他们听到了，你就没命了。"乌伦在后边推卡布泰一下，让他赶紧把这个女人抱起来，卡布泰明白，就把她抱到他们宿营的地方。这时，姑娘还是呜呜地哭，但是没敢大声哭，嘴里还不断地叨咕："饶了我吧，饶了我吧，我不想活了，我也没脸活呀。"卡布泰和德格勒把这个姑娘放在狍子皮上，她还挣扎着，不想活。乌伦说："不要哭，你要想死，我现在就给你一刀，让你别出声就别出声。"姑娘把嘴一撇，就憋回去了。

穆哈连过来问："你是谁，为什么到这儿来寻短见?"因为刚才她的脸冲着卡布泰的身上，大伙儿没看清，这会儿看清楚了，这个姑娘很年轻，也就十八九岁，长得挺俊气，从打扮来看，不是杜察朗家一般的丫鬟，肯定是家里有身份人的奴才。这时二丹丹过来仔细一看，哎呀，她大吃一惊："你不是小丹丹屋里的丫头吗?"这时，那个姑娘一看认出她来了，原来是二丹丹，她马上给二丹丹跪下，接着又痛哭不止。丹丹她们姐三个，每人都有自己的丫鬟，她们互相之间都认识。这个丫鬟对大格格、二格格都很好。她长得很好看，大眼睛，红脸蛋儿，胖乎乎儿的，挺机灵，又能唱又能跳，丹丹她们给她起个名，叫小美子。

穆哈连和乌伦一见是小美子，心才落了地。这时，小都尔钦把火稍稍生旺，烧开了水，倒了一小木碗，交给二丹丹。二丹丹把小木碗端过来，让小美子喝了，然后说："不要怕，你到我二格格这儿来，就找到了家。这些人都是好心人，都是菩萨，他们都能救你，这回你就不用怕了，你有啥委屈，有啥冤就告诉二格格我，我一定替你报仇，你可不能瞒着我。你知道二格格我的为人，我最恨的就是撒谎撂屁儿的人。你有多大的难，多大的苦，有多少秘密的事儿，今天一五一十地告诉我。我不对你说了嘛，这些人都是活菩萨，都是好人，他们都听我的话，你不要怕。现在就告诉我，你为什么要寻短见呢？我的小妹妹三丹丹，跟你像亲姐妹一样，对你那么好，你就轻易地走了，这样做，你对得起我小妹吗？你把她一个人扔下，你舍得吗？你说说，为什么要寻死？谁欺负你了？听见没有？"她这些语重心长的话，真像姐姐跟妹妹说话一样。

小美子还真没有亲人，她是刚生下来，还不知自己爹妈是什么样时，就让北噶买来了，现在也不知爹妈是死是活。从她懂事以后，就知道北噶珊，先认识的人就是杜察朗的大夫人，也就是文文的额莫。后来把她拨给了杜察朗的小妾柳米娜。在柳米娜身边待了三四年，到八九岁时，又把她给了小丹丹。小丹丹就希望有一帮长得好看的小孩。这样，三个小姐妹身边几个小丫鬟，都长得既干净又伶俐，能说会唱，还会办事。她到小丹丹这儿，还真没受啥罪，没人敢打骂她。丹丹是个好人，能保护她。她知道自己没爹没妈，甚至连个名字都没有。小美子的名字还是三个格格和她额莫柳米娜给起的，因此对她们很亲。今天见到二丹丹，她就像见到亲人一样，所以，她对二丹丹的话感到非常温暖，又呜呜地哭起来。

二丹丹说："你哭什么，别哭了。我知道你受委屈了，先把话说完，再到别地方哭去。美子，你不知道这是虎狼之地吗？你讲讲到底是怎么回事？哭的时候有，将来我给你找个地方，我陪着你哭。"这一说，反把美子说笑了："二格格说哪去了，你跟我哭什么。二格格，我告诉你，我现在惹出乱子了。现在三小姐三格格也被关起来了，可怎么办好？现在大玛发正在火上，他要杀人哪。"她这些没头没脑的话，他们几个越听越着急。

乌伦说："丫头，不要着急，慢慢说。从头到尾究竟是怎么回事？今天晚上咱们就在这儿，你就像讲故事似的，讲讲这事儿。我们也很关心小丹丹，你们北噶里究竟发生了什么事儿，为什么你一人跑到这儿，而且还要跳山涧，为什么？"

由于大家的一再安慰、劝说，加上二丹丹嘴甜，又会启发，把小美子真给说服了。原来小美子非常害怕，也特别难受，一心想死，一死皆空，所以，她不想说什么，反正我是死，讲也没用，反而遭罪。这回这几个人的热心关怀、照顾，使她有了生存的希望，觉得找到了自己的亲人，从悲伤得到安慰，又从安慰得到希望。她放弃了一死的念头，决心按二格格的话说出去，让二格格赶紧帮忙。她就唉声叹气地先说一句："二格格，你得救命啊，现在小格格正在受罪哪，他们把她圈起来了。"说着又要哭，二丹丹说："你说，究竟是怎么回事。"美子这回详细地把这件事情的过程讲了出来。

昨天上午，美子和几个小丫鬟，陪着三格格在屋里弹琴，坐唱。玩一会儿小格格嫌闷得慌，天天这么唱，没意思。这个院子不大，因为它是北噶珊四进院的最后院子，在女眷楼的楼下，有秋千架，都是女孩子玩的东西。要寂寞的时候，里边还有个小戏楼，北噶珊自己养了戏班子，给你唱唱戏，或者要要各样的杂技，让你开开心。杜察朗大玛发有个严格的规定，是对他们本家族所有人定的，也包括对他的宝贝疙瘩，自己的格格和他的几个夫人，严令他们不许出这个女眷楼，谁要出去，别说我不认人，我会依法惩处。所以，女眷楼，外人没有特殊的事情，不能进去。女眷楼里的人，没有大玛发的命令不许出去。就连杜察朗的爱妻和他的宝贝女儿也如此。杜察朗一再告诉柳米娜，你们要什么给什么，除天上的月亮摘不下来，别的都可以，就是不能出去。

杜察朗最担心的是自己的心肝宝贝，小丹丹这孩子太活泼了，好动得厉害，而且非常好奇，听说什么就要看什么。听说天上有龙，你就得把龙给我拿来。说西海出了什么价值连城的宝贝，阿玛必须把这个宝贝给我弄来。弄不来，就是一顿闹。杜察朗大玛发最害怕的就是小丹丹。所以，他一再嘱咐柳米娜："夫人，你千万要管好咱们的三格格，不能让她出去。出去要惹出乱子，那时候我得跟你算账。"

柳米娜知道大玛发是翻脸不认人的人，心狠手毒，所以，常嘱咐自己身边唯一的小格格说："我的好宝贝，好格格，你千万记住你阿玛的话，在屋里怎么玩都行，你就是要龙肝凤胆啥的，我也想办法让你阿玛给张罗来，你千万别出去乱闹。出了事儿，咱们娘儿俩可就不好办了。"小丹丹搁这个耳朵听，从那个耳冒了，根本没在乎。

就这天，小丹丹玩腻歪了。不像头几年，大姐、二姐在家时，她们有说话的，在一起剪纸、做工艺品，或者讲讲瞎话、破个谜语，在一起捉迷藏，玩得挺好。现在可好，女眷楼里，除了她额莫柳米娜以外，其他人都不认识，跟她们也没有联系。她整天没地方去，没有说悄悄话的知心人。你说她不憋得慌吗？一个天真的孩子，天天像蹲笆篱子，那是笼中鸟，她必然难受。所以，她常为这事儿发脾气，动不动就哭一场。再不就发无名火，摔这个，砸那个。丫鬟实在安慰不了，赶紧到后楼请老夫人柳米娜。柳米娜过来，说些好话，安慰安慰，小丹丹情绪好一些。但，这不是长远之计呀。

今天，她们刚吹、拉、弹、唱一会儿，小丹丹就不干了。她说："太腻歪了，咱们得找个地方玩玩去。"美子一再说："小姐，你还有什么可玩的，这些东西都玩多少遍了，你都不愿意玩了，怎么办呢？"丹丹撒娇地说："咱们出去走走，这大院都是我阿玛的地方，怕什么，还有狼、有虎怎么的？就是有狼有虎我也不怕，我有刀、剑，我会武术，还怕什么？我真不知道老阿玛为什么不让我出去？我老想，咱们赫赫有名的杜氏家族，这么大的大寨，为什么把咱们锁在这个寸室之中呢？我想出去看看。美子，你领我出去，咱们人不要多，就几个人，玩一会儿就回来。这事你不说，我不说，我阿玛也不知道。咱们玩一会儿就悄声回来了。"

美子，也架不住小姐，小格格地磨呀。这会儿，她想先禀报给老夫人柳米娜，可是她又不敢，要是老夫人知道了，肯定不让小格格出去。要不让她出去，小格格一闹更不好办了。她想了想，对呀，悄声出去，悄声回来，你知，我知，第三个人不知。就这样，他们商定，开开后角门，出去走一走，早去早回。

美子冷不丁又一想，哎呀，外头啥样我不知道，从小就长在这个院里，没出去过。好在美子认识朱尔钦。朱尔钦也是很会办事的人，而且得到了杜察朗大玛发的信任。他是后院的管家，帮助管后院一些生活上的事儿，比如吃、喝、拉、撒、睡等等。朱尔钦是西噶人，是奇格勒善大玛发第七个儿子，我前书已讲过了。奇格勒善有两个儿子在杜察朗大玛发的麾下，做个办事官。这两个儿子的性格不一样，跟他阿玛的性体也不相同。奇格勒善大玛发是非常正直的人，不怕权贵恫吓，不做权贵奴才。他对北噶珊杜氏家族都看不起，认为他们是一窝狼，没良心，因此不愿意跟他们交往。但是，自己的儿子就不同了，一母生九子，个个都不一样，这也没办法，把奇格勒善大玛发的鼻子都气歪了，胡子也气撅撅了。谁要一提他这两个儿子，马上就发火："少提他们，他不是我儿子，是狼崽子，混蛋，给我们家族丢脸哪，也给我这个老头儿丢脸哪。"有时候，小儿子都尔钦对他说，过节了，阿玛，是不是把我七哥、八哥请回来。奇格勒善大骂小儿子说："请什么，他们已不是咱们萨音布家族的人，他们是杜氏家族的人。你不要管，你没这两个哥哥，少理他们。"所以，这几年，朱尔钦很少回家。他在北噶，确实有吃有喝有地位。

杜察朗大玛发特意把奇格勒善大玛发的两个儿子，放在很高的位置。

一方面，让奇格勒善看一看，我不像你小肚鸡肠，你看我多么宽宏大量，我对你儿子这么重用，你要是过来，我也重用。这是讨好奇格勒善。另一方面，他也是想把朱尔钦拉过来，成为他的心腹。这等于在西噶珊插进自己的钉子，有自己的两个心腹。这手段也够毒辣的了。所以，他对朱尔钦是另眼看待，比别的管家管事都多，比别人挣的俸银也多，说话、办事都有权威，得到杜察朗大玛发的绝对信任。

正因为如此，他们到的地方最多，整个后头秘密的事情，朱尔钦兄弟俩都知道。杜察朗大玛发就是这样，让朱尔钦兄弟俩佩服得五体投地。杜察朗暗示给朱尔钦，别看你阿玛和我不对头，我一点儿没防备你们两个。你们虽然是搁西噶来的，西噶跟我们有仇，可我没把你们当仇人看，而是当成了亲人，你看我杜察朗这个人怎么样？这样一做，使朱尔钦兄弟更敬佩、更亲近杜察朗大玛发，反而感到自己的阿玛心眼儿太小，心胸狭窄，不能饶人。有些事情，他们认为阿玛有偏见，低估了赫赫有名的杜察朗大玛发。因此，朱尔钦就一心一意地为杜察朗大玛发卖命，一年也不回去，真像杜察朗家的亲儿子一样。

这样，杜察朗给朱尔钦一些特殊的权利，别人不能各个屋子走，唯独他，可以直接进女眷楼大院，见大夫人、二夫人，乃至柳米娜小夫人，直接向她们传达杜察朗大玛发的话。所以，他跟女眷楼的主人都很熟悉，也跟丫鬟们熟悉。美子也就认识朱尔钦管家，很尊敬他。但是，美子还真不知道朱尔钦的身世。

美子就把这事儿跟二丹丹说了："我没办法呀，小格格让我领着出去，我哪知道外边什么样，道怎么走，上哪去，都看什么，我全不知道。北噶珊毒蛇很多，道路崎岖，一旦走错了路怎么办？我一想，就跟小格格说：'格格，咱们都不知道外边的情况，不妨我把朱尔钦管家请来，听听他的指点，他肯定能帮这个忙。'小格格一听，高兴地说：'对呀，你去把朱管家请来，让他给咱们出点儿主意，咱们出去看点儿啥？'于是，我就去了。"

朱管家管后边的楼舍和秘密营地的联络事情，我没说吗，吃、喝、拉、撒、睡他都管，所以，他知道这些地方。小美子偷偷地开了后门，拐了好几个弯，到了一个非常漂亮的木刻楞的房子，这是朱尔钦管家的私宅。朱尔钦有两个夫人，都是杜察朗大玛发把两个女奴赐给他的。赏给他两个媳妇，你说他不感激吗？他能不为杜察朗卖命吗？小美子轻轻地拍门，出来的是用人，一看美子来了，问有什么事，美子说："我们格格请老爷去。"里头的用人让她进去说，美子说："我不进去了，得赶紧回去，我不敢到外头来，这事一旦让老主人知道了，就不得了。"然后又告诉里头的用人，让管家赶紧到我们小格格那去，小格格有事找他。就这样，美子又悄悄溜回自己的院子里，她不敢在外边久留，一旦让主人看见了，要杀头啊。

不大一会儿，朱尔钦管家就叩门。他进来后，先给小丹丹叩头下拜，小丹丹让他起来，坐在一边。朱尔钦说："不知小格格有什么事对奴才吩咐？"小丹丹说："今天我想出去走走，请你想个办法，这事不能让我阿玛知道，我就信着你了。我有膀子不能飞，有脚不能走，把我憋死了，你看我能到什么地方去？"

朱尔钦一听，头发唰地一下子就竖起来了，吓坏了。因为老玛发的话他是知道的，要把格格领出去，出了事谁兜着呀，还不找我朱尔钦算账？我脑袋没了，还活不活呀？但是，小格格也不敢惹呀，那是老玛发杜察朗的心肝，要把她惹了，我这个管家还当不当？我今后的日子怎么过？哎呀，把他吓坏了。他想来想去，就苦苦地劝小丹丹："小格格呀，不能出去呀，外头太乱了，有土匪，有蝨贼，出去有生命危险。"

小丹丹马上就说："你不知道我的武艺吗？你不知道谁都不敢惹我吗？我还真想跟那些蝨贼比个高低，我的手都发痒了，我想出去活动活动，我看哪个蝨贼好，我就嫁给他，谁要是天下无敌手，谁要是天下第一，我不管是蝨贼，还是什么的，我就嫁给他，我真想找这个人。我阿玛要不让我找，我不怕，我想见见他，愿意会会这些人。"一个英雄想会英雄，什么蝨贼？谁是蝨贼？几句话就把朱尔钦顶回去了。

朱尔钦又说："小格格，外头的地方太大了，你不知道吗？北噶乌勒滚特阿林的建设，有几百年的历史，从大明王爷到现在，建这么长的时间。前些日子不是开过一次修北噶的盛会吗？来了那么多人。你看什么，是看房子，还是看街道，还是看过去建的牌坊？看看牌坊吧，听说那儿还有大明朝皇上题的字，也有咱们大清皇上乾隆帝题的字。"

还没等他说完，马上就让小丹丹顶住了："什么？看那个，我小时候阿玛就背着我去看过，我看了多少遍了。那有什么看头，不就是一个大牌楼吗？我不看。一般的房子有啥看头，我的房子不好呀，都是雕龙画凤的，这些我整天地看。不行，你一定给我找找。"

朱尔钦慌忙地说："格格，别地方真没啥看的，要不看鹿圈，哎呀，这鹿非常漂亮，都是新选出来的，要运往京师给皇上做御膳用的。另外，还有熊，都是养的一般狗熊，将来用熊胆做药、吃熊掌。格格，你不是吃过熊掌吗，你看看活熊是什么样，那特别有意思。这熊瞎子，胖乎乎的，会爬树，搁树上掉下来，摔得直叫唤，你看看熊瞎子行不行？"

小格格没有吭声，朱尔钦又接着说："咱们还有个海鱼池，那儿养着活鱼，都是北海中最好的鱼，将来都要运到京师，是给皇上和太后吃的。咱们现在吃的也是这个鱼，跟皇上和太后吃的一模一样。格格，你看看那些鱼吧，什么鲸鱼、黄鱼，各种鱼都有。"朱尔钦用三寸不烂之舌，左搪右搪，想一切办法挡住这个小神仙，不让她出去。他心里想，可别惹乱子，要惹出乱子，你格格不要紧，我就没命了。

丹丹根本没听他的，这会儿正生着气，就大声地说："别说了，你纯粹给我耍嘴皮子，要不，你给我滚出去，我告诉阿玛，就说你对我太不尊敬了，一点儿没有礼貌，我让阿玛好好治治你。"朱尔钦吓得赶紧跪下磕头，磕得咣咣直响。"哎呀，小祖宗，小神仙，你可不能这样，你说吧，让我怎么办吧？"小丹丹就说："你起来，告诉我，外头什么地方最奇，什么地方最险、最秘密，你要撒谎，我让小美子拿锥子扎烂你的嘴。"

朱尔钦不得不说："回禀格格，最奇、最美、最秘密的地方，就是老玛发不让去的地方，在咱们的后寨，东北边那个山就是。"朱尔钦也非常狡猾，他想，那是是非之地，就是把我千刀万剐，我也不能去。他马上对小丹丹说："要到那儿去，我告诉你怎么走，人多了容易让人家看见，你最好只领二三个人，我派两个兵丁带着你就行。我是整个后山的大管家，他们都认识，我要领你们去的话，反倒引起人们的注意，这样，格格你就去不成了。"他的话也有对的地方，确实这块儿的人都认识他，但是，更主要的还是搪塞，怕自己露馅儿。小丹丹也明白，就顺水推舟地说："好吧，你给我找两个知道路的人，领着我到那儿去看看。"

就这样，朱尔钦匆忙地施完礼，就出去，找两个能够到七十二匿洞去的小校，也是他的心腹，让他们来领路。然后跟他们耳语说："这事你们千万别说是我让你们去的，一定听我的，哪怕是主子大玛发打死你们，也不能提我的名字。"两个小校在山上能得到这个位置，银两挣得不少，家中也富足了，多亏了朱尔钦大管家。所以，他们就跟朱尔钦说："主子你放心，我们宁死也不露出你的名字。"

朱尔钦心里有了底，又返回来找到美子，他跟美子说："你跟格格千万早去早回，别让格格在外头玩的时间太长了，以免让老玛发知道了。老玛发要知道，你也就不用活了。"朱尔钦说完，就匆匆地溜走了。

小丹丹由美子陪着，走出了女眷楼，门口站着两个小校，他们都是后山的护卫兵丁，其中一个还是小头领。没有小头领领路，她们过不去这些关卡，这都是朱尔钦给安排的。

话要简说，三丹丹跟着他们，秘密地到了七十二匪洞。她跟这个小校说，哪块儿最不让去，就到哪儿去。小校挺听话，一看是小格格，久闻大名，从来没见过的天仙，长得真美，见了她就如同见了皇上，自己觉得真是三生有幸啊。在一个山寨中，能见到寨主最宝贝的姑娘，他们觉得非常荣幸，也顾不得哪句话该不该说，三丹丹怎么问，他就如实禀报了。他说：最不让去的地方，就是冰凌洞。冰凌洞里头还圈着不少给朝廷运货的人，就是给皇上运吃、用的东西，这些人都被抓起来，圈在冰凌洞。三丹丹一听感到挺好奇，就要去。于是，他们悄声地过了山，到了冰凌洞。

冰凌洞是七十二匪洞中的一洞，这个洞特别深，下去像一个天井。因为在山崖的内部，见不到天日，洞下又有水，所以，里头经常有些白霜。洞里头钟乳石很多，钟乳石上挂了不少冰，所以叫冰凌洞。因为洞里有冰雪，寒峭入骨，真冷啊。这个地方，从来不让一般人去，就是当官的也得有腰牌才能去。这些小校一看有兵丁领着小格格来了，谁敢惹呀，没敢挡。另外，也没听到大玛发说不让她来，对她们也没有禁令。这回小格格来了，他们认为是大玛发派来的，想的就这么简单。凡是最秘密的地方，就是灯下黑。平时大家都注意的地方，不让随便来，管得就严。真要到它心脏地方去，反倒没人管，就是这个道理。

小丹丹在几个人陪同下，很顺利地到了冰凌洞。从洞口里头往下看，很深，有个管道通底下，底下灯笼火把，那些牢房里的人都坐在那儿，有的戴着枷锁，头发挺长。搁上头往下看，因为有亮，看得很清楚。管牢的人不一定都下去，有时通过这管子往下送吃的，还通过管子察看下头的动静，谁干啥事儿都能看得着。小丹丹看了之后，心里想：阿玛你咋这么坏，这些人干啥事儿了，把他们圈起来。

他们看完以后，小校对丹丹说："格格，现在不早了，我们该换班了，请格格赶紧回去吧。"这样，三丹丹就出了洞，搁冰凌洞拐过去，往回走。真是冤家路窄，正好赶上杜察朗大玛发从后山回来，他可能察哨去了，陪同他的有庞掌醢庞大人，还有秦典薄秦大人，他们骑着马，说说笑笑走过来。

偏巧碰上小丹丹的丫鬟巧巧了。她本来在家没出来，这时她着急了。

小格格出去好长时间没回来，天色晚了，怕老夫人来找，怎么办？巧巧在屋里憋不住了。美子临走时告诉她，我们很快就回来，你在屋里等着，如果老夫人要来，你就说小格格在屋里玩呢，千万别让老夫人进去。因为每天老夫人都要来一趟，看看自己的宝贝丫头干什么呢。可是这么长时间小主人还不回来，她怕出事，赶紧出去找一找。

巧巧一出来，女人衣裳挺显眼，一眼让秦典薄看见了。哎呀，这儿出来一个女的，一下引起杜察朗大玛发的注意。杜察朗大玛发当然认识了，自己小格格的屋常去，几个丫鬟他都知道。一看，是巧巧，便连声喊巧巧。巧巧一听是大玛发喊她，吓得简直像瘫了一样，慌忙跪在地上。这时他们三人骑着马过来，杜察朗大玛发就说："你出来干什么？谁让你出来的？你胆子真大呀，是找死啊！"

巧巧的爹、妈，以至爷爷、奶奶都是奴才，是杜察朗家族的家生奴才，祖祖辈辈都是奴才。所以，她怎么不怕呢，她知道自己是死定了，干脆啥都说吧，别瞒着了。这时，巧巧就一五一十地说，小格格出来玩了，我怕老夫人找她，就赶紧找她回去。

这时候，小丹丹和美子，还有那两个小校，正好走过来。他们是从另一个胡同过来的，还不知道呢。小丹丹从胡同出来一看，自己阿玛坐在马上，旁边一个是庞掌醯，一个是秦典薄，见巧巧趴在地上，他阿玛正在问话呢。

小丹丹走过来，把杜察朗大玛发气坏了："丹丹，谁让你出来的？你真是胆大包天哪！"杜察朗大玛发回头一看，旁边还有两个喽啰，更气坏了："大胆！谁让你们把格格领来的？"不容分说，命令跟来的三个护卫，喊里喀喳就把两个人绑起来，"先给我砍了！"不容他们讲话，这是让他格格看一看，你出来就是这个下场。当着小丹丹和美子、巧巧的面，马上命令跟着他的护卫，一刀一个，抹了脖子，把尸体扔进了山涧。山涧相当深，野兽马上就吃了。可怜两个小校，连诉苦诉冤的机会都没有，一句话没说，命就没了。

小丹丹马上哭着说："阿玛你怎么这么狠哪，是我让他们去的。""大胆！你敢跟我顶嘴，来人，给我绑上！"开始时，后边几个护卫还不敢，谁敢绑丹丹，他们吓得手脚都哆嗦。杜察朗大玛发气急败坏地说："绑，快绑，你们不绑，妈的，我在这儿也把你们斩了！"这几个人害怕，只好过去先把丹丹轻轻用布条子缠一下，他们哪敢使劲绑格格的胳膊，美子和巧巧，都被五花大绑捆着，然后把她们扔到马背上。

这事儿可把杜察朗大玛发气坏了，他不停地叨咕："我一再讲，不让你们出来，这是咱们的家规，你竟敢违抗，胆儿真大。你出来干什么？"杜察朗这个人一向是疑心大，他认为这里肯定有人指使，是贼人，还是居心叵测的人，要不然，我小格格出来干什么？这件事我一定查清。于是，就把小丹丹带到了女眷楼，圈到客厅旁边的一个小屋里。这个小屋平时是杜察朗大玛发喝茶、休息的地方，比较清静，谁也不让去。丹丹要不说清楚是怎么回事，我连你也杀了，别看你是我的格格，我是不管这个的。你们谁也别求情，要涉及你柳米娜，你也别想活。他就这么狠。

柳米娜知道杜察朗的脾气，他的火上来时，千万别惹他，等他火撤下去了，再慢慢想办法安慰他，引导他，这样可能会好一些。他在火上的时候，尽量别出声，别惹他，让他骂，骂累了，火下去了，气消了，可能会出现转机。他在气头上，你硬要跟他顶，他什么事都能干出来，那真是狼子野心，六亲不认，他连自己的亲格格，就是他阿玛也敢杀。所以，柳米娜把杜察朗的脾气摸得透透的，他发脾气时，怎么骂，柳米娜一声不出。他要喝水，恭恭敬敬地给他倒水，还帮他揉揉身子，"哎呀，老爷，你可别生气呀，气坏了身子，这可不好啊。"她只能说这些话，然后自己悄悄地出去。她想，让他骂去吧，待会儿就好了。她让旁边的用人，赶紧把庞掌醯找来。

用人很快把庞掌醯找来了。庞掌醯和柳米娜的关系，我说书人不愿讲这个事儿。男女之间的事儿，不讲各位也知道。以前是二丹丹帮助拉纤，现在二丹丹不在了，俩人有情还不往一堆凑合？说实在的，在北噶珊，庞掌醯是一表人才，过去是个秀才，后来当了举人，他长得比杜察朗好看多了。我没说嘛，杜察朗长着三角眼，鹰钩鼻子，颧骨挺高，说话像鸭子嘴，一扇一扇的，非常难看。就因为杜察朗有权有势，柳米娜才嫁给他，并没看中他。

柳米娜的父亲是彼得堡的一个大商人，他们是沙皇政治的需要，在大清国里找到一个自己的代理人，一个心腹，就把她嫁过来了，这是一种交易。她要长得不美，能笼络住大清国赫赫有名的、独霸北海的杜察朗大玛发吗？不能。柳米娜也没法子，远离万里把她嫁过来，那只能是生米做成熟饭，将计就计，她心里并不爱他。而杜察朗只是把她当成花瓶和玩物，也说不上什么感情，什么叫爱，他根本没有爱这个概念。柳米娜心里也很憋气，她远离自己的父母，远离自己的故土，她也想家呀，怎么不想呢。她在这块儿没有说知心话的人哪。

偏巧，她遇到了庞掌醢，还真看中了这个庞大人，高高的个儿，长得挺像西洋人。虽然杜察朗长得也是灯笼杆的个儿，但不适称。他的长相，够一说的了，谁看了谁都恶心。所以，柳米娜心中还挺爱慕庞掌醢，感到比她丈夫强多了。何况，庞掌醢能说会道，天天围着柳米娜转，把柳米娜迷糊住了。杜察朗事情多，根本顾不了这些事。这样，一来二去，没多少日子，庞掌醢就把柳米娜弄到手了。他俩关系非常密切，经常是偷着来，偷着去，只要是杜察朗大玛发没在跟前，庞掌醢就偷偷地到柳米娜屋里去，或者，柳米娜偷着到庞掌醢那儿去。柳米娜坐上轿子，外头有个帘子，谁也看不着。柳米娜很风流，西方人都是这样，不在乎这个，不像中原王朝的妇女，有个贞节的观念，有一个嫁鸡随鸡、嫁狗随狗的夫权思想。罗刹人就不讲这些了。

柳米娜跟庞掌醢好，秦典薄也不答应啊。秦典薄能闲着吗？有时候也勾上一脚。庞掌醢和秦典薄两个人，为这事争风吃醋，打得鼻青脸肿，不可开交。后来他俩就讲和了，他们说：咱俩别打了，都睁一只眼闭一只眼得了。庞掌醢这人相当厉害，他已占柳米娜一半了。秦典薄的嘴总是说不上去，知道自己不行，也就那么的吧，所以，他就让了。庞掌醢心中有数，我早晚得把权夺过来，不信，咱们就骑毛驴看唱本，走着瞧。

单说，柳米娜趁着杜察朗打盹睡着了的机会，就出了门，正巧碰上庞掌醢过来。他俩在门外头悄悄商量这事儿。庞掌醢知道，因为他和杜察朗一块儿过来时看见了，所以，他知道柳米娜找他是为这事儿，想让他帮助出出主意。他知道，柳米娜怕宝贝格格受委屈，或者遭到杜察朗的非难。没等柳米娜开口，他就胸有成竹地说："你不要着急，这事就交给我，我会妥善办理。你现在想办法派人告诉这三个小丫头，一个是小丹丹，还有那两个丫鬟，一口咬定什么也没看见，就是出去走一走，没上什么地方去，千万要咬死了。这可不能瞎说呀，好在大玛发已经把陪同的两个小校杀了，这等于没有证据了，谁也不能作证。只要你格格咬死了什么都没看，杜察朗大玛发就没有办法。你现在就办这事儿，其他事儿由我安排。"说完以后，庞掌醢就扬长而去。

柳米娜一看老玛发还没醒，就匆匆来到对面屋，门已经上了锁。但是，门是用纱帘挡着的，她在门外叫小丹丹。丹丹在里头正哭呢，一听是自己的额莫叫她，赶紧说："额莫呀，怎么办啊，阿玛把我圈起来了，赶紧救我们。"柳米娜就说："时间来不及了，啥也别说了。一会儿你阿玛问你们啥，你们三个千万说的要一致。就说，什么地方都没去，什么也没看着，就说出去溜达溜达，记住这话没有？千万别多说一句，你们一定要咬死了，其他事儿你们不用管，有我呢。"没等丹丹答话，她就匆匆忙忙回到自己的屋。

柳米娜进屋一看，老玛发打个盹，醒了，"哎呀，我怎么睡觉了，走，赶紧去审这个不听话的死丫头，竟敢随便到处走，违犯了家法，看我不重重制裁她才怪了。"话还没有说完，外边仆人来报："禀报大玛发，庞大人在门外求见。"庞掌醯现在是杜察朗大玛发的得意心腹，非常敬重他。庞掌醯也真有些道道，杜察朗现在一刻也离不开他。虽然他是大清的一个官员在这儿驻在，实际上已跟他是一个鼻孔出气，是他的狗头军师，给出了不少坏点子，他们完全站在一起了。杜察朗大玛发知道，这会儿庞大人也是为这事来的。因为他都看见了，他来了定有办法。这后山不让去，小丹丹去了，她后边是不是有人指使？如果没有人指使，只是小丹丹自己去了，啥也没看见，这问题还不大，他就怕后边有奸细，这是杜察朗最担心的事儿。这时，他让柳米娜快请庞大人。

庞掌醯若无其事的样子，也没看柳米娜一眼，自己很坦然地、大大方方地进来，见了大玛发，抱拳施礼，然后说："大玛发，我知道你现在的心情不好，不要生气，听我慢慢说，这件事儿不能有什么大的过错，是孩子们玩玩而已。"庞掌醯边说，边坐下。他们常见面，彼此都很熟悉。杜察朗没有让座，他就坐在杜察朗大玛发的一侧。柳米娜亲自给他倒上茶。

杜察朗大玛发说："这个事儿太气人了，我讲了多少次，咱们后山那块儿，不能让任何人去，不能有一点儿闪失。今天出现这样的事情，而且从我家小格格身上出，我非常有气。必须用家法重重制裁，要杀一儆百，我不管是谁，包括我的沙里甘居，就是丹丹格格，如果犯了家法，犯了罪，我也照样用北噶珊的军法处置，绝不留情！"

柳米娜一听，吓坏了，赶紧过来向老玛发求情："哎呀，我的老玛发，你千万手下留情，我现在就剩这一个女儿了，你千万留她。你要让她死，我们娘儿俩一块儿去死。"说着，就号啕大哭起来。

庞掌醯马上说："夫人不要哭，不要哭，这是老玛发的气话，老玛发怎舍得杀你心爱的格格呢？我都猜到了。"杜察朗大玛发说："你猜到什么了？你怎么看这件事情？"

庞掌醯慷慨陈词地说："大人，你想想，你把孩子这么圈着，那也是人哪，那是笼子里的小鸟，笼子里的小鸟在里头还吱吱叫呢。丹丹苦苦跟你说过多少次，我在旁边都听到了，我也曾帮她说过，你哪怕让她出去站一站、玩一玩也好，孩子越来越长大了，人家是学武之人，有武功啊，你总把她圈在这个小院里，天井之地，你不把人憋死了吗？人家出去走一走，有什么错？你能这么苛求吗？反过来，如果把你这么圈着，你能行吗？咱们都要设身处地想想。另外，丹丹是你的亲骨肉，你知道，她从来没跟外人有任何的联系。只不过，你请中原的一些大师教她武功，这些人早就走了。丹丹是挺守本分的格格，人家没做其他越轨的事情，你连她都不相信，你还相信谁呀？我们这些人你就更不相信了。这样，你不众叛亲离吗？我亲爱的、尊敬的大玛发，你想想，她们出去，即便到了后山，后山是一片树林，外头什么也看不到，不过是青山绿水而已，她们能看到什么？你这样大惊小怪，反而使人注意，认为你这里有秘密。如果你不在乎，坦然处之，即或有人重视这个地方，一看你很随便，心里没鬼，他也就不注意了。你今天要杀这个，砍那个，甚至连自己的沙里甘居都不饶恕，都不宽容，这样给外界什么印象，你的后山肯定有秘密，更引起世人的注意。老玛发，你想一想，我作为你的朋友，又是朝廷的命官，说一句不应该说的话，我认为丹丹她们没什么错，我认为她们不能到那个地方去，没人敢告诉她们，不信你就问问她们。至于那几个小校，杀就杀了，他们是犯了法，不应该违背主子的命令，擅自领任何人都是违法的。所以，你杀得对，这一点无可非议，他们死得活该。我认为小格格和那两个丫鬟就没啥，我想把那两个丫鬟带到我那儿去，个别审问，用软硬兼施的办法让她说，你不相信别人，还不相信我庞掌醢？"

庞掌醢这些话，说得非常透彻，挑不出任何毛病来，虽然他的话都是遮遮掩掩，但杜察朗什么都听不出来。可柳米娜听出来了，这些话都是向着她们娘儿们的。杜察朗一听，觉得句句说得都对，而且都是向着他的。这就是能耐，庞掌醢为什么能飞黄腾达，升得这么快，并受到京师穆彰阿大人的青睐，成为心腹。穆彰阿派他到北噶珊来，没多少日子就征服了杜察朗大人，这要没两下子能行吗？那可不是硬吹的，没有嘴荏子，没有智慧，那是不行的。这一点，不能不佩服庞大人。他这些话，确确实实把杜察朗给说服了，使他一句话都说不出来。他原来像个皮球似的，鼓得溜圆的，让庞掌醢的话一扎，呲，全泄气了，他的气没了。

杜察朗说："对呀，庞大人说得对，我这不是自作紧张吗？唉，这事儿，我不应该生气。这样吧，丹丹以后不要自己出去了，要出去，就由我领着。对，老在这个院子关着也不行，小鸟不应该总关在笼子里，该让它出笼了。丹丹的武功那么高强，将来我还靠她为大寨出力呢。庞大人说得对，我鼠目寸光，应让她多见见世面，不单在咱们的北噶，前前后后，走一走，而且还要到东噶珊去看一看，到老林家那块儿也走一走，还要到西噶珊她二姐那块儿看一看。让她知道外面的天下，然后她才能成为这个山上的掌山人，成为我将来的继承人。好，我谢谢你呀，庞大人，你出了个好主意，使我顿开茅塞呀，谢谢。"然后就令柳米娜过那屋，把丹丹叫来。

不一会儿，柳米娜把丹丹领过来。丹丹噘着小嘴，冤屈的样子来到杜察朗的面前。丹丹从小娇生惯养，这次被她阿玛骂一顿，能受得了吗？必然要哭、要闹。她见到阿玛连话都没有，耷拉着脸，心想，你能把我咋的？我出去有啥不对？后来，还是杜察朗大人向她道歉，就说："孩子，我现在饶了你，以后你记住，不能随便乱走，在家一定听你额莫的话，出外要听我的话，不能随便乱来。现在我还不能让你出去，家法就是家法，我说话算数，一定按家法处置。今天全仗着庞大人帮你说了话，我尊敬庞大人，看在庞大人的面上，就不处罚你们母女俩了。但是，从今天起，还要圈你十天，必须在我对过的屋住着，由你额莫给你送饭，不许出去，这十天算罚你，十天以后再说，记住没有？"他问半天，丹丹就是不出声，又说："你听见没有？"

柳米娜也赶紧说："格格，听着了，你就说话。"这时丹丹点点头说："知道了，知道了。"然后，杜察朗大人又补充问一句："你到什么地方去了？看到什么没有？"丹丹马上说："什么也没看见。我们在院里憋得难受，刚出去，就碰着你了。我不知怎么回事，哪点犯法了？这是咱们家的大寨，干什么不让我出去？"

柳米娜赶紧说："哎呀，孩子，别说了，别说了。"庞掌醢也说："行啦，孩子，别说了，你没到哪去，知道你阿玛不准往外去就行了，你到那屋去吧。在屋里，你想要啥就要啥，有好多人在侍候你。"杜察朗接着说："现在你就过去吧。"于是，柳米娜把丹丹领过去。

丹丹走后，庞掌醢大人跟杜察朗大玛发说："我现在就把两个丫鬟领我那儿去，我审问，看她们有什么背景没有，然后把情况告诉你。"杜察朗大玛发说："这事儿就请庞大人办吧，她们如果有违规之事，就请你处置，权我都交给你了。"杜察朗站起来又说："我到水牢去看一看，察看那块儿的情况，你就办理这件事吧。"杜察朗大玛发说完转身往外走，有几个随从护卫跟着，他骑上马，嗒嗒地走了。

庞掌醢命令两个侍卫把美子、巧巧绑上："送到我的府上！"由他单独审问。

侍卫把美子和巧巧五花大绑，后背用绳子吊在房梁上。庞掌醢坐在太师椅上，门一关，就秘密审美子和巧巧。庞掌醢实际上已经是北噶后山秘密营寨的重要首领之一。表面上，他是朝廷驻在官员，其实他已完全投靠杜察朗大玛发，他们是沆瀣一气。与北噶生命攸关，很多事情他都插手，很多的罪都有他一份。所以，他也非常害怕，背后是不是有人指使。表面上，他还装着无事，安慰杜察朗大玛发，怕他瞎说、瞎闹，把事情闹坏了。庞掌醢非常阴险，是杀人下暗刀，背后咬人的狗。他想，小丹丹是不是有人指使，难道与东噶没关系吗？特别是西噶，她二姐已另有所爱，完全站在奇格勒善一边，是不是他们秘密来探听的？西噶有他的心腹和奸细，这些事情他都不详细告诉杜察朗大玛发。他认为杜察朗大玛发遇事莽撞，好耍个威风，沉不住气，也没有跟人较量的枭雄的本领。所以，他没瞧起杜察朗，很多事情都由他自个儿捏点子，然后再潜移默化地去影响杜察朗。他的野心很大，想暗暗地控制这个地方，使它真正成为穆彰阿在北海的一个据点。他虽然有计谋，但又怕小丹丹知道这件事儿，她一旦要讲出去，或者讲给西噶，让她的二姐知道了，那可就坏了。因为二丹丹现在已经站在他们的对立面，那就是朝廷在北海的打牲衙门巡营哨官，像穆哈连这些人。他们现在正在监视北噶的一切行动，如果若传到他耳朵里，那可就给穆大人增加麻烦了。所以，庞掌醢也非常害怕。

庞掌醢对美子、巧巧采取软硬兼施的办法，让她们把事情真相说出来。一方面他对美子、巧巧说："你们有啥就说啥，我庞大人从来就是菩萨心，我也心疼你们。美子，你把这事讲明白了，我就让你做正经八百的平民，你可以找男的，或者我帮你找，找一个你爱的男人，你可以嫁给他，也可以生孩子，自己过自己的好日子吧，别给人家当奴才了。你当到何时才是个头啊，当奴才就是不好，主人一旦有事，让你死，你就得死。巧巧你听清楚没有？你已是几辈的奴才，这是你翻身的机会。你们说清楚了，究竟是怎么回事儿？不怕说到谁，都告诉我，我都替你们保密，谁也不敢伤害你们。如果你们敢跟我撒一点儿谎，看没看着？我这里有烧红的烙铁，我就一块儿把你们身上的肉烙掉了，让你们死无葬身之地。我还不让你们马上就死，我一点儿一点儿，先割掉你们的舌头，再割耳朵，挖眼睛，一块肉一块肉地撕掉，让你们疼死。你们马上还死不了，遭罪去吧。两条路摆在你们面前，由你们选。今天老爷我就奉陪到底了。你们说，是怎么回事儿？"

巧巧一看庞掌醢庞大人的架势，就害怕了，只好把实情讲了。她说："以前的事我确实不知道，我看小格格还没回来，心里特别着急，我出去找小格格，别的事情我都不知道。"美子，敢作敢当，直截了当地说："庞大人，要问就问我，这事情只有我一人知道，巧巧确实不知道。是我给丹丹安排的，丹丹让我联系，这事儿是我办的。我说话算数，我这个人不怕死。庞大人，你不要折腾巧巧，巧巧无罪，巧巧确实不知道。"

听了巧巧和美子的话，庞掌醢把事情经过一分析，觉得是合理的。因为，他跟杜察朗大人骑马回来的时候，听巧巧说，为了找小格格，具体情况她不知道，所以，这事与巧巧关系不大，肯定不是巧巧干的。庞掌醢也知道，美子是小丹丹的心腹，美子虽然是她的奴才，丫鬟，但是，小丹丹对美子像自己的小妹妹一样，她们之间无话不谈。因此，庞掌醢认为，美子是关键人物，现在，想办法把美子问清楚，事情就会水落石出。

晚上，庞掌醢把巧巧和美子两个人分开，各住一个屋，虽说是住，实际都捆着，身子后系着绳子，都吊在房梁上，弯着腰，半吊着，两个脚可以耷拉在地上，那就算睡了。就这样，庞掌醢连续审问了三宿，美子一句也没说。庞掌醢最后问她："美子，你说你只知道女眷楼里的情况，外头情况不知道，我相信你。但是，你是领着小格格出去的，外头的情况是谁告诉你的？是谁让你找了那两个小校？你就告诉这事儿就行了，是谁让你找的？是不是管家朱尔钦？你就告诉这个就行了。我认为肯定是朱尔钦，因为朱尔钦是后院的管家，他能派人去。另外，朱尔钦也能到你们女眷楼去，因为他得到了杜察朗大玛发的特许，你不要瞒我，是不是朱尔钦？"

美子非常大方地说："是啊，是他，这你能想到啊，我们根本不知道，朱管家知道，那是朱管家的事儿。朱管家不是我找的，是格格找的。再说了，格格找他，他能不去吗？因为他是总管，别人不能找，这一点，不用你问，事实也是这个情况，还用你费什么唇舌呀？"美子把庞掌醢顶了，庞掌醢心想，肯定是这回事儿了。

第二天早晨，庞掌醢把朱尔钦的事告诉了杜察朗大玛发。大玛发马上命令把朱尔钦抓来。抓来以后，把朱尔钦一顿暴打呀。把他反绑在一个高架上，胳膊、脚吊起来，头冲下，底下还烧着火，火烤着。杜察朗大玛发气冲冲地说："你必须交代，你把小格格带到什么地方去了？为什么带她去？是谁让你带她去的？你不说，我七天不给你饭吃，让火活活烤死你，饿死你。"朱尔钦就这样被吊在高杆上，下面火在烤着，烟在熏着，时间长了，头也晕，口也渴，饭也不给吃。朱尔钦连着昏迷不醒两天多。

这几天，美子和巧巧每天晚上都遭到庞掌醢的蹂躏。巧巧就在庞掌醢蹂躏的时候，自己拿出剪刀，自杀身亡。庞掌醢在奸污折腾美子后，累了，自己喝点酒，就到他那屋睡觉去了。美子趁这个机会，用身边的剪刀，慢慢把绳子割开，然后轻轻地把后窗户开开，就跑了出去。在漆黑的夜里，她顺着后山的道就往下跑。这个道，她从没走过，真是老天保佑，一路上没碰到人。到天亮的时候，她已经出了后山，发现山涧下面有水，她想不如早点跳山涧而死，结束自己的一生。美子连哭带笑，嘴里还不停地叨咕："巧巧，我去找你去了，咱们到阴间相会。"她正要往下跳，突然觉得后边有人一抱，她吓了一跳，摔在地上，仰头一看，转圈都是陌生人，就是这样一个过程。

小美子在哭诉的时候，旁边的都尔钦像被刀扎一样，早就听不进去了。他连搓手带蹦高，干脆就坐不住了。等大伙儿把美子扶起来，他就哇的一声哭了。他向穆哈连和乌伦哀告地说："两位大哥，快点去北噶珊吧，快点杀了这个坏蛋庞掌醢，给小美子和巧巧报仇。快去吧，救我的七哥，再晚了，我的七哥就没命了。"说完，又呜呜地哭起来。虽然他知道，在这块儿不应大声说话，但他心里特别难受，急得没办法了。

穆哈连安慰他说："好兄弟你别哭，咱们现在不是想办法吗？一定要救出你七哥。他对咱们很有用，败子回头金不换，你放心吧。现在咱们不能光想报仇，杀庞掌醢。我现在就想抓到他，通过他了解北噶的情况，以后再跟他算账。"穆哈连说完看看都尔钦，又看看大伙儿，然后接着说："各位弟兄，我想跟乌伦兄弟，马上去夜探北噶珊，直接去见庞掌醢，我看他能怎样？"

他话没说完，德格勒、卡布泰、二丹丹都不同意，他们一致的意见是，现在不能这么做，这么做咱们会上当吃亏的，为什么这么说呢？因为北寨出了这个事儿，他们肯定戒备森严。杜察朗大玛发疑心大，他肯定会加重兵力守卫，保护他的大寨。现在去，不但不利于调查这事儿，反而容易增加些麻烦。这话说得也有道理，穆哈连听着，觉得他们说得对，这事还应该冷静地想一想。大家认为，应以智取为上，想办法进北噶珊，抓住庞掌醢。庞掌醢是这次害人的凶手，又是北噶珊七十二匪洞的关键人物，他又是朝廷派来的所谓命官。抓到他，可能就抓到了问题的症结。

但是，怎么智取呢？大家七嘴八舌，各想各的办法。小美子一看这些人都是好人，而且二丹丹也在里边，她非常高兴，抱着二丹丹让她救命，她说："我身上带出一件东西，就是巧巧自杀的剪子，我也用这把剪子，剪断了绑在我身上的绳子，才逃出来了。这个剪子是他杀人的罪证，你们看是不是有用？"大家听了顿开茅塞。

穆哈连说："好啊，是有用。"美子又接着说："巧巧一再跟我说，让我替她报仇。现在看来，这个机会有了。巧巧的尸体我知道。在北寨，奴才死了，一般来说，头一两天不敢公开拉出去，都是在晚上让人看不着的时候往外拉。因为奴才多，怕有影响，他们先把尸体放在房后，等夜里以后再悄悄拉出去埋了，或者扔到山涧去。我肯定巧巧的尸体还在庞掌醢的后屋里，或者在房后的野甸子，上面盖着席子和乱草。我现在心里特别难受，我请各位大人，请二格格帮忙，把巧巧的尸体接出来，我真想把她埋在一个地方，这也是我跟巧巧一生的感情，要不然我死不瞑目啊！"

美子这些话，启发了穆哈连，是呀，如果现在把巧巧的尸体弄到手，这又是庞掌醢的罪证，有了这些罪证，在制裁他时，他就会乖乖地听我们的指挥。穆哈连想到这儿，就提出这样一个想法，大家看行不行？咱们智取，今天晚上马上行动，卡布泰、德格勒随二丹丹去北噶珊。穆哈连对二丹丹说："丹丹哪，我交给你一件事，你一定想办法办好，还要办妥。你回到北噶珊，直接到庞掌醢府上。你用什么花言巧语，用什么谎话都可以，只要把庞掌醢骗出来，你就大功告成，我们就非常感谢你了。"二丹丹说："那行，我能办到，这事请大人放心，对庞掌醢我是手到擒来。"

接着，穆哈连又对身边的德格勒和卡布泰说："好弟弟，我现在还求你们两位办点事，因为你们两人的面目，北噶珊他们不熟悉。你们去了，门卫那些小校也不会注意。你们扮成猎人，现在穿的衣裳就行，做二格格的亲随，是跟她打猎的猎手。你们进了大寨以后，记住，要办两件事，一件事，你们跟着二丹丹，她知道庞掌醢的家，你绕到他家的后院，那是一片小白桦林，我估计他们现在还没有时间处理巧巧的尸首，庞掌醢一定把她扔到房后的小树林，可能用什么盖着。咱们把尸首抢回来，就是庞掌醢的一大罪证。找到尸首后，用皮口袋装好，用独轮车推回来。你们一个人就行，在北噶珊推独轮车的人相当多，谁也不能想到是那个东西。这样就直接跟着丹丹和庞掌醢顺利地出了他的右边门。第二件事，另一个人，在见到巧巧的尸首以后，赶紧到街里看一看，大架子上吊没吊一个人。杜察朗有个习惯，把犯罪的人都吊起来，下面没人看着，把他们活活吊死，或者饿死。因为，朱尔钦也是杜察朗身边一个得意的管家，何况他又是西噶珊奇格勒善大玛发的儿子，我估计，杜察朗大玛发从两个大寨的关系上，也不肯害死他，只是吓唬吓唬他。所以，你们看见朱尔钦吊在那儿，立刻把他救下来，一定想办法把他带出来，就这两件事。"德格勒和卡布泰也欣然答应了。

话要简说，他们三个很快就消失在密林中。他们从后山又绕到前头，丹丹领着德格勒和卡布泰，到了大寨的左边门。几个小校一看是二格格回来了，都非常尊敬，没有丝毫的警惕。何况后面跟着两个猎人，那肯定是二格格的随从，是护卫她的。所以他们很快就进了大寨，门丁也没有通报。

二丹丹进了大寨，就直接去了庞掌醢家。进了门，二丹丹就喊庞大人。庞掌醢正坐在屋里，喝着茶，心里想着事儿。这时他想的就是美子跑了这件事儿。美子跑了他不怕，他可以处置她，因为杜察朗大人已经讲了，你可以处置。但他想，她跑哪去了？能不能没有死？她跑到东噶珊，或者是跑到西噶珊，怕她揭露霸占她的坏事，那有失体面哪！这时候，忽然听到二丹丹来了，他赶紧出去迎接。二丹丹到跟前挽着他胳膊，一口一个庞大人，叫的那个甜劲儿，使庞掌醢真是神魂颠倒，把所有的愁事都忘了，就说："丹丹你今天怎么回来了，哎呀，好几天没见到你了，真想啊！"二丹丹说："庞大人，今天我是打猎顺道过来了，我还没回家看我的额莫和阿玛。大人哪，你跟我去看看，我打了一个千斤重的大豹，这豹子真大啊，是金钱豹，是我打的。还没伤皮子，只是把眼睛打瞎了。跟我来的几个猎手在山下看着呢，我特意从山下跑过来，请你看一看，这个豹子的皮好不好，我想将来熟好了，请你拿到京师给我做一件好的衣服。"她这样缠着庞掌醢。

庞掌醢说："豹子皮有的是，格格，不用看，将来我给你弄一个好皮子。"二丹丹撒娇地说："不，这是我打的，你去看看吧。"二丹丹连拉带扯，硬把他往外拉。庞掌醢最怕自己心爱的人撒娇，一撒娇他就忘了东西南北，腿脚也不好使了，人家一拽，他就不自觉地跟着走了。他一边走一边回头喊用人，让用人告诉他夫人，我跟二格格出去，一会儿就回来。

就这样，庞掌醢跟着二丹丹，两个人说说笑笑，亲亲热热地到了右侧门。把门的小校一看，一个是庞大人，一个是赫赫有名的二格格，都深深地打千施礼，谁敢挡呀。所以，他们两个就这样顺顺当当地出了门。出了门，丹丹马上说，庞大人等一等，还有两个跟我的随从，到我娘家取点东西，他们一会儿就回来。庞掌醢一听，就只好等着吧。

不大一会儿，看两个人推一个小独轮车，一个人两手把着车把推着，一个人在旁边把着，车上放一个大皮袋，包着些东西，上面还坐着一个人。这个人头上蒙着布，像受伤的样子。两个人推着车过来了，庞掌醢想要仔细看看，丹丹说："走吧，别看了，咱们赶紧看豹子去吧。"庞掌醢心想，反正都是猎人，也没啥看头，走吧。

走了不大一会儿，庞掌醢就问："豹子在哪呢？哪有豹子？你打的豹子放哪了？"二丹丹说："大人，你往前走，离这儿不远了，前头有几个猎人看着呢。豹子还没死，大人赶紧去看，是我打的。"就这样，二丹丹又拉又推，庞掌醢只好跟着二丹丹慢慢地下了山。他们左拐右拐，进了一片树林子。庞掌醢又问："豹子在哪呢？这也没有啊？"二丹丹又挽着他的胳膊，跟他那个亲热劲儿，他真有点儿心花怒放了。两个人说说笑笑，不一会儿，拐过山弯，就到了树林下面。

只见出来三个人，正面站着的正是穆哈连穆大人，朝廷的三品侍卫。旁边站着的是前些日子见到的，英大人的三品侍卫乌伦巴图鲁。另一边站着那个人他不认识，是奇格勒善大玛发的小儿子都尔钦，手里拿着一个棒子。这时，庞掌醢这个光禄寺在这儿驻在的官员，看着眼前站着的两个武士，吓坏了，脑袋嗡地一下子，好像什么都不知道了，完了，完了，我上当了。他慌忙地向两位三品侍卫磕头，因为他是四品呀。

穆哈连说："庞掌醢，我有些事情想向你讨教，今天麻烦二格格把你请来，请你随我们走一趟。"庞掌醢吓得直哆嗦："大人，大人，我今天有事，身体欠佳，明天去行不行？"乌伦说："庞大人，还是政务要紧，你身体欠佳？这些日子不是很好吗？走，走吧，就是没轿，你跟我们一块走。到山坡下，有马，你可以骑着马。"就这样，他们很顺利地把庞掌醢带到穆哈连在林家窑下边十字路口那个赫赫有名的打牲衙门行营哨卡。

穆哈连他们安排得很细致，这个计谋也非常巧妙。德格勒、卡布泰他们到北噶珊大寨以后，很顺利地找到了巧巧的尸体。他们马上把尸体放在皮囊袋里，装好以后放在推车上，又赶忙去找朱尔钦。他们打听旁边过来的一个老者，问朱管家现在在哪呢？那位老者说，哎呀，朱管家可糟了，被他们给绑起来了，你没看着，那桌子旁边吊着一个人，就是他。他们赶紧到那去，周围还没有人，在吊人的下面有一个小桌子，桌子上放些米饭，让他吃的。他两只手倒绑着，已经昏迷，可能累了，闭着眼睛。卡布泰拿刀把绳子砍断，就招呼朱尔钦。过去他们都认识，也曾经劝过朱尔钦，别到这儿来，要听你大玛发的话。但是朱尔钦是一条道跑到黑，好吃懒做，在这儿当个管家，觉得挺享福。所以说，就不愿回西噶珊了。

这时，朱尔钦一听是卡布泰来救他了，感到小命有救了。卡布泰就问他："你弟弟老八在哪呢？""哎呀，老八想要救我，被杜察朗给打跑了，不让他到跟前来。"卡布泰说："闲话少说，马上跟我走，离开这个是非之地。"就这样，把朱尔钦救下来了。他俩告诉朱尔钦，你赶紧坐在车上，脸上蒙些皮子，别人认不出来，装着打猎受伤了，找郎中看病。朱尔钦上了小独轮车，问这皮袋装着什么，卡布泰说："你不用问了。"这个皮囊袋是猎人宿营睡觉用的，人钻进去以后，把上边口一系，非常暖和。卡布泰他们用皮囊装着巧巧的尸体。巧巧是个女流，个很矮，不显眼。朱尔钦以为是装着衣服什么，坐在车子上，两条腿骑着袋子。他们推着车急忙往前走。

不大一会儿，就看到二丹丹在门口等着。把门的小校以为推车的人是二丹丹身边的亲随，也没注意看蒙着那个人是谁，这样他们就出了门，很快就赶上了庞掌醢。二丹丹一看，他们两个已经跟上了，就放心了。这一切，都按他们事先想好的进行，直到把庞掌醢带到打牲衙门行营。

穆哈连马上换上了三品官服，佩带腰刀，戴上英雄帽。旁边的乌伦巴图鲁也脱下自己的猎人服装，穿上那个三品侍卫的武将服。两个人坐在前面，穆哈连坐在正面，乌伦巴图鲁坐在旁边。两侧有卡布泰和德格勒，都穿武将服，一个是骁骑校，一个是佐领衔。两边还站着不少兵丁，都佩带腰刀，像升堂一样。

这时，庞掌醢一瞅不好办了，可不能耍威风了。在堂上坐着的，那是钦命三品，是受天朝特命来北疆的，掌握兵权，掌握政权，有生杀予夺之权。穆哈连当时就叫了一声，还是尊敬他："庞掌醢，我知道你是大清天朝光禄寺的命官，你知道，今天为什么叫你到这来的吗？"

庞掌醢这时站在一边，一听穆哈连叫他名字，慌忙跪下磕头，赶忙说："小的不知道犯了什么罪，我来这儿兢兢业业，忠于职守，我是受穆彰阿大人之命，来北噶珊驻寨。我日夜想的都是朝廷之事，做的都是朝廷让我做的事，我是有良心的，我没有欺骗二位将军。"穆哈连就说："你还想欺骗，你现在知不知道，你犯的什么罪，远处不说，近处犯了什么罪？""哎呀，小的没犯什么罪。""你为什么强奸主人家的婢女，有没有这事？由于你施暴奸淫，使巧巧用剪刀自杀。""哎呀，没这事，我不认识什么巧巧。"

穆哈连见庞掌醢不老实，立刻传美子。兵丁把美子带上来，美子上来就跪下磕头，说："大人，就是他，庞大人把我们害得好苦啊！巧巧由于他的奸淫，自己寻了短见，我也是受他糟蹋的人。请大人看，这个剪子，就是他家的剪子。"美子说着便把剪子拿出来，穆哈连接过剪子，拿到庞掌醢跟前，问他这是谁的剪子？庞掌醢说："我不认识啊，这是谁家的？"乌伦巴图鲁就说："你现在还不想老实交代呀？"

这时，庞掌醢耍赖地说："我是朝廷的命官，是受皇恩的，我是对穆彰阿大人负责。"穆哈连勃然大怒："你还以命官自居，真不自量，这是给大清丢了脸，知道不知道？你以为我们是私设公堂吗？胆子真大呀，抬头看看，我是干什么的？"说着从自己内服中拿出一张黄绢子，交给了乌伦巴图鲁："兄弟你拿着，让这位大人看一看。"乌伦巴图鲁双手捧着绢子，放到庞掌醢面前，说："庞大人，你不是从天子脚下来的吗？你看看，你认不认识这字，上头写着什么？"这时候庞掌醢才看清楚，原来是嘉庆皇帝的亲笔御书，而且还盖着皇帝的御宝御玺，上面写着：

钦命三品侍卫穆哈连，行辕北疆，总理一切打牲巡疆一应事务，特准裁定，决策而后奏之，钦此。

大清嘉庆五年春正月。

讲得非常清楚，皇上钦命三品侍卫穆哈连，行辕到了北疆，在那儿可以总理、巡查和打牲的各方面事务，而且对这些事务自己有权决策，然后再报给皇上。所以他的权特别大，他有生杀予夺之权啊。这是皇上给的，任何一个官，不管是几品，哪怕是二品官，你到了北疆，这里有皇帝钦命，他就有权管你，就可以制裁你，制裁完了，再报给皇上。

说起来，这是赛大人、英大人特别给穆哈连申请下来的尚方宝剑。他们怕北疆关山中有些事情不好办，那块儿有很多权臣，怕有些事情行不通，而且往返朝廷路程遥远，需要很长时间。由于拖延时间，很多事情容易办砸了，办不成了。赛大人、英大人，早就想到这一点，而且替他办了嘉庆皇帝的亲笔御书。庞掌醢一看，全身就瘫了，真是吓得都尿裤子了。这时他就不敢争了。连磕头带捶胸地说："小的有罪，小的有罪。"什么都承认了，剪子确实是他的。

穆哈连说："你起来。"这时让卡布泰拽起他，把他拖到外边："你看一看，你害死的人，尸首还没来得及处理呢，可怜年轻的女子，就由于你的施暴，使她无法生活，自杀而死，这是不是人命？"

这时，小美子又哭了，述说自己受害的经过，她说："我也是受害的，受他奸污的，请大人查一查，他衣服还没有换，他的衣服上还沾着我们咬手指头的血，我跟巧巧把手指头咬破，把血特意抹到他的内裤上，为的是有一天，我们相信会有人给我做主的。"小美子说着，呜呜地哭。这时，穆哈连又让两个兵丁，扒下他的裤子，看他内裤上确实抹了不少血，穆哈连就指着庞掌醢说："这血是怎么回事？"庞掌醢说："臣有罪呀，臣有罪呀。"就这样，庞掌醢只好有啥交代啥，一点儿不敢隐瞒了。

庞掌醢善于随机应变，他一看不好，穆哈连有皇上亲笔御书，这他没想到。从京师秘密送来传报，说几年前穆哈连随着他两位师傅回来了，只觉得他们是从京师来的，从皇上身边来的，但没想到有这步棋，他有尚方宝剑，这可事关重大，不但涉及自己全家性命，也涉及穆彰阿穆大人。他们合谋生财，暗地搞些鬼勾当，仅这一项就够说的了。他想到这儿，灵机一动，就想出了办法。现在我就将计就计，他们想要的就是北海的秘密情况，说明他们现在还没掌握。我就一切都答应下来，我把事情都跟他讲，得到一个认罪诚恳的态度，然后我再见机行事。于是，他就号啕大哭，鼻涕一把，眼泪一把，跪在那块儿就讲："为臣贪婪私利，受别人串通。我家上有父母，下有妻儿，请大人禀报皇上，给臣一个改过的机会，赏臣一碗饭吃。我从今天开始，什么都不干了，一定改过自新。现在我把事情和盘托出，禀报二位大人，希望能够将功赎罪，我死了也能闭上眼睛了。"这时，他就一五一十地讲，乌伦巴图鲁在旁边用笔一笔一笔地记着，穆哈连静静地听着。

原来北噶珊确实藏匿国家的各种药用资源，有七十二个匿洞，洞洞都有从北疆压榨来的价值连城的财物。他们不顾国法，为穆彰阿和几个清廷的大员，聚敛财富，确有此事。第二个，他们的党羽也很多，在北海有两大据点。这个过去穆哈连和云、彤二老也不知道，他们以为北噶珊是个黑据点，把北噶珊拿下来，北海可能就平静下来，朝廷打牲衙门的栈道和一些哨卡，就能很好地建立起来。其实不是呀。他们这种秘密的勾当，从乾隆初年就开始，杜察朗在北噶珊的整个山上山下建起一个大据点，这个据点，叫北噶聚宝地，这些人暗中都这么叫。这还不够，他们还有触角，这个触角一共有七个，最著名的触角，是在北海边的韩家土窑。

我要向各位简单说几句，为什么都叫窑，比如，林家窑，杜家窑，还有沙家窑。所说的窑，就是在地下挖个坑，上头盖上房子。北边寒冷，从古以来就是住在地下，地下暖和，上头盖上篷，在篷底下住着。到夏天搁地下搬到地上，或到树林里住。所以，在北方"窑"这个词非常多。不过，窑的建法历朝有些变化，过去就是挖个坑，上头搭个架子，后来越建越好，越整齐，甚至挖完坑以后，外头用木头垒起来，里头有睡觉的地方，有藏东西的地方，还有各样的仓库，有内洞、外洞，窑里头是连着的。后来就发展成半地穴形式，民间叫地窨子。在地面上出来一块，外面的阳光进来得比较充沛，能够保暖。后来又有了炉子和火炕，解决了取暖的问题。如果火炉子、火炕不解决，人们不敢在地面上住，因为地上的雪相当厚。

韩家土窑现在是他们在北海一个秘密的前哨，所有的海鱼、海兽、林中的野兽，包括更远的堪察加一带的，什么白狐、雪狐，还有北极熊，这些皮张都有。另外海象牙，十分珍贵呀。大鲸鱼的眼珠特别出名，像珠子一样，叫鲸鱼珠，价值连城。在那块儿收集，用的钱非常少，或者雇用一些当地各族部落的土民，给他们点儿钱，然后把东西收上来。这些个在清朝有例律规定，都是由官府或者由打牲衙门来管，往下摊派，由骑兵和民工、庶民或者是流放的人来采集，统一由打牲衙门进行调配，交回国库，这是国家的权力。他们背着国家，凭着自己的势力，对国家交一点点贡品，稍微应付一下，其余窃为己有，然后自己秘密建库。这是清代北方一大弊端，不少人从中钻了空子。

穆哈连听着庞掌醢介绍，自己大吃一惊，没想到这么严重，问题这么多，这真像《诗经》讲的硕鼠，这些硕鼠把国家都掏空了。他们在韩家窑子建立穴洞、仓库，把东西储存那块儿，然后再运到北噶珊，在北噶珊再分发到京师。运到京师的东西，首先放在灯市口的聚宝货栈。聚宝货栈是他们贩宝的地方，往外卖的门市。聚宝货栈是他们的总站口，他们在湖南、湖北、广东、广西、云南、贵州等地，甚至宁夏都有他们的分号。南方人要想吃北方的菜，吃北海的珍馐，就得用很多的银子到分号去买。那些达官贵人，清代的八旗子弟，包括汉人中的富贵之家，要做什么珍贵的衣裳，儿女婚嫁，老人的寿礼，所用的礼品，所有的佩饰，清代都非常讲究。必须用北珠，就是东珠；用北狐，就是雪狐；用北貂，就是北方的紫貂；北参，就是北方的人参；白皮，就是雪狐皮。最贵的是北极熊及一些鹿的、鲸鱼和虎豹的，还有各种雄性动物的生殖器。北边野兽越凶猛，它的阳物越大，药性也越强。所以，一般阔佬都比试，你弄没弄到北鞭，没有说弄南鞭的。因为南方天热，动物都非常瘦小，它的阳物不粗、不长、没有力量。一般一提这事儿，就说：哎呀，我是通过××老大人之手，从什么公公，就是太监之手，从皇宫中弄来的，都是搁北海那弄来的。凡是熊鞭、虎鞭、鹿鞭，都加上北字。

通过庞掌醢的嘴，他们知道杜察朗现在已有一定的力量，这个力量，使他们横行霸道，受不到官府的制裁。他们有自己一套秘密的武力体系。这个体系有神刀手马龙，马龙前些日子还来过，他是穆彰阿大人身边的人。马龙的武艺高强，是世外高人，他身边有三百刀斧手，特别野蛮。这几个据点雇用当地的渔民和猎户，如果稍有偷闲，或者把好的东西藏起来，把坏的给他们，他们干脆就把你投入海里。他们看哪个姑娘好，就霸占过去。有的要结婚，头一宿两宿都被这些人先占用，然后再结婚。这些渔民和猎户，敢怒不敢言。第二个，就是八宝禅师黑头僧，这个人武术高强。

还有北海如意侠杜察朗，他是五台山派，杜氏家族都是五台山派，他们是从五台山请来的高僧传授的武艺，包括他的女儿，大丹丹、二丹丹、三丹丹，武术都很高强。特别是三丹丹，学的时间长，人也最机灵，她使的是单刀，刀法很特殊。杜察朗武术也可以，但他作为北方的一个镇守主帅，主要靠下面的人，他自己起的名字好听，叫如意侠。还有小力士猛哥，这是一个徒弟，另外还有潘家兄弟，他们现在占据着北海的韩家窑，叫潘天虎、潘天豹。这哥儿俩挺凶猛，老大潘天虎，外号叫勾魂鬼。老二潘天豹，外号叫白无常。这两个人都是吃人的魔王，他们本身就吃人心、吃人肝。

有很多外来的武林高手，其实并不住在北噶珊那块儿，在北噶珊住的都是驻在的官员。这块儿真正秘密的地方，据庞掌醢交代，是在韩家窑。到韩家窑山路崎岖，二百多里路，你走四五天都到不了，爬山下岭，没有道可走。如果没有向导领着，你根本找不到韩家窑，相当秘密。从外边一看，那是一片密林，一片石砬子，左拐右拐才能找到的地方。所以，我详细情况不知道，光是听说，我没去过。

再一个是和罗刹的联系，韩家窑是个据点。罗刹也重视北疆，他们从西边过来，在北海边建了几个据点。他们不像咱们清朝政府，官员带着兵马一年到北方去一两次，隔二三年再去一次。到那看一看，有啥变化没有，然后扔一块石头，做个记号，就回去了。回来后把情况一上报，说挺安全，没有事，就算完了，历朝都是这么做的。咱们没有驻在的兵丁，谁都嫌那块儿关山重重，道路崎岖，天气严寒，什么东西都吃不着，只能吃野菜、兽肉，谁愿意去呀。正因为如此，清朝历代官员对北方的情况不是那么清楚。可是，罗刹就不这样了，他们走一步，像钉子钉在那儿，召集当地的土民，给他们银两，给他们卢布，让他们住那块儿开垦荒地，然后帮他们建房子，修栈道，还按时拨给他们一些钱财和粮米，甚至还拨给他们抢来的女人，做他们的妻子。这样，走一个地方，就建一个小据点和村落，再往前，又建一个小据点。他们是一步为营，步步为营，稳扎稳打。他们从西部就是这样过来的，现在已在北海附近建了几个据点。而且有两个出名的东正教的大牧师，一个是班达罗夫大牧师，去年秋天有人秘密把他抬到北噶珊来传教。还有一个叫希缅尔基的大牧师，也是非常出名的。韩家窑有罗刹的据点，到那你可以了解彼得堡、莫斯科、贝加尔湖附近的情况。

庞掌醢为了讨好穆哈连，使他相信，将来能帮他说一句好话，介绍了不少情况。这时，他又哭起来，并且说，自己近日身体欠佳，饭吃不进，我确实无力再往下讲了，请二位大人，我的大老爷们，我的祖宗，你们能不能饶恕我，让我先歇一歇，给我点饭吃，让我喝口水，我现在就想躺着睡一觉，明天我再给你们讲行不行？请二位老爷，二位活祖宗，二位大人，你们放心，我庞掌醢把你们看成今生的父母，来生的再造父母，你们是我的大恩人，我不能忘了你们。你们对我这么好，我也会对得起你们，我从此以后就改邪归正，一定做二位大人的心腹。北边的情况，你们需要啥我就讲啥，我在北边待了这些年，我知道得一清二楚，你们放心，我不会跑，也不会走。我今后永远跟着你们，哪怕给你们提鞋吊镫哪，我都心甘情愿哪。说完了，又是哇哇一顿痛哭。

这些人一看他真有点诚心，看起来是有悔改的表现。人都要分析地来看，人不要认为一坏就坏到头了，也可能变变心，改改好，也可能是败子回头金不换。看他那个样子，让你就往这方面想。他这一哭，卡布泰这些人心也就软了，这些人心肠好，直性，非常纯朴。想不到，被这个心怀叵测的人鼻涕一把眼泪一把地给迷住了。穆哈连当时就说："好吧，我们听你的，但要看你的行为，你先休息休息，明天再讲。你一定要如实向朝廷禀报，有一点隐瞒，或者胡言乱语，你要知道，这是抗旨的，你要受到严厉制裁，我要把你送到大理寺去，那时候可别说我穆哈连不讲情面呀。"

庞掌醢紧忙磕头如捣蒜地说："大人哪，你放心吧，我的活祖宗，你相信，我哪也不去了，我就愿意住你们这儿。晚上睡不着，我就详细地给大人想，想完我给大人写出来，包括京师的有些事，我都给你们写出来。大人饶恕我，有些事我不敢说，有些人我不敢提，怕得罪了当朝某些官。"看他如此诚恳的样子，穆哈连一使眼色，把他圈在大寨的一个单独的屋里，让德格勒和卡布泰认真地看管，也可以把他的手和脚绑上，他们就喳喳称是。

单说庞掌醢，晚上睡一会儿，就说拉肚，没到一个时辰，连出去七八趟。哎呀，可把卡布泰折腾苦了，他出去一趟，就得跟着，还不敢走得太远了。卡布泰到跟前，他就放屁，他也真会表演。后来，卡布泰说，行了，我也不给你绑着了，就在门口附近，这都是树林子，愿在哪蹲就在哪蹲，你可不能跑，要跑我就砍你的头。庞掌醢说："哎呀，大人，你说哪去了，我现在的心都向着你们了，我活着是你们的人，死了也是你们的鬼，你们到哪我跟到哪，我已改过自新，我用我的一片真心向你们发誓。"德格勒说："行了，行了，别说了，我们相信你。"就这样，他晚上哪哪一声出去了，又回来，折腾的两位将军也没睡好觉。

到天亮的时候，他们大吃一惊，床头啥也没有了，原来庞掌醢逃跑了。卡布泰和德格勒到林子找遍了，干脆没找到。他们慌忙地到另一个屋向乌伦和穆哈连报告。乌伦赶紧起来，帮助找，他们到处找，也没找到。把穆哈连气得在屋里来回走，责怪地说："你们两个看一个，怎么还让他跑了呢！"乌伦说："行了，大哥，别生气了，咱们早晚还得抓住他。现在咱们赶紧商量，趁庞掌醢还没跑回去，他们还不知道情况的时候，咱们趁热打铁，飞马闯关，去拜会一下韩家窑。只要把韩家窑潘天虎、潘天豹抓住，就能砍断魔鬼的前爪。这样咱们回去好向皇上禀报。现在他的触角是在前头，这块还不是他的触角，咱们抢到前头去，直接兵发韩家窑。世上无难事，我看咱们就闯这个关。"穆哈连高兴地说："好兄弟，我就是这个意思，他跑就跑了吧，抓他一个也没用，咱们还得圈他，现在也不是圈罪犯的时候，他的罪证咱们已经抓到手了，关键是把他们秘密建的黑窝一个一个地摸清楚。"他们几个这么定下来了，就直奔韩家窑。

单说，庞掌醢这个小子，真是猾透了。其实，他肚子不怎么疼，但是他表演得挺像，肚子一鼓起来，噔噔就放几个屁，你看他的能耐行不行？他把德格勒、卡布泰给唬住了，真像出去拉稀似的，一遍一遍地往外跑。他早就想到了，不走不行啊，脚底下必须抹油，这块儿待不得。我要在这儿一待，把什么事都说出去了，我回去，穆大人那儿怎么办？这块儿他们也不能饶我呀！早晚是一死。我现在就回去，赶紧走，事不宜迟，我赶快逃出去，然后秘报韩家窑。他们下一步肯定要到韩家窑，到韩家窑他们抓住赃，那可就糟了。韩家窑是我们前方之窝，还没有准备，清朝的官员从来没去过，所以那块儿更容易暴露些事情。穆哈连这个人肯定不会轻饶。他想到这儿，就决定冒死冲出去。

他的表演真起了作用，也真迷惑住德格勒和卡布泰这些好心人。天刚亮时，他俩就呼呼睡着了，睡得挺实成。庞掌醢看他俩睡得挺香，他特意咳嗽两声，俩人还呼噜呼噜地睡着，一个脸朝上，一个脸冲着他。他在中间，一边一个。他把衣服穿上，什么都没拿，悄声把门开开，是个木门，还没有声音，出去又把门关好，他顺山道就跑了。

说实在的，北噶珊的方向看得非常清楚，三个高山耸立着，但是要走起来相当难，他过去真没走过。一个文官不是坐轿就是骑马，从来自己没下地走过。这回为了活命，为了急着跑回去，他拼命奔着山的方向往上走，也不管道直不直，好走不好走，遇山就往上爬，遇山涧就往下跳。他的衣服被树枝剐烂了，脸上也剐破了，满脸是血印子。因为抓石头，手指甲盖儿都翘起来了，直淌血，不敢碰。一只脚光着，一只脚的鞋露着窟窿。他一口气走了七八个时辰，才走到北噶珊的山下。

这时他听到巡逻的锣声。他们的锣敲法不一样，有自己秘密的联络暗号。咣咣咣，咣，这是暗号，说明是自己的巡逻兵丁。一旦有啥事情，一听到这个声音，可以和他联系。他听到这个锣声也用暗号联系。一般的文官，平时不必学得那么复杂，只要喊一个长声就可以，嗷——嗷——，必须是一个声音，喊长声。巡逻的兵丁一听到这个长声，就知道是自己人。他爬山太累了，真走不动了，一听到有自己的锣声，高兴得不得了，哎呀，我算有救了，真是老天保佑呀，给了我这条老命啊！他干脆就躺在地上大声地喊，嗷——。

巡逻兵丁听到了喊声，感到这是我们的人，可能受伤了，或者是正往山上来，找不到路了。他们按声音的方向，走到了跟前，打着火把一看，这个人不认识，就问："你是谁？""你不认识吗？我是庞掌醢，庞大人。""哎呀，庞大人，你怎么造成这个样子？"他们赶紧把他背到山上。到山上以后，他马上梳洗、换上衣服，然后叫人把杜察朗大人找来。杜察朗急匆匆地赶来，一看是庞大人，他们也在找他。

自从庞大人丢了，这个事使杜察朗大玛发非常着急。后来听说是让他的二格格领出去的，他气坏了，回头就跟柳米娜干起来了。柳米娜说："我干脆没看着呀，你埋怨啥？格格的事情是你逼的，是你把她逼到西噶珊那边去的。"杜察朗哪有心思听这些，转身就走了。他命令人马到各山去找，赶紧把庞大人找到。他知道，庞大人是天朝的命官，是穆彰阿大人派来的，在你这儿丢了，自己怎么对亲家说？同时也说明你北噶珊这儿太乱了。更使他害怕的是，北噶珊里里外外的情况，都在庞掌醢手里掐着，他比秦典薄厉害，甚至有很多细事，杜察朗不直接办，都交给庞掌醢去办。所以说，他害怕啊，庞掌醢要丢了，等于把我们的山都卖出去了，他拼死拼活也要找到。

今天看庞大人回来了，真高兴坏了，跟他握手，又抱到一起，痛哭流涕地说："大人，你可回来了，我对不起你，让你遭罪了，我们天天茶饭不进哪，就怕你出事啊。"庞掌醢说："大人，你先坐下，现在我告诉你，有急事。"

庞掌醢让周围的人都退下，就剩下他和杜察朗两个人。庞掌醢嘚嘚嘚，把整个情况，前因后果如实地告诉了杜察朗。杜察朗说："怎么办呢？"庞掌醢说："你别急，赶紧派你最亲近的人，秘密飞马韩家窑，找潘天虎、潘天豹，让他们做好充分准备。我已经想到，他们下一步肯定不把北噶珊放为重点，他们要抓赃，而且先要砍断咱们的手，必然先到韩家窑去。他们要是把那块儿的赃和物都抓到了，咱们就不好办了，那就有祸灭九族的危险，不但是咱们没法活下去了，就连在天朝的穆大人几个人，全都一网打尽。现在事不宜迟，生命攸关，我的意思这么办，你耳朵过来。"他就向杜察朗耳边，喳，喳，喳，必须这么办，一定要快要狠，不能有任何犹豫。

庞掌醢由于受惊吓，加上崎岖山路的折腾，精疲力竭，心脏又不好，马上就昏迷不醒了。杜察朗赶紧请来两个郎中伺候，命令周围卫士严格保卫庞大人，不许有任何闪失，给大人好好调理治病。然后杜察朗就大步流星地走了，悄悄回到自己府上，把两个心腹娄宝和齐宝召唤来，秘密向他们下达了自己的指令。娄宝和齐宝各带一匹马，星夜赶赴韩家窑，哪怕遇到火海你也得给我穿过去，遇到刀山你也给我爬过去，迅速去见我的两个兄弟天虎和天豹。

话要分头来说。再说穆哈连带着乌伦巴图鲁，还有德格勒、卡布泰两位将军，他们一行四人，骑着快马，走山路，晓行夜歇，忍饥挨饿地北上韩家窑。他们知道，这条路崎岖，道路难行，但是他们想，哪怕是关山重重，也一定要赶到韩家窑。北边道非常难走，历朝一些边境的大员，谁往那么远走？一般到了将军衙门把事情一了解，回去向皇上一奏，就完事了。他们这么走，还是头一次，可以讲，史无前例。

他们在出行前，云、彤二老知道了这件事情，另外西噶珊奇格勒善老玛发也知道了。他们说，你们这件事情办得好，是给我朝增光的事情，对穆哈连几个后生非常钦佩。二老放下了教三巧林家剑的事，就跟他的姥爷说，今天咱们连夜去给他们喝壮行酒。就这样，奇格勒善大玛发家人想用轿把他抬来，老人说什么也不干，他说我能骑马。老人八十多岁了，骑着马从山上下来。林家二老也从山上噔噔赶下来，也到了穆哈连的行营大寨，他们喝了壮行酒，吃着烤的狍子肉。因为这个行动非常急，而且前程未卜呀。

历朝包括我大清朝，对北边都这么打怵，一个是行程艰难，道不知怎么走，我就不多讲了。第二个语言难，在北边住的各个部落都有自己的方言土语，你听不懂，光会大清国语，跟他们根本说不到一块儿。人也相当杂，互相之间都不认识。有时走了二百多里路都没有人烟，见不到一个人。第三个气候难，天难，夏天本来是晴朗的天，忽然雷鸣电闪，时而飘起雪花，时而冰雹四起。所以，天、地、人不少都和你作对。听起来，真是让你不寒而栗，到北边去等于送命呀。不少去的人，都有去无回。要去北疆，那得有多大的恒心、毅力，敢闯天、地、人三大关，真是不容易呀。

喝完了壮行酒，云鹤老人说："哈连哪，我跟你说一句汉人的诗：'风萧萧兮易水寒，壮士一去兮不复还'，这是讲人的英雄气概。你们这次去，就要有这种英雄气概，一往无前的精神。但愿尔等此去为我们大清写出新的一页。我们大清的官员，我们的脚步踏到北部的边疆。北疆的大门有我们的英雄事迹，有我们的英雄壮歌。你们的后代，你们的儿女，为你们的壮举，都会感到自豪。你们为了捍卫自己的国土，捍卫我们大清的疆域，不愧对大清的子民，让后代儿孙，辈辈记住你们这一壮举。"说完，他们又痛饮了一杯壮行酒，真是慷慨悲歌。

他们几个跪着向三位老人磕头，然后起来，飞身上马，就北上了。跟着他们几个去的，有莱塔等三个小狗，莱塔还特意地向云、彤二老伸伸小爪，让云、彤二老握一握，告告别。小莱塔似乎说：您老放心，有我呢，不用惦念，我会把穆大人带到他们要去的地方。云、彤二老就拍拍小莱塔，因为这是他看着长大的狗，非常喜欢，就对小莱塔说："孩子，孩子，一定好好照顾好穆大人他们，有啥事回来告诉我们，好莱塔。"这时，穆哈连他们骑着马，已经嗒、嗒走得很远了。小莱塔叫了两声，转过身，像箭似的跟了过去。

穆哈连他们走了一段路，前头是一片密林，这片密林真是没见过，林子相当高，树都顶天立地，干脆没有路，树一棵挨一棵，马不能快走，只能慢慢地躲过这棵树，再躲过那棵树。绕又绕不过去，往右边是个大山涧，马下不去，左侧是立陡石崖的山崖。树林在沟下一直长到山上，又长到高山之巅，到处都让密林给遮住了，躲不开，只能在林子里边钻。他们感到憋气，因为没有风，说话嗡嗡的，你在这儿说话，好像转圈都是这个声音，林子太密了，声音互相回应。另外，空气稀薄，好像气不够喘似的，走一走头上直冒汗，真憋得慌，里头又闷热，他们几个说话就像在鼓里说话似的。他们慢慢地走，好不容易走了两个多时辰，把他们折腾得筋疲力尽。由于氧气不足，心都直跳，特别苦。德格勒难受得吐了好几场，他们已经没劲儿了，还不能骑马，马都不好走，只能牵着马。

小莱塔挺着急，跑一跑，赶紧回来瞅一瞅。它非常懂事，注意观察哪个山沟啥样，哪个树啥样，它伸出舌头，两个耳朵来回转，这是猎犬的本性。它找的都是固定的地方，都是石砬子、大树等不能动的地方撒尿，作为它进山出山的记号。莱塔带着它的小朋友，两个小狗，出来了，又往前走。

就这样，穆哈连他们走了三天多，越走，觉得方向不对头，但是怎么也辨不出来。因为到处都是一样的山，他们就多绕了两天，又绕回来了。他们想顺着牛满江的河流走，但是河流的小支流太多了，像人的血管一样，有大血管、小血管，分布全身，河流走错了，就相差百里呀。他们走一走，又出现小河流，走不对了，也不知顺哪个河流走。这样他们在密林里就走远了，应往北走，却走到西部去了，是北海的西部。

北海的西部，多数被罗刹人占着，他们偷着跑到咱们大清的地方建据点。但他们的人并不多，有的时候他们来，都是雇当地的土著人、部落人，让他们看着。表面上看，都是这里的猎户，可能是这里的野人和山里人，暗地里是罗刹人。罗刹人非常狡猾，他收买了你，还给你一个证，让你填上，还给你起个罗刹人的名字，是俄罗斯彼得大帝的臣民，好像就入了罗刹的国籍一样，是俄罗斯的人了。他就这样往这边蚕食。穆哈连到这儿吃饭，他们也给预备，一看这些人都穿着大清王朝的服装，满招待。罗刹人告诉这些土著人，你们见到他们不要说你是俄罗斯人，不要告诉他们底细。因为，他们都被收买了，也不说。穆哈连他们走错了路，那些土民说，到韩家窑得往东北走，你们这么走，越走越远了。他们又绕过来，又往东北走。这样就耽误了时间，延误了时间，就给潘天虎、潘天豹造成了可乘之机。因为，这时杜察朗派出的娄宝、齐宝，他们熟悉山路，知道有个秘密小道，他们很快就见到了潘天虎、潘天豹。

潘天虎、潘天豹知道情况以后，做了秘密的准备。他们又请了两个罗刹出名的拳击大力士，领了一伙人秘密地埋伏在独龙山。独龙山是韩家窑的大门户，这个山特别高，山势相当陡。独龙山下有一个洞，他们叫独龙口，就像一条龙，张着嘴一样。这个洞挺深，也是韩家寨潘天虎、潘天豹的前哨阵地。他们在这里养了不少兵，很多重要的议事，都秘密地在这里举行。

穆哈连和乌伦走错了道，他们是瞎猫碰死耗子，自己走到这块儿了，要真找还找不着。潘天虎、潘天豹已知道这件事了，他们派了很多人，分散到东西南北各个方面，并告诉他们，现在有清兵来了，凡是知道以后速报。他们有自己的暗号，全是用鸟的叫声来传报。有的人已在树上秘密蹲着，穆哈连他们往西走的时候，已让潘天虎派的人在树上看到了。穆哈连他们已在潘天虎、潘天豹的监视之下，像在如来佛的手心一样。穆哈连他们怎么走，潘天虎的人在外面看得非常清楚，一目了然。他们随时用大雁的叫声，猫头鹰的叫声，布谷鸟的叫声，一个传一个，一直传到潘天虎那里，潘天虎马上就知道信儿了。后来听说穆哈连是奔独龙山来的，潘天虎、潘天豹马上命令，把他们引进独龙山。独龙山口有个卡子，这个山光秃秃的，立陡石崖，山外立一个大架子，上头有一个牌子，写着韩家寨、韩家土窑。

这时天色已晚，穆哈连他们想找个地方休息。最初还没敢进洞，后来卡布泰提出，大人，我进去看看，这个洞上边有一个牌子，里头有没有人，不知道，要不咱们进去，这外头风多大呀，在洞里隐避，外头不容易看出来。他说得有道理，穆哈连告诉德格勒在后头掩护他。这样他们就带着小莱塔悄悄进去。这个洞挺深，没走到头，往里走走，也没有人，一看转圈都是小洞。他没敢往里走，怕有什么机关。卡布泰想，不能贸然行进。他看一看以后，就返回来，在洞边找一个洞的窝口，里头挺宽敞，还搭着火炕。看起来过去有人住过，可能是猎人在那休息，炕上铺着破鹿皮，地上堆不少木炭灰，还有烧剩下的木桦子，地上还扔了几个破碗和器皿什么的，还有个装水的水桶，这肯定有人住过。卡布泰出来禀报穆大人，这块儿是有人住过，咱们今天晚上就在这儿歇着，还避风，外头容易暴露目标。穆哈连同意了，他们就进去休息。

歇息一会儿，乌伦说，咱们往里边看看，看里头是什么样。于是他们点起火把，就往里边走。洞里还有洞，洞洞好像都有人住过，也堆着些破碎的木头，准备烧火用的。有的洞里，也曾经点过火，也有不少的木灰，地上还有吃剩下的兽骨头什么的。他们晚上就在这儿住下了。

天亮的时候，他们要继续往前赶路。就在这时候，似乎听到有人说话的声音，他们一惊，难道这里还有人？他们往上一看，洞的上方还有洞，洞挺多，像鸟窝似的。在上边呼啦一声，滚下很多的碎石头，有的石头块正经不小。他们一听上边石头嘭嘭碰的声音，他们赶紧躲，这几个小狗非常精，噌噌都跳到小洞窝里去了，都没有砸着。最倒霉的是德格勒，他没躲开，一个反弹的石头崩到他的左肩上，开始没觉得疼，好像有人推他，就倒在地上了，等石头落地，他再也起不来了。

卡布泰慌忙地说："德格勒你怎么了？"德格勒说："哎呀，我怎么不能动弹了？"大家忙过去抬他，原来他的左肩膀被反弹的石头崩着了，大家给他脱衣服一看，左肩膀都红了。穆哈连一摸，里头不平，可能他的左肩骨碎了，一抬身子，德格勒直疼，好像骨头里头直响，干脆不能动弹。德格勒的左肩膀被砸成粉碎性骨折。你说他急不急吧，正是用人之时，而且刚刚起步，就遇到了这个事儿。

穆哈连根据这个情况，心想，不能背着德格勒往前走啊，咱们还有几种办法。他就告诉卡布泰："老弟，你回去，你就背着德格勒，让小杜娜给领路，按照原道回去。"卡布泰还不愿意回去，穆哈连说："那不行啊，他自己走不了，好在到北边察看情况，人也不一定太多，人多容易暴露目标。"卡布泰只好遵照大人的命令，背着德格勒按原道回去了。在路上他们也有马，有时让德格勒趴在马背上，卡布泰牵着马慢慢地往回走，这咱不说了。

再说乌伦巴图鲁，他这次北上边疆，是受赛冲阿大人和英和大人之命，让他会见穆哈连，主要想了解一下边关的情况，然后让他很快就回去。现在时间过得真快，来这儿已是两个来月的时间了。当然，这里还有图泰为乌伦个人安排的事情，现在诸事办完，乌伦也该回京师了。穆哈连的意思，你这次就不要来，赶紧回去吧。乌伦说现在这边人手少，大哥，我还要跟着你，特别是现在德格勒受了伤，卡布泰又回去了，剩你一个人我不放心，我一定跟你去。回去我跟大人再说，乌伦巴图鲁就是执意要跟随，穆哈连只好应允。这样他们兄弟二人做伴，一路北上，按照庞掌醢交代的事实，他们在路上破坏了杜察朗建的黑窝点，砍死了五六个顽固的匪徒。有两个罗刹人，一个被砍伤之后，仓皇西逃，然后他们把黑据点一烧，就给平了一个。十天的时间，他俩连续平了六七个秘密窝点。同时还查封了不少收购貂皮和豹皮、虎皮，还有一些海狮牙和海象牙等密点，他们都秘密地在地图中画出来，将来官府来人时好收集起来，送到国库里去。一路上，他们非常顺利。

另外，北上之前他们还救出了朱尔钦。朱尔钦让杜察朗给吊得昏迷、消瘦，四肢无力，不好审查，就让小都尔钦把他七哥送回西噶珊休养，等他身体好了以后，让他改邪归正，帮助穆哈连他们，为剿清北疆的敌寇立功，将功赎罪。都尔钦热心地帮助他七哥，朱尔钦也觉得自己很惭愧，这次多亏穆哈连把他救了，所以他向穆哈连介绍一些秘密据点的情况。穆哈连他们准备这次北上调查回来以后，再找朱尔钦询问些事情。他们连着破获了几个秘密据点，使杜察朗这些人受到了很大损失。

他们继续往韩家窑方向赶，到处打听韩家窑。这天，他们在半道上，我说的道，是烈马上山，在草地上踩出的毛毛道，是林中的羊肠小道，不到跟前看不着。到跟前看有两匹马，旁边草地上躺着两个人，哼哼呀呀的。穆哈连和乌伦下了马，到跟前一看，好像是打猎的，就向他们打听道。他们先是害怕的样子，哆哆嗦嗦地不敢说话。有一个还留着长胡子，一个没留。这两个人长的样子都挺恶，可能是长期不洗脸，头发长，

第二章　三巧出世

221

眉毛也长，脸上积了很多灰尘的缘故，显得非常难看。穆哈连问他们是干什么的。这两个人一见穿着大清武将的衣服，知道这是朝廷的官员来了，马上起来，跪下磕头："大人在此，小的磕头了，我们是逃难的。"穆哈连问他："你们是怎么回事？详细讲讲，你们怎么是逃难的？这是什么地方？"其中一个头说："我们原来都是给韩家窑杀人不眨眼的潘天虎、潘天豹当差的，吃他那碗饭的，我们受不了他们的严刑拷打，盘剥勒索，没法活了，就偷着跑出来了。我们想回到自己的部落里去。"穆哈连接着问："你们是哪个部落的？"

脸上有络腮胡子的人，上嘴唇还有黑胡子，好像几天没刮一样，脸挺脏，贼眼睛直转。穆哈连想这可能是少数民族的性格，没细想。这个人说："我们是雅库特人，我叫嘎岱，原来就在这儿狩猎，后来来了个叫潘天虎的人，他带来些人，把我们都收买过去了，月月给我们钱，让我们打猎，把皮子都卖给他，卖给别人就不行，我们就是干这个的。他们看我们哥儿俩身体都挺好，就把我们收下了，做他的迎宾小校，天天给他站岗放哨，谁要敢不交皮张，或者少交皮张，就让我们把他们抓过来，严刑拷打，或者把他们圈到土牢里、水牢里头，让我们看着，我们就是做这事的。老爷们哪，我们现在不想干了，我们要回去弃暗投明啊！那位小白脸，年岁比我轻，今年刚三十多岁，他叫丹布，是费雅喀人。他也不想干了，我们俩商量好了，是偷着跑出来的，已经跑出两天了，怕他们抓我们。我们在山里东转转、西转转，刚悄悄到这儿，就碰上二位老爷了。"

穆哈连和乌伦一听非常高兴，这真是老天保佑，我们正要找潘天虎、潘天豹去算账，正想找韩家窑，不知到哪找，却碰到这两个人，正好做我们的向导，真是天遂人愿。穆哈连忙着从自己兜里拿出两个银锞子，一个银锞子都是五十两，得干多少年的活儿才能挣到五十两的银锞子？穆哈连说："每人赏一个，你们拿回去养家糊口。不过，你们愿意跟我干，我们也收下你们，我就是这块儿负责建立大清打牲总管哨卡的一个官员。"那个人一听就问："你是不是穆大人哪？"这一说还把穆哈连给愣住了："你怎么知道我的名字呢？"乌伦马上问："你认识穆大人吗？"那个人说："我们不认识，都听到这个名字了，人们都说，现在有个穆大人，他可好了，他来了，我们这些猎民、当地的土著人就有出路了，再也不让潘天虎、潘天豹这些人欺压我们了，我们有靠山了，都想见见穆大人呀！"

乌伦一听也高兴地说："他就是穆哈连大人。"这两个人一听马上说："哎呀，你就是穆大人呀！"马上给他磕头。这样，这两个人越说越跟穆哈连和乌伦越投缘，他们愿意和穆大人在一起，而且穆哈连还把他俩留下，做他们的向导。如果他们干得好，他回朝廷为他们请功，将来给他们谋个一官半职的，有享不尽的荣华富贵，他还向这两人许了这个愿。这两个人一脸笑容，向穆哈连表示千恩万谢。他们从嘎岱和丹布的口中，知道了韩家窑的一些情况。

韩家窑从乾隆朝以来就有，最早就是一个打牲的猎人到这儿打尖的地方，修一个小棚子，谁去谁都可以住。后来到这儿来的猎人越来越多，修的棚子也多了，有的用桦树皮修的，有的用兽皮，有的在地上挖个坑，上面盖上盖，一些猎民、渔民在这打猎、捕鱼住些天，完了就走了。后来这块儿，来的人越来越多，特别是清朝乾隆年间，一些内地的人，由于逃关税、逃徭役，也有一些逃避法律制裁，悄悄地携家带口来到这儿。虽然这块儿远离中原儿千里，但有的人为了谋求生路，为了找一个清闲之地，不受人管辖的地方，一传十、十传百，说那块儿好，没人管，这样，这块儿就慢慢地形成一个有百十口人的韩家土窑。为什么叫韩家窑呢？据传，最早这块儿是关里山东济宁的老韩家先来的，不久，各个民族的猎人都到这儿来，就这么发展起来的。

后来这块儿又变了，现在所说的韩家窑是潘家寨了，这个主人姓潘，叫潘天虎、潘天豹，这块儿被他们家给占领了。因为他们势力强，他们是两代在这儿开发，就把韩家窑的名字，改为潘家古寨。他们有自己的打手，原来是管当地的皮张，后来所有北方的特产，他们都征集，他们都买下来，自己囤积居奇，由商贩转运到大清的各个地方。一来二去，这个潘家古寨人烟越来越旺，也有一些小的商店、饭店了。这儿是北海边比较热闹的小集市，这个集市，最富有的财主，权势最大的就是潘氏兄弟。你二位要去的这个地方，实际就是潘家古寨，不叫韩家窑了，韩家窑是老掉牙的名字，一提潘家古寨都知道，要提韩家窑一般人还不知道。

这两个人又告诉穆哈连，说起来，二位老爷，你们不知道，这还挺有意思。潘天虎、潘天豹自己都清楚，他们祖上不姓潘，原来是河北霸县人，清初的时候，因为圈地，他们的土地被占了，他们兄弟逃难，逃到天津卫一带，他们在那块儿入了莲花教。莲花教是大明成化年间的教，这个教挺有影响，黄河一带没有不知道莲花教的。他主张天下为公，上有天主，由他来主宰世界。大清朝顺治爷进北京坐了殿，李自成反清也反明，这时，这个莲花教是帮助李自成的，后来，他又反清。康熙初年的时候，这个教发展的人挺多。在康熙十几年的时候，把这个教主杀了，教徒被剿的剿，押的押，关的关，这样，莲花教就被打散了，其中有的人就偷偷逃走了。康熙年间，有的莲花教的教徒被流放到好几个地方，黑龙江这块儿也有被流放的莲花教的小头头。开始清朝政府管得挺严，天天要登记，天天要查，天天必须向当地的官员，报告自己活动的情况，自己生了儿女一定要申告，来了客人要经过地方官的审查，而且他们居住的地点都比较集中，不能跟旗人住在一起，也不能跟一般的居民住在一起，他们单独有地方住。时间一长，他们和地方官比较熟悉了，总是抬头不见低头见的，地方官就不太注意了。另外，他们也善于和地方官搞好关系，送送礼呀，或者什么年节、儿女办婚事了，就把地方官请去，大吃大喝。跟地方官搞好关系以后，对他们管辖就不那么严了，慢慢地，也有些人娶了旗人家的姑娘做自己的儿媳。这本来是不答应的，但是，偷偷干的也有。一来二去，这些人和当地的人就没什么区别了。就拿潘天虎、潘天豹来说，他们的父亲叫潘耀章，那时候，已经对他们管得不严了，他们自己可以随便发展，与官府的关系非常要好，经常往上打点，后来，他们把旗籍中常有的四个字"押解教犯"，就是莲花教犯罪的人，就把这四个字秘密勾掉了，从此以后，他们不再背历史上莲花教反清罪名的黑锅了。

说起来，潘天虎之父潘耀章，他们本来姓田，不姓潘。他原来叫田耀章，他祖上姓田，字羽辛，田羽辛是他们祖上的名字。他们到这儿来遇上一场大火，有些人已亡，注销时自己就随便改了，他把田字加了三点水，上头加个采字，变成潘字。羽字加了火，又加了佳字，变成耀字。辛苦的辛字，中间加上一个日字，所以，就变成了潘耀章，现在谁也不知道。改为老潘家以后，他们就离开被管治的地方，全家北迁，过了黑龙江，到了北海这块儿，娶了费雅喀的一个女人做妻子，自报姓潘，名字叫耀章。这样谁也不知道他以前的事情了，过去的事就不了了之了。他们这么干都是违法的事情，谁敢说呀？这个潘姓，到了嘉庆年间的时候，就成了这一带的望族。因为居住北海，海滨物产丰富，过往的客商来征收水陆的货物，他们从中渔利，开始得了一些小利，后来自己就囤积居奇，成为这个地方的一个大商人，而且又豢养了一些打手和兵勇。

特别是到了潘天虎、潘天豹兄弟俩的时候，正是嘉庆五年之后，与北噶珊乌勒滚特阿林大寨主，杜察朗的阿玛布革温大玛发，互相又联了姻，娶了布革温的两个女儿，一个叫花溜红，一个叫花溜翠，就是杜察朗的两个姐姐。潘天虎、潘天豹成了北噶珊杜察朗大玛发的大姐夫，二姐夫，这样，他们就联到一起了。北噶珊也靠着潘家古寨，控制着北海的猎户、渔户。老潘家自从有了杜察朗家做靠山，直接与官府勾结在一起，万事亨通，山珍海味，全由他一家说了算，抬价压价，随他自己便，潘家成了北海的一霸。朝廷来买东西，也得找他们兄弟，要不然你就买不到东西。或者是，让你有来无回，把东西给你砸了，人给杀了，连凶手都找不着。

潘氏兄弟跟罗刹关系也很密切，他们的小老婆，都是罗刹人，都是黄发女郎。另外，北噶珊的牧师都是由潘家给介绍去的。北噶珊杜察朗能娶到彼得堡阔商之女柳米娜，靠的谁呀？靠的就是老潘家给中间引荐。这两个人这么一讲，把老潘家的情况讲得清清楚楚。另外，两个人又讲了，我们就想报仇，你们来了，我们非常感谢老爷。这时乌伦就问他们："我们想去潘家古寨，见见潘天虎、潘天豹，怎么能见到？你们知道吗？"这两个人说了："那能见到，我们都认得，就是砸碎他的骨头我们也认出来，老爷要想见，当然有办法了。"

穆哈连一听高兴了，没想到在这儿还找到了向导，真是踏破铁鞋无觅处，得来全不费功夫。好吧，你们有什么办法，把我们悄悄领到潘家古寨，事成以后我们必有重赏。这两个人在耳边悄悄地喊喊一会儿，就说了："要去也可以，但这潘家兄弟挺狡猾，他们不一定老在一个窝待着，不太容易堵，今天在这儿住，明天在那儿躲，就怕有人抓他，他们挺有主意，所以，你要见他得想办法。"穆哈连说："那怎么办呢？"嘎岱说："好，这么办吧，我知道他们有两个住的地方，都在山洞里，这个地方他们不告诉别人，我就像他们亲信一样，什么都知道。我曾经给他们送过密信，就是到这两个地方去的。他们平时不在潘家古寨，潘家古寨不好找他，你就到这儿找他们。这个地方有两个洞，也可能在西洞，也可能在东洞。你知道这个地方不？有个叫独龙山的。"穆哈连和乌伦说："对，我们知道，刚才我们看到那个山了。""对了，就是那个独龙山。独龙山的右侧有个大洞，从那儿进去，又分出两个洞，一个东洞，一个西洞。他哥儿俩就在那个洞，不是在东洞，就在西洞住，你们去堵，准能堵着。我看这么办，你们听我的，我们兄弟俩，各带一个，一个到西洞，一个到东洞。"这时穆哈连又问："从你分析来看，他在西洞的可能性大，还是在东洞的可能性大？"嘎岱马上就说了："那当然是西洞了，他有好几个夫人都在西洞，包括俄罗斯的小妃子都在西洞，东洞也有他的三妃六妾。"

啊，原来是这样，穆哈连跟乌伦商量怎么办才好。还没等乌伦说，穆哈连就先说了："我跟嘎岱兄弟到西洞，你让这位兄弟带到东洞，我们两头堵，堵住以后咱们再通气，好在有两位兄弟能告诉。"乌伦说："行吧。"

他们就这么定了，马上行动，穆哈连由嘎岱领着上西洞，莱塔小狗跟着穆哈连。乌伦由丹布领着到东洞，带着凯泰小狗。他们就在这儿分手了，然后都进了洞。在洞里有两条路，一个往东，一个往西，洞里还有洞天之地。他们一心想见到潘天虎、潘天豹的窝点，就心急火燎地跟着进洞了。当然他们也曾经想过，不能马上进洞，怕这两个人有别的勾当，这是后话。

单说，嘎岱领着穆哈连走进了西洞，不一会儿就钻进另一个大洞。这就是独龙口大洞的奥秘所在，洞中套洞，大洞套小洞，小洞套大洞。山挺奇特，确实是个洞山。他们走了好半天，都是石头洞，估计走了一个多时辰，还没走到头。他们已经换了两个火把，又走了半天，穆哈连就问："怎么样，还有多远？"嘎岱说："不远了，快了，快到了。"

这时候，看前头有一个洞，这个洞里头的路有意思，洞开始往上走，洞里头有石阶，蹬着石阶可以往山上去，等于在洞里爬山一样，一步一步登山。这时候觉得里头非常凉啊，真有一股冰凉冰凉的冷气，像进了冰窖一样。那个寒气特别凉，使人感到阴森森的。再往里走，洞的上面有不少的霜，霜还挺厚，而且，洞里洼地还有不少雪，不少冰，冰和石头都混在一起，用手一摸呀，那个石硞子上头一层冰。就这样，他们又走了很远，觉得身上衣服很少，非常冷。又走一阵，洞的山路又开始往下去。这时候，嘎岱告诉他慢点走，别着急，我在前头走，你跟着，小心滑下去，下头是山涧，都是石缝子，如果一旦卡住了，我救不了你，那可了不得。穆哈连遵照他的话，一步一步慢慢往下走，确实石头上都是冰，溜滑的，若是站不稳，一跐溜，不知跐溜到哪去了，真挺危险啊。而且里头漆黑，有的地方干脆照不了亮，只能看到眼前的一点儿石头。因为在洞里走，有时蹬下一块石头，就听到啪，啪，很大的声音，好像落到万丈深渊一样，很长时间还在回响。一般人遇到这个情景都得害怕呀，可穆哈连没有，他一心想快点找到潘天虎、潘天豹。穆哈连在前面走着，还不时地招呼小莱塔，怕小莱塔滑倒了，直说："莱塔小心点，慢慢走。"小莱塔很懂事，紧跟着主人的后边，下山时，它慢慢下，小爪子一点儿一点儿地动，它紧紧跟着穆哈连在洞里走。

他们就这样，钻了好几个洞，走着走着，忽然前边的火把没有了。再一看，嘎岱找不着了，拐过去了。穆哈连喊，嘎岱！嘎岱！可是没有回声。这时候，忽然间，听到洞的上边有人说话的声音。虽然，漆黑看不着，但他知道，这个洞挺高，看起来上头还有洞，可能有人在上头哪个洞窝里蹲着，光听到声，见不到人。就听到说："穆哈连，你的死期到了！我告诉你，你已经死到临头了！"

穆哈连一听惊了，马上说："大胆！你是谁？"那个人哈哈大笑："我是谁，你一会儿就知道了，你呀，上当了，你注定要死到这里！"穆哈连正义凛然地说："我是大清朝的将军，我是治理和平定反叛来了。你如果识时务，赶紧受降，如果清兵一到，你们会死无葬身之地。我穆哈连死在这块儿，在所不惜。你杀我一个，你杀不掉我们大清朝所有的八旗兵，我来就是围剿你们这些土匪的！"洞上头那个人，这时又哈哈大笑："谁怕你呀，我实话告诉你吧，我不叫嘎岱，也不是雅库特人，我就是你们要找的潘天虎，那位领着你们的人，就是我的弟弟，他叫潘天豹。"

这个时候，穆哈连全都明白，上当了，没想到这些土匪太狡猾了。我们有的时候，把人看得太简单了，往往想以诚相待，事实上并不是这样。你的真诚，被豺狼当成吃你的一块肥肉。他恨自己，哎呀，我戎马这些年，怎么能上这个当呢？我为啥想得这么简单呢？临行前师傅多次讲过，遇事要谨慎。哎呀，事情到这个程度了，自己真懊悔，但他不害怕，视死如归。就在这个时候，穆哈连又大声说："好你个潘天虎，我告诉你，现在你投降我们大清，你的前恶我可以全免了，你还可以戴罪立功，如果你这样继续走下去，你要知道，不单是你们兄弟受害，而且害了你们老潘家一家，你想没想到，潘天虎？"他喊了好几声，没有潘天虎的声音。这时忽然从洞上滚下来石头，啪啦啪啦地响起来，好像山要塌下一样，没法躲呀。因为在黑洞里头，原来只有一点光，现在这点光也没有了，什么在响，从哪下来的，他根本不知道，只好听天由命吧。

突然，呼啦下来两块石头，直接打向穆哈连。穆哈连根本不能躲，一块石头砸在肩上，顿时一阵剧疼，只觉得心里头恶心，就瘫在那块儿。他嘴一张，哇就吐出来了，他用手往嘴上一摸，血呼呼往外淌，他感到这是肺里的血被砸出来的。这时候，他恍恍惚惚地听洞里有人说话："穆哈连，这个洞里有机关，我们没用乱箭射你，看得起你。穆大人，我觉得你还是条好汉，给你留个全尸，你好自为之吧，这里是你的葬地，已经给你安排了冰棺材。"说完，哈哈大笑，就走了。

穆哈连被贼人的讥笑和嚣张气坏了，口里直喷着血，躺在地上。他一摸地上，有不少骨头，有的还真是人骨，有人过去曾经死到这里。他知道，自己身陷敌手，也可能和这些尸骨一样，将长眠在这里。他勉强支撑自己，就是不能动弹。洞里特别冷，转圈都是冰霜。小莱塔特别懂事，也知道自己的主人受了重伤，就把自己的身子，使劲儿地贴着主人，想用自己温暖的身躯来暖和穆哈连的身体，尽量贴得紧呀。

到洞里，他们什么都没带，当时太疏忽了，心想有这两个向导领着，很快就能见到潘天虎、潘天豹。没有吃的，在这儿都挺不了，何况巨石又砸伤了，直吐鲜血。他知道自己的命不长了，就赶忙摸着莱塔。这时莱塔正在他怀里，莱塔呼吸声和它的舌头来回动弹声，他都听到了。他摸着小莱塔说："小莱塔，你别陪着我了，你赶紧走，快回去，赶紧送信儿啊！"说着就从自己怀里掏出了云鹤老人临行前赠给他的，丝绒翡翠香囊荷包，又掏出一根袖箭。这是打仗自卫用的袖箭，他咔吧一下子，撅断了，把箭头扔下去，把箭身和箭尾插进了荷包里。然后在自己身上找到一根皮绳，把香囊绑好，拴在莱塔的脖颈之下，拍着它说："莱塔，莱塔，快走，快走！这里一刻不能停留，不知还要发生什么事，咱俩就在这分手了，你快走吧！快去见我师傅，快回去报信儿啊，听话，听话，千万别在路上耽搁，快回家，快报信儿啊！"

莱塔瞅着穆哈连，用舌头一个劲儿地舔着。穆哈连眼里淌着泪，就是不能动弹。穆哈连又喊了一声，狠狠拍了一下它的脑袋，莱塔痛苦地蹲着叫唤，一会儿自个儿就起来了，向洞口跑去。它回头又看了看穆哈连，然后嗷嗷叫了两声就向洞口跑，跑一会儿又回来，又汪汪地叫。穆哈连这时候身上已经没劲儿了，他用力地喊："莱塔，快快，快走啊！"莱塔呜呜地长声一叫，就跑了。这时，穆哈连痛悔晚矣，眼前出现了很多的事情，真觉得惭愧呀。我本来有很多事情要办，怎么就栽到这块儿了，真是出师未捷身先死，长使英雄泪满襟。他昏昏沉沉，很快就不省人事了。

再说乌伦巴图鲁，由丹布领着，走向了东边的另一个小洞。进去走了两个时辰，在洞里钻来钻去，也没钻出个头。忽然前头黑暗，他就喊："丹布，丹布，你在哪呢？"丹布这时已把火把熄灭，悄悄地从另一个洞溜走了。乌伦巴图鲁困在洞里，得想办法出去。他顺着前头，摸着走。不一会儿，再往前看，有点亮光，他就顺着亮走出去，原来这是个洞口。他钻出去，前头是一片密林，丹布已不知去向。这时候他到处喊，也不见丹布的回音。乌伦巴图鲁赫然明白了，哎呀，我跟哥哥上当了！他们两个纯粹是奸贼呀，把我们领到死胡同里来了，要害我们。他非常着急呀，出了洞口天已黑了。他想顺着山道走，赶紧救我的哥哥要紧，我得找到他。他想找到西洞口，好跟穆哈连会合。他在山里到处走，找他们分手的地方，就是找不着。全仗着凯泰这个小狗，帮他引路。他转了一天多，原来进去的洞口，怎么找也找不到。

你想，山连山，树连树，沟壑那么多，到处都一个样，没有特征，上哪去找？何况又不熟悉。乌伦巴图鲁在山里转来转去，不知转了多长时间，吃的都没有，有时饿了，就撸点野菜和树叶子塞到嘴里嚼。他着急呀，就怕穆哈连出事。他想，很可能他们要害的是我大哥穆哈连。这时候他完全清楚了，真后悔呀，我本来是陪着大哥，结果还没帮上忙呀。"大哥呀，你在哪？大哥，你在哪呀？"他在山里呼喊，只听一片松涛之声，一片山野的呼号之声，其他什么也听不到，也见不到人。把乌伦巴图鲁急得满嘴都是泡，眼睛冒金星，眼前一片漆黑。他就这样拼命在山里跑呀，找呀。后来，也不知怎么的，在前头看见一个猎人用树皮搭的小房子，不大，里头坐着一个老猎人，还抽着旱烟袋，两手正在扒一张兽皮。

他到跟前，向老人问好，这老人不懂满语，他说的话乌伦巴图鲁也不懂。老人说了半天，意思是这样的，你走得不对了，这是往鞑靼海峡去的路，再往前走是齐集湖，过了齐集湖是鞑靼海峡，过了海就是库页岛，你走得不对了。这老头儿是满浑人，也就是鄂伦春人。他一看，哎呀，这走哪去了？走到大东边了，方向走错了。老人告诉他，你呀，要到乌勒滚特阿林，那个山出名，是精奇里江和牛满江的发源地，得往西走，别转方向，往西奔。他按照老猎人的指引，赶紧往西走。小凯泰在前边引路，他走了四五天才勉强回到了东噶珊的山下。

他看到了穆哈连原来行辕打牲巡营的大帐，到跟前，凯泰大声地叫唤。小杜娜这个小母狗听到声音赶紧跑出来，它俩凑在一起，连咬带打滚，嗷嗷地叫，就像互相问好似的。这时候，德格勒和卡布泰听着狗叫唤，紧忙出来。他们以为是穆哈连和乌伦巴图鲁回来了，都出来迎接。一看是乌伦一个人。他们吃惊地问："穆大人，穆大人呢？"乌伦巴图鲁也问，穆大人回来没有？大家都非常惊奇。卡布泰就说了："穆大人不是跟着你吗？你们俩不是在一起吗？"这时乌伦就说："哎，看来出事了。"他把他们怎么分开的，分开以后就找不着了，说了一遍。

他们赶紧上山拜见云、彤二老。云、彤二老一听这个事儿，也吓坏了，就带他们赶紧下山，一路上对他们说，你们真年轻啊，是让骗子给骗了，你们上当了，那人不是好人哪。深夜时分，他们坐在一起，默默无语，苦苦等待。云、彤二老说："现在好在小莱塔还没回来，这事情还两说着，是不是哈连带着莱塔在后头呢，咱们等着吧。"就这样，二老也顾不得给三巧讲剑术了，一直等着。

这时候，西噶珊的奇格勒善老玛发也听到信儿了，带着他的小儿子都尔钦，还有他的七儿子朱尔钦和二丹丹，也都赶来了。这事非常急人呀，穆哈连到现在还没回来，都为他的安危担忧。他们都集中在穆哈连的行辕哨卡的大帐里，就这么默默地祈祷，哈连哪，你在哪里？你可不能出事呀！哈连哪，你在哪里？大家就这么苦苦地等待，一直等了一天半的时间，从早晨到晚上，又到了第二天的上午。

到中午的时候，又听到外边狗的叫声，小凯泰和小杜娜嗷嗷地叫，两个狗就跑出去了，叫得非常好听，好像是迎接去了。大家知道，两个小狗一叫，那肯定是莱塔回来了。莱塔若回来了，穆哈连大人也就跟着回来了。他们听着非常高兴，在屋里都坐不住了。云、彤二老，奇格勒善大玛发，还有乌伦巴图鲁一个一个都出去了。

到外头一看，在山下有一个小狗噜噜地跑来，跑得相当快，一看正是小莱塔。莱塔跑了回来，冲着大伙儿呀，嗷嗷嗷地叫着，十分悲哀，声音非常凄惨难听。莱塔一下看到云、彤二老，马上就蹿到了云、彤二老的身边，亲这个，亲那个，然后就站起来，用自己的前爪抱住了云鹤老人的肩膀。云鹤一看它来了，就蹲下了，接小狗吧。这时，小莱塔蹿起来，两个小爪搭到了云鹤的肩膀上亲老人。接着就呜呜呜地叫唤，眼睛里淌着眼泪。它这一叫，身边的小杜娜和凯泰两个小狗，好像都明白似的，也都跟着叫起来，也是呜呜呜地哭叫。这声音太凄凉，太悲惨了。云鹤老人随着这声音眼泪马上滚滚地淌下来，周围的人都明白了，也都随着莱塔的哭叫声，淌下了眼泪。他们知道，穆大人已经遇难了。

云鹤老人这时才发现，在莱塔的脖子下边还缀着他自己常用、非常熟悉的香囊荷包。他把荷包慢慢地解下来，一看荷包里装着一根已经撅断箭头的半截小袖箭。这是在武林中间，互相传报悲号的一种信息，就是一种诀别的箭。穆哈连已经魂归西天了，众人这时都跑过来了，紧紧抱着云鹤、彤鹤二老，痛哭在一起。此时正值嘉庆二十五年庚辰年夏末，穆哈连享年四十有二。

云、彤二老命人上山把三巧三姊妹请下山来。三巧来了以后，先拜见云、彤两位老师傅，然后云、彤二老让她们一一向众位叔叔们叩拜。云、彤二老向三巧姊妹介绍乌伦还有德格勒和卡布泰众位叔叔。莱塔因为常在那儿，也认识三位姑娘，虽然不怎么太熟，但它知道是主人家里的人，也摇尾表示亲近。这时云、彤二老非常沉痛地告诉三位姑娘，你们的阿玛穆哈连大人在北疆可能遇难，现在凶多吉少。三个女孩一听，顿时哇哇痛哭。自己的额莫去世了，现在自己的阿玛又去世了，怎么承受得了啊！这三个女孩抱在一起痛哭不止。然后她们又抱着云、彤二老号啕大哭。

云、彤二老安慰三个姑娘，可自己也特别难过呀。她们很年轻啊，今年才仅仅是十四岁的姑娘，就失去了父母，真是可怜，你说怎么不难受啊！老人安慰着，自己也是泪流不止。然后，云鹤老人说："孩子，别哭了，现在你们要好好听你叔叔介绍，想办法给你阿玛报仇。这是深仇大恨，孩子们，现在可要看你们的了。我叫你们来听，先不要哭，要好好听，认真地听。"三位姑娘勉强地擦了擦眼泪，这时，云、彤二老就让乌伦巴图鲁详细地向大家，也就是向他们二老和三位姑娘介绍北疆的情况。特别详细介绍引他和穆哈连进洞的那两个人的长相，他们的声音，个头是什么样，领他们去的那个洞的情况，他知道多少，讲多少，越细越好。

乌伦先介绍他们两个在洞外的初步情况，后来他们就分了手，乌伦只能介绍自个儿洞里的情况。云、彤二老这时候详细算了一下，觉得穆哈连生还的希望相当渺茫。现在不知道，穆哈连是因为和匪徒格斗，还是受匪徒暗害，情况不清，莱塔那是狗呀，它不能说呀，它只是嗷嗷地叫唤，听它的叫声，穆哈连已经是没有生还的希望了。但是他们深信，莱塔是非常聪明的狗，它既然能回来，它肯定能把三巧她们带到穆哈连去的那个山洞。人找不到，狗能找到，狗有特殊的记忆和辨别气味的能耐。莱塔是出类拔萃的，那就是说穆哈连的尸体一定能找到。另外，二老也坚信，这个仇人也一定能够捉到，因为莱塔已见到了这两个人，莱塔就知道他们的气味。乌伦巴图鲁把详细情况介绍了一些，很多的事情就靠自己分析了。

云、彤二老嘱咐乌伦巴图鲁，你放心吧，该办啥事，就办啥事去吧，你从京师到这儿来，应该按计划回去了。你回去后，把在这儿调查的情况和目前的状况，详细地向赛大人和英大人报告。特别是把你的哥哥穆哈连遇难的事禀告大人，让朝廷知道这块儿形势非常危急，匪徒和一些不轨之人特别嚣张，这块儿已经到了必须让朝廷重视、赶紧采取措施的地步。让朝廷赶紧派人接替哈连的职务。这边你就放心吧，你回去吧，赶紧回去。二老又同乌伦商议，暂时由骁骑校卡布泰和佐领德格勒共同执掌穆哈连在北疆打牲巡营哨卡的职司，等接替的大人来了以后，根据朝廷的旨意再定夺，现在暂时就这么办。你不用惦记，关于穆哈连大人的尸体和扫北清敌这些事，暂时你就不要考虑了，我们老哥儿俩要越俎代庖，先替朝廷操点心。

云、彤二老接着说："好在穆哈连的三个女儿，三只虎，现在学业已成。她们在我这学武功已经学了十年，一般在我这儿学八年就到了很精的程度。为了让她们的功底更扎实，现在已经学十年了。我相信，她们已是盖世英雄。"这老哥儿俩本来像老抱子孵小鸡似的，就舍不得让三巧出去，尽量让她们在自己身边多学些。后来他们一想，这样不行，小雀也得练习飞呀，不能老关在笼子里。于是他们下定恒心，应当早点放飞，锻炼她们。所以，这两年他们常让三巧出去，到各山转转，像给她们出题目似的，告诉她们，今天早晨不吃饭，自己出去，绕两个山头，回来把情况告诉我，饿了自己想办法，我不给你们出主意。就这么考验她们、锻炼她们。现在她们也会生活，在林海里怎么烤着吃，怎么睡觉，怎么打牲呀，她们都懂得，这些练得都挺好。所以，二老就跟乌伦说："你放心，我现在正想初试三巧的锋芒，也是一个雏凤凌空、虎入东山，锻炼的机会。我想让三巧北上，去制服这两个仇人，替她阿玛报仇。让三巧出山。"

这话，让人听了非常高兴，因为都知道，强将手下无弱兵啊！老英雄培养的人，谁信不着啊？大家都知道三巧出山，一定会给我们争气，给我们解恨报仇的。这三个小丫头听了，乐得抱在一起，高兴地说："老爷爷，我们感谢你呀，我们一定给你们争光，给我阿玛报仇！"她们连父亲的尸首都没见着，仇恨的火焰在胸膛里燃烧，二老说到她们心里去了，恨不得马上冲出自己的窝巢，杀向敌人。她们现在就是这个劲头。

当天，他们就在穆哈连行营这块儿，设立了灵堂，由二老主祭，三巧给父亲灵堂叩头。陪着祭奠的人，一个一个地给穆哈连叩头。这个灵堂很简单，这是出征前的一种表态，是一种表决心和誓师。云、彤二老把那个由莱塔带回来的、穆哈连身上佩带的香囊荷包放在祭堂上，见到它，就像见到自己亲人一样，就像穆哈连在自己身边，二老热泪盈眶。他们看到荷包，就想到自己的亲人，痛哭流涕。云鹤老人说："哈连哪，你的尸首还没有回家，不过，我相信，总有一天，我们会有迎灵之日。哈连，现在我们只是简简单单给你设个灵堂，只是请来几位近亲、几位好朋友来祭奠你，我们没有告诉别人，也不想声张，如果声张出去，有些事情就不好办了。现在我已把你的三个女儿，培养成当今的女侠，她们很快就要北上，替你复仇。现在未完之事甚繁甚多，不可荒于受伤害之事。我只请你在天之灵，保佑你的三个女儿。你的未尽之事，你的三个女儿会为你办到的，会告慰你在天之灵，也会安抚朝廷牵挂着的北疆之乱。在平定北海之后，我们再设灵堂祭祀。"

然后，云、彤二老又把三巧召唤过来，让三巧跪下。彤鹤已经准备好了一碗鹿血酒，酒量不大，因为三个小姑娘不会喝酒，让她们每人喝一口，然后祭洒在她阿玛的灵前，表示她们自己的心愿。让巧珍、巧兰、巧云，各在她阿玛的灵前，都简单地说几句自己的心里话，每人都表了态，这话就不多说了。

云、彤二老又说："三巧啊，你们三姊妹，自从嘉庆十一年，丙寅出生，嘉庆十五年，庚午年有你阿玛在场，拜我们老兄弟为师，我们把林家所有的武功和剑术全都传给你们了。你们在白鹰洞苦练多年，积年累月，从未间断。嘉庆二十五年庚辰，现在你们学武十载，学业已成。今天又逢你们的阿玛为国捐躯，尔等应蹈父志，平定北疆，要彰善瘅恶，爱人以德，你们应该是雏虎出山，蛟龙入海，雪深仇大恨，一定为大清增光。让你们的盖世英名彪炳父志，扫除恶氛，澄清北宇，勿忘师训，勉之，勉之。"这些话，是二老又一次对三巧谆谆殷嘱。三巧表示，一定很好地完成您给的铲除邪恶的大任。然后三巧站起来，又跟乌伦巴图鲁说："乌伦叔叔，请你放心，你回到京师，就把我们阿玛的事情禀报给京师的众大人，这边我们尊爷爷的嘱咐，一定北上。你放心，我们会把事情办好。"二老让乌伦赶紧走吧，这边的事情你就放心。

第二天乌伦巴图鲁跟二老告别，二丹丹把乌伦巴图鲁送出很远，很远。两人感情挺深，难舍难分。二丹丹送了一程又一程，乌伦巴图鲁重任在身，只好忍痛分离，催马奔京师。

二丹丹回来后跟云、彤二老说："请爷爷能答应我，我在家也待不住，我愿意陪着三巧北上，我哪怕是提鞍吊镫都行。我岁数比她们大，给她们做个饭，生活上还能照顾她们，请您老能允许。"三巧听了很高兴，欢迎二丹丹跟她们一块儿去。这样，二老也就同意了。

这天三巧决定要北上。临行前二老把小莱塔叫来，拍拍它说："莱塔，你保护好你的小主人，她们由你带着到那儿去，找到穆大人殉难的山洞。把那两个领你们进山洞的坏蛋找出来。"莱塔甩着小尾巴，嗷嗷嗷地直叫，小爪不停地挠地，好像在说：我明白了，我一定能办到，我一定能见到穆大人。我也很想念穆大人，我一定能找到那个坏蛋。所以，狗的感情是非常真挚的。二老叫卡布泰也陪着去，因为平了那些恶人以后，马上要建自己的哨卡。卡布泰去了，就能把清政府的打牲衙门哨卡和行辕大帐建立起来。二老告诉他，这三个小丫头很年轻，请老将军多关照。卡布泰说，请二老放心，我一定很好地照顾好穆大人的三个小格格。这样，他们决定第二天就起身。

说起来，三巧的轻功和树上的功，是非常强的，个个像雄鹰飞翔在树梢之间，如履平地，其他人根本跟不上。因为三巧没去过北海，没到过独龙山，独龙口，她们离开莱塔，根本找不到她阿玛殉难的那个洞，硬找起来，太耽误时间，所以，必须跟着狗走，这是云彤二老的嘱咐。现在只能跟着狗，让莱塔给领路。另外，杀她阿玛的那两个强盗，只有莱塔知道，闻过他的味儿。就因为这个，他们几位骑着马，按正常在山里穿行。不过这次北上很顺利，为什么呢？卡布泰已经去过一次，他熟悉路了。另外，乌伦巴图鲁这人心特别细，他到哪都爱画图。乌伦回京师之前，他把去北海、韩家窑的道路，凭他的记忆画了图，对他们帮助很大。再说，还有聪明的莱塔领着，所以比第一次走得快。遥远漫长的路，好像近了一多半，他们很快就到了潘家寨。

潘家寨确实很大，有三十多户人家，有的是帐篷，有的是木刻楞的房子，在山坡下建的，还挺整齐。卡布泰进去一打听，有人告诉：潘家寨的寨主，也就是潘天虎、潘天豹的家，顺这个路往前走，山坡前有栋黑漆的房子，用大木头围的墙，这个大院，就是潘家大院。他们哥儿俩住在那儿，这两个人挺恶啊，怕朝廷有人找他，不让寨里人对外来人讲实话。卡布泰就说："我们是好朋友，认识。"这样，有些人才悄声告诉潘氏兄弟的住处。他们知道以后，先找个住处歇脚，于是，就住在离潘家大院不远的小店。

这个客栈是个大筒子房，里头有一个很长的大火炕。店主看起来有七十多岁，院里还晒着不少的鹿肉干，店掌柜还在切肉，然后把切好的肉送到院外的木杆上晒。在北边晒肉干，家家如此，小帘子似的一串一串的。店主是雅库特人，会说汉语，也会说满洲话，可能这块儿过往的客人多。卡布泰先用满语说，然后又说汉语，店主看他说得都挺流利。卡布泰一看屋子太大，屋里还坐着几个客人，就问："你有没有小一点儿的屋？"这个老头儿说："有，有，在后院，那是单间，在我这儿住的什么人都有，有的搁北京来的都在我这儿住着，我的房子有好的，都很漂亮。"卡布泰说："那好吧，屋子不要太多，我单独住一个房子，另外那四个女的住一个房子，但是房子要好，要安全，你的房子安全不安全？"老头儿说："哎，你放心，我们这块儿非常安全。"卡布泰心想，我是吓唬你，我们这几个人什么都不怕，哪个小偷敢来偷我们，我们是来抓强盗的。就这样，在后院一栋平房，是木刻楞的房子，用木头一个一个摞起来的，就在东厢房倒出两间，三巧和二丹丹住在一个屋，卡布泰和小莱塔住在一个屋。把马匹放在东院的一个马圈里，各自的东西都拿进来。住好以后，他们简单地吃一点儿饭。

这时，三巧中的巧珍就过来跟卡布泰说："叔叔，咱们已经住下了，你看下一步怎么办？"卡布泰说："我先出去，了解了解情况，你们在屋里歇息，不要动。"巧珍说："是了。"她们就在屋里歇息。

卡布泰自己出来了，不大一会儿，丹丹也出来了。丹丹说："卡布泰将军，我跟你一块儿去，咱们上街里一起走，我在屋里待不住。"于是，二丹丹陪着卡布泰到外边察看。他们到潘家寨里一看，这块儿竟是猎户，还有打鱼的，卖皮张的，这个地方挺繁华。多数是内地来这儿购货的，再一部分，就是当地的土著人，他们卖自己的猎物，或者以物换物，我用皮子换你的布，互相交换，很热闹。卡布泰到处问、打听，后来他们了解到，今天晚上，在屯子东头，有一家雅库特人，举行萨满祭祀，从昨天晚上就开始了，去的人相当多。

雅库特人家举行萨满祭祀从来是很热闹的，而且多数都戴萨满面具。祭祀时，不单本族参加，外族人也参加。这家有一个老人得了病，请萨满跳神，看热闹的人相当多。这块儿有一个风气，萨满跳神时，其他家里都去祝贺，一块儿帮助祈祷，多数还是雅库特人。其他族的人时间长了都认识，自己也带着香、纸去祝贺，希望神多多保佑，使病人早日康复，祛除邪恶。有时候，神鼓一敲，连着几天几夜，而且有很多的表演。来因卡是这一带出名的大萨满，她已是七十多岁的老太太，非常精神，什么病都没有。她跳神时，把鼓往旁边一放，攀到杆子上，杆子挺高，从杆子上噌地一下子就跳下来，根本看不出是个七十多岁的老人，就这么能耐。下来时，是翻跟头下来的，他们说这是鹰神保佑来因卡大萨满。

在北海这个偏僻的地方，没有歌舞表演，除非是各部落自己有唱歌、跳舞之外，没有大的表演，谁上这儿来呀，这么远。所以一到跳神的时候，也是这一带最快乐的时候，就像过节一样，全寨的人都来观看。丹丹问："都谁能来呢？有官来吗？"寨里人就讲了，勾魂鬼潘天虎，领着大媳妇、二媳妇来，还有白无常，就是他的弟弟潘天豹也领着自己的大媳妇、二媳妇来看热闹。在跳神的时候，潘家兄弟往底下撒银子，别人也可以抢。所以，寨里人希望潘家老爷们来，这是老财东，他们来了就更热闹。卡布泰马上就问："今天他们还来不来？""那肯定来。"卡布泰他们早就知道了，因为穆大人他们审问庞掌醢时，他就说过，这块儿有个坐地虎，是北噶珊杜察朗的一个爪牙，他们是杜察朗的大姐夫、二姐夫。乌伦走前也说过这个话，咱们穆大人被害，这事肯定和潘天虎、潘天豹有关系。卡布泰知道这个消息后，非常高兴，马上回到店房里，就告诉了三巧。

他们很早就吃完了饭，也装作当地猎民的样子，暗地带着自己的武器，去参加这家的萨满祭祀，看看来因卡女大萨满的表演。这儿确实挺热闹，在祭祀院里，人围得里三层外三层的。山外也有骑马来的，看起来有百十号人。在这深山老林的地方，在北海边，能聚这么多人是不易的。

院里点着篝火，祭坛上摆着各样的野兽，有剥了皮的，有的还活着。在树上拴的三头活鹿，准备祭祀中间现杀。还摆一头大鲸鱼，足有八百多斤，有两个人那么长，给神供奉。人围了一大圈，在围人的前边，还摆了一个长条的可能是用木头堆起来的像桌子似的东西，上边还苫着些皮子，皮子上头摆了些酒物，还有各种肉、菜。后面坐着几个人，这几个人肯定是举行祭祀的主人，或者是赫赫有名的人物。既然是显赫的人物，这里肯定有潘天虎、潘天豹。在这些人后头还坐着不少女眷和孩子。

萨满神鼓敲起来，来因卡开始唱，声音特别洪亮。雅库特的神鼓挺大，估计有四尺的直径，是黑色皮子的鼓。皮子熟完以后刷的黑色，鼓背面的银尔抓里头，还有一个大的神偶，用木头刻的，上面还有不少布条子。这个女老萨满来因卡，一手抓着鼓，一手拿着鼓鞭，这个鼓鞭是兽的尾巴，不是虎尾巴，就是豹尾巴，很长。鼓鞭一敲，当、当、当响，非常精神。旁边有十几个小萨满一块儿助场，声音铿锵有力。场内所有的人都被萨满的鼓声给吸引了，都在注视场中央的萨满。现在精神没在这儿，有别的考虑的就是卡布泰、三巧，还有二丹丹，他们来这儿寻找仇人，所以他们的眼睛都是到处撒目，一心想找到杀穆大人的仇人。三巧咬牙切齿，恨不得马上就把仇人抓到手里头，但是，又考虑到，这是雅库特民族的祭祀，咱们不能搅了人家的祭祀，这是神圣的事情。

卡布泰是费雅喀人，费雅喀人也信奉萨满教，所以他对萨满神鼓，从来是非常尊敬的。雅库特的萨满祭祀和费雅喀都差不多。卡布泰这个人，是很能办事的人，他曾到过北海，还到过北海岸，又到过堪察加半岛。他到过很多的地方，可以说识多见广，是北海附近这一带，最知道人情风物的人。正因为如此，穆哈连大人在世时，就很器重他，俗话讲，人熟为宝。卡布泰能探听很多的事，因为他懂好几个民族的语言，他对北方特别熟悉，人又非常忠厚、勇敢，而且，能和北方各部落人打成一片。北方人一听到卡布泰大人，都愿意和他接近。卡布泰在穆哈连的麾下，威信很高。这次二老点名，让他陪着三巧一块儿来，是对他寄予厚望的。因为三巧是第一次外出见世面，光有武术不行，外面的情况不清楚，虽然有二丹丹的帮助，但二丹丹的阅历远不如卡布泰。这样二老让卡布泰来，既能够随时执行北疆打牲衙门的一些政务的事情，又能帮助三巧。这对两方面都有好处。

这时候，卡布泰就悄悄地到了三巧跟前。观看祭祀的人群，都是围着中间的祭场，老萨满和小萨满在祭坛中间跳神。雅库特人在里头围了一圈，其他族的人，都站在圈外面。刚才所说的那些有名望的人，和各部族的首领是在紧里头的一侧，给他们设的案子，一边喝着茶，喝着酒，一边吃着肉，参观祭祀。卡布泰和三巧、二丹丹当然不会在尽里头，他们进不去，不熟悉，人家也不会请他们。所以，他们在尽外头，三巧她们有时互相搂着肩，把脚跟儿一抬，扒着往里头瞅。这时卡布泰就让三巧指挥莱塔，让它进到人堆里去。莱塔见过那个人，让它进去，闻一闻，有没有那个仇人。卡布泰虽然也熟悉小莱塔，但是最亲近的还是三巧，是三巧的阿玛穆哈连从二老那要来的。所以，三巧也常见到小莱塔，她们很熟悉。卡布泰悄悄地把这个意思一说，巧珍就暗暗地点点头。这时，小莱塔正趴在她们三个中间，巧珍就蹲下来，拍拍小莱塔，在它的耳边就说，莱塔，莱塔，你进去，闻闻，好好闻一闻，有没有领你们进洞的那个人，害你主子的那个人。快去，快去。狗能通人话，何况小莱塔又非常聪明，是猎狗中的头排狗，特别机灵。

莱塔听明白了，它在人脚的中间走，别人踩不着它。北方养狗特别多，见到狗都是习以为常的事。所以莱塔，在人堆里头，东钻西走，大伙儿都认为，这可能是谁家的狗找它的主人，不会咬人，都这么想。莱塔闻一闻，不对头又往前走，快走到前排去了，它听到鼓声，不对劲儿，又往右侧绕，还没闻到熟悉的那个味。它就往左侧走，正好是一排用木头堆起来的放茶、放酒的地方，是祭祀的主人和贵客坐的地方，小莱塔就到了这块儿。它先闻一闻，后来又闻一闻，觉得有熟悉的味，又闻了闻这个人的气味，然后就回到三巧的跟前。

三巧一看小莱塔回来了，半趴在地上，小脸冲上，嘴噘着，呜呜呜地叫，这是莱塔传报消息特有的语言，告诉它的小主人：有那天领我们进洞的人，有。三巧就明白了，里边有潘天虎、潘天豹。三巧就把这个意思悄悄向后边站着的卡布泰说了，卡布泰也明白了。因为小莱塔光闻到了前头的人，究竟这几个人哪个是不知道。

这时卡布泰想出一个办法，自己悄声地从人堆中出来。他到树林中装作撒尿，回头一看，在林子边有两匹马，一匹马上还骑着一个人，从穿的长袍子和身上佩饰，看样子是雅库特人。他的马下还站着一个人，手拿着缰绳，他们听着萨满祭祀的鼓声，互相还在谈着什么。这时，卡布泰就过去了，卡布泰很有礼貌地到这两个年轻人面前，把右手向自己的胸前一压，低头就问好，沙音阿浑，您好啊，哥们儿，弟兄们都好，这是满语。这两个人，还真懂得满语，马上说：沙音阿浑，沙音阿浑，好，好。在马上那个人又问一句：额罗八他佳吗？额罗八他佳吗，意思是你是哪地方的人。卡布泰马上说：我是这块儿的人，我是这块儿的人，我跟这块儿非常熟悉，我是做买卖的人。他们唠一唠，互相就比较熟悉了。卡布泰就说："我的眼神不好，眼睛有毛病，请你们给看一看，在前排边喝酒边吃茶的那几个人都是谁？我想找他们有点事。"

在马上坐着的那个小伙子，这时把头一扬，把手放在眉毛那块儿，还打个凉棚，帮他瞅一会儿："啊，这些人哪，这不是嘛，那个是我们部落的首领，我们的老玛发，中间坐的那两位，那个是潘天虎，那个是他弟弟潘天豹。紧那边那几个，有一个是我阿玛，我的父亲，他是这次祭祀的主办人。"卡布泰根据这个小伙子的介绍和他手指的方向，仔细看看："啊，前排从左数，第三位、第四位，从右边数也是第三位，啊，正是中间那两位。"不过他只是看到他们的后脑勺，这时卡布泰向两个小伙子又深深一鞠躬，巴尼哈，巴尼哈，谢谢，谢谢。然后卡布泰，就绕过去，他想从正面看一看，潘天虎、潘天豹这两个仇人的长相，好记清楚，不然人一散，我没看到前脸，还找不着他呢。卡布泰想得挺细啊。

卡布泰这时又悄悄地绕到他们左侧，来到了祭坛的对面，扬着脖，往里一瞅，正对着脸，看到前排中间坐着喝酒、吃茶的那两个人，就是他要找的潘天虎、潘天豹。一看这两个人长相，很凶恶，还挺傲慢，互相在说着什么。然后他又悄悄地回到三巧和二丹丹的跟前，就告诉她们："三巧，前排中间坐着那个，就是咱们要找的潘天虎、潘天豹，你们好好看一看，把他们的长相要记住了。"三巧和二丹丹，也像卡布泰似的，悄悄地走到这个祭祀圆圈的正面，对着萨满的脸和那几个坐着喝茶、喝酒的人，正跟他们打个照面。她们三个也非常仔细地辨清了潘天虎、潘天豹的模样，然后她们就回到原处。

二丹丹这时心里头还有一个想法，哎呀，我的两个姑姑都在北海，这回我还见到了两个姑夫，没想到，他们变得这么坏，这是她心里的话。因为潘天虎、潘天豹娶的是北噶珊杜察朗大玛发的两个姐姐，花溜红，花溜翠。卡布泰他们几个站在后头，一直等到祭祀完了，眼看祭祀要散了，这时三巧跟二丹丹，还有卡布泰，才离开了祭坛这块儿，自个儿悄悄地回到了小客栈。在路上他们就做了分工，巧珍就说了："卡布泰叔叔，今天晚上，我们出去办这件事，请叔叔放心。只要听到我们用布谷鸟的叫声，就请你马上赶来。另外，丹丹，请你今天晚上不要动弹了，你就把咱们买好的酒和烧纸预备好了，跟卡布泰叔叔在一起，我们心就领了。"他们个个点了点头，然后进了屋，就睡觉了。

单说，这天晚上，三巧早换好了夜行衣，把自己的宝剑放在剑匣里头，挎在自己的左肋之下，右肋下有个箭囊，装着十几根袖箭。她们都会轻功，根本没有声音，门轻轻一推，像风一样，三巧就出去了。这是离开二老之后，她们第一次显示自己的夜行术。

她们三个离开客栈之后，噌噌噌，完全是从房上走的，因为房脊互相连着。有的地方，没有房子，她们悄悄地跳下来。在北海那块儿，家家都是用木板子，一根连一根围成墙，正好给三巧一个在树上弹跳的机会，二老早就教她们了。她们搁这个树跳到那个树，就像在地上走一样，走得非常快，根本见不到影子。她们很快就到了潘家大院的黑门前。她们身子一跃，就跳进院去。跳进院里，先找的是狗，夜行人首先注意的是狗，看哪块儿有狗。这时她们看见院里真有两条黑狗，那狗刚要站起来，没等它叫出声来，三巧手中的袖箭嗖嗖就过去了。这袖箭都是小毒箭，非常小，针小到什么程度呢？就像棠梨树上的针刺似的。全仗着气功，小针夹在手指头上，一甩，随着气的力量，嗖地过去，直接扎到肉里，外头是粗的，里头是细的，是个三角形的，这都是用药泡的。扎到动物身上，狗的身上，身子立即瘫倒，马上就睡过去，一睡就得睡几个时辰。醒过以后，身上又疼又痒痒，就蹭身上，蹭一蹭针就出来了，就是这样的袖箭。这是林家家传的一种暗器，非常好使。这三个小丫头把袖箭都甩出去了，这两条狗本来很凶猛，根本没叫出声来，都趴在那忽忽悠悠地睡着了。

她们三个非常机灵，用六只眼睛，把整个院里看个仔细。一看外边没有一个人影，已经是下半夜了，哪能有人。唯独在院里有个小正房，搁那里透出灯光。她们三个悄悄地，很快就蹿到那个小正房的跟前。巧珍轻轻蹿到房顶上，她来个金钩倒卷帘，钩住房上的一块木头，头冲下，看看这房子里究竟有谁。巧兰和巧云躲在房子一侧的暗处。巧珍头冲下，手里拿着一把长匕首。这个匕首很特别，前头是锥子形的，两边有两个倒须钩，长有一尺半，它可以刺你，也可以用它钩东西。这个匕首，是林家自有的夜行器。这个房子没有窗户纸，看起来，北海这块儿天特别冷，窗户用皮子挡着，一块压一块，压不住的地方，就透出里头油灯的光。巧珍在透光的地方，用匕首往里一探，又用钩往外一拐，露出空隙，她看到屋里坐着一个老人，看来是个更倌。她想，我得让他睡过去。她用另一只手，掐着一个冒尖的毒药瓶，只要手一捏，瓶管前头就张开了，能把一种气体给吹进去。气吹进去，屋里的人，闻到一种气味，在不知不觉中就昏睡过去。然后，巧珍轻声地跳下来，她的两个妹妹，在暗处看姐姐跳下来了，也悄悄走过来。

她们姐三个一起到了门前，把门划开，轻轻地进去，看老头儿迷迷糊糊地睡着了，头趴在桌子上。巧云用自己的手，把老者的鼻子和嘴轻轻地一擦，她的手上有自用的解药，老者一闻，打了两个喷嚏，马上醒过来了，一看旁边站着三个姑娘，都很年轻："哎呀，你们是谁？"巧珍用剑一指："你不要出声，你是打更的吗？""是，是，打更的。""你是他们家的什么人？""我是他们雇的，这块儿没有不给潘家大爷、二爷干活的。我们都是他们的雇工，连我的姑娘都给他们当丫鬟。""我问你：潘天虎、潘天豹住在哪个屋？你不许隐瞒，你要隐瞒，我可要杀了你。"这个老头儿就说："我呀，也非常恨他，没办法，我让他们给逼的，不给他们干不行。我帮他？这两个都是贼，害人害苦了，我的大姑娘就是让他们给折腾死的。你们来得好，你们是救我们的。"

三个姑娘一听，这个老者也是受害人，可见这潘天虎、潘天豹恶贯满盈，真是该杀的货。老者又说："你没看嘛，他们就在这正房住。正房的后头还有一趟房子，那是他们家里人住的，他们两个的大夫人、二夫人住的地方。你从正房进去，是正厅，正厅的右侧就是，现在就他们还没睡呢，还有灯亮，他们哥儿俩不知谈啥呢。"三巧说："没你的事了，你现在就老老实实，不要出屋，不要出声，你听着没有？""听着了，一定遵命，一定遵命。"

三巧出了屋，就直接奔正房的正厅。她们轻轻把门打开，蹑手蹑脚，进到正厅。正厅灯光很亮，有几个大盆里装着油，可能是鱼油，呼呼地着着。在北海这块儿，主要点鱼油灯，满屋十几个灯。大盆非常好看，都是搁中原买的景泰蓝瓷器，每个盆里都有两三个捻子，点起来很亮。三巧姊妹进去，没有脚步声，他们说话声音挺大，根本没听到三巧进去的声音。巧珍在前，巧兰在中间，巧云在后头，姊妹三个把门踹开，闪身直接进到里屋。一进屋，噌、噌、噌，非常快，每人把剑都亮出来了。

她们一看，这屋有一个八仙桌，桌子旁边有两把太师椅，都是用豹皮铺在太师椅上，还有水狐皮搭在靠背上。潘天虎、潘天豹他们对面坐着，喝着茶，兄弟俩不知说的啥。门被踹开，噌、噌、噌，进来三个小姑娘，而且把剑直接顶着他们的鼻子尖，他们大吃一惊。从他们懂事时候起，还没有人这么大胆，敢用剑和刀指着自己的鼻子。他们认为自己是天皇老子，是盖世英雄，世上还没有敢跟自己比剑的人。他认为当今让他佩服的人，最多也就两三个，谁呢？一个是马龙，马师傅，那是武林高手，还一个就是如意侠，他的妹夫杜察朗。本来杜察朗的武术跟他们相比都是半斤八两，可是，他把自己看得很了不起。他们两个都使单刀，杀人不眨眼，专喝人血，吃人肝，所以他没怕过谁，没见过敌手。今天一看进来三个小丫头，最大的也就十五六岁，个都不高，虽然都穿着女侠衣服和英雄绶带，挺精神，还有武林的小派头，但是感觉她们太幼稚，都是毛孩子。

潘天虎哈哈大笑，就冲着三个孩子，一点儿也没怕，仍然是手又着腰，剑虽然顶着他的鼻子，但他连看都不看，张嘴很大方地说："这是哪来的小侠客？幸会，幸会，怎么来这闹腾起来了？你们想要练武有练武的地方，如果你们真想练武拜师的话，我收你们。瞅你们这个姿势和派头，我还挺喜欢，有胆量，不错呀，你们别走了，就在我潘家寨吧。我看你们三个模样，不像我们这块儿的人，不知从哪蹦出来的，怎么这么大胆，一点儿礼貌都没有，敢跟我们兄弟要这个？别闹了，怎么回事？"他心里想，也可能是过路的贼，因为这块儿也挺乱，一些强盗抢劫旅客的钱财，偷窃的，互相斗殴的，这些事也常有。他以为，后头不知是哪个人指使的，她们来这儿是向我要钱财的。他心里又一想，闹也不能闹到我这块儿，玩笑开得也太大了。

潘天豹听他哥哥说完，自己也没在乎，虽然剑指着他，他若无其事地拿起酒杯，照样要喝，酒杯还举着。这时巧珍说："别喝了，真不自量，你知道我们是谁？"潘天虎又笑着说："我知道你们是谁？你们要钱我给你们钱，你们是穷的还是怎么的？也不能这么不讲礼貌啊，到人家来，拿着剑这么对着，小心点，我要一动弹，你们三个可就糟了，往后退退！"

巧云这个小丫头脾气挺爆，站在她对面的是杀父的仇人。仇人见面分外眼红，巧云恨得咬牙切齿，恨不得一剑把他捅死。但是不能，她们得谨遵师爷的命令。临行前师爷告诉她们，你们做事要处处听从卡布泰叔叔的安排，他想得比你们细，你们这次去，是学习，是锻炼。所以，她们还得按卡布泰叔叔的安排办事。不过巧云小丫头嘴相当快，而且恨透了，马上就说："你别看我们人小，你那点武术，连我们的小指头都比不了。"

她这一说，反倒把潘天虎、潘天豹给说笑了，这真是孩子话呀。潘天虎心里想，她们用剑老这么指着也不好办哪，就说："你们干什么吧，是要钱哪，还是想要衣服？要什么都告诉我，我们都答应，行不行？"巧兰说："我们要你们的命！"她们三个的剑直逼他们哥儿俩。潘天虎、潘天豹登时一愣，他们不知这三个小丫头的来历，潘天虎脑瓜儿一转想出一个计策："这么办吧，你们往后退退，你说的事我们都答应。"巧珍就说了："现在我们来找你，让你回答几件事，你跟我出去。"潘天虎、潘天豹一看老这么纠缠也不行啊，他们想用退的办法，以守为攻，就说："那好吧，你们把剑收起来，往后退退，我们收拾收拾，跟你们走，行吧，听你的。"

这时三巧把剑往回收一收,不过剑仍然对着他们。虽然一刹那间,却使他们两个有了反手的机会,他们早就在太师椅后头挂着些兵器,以防贼人来暗算。所以椅子后头的刀,就戳在地上,他们轻车熟路,用手一碰,就碰到了刀。等巧珍、巧云、巧兰,往后一退的时候,他们两个眼明手快,哧溜,马上就把刀掏了出来。他们一反身,也保护了自己。巧珍和巧兰、巧云说:"走,咱们出去,这地方太窄,你俩有能耐跟我们出去,不出去,我们就在这杀了你们。"潘天虎、潘天豹一看这三个小丫头口气太大了,可能是疯子,真得治一治她们,光说好话没用啊,他哥儿俩就这个想法。好吧,出去就出去,是骡子是马拉出去蹓,咱就一块儿出去。

就这样,三巧噌噌跳到院里。紧接着潘天虎、潘天豹也出去了。院里有些灯,照得挺亮,我方才讲了。三巧站成一字形,这哥儿俩在武林中也是窗户眼儿吹喇叭,鸣(名)声在外的人,在这么个小地方,也算是打遍天下无敌手。他们是矬子里拔大个儿,在这块儿还数得着。他俩身边也有好几个徒弟,也都各有各的能耐,接着我还要讲。他俩噌噌跳出去,拉好马步,站在院子中间,两人形成一个非常严密的守势,怎么的呢?潘天虎拿着刀,刀背贴在右腕子上,蹲在那块儿,来个骑马蹲裆式,监视对方。潘天豹是在另一面,头冲外,也是骑马蹲裆式,手拿着刀,两人相互靠着,面冲外。两人转起来,是圆形的,谁也攻不进来。这个架势摆出来了,能攻能守,互相有依靠。他们能向外攻,对方不能攻他们。他们站好了姿势,潘天虎就大声喊:"喂,小丫头,你看师傅是怎么站着的,你们学一学,你们敢上来吗?"

三巧姐妹没都上,先是巧云自己上来,想跟他玩一玩。她还真没怎么使劲,把剑倒背着,没出鞘。咱们讲过,林家剑一出有光,光一出,那不是人头落地,就是对方有出血的地方。巧云左手拿着一个短匕首,跟她姐姐拿的一样,放在后面,她反背着手,就跳进去了。这两人看小丫头来了,迫不及待,举刀就砍。小丫头噌噌噌地跳,他们干脆砍不着。小丫头是跳跃式的,是林式的武功,她的蹿动力非常强,刀一砍,她蹦得挺高,等刀往上砍时,她又跳到他裆下,把潘天虎、潘天豹累得就像两个刀在剁跳蚤似的,根本剁不着。他们左看右看,也看不着她在哪儿蹦起来的,也看不到蹦到哪儿去了,把他们两个累得满头大汗。他们一看不行,就蹦出去了。巧云看他俩出去了,也出去了,就说:"怎么样,你们是师傅还是我是师傅？"潘天虎根本不服，一看这小姑娘挺厉害，就说了："你们三个都上来，我做师傅的好好教教你们，行不？"然后他又对潘天豹说："你先看着，我跟她们三个试试。"三巧姐妹都过去了，巧珍说："我们先不使剑，你能剁着我们，就算你有能耐。"

这三个小丫头，在院子里走的是八卦形，按乾、坎、艮、震、巽、离、坤、兑八卦形式，在里头一转，嗖嗖嗖嗖，有纵有跳，有起有伏，有阳有阴，是这样的走向。潘天虎拿着大刀，让这三个小姑娘一围，眼都花了，刀都不好使了，气都喘不上来。有一个人，在后头啪的一下，在他脊梁上搂一巴掌。潘天虎刚一转过来，嘴巴上又挨一巴掌。不一会儿又咔的一声，正好踢在他手腕上，手腕子被踢得很疼，哎呀哎呀直劲儿叫唤。

潘天豹一看大哥挨踢了，手腕子都肿起来了，自己也蹦进去，就喊："三个小贼人，都过来，看老子教训教训你们！"三巧照样不使剑，围着潘天豹转过去。潘天豹看着转圈都是人哪，好像有一万个人，不知这三个小贼变成多少人，把他弄得眼花缭乱。她们不是掐他一下，就是扭他一下，把他揪得耳朵直疼。这时手腕子不知让哪个丫头给踢了，当啷、当啷，把刀踢出老远。他的手也不好使了，就蹲在地上直叫，哎呀，好疼啊！因为她们都踢到潘天豹的穴位上，最疼的地方，手腕子马上就肿起来，干脆不能动弹了。

这时候，就听到黑漆门的门楼上，有一人正蹲在那儿，哈哈大笑："潘天虎、潘天豹，你们胆真大呀，你们有什么能耐，敢跟这三位小英雄比武，你知道她们是谁吗？"这时候，把这两个小子吓坏了，没想到还有一个人蹲在那儿。他们刚往上瞅，那人嗖的一声跳下来，这正是卡布泰。

卡布泰走过来就说："潘天虎、潘天豹，你们摸摸你们的耳朵，现在疼的地方，不都是胳膊，摸摸你们的耳朵，还有没有？"他俩一听，慌了，赶忙摸自己的耳朵，一个人掉了左耳朵，一个掉了右耳朵，每人都掉了一个耳朵，怪不得这么湿，一看血都滴在自己的胸前。哥儿俩相互一望，都是血糊连的，他俩这回才害怕了，一看她们真是武林高手，怎么得罪了这些人呢？这时候，潘天虎、潘天豹强打精神说："你们是哪地方人？赶紧报上来！"他刚这么一说，三巧用手中的袖箭，嗖嗖，就打出去，每人一针。针扎到身上，他俩都晕过去了，就像打狗针似的，两人扑通就倒在地上。

在这深夜里，只有那个老更倌知道这件事，别人都不知道。三巧对卡布泰说："叔叔，你把他俩拎走吧。"卡布泰一想，这两个人我只能像拎死狗似的拎一个，那个人不好办哪。他往后院一看，有马圈，三巧一人骑一匹马，他自己骑一匹，另外又牵出一匹，用绳子把他俩胳膊一绑，像架死猪似的，干脆吊着身，放在马的脊梁上，把潘天虎、潘天豹带走了，然后悄悄把门关上。他们顺着来时的道，先回到客栈，悄悄进去，把二丹丹召唤出来，他们飞马直奔对过的石碴子。乌伦讲，他们去的是独龙山，事先他们打听好了，这样他们几个就顺着山道直奔独龙山而去。

他们很快就到了独龙山，往山上走，看到有一个黝黑的大洞。这时候，小莱塔在洞口那块儿，嗷嗷叫唤，像明白事儿似的。三巧就把它拽住，莱塔别着急，先等会儿，等会儿。他们把潘天虎、潘天豹从马上拖下来。巧珍过来，又在他手上扎了另一个针，这是解药针，也就是用针扎一下他右腕上寸关节穴位。不一会儿，他俩苏醒过来，一看，哎呀，怎么到这儿来了？心里划着魂儿，定睛一看，前头站着的几个人，正是刚才戏弄他的三个小丫头和从门楼上跳下来的那个人。他俩想跑，但是跑不了，武艺根本没有人家高强，彻底认输吧。只好乖乖跪下说："哎呀，活祖宗啊！不知道各位仙人师傅从何处而来？我们兄弟怎么得罪了各位师傅？告诉我们，就是死了心里也踏实。"卡布泰说："潘天虎、潘天豹，你们听着，知不知道，你们犯了死罪！"他们两个眼睛白愣着，还在狡辩："哎呀，我们犯了什么死罪？""你们还抵赖，前些日子你们在洞里，都做了什么伤天害理的事情？"

他俩一看，完了，完了，那天惹出的大乱子，现在人家来算账了。当时，说起来，潘天虎非常蛮横，他不听弟弟的话，他弟弟说："大哥，咱们不能在这儿杀穆哈连，在这儿杀，这个山是咱们的山，秃子头上的虱子，明摆着，不等于往咱们头上扣屎盆子吗？再说杀朝廷的命官，那还得了？何况穆哈连不是一般的人，是三品侍卫呀！大哥！大哥，咱们不能这么办。"潘天虎鬼迷心窍，一心想巴结杜察朗和庞掌醢，认为有他们做靠山，将来就能飞黄腾达，其他的事情都没想，他们不计后果。

这时潘天豹就说："我当时就不同意，我没有害穆大人哪！我当时放走的是乌伦巴图鲁。我知道他，我给了他生路，我没有杀他，老天作证啊！"他一看事儿不好，就把他哥哥给卖出去了。潘天豹见大家没吱声，忙套近乎，又说："请问：各位尊姓大名？"卡布泰就说了："你们哥儿俩站直听好了！告诉你，我们是谁，这三位英雄就是穆哈连大人的三女，这位是穆巧珍、这位是穆巧兰、这位是穆巧云，我就是钦命北海打牲总管事务北海水陆兵马总哨官，三品侍卫穆哈连大人手下的五品骁骑校，我叫卡布泰。我们是来擒拿你们的，为穆大人报仇，你们现在死期已到，知道不知道？"

这时候，可把两个贼人吓破了胆，真是魂飞天外，魄散九重，都尿裤兜子了。潘天虎、潘天豹一听，哎呀，了不得了，到底惹出大乱子了，这是塌天之祸呀！今天我们的命算完了，完了。穆哈连大人三个亲生女儿找上门来了，他们早听过这个信儿，是一胎三女，他们正在赫赫有名的云、彤二老手下学武艺。云、彤二老是什么人？是绝对的世外高人，是皇上的武师。怪不得，人家的武术那么高强，自己的剑根本都没露，就被她们玩得团团转，耳朵掉了都不知道，这回可算栽跟头了。

卡布泰让他俩详细交代，当时为什么想要害死穆大人，你们是怎么定的，是谁领进洞去的，快快交代，详细交代。潘天虎、潘天豹跪在那儿，身子都瘫了，就一五一十地把整个害穆哈连大人的前因后果如实地讲出来。

原来是这么回事，前几天北噶珊杜察朗大玛发，飞马派来两个人，一个叫娄宝，一个叫齐宝，他们拿着杜察朗大玛发的密信，让我们马上想办法，擒拿朝廷的命官，一个是穆哈连，一个是乌伦巴图鲁。告诉我们，穆哈连是皇上身边的三品侍卫，这个人相当狠毒，现在他在执掌北海这块儿打牲总管事务，又是这块儿水陆兵马总哨官，我们很多的事情他们都在调查，有些事已经掐在他手上了。前两天又把庞大人给抓去了，所以说，你必须抓住穆大人。穆大人还领着几个人，还有卡布泰大人你的名字，还有德格勒，让我们把你们一网打尽，就地杀死，只有这样才能以绝后患。而且密信讲得非常清楚，要做不到这一点，他们就要兴兵，把我们潘家寨给平了，把我们哥儿俩也杀死。他不念姐夫的情面，以军法处置。他重新再招自己的兵马，限我们几天必须办到。我们接到信后，就不能不办哪，这都是我们那个心狠手毒的小舅子，杜察朗大玛发的意思。

这时站在旁边的二丹丹字字听得非常清楚。她这次来，说实在的，是乌伦巴图鲁的心意，让二丹丹跟自己家分清楚。他怕二丹丹一想到父女的情面，就不知怎么办好。所以他跟二老商量，还是让二丹丹跟三巧一块儿去。明着说，你跟着一块儿走一走，心里敞快一些，其实更主要的是要教育二丹丹，唤醒二丹丹，让她认清阿玛杜察朗的狼子野心。乌伦巴图鲁用心良苦，做得真对。二丹丹出来一路上听到些事，没想到自己的两个姑夫真是坏透了，一看他们背后还是她阿玛杜察朗干的坏事。

二丹丹越想，心越恨。他们为什么对这些好人敢下毒手，真是心狠手辣，没良心哪！

卡布泰又问："你们具体怎么杀害的穆大人？"这时潘天虎趴在地上说："这事确实都怨我，我弟弟还劝我，我没有听，我当时是利令智昏，鬼迷心窍。当时探子告诉我，穆大人已经过来了，我就想办法，把他们诱骗到独龙洞，而且秘密地让我们心腹小校往下扔石头，砸伤穆大人。他口吐鲜血，就冻死在洞里头。"他这么一说，把三巧气的马上站起来，抽出剑就要砍潘天虎。卡布泰就挡住说："三巧，先别动，咱们让他讲清楚，血债肯定要用血来还。别着急，咱们先把这事情问清楚了。"三巧擦了擦眼泪，站在一边。卡布泰又对潘天虎说："你说，究竟是怎么回事？"

潘天虎一五一十把过程说了一遍，他们怎么分了手，本来让他弟弟把乌伦巴图鲁也害死，也用石头砸死他，弟弟没那样做。卡布泰听到这儿，直跺脚，恨得咬牙切齿，大声问他："潘天虎，你们干完了坏事以后，来没来独龙洞看一看哪？"潘天虎慌忙回答："大人哪，我们还没来得及，这些天忙些乱事，还没顾得到洞里看一看。再说，我们也知道惹下了大祸，杀害了天朝的命官，是千刀万剐的罪，我越想越怕，心惊肉跳，觉都睡不着，眼皮天天在跳。你们这一来，我吓得浑身都酥酥了，我想你们来肯定和穆大人的事有关。我们没报告，北噶珊还不知道这件事呢。"

卡布泰又问："这个事你们打算怎么处理，你不觉得你们闯了大祸吗？"潘天虎只好如实地说了："老爷，我才不说了嘛，我们知道惹了乱子，现在就一心想逃，过两天我们哥儿俩就想逃跑，刚才我们在一起就商量这事儿，连累了妻儿老小一大帮，往哪逃去呢？卡布泰大人，爷爷，还有三位格格，你们饶命吧，我情愿为大人效劳，我愿将功折罪，改邪归正。"

三巧"呸"一声，然后说："谁听你这一套！"卡布泰又问："穆大人被害的密洞究竟在哪儿？告诉我们。"潘天虎、潘天豹一听，面色如土，趴在地上，吓得呜呜直哭，好半天站不起来，站起来就浑身筛糠，然后颤抖地说："老爷，过了前面的树林子就看见那个洞了。"卡布泰过来，把两个人狠狠地绑起来，用脚一踹，他妈的，还装什么蒜，在头前领路！

他们穿过了一片密林，望见石砬子下面，确实露出一个很大的黑乎乎的洞。很快来到了洞前，这个洞的石头长得像狼牙一样，很险，可人要钻进去，却又绰绰有余。洞很深，在洞里长出一棵粗树，一直伸到洞的外头。这时候，小莱塔认出来了，汪、汪地叫着蹿进去了。它知道，这就是它的主人殉难的地方。小莱塔，不管黑不黑，第一个先跑进去了。卡布泰命令两个贼，快点儿把明子点着，让他们在前面照明。

这个洞挺深，曲折坎坷高低不平，越往里走，就越觉得阴森森的，石崖上洞穴里都挂上了冰霜，山洞中水珠滴下来，形成不少冰柱，他们就沿着阴冷的山洞往里走。洞越深，里头越黑，就是明子照着，也看不清。洞里瓦凉瓦凉，又非常滑，他们爬了一阵儿。洞里往上延伸，他们把着溜滑的石头，往上爬，爬一阵儿，又下去，他们只能坐在石头上，一点儿一点儿往前蹭。他们又弯着腰蹲着走一气儿，拐过一个胳膊肘子弯儿，洞就越来越大了，一看前头的洞挺宽敞，有一块平地，是石头地，洞上面很高，松明子举起一照，看不到顶，但是恍恍惚惚能看着，洞中还有不少洞，是洞中套洞。这时，洞的前头出现一个三岔路口，左侧延伸过去，有一个洞口，右侧又延伸一个洞口，这块儿确实是兵家必利用的地方。

就在这块儿，莱塔首先蹿到洞的底下，呜呜地号叫，哀号声在洞中呜呜响。他们知道，莱塔肯定看到大人的尸体了。三巧这时听到声音，也没管洞有多深，姐三个纷纷跳了下去，一齐放声大哭，哭着哭着就晕过去了。醒来一看莱塔正趴在穆大人的身上，三巧也赶到了。躺在中间湿地的穆大人，紧闭双眼，像很安详地睡着了一样。他们都跪在穆大人的身边，抱着穆大人哭。这时穆大人的全身湿漉漉的，上面结了一层冰。三巧就扑在穆大人的身上哭："阿玛，你醒醒，你的三巧来了，你听见没有，你醒醒吧，阿玛我们来晚了，你遭罪了，我们现在已经把杀你的两个贼人抓来了，我们要把他们千刀万剐，一定替你报仇呀！"

这时卡布泰也跪在穆大人的身边痛哭流涕地说："大人，大人，卡布泰给你跪下了，给你磕头了。我们是奉云、彤二老之命，发兵潘家寨，来救你来了，替你报仇来了。大人，你听见没有啊？你的三个爱女，三巧特意到山洞里，来叩拜你，来接你来了。大人，大人，你说话呀……"这时，两个贼人，在主人的一片哭声中，他们也痛苦地趴在地上。这两个狠心狼，此时心里肯定也是矛盾万状，惧怕、悲凉，可能还有一点儿后悔吧，各种心情交织在一起，说不清楚。他们跪在后头，也捶胸痛哭。

卡布泰叫两个贼人举着火把，在前面引路。这么冷的地方还能让大人在这儿待着吗？得赶紧请大人出洞。巧玲、巧云、巧兰三姊妹，把自己的阿玛紧紧抱在怀里。卡布泰这时抱着穆大人的肩和头，就把穆大人抬起来了。二丹丹在后边托着穆大人的双腿，他们五个人，悲伤地、慢慢地向洞外走去。一步一步地，上个石阶，下个台阶，再上个台阶，再下个台阶，就这样慢慢地走了一个多时辰，把穆大人请出这个阴暗的山洞。

到了洞外边，卡布泰就选择了一个幽静的、人迹罕至的山坡上，这里一片密林，古树参天，郁郁葱葱。进了松林，又选了一棵有几抱粗的笔直的老松树，松树长得非常高，遮天蔽日，枝叶蓬松，有七八层。遵照满洲人世代的古俗，亲人完世，就在山野中，选一个静洁的地方，进行神圣的天葬礼。让亲人的尸体高悬在古树枝的枝杈上，等到几年后，尸体腐朽，风干后，再举行最隆重的第二次土葬礼，这就是女真人几百年来延续的天葬。何况眼前正赶上穆大人的遗体，远离家乡，一时无法迁运回去。而且现在卡布泰和三巧他们还有要事需要处理，不能马上把穆大人的遗体运回原来的住地，只能暂时停留这块儿，等过些日子，后继人马赶来，平息这些匪患之后，才能把大人的灵柩运回故里，妥善安葬。

他们来到洞外以后，卡布泰和三巧，就把大人的尸体停放在古松之下。卡布泰过来，怕贼人跑了，又把他们紧紧地绑了起来，让他们跪在大树前。这时三巧在二丹丹的帮助下，给大人用白雪擦洗脸和手，又用二丹丹昨天买来的白布，将大人的遗体层层包上。卡布泰又到山下沟趟里砍回一大抱柳条和荆条，把枝叶削掉，编制裹遗体的葬帘。他用一个柳荆条编的帘子，将穆大人的遗体紧紧地包缠起来。包好以后，他领着三巧，又用拿来的一根根长长的皮条，把柳帘缠裹好，紧紧地捆上。卡布泰又爬到选好的粗壮的古松枝杈上，搪上几个横木头，然后蹦下来。他猛劲地背着已包好穆大人遗体的柳帘，一个手背着，一个手抱着松树，两脚使劲地蹬着松树杈往上爬，爬呀爬的，终于爬到了枝叶茂盛粗壮的，几根弯弯扭扭的古树老干上。上面已经搪好了横木头，摆得像床一样，把穆大人的遗体放在横木头床上，遗体上又盖上不少碧绿的松树枝。很是肃穆，神圣。然后他跳下来，和三巧、二丹丹在树下面，恭恭敬敬，摆上拿来的酒和菜，三巧她们跪下磕头，烧了纸。二丹丹、卡布泰也都跪下磕头，烧纸。这时卡布泰站起来，把两个贼人，一手提一个，像提死猪一样，来到供着酒、菜的跟前，扑通，扑通，就把他俩拎到那块儿。

这两个贼人情知不好，连疼带叫："饶命呀！饶命呀！"凄惨的号叫回响在密林，听着瘆人。卡布泰喝止他们的号叫，向着松树上停放穆大人遗体的地方跪下，大声地说："大人哪，我们把杀你的贼人带到了你的面前，北噶珊的仇敌，我们现在还没有抓到，不过擒敌的时间不会太长，肯定会向大人奠酒报捷的。"

卡布泰说完，叫三巧把两个贼人提过来。巧珍、巧兰、巧云姐妹三人把潘天虎、潘天豹拖到烧纸的那个地方。她们三姊妹早就知道卡布泰叔叔的安排，因为京师图泰大人，还没有来到，还有许多的事情需要审问，需要理清。特别是贼王，北噶珊的杜察朗等人，还逍遥法外，潘家寨的全部贼人还没有伏法。这里的内幕很复杂，需要做艰难的深入调查，暂时还得留下这两个贼人的性命，既让他们惧怕，又乖乖地为我们所用。所以，暂时先给这两个贼人留条活路，看他们能为咱们平定北疆出多大的力气。等到咱们胜利回师的时候，再惩治或者再杀都不晚。三个小丫头，巧珍、巧兰、巧云，面对眼前的仇敌，深仇大恨在心头，恨不得一剑将他们砍死。但是，三巧都是明白事理的孩子，她们谨遵卡布泰叔叔的话，为了全局，先公后私，她们把眼泪和仇恨，就暗暗地埋藏在自己的心里。

昨天晚上，二丹丹也哭了好几场。她挺恨两个姑夫，他们心太狠了。但也总觉得还是自己的姑夫，现在正好赶上这件事，使自己非常为难。她昨天晚上搁萨满祭祀回来的道上，含着泪悄悄地请求卡布泰能不能给这两个仇人赎罪的机会，说着，自己痛哭不止。卡布泰认为二丹丹的想法也是人之常情，就安慰她："丹丹哪，我相信你，我也理解你的心情，你放心，我自有办法。"

这时，卡布泰让三巧过来，就说："替你阿玛报仇。"他表面上，声音非常大，特意给这两个贼人听，吓一吓他们，让他们认识到为杜察朗干坏事，得不到好下场。今天你们遭这个罪，那是自作自受，咎由自取。说时迟，那时快，三巧拿着剑已到他们跟前，两个贼人的骨头都吓酥了。他们一想完了，这是来杀他们，用他们头颅祭灵。这时卡布泰冲着松树上陈放着的穆大人遗体，就大声地说："大人哪，请你老英魂暂时委屈吧，暂栖身在此，乌伦巴图鲁已经回到了京师，图泰大哥很快就要来了。我们一定能够平定逆贼，安顿北疆。云、彤二老和我们会迎请你回到咱们东噶珊去的，现在我们来替你报仇。"就听三巧的剑，噗、噗，砍向贼人。

这才是英雄穆哈连独龙口遭难，他的亲女三巧奉命出世，三剑诛杀北海的一群敌寇，以雪家仇父恨，由此引出群雄逐鹿北冰山，疾风知劲草，烈火见真金，良莠泾渭两分清，要问下情如何，听我说书人下回说个究竟。

第三章　三巧施威北冰山

上回书，我说到卡布泰、三巧他们，在独龙洞，将穆大人的遗体进行了天葬，然后将两个杀害穆大人的贼，潘天虎、潘天豹拉到了跟前，三巧她们挥剑报仇。那么，潘天虎、潘天豹是不是已经被杀了，前书没有细说。不过我说书人前面已经交代了几句，当时他们几位考虑京师图泰大人还没有到，敌人还有很多扑朔迷离的秘密，没有探查清楚，贼王杜察朗还逍遥法外。现在正是用人的时候，要瓦解敌人。卡布泰就跟三巧商量，从大局出发，没有立即执行极刑。三巧也非常懂得事理，尊重卡布泰叔叔的安排。

另外，二丹丹她这次跟着来，也认清了很多事理。我前书已讲了，二丹丹自从嫁给乌伦巴图鲁以后，她一心向着穆哈连大人。对她阿玛杜察朗的阴毒和破坏，看得越来越清楚，不像过去她认为阿玛不好，是因为把她嫁给了西噶珊。自从她和穆哈连这些人在一起，从她所见所闻，特别是乌伦巴图鲁对她潜移默化的帮助，和对她爱的深情，使她越来越受到感化，心完全变了。正像她所说的，我虽然身是北噶珊的人，但我的心和人，已经是穆大人手下的一个伸张正义的人，所以什么事她都想参加。乌伦巴图鲁为了使她受教育，这次让她跟着三巧北上。二丹丹来了也确实很受教育，在洞口她亲自听到两个姑夫的交代，原来所有的坏水都是从她阿玛那里淌出来的。她的姑夫也是很坏的，但她又觉得，他们都是受害者，请求卡布泰能不能给他们一个赎罪的机会，免他们一死。

潘天虎、潘天豹这时一看真要杀他们，吓得一口一个奶奶、一口一个爷爷地叫着，就说："饶我们一命，我们一定为朝廷效劳，杜察朗大玛发的罪恶我们最清楚了，我们一定将功赎罪。"他们又哀求卡布泰大人说："爷爷呀，求求你们，高抬贵手，留我们一条小命，以后在平定北海，我们甘心情愿为朝廷卖命，一定效犬马之劳，在所不惜。"就这样，三巧根据卡布泰的意思，用剑砍断了潘天虎的一只胳膊。他疼得大叫一声，就昏迷过去。醒过来以后，他想肯定还有第二剑，没办法，只好等着死吧。这时又听咔嚓一声，他兄弟潘天豹也被砍掉一只胳膊，号啕大叫，鲜血淋漓。卡布泰声色俱厉地说："潘天虎、潘天豹，你们胆大包天，竟敢杀害朝廷的命官，本该千刀万剐。我们念天朝以教人为本，暂且给你们留一条狗命，快将违背朝廷所犯的一切罪恶和你们所知道的一切罪行，如实向我们招来，以观后效，如有半点谎骗，我们就地正法，绝不宽恕！"

两个贼人，连念阿弥陀佛，总算小命保下来了，忙向卡布泰和三巧千恩万谢，好话说个不尽。三巧心真好，看着潘天虎、潘天豹两个胳膊的鲜血流淌不止，她们搁身上掏出两包止血药，这是他们林家的秘方，把药打开，她们和二丹丹一起，把两个贼人被砍的衣服揭开，露出了伤口，鲜血还流着，给每个人的断臂上撒上一包药，这两个人嗷嗷大叫，就疼昏过去了，半天才苏醒过来。把他们疼的，就像他们手插进翻滚的油锅一样。现在再看，他们断臂的骨头和肉已经变成了黑色，开始钻心疼。不大一会儿，就不疼了，只觉得痒痒，再过一会儿，也不痒痒了。不但没化脓，而且很快地起了嘎渣儿，把嫩肉包住，慢慢自己就好了。二丹丹把自己的白绢子衣裳撕成两块，总还是自己的姑夫，把他们断臂那块儿包好，又撕了两块布条子，给他们缠上。

卡布泰说："潘天虎、潘天豹，我们不记前仇，现在潘家寨这块儿仍由你们来执掌，谁也不敢说个不字。但你们一定要断绝与北噶珊的联系，北噶珊要再来人，一定要告诉我们，你一切听从我们的安排，听着没有？能办到不？"潘天虎、潘天豹二人连声说："一定，一定，一定能办到，我们不敢撒谎，谨遵老爷的命令。"就这样，他们拜别了穆大人的遗体，然后把马牵过来，让潘天虎、潘天豹他们哥儿俩骑一匹马，都是卡布泰把他们抱到马上去的。卡布泰、二丹丹、三巧各自骑一匹马，回到了小客栈。

卡布泰告诉潘天虎、潘天豹，你们现在回家，好好将养，今天晚上我还要到你们家去，有些详情咱们再谈一谈。别的事情你们都不要讲，也不要跟家里人讲，更不要跟任何人讲。有人要问，你们就说打仗格斗受了伤，别的什么都不要说。潘天虎、潘天豹诺诺称是，他们就自己回去了。

到家之后，两个妇人见到自己的丈夫满身是血，胳膊没了一只，吓得脸都白了。潘天虎说："快，快，快，赶紧给我们请郎中，我现在任何人都不见，也不许任何人到我这儿来，有事就给我应付过去。"这样，他俩在自己的密室里头，安心地养病，这就不说了。

单说卡布泰他们悄悄回到小客栈，略微歇息以后，卡布泰请出客栈的老掌柜。卡布泰挺关心这个地方的情况，也关心这个店是不是黑店，这个店主可靠不可靠，所以他问得非常仔细。一打听，这个老掌柜还是比较正直的人，他是黑水车陵部落的人，原来在牛满江流进黑龙江的对岸，是满洲乌扎拉氏。乌扎拉氏在黑龙江的下游，他们的姓氏分布比较多，是满族的一个大望族。自古以来，黑龙江下游混同江那块儿，是他们的故乡。后来，老人那一支，就迁居到齐集湖一带。过了鞑靼海峡，对岸就是库页岛。他们搁那儿迁到北海，再往西迁，又迁到了现在住的地方，也就是潘家寨。他们来这儿已经五六代了，这块儿坟茔地都不少。去年他的老夫人过世了，自己就来这里开了一个小客栈。他的两个儿子，一个在四川，一个在陕西，都在八旗军营，镇守边陲。一个是现在的参领，一个是协领，都是武将，看来他们家的人都挺可靠。这个小客栈接待的人，还都挺好，没有坏人。都是过往的行人或者来这儿卖货的和收皮张的人住这儿。这个老掌柜对人很热心，凡是住他客栈的人，不管穷人、富人都一样待遇，有钱在这儿住，没钱他也不撵。偶尔一些有病的来这儿住店，他还赏几个小银两，接济一下，所以有人就管他叫吴善人。

卡布泰了解挺细，觉得这地方还行。另外，客栈，正好临街，办啥事都方便。过往的行人，坐在客栈的屋里就能看清楚，找他办事也方便。所以，他们就定下来，在这个小店租一间房子，为巡逻哨卡办点事。他把老掌柜的召唤过来，就跟他说："老掌柜，我们有件事情请你老人家帮忙。我们都是朝廷来这儿办公务的，想来你这儿借一个房子暂时做巡逻哨所办事的地方。目前，我还没找到合适的地方，我们想把现在住的房子包下来，零散的客人请他们到其他的房间去住，这个房间就包给我们，请老人家费心帮这个忙。"

老掌柜对潘家兄弟也是刻骨仇恨，只是因为他们的势力大，不敢惹而已。他们盼着朝廷来人，主持公道，打一打这些虎狼的嚣张气焰。所以老掌柜的就说："大人，这是我们小民应该办的，什么租房不租房的，只要朝廷能用着我们，银子是小事，我能帮助朝廷做点事，也就心满意足了。我的两个儿子，不是正在八旗兵营里出生入死吗？"卡布泰听了非常钦佩老掌柜的。这样，他们就定下了这个房子。

卡布泰首先想到的是把大清国的龙旗挂上，显一显咱们大清在域北的威风，以改过去是土匪强盗窝，或者是罗刹说来就来，国不为国、家不为家的状态。我们一定把大清的龙旗插到这块儿，这里是大清的疆土。让寨里的人首先有这个印象，这样，大清国的事就好办了。然后我还得刻一块匾，用厚的板子，请人烧出字来。所说烧出字，就是用铁块在木头上烙字，这样的字就鼓出来了，过去在北方常用这样的土法，字迹雄健，而且看起来非常明显。字是鼓出来的黑色的，比写的字更有劲、更显眼。卡布泰要烧成这样几个字："大清国钦命北海打牲总管事务，北疆水陆兵马总哨官，三品侍卫穆哈连委潘家寨行在驻所。"还把穆大人提出来，是穆大人委派的，在潘家寨这块儿建的行在驻所，这多豁亮。把这块大匾就公公正正、光明正大地立在行人的道旁，让过路人一目了然，让这块儿的人都知道，这是大清的地方，谁敢在这里造反，就依法行事。

卡布泰这都是受穆大人的影响，穆哈连就是这样的人，干啥就干清楚，干明白。穆哈连身边的人，凡是他喜欢的人，都是这样，一个个都这么精明，能干。他这么说了，很快就这么做了。在短短几天的时间里，卡布泰和三巧、二丹丹就把这块儿的情况摸个透。应该说这也有潘天豹的帮忙，潘天豹比他哥哥更老实一些。潘天虎这个人是老谋深算，非常狡猾，眼睛里总是闪着狼要吃人的目光。卡布泰心中有数，不能相信他，现在因为他在我这儿，是刀按着他的脖子，有朝一日他很可能就反咬一口。对潘天豹也不能相信，但觉得比他哥哥稍微强一点儿，在用他的时候，暗地又监视他，时刻防备他在暗地里下刀子。

这两天，卡布泰常去潘家大院，听了不少情况，对潘家寨这块儿的事知道得更多了。正像穆大人把庞掌醢抓到时他所交代的：潘家寨是北噶珊杜察朗大玛发的前沿。北噶珊有好几个触角，其中一个就是韩家窑，也就是后来的潘家寨。这里藏着很多的珍宝和土特产。这些本来都是国家的财产，现在他们都搂到自己的私囊，建立自己的仓库，并随时可以运往京师。潘家寨有好几个直接受北噶珊控制的大暗库，有北海的兽类，北海的各种野生动物，还有北海的各种海鱼虾类，北海各类的禽鸟，北海的珍珠，北海的盐，各种海藻、海茶，山里头各种蘑菇，还有北海的各种药材，各种矿砂，鲸鱼的眼珠，海象、海狮的牙等。这些珍品，有十个大库，都建在山崖中间的地方。各库之间都有通道，外边有兵丁守护。每个库都有库达，就是这个库的主人，由他来管理。还有十几个随从掌管这个库，他们都带着刀，任何当地的人都不能进去。他们互相之间有秘密联络暗号。这些库，都由北噶珊直接来控制，总管事人，在京师就是神刀将马龙。还有马龙的师傅，八宝禅师黑头僧。他们下头有不少的武将，也都是世外的侠客，他们的武术都非常高强。这些人，都住在前哨，直接守护这些库。比如说，滚地雷徐蟒，是一员猛将，他使短刀，双匕首，腾跳功夫相当厉害。有醉八仙刘佩，他会醉拳功，是峨眉功。有狠命鬼仇彦，也有叫秋岩的。这个狠命鬼也很厉害，他是双刀将。还有长枪将鲍龙，离这儿百里地远，是冰山岛那块儿的岛主。冰山老仙翁白剑海，白剑老神仙，原来是从中原过来的，武术相当厉害。他还有些很近的朋友，这些人的轻功也不得了。

这里，说书人不能不多说几句话。俗语讲得好，人外有人，天外有天。我书里头，虽然一再夸奖林家功，讲云、彤二老怎么厉害，但是在天下来说，不光是林家功，还有很多高人。就拿林家功来说，他仅仅是武林中间的一枝花，万紫千红，这才是中华武功的特点。所以说，不要一讲到林家功，讲到云、彤二老，那就包打天下，是第一。云、彤二老不是这个看法。他们从来是虚怀若谷，从来不夸耀自己。他们就讲，我们林家功，我学了一辈子，只是掌握十分之一而已，连云、彤二老都这么谦虚。所以，各位千万不要认为林家功就是中华第一武功。人家没这么说，我说书人也没夸大。

就是这位冰山老仙翁，白剑海，那轻功更厉害，根本不在云、彤二老之下。这些个，仅仅是其中的代表，下面还有徒子、徒孙，他们占据了北海海岸的有利地形和海岛，岛岛相连，互为一体，一方有难，八方皆动。当地的瑰宝竟收他们的库囊之中。潘天虎、潘天豹兄弟俩说，我们根本没有什么权，在潘家寨这块儿，有很多地方，不敢细问，我们不敢得罪各路神仙，更不敢得罪北噶珊。他们这些库，都有自己的主人，我们稍微有一点儿慢待，或者有什么差错的时候，我们都吃不了，兜着走。甚至，他们直截了当地说，要把我们荡平了，让我们都成为他乡之鬼。大人，实不相瞒哪，杜察朗全凭着这些人的势力，越来越强大，他认为他是打遍天下无敌手。凭他们的本事，说杀就杀，说砍就砍，说关就关，是当地的活阎王。大人，你们来这儿，他们耳目很多，早就知道了，你们千万要谨慎，要小心。你们不要主动出击，这容易落入他们的陷阱。你们就采取守株待兔的办法，他们来了，你攻他，而且抓住一点，然后就主动了。你们要到处找，一旦让他们知道了，你们就处处被动。这些人心狠手辣得厉害呀。潘天豹还真说点儿真心话。

另外，这几天，卡布泰和二丹丹他们，有时候三巧也帮忙，他们把各地的猎户、网户，还有狗站和各个民族部落所住的地点，都一一地重新登记入册。把各户人口、年龄和住的地方都做了重新登记，清理了过去的一本乱账。这回从北海的东、西、北乃至往南走，淌伟河上游一带，四十多个哨卡，他们又重新建立起自己的据点。这样就一改往日北海的管理，乱而不查、查而不录的状况，使北疆的疆土真正划入大清国治理之内，人口典籍之中，这个在本部书里特别要强调，也是从嘉庆到道光以来，在大清历史上治理北疆最有成效的几年。

卡布泰现在心里头，最惦记的事情还是三巧。自从受二老之命，带着三巧，来到了北疆的北海之滨，他心里头压力挺大，觉得这个担子也太重了。卡布泰这个人，心挺细，做啥事又讲认真。所以，二老让带着三巧来，他心里头总是忐忑不安哪。他想，穆大人和丫丫嫂子，已经离开了人世，现在他们最宝贵的，也是他们最爱的遗孤，就是三巧了。这次陪着她们出来，得处处小心，事事谨慎，生怕出现半点闪失。他想，如果那样的话，我怎能对得起她们在天的父母、我的穆大人和丫丫嫂子呢？又怎能对得起我非常尊敬的云、彤二老呢？有时他想，处处事事自己应当多干点，少让丫头们出头。可他又一想，也不行，别看这三巧人小，人家是盖世英雄啊！俗话讲得好，名师出高徒啊，云、彤二老呕心沥血，苦心十年栽培的三位后生，真可以说，用尽了二老毕生的心血，把林家的全部功法毫无保留地都传给了三巧。所以，三巧是林氏家族武功中的正式传人。三巧现在缺少的是社会阅历和实际的经验。如果要论她们的功法和剑术，恐怕已经不在二老之下，肯定是青出于蓝胜于蓝。这一点不能有任何怀疑啊。何况临行前，云、彤二老把他叫到跟前，一再地叮嘱他，让他不要束缚三巧的手脚，让她们敢拼、敢闯，要敢于见世面，不经一事，不长一智，万事开头难哪。武林中有句俗语，平生立奇志，首当敢出手，出手方练强中手。看来我还要谨遵云、彤二老的嘱咐："人不在大小，树不在高低，巧从勤中生，天才是苦功"，小雀应该放飞了。

卡布泰自己独坐在屋里头，想来想去，总觉得这几天，干得还挺漂亮，利索。第一找到了大人的遗体，第二抓住了杀人的凶手潘氏弟兄，真是进展顺利。事情还不像乌伦巴图鲁兄弟临来时嘱咐的那样，按他的说法，你去的地方，可是火海刀山哪，是生死之地。大哥你遇事千万要多想到困难，没想到，现在是"尔合太菲"，这是满语，就是一切顺利、一切平安的意思。看来，真是一切顺利，一切平安。但是，事情并不像卡布泰说的那样顺利，一场大的灾难，现在正在暗暗地向卡布泰头上砸来。

就在潘天虎、潘天豹被砍断一只胳膊，骑着马回到潘家大院以后，花溜红、花溜翠两个姊妹，看着丈夫的狼狈相和满身的血，惊吓心疼，哭得像个泪人似的，忙着赶紧给老爷请来各地的郎中。郎中看着伤，又看看伤口上糊的药，已经贴上了止血、止疼的药，暗暗地佩服，这药，这叫什么药呢？伤口红伤，马上拔得这么干，而且好像已经开始结嘎渣儿了。他们觉得这真是奇了，还真没认出这是什么药。当然了，这是林家的秘方。郎中只给潘天虎他们兄弟俩，开了几服活血、安神、止疼、健胃的药，让他在家将养就是了。

单说这几天，潘家大院可热闹了，大门呼呼啦啦，开了又关，关了又开。今天来一拨儿，明天来一拨儿，要知道潘氏兄弟的狐群狗党可真不少。来的人都是潘天虎的生死好友，像狠命鬼仇彦、长枪将鲍龙、滚地雷徐蟒，都陆续来看潘氏兄弟。特别是狠命鬼仇彦，是这一帮生死弟兄中的狗头军师，鬼点子最多，也最受潘天虎的器重和喜欢。这帮人都向潘天虎、潘天豹请安致意，问长问短。

这时候潘氏兄弟躺在炕上，闭着眼睛，龇牙咧嘴，痛哭流泪，说不出话来，可能连怕带恨都交织在一起了。狠命鬼仇彦，直给他哥儿俩打气，怕他们两个被吓住，就说："大哥，你杀死穆哈连，这是英雄壮举，能在北海敢除掉清朝的命官、皇帝的侍卫，这可是天下一大奇闻，你们真有胆有识啊。你们遭的罪，我们会替你们报仇，不就是三个毛丫头吗，有什么了不起？还有卡布泰，那是个窝囊废，他会什么武术？"长枪将鲍龙、滚地雷徐蟒也都插话："三巧是小丫头，初出茅庐，没多大能耐。卡布泰是个草包，没什么本事，不用怕。大哥你放心，我们会给他点颜色看看，他轻易地就想把潘家寨拿过去，休想！"这潘家院真像办喜事似的，来的人都不白来，有的拿着礼品，有的拿着治红伤的药，也有的拿着补药，什么都有，有的甚至大摇大摆地来看他们。

这天晌午，卡布泰正在屋里坐着，自己还没想到能出什么事。不一会儿，就听到外边一阵大乱，吵吵嚷嚷地说："可不好了，老掌柜的让人家打了！"他马上往门口一看，有几个人抬着小客栈的老掌柜进来。这时老人已经昏迷不醒，满脸是血，也不知道伤到什么地方了。老头儿闭着眼睛，嗷嗷直叫。抬的人进屋赶紧把老头儿放在炕上。卡布泰不知道怎么回事，就问："怎么回事？怎么的了？"就听有人说："老掌柜在道上被一伙暴徒打了，这些人打完了就跑，我们赶上了，就把老掌柜的抬回来了。"这些人里，一个个的脸色、声音都不一样。卡布泰一看就知道了，这些人中有的真就是要整老掌柜的，有的可能就是打老掌柜的，他们虚张声势，来这闹腾，给谁看呢？卡布泰知道，这是给我们看的。卡布泰暂时没理他，过来给老人擦擦眉毛上的血。老人脑袋被打破了一个口子，可能是让棍子打的，其他人就陆续地走了。

老头儿把眼睛一睁，往外看看，一见没别人，只剩下卡布泰。他把卡布泰拉到跟前，说："哎呀，大人哪，你们快点离开这个地方吧，我呀，可养不起你们了。你们来这儿，待一天，他们就要砸死我，刚才就说这事儿，他们要把你们轰出去。"经卡布泰详细一问才知道，原来老掌柜的在屋里坐着，有一伙人悄悄把他招呼出去，说是有事儿，那几个人把他带走了，走到一个拐弯没人的地方，就是一顿痛打。有的直截了当地说："你还敢不敢收留他们？赶紧让他们搬走，要不然我就杀了你，烧了你的客栈，叫你这个老头子，滚出北海，你知道不？我们说到就做到！"说着，老头儿又是一顿痛哭。卡布泰一听，这纯粹是给我们施加压力，上眼药。老头儿知道这些坏人是能够做到的，所以，就哀求卡布泰："你千万饶我吧，我的孩子没在跟前，我今年已经七十岁的高龄了，我真惹不起他们呀！"卡布泰怎么劝、怎么安慰也不行，只好给他撑腰地说："不要怕，老人家，有我们呢。"这老头儿怎么说也不行，下定决心了，你们必须搬走，不搬走，我明天就活不了。老头儿不相信卡布泰这几个人，能够镇住潘家寨这块儿的恶霸势力。

真是祸不单行，不大一会儿，跑进来一个小孩告诉卡布泰："大人，大人，你门前那个匾哪去了？"卡布泰一听，匾没了？他出去一看，他们刻的那块写着潘家寨行在驻所的牌子，不知哪去了。这时卡布泰火了，马上问小孩，谁拿去了，小孩说："前边有几个人，把你们的匾扛走了。"把卡布泰气坏了，在光天化日之下，竟敢明目张胆地干起盗贼之事，简直是无法无天了。卡布泰挎着腰刀，噔、噔、噔，赶紧往前追。过了一片树林，往前一看，有三四个人拿着他们行在驻所的牌子正往前走呢。他一边喊，一边撵，前头人就是不停。他也没看脚底下，咕咚一下就摔在那儿。怎么的呢？道前边有人放一个横木，是个绊脚杆，卡布泰光顾两眼盯住前边拿着牌子的那几个人，一直往前走，就被横在道上的杆子绊倒，摔了一个跟头，把脸一抢。没等他起来，马上就过来几个人，不容分说，拿棒子就一顿揍。

卡布泰也会武功，马上来个就地十八滚，腾地一下就跳起来，跟这几个人打了起来。打了十几个回合，好虎架不住一群狼，而且这几个人的武功都相当厉害。说实在的，卡布泰的武功不怎么强，他虽然有力气，但还没练到炉火纯青的地步，差多了。他打一打，过几招，干脆就迎不上去了。人家人又多，有好几个武术都很强。只见有一个人，对面用手一推他的脑门，啪地一掌就过来了。卡布泰光顾注意他的前掌，赶忙拿手一挡，岂不知这是一个虚招。然后，这个人跳起来，用脚往上一钩，正好钩在他肚子的前头，他肚子前头有一个英雄袋，把他保护住了。但是这人用脚一钩他的英雄袋，他咕咚一下就摔在地上，昏迷过去。等他醒过来时，一个人都没有了。人家不想打死他，就想吓唬吓唬他。要想打死的话，在他昏迷的时候，用锤子砸或者用刀砍下去，他马上就没命了。我是给你留个活口，意思是，让你知道我们潘家寨的厉害，你来这儿少扯。我们既然敢让你们的大人穆哈连上西天，像你们这些乌合之众，其武功比穆哈连差多了。你们敢在这儿挂什么牌子，还要插龙旗，我就是给你来个下马威，你不是厉害吗？我就先治治你这个英雄好汉。

卡布泰醒过来，脑袋摔得像柳罐斗子似的，马上就肿起来，眼睛也肿胀着。他自己挣扎起来，也没法去找他们，找谁去，也不知上哪儿去找。他腿摔得干脆不好使了，自己跟跟跄跄地，慢慢地拖着他的左腿，一步一步往前蹭地回到了小客栈。这时，才看到三巧三姊妹，她们正在到处找他。三巧可能也听说了，卡布泰叔叔去追坏人了，他们行在驻所的牌子被坏人拿走了。三巧怕出事，赶紧去撵。这才看到卡布泰一瘸一拐地拖着腿，慢慢地往回走。三巧急忙过去，搀着卡布泰从院子里进到屋里。卡布泰刚躺下，又给他一个沉重打击。三巧告诉他一件事，使他大吃一惊。

三巧说，叔叔呀，今天早晨二丹丹出去解手，到现在还没回来。我们到处打听，都不知二丹丹的去向，这怎么好呢？我找了很多地方，谁都不知道她上哪儿去了。后来，我们到潘天虎那儿，见到了花溜红，花溜翠，她们说，确实没见格格来。后来我们又暗中问打更的老头儿，他说也没看到二丹丹来，究竟上哪儿去了也不知道。这时候，卡布泰脑袋疼得嗡嗡的，就像炸了一样，又听说二丹丹丢了，真是风连风，雨连雨，一波未平，一波又起，这一闹呀，他脑袋疼得更厉害了。

　　卡布泰是受二老之命，乌伦巴图鲁临走时又嘱咐他，他是这些年轻人中年龄最大的，也是这里的主心骨，是个头领。现在真是含恨在胸，一落千丈，牌子让人家偷走了，屋子让人家砸了，房东也让人家痛打一顿，逼着他们赶紧离开这里，人家不让在这儿住了，你们自己另找地方去吧。而且不光自己挨打，二丹丹又不知去向，这里肯定有原因。他心血上来，哇的一声，就吐出一口鲜血。这可把三巧吓坏了，忙着扶起卡布泰。卡布泰又往地下吐了一口，三巧让他漱漱口，然后扶他倒下，还一直安慰他，叔叔别着急，有事慢慢再说，养伤要紧，不要动，要闭目养神。

　　俗话说得好，光板凳后头没有个依靠，这回三巧却面临了这个警句。卡布泰，躺在了病床，二丹丹姐姐不知去向，就剩下她们三姊妹。小马就要拉套了，事逼无奈，一切靠她们姊妹自己安排。她们姐三个首先商量，为了不让老店主担惊受怕，她们决定搬出小客栈。于是她们到了后屋，跟躺着养病的老掌柜商量说："老爷爷，我们按您的意思办，搬出去，可有一件事，我们的卡布泰叔叔，他现在不能动，这一点请您担待，帮这个忙，我们拿一些银两，这是给他看病、养伤和吃饭用的，也包括给你养伤，你是为我们受伤的。"她们这一说，使老店主很受感动。

　　三巧想到树大招风，隐身更好，就同意搬出去。她们带着小莱塔，离开了客栈，来到那片松树林，就是雅库特萨满祭祀的那个地方，在那找个背静之处，暂且栖身。这个地方挺敞亮，左侧是临街大道，道旁边是一片松林。这块儿不但风景优美，地势也很好，在这林子里头，可以观察到整个潘家寨的住址和人来人往的情况，这真是个好地方。她们在这片树林里，选了一个地方，把自己拿来的皮囊打开，在四周拣来不少干柴、干树枝和檩子，她们把杆子围着一棵大树，一个一个斜着搭成半圆形，里头铺着木头，木头上铺着干草，把带来的皮子也铺上。在杆子外头，用好多松树枝和各样的干草盖上，怕干草掉下来，又压上木头，很快就搭成一个既整齐、舒适又好看的小窝棚。

　　三巧她们有这个能耐，因为在林家桥的时候，云、彤二老就常让她们出去，走到哪个山就住在哪个山里，所以，她们过惯了这种生活，练会了这个本领，也会寻找环境，创造自己新的住地。她们很快把自己的家安顿起来，小窝棚里边铺上草，暄腾腾的。巧云这小丫头淘气，特意蹦上去，躺着直颤悠，可高兴了："姐姐，这儿比小店都好。在这儿，人来人往看得清清楚楚。另外这儿比店里清静，还避风，不容易被心怀恶意的人注意。"

　　她们把窝棚搭好以后，该到吃饭的时候了。巧珍先刨了个坑，在四周堆起了土台，土台上放着她们刚买回来的瓦盆锅，那时铁器少，都是烧瓦的，用瓦盆当锅，里头放上巧兰从不远处接来的山泉水。巧云把洗好的狍子肉放里头，撒上盐，不一会儿就香气扑鼻。她们又在山上选两块平扁的石头，用泉水涮得干干净净，然后，她们又做了一个篝火堆，转圈用石头搭上架，又把一块平面的石板铺在架上边，变成一个锅炕似的，底下点火，烧烤石头。在北边早年满族人进山打猎时，就是过这种生活。她们把底下火点着，不一会儿，这石头烧得相当热。巧珍洗完手又和面，和好面后，她挖一块面，拍放在烧热的小石板上，又挖一块，啪、啪、啪，砸在石板上，这样小石板上有几个面饼子。烤好了一层以后，再翻过来。旁边的巧兰更有办法，割下一块羊肉，羊肉还有白油，拿过来，在石头上一烙，滋啦啦地油直流。饼子一烧，就鼓起来，而且油黄油黄的，特别好看，还有特殊的清香味。惹得不少旁边过路的小野狗，围着她们姊妹三个转，馋得舌头伸得老长，小尾巴直摇晃，上前就要吃。可把小莱塔气坏了，跟它们直叫唤，是说我们还没吃着呢，你们还来要。巧云说："莱塔，怎么这么小气呢，叫什么？到这儿来的，都是咱们的好朋友，莱塔，不要这样，咱们给它们点儿。"就这样，莱塔不叫了，也坐在旁边，等着吃肉和小烧饼。

　　这时，姊妹三个忽然听到有人说话声，声音非常微弱："沙里甘居呀，沙里甘居，给我一点儿吃的吧，你们的香味，快把我馋死了。"三巧一听，这里有要饭的人，她们找了半天，没见到人。这时又听到："快，快给我吃的吧，我已经三天空肚子，现在世道变得狠心了，谁还瞧得起我这老疯子。"三巧到处找，小莱塔扬着脖子冲着树上边汪汪叫。三巧这才看清楚，原来在窝棚上边有个人。她们搭的窝棚，是搭在一个老曲柳树上。这是松树林中混杂的一棵曲柳树，长得又高又粗，已有年头了。这时她们才看清楚，在曲柳树上边的树杈上，正坐着一个挺瘦的老头儿。

　　这个老头儿长得怪，头发刷白刷白的，大概一辈子也没梳过头，乱蓬蓬的。眼毛相当长，是白眼毛，八字眉，往下长，有一巴掌长，整个儿把眼睛都盖上了。脸上特别脏，真是蓬头垢面。身上穿得破破烂烂，是绣花衣裳，皮袍子好像用条子缝的一样，都撕碎了，不是撕的，就是平时在树林里走路被树枝剐的，也不缝，碎得不像样子。他光着大膀子，身上好像一辈子也没洗过，很埋汰。大脚丫伸到树枝下，脚上的泥很厚，有的干了，有的还没干。他低着头，两个手指盖儿对着咔吧、咔吧地抓着虱子呢。真恶心人哪，正在她们头顶上，还对着她们狍子肉的肉锅。老头子坐的地方很高，三巧觉得挺奇怪，那么高，也不知他怎么爬上去的，何况这棵曲柳树这么直，他下面这块儿离地就有两人高，连个树杈都没有，也没有一个树节子，他怎么上去的呢？你说怪不怪呢，也不知道他什么时候上去的。三巧想，真怪呀！刚才我们来这个地方时到处看了，没人哪，才选了这个地方。刚搭完了这个棚子，树上什么时候还坐着一个人呢？我们怎么没看着呢？怪呀，眼睛当时都花了？

三巧为人非常好，一看这个穷老头儿，那么穷，肯定是哪家不孝儿子忘了自己亲生阿玛，是被遗弃之人，或者是流浪乞丐。咱们不能不管，云、彤老爷爷就讲过，要以诚爱人，要乐于助人，要先天下之忧而忧。这个苦爷爷，就是咱们的老爷爷。

这时巧珍马上冲上头就喊："老爷爷，爷爷。"上边那个老头儿还在抓虱子："不用叫我老爷爷，叫我疯老头儿就行了。"巧云就说："那我们就叫你疯爷爷吧，你下来吧，我们饭已做好了，烙的饼，还炖的狍子肉。"这老头儿就说了："好，这么办吧，你们烙出的饼，给我扔上两个，我就不下去了，我愿意坐在这儿。"三巧说："这么高，我们怎么给你扔上去？"疯老头儿说："你扔吧，往上一扔我就能够接着，你使劲扔吧！"巧云把烙好的饼，放在木板上，拣两个凉一点儿的，拿起来，直接往上扔。因为都会武术，扔东西都非常准，但扔不了那么高。哪知这个老头儿说，过来，用手一捞，就接住了，特别准。他接过来，几口就吃完了。他吃完了又说："再来一个。"这回巧兰又扔，吃完了，老头儿又说："老大再给我扔一个。"你看，咱们三个他都知道，连大姐，他都知道。巧珍一听让她扔，她也扔一个。

疯老头儿吃完了之后，就说不要了。巧云又问："老爷爷，我们有狍子肉你要不要？""要，拿来吧。"巧云说："这怎么扔哪？""不要紧，你找个棍，把肉扎上，我不喝汤，吃块肉就行了，给我两块吧，你把棍一扔我就能接着。"巧云挺好奇，拿一个挺细的柳条子，从锅里挑了两块大的狍子肉用柳条穿上。巧珍一看肉挺大，没让妹妹扔，她说："爷爷，我把肉给你扔上去呀？"上面的怪老头儿说："扔吧，"巧珍说："我怕扔不好，掉地上不埋汰了吗？""唉，埋汰不了，埋汰我也不怕，我这个穷老头子，什么没吃过？你扔吧，你扔，我就能接着。"巧珍就按老爷爷的吩咐，拿着串着肉的小棍，使劲往上一扔，老头儿在顶上说，过来，这小棍就像听话似的，就抓住了，老头儿很快就把肉吃完了。可把三巧乐坏了，这老爷爷，真能吃，精神又这么好，她们心里特别高兴。

巧珍又拿出一块骨头，忙着给小莱塔，小莱塔挺着急，它看着给树上老头儿了，没给它，着急了，甩着尾巴直转悠。小莱塔叼着一块骨头，跑到旁边趴着啃起来，又给了它一块小烙饼子，它也是她们这里的小成员，待遇和大伙儿一样。巧兰、巧云，又拿出两块肉和小饼分给寨里来的两个小狗，两个小客人。

吃完了，天色已晚。三巧一想，晚上老爷爷在树上冷，这样吧，她们三个商量，让老爷爷在窝棚里边睡，他身上没什么衣服，咱们在外边睡。就这样定了，巧珍说："爷爷，你下来吧，在我们这儿睡。"再往上一看，人没有了。不知老人去向，三巧这时候觉得更奇了，这疯老爷爷什么时候走的，怎么走的？如果是一个鸟，飞起来时，翅膀还扑棱地响，可是他走时一点儿声音都没有啊。三巧那是学轻功的，也学了十年啊，她们一看，跟这个老爷爷相比，真是天地之别呀！

三姊妹马上就想到，这个疯爷爷，绝非平常人。他是真正的含而不露，内心藏着隐秘的世外高人。她们恨自己，当时没跟老爷爷好好讲讲，请他下来，就这么走了。她们心里惦记着，又非常后悔。

这时候，她们随着篝火的光亮，发现在自己小帐篷门前的地上，好像有个什么东西，大姐巧珍捡起来，巧兰、巧云也过去看。原来是一块皮子，就是熟好的光板皮子，没有毛，刮得溜光，不大不小的皮子。看皮子的厚度，可能也就是一个山狸猫皮子。这皮子非常柔软，贴在身上特别暖和。北方不少少数民族冬天的时候，都愿意用山狸猫皮子做自己的衣里，有时衣里外边再镶一块薄的麻布，有的时候干脆麻布都没有，皮子毛贴在身上，皮光板冲外。她们捡的皮子毛没有了，白光光的，比纸稍厚一点儿，随着灯光一看，哎呀，这上面还写着字呢。

说书人还得说一句，三巧是认字的，云、彤二老从小就教她们识字，为了走南闯北，应付各种来往，二老培养她们既能继承自己的武功，又不能是三个睁眼瞎呀。何况云、彤二老文化也非常高呀，咱们都知道，连太上皇乾隆爷都很器重二老，在皇上跟前二老是武师，是文武全才呀。三巧她们在云、彤二老身边，既学了武，也学了文；既懂得大清的国语，就是满文，又懂得汉文。所以皮子上的字，她们都认识。她们把皮子拿起来一看，觉得特别吃惊，这上边不大不小、端端正正写着字，是工工整整的一首五言汉诗，很有意思。诗是这么写的：

速去南山根，失匾悬高仞。

妖僧伴狼豺，胜筹须留神。

她们一看呀，大吃一惊。这正是向她们传报消息，速去南山根，告诉她们姊妹三个赶紧到南山根去。失匾悬高仞，你们丢的那个匾，让人家给挂在大石砬子上。古代七尺或八尺为一仞，形容山高。就是你要找的牌子，被挂在半山腰那块儿。妖僧伴豺狼，你们的敌人是谁呢？现在有个和尚，还有一伙强盗，豺狼结合在一起，胜筹须留神。三个小丫头，赶紧取你们丢的匾，要战胜妖僧和豺狼，须要留神啊，那不是好惹的，一定要留心，才能够稳操胜券。

三巧心想，这是谁给的，是谁捎的口信儿，谁这么语重心长地嘱咐咱们，这么向着咱们呢？她们想清楚了，是疯爷爷给咱们留下的，疯爷爷在上边坐着，他不是在抓虱子，也不是管咱们要吃的，这是世外高人，是来帮助咱们的。三巧特别感激，暗暗地向天空，向疯爷爷坐在树上的那个地方，默默地致意，感谢。

三巧知道匾就在南山根这个信儿以后，第二天很早就吃完早饭，收拾好行囊找匾去，想会会这些敌人，我要看看是什么样的妖僧，是什么样的豺狼。三巧远离二老，小英雄要深入虎穴，初试锋芒，大显身手了。她们个个精神抖擞，意气风发，心里没有怕的。她们牢牢地记着，昨天晚上坐在树上那个白发疯爷爷的话，胜筹须留神，就是说，可不能骄傲，不能麻痹大意，眼前的敌人，要比潘家兄弟厉害得多，那是妖僧，是豺狼。既然是妖僧、是豺狼，就非常凶狠、厉害，又是武林中的高手，肯定都有几招，不然不敢到这地方来，到冰天雪地的极北边疆来。所以说不能小瞧，不能当儿戏。她们心里越琢磨老人的话，越觉得有道理，一定要很好地对待这些强敌。

三巧每个人打扮得利利索索，把身上的剑衣、剑裤和剑靴上的带子紧了又紧，把英雄缎带绑好，生怕在和强敌争斗的时候哪个带子开了，打起仗不方便，容易失手。三姊妹还要互相检查，你给我看，我给她看，都很认真。一个个都收拾得特别利索、漂亮、精神。武林中过去有一句口头禅："离师下山第一搏，风云叱咤美名传。"离开老师下山第一搏，就是下山了，武艺学完了，当徒弟结束了。老师同意你下山，打头一仗很关键，都十分注意。所有的师傅，所有的徒弟，都是这种心情。她们期盼着，第一仗必须打好，必须打得最理想，最主动，这对自己未来有很大的影响。第一仗若是打败了，你就会丧失信心。第一仗打好了，你从心理上就能树立自信心。疯老爷爷，在这关键时刻，突然出现在我们面前，不但告诉我们敌人的情况，告诉敌人把匾放到哪去了，怎么放着，而且还语重心长的，让你千万留神，一定要胆大心细，才能成为盖世英雄。

这时，三个小英雄，又互相检查一下，衣服系得紧不紧。三巧，咱们说过了，她们是一胎所生，所以从小穿的衣服都是一样的，她们长的一个模样，个头一般高，甚至连二老也常常叫串了，只有她们的奶妈能分辨出来。二老以为是叫大的，实际是叫小的。二老为了分辨清楚，给她们头上戴上三种颜色的绶带，这个前书已经讲了，发给她们宝剑的时候，同时发的三色绶带，按自己的衣服，自己的剑，自己的颜色，在自己的头发上扎上绶带。不看三个绶带，就看不出她们谁是老大、谁是老二、谁是老三，根本不好分。她们长的都特别俊气，非常好看，大眼睛、长眉毛、圆脸蛋儿，真可以讲，天上难找，地下难寻哪。可能这么三个在咱们大清国也是举世少有的事情。二老利用她们的特长，在训练的时候，就让她们发挥这种相同的长处，让对手一时弄混，分不清谁是谁，使敌人产生一种胆怯感、麻痹感。这样，她们姊妹互相之间能够照应。二老训练她们一种战法，平时不露自己，尽量隐避自己，冲向敌人，要突如其来，要凌空出世，以快、以奇制胜。打赢马上就撤，不可恋战。三巧平时就练这个打法。

她们在各方面都准备好了，就要出发了。走前三巧中的大姐巧珍，这个人话不多，但办事特别心细，她悄悄先到林子外边找到一个雅库特家的老太太，打听到南山怎么走，把道儿打听明白之后，就回来了。她把小莱塔召唤过来，告诉小莱塔，你在窝棚等着，千万不能动，我们不回来，就一直在窝棚待着，等听到我们回来时，你再出来接我们，记住没有？小莱塔摇着小头，伸着长舌头，意思说，你们放心地去吧。

再说狠命鬼仇彦，长枪将鲍龙，还有滚地雷徐蟒，以及从北噶珊专程赶来的娄宝、齐宝两个人，他们带着自己的众家兵，从潘天虎、潘天豹家出来以后，就秘密集中在南山根的丘石碴子那块儿。这是他们一个秘密据点，在这儿他们悄悄地商量。这时，狠命鬼就说了："那回她们不是砍掉了咱们大哥、二哥的一只胳膊吗？咱们这次好好治治她们，给她们点儿厉害，把她们那块破匾偷走，她们有本事到山上自己摘去，看她们有没有这个能耐。"

这个山相当难上，是谁把这个匾偷走的呢？偷匾的人正是滚地雷。滚地雷的能耐就是能上山，而且有登岩、飞岩的功夫，从不失手，攀得最高。他不是跳跃式的，是用攀岩的办法上山。所说滚地雷，他到处腾飞，像山狸猫一样，相当快，是他把这个匾偷走的。南山丘石砬子非常高，得往上扬着脖子看，这块匾他是搁山下往上挂的，不是在山上往下挂的，山上立陡，爬不上去。他在山下，抛上绳子，然后拽着绳子攀岩上去，把匾往上吊的。在远处就能看见这块匾，这是两天前他们干的事。他们心里想，看她们谁能摘下这个匾，这次咱们就看她们的笑话，自己要是有脸，赶紧滚蛋出沟，离开这块儿。他们认为这个匾没个摘走。这就是他们的狗头军师仇彦给出的招儿。

这些贼人在山腰一侧的山洞里猫着。这个山洞他们已经使用五六年了，洞口都用木头堵着呢，只留着一个小洞眼儿。小洞那块儿有个门，洞口上面有瞭望的窟窿眼儿，他们从窟窿眼儿中就能看到丘石砬子吊的那个匾。看着这块匾，个个都非常高兴，认为还是仇彦、仇大人有招儿，真有办法，你看这个招儿出得多绝吧，把他们的匾偷走了，而且还把他们自命不凡的一个笨大个儿卡布泰给一顿揍，那几个小丫头都是毛孩，个儿小，根本够不着，这回就看她们的笑话吧。

另外，他们前几天又干了一件事，就是娄宝、齐宝这两个人，他们前几天受杜察朗之命，匆匆忙忙赶来，传什么信儿呢？就说穆哈连现在带着一帮心腹已开进韩家窑，就是潘家寨，让他们赶紧做准备，把穆哈连他们一网打尽。他下了这样一道令，所以，穆哈连受了害。这个事办完了，娄宝和齐宝赶快回去了。没过几天，他们又匆匆地回来了，为什么呢？就因为杜察朗大玛发从京师得到了情报，知道自己的二格格，二丹丹宁死不嫁给西噶珊奇格勒善大玛发的小儿子都尔钦。丹丹和奇格勒善这个老混蛋，还有他的小儿子都尔钦，他们在一起勾打连环，已经学坏了，把我的二格格拉到他们那块儿去了。更可气的是，又听说二丹丹自己私订终身，已经嫁给了和北噶珊杜察朗水火不相容的乌伦巴图鲁，是他们的眼中钉、肉中刺，他心里恨透了，恨不得把乌伦巴图鲁和穆哈连他们剐得粉碎，他才高兴呢。他们得知二丹丹已和乌伦巴图鲁办了喜事，可把杜察朗气坏了。他认为二丹丹是给杜氏家族败坏了门风，气得就去找柳米娜。柳米娜就佯装不知道，这事是你自己办的，你找我干什么？但是他又不敢惹柳米娜，柳米娜是罗刹人，她后边有靠山，有好几个大牧师。有一个还到过北噶珊，这个牧师就跟杜察朗直接讲了，你不能怨你的妻子，怨你自己呀，你教子无方，这是你自己无能的表现，你有能耐应跟你的仇人争个高低，这才对呀，你不应当欺负你的妻子。如果你再欺负柳米娜，我们绝不帮你，什么都不给你。所以，杜察朗只能是有气往肚里咽，非常窝囊。

更使他生气的是两件事，一个他的最小丫头、三丹丹，现在也学坏了。三丹丹可能还有柳米娜帮忙，把我抓的云、彤二老的弟弟翔鹤给放了，我是把他困在水牢里的，后来是她给弄走的。他想找三丹丹算账，柳米娜没答应，跟杜察朗干了一仗。这样，三丹丹跟她阿玛的关系也相当紧张。还有一件事，更使杜察朗恼火的，听说二丹丹跟随乌伦巴图鲁他们已经北上了，去讨伐、平定潘家寨。他想，这纯粹是挖我的墙脚，这是直接向我开战了。潘家寨是我的地盘，他们到那儿去醉翁之意不在酒，就是将来向我问罪。更可恨的，这里还有我的二格格，我得想办法，早点给二格格制住。将来一旦出事，我就丢透脸了，我不能不管这事。所以又把娄宝、齐宝派出去，让他们快点，赶紧去潘家寨，想一切办法不怕任何损失，死人也行，一定把我的二丹丹从他们手中抢过来。但是，你不能欺负二丹丹，他知道柳米娜最护犊子，她对几个丫头相当疼，杜察朗不敢惹柳米娜，所以也就不敢在二丹丹身上动刑。他特别嘱咐娄宝、齐宝："你们到那儿去，悄悄地把二丹丹给我抢过来，然后秘密地把她软禁起来。你们不能欺负她，我告诉你们，谁若欺负她，我拿你们问罪。"这样，娄宝和齐宝又来了。他们赶到的时候，正好卡布泰已经把潘天虎、潘天豹给制了，把他们的胳膊给砍掉了，正是潘家兄弟天天唉声叹气、疼痛难忍的时候。娄宝、齐宝这两个打手来了以后，就跟狠命鬼仇彦和长枪将鲍龙，还有滚地雷徐蟒这些人混在一起，让他们出主意，想办法。

这两天他们确实感到挺得手，把匾给抢走了，把卡布泰打得现在还不能动弹，同时还把小客栈老板也揍了，把三巧从客栈撵走了，现在不知道到哪儿去了。另外他们把丹丹也给抢回来了，隐藏在一个秘密的地方。

抢丹丹才有意思呢，丹丹还真不知道。那天早上确实丹丹出去解手了，丹丹说，我得上茅房。平时她们姐妹一起去，这天也不知咋的，丹丹就丧失了警惕。三巧她们也忘了陪着，忘了刚来时，卡布泰跟她们讲的，你们几个一定要小心，出去要一起走，别单独行动。这地方，咱们人生地不熟，到土匪猖狂的黑窝里，一定要事事小心。那天大家都分头忙事，卡布泰也忘了叮嘱她们。丹丹就麻痹了，自己到后头的茅房。前头房子让卡布泰他们租下了，后头还有一趟房子，住着闲散的客人，没住满。再往后，有个小院，院内有条狗，堆着劈柴，像山似的，再就没有其他东西了。但有个后门，在后门的旁边有个茅房。

那天早晨丹丹出去解手。她出来时，好像听到有个老太太在外头哭泣，哭得那个伤心哪。丹丹想这是谁在那儿哭呢？老太太的哭声挺细，就在障子外头，蹲在地上，哭声特别大。一大早道上没有人，二丹丹从茅房出来就从后门出去，一看，这个老太太好像坐在地上，她正低着头哭呢。二丹丹就过去，没等到跟前，突然后面来了两三个人，没容分说，呼啦就往她脑袋上套个皮兜子。你想她是个年轻女子，虽然也学过武艺，但在她们姊妹三个中，最好的是三丹丹，老大、老二还差些。二丹丹让人一捆，自己就没有攻击的力量。如果武功高强，人家把头罩一套，手往你身上一抱的时候，自身反击的力量马上就起来，胳膊肘子往外一挣，啪，一下子就把对方的胳膊弹折，这是内气的外扬。她没这个能耐，当时她被套住时都喊不出声来。这时候老太太也不哭了，她知道自己上当了，为了抓她，老太太跟他们合伙。她在兜子里憋着，喘不上气来，死还死不了，两个人就把她拉起来了。

这都是狠命鬼仇彦出的点子，得了不少便宜，这些贼人越来越高兴。这天，他们就在丘石碴子南山崖的洞里头又喝酒，又划拳，庆贺自己这两天的胜利。正在他们高兴的时候，就听到洞的外边，嗖嗖嗖来了三个人，大喊："哪个胆大包天的恶贼，拿走了我们的行营牌匾？现在我们跟你们算账来了，你们有能耐就出来，我们三个姑娘要跟你们比试比试！"这一声喊，他们马上都听到了，把酒碗一放，瞪眼睛瞅着里头坐着的狠命鬼仇彦，都看他的行动。仇彦想，看来她们真来了。听说这三个小姑娘都是云、彤二老教出来的，三个毛丫头能学出什么能耐。他蔑视这三个小姑娘，他们从洞口往外一看，三个小姑娘一般高，长得都挺精神，各个拿着自己的亮剑，站在那块儿。这三个小姑娘大声喊，他们坐不住了，鲍龙和徐蟒说："咱们得出去。"

娄宝、齐宝一听他们要出去，吓得直哆嗦："哎呀，各位哥们儿，可出不得，这几个丫头可厉害了！"仇彦把眼睛瞪得溜圆，对娄宝说："说什么？你怎么长人家的威风，灭自己的志气？还像不像北噶珊的人了？你这不给北噶珊丢脸吗？"这时候，仇彦第一个冲出来，紧接着是鲍龙、徐蟒，后面紧跟着他们的随从，一共有十多个。一个个拿刀的、拿剑的、拿铁棍的都出来了。看那个架势，好像在说，你们三个小丫头休想回去，既然来了，就得把你们的命留在这儿。气焰非常高，真是嚣张得很。他们面对这三个又矮又瘦的小姑娘，哈哈大笑，有的瞪着眼睛瞧，有的扬着脖子笑。这时鲍龙就说了："现在看来，你们三个还是乳臭未干，纯粹是小毛孩子，跑到这儿来闹，也不知道我们的厉害。你们还是过来，跟老爷学几招。"

他正在白话，把三巧中最小的穆巧云气坏了，这个小丫头，性如烈火，这两天早就憋足了劲。特别是疯爷爷一讲，她们就做好了各方面准备，打仗她们是以快为准，没有时间和他们说些用不着的话。这时，巧云说："休要瞎说，现在我要你的脑袋！"噌一个脚蹬地，蹿得挺高。他们两眼往上看，心想，蹦这么高这是打的什么仗。正当他们眼睛往上看的时候，哪知道这是吸引众匪徒的目光，巧兰利用这个机会，一剑就穿过来了。

咱们讲了，三巧的剑，非常突出，一个紫光剑，一个蓝光剑，一个青光剑。穆巧云忽地跳起来，随着一道青光，唰地一下子就闪过去了。这剑不但有光还有声音。这时穆巧兰跟着她妹妹跳起来，脚一蹬地，腾空而起，趁着匪徒往上看的一刹那间，唰一下蓝光剑就过去了，这剑是搁这些人脑袋穿过去的。她手中的剑是握把剑，不是直接砍，是右手腕反拿的剑，就在她左胳膊在前边挡着，往前一蹿，突然剑来个大扇面，搁五个人脖子上削过去的，最后一个是从鲍龙的耳朵上头削过去的。就这么一穿，一甩，一个亮光，她是平握剑，整个前头站着的人，一连掉了五个脑袋。就听扑通、扑通脑袋掉下去了。那些人还没看着，刚有一点感觉的时候，蹦到天上的穆巧云下来了，她下来的剑是刺剑，剑在前头，人在后头，脑袋冲下，脚冲上直接下来，这个剑穿过去，连着扫一下，把四个人脑袋全削掉了。

这时，狠命鬼仇彦还有滚地雷徐蟒在中间，他俩刚意识到，不好，赶紧往下一低，结果剑没刺着，他身边死了好几个，包括长枪将鲍龙，在不知不觉中掉了脑袋。仇彦和徐蟒，刚一机灵的时候，大姐巧珍的剑已经过来了，她使的紫光剑，光一闪，剑吱一响，就斜着下去了。徐蟒正好蹲在地上，前头有一个亲随，搁他身上穿过去，徐蟒的一个脚腕子被削掉了，滚地雷徐蟒立刻就变成了瘸子。狠命鬼仇彦一看大势不好，往后折了一个跟头，就随着山坡滚下去，逃了命。同时跟着他滚下去的还有两三个人。

把徐蟒疼得哎呀直叫，因为一个脚被削下去了，满地是血，疼得立刻昏过去了。等他醒过来时，一看三巧的剑正指着他鼻子呢。巧云就问他："你叫什么名字？""哎呀，疼啊，大姐饶命，我叫徐蟒。""啊，你就是滚地雷徐蟒，你给我们滚一下子。"他疼得直叫唤。"这匾是谁偷走的？""哎呀，这是仇彦让我们干的。"他把罪责都推到仇彦身上了。"这匾是谁弄上去的？""是他让我弄到山上去的，是我背上去的。"这时他腿上还在淌血，巧兰从身上拿出林氏止血药，就给徐蟒递过一包药，让他自己上药，止血。徐蟒还不知是什么药，他把药往伤口上一倒，呀，疼得呀呀直叫，就像掉进油锅一样，当时就昏过去了。等他醒过来时，已止了疼，止住了血。徐蟒坐在地上，一看转圈都是尸首，滚了一地。

三巧转过身，才看到丘石碴子上那块木匾，正挂在石崖的上头，搁底下看相当高。姐妹三个把剑装到自己的剑匣里，巧珍说："把咱们的匾拿下来，咱们一起拿。"话音刚落，三个小剑客就到了山崖跟前。这时，徐蟒和仇彦都看见了。说实在的，仇彦跑出去以后，他还不死心，往回瞅，他躲在树林里，就看巧珍、巧兰、巧云很快就到了山崖跟前，她们采取云、彤二老教她们攀山岩的功夫登山。这个山比月亮桥的山矮多了，没个比，那个山多高呀，几层山都能上来下去，所以这个山对她们来说，就像走平地一样。到了跟前，首先把自己的身体站好，特意在妖贼面前显示自己的能耐，把自己的轻功和腾飞功完全用上了。她们脸冲山，噌、噌、噌，从这个石包斜跳到那个石包，是曲线形的。她们用脚和手的力量攀登，很快就上去了。等到了一定的高度，人往下沉的时候，她们三个用手把匾掐住，很快就拿下来了，也就是数五个数的工夫，就这么快。

这个表演，我说书人讲到这儿，可能没人听到，各位阿哥，现在不少人都看见了穆氏三巧，很多过路人，很多贼人都看见了。因为这个匾一挂在山崖上，沿路人都看得清清楚楚。狠命鬼仇彦、滚地雷徐蟒、长枪将鲍龙，他们特意把它挂在非常显眼的地方，就为了让潘家寨所有的人，包括各地其他部落的人看看，谁厉害，想埋汰一下穆大人身边来的人，想借机给卡布泰和三巧出个难题，让他们丢丑。按照这个狠毒的心肠，把匾挂在山崖上，离住户并不远，一抬头都能看到。让潘家寨的人知道，还是狠命鬼这一帮人厉害，把匾挂得那么高。

现在他们再也不能得意了，人家把他们杀了，这么快，剑嗖嗖地一响，剑光一闪就死了不少人。很多人都看见了，连青山绿水都是证人。大伙儿没有不叫好的："哎呀，真了不起呀！你看人家三个小姑娘多厉害，这剑，简直是神剑，多快呀，出手让你没法防，像闪电一般，随着光一闪，剑声一响，人头就落地了，谁敢跟人家打呀，这么小就这么厉害，真是盖世英雄！"大伙儿又看到三巧，就像三个飞燕一样，搠山下往山崖上，噌噌噌就上去了，也不知怎么上去的，就看三个小黑影蹿上去了。上去以后，就把贼人挂的那个匾，唰地就拿下来了。根本不像滚地雷徐蟒，他是爬着把匾背到山上去的，然后自己挂着绳子缒下来的。你看人家，多利索。怎么样？徐蟒现在成瘸子了，得拄拐了，人家还饶他一命。说实在的，三巧没就地削他，如果把脑袋一抹，他就完了。三巧没抹他，实际上是让大伙儿看一看，这就是贼人的下场。现在潘家寨有两个掉胳膊的，还有一个瘸腿的，其他人脑袋都抹掉了，现在就剩下狠命鬼死里逃生，暂时还活着。三巧别的没管，夹着匾扬长而去。

单说，狠命鬼仇彦，这回对三个小丫头，得刮目相看了。原来把人家看扁了，一看这三个小姑娘把匾拿走了，他才真正感到人家了不得。突然间，他又想到徐蟒，我得赶紧去看徐蟒兄弟，他还在那儿呢。他跟那三个人，悄悄地、胆胆突突地过来，左看右望的，就怕三巧回来。徐蟒这时躺在地上不能动弹，他们几个好不容易把徐蟒搀起来，把徐蟒疼得哎哟地叫，虽然上了林家的止疼药好了一些，也不行，那是连骨头脚腕子都削下去了。

他们正要往前走，这时候，就听到天上"阿弥陀佛"，哗的一声。为什么哗的一声呢？因为来的这个和尚非常怪，他身上挂了很多像人骨头似的东西，都是木头刻的，一走路哗啦、哗啦地响，这就是八宝禅师黑头僧，我们前书所讲马龙的师父。八宝禅师黑头僧和图泰的师父云游僧是师兄弟，但是师兄弟各走一路，一个走的阳光道，一个走的邪路。他就是走斜路的人，他投靠了京师穆彰阿，他受马龙的指使。马龙说："师父你先到北疆去，我过些日子就随后赶到。"他为什么没来，因为龙福春闹了乱七八糟的事，马龙把龙福春整死了以后，他把龙家堡改成马家窑，前书已经讲了，所以马龙没来。八宝禅师来北疆先到了北噶珊，见到了杜察朗大玛发。杜察朗一看禅师来了，喜出望外，特意招待师父吃了饭。在席间杜察朗就讲："穆哈连带了几个人已经到北疆来了，他们准备先要平复潘家寨。师父大事不好，现在非常危险，已经到了关键时刻。"八宝禅师吃着饭，喝着酒，自己就开了海口："无量佛，这事何足挂齿，一个穆哈连，十个穆哈连也不在贫僧的话下，尽管放心。"杜察朗就请教他，怎么办好，八宝禅师说："我明天就赶过去，你们放心。"所以说八宝禅师是直接从北噶珊赶来的。

还有两个人，我得介绍一下。八宝禅师过来时，怎么没听到娄宝和齐宝，他们不在一起吗？这要跟各位说一下。娄宝和齐宝在洞里听到三巧来了，他们战战兢兢等仇彦他们出去，娄宝和齐宝就趴在洞里，吓得都尿裤子了。这时他俩爬着往外一看，让这三个小姑娘收拾得干净利索，他们就没敢出来。又听到上头有人喊，无量佛，他们就知道这是八宝禅师来了，这回他们有靠山了。狠命鬼仇彦和倒在地上的滚地雷徐蟒一见到八宝禅师，真像要枯死的小苗，见了太阳，又像要死的短命鬼，见了救命的神仙一样。狠命鬼马上就跪下说："师父，替我们报仇吧！"娄宝、齐宝也慌忙跪下，给八宝禅师叩头问安。

八宝禅师过来，先看看滚地雷徐蟒受伤的伤口，一看糊上了药，就说："有这个药你就养伤吧，这药还是好药。"又对仇彦说："你带几个人把徐蟒背回寨里去，让他养伤，得养些时候，将来他就废了，不能再在武林里头混日子了，以后给他找个其他谋生之路吧。"从此徐蟒就从武林里头除了名。然后八宝禅师又说："娄宝、齐宝，杜察朗大玛发让我问你们，二丹丹现在怎么样？"娄宝和齐宝说："禀大师，二丹丹我们护理得挺好，现在我们把她圈在洞里，天天给她好吃的，可她不吃。"八宝禅师说："现在你们好好劝劝她，让她回心转意，目前你也不能回去，我已跟大玛发说了，你们就在这儿侍候二丹丹，这里还有些事情，可能还让你们帮助。"娄宝、齐宝知道，北噶珊非常崇敬八宝禅师，他跟自己的主子关系特别密切，所以老禅师讲的话，就像大玛发讲的话一样，他们就喳喳称是。八宝禅师说："仇彦，你领着我，现在就找这三个姑娘算账去。"

八宝禅师这么一说，可把仇彦吓坏了，再也没有原来那个嚣张劲了。刚才三个姑娘这一闹腾，这一砍、一杀，又跳上山崖取下匾，他都看到了，跟人家差得太远了。另外，这剑使你感到了神奇的程度，只要剑光一闪，剑声嗖嗖一响，你还不知怎么回事呢，人头就落地了，太厉害了，简直吓死人了。狠命鬼本来挺害怕，他跟人家根本比不了，可是大师非让他领着找三个姑娘去，他不敢不去，可心里非常害怕，又不敢说，说了吧，大师肯定怪罪他。另外，又怕大师瞧不起他，那样名声就臭了。没办法，自己还得强打精神领着去。他心里想，反正有大师呢，他使的是大禅杖，那禅杖可了不得，小宝剑跟禅杖没法比，还是禅师厉害。他这么一想，心里就放心了，也就领着去了。

狼命鬼仇彦领着八宝禅师黑头僧下了山，不一会儿就进了潘家寨。他们知道三巧已经搬到东边的林子里头，也知道卡布泰还住在小客栈养伤，但他们觉得，卡布泰是个窝囊废，没多大能耐，又受了伤，也不在乎他。他们重不重视三巧？挺重视，虽然是三个小姑娘，但没想到她们这么厉害。前两天仇彦去看潘天虎、潘天豹，哥儿俩膀子被三巧削掉了以后，龇牙咧嘴、连哭带伤心的样子，他还帮着打气，认为三巧没什么了不起的。潘天虎、潘天豹过去那么仗义，没看见他们掉过眼泪，没听说他怕过谁，这回掉了眼泪，而且一说起来就唉声叹气，现在看起来，他真尝到了苦头。仇彦当时还不知道，现在刚知道她们的厉害，他一路上边走边想。

话要简说，狼命鬼直接把八宝禅师黑头僧带到东林子那块儿。他们在道边站住，没往林子里进，看林子挺清楚。在树林子里头，有一棵水曲柳树，树下头有一个搭的小窝棚。小窝棚旁边的篝火已经点着了，烧得挺旺。篝火旁边蹲着两个人，她们是烧水呢，还是干什么呢？看不清。这两个人正是巧珍、巧兰，巧云在窝棚里边躺着呢。小莱塔围着大姐、二姐在外头来回走着。

这时候，黑头僧慢慢站起来往林子里看，莱塔看见了，莱塔就冲着他们汪、汪、汪地叫。巧珍回头一看，她认得狼命鬼仇彦，因为刚才没杀着他，逃跑了，这回他又来了，还带一个能打仗的老和尚，可能是找我们报仇来了。巧珍马上就把巧兰、巧云召唤过来："贼人来了！"巧云马上把剑匣子一背就蹿了出来，同时巧兰、巧珍也带着剑出来，她们姐仨并排站在小窝棚前。巧云马上就冲他们喊："狼命鬼仇彦，胆大包天，当时要杀你，慌张逃跑了，现在找上门送头来了是不是？我现在就要你的头！"说着，唰地一下子，就把剑抽出来。

站在旁边的黑头僧就说了："无量佛，三个小丫头，休要猖狂，你知道我是谁吗？"穆巧珍从来是以理在先，理让三分，这是师傅告诉的，跟谁说话，先要把理放在前头，然后再用武来解决。这时她就说了："师父，我们不认识您，这里我们姊妹三个给您施礼了，敢问师父尊姓大名？"八宝禅师说："我就是著名的八宝禅师黑头僧，无量佛。你们三个乱杀无辜，杀我好些个徒弟，今天我为我的徒弟报仇来了。你们三个跟我走，到平坦地方，我老僧要看看你们三个小丫头究竟有多大的能耐。你们不是云鹤、彤鹤教出来的吗？好，我倒要看看云鹤、彤鹤他们现在究竟有多大本事，老僧要领教领教，阿弥陀佛。"

他这一叫号，招来很多看热闹的人。围观的人站了一圈又一圈。因为刚才的热闹这些人都看见了，这三个小丫头真厉害。人就是这样，听到一些事儿，传话传得相当快，一传十，十传百。不少人都对这三个小丫头佩服得五体投地。你想这回来个和尚要跟她们比试，大伙儿能不关心吗？

八宝禅师黑头僧的体魄相当魁梧，长得又高又粗，僧衣一穿整个像一面墙似的。脖子上还挎着大琉璃珠，有凸有凹的，一走道，稀里哗啦地直响，他也不怕疼。为什么叫黑头僧？实际他脑袋是光秃秃的，他的头上有一个箍，这个箍是个银箍，从后头一直箍到前头，前头的上面伸出两个鬏子，是倒出鬏，一般出家的和尚常有这种箍，像鲁智深，还有一些和尚都戴着这种箍。他把白箍用黑绢子包着，头上是黑的，所以叫黑头僧。一脸络腮胡子，长了一副恶相。看样岁数比较大，今年已六十岁了。出家人本应该戒杀，行善，可他杀人太多了，而且毫不留情。

这时有不少看热闹的人都在议论："这回看看三个小姑娘能不能制服这个老和尚，看这个和尚的架势，这个胖劲，这回小姑娘算遇着了恶煞神了。人家小姑娘是为阿玛报仇来了，不是害人的。"围观的人说什么的都有。

单说三巧收拾完东西以后，叫小莱塔不要出去，看着窝棚。小莱塔汪汪、汪汪叫了两声，又回到窝棚里。三姊妹依老师父的意思，就说："大师，既然有这个意思，我们三姊妹愿意奉陪，愿意向师父请教。"三巧知道不知道八宝禅师？她们在云、彤二老学艺时，社会上的名人、名派、名师，云、彤二老都向她们讲过，这些都是教课的内容。她们了解八宝禅师的为人和他的武艺特点，怎么防都知道。所以我们相信，三巧对来的这个不是善意自守，而是带着恶意的老僧人，是有备无患的。三个小姑娘就跟着八宝禅师往林子一侧走去，因为那儿是个平坦的地方。这时狠命鬼仇彦挺着胸膛，越来越觉得有托底的了，什么都不怕了，身边有护着他的人。他们一前一后地到了平坦的地方，这时也拥来不少人，有好人，也有坏人。

到了平地，老禅师往中间一站，闭目养神，把禅杖靠着自己的肩膀，口中嘟哝着念经。念完经以后，又打了一会儿呼号："无量佛。"声音很大。这时他解开外边的僧衣，僧袍是黄色的还带点绿，又有点白。他把镶边的僧袍脱下来，里头穿着箍身的，也就是打仗，或者是练武的衣服，也系着缎带。他把僧袍交给狠命鬼仇彦，然后说："三个小丫头，过来，过来。"他用手摆一摆，很傲气。三巧过来，先施个礼说："谨听师父吩咐。"八宝禅师说："今天我要跟你们比试比试，你们三个有什么能耐都拿出来，不行跟我藏奸，我今天来就是要制服你们，你们不是穆哈连的三个姑娘吗？不是云鹤、彤鹤教出来的吗？我今天要拍死你们，你们千万要小心，我不给你们留活路。所以说，你对我这个老僧，不要手软，我倒要看看你们有什么能耐。"穆巧云马上就说："师父，我要问你。"八宝禅师说："无量佛，小丫头你要讲什么，说吧。"巧云说："如果我要害了你，或者伤了你，那怎么办？"八宝禅师哈哈大笑："你怎么要杀了我，害了我，行啊，你来吧，如果是我老僧被杀，或者受伤了，你们怎么处置都行。如果真的受伤了，我二话不说，反身就走，并拜你们为师，贫僧说话是算数的。"这是什么意思呢？我跟你比试，你赢就算你赢，我赢就算我赢，如果我输给你了，我也承认我输，我就走出去。双方就这么定下来了。

接着巧珍又请问大师："是怎么个打法？是我们三个人对你一个人打呢？还是一个人对一个人打法呢？"老僧哈哈大笑说："孩子，你们是小毛孩，贫僧我走遍江南海北，见的世面太多了，今年我已经六十高寿了。你们到哪去过呀，如果我跟你们一个人打，不等于欺负你们吗？等于欺负穆哈连，也等于我欺负云鹤和彤鹤。你们跟我一个人打，不是一对一，是三对一。"

穆巧兰和穆巧云一听，觉得这么打不行，就跟八宝禅师说："那不行，师父，我们三个人都上来打你一个人，我们于心不忍，你这么大岁数，如果一旦伤了你，我们回去怎么对师傅说呀？还是一对一吧。"八宝禅师，自个儿端着一个老禅师的架子，就跟这三个小丫头说："我跟你们是一对三。你们不要再多说了，我不能一个人跟一个人地打，那不等于欺负小孩吗？我现在只能是一对三来打，不要多说了。阿弥陀佛，现在咱们就比吧，不要说了，再说老僧要生气了。"这三个小丫头一看，只好这么来吧。

就这样，周围像打场子一样，围了很多人，寨子里能出来看热闹的都来了，大山里的人，虽然都是武林中人，但没看到这样比武的，这都是武林高手。人越来越多，海边的渔民来了，山里的猎民来了，在小客栈养伤的卡布泰，听到这信儿吓得脸色苍白，和客栈的老掌柜的，互相搀扶着，一瘸一拐地也来了，都为三巧助阵来了。卡布泰相信，三巧会赢的。另外他很佩服三巧有礼貌，有派头，一看就是大家闺秀，说话不狂妄，还谦虚，做得对。

紧接着，老僧拿起自己八百斤重的大禅杖，禅杖有三个大铁环，往上一举，嘎嘎地响，特意震一下。他说八百斤重，这都是虚数，是唬人的，实际也就有四五百斤重。他是给大家看一下，打个场。他把禅杖耍起来像飞一样，耍一会儿站住就说："小丫头，我就开始了，你们不动手，我就一个一个把你们拍死。现在你们为什么不跟我比试？再不比试，我就认为你们输了。现在你们就出招吧。"这时，他把禅杖往地上一拄，他以为禅杖一摇晃，三个小丫头都害怕了。你看她们那么矮，那么瘦小，都是十三四岁的小孩，跟他比简直太渺小了。他那么高的个子，那么粗的腰，说实在的，他的大腿都比巧云的腰粗。三巧想，既然他让她们三个都上，那就好了。老和尚这时候拿起禅杖，来一个仙翁赶山，双手把禅杖一捯，轮一个大圆圈，这风声和禅杖声呜呜地直响，震得地上都直颤动。他喊泰山无巅，三巧嗖嗖就上来了。

说实在的，三巧上得非常快，但是老僧确实厉害，他的禅杖越转越快，像铁墙似的，就把剑给封住了，进不去。他的力气太大了，把一根八百斤的禅杖变成一千根禅杖。禅杖把老和尚围住了，剑进不去。剑进不去，就伤不了他。另外，小丫头个儿又小，上边够不着，剑多细啊，就看见剑的紫光、蓝光、青光，嗖嗖嗖地响，剑光在禅杖外头转。里头是禅杖，就像有千个禅杖，一个挨一个并排似的。三巧也明白，你既然耍大禅杖，总有累的时候，她们在外边围着跟他斗，老和尚一累，就会松劲儿。老和尚一松劲儿，禅杖的速度就慢了，这样就有空隙，剑找到空隙，就可以刺进去，刺进去老和尚就得受伤。况且是三支剑，要是一支剑还好办一些，这个老和尚自吹自擂，太傲慢了，他让三支剑一块儿上来，他以为三个小毛孩没什么了不起的，根本没瞧得起她们。其实，他不知道三巧真正的武功实力。他想这几个小孩，不会练出那么精的武功。艺高人胆大，吃亏就吃在这个地方。

他耍起禅杖，唰唰唰，整个儿就把身子包住了，耍的时间长了，他也受不了，有的时候，一闪失，中间就露出空隙。三巧在外头要躲禅杖，因为禅杖一甩随时砸人，砸在身上就得粉身碎骨。三巧既要防禅杖钩自己，又要找空隙，在禅杖不在的时候，想办法刺老禅师。巧珍、巧兰、巧云她们采取扑的办法，因为禅师高，有力量，他是从上往下打，一般不从下往上挑，这容易打着自己身子。三巧蹲下身子，让他看不着。她们个小，蹲在地下，把两条腿的脚跟挨着臀部，腿一弯，她们是蹲着跟他打。剑嗖嗖就这样打了一会儿，把老禅师累得满身是汗，眼睛直冒花。就在他眼睛冒金星的时候，他就觉得自己后腿，刺溜一下子，一阵热，他的禅杖一哆嗦，三巧还非常冷静，不想真杀他，那么大岁数了，他可能跟我的师爷云鹤、彤鹤都认识，还得高抬贵手，留点面子，所以没杀他。这一剑究竟是谁刺过来的，没法说了。老禅师就觉得有一剑从他腿肚子一穿，腿立刻一热。这剑耍的速度特别快，都热了，烫人哪，霎时老和尚觉得腿麻木，禅杖就拿不住了，身子便倒下去了。

黑头僧一倒下来，三个小丫头就跳出去。一般来说，他一倒，三支剑要刺上去，老禅师就没命了。可是三个小丫头没这样做，一看老人一颤抖，禅杖拿不住了，倒下去了，就跳出圈外，站到一边。这时禅师还明白呢，三巧跳过去，把老禅师揽起："老师父，我们太过意不去，得罪您老了！"禅师觉得真丢人，一剑把腿肚子豁开了，肉都翻翻着，鲜血直流。就说："唉，谢谢你们没杀我，老僧走了，你们好自为之，阿弥陀佛。"拣起禅杖，从狠命鬼那儿把自己的僧袍披上，又从僧袍的兜里拿出止血药，往手上一撒，抹到腿上翻着的肉，淌血的地方，咬着牙，又从这个兜囊拿出两粒药，把水葫芦打开，咕嘟咕嘟喝着水，然后一声没出，背着禅杖就走了。狠命鬼仇彦见势不好，在后头偷偷跟着溜走了。这时在场的人哄嚷起来了："哎呀！真了不得，真厉害，你们心真好呀，怎么没杀了这个和尚呢？"不少人都这样说。

八宝禅师黑头僧，完全站在马龙一边，也就是站在穆彰阿那头，他对赛冲阿和英和大人这边人本来就非常恨。他没想到三个小丫头这么厉害。当时他想拍死她们，哪承想却被她们刺了。现在，这个老和尚心里又想，这三个小丫头心咋这么好呢？没杀我，而且当时我要倒下的时候，她们把我揽起来了。但是，黑头僧照样是黑心的，他并没有感激三巧她们，后话还要说，他还照样跟三巧作对。他这次丢了脸，找一个秘密地方，治病养伤去了。我前书所提到的这个事，三巧除恶务尽，你别看她们知道八宝禅师的背景，但是老是敬重，给他留了一手，给他留个面子，没杀他，看起来三巧的心真好啊！

这时三巧把注意力都集中在狠命鬼仇彦身上，是仇彦领着八宝禅师来和她们较量的，他站在一旁，幸灾乐祸，他以为这回八宝禅师肯定给他们哥们儿报仇，雪恨，肯定用他沉重的大禅杖拍死她们，给他们吐一口恶气。没想到，事与愿违，老和尚并没战胜这三个乳臭未干的小毛丫头，没打过人家，反道当众受辱，让人家刺了一剑。老和尚红着脸，非常不好意思，惭愧地溜走了。

老和尚溜走，可把狠命鬼仇彦吓坏了，他就怕三巧这时候再去抓他。因为，他知道三巧肯定认为，把匾挂在山崖之上，惹出很多的乱子，这个点子都是他出的。他怕三巧看透这个机关，所以，就赶紧跟着逃。老和尚干脆没理他，在前面噌噌地走，他在后边像跟腚狗似的，赶紧地跟。老禅师别看他德行不好，那武艺还是高强的，他今天是伤在自己的心理上，太麻痹了，如果再精心一些，说实在的，这三个丫头还不一定打过他。三巧虽然有一定的剑术，但她们是初出茅庐，没见过世面，没有打仗的经验。人家老禅师走南闯北这些年，从小就在佛堂里长大，一直到现在。据讲他是一个老禅师捡的弃婴，在庙里养大。这个黑头僧真是忘恩负义。人之初，性本善。人之初性本恶这个事，也是有的，真是不好说啊！黑头僧就走上了邪路，和他的师兄弟云游僧对立，就不一样。

狠命鬼追他的时候，他已走出人群，走得相当快。他噌地一下蹿到树上，在树梢上走，把树梢当平地，这有一定的隐蔽性，必须有高深的轻功，才能这么走。他这一走，仇彦看不着了，不知老僧的去向，回头一看，他已离开人群很远了。赶紧回去吧，可别让三巧逮住，让她们逮住了，我可就没命了。这样他就噌噌噌地走，拐过一片小树林，绕过了一条小河沟，翻过了一个小山包，就到了潘家寨藏宝的山洞，他想去找娄宝和齐宝。

他顺着山洞一排一排的库走，我不讲有十个库吗？其中第六库是大库，那里存着皮货，娄宝和齐宝就在那个库。因为，那个库有一个暗洞，修得非常好，专给外来的贵客和著名的侠客住，对外绝对保密，那里吃喝玩乐什么都有，就是住上一年半载都没事儿，而且还有美女侍候，那里什么都有。你说是一个仓库，就是一个仓库。你说是一个很好的疗养胜地，那就是疗养胜地。你说是江南京师妓院粉楼，就是妓院粉楼。就是这样的地方，骄奢淫逸，无恶不作，肮脏得很。

北噶珊杜察朗大玛发为了保住这个地方，用什么办法稳住这些人，只有两个字，那就是财、色。财色迷心窍，这两个字威力无穷，比什么绳索都厉害。你别看远在北海，你别看这是荒凉的北疆，道路崎岖不便，但这里并不亚于京师，也不次于北噶珊，杜察朗大玛发所修的一个一个既漂亮又舒适的卧室，这都有。这样就收养了一群虎狼，一群诚心替他卖命的人。有了这些人，就把原来的韩家窑，现在的潘家寨，给控制得像监狱一样，所有当地的猎户、渔户、狗户、蘑菇户和各样的户，都在他们的铁拳和利剑之下，不能不为他们驱使卖命。狼命鬼就是这样一个鹰犬，也是一个很得力的干将和谋士。他得赶紧回去，想到第六库找娄宝、齐宝，一个隐蔽起来，再一个赶紧笼络人，准备东山再起。他对这次被打击没有甘心，留得青山在，不怕没柴烧。他想，早晚有一天，我要置三巧于死地，给这些弟兄报仇。我狼命鬼，狠就狠在这块儿。他一边想着，一边拼命地往前赶。

这里说书人还要讲几句，这里的六库，都是暗库，表面上看不出来。这里是一肚子坏下水和肮脏的东西，在阳光照耀下的北海，根本看不到。他们互相秘密联系，都有暗号。说起来，土匪的暗号，古往今来就有。用的暗号相当多，叫江湖话，黑话，哪一宗，哪一派，哪一行，他们自己都有相互联系、相互沟通的暗语，互相之间是泾渭分明、各不相扰的。找哪派有哪派的话，互相不混。在北海这块儿，也有北海的暗号，黑话，就是搁外地想回到这个暗库去，不能直接进去，得拐很多的弯，绕很多的圈，而且有专门的地方。俗语叫狡兔三窟，这也是一样，他们悄悄转很多弯，搁哪个洞，悄声溜进去，让你神不知，鬼不觉，所以世外根本不知这个秘密。

狼命鬼也是这样，他自己按照暗号，先过三棵松树。这三棵树长得直，长得一般高，一般粗，像三炷香似的。这是他们去十个暗洞，第一个关，必须先到三棵树三炷香那块儿站一站。这块儿有人在暗处看，要是自己人，就明白他站在中间那棵树，而且盘坐下来，双手摸石，表面像歇息、祈祷一样，这就证明是自己人。

然后起来，过一条小溪，小溪那块儿有一个秘密的小山洞，有明泉，有暗泉。这是暗泉，水是搁石头里头往外冒。水多的时候，扬出来，有时看不着，光听到水哗啦声，水流非常急，在石碴子里头流过去的。在暗泉这块儿要坐下来，旁边有个石碴子，这个石碴子是空的，是天然的石钟，用一块石头，往石碴子上敲三下，当当当像石钟一样，声音非常好听，有悦耳的旋律。必须敲三下，这里暗地也有人看着。要不是自己人，就想办法把你杀了。这是过第二道关。

第三道关，是一个挂着幌子的小酒馆，要到小酒馆喝上山酒。就是上山打猎的人，或者上山挖土特产的当地人，上山喝一盅酒，壮壮行，身上好有劲儿，就是消遣，这儿还预备些点心。外表看来这是一个小酒馆，供给上山人吃饭喝酒的。实际上这个开店的小老板就是秘密的监视者，如果是自己人，进去以后，直接要两样菜，一个是蕨菜卷炒蘑菇，还有一个叫鹿心肝。这个鹿心肝就不一定是鹿的，也可能是别的，但必须要这两样菜。这两个菜一要，证明是自己人。你要十个二十个菜都可以，但必须要这两个菜，同时这两个菜要一起上来。也有些人糊涂要的，也能看出来，酒家，你都有什么菜呀？如果自己人去了，知道暗号，直接点名要这两个菜，必须两个菜一起上来，你只要一个，他认为是蒙的。

总之，进山有这样七八个暗号点，然后才能接近密窖。此外，还有声音的联系，互相问话。这个以后还要介绍。

狠命鬼就按照这个秘密程序往里走，他很顺利地到了娄宝、齐宝住的密洞。到了门口以后，他就唱山歌。北方的山歌也挺好听，像号子一样。在北海的少数民族都好唱个歌，也很动听。这个歌都是联络暗号，到门那儿，在树荫下，他双手一抄，冲着山前的山洞，就唱起了山歌：

> 山你有多高，你有万丈高。
> 天你有多高，你有万丈高。
> 水你有多长，你有万里长。
> 我走遍了千山，我走遍了万水。
> 我能上天摘星，
> 我能下海抓蛟。
> 我今天来这里，我要震千山震虎跃。
> 哪一个山中的贼王，山中的兄弟，
> 你们能送我一碗饭吃，
> 我就要万代感激。
> 而且，一定粉身碎骨为你效劳。

唱这些山歌，看着是唱歌，好像是唱着玩儿，也可能醉酒唱的，但这个调一个字都不能错。

各山有各山的唱法，各个洞的词可能有变动，有的一样，有的不一样，到哪个洞，有哪个洞的唱法。到第六洞，必须唱这几句："我要拍这个山，我要拍这个洞，我要搁洞中请出洞中仙。"这几句是第六洞的词，他唱完以后，就听到洞门嘎吱一声开了，不一会儿出来两个人，正是娄宝、齐宝。

他俩刚出来，说时迟，那时快，连狠命鬼都不知道，就听嗖嗖，马上身边就围上来三支剑。巧云急忙说："别动，三巧来了！狠命鬼，你恶贯满盈，干了很多坏事，现在我杀你来了！"巧珍、巧兰也忙说："娄宝、齐宝，你们的罪行也到了算账之时，很多的事情，都是你们秘密干的，今天我们要杀了你们！"这三个人吓得扑通就跪下了。这回的仇彦可真愁了，吓得直哆嗦，原来那个威风劲全没了。他从昨天晚上老和尚受伤到现在，整个把三巧的厉害全看清楚了。可是他万万没想到，怎么逃也没逃出三巧的手心。他想这回可糟了，我来的秘密路，让别人跟上了。

三巧她们非常聪明，没杀仇彦，她姐仨的意思是，他是个黑蚂蚁，我们跟着他，找到他的窝以后，再杀也不迟。老和尚我们先放他，看你年事已高，我们放你一条活路，让你能够迷途知返。对狠命鬼就不同了，今天别想跑，我要宰了你，为民除害，不能再让你为非作歹了。还想使坏水，不行了，你已经活到头了。她们在后边紧紧跟着仇彦，用的是轻功，一点儿动静都没有。狠命鬼仇彦以为没人跟他，他按照暗号，先到三棵树，一个一个地走，其实后边六只眼睛远远地盯着他，不过人家是在暗处，在树的上边，像神仙一样，她能看到你，你看不到人家。他哪知道，三巧把他秘密的过程看得非常仔细，知道了怎样接近他们的密窑，下一步破窑不用再找向导了，这是狠命鬼仇彦告诉的。所以，三巧在后头跟着时，仔细地看，而且三个人特别留心。真正的剑侠都是这样，都有这个能耐，做什么事都注意观察，马上记在脑海里。看一件事，记一件事，就是事事留心，知头晓尾。

她们到了洞门跟前，娄宝和齐宝刚出来，狠命鬼他们三个就被擒了。三巧一人拎一个，仇彦他们三个都吓瘫了。这个狠命鬼的武术真不行，就是有歪点子。娄宝和齐宝是一般的卫士，武术根本不行。三巧把他们三个拖到附近小山岗上的密林里。三巧先审问仇彦，娄宝和齐宝吓得像筛糠似的，巧珍的剑指着他们脑袋说："你敢跑，我就宰了你！"娄宝和齐宝蹲在那块儿赶忙说："没有啊，奶奶，我们不敢跑，饶命！"三巧的剑指着仇彦，让他如实招来，仇彦只好一五一十地把十个暗窑的情况都讲了。

三巧让仇彦进了洞，她们在后头跟着，还有些机关、暗号，在远处听不着联系的暗号，就让仇彦一一地讲："你不讲，我今天就宰了你！"说着，巧云就过去，把他的耳朵一捅，用剑刺啦一下子，削去一半，哎呀，疼得他直叫唤，血一直淌到脖子里。"快说！你不交代，我一刀一刀将你杀死，你这个坏水，很多人都受你的害，今天你还想跑？"

仇彦这时只求活命了，就把这块儿谁管事，怎么联系，都推到娄宝和齐宝身上了，是娄大人和齐大人让我们做的。当然了，他们不是主事，也是受北噶珊杜察朗大玛发的指使，还有个叫什么庞掌醢大人的，都是他出的点子，让我们这样做的，知道穆大人快来了，所以这块儿就马上行动起来。前几天潘天虎、潘天豹兄弟就暗害了我们尊敬的穆大人。三巧说："休讲你尊敬的，你们这些贼，不要提我阿玛！"仇彦又接着说："我们这些事，都是受主子之命，我们吃人家的，就得听人家的，我们什么权也没有啊，就这些。"巧珍当时想放了他，巧云说："大姐，这人咋能放，放了就等于放虎归山，就等于让恶狼重新跳进羊群里吃羊去。"巧云拿出剑，一剑就穿透了狠命鬼仇彦，狠命鬼真是当鬼去了。

三巧过来对娄宝、齐宝说："你们俩怎么办？是让我们宰了你，还是将功折罪，两条道任你们选。快点说，怎么回事？你为啥来的？干什么来的？"

说来三巧认识娄宝、齐宝，咱们前书已经交代了，各位阿哥可能还记得，杜察朗大玛发为了显示自己，笼络云、彤二老，摆了一次鲸鱼宴，他们不是到月亮桥林家大院，请云、彤二老吗？二老碍着当时有个大牌坊，是太上皇乾隆的御笔，要拜拜这个牌楼，做臣子的不能不去。他们打着这个旗号，冠冕堂皇，不去不行。云、彤二老坐轿的时候，家人相送，当时他们的三弟翔鹤带着家人，其中有三巧，他们一直送到院门口。所以，三巧认识娄宝和齐宝。娄宝和齐宝也久闻三巧之名，也见过。娄宝、齐宝没法隐瞒，只能承认自己是北噶珊的人，而且是杜察朗大玛发身边的心腹，亲随。他俩这时哆哆嗦嗦地就问："三位奶奶叫我说什么，小的一点儿不敢隐瞒。""你们说，这次干什么来的？"娄宝和齐宝就说了："这次来是为了督促仇彦他们，快点把卡布泰降服，把你们早点轰走。这个地方不许你们染指，也不许你们在这儿站脚，杜察朗大玛发就这么吩咐，为这个来的。"

娄宝、齐宝这两个人非常狡猾，他们到底没说实话，没说这次来是为了抓二丹丹，这事要说出来，一旦让他们主子杜察朗大玛发知道了，他俩就没命了。当然他俩还把希望寄托在杜察朗大玛发身上，他们像个毒瘤子，长在杜察朗大玛发身上，要离开杜察朗大玛发，他们就得玩儿完。所以，他现在处处还是维护杜察朗。这三个小丫头，在智谋上哪能斗过他们俩呢？他们嘴皮子一白话，就把三巧唬住了，三巧也就相信了，他们自始至终没说为二丹丹的事来的。

三巧想，这次来主要是替卡布泰叔叔摸清这些暗道机关，这些暗窖秘密的联络和通道，把底细摸清，为了过几天京师的图大人还有乌伦巴图鲁叔叔来，好一同采取行动。现在还不想动手砍断了和北噶珊的联系。这就是说，先不能杀杜察朗的心腹娄宝和齐宝，还得抓住他，通过他们将来摸摸北海的秘密。这三个姑娘非常聪明，一点儿也看不出她们年岁小、经验不足的样子，而且想得特别周到。巧珍就先说了："娄宝、齐宝，我告诉你们，今天我不杀你们，你们也看到我们的能耐了，我们已经惩罚了狠命鬼仇彦这帮人，杀死几个人你们都看到了，我的剑没动，一动你马上就没命了，你们相信不相信？"娄宝和齐宝哆哆嗦嗦地说："相信，相信，饶命，饶命，感激不尽哪，我们就是人家的马，人家的狗，人家牵着我们，不得不干，不干就没草料吃，就没屎吃，我们只能这样做，我们是人家奴才。"巧兰说："今天我们暂时放你回去，你们心中有数，我们随时召唤你们，随时让你们办些事，如果你们搪塞或者是欺骗我们三姊妹，我们马上就杀了你们。"

娄宝和齐宝心想，只要现在不让他们掉脑袋，让他们赶紧溜走，什么都可以答应。娄宝和齐宝嘴又花花，非常能讲，在杜察朗大玛发面前应付惯了，什么人没见过，他们是最大的大滑头。三个小姑娘根本不知道这个情况，看来三巧还真有点相信他们的意思。娄宝、齐宝心里很高兴，现在想办法骗她们，赶紧早点儿走，就跪在地上，什么好话都说，你别看是几个小姑娘，他们连奶奶都叫上了。这时巧珍就说："你把你身上最值钱的东西给我。"娄宝赶忙说："哎呀，三位少奶奶，我们的小格格，我现在兜里什么东西都没有，回去我给你们金子、银子都行。"巧珍马上说："胡扯，我要你身上的令牌，不拿令牌休想走！"

娄宝还真怕要这令牌，令牌在北噶珊分七种，最次的是木头上画几个叉，那是一般平民百姓，北噶珊下头的奴才，受北噶珊管的各方面渔户、猎户要到山里去的通行证，到什么地方去，或者过什么哨卡，做个户籍证明，这是最低的。最高层的令牌，直接代替北噶珊杜察朗大玛发，见令牌如见额真，就是如见主人。令牌也不一样，有的是金质的，有的是铜的，有的是铁的，有的是木头的。娄宝和齐宝两人的令牌，或者叫腰牌，带在身上，有时起身份证明作用，没有它传不了令。有了这个，还是一个通行证，北噶珊的地方都可以去。娄宝和齐宝为什么有这样的令牌、腰牌呢？就因为他们是杜察朗大玛发身边的护卫，重要的谋士，很多事情他俩都参加了，他是直接保护杜察朗的，杜察朗到哪儿，他俩就跟到哪儿。杜察朗很多秘密的事情，都是由娄宝和齐宝传达的。北噶珊的人和各层官员，包括京师的官员，凡是与杜察朗联系的人，没有不认识娄、齐这两个活宝的，都得先给他上礼，打点娄大人、齐大人。他们虽然是奴才，在这些人面前，他也是大人，这狗不是一般的狗。所以三巧要的令牌，那就是通天的令牌，在北噶珊可以畅通无阻。只要给了令牌，就等于给了生命，誓死要保护住，死了要先把它毁了，这是严格的纪律。

娄宝和齐宝一想，把令牌交出去不等于给脑袋一样吗？扑通一声又跪下了，好话说了千千遍："我们全服了小奶奶，小格格，哎呀，我们活祖宗，叫我们干什么都行，这令牌不敢给呀，要给了，我们都回不去呀，不但我们自己保不住了，我们全家的性命也都完了。一旦主子杜察朗大玛发要，我们拿不出来，我们就得死呀。三位活奶奶千万开恩。"

三巧的小妹妹巧云一听，他们这么重视令牌，要的心就更坚决了，没容分说，两脚一踹，啪的一下，他们就摔倒在那儿，"赶紧拿出来！不拿出来，我就剁了你！"这时他俩把令牌从腰间肋下的皮囊里拿出来。巧珍就跟她两个妹妹说："咱们要它一个就行，一个就够用。"然后又跟娄宝、齐宝说："你也不用唬我，我们知道杜察朗家的后屋，你们都能进去，他后屋小门里装的就是珍贵的东西，包括重要的令牌，你们随时都可以拿，你糊弄谁？给你们留一个，足够你们用的了。"就这样她们把令牌拿到手。这时娄宝和齐宝又磕头说："我们该走了，我们该走了，要不然他们找不到我们了。"他俩慌忙地就走了，也没顾得问三巧同意没同意，他俩赶紧往山下跑。

这时聪明机灵的巧兰看出了破绽，马上就跟她大姐巧珍说："额运①，不能让他们走呀，你想他是杜察朗身边的人，什么事情都知道，在杜察朗身边这些年，里里外外的事情都在他脑子里头，现在不能让他们走，榨油要榨干净。"巧珍和巧云说："对，马上下去。"巧云噌一个箭步，蹿到娄宝和齐宝的前头，剑一横，就说："站住，谁让你们走的？真大胆！"这两个小子吓得又哆哆嗦嗦，心想这回糟了，咱们算跑不出去了。巧珍、巧兰、巧云看看周围的环境，觉得老在这个地方问也不是个事儿，得找个背静的地方。他们押着娄宝、齐宝转过一片树林，到了秘密的山窑后头的一个石碰子下头，正好有个缝隙，把他俩推到里头站着，她们三个

---

① 额运：满语，姐姐。

堵着这个石缝。

这时巧珍拿剑指着他俩说："谁让你们跑的？我们还有很多事情让你们讲清楚，不讲清楚，我们可不饶你们。你们想唬住我们姊妹三个，真是瞎了眼。几件事你们必须老老实实说清楚。一件事，你说的六库，为什么你们哥儿俩要住在六库，怎么不住七库、八库呢？为什么你们专到六库，一定给我说清楚，你们和六库是什么关系？"这时娄宝和齐宝只好交代："我们跟六库更近，六库的人，是我们的人。""怎么是你们的人？难道其他库不是你们的人吗？不受杜察朗管吗？""是，都归我们管，但是六库的总头目、总当家的就是庞掌醢庞大人，这是庞掌醢在北海的一个密窑。""怎么，庞掌醢有自己的密窑，怎么回事？你不说这都是杜察朗的密窑吗？""是呀，这事说起来也复杂，一句两句说不清楚，这是杜察朗无偿给庞大人的密窑。""庞掌醢不就是一个小官吗？大理寺卿，包括光禄寺的官在你们北噶珊住的那么多，杜察朗为什么对庞掌醢这么优厚呢？"娄宝一看，这三个小丫头可不能小看，不能跟他们再转弯弯了，就老老实实跟他们说吧，这样，三巧就知道了庞掌醢的根本身份。

庞掌醢不仅仅是大清朝光禄寺，给皇上备办各种菜肴的小官，也不仅仅是穆彰阿派他来，做一个简单的联络官，这是小瞧他了。这个掌醢的官并不大，最高不超过四品，一般来说都是五六品，不算太大。庞掌醢原来是武林中的高手，他会武术。这人善于伪装，他为了飞黄腾达，就把自己在武林中的历史和往事，全都隐藏起来。他本来是专门经营珠宝和南方著名的瓷器，是个瓷器商人，挣了不少钱，后来他用银子买来了官。买官，这是咱们大清黑暗的地方，从康熙帝开始，到了乾隆帝也是这样，到了嘉庆就更厉害，有个买官风，只要拿银子就能买官，用银子找官的品位。庞掌醢武术高强，他本人是使双剑，他的剑是峨眉剑，他的师傅很出名。他杀过不少人，也曾经反清，加入了南方的道门，长期当会长。后来被清兵消灭了，他好悬没死，全仗着他嘴会说，隐瞒了自己的身份，把衣服烧的烧，扔到山涧里，自己就装作商人的模样，躲过一场灾难，后来也就做起买卖来了。

这个人善于经营，脑袋聪明，不像别人，换了一行就不会了，他不是这样。你别看过去他是武林中的人，后来一经商也懂得道理，干得非常好。他三下五除二，就变成了一个富豪。在江南瓷器行中他干得最好。景泰蓝的瓷器，经过他手一转卖，甚至比景泰蓝柜房卖的都多。他会吆喝，会吹，会联络，他在江南一带的买卖挺兴隆。后来他想，我得到仕途去，找一个什么官做。他不愿做县府的官，州府的官太累，也不愿做，承担不少事，还得往上打点，阿谀奉承，要干不好，一贬不知贬到什么地方呢。他想找个京官，他选来选去，就选了光禄寺。他想光禄寺好在什么地方呢，这块儿是掌管大清各方面吃的、御用的东西，全部吃的用的都经过他，这些都是精品，都是传世之宝，价值连城。这儿是宝库，我到这儿来会干起来，所以他就脑袋削个尖，往光禄寺里头钻。想钻进光禄寺，他知道，必须巴结光禄寺最高的上司，穆彰阿。他今天打点，明天打点，今天溜须，明天捧上，把穆彰阿全家维护得溜溜转，乐乐呵呵的。这样，他就买了掌醢这个官，掌醢是专做肉酱和各种备办食品的。这个官有个特点，直接和产地有关系，因为做咸肉得自己选，然后就地做。他花重金买的官，除了应交的银两外，他又打点穆大人，这样他在穆大人眼睛里是非常了不起的人，他愿到什么地方去，就到什么地方去，为所欲为。没干几年，庞掌醢就富起来了。

这是嘉庆初年的事情，那时候还不在光禄寺做官，咱得说清楚，他是做瓷器生意挣了些钱，他就把京师天桥咸鱼口牛街胡同半条街都买下来了，吃租子，一地之宝。他进了光禄寺以后，又认识了聚宝货栈的一些人。他跟卓兴阿都是酒肉朋友。卓兴阿是聚宝货栈的二掌柜的，大掌柜实际上就是穆彰阿。但表面上穆彰阿不是这里的人，卓兴阿有权、有势力。庞掌醢在聚宝货栈也入了股，他也是股东，他又帮助聚宝货栈招揽生意，聚敛钱财。他每日每年又能挣聚宝货栈的钱，不久他又在牛街胡同十字路口开了一个赏月居大饭店，挂四个大幌，后来又增加两个，挂六个大幌，这是很少见的。在京师来说，一般都是四个幌，他是六个大幌子，二层楼，摆设富丽堂皇，非常好看。这一栋楼完全是油漆雕花的，在京师里，也可以说是数得着的。你在大街的老远，就可以瞧见，特别显眼。在二楼的悬梁那块儿，还挂着嘉庆御笔的匾，匾上的字是"北海钓翁"，是北海钓鱼的一个老人，你看名字叫得多么潇洒。是楷书字，写得既工整，又很美，是个烫金字大匾。在一楼正门那个匾，才叫赏月居。说起来，这个赏月居的主人，就是庞掌醢。说到现在，还不知他的真名字，他的真名字，叫庞信，字绩财，庞绩财。他从来不叫庞信的名字，这是过去他在江湖武林中的名字，后来他怕别人知道他是用银子买的官，所以，他就用官的名字，叫庞掌醢。

现在这个赏月居，坐堂的大掌柜是庞掌醢的长子叫庞通。庞通的夫人叫琪娇。琪娇是穆彰阿的大女儿。穆彰阿有个女儿我在前书已讲了，叫琪娜格格，先嫁给了龙福春，后来叫马龙给夺过去了。这个琪娇格格，是琪娜的姐姐，她是老大，也是福康安的姐姐。她们几个都是一母所生。所以说，这个庞掌醢不是别人，是穆彰阿的亲家。娄宝又介绍庞掌醢到北海以后，怎么飞扬跋扈，你们都以为他是个文官，他是骗人。你们想穆大人把他抓住，审问他，他自己能跑出去，他没有一定的武功，能行吗？从东噶珊到北噶珊，山路崎岖，又没有马或者什么能够骑驾的，他自己徒步跑出去，就因为他有武功。

　　这个事一讲，使三巧她们大吃一惊，赶忙说："你告诉我，现在庞掌醢究竟在哪？"这时，娄宝又一五一十地说："庞掌醢，庞大人现在就在六库，他已经来了，而且是坐镇指挥。"三巧知道这事了，紧接着又问一件事："二丹丹在哪儿？是不是你干的坏事，把二丹丹给抢走了？你说你不知道，我们不相信，你这次来肯定与二丹丹有关系。"这时娄宝只好竹筒子倒豆，直说了，就讲："二丹丹是我们两个帮助抢走的，我们这次专程从北噶珊赶来，就因为杜察朗大玛发知道格格背叛了他，跟奇格勒善和穆大人关系好，而且私订终身，嫁给了杜察朗恨得咬牙切齿的仇人乌伦巴图鲁，他是铁心跟着穆哈连的人。所以，杜大人非常有气，专程让我们来，想办法把二丹丹抢回去，到一定时候，把她押回北噶珊，由她的阿玛杜察朗大玛发亲自处置，不能让这个败类丢了他家的门风，是的，我们这次来有这个目的。"

　　三巧听了点点头，然后娄宝又接着说："我们来了以后，是庞大人给出的招。庞大人有个最好的朋友，也是武林高手，这个人你们能知道，他原来也住在京师，是武林中著名的老前辈、老剑客。他为了炼丹，特意到北方采药来的，他就是著名的白剑海，白剑老神仙。这个人已经七十多岁了，身子骨非常好，也特别精神，而且剑法和武术都是一流的。他在京师的时候，认识庞信，庞大人。庞大人过去在武林中的师傅跟白剑海他们都熟悉，也都是好朋友，他们曾一块儿在峨眉山学过艺，共同切磋剑术。从这方面来讲，庞掌醢还得管白剑海叫师叔。老神仙听了庞掌醢的话，所以，在他脑子里认为好人就是穆彰阿他们。现在他是向着穆彰阿，也向着庞掌醢，认为穆哈连，甚至京师有些大臣，都是偏听偏信，飞扬跋扈。他认为北噶珊好，都是很正派的人。北噶珊的人又善于造声势，善于游说，就把老神仙白剑海给迷糊住了。白剑海正在北海冰山岛、冰山崖，他已经来了一年多了，还带来个小徒弟，在这边炼丹。他们边歇息、边采集北方冰雪中的药材。就为这个，前些日子，庞掌醢来的时候，又把老神仙请来了，他师叔住在暗洞，也就是六库，他们见了面，又谈了话。庞掌醢现在想办法，把老剑客拉拢住，把他欺骗住，让他帮助，因为他的武术高强。我说一句不应该说的话，三位奶奶千万别生气，他的武术高过云、彤二老，不在云、彤二老之下。在中华剑法中，峨眉剑法从来是一流的。"

三巧一听特别生气，就骂了他一句。娄宝又说了："三位奶奶别生气，我说完了，算我嘴臭，不过我如实向三位格格禀报，因为你们让我说，我不能不说。那天晚上老剑客自己化装出来了。这老剑客的形态一天三变，他那天穿着打扮像女人似的，学老太太哭声，帮助我把二丹丹骗出来了。二丹丹当时上茅房，听到外边有个老人的哭声，就是白剑海老神仙装的，哭的还真挺像，把二丹丹骗出来了。二丹丹过来以后，庞掌醢和我们俩都带着面罩，谁都看不出来，也没跟她说话，就把她罩起来，抓到六库。第二天，白剑老神仙就回去了。本来我想把二丹丹困在六库，因为六库是庞掌醢庞大人自己的密库，里头住的相当好。库里头有个七侠洞，那可以说相当美，生活非常舒适，还有奴婢侍候。我们想把二丹丹关押在这里头，因为杜察朗大人有吩咐，告诉庞掌醢和我，不许欺负二丹丹，不能让她受屈，因为啥呢？因为杜察朗怕老婆，他老婆柳米娜相当厉害，后头有罗刹两个大牧师保护她。他不敢欺负罗刹人，也就不敢欺负柳米娜。柳米娜说啥他就听啥。另外，柳米娜长得特别好看，真把他迷住了。二丹丹又是柳米娜的女儿，所以，杜察朗说，你们抓是抓，谁也不能欺负丹丹，你们要欺负她，我可不饶你们。庞掌醢就记住了，暂时把二丹丹幽禁在七侠洞，不少人都看见了。她出不去，等办完事以后，再押回北噶珊。"

三巧一听兴高采烈，那今天晚上咱们就动手，先跟庞掌醢决一死战，然后救出二丹丹。她们姐仨把话一说出去，娄宝马上说："哎呀，三位奶奶，你们现在去不行，丹丹已经不在这儿了。"巧兰和巧云、巧珍又来气了，把剑马上压在他脖子上，就说："你敢撒谎，你这是对我们的欺骗。"娄宝连连磕头说："三位姑奶奶，我们不敢欺骗，啥事都告诉你们了。这事真蹊跷，说起来也怪，原来是在六库，把她关在七侠洞。可是，不知怎么的，有一天晚上，出了一件怪事，我们都在七侠洞外边的一个侧洞，正在饮酒作乐。这个洞里头还套着一个洞，这个洞叫酒洞，专门装着酒。这些酒不是这儿酿造的，都是搁北噶珊运过来的。这儿有个酒库，像酒窖似的，里头有五六个大木桶装着酒，都是陈年老酒，喝不完，就存到这儿。据讲，咱们大清开国时候的酒都有。"

娄宝喘一口气，然后又接着说："就说这天，不知从哪来了一个又脏又破的老疯子，我们都不认识。这老疯子脏得厉害，身上都是破烂布条子，头发花白，眉毛又白又长，胡子也是白的，浑身上下那么脏，好像一辈子没洗过脸。也不知道这个老疯子咋这么有能耐，也不知他从哪弄的钥匙，还是在哪偷的腰牌，也不知他怎么钻进六库去的。这六库的山洞不好进呀，层层有把门的，得有腰牌才能进去。腰牌等级不够都进不去呀，没想到，这个老疯子，他是怎么混进去的，到现在大家也不知道。他不仅自己大摇大摆地进去了，而且还到了七侠洞，到了我们吃饭的侧洞。更主要的，他干脆进到酒洞里去，在那里喝酒睡觉。也不知进去几天了，哎呀，这个闹得慌，在那撒尿，还拉了两泡屎。他喝完酒就醉了，躺在那块儿。"

三巧着急地问："后来怎么知道的？"娄宝说："那天小校受庞大人之命，进去灌陈年老酒。因为白剑海老神仙来了，庞大人为了侍候和孝敬自己的师叔，就让小校到酒洞里把陈年老酒给他灌来。他们进去才看到，有个疯老头儿，喝完酒就睡着了。酒桶相当高，顶到洞上头的石头上，老头儿就睡在上头，如果不打呼噜还看不着。老头儿的呼噜声震耳，小校挺奇怪，哪来的声音，后来一看，坐着一个老头儿，这老头儿给弄醒了，'哪位来灌酒了，给我点，我还想喝。'小校一看，不是自己人，吓坏了，把拎着的酒葫芦扔了，赶紧往外跑。跑到外头，慌慌张张地报告庞掌醮，庞大人：'哎呀，老爷可不好了！''怎么的？''里面坐着一个人，不知是人还是鬼，眼睛贼亮的。'他这一说，大家都认为他是疯子，怎么有外人进来，谁能进来呀？这是不可能的事情。他们进去一看，果真有一个疯子，把庞掌醮气坏了，这洞怎么管的？没有令牌，怎么连疯子、乞丐都进来了呢？真没用。大家赶紧撵，有的拿棍子，有的拿着刀，呼号地喊。这个疯老头儿也能走，走得相当快，从这个桶跳到那个桶，像扭秧歌似的，跳来跳去，谁也抓不着。一抓，这疯老头儿噌一下子，双手抓着洞顶上的石崖，他们往上够，还够不着。这老头儿像个蝙蝠似的，身子贴在洞顶的石壁卜，仰着身子，脊梁骨朝下，贴在洞上。而且噌噌地爬，小校们撵了半天，这老头儿就是摔不下来。最后这老头儿，喊话了。三位奶奶，你们听了都觉得奇怪，到现在我们都不知咋回事。他就搁这个酒洞出来，跑到七侠洞的门口，里头关的是二丹丹，他就喊：'二丹丹我不能救你了，让三巧她们将来救你吧，你好自为之，我不跟他们闹哄了，我要走了！'大伙儿还不知什么三巧。就这样，也不知这个疯老头儿从哪个洞出去的，大伙儿再找，也没找着。把我们都吓傻了，认为是碰见鬼了。但真是个人样，是个疯老头儿，要饭的。就这样，庞大人怕出事，命令几个人把二丹丹迁走，秘密地把她送到白剑海白老神仙的冰山洞去了，她在那躺着呢。实话告诉三位奶奶呀，我们确实没去过北冰山，也不知道把二丹丹藏到什么地方，这是实情。六库这儿确实没有二丹丹，如果你们查出我们有一句谎话，甘愿把脑袋给你们。"

这个事使三巧又大吃一惊，这个奇怪的疯老头儿不是到过我们住的地方，吃过我们烤的烧饼和狍子肉，还留下了一首五言诗吗？我们能有今天，全仗着这位老仙翁指点。没想到，老仙翁又帮助我们来救二丹丹，而且，还提到我们的名字。这位老仙翁是谁呢？他在哪儿呢？我们到现在还不认识呀，他为什么舍命帮助我们，而且自己深入虎穴，武艺这么高强，这不是神人吗？三巧因为见过这位老人，所以她们非常相信，这位老人是世外高人，是活神仙。我们想办法一定要见见这位老人，这是三巧心里想的。

娄宝、齐宝把整个知道的情况一讲，三巧听了之后，觉得什么都清楚了，可以放他们了。三巧就让娄宝、齐宝从石缝子钻出来，并对他们说："我们到这儿来的事情，不得有任何透露。"娄宝赶紧过去说："活祖宗，我们一定遵命。三位活祖宗，你们也不要说把我们抓住过，这事你们千万不要说。"巧珍说："我们知道，你们一定按我们说的去做，其他事不用你们管。"就这样，娄宝、齐宝得了一条命，像兔子似的一蹿一蹿地跑了。

三巧放走了娄宝、齐宝，心里真感到高兴、痛快，把整个北海潘家寨这块儿东西南北方圆百里之内，一些状况和暗洞，大致都摸清楚了。她们初露锋芒，三支宝剑已经杀死了十多个恶贼，震撼了北海。她们一商量，得赶紧回去，咱们小莱塔可能等得着急了。再说卡布泰叔叔的伤势已经好转，他肯定惦记着咱们。说着，三个小姑娘，把剑收入剑囊，立刻往回返。

要知道，她们现在在北海潘家寨的深山之中，都是储藏珍宝的地方。山路崎岖，林木丛生，古树参天，根本没有道路。三位小英雄施展自己的腾飞功，在树枝上、树干上，踩这个，跳那个，像三只腾飞的小燕子一样，互相比赛似的，很快就进入了一个住户比较多的地方。她们跳下树，就按照临街的街道，很快地回到东山林，就是她们住的地方。

没走多远，小莱塔跑过来了，汪汪地叫着，好像说，欢迎欢迎。巧云一看就高兴了，蹲下把小莱塔抱起来说："莱塔，怎样？在家里很好吧。"小莱塔向她们又汪汪大叫，它这一叫，肯定是客人光临。她们往林子里一瞅，透过树林，看到自己搭的那个小窝棚，上边盖着很多松树枝和一些树干，压得非常整齐。窝棚的前面篝火还燃烧着，她们临走的时候，火已熄灭了，这证明是有人亲自点燃，篝火的烟冉冉升起。再细看，在窝棚的前边站着一个人，一见到三巧过来，就大步流星地迎过来。三巧看得非常清楚，这正是他们天天思念的，到京师去，很快就回来的乌伦巴图鲁。

乌伦巴图鲁回来，带回京师的消息。再一个就是卡布泰，也笑着过来了。乌伦巴图鲁拉着三巧的手，三巧兴冲冲地说："叔叔你回来得真快呀，我们正想你呢！"卡布泰看这几个小姑娘，心里甜丝丝的，眼睛里头都露出幸福的目光。这时乌伦巴图鲁就说："巧珍、巧兰、巧云，你看，我给你们带来一位，你们看他是谁？"

这时，她们注意到，站在旁边正对着她们微笑的人，此人的个儿有八尺之高，身体非常魁梧，满面笑容，两道深黑的剑眉，嘴上还留着小胡须，长得慈祥、英俊，表现出刚毅的英雄气概。身上穿着三品侍卫官服，是平时接待客人的礼服，帽子上有顶子，他胯下挎着腰刀，戴着英雄壮帽，两个马蹄袖都遮在上边，很精神。一只手按着腰刀，向她们微笑，好像看不够似的，露出甜蜜的微笑，然后说："三巧呀，你们好，我看你们来了，你们很有功啊，做了许多大事，我代表京师的各位大人，感谢你们。"乌伦巴图鲁就说："三巧，快过去施礼，这就是我经常说的，云、彤二老经常向你们讲的，包括穆大人，你们的阿玛最熟悉的，你们不是盼着他来吗？他就是图泰总管，图泰叔叔，他是你阿玛的好友啊！"

三巧听了，马上过去下拜施礼。起来以后，像小孩似的，多少日子没有听到自己的阿玛了，她们三个不约而同地，非常自然地把图泰紧紧抱住："图泰叔叔，你来得好，请你给我阿玛报仇呀！"说着痛哭不止。图泰拍着她们的肩膀说："好呀，好呀，你们不是做得很好吗？是英雄了。你们三个给咱们大清争了气呀！别哭，别哭，有事咱们好好商量。现在好了，你们长大了，你阿玛，我尊敬的北海除魔英雄穆哈连，我的老哥哥，他的在天之灵会知道的。"

图泰大哥来了，乌伦巴图鲁、卡布泰，这些人就有了主心骨，他们非常高兴。卡布泰说："账房老掌柜的，请咱们回去，今天就搬回客栈去，三巧把咱们的匾夺回来了，咱们照样挂上去，大哥你说行不行？"图泰说："好呀，咱们现在说搬就搬。"于是，三巧忙着收拾自己简单的东西，小莱塔高兴得前跑后跳，他们很快把东西搬回小客栈。

客栈的老掌柜听到这个信儿，乐得前仰后合的，马上出来迎接这些英雄。卡布泰一一向他做了介绍，老掌柜的说："把前头的房子都给你们用，什么租不租的，愿用到什么时候就用到什么时候，我从心里就盼着你们来，再也不走了。咱们大清的黄龙旗，早就应该在这儿飘着了，我们已经盼了多年，你们早点儿把这旗帜挂上去。还有那些打牲、行营的据点，都应有咱们大清的旗帜。"

图泰来了以后，就和乌伦巴图鲁，由卡布泰和三巧陪着，把整个北海和潘家寨这一带看了一遍。他们根本没有歇息，白天看，晚上穿着夜行衣，到处去察看。图泰就是这样，到哪先把情况一一摸清楚。这次他是受赛大人和英大人之命，催马赶来。自从穆哈连蒙难以来，天朝对这块儿非常焦急，所以说，赶紧派人治理北疆。

第二天早晨，备了酒菜，他们几个又到了独龙山、独龙洞前头的松林里。那里松树上还停放着穆哈连大人的尸体，他们去祭奠穆哈连大哥。三巧跪下磕头，图泰和乌伦巴图鲁、卡布泰也跪下磕头。图泰激动地说："大哥啊，我们来了，还有你的三个姑娘，我们一定把这块儿治理好，从明天就开始，决不让你担心，请你安息吧。胜利那天，咱们一块儿回到东噶珊。"图泰拉着巧云的手，巧珍、巧兰紧跟着图泰，乌伦巴图鲁和卡布泰，他们含着泪，告别了穆哈连的遗体，走出了山林。

时间过得真快呀，图泰从京师到这儿来，马不停蹄地跑，已跑了四十三天，多远的路啊。当然了，他们在盛京将军处，听他们介绍军情，耽误了两天。到了黑龙江将军处，在卜奎城又有人赶来接待图泰大人，又耽误了一天。此时，已经是深秋过后，旧历十月了，快到小雪的季节了。但是，北边因为一片茫茫林海，气候很有特点，是五花山的天气。什么意思呢？山的外边由于受霜，树叶开始凋零，草开始枯黄。可是在森林里，还是暖洋洋的，有小阳春之称。小叶嫩绿的还在发育着，所以，很暖和，不要把北边看得都那么寒冷，林中的绿叶，仍然是一片一片的，但是林子外边却寒气袭人。

图泰看着穆哈连大哥的三个宝贝姑娘，这是大清的心腹，大清未来的栋梁，都是云、彤二老的心血培育起来的。心想，我到这儿来，还得靠这三个小丫头。这么小岁数，你看多懂事。他刚到林子里看三巧时，外头有一堆篝火，有个小窝棚，上头盖着很多树枝，窝棚里那么憋屈，如果不知道就像逃难似的。三个小丫头旁边还有小莱塔帮忙，自个儿烧饭，满脸黢黑，露出小白牙。这帮孩子，如果在名门之家，肯定是娇生惯养，还在闺阁之中，在父母身边享福呢。可是她们没有，她们来这儿，是惩恶扬善来的，多有志气，那么乐观，越看就越高兴。孩子的性格很像哈连大哥，图泰心里想，她们这么小就承担起这么沉重的卫国大任，太可亲了，真是了不起呀。他到三噶的时候，就是到北噶珊、东噶珊、西噶珊的时候，由乌伦巴图鲁领着先去拜见皇上的恩师云、彤二老，转达了道光皇上和赛大人、英大人对二老的问候，还特意为二老带来了他们最爱吃的天桥"六必居"酱菜园的京师小菜两篓。赛大人和英大人特意告诉，这"六必居"宝号明朝嘉靖时就有，严嵩题过字。

二老见图泰来了，兴高采烈。老人别的不说，就惦记着三巧，便说："图泰，我现在就想三巧，她们还小啊！可惜国家用人，不能不让她们去呀。你来了，我就放心了，这回有了你，就等于我们老哥儿俩把她们交给了我们的穆哈连了。你就好好带她们，多关心她们，还要严格要求，帮助教育她们。你要管，你不但是长辈，还是她们的师傅。"图泰喳喳称是。"行了，我就放心了。"说着云、彤二老擦了擦眼泪。这次图泰见到了三巧，在脑海萦绕的就是云、彤二老对他殷切的嘱咐，应当把她们看作自己的亲侄女，不，把她们看作自己的亲女儿一样，我才对得起穆哈连大哥，才对得起云、彤二位老恩师。

图泰这次北上，自己也是下了很大决心的。赛大人总觉得图泰这边事不少，不但府里事多，他的夫人和孩子还有些事，但是图泰就说了："大人，你放心，我一定完成去北疆的重任，你不用惦记着，家里我做了安排。"图泰这次来，把夫人都带来了。这样，使赛大人和英大人就放心了，免去了后顾之忧。

这里说书人，还要向各位阿哥说几句，因为书中的事太多，我说书人有些事没详细向你们交代。图泰也是老林家的女婿呀，是林家的人，各位不知道了吧。云、彤二老有个三弟弟，叫翔鹤，让杜察朗给害死了。翔鹤我跟各位说到了，他留下一个儿子，叫福来，还一个女儿叫马宝，上次没有讲。那个小福来，现在还在云、彤二老家帮助管理家务。小福来有一个姐姐，他的大姐就是林氏。在很早之前，也就是云、彤二老在京的时候，他们做主，把他弟弟的姑娘许给了图泰。觉得图泰这小子挺有出息，马、步、剑等武术样样通，在侍卫中，是出类拔萃的人。所以皇上喜爱，很早就是三品侍卫。赛大人就把他收到自己府中，云鹤做主，给他找个媳妇，把他弟弟的姑娘许过去了。翔鹤当然听他大哥的话，大哥怎么说就怎么办，他们把姑娘接到京师，和图泰成了婚。

　　林氏非常孝顺，因为图泰老母亲，很早就双目失明，手还不好使。林氏去了以后，又做妻子，又侍候婆婆，很累，但是毫无怨言，这是林家的家风，从来就这么贤惠。去年婆婆得中风病，医治不好，去世了。图泰和林氏发送了老太太。他们的儿子呢，现在就在赛府中跟赛冲阿的孩子在一起。赛大人就收下了，跟图泰说："你放心吧，你儿子就在我这儿了，跟我的孩子们一起受家教，你不用管了。"因为在赛府中有奶妈照顾，出外又有老用人照顾，是骑马，还是射箭哪，这些个安排得都相当好，都不用图泰操心。图泰跟自己的妻子说："你就跟我回老家去，看看你的大爷。"林氏当然高兴了，就是放心不下孩子。图泰就说："这你就放心吧，在赛大人那儿比咱们管的还好，在咱们跟前容易娇，跟他们在一起大家亲亲热热的，对他有好处。在赛大人家还不放心吗？"林氏一想也对："我跟你回去，早有这个愿望。因为自从到你家来也没有机会回去，何况婆婆在世，孩子又小，这次能回去不是更好吗！"图泰就说了："好，咱们就回去。这次北上，夫人，我可能是三个月、四个月，也可能还要更长的时间，就看北边的事情办得怎样。要让朝廷放心，让赛大人放心，更让当今的皇上放心。夫人，你们林家是朝廷的忠烈，你会同意我的，我也有这个决心，我愿将我一生报效大清，你我一同回去吧。"这样，他们就高高兴兴地北上了。图泰领着林氏先到了东噶珊，拜见了云、彤二位老恩师。师徒、叔侄女团聚，别有一番乐趣。这块儿我就省略了，因为书太长了。

　　单说图泰这次来，是下了恒心的，他决心把北疆治理好，一定不辜负圣恩。但事情并不像他想的那么容易，国内的事情往往牵扯到国外，错综复杂。我们大清有宽人律己的风度，心胸宽阔，广交天下朋友，认为世界上的人，都那么平和友善，只要政策一定，条约一订，可能就是君子之间礼仪往来了。实际上哪那么简单呢，家事如此，国事如此，世界之事也是如此。往往是贪者有其谋，受损失的，是对事物想得太简单了。正如汉学所说的东郭先生的故事。我们大清朝也是如此。北疆的策略，大清和罗刹之间签订了《尼布楚条约》，从康熙朝时就留下了，但是，也留下不少后患。康熙朝以后历朝，总认为现在已有条约了，互相遵守就行了吧，不要过于要求了。当然国内的事情很多，各样的教派造反，南边的苗裔的反清，此起彼伏，闹得朝廷难以应付，特别是西边闹得最凶。正因为如此，当时的兵力和国力都用在南疆和西疆上，什么平息大小金川、平定三藩之乱、开拓新疆，以及正式收复西藏，一直忙到乾隆帝的晚年，才算使西部和南部都安定下来。康、雍、乾三朝，把大清朝的版图定下来，稳定了江山。

就在这个时候，世界上列强四起，我们大清国还不知道世界的风云，当时已是山雨欲来风满楼，正向大清国刮。大英帝国，已是世界海中的强国，他们占领了欧、亚、非大陆，他们自称为日不落帝国。那时候，咱们大清国还不知道这些，光知道家内的事情。那时美利坚合众国的势力也不小了，他们也乘机插手我们北疆的事。美国很注意罗刹人的动向，罗刹的疆土当时并不大，但他看出，罗刹拼命往东南侵。到了乾隆朝的时候，罗刹叶卡捷琳娜二世，疯狂地命令他的臣子，不惜一切代价，向西伯利亚、向远东派兵力、派遣考察团，一再前进，前进。我们黑龙江口的亨滚河，早在乾隆年间就被俄国占去了。到了嘉庆年间，沙皇彼得一世时更嚣张，他们尽量向东扩张势力，直接逼向我们大清国。我们的国家注意了南边和西边，但是忘了我们的北边，我们的北边让人家一点一点向下削，现在已经到了危急的时候了。俄国的双鹰沙皇旗，就直接地插在我们脑瓜顶上，他们的利剑直接砍我们的北部边疆。这些情况，只有当时大清国的理藩院、军机处和直接管理北疆的打牲衙门这些兵丁们知道。但是这些报告、文书到了皇上那儿，多数都留中。什么叫留中？就是压下，没时间看，觉得那儿是寒冷的地方，不毛之地，丢点儿何足挂齿。北边的疆土，就这样糊里糊涂地一点儿一点儿地让出去了。图泰深知这个事情的危急和紧迫，自己决心要回到北方，好好了解这方面情况，究竟危急到什么程度。所以他是抱着治理北疆、为国效劳的目的来的。

图泰这次北上，赛冲阿这些老臣心中有数。因为他们都知道，自己是嘉庆时代的老臣，到什么时候都得新陈代谢，新皇帝上任了，自己年岁到了，很快要退下去了。虽然现在英和大人在军机处行走，后来到了户部去，赛大人现在是御前大臣，还没有退下来。但他知道，早晚得下去，他们想趁这个机会，赶紧把北疆的事情办好。如果新上来的人，不知道情况，再要拖下去，这事就大了。作为我们原来管事的人，北边的疆土再出了事，我们就不好向祖宗交代啊。所以，赛大人在图泰走之前，他们已做了充分的准备。

图泰这次去北疆，是以赛府总管的身份出现吗？不是的。这次图泰来之前已不是赛府总管的身份了，这个身份没用了。图泰到北方来，有盛京和黑龙江将军，都是朝廷命官，你能管得了吗？这一点，赛冲阿和英和大人以及他们的老哥哥戴均元都考虑到了。戴均元年事已高，现在已没权了。他们商量，戴均元老人有眼光，他就跟两位大人说："你们两位大人要仔细想一想，先王在世的时候，对北边的事情，因为内务府和盛京将军衙门、黑龙江将军衙门各办各的，有些事情推来推去，总是没有结果。气魄根本赶不上圣祖爷（康熙），也赶不上高宗老皇上（乾隆）的判断和眼力。乾隆帝又忙于平定西疆，等他忙完了，年岁已高了，事情就这么拖下来。现在关于北疆的事儿，可以讲，我们一直拖了八十年，从康熙二十几年到现在，没人去管、没人去问，谁在管呢？罗刹在管、罗刹在问，罗刹总是前进，前进，再前进，我们是一让再让。现在罗刹步步紧逼，他们的刀光剑影已经悬在我们的脑袋门儿上了，已经迫使我们没有喘息的时机，不可不防，不可掉以轻心，不能浑浑噩噩地度日了。咱们既然是朝廷的命官，这件事要不管，将来子孙们肯定要指着我们的脊梁骨，痛骂我们。痛骂是小事，若是国土沦丧了，我们能对得起谁呢？好在有幸之事，新帝英年蓄志，道光帝立志干一番功业，有股子朝气和魄力，他想继往开来，承继康雍乾的光彩之道，道光就是这个意思，他就起这个年号，也想这么干。就趁皇上有这个决心，你们坐在朝中亲政，我已年迈老矣。务请你们奏明皇上圣听，速速去北疆验看，现在兵力和设备是否都齐全，所有的一应事务，务求齐备，要惩恶扬善。这件事情，做得好的，忠于咱们朝廷，守护边疆的，就应该受到皇家的恩典，受到朝廷的恩赏。如果是贪赃枉法，明着是在那儿把守边关，而暗里从中渔利，这样恶毒的小人，必须严惩，一定要赏罚分明。只有这样边疆才能牢固无患，特别是要使辽东、北疆各处的将军、佐领以北务为己任，不可松懈，以防不预之测也。"这位老臣讲的全是肺腑之言，而且是切中要害。可以讲，从雍乾嘉以来，一朝比一朝充实，这样做，不能给罗刹可乘之机。

赛冲阿和英和听了频频点头，然后赛冲阿说："老哥哥你说的正中我意，和我心一样，你说的对，就应该是这样。我一定聆听老哥的话，我和英大人详细商量，准备上奏皇上，你说的每句话，都字如珠玑。我们认为是安定、是保护北疆的上策。你考虑地对，我们一定上奏道光帝，请他准许。"他俩的决心向戴老大人表露以后，也真这样做了。赛冲阿和英和想得非常周到，如果让道光帝接受戴老先生这个上策，就得提出具体事和去办的人。从雍正、乾隆到嘉庆以来，我们对北疆的边关管得比较松，造成罗刹步步紧逼，这是事实了，现在要亡羊补牢，就必须选出能解决这些急事的人。唉，赛冲阿、英和自叹无力，自己不能上北边去。必须是像穆哈连那样精明强干，而且真正是忠心报国的人，得这些人去。他们一往无前，视死如归才敢于去。那是投入虎狼之口，不是去溜达、去玩、去赏花。

他们商量了半天，就下定决心，还得让自己的学生们去，他们都是嘉庆帝时培养起来的年轻侍卫。乾隆帝就注意培养年轻人，他当时非常重视布户，满语布户就是摔跤、比武、竞武的意思。所说的摔跤不单单是摔跤，它包括三件事，一个是马上功，一个是步上功，还一个是射箭，三样必须精通，而且是出类拔萃，比武必须是夺魁者。乾隆从这里选侍卫和将军，这已成一种风气。乾隆退位，当太上皇，让他儿子嘉庆，也这样做。所以，很多有为之士像穆哈连、图泰，包括乌伦巴图鲁，都是那时选出来的。老一些的像云、彤二老怎么到京师给老皇上当师傅，就是因为朝廷重视。所以赛大人和英和大人想到让他们去。现在看来，这任务非图泰、乌伦巴图鲁莫属。

赛冲阿就跟英和说："英和老弟，你舍不得放乌伦巴图鲁？"英和说："哎呀，赛大人、大哥，你这么大的年龄，能把你的总管，你的心腹，你身边重要的护卫都放出去了，难道我舍不得吗？这说到哪儿去了，彼此，彼此啊！"就这样，他们俩决定，把重任交给新的一代，那就是图泰和乌伦巴图鲁，让他们踏着穆哈连的足迹，前仆后继。这是很危险之路呀，让你警觉就在这里。穆哈连已经死在前头，殉国了，现在谁再去，也不一定得到什么好处，很可能还有危险的后果，甚至更有难以想象的结局在等待着。必须有这样的英雄，为了国家，为了大清的江山，为了固守我们辽阔富饶的北部的高山和林海，勇于献身的人。

他们俩定了以后又商量，对呀，让他们去，就不能说是我们的护卫，他们原来有三品衔，那当啥事？谁管你是赛冲阿府中的总管呀，谁是谁身边的护卫呀，那不行。到那块儿去，关山重重，而且各个官衙都是皇家的俸禄，钦命的一些边疆大吏，你能镇住吗？有些官你能查吗？你敢查人家？你凭赛府的总管就查人家，以小犯上，谁给你的权力！你没有尚方宝剑能行吗？不行。所以，赛冲阿和英和商量以后，下了决心，咱们除了跟皇上说明这件事的重要性、迫切性之外，一定求皇上圣明，一定给图泰讨个什么官、讨个要职，他必须有皇上的尚方宝剑，有皇上的旨意，这样，人家才会看重，才能听他的话，才能够按我们想的办。何况图泰又是很聪明的人，无论从武功还是人品，都有很高的威望，他能够受到下边各路官员的尊敬。

就这样，他们很快上朝见了道光帝，详细地写了奏文，讲了重要性，又把图泰的为人、武功、能耐和在朝廷中的影响都讲了。道光帝知道，他父皇嘉庆帝非常重视武术。道光当太子时，他和图泰、乌伦巴图鲁常在一起练武，可以说像师兄弟一样，互相熟悉。道光帝也很尊敬他们，那时都兄弟相称。道光是个聪明人，他登上大宝之后，决心承继先王遗志，保护好爷爷闯下的江山。所以他就欣然命笔，唰唰地写了"知道了"，皇帝批奏折，在清代多数是用"知道了"，满语萨哈，用红笔一勾，盖上御名、御玺，这就是皇帝的谕旨。皇帝定下来，下去到州官府衙，等于代表皇上去的，谁不忠，谁不顺从，谁敢违抗，那就是欺君之罪，那就要杀头、免官、坐牢，大理寺拿去严办，这就是法，清代就是这样。这个谕旨是赛冲阿和英和帮助措辞，道光用心细看，就同意了，怎么写的呢？

皇帝御笔，写的不是告示，像是任命似的，是皇帝一种荐任，让各路官员知道，这就像一个通行证一样。皇帝的谕旨，是这么写的，开头的上款，非常明显：

朕，

行文北疆，（这五个大字，现在我亲自写了我的御文，给谁的呢？给北疆，就是镇守北边疆域的各个官员）

朕，（然后底下空）

钦命，

图泰为北域巡疆大使，为钦命巡查使，署从二品衔，携护军。乌伦巴图鲁为钦命巡查使护军总领三品；卡布泰为护军副参领，四品。同心协力，巡查北疆打牲、户籍、贡物、罗刹犯边军情等事。查理协办等务，全权处置，各地实情奏示，一体周知。

大清道光元年。

皇帝的御名御玺，咔一盖，这就是尚方宝剑。

说书人我得向阿哥说几句话，还得详细解释一下，请不要觉得哆嗦，我必须说清楚。有清以来，从顺治帝开始，顺康雍乾嘉道，经过了几朝，这是头一次为了北疆，皇帝亲自发出的几件圣书。康熙圣祖爷的时候，亲自御驾北疆打罗刹，在吉林乌拉建了行宫，东巡两次，这都是有记载的。只有道光开始时，亲自任命他认为最可靠的、他的爱将图泰，能办这件事，这个行文写得非常有力。我再解释一下，钦命，皇帝任命为钦，我亲自任命，是凡皇帝任命的人，就叫钦命。我任命，图泰是北域巡疆大吏，巡查边疆的大官，谁都得听他的，别看你是黑龙江将军，那也得听他的，他是代表我去的，所有边疆的事情他都要管。你不要认为他年岁轻，职位低，他没有你的资格老，可能没有你的爵位那么显赫，现在我任命他，他就是巡疆大吏，和钦差大臣一回事，他代表我去的，见了图泰，就等于见我道光帝一样。既然是任命他为巡查大吏，下边要问了，启奏皇上，巡疆大吏是什么官呀？我们得知道。道光讲得清楚，这个巡疆大吏，他的职务就三个字，巡查使，对你们的事情要巡查，好的朝廷要恩赏，对那些贪赃枉法的，他依法来巡查、审察，而且要依法定罪，惩恶扬善，我任命他是做这个事的。钦命巡查使，署从二品衔，这个是清朝官吏的风俗，署就是暂时的，还没正式任命，要正式任命就没有署了。证明图泰他是这一段时间的官，这个事办完了，上奏皇上，他的衔也就免了，钦差都是这样。是什么官呢？从二品衔，不是正二品，那就不小了。将军，那是正一品，副都统，将军下头的这些官都是二品，或从二品，有些地方官都是从二品，具体像副都统一样。这已经把图泰提得很高了，他行使的权力就大了，再大也得跟各地的将军商量。从二品衔，协护军，外出各地，皇帝派下去的，不能随便领兵，你要领兵的话，必须经过军机处，没有军机处的允许，随便领兵能行吗？你又不是都统。这次不同了，因为他是行使钦命的巡查使，他要办案子，要查事去，不带兵不行，没有些护卫，万一出了事咋办呢？他要抓人，还要制裁人，还有很多的事要办。所以，他协护军，带多少人，由图泰自己定，皇上允许他。各地都听着，包括军机处，这个事谁也没权管，他有这个权力，是皇帝给的。他不但是从二品衔，管很多事，而且有兵权，说抓谁就抓谁，说让谁坐牢谁就坐牢，说要杀头就杀头啊。另外也保护他，图泰在办案的时候，对违抗圣命的，可以就地正法。他要完成审案子和巡查的大任，得有保护他的护军。

另外，皇帝亲自点出两位将军是他的助手，一个是乌伦巴图鲁，任命他为钦命巡查使护军总领，带护军去的，由谁领兵啊？光靠图泰一个人不行，必须有得力的助手，这个兵权就交给了乌伦巴图鲁，他是护军的总领，由他来管。他的职衔是三品，这是原来的衔。另外一个也是他们的好兄弟，卡布泰。卡布泰为护军副参领，是个副手，他的职衔为四品。他们都是正三品，正四品，职级都很高。要求他们同心协力，共同巡查北疆的打牲诸务，这是一件大事。按康熙圣祖爷和当时与罗刹签订的《尼布楚条约》，根据那时划的疆界，进行巡查。

巡查一般来说，从黑龙江以北到西伯利亚、外兴安岭。这个巡查的重任交给打牲乌拉衙门，由他们总管。为什么？这块儿主要捕野牲，住的多数是各个部落比较原始的人，像费雅喀、鄂温克、鄂伦春，当然也有满族和一些小部落分散地住在外兴安岭的沟沟岔岔，江河湖泊各地都有，一家三五人，十几户就是一个部落，甚至两三家凑在一起，住一个帐包，住得特别分散。他们的生活不是以农为主，主要是以渔业为主。挨着湖边、海边那块儿，以吃鱼为主，穿的是鱼皮，盖的房子也是用鱼皮盖的。还有不少民族就住在山里，主要是打野兽，他们吃兽肉，穿兽皮，晒兽肉干。在边远的地方，有的是赶牛车、鹿车，还有赶狗车的。从康熙以后设了一个打牲乌拉衙门，由它具体管打牲的事情。

此外朝中理藩院要管，光禄寺也过问，内务府更要管，他们为了自己从北边得到给养，理藩院主要是跟外国联系，外交上的事情，巡边时要查户籍，有的没有大清国籍，还是外国的国籍，住在我们这块儿，这些手续都由理藩院来办。所以，这地方比较乱，就没让各地将军来管。黑龙江将军管的比较多点，其中一个任务，就是到西部格尔必其河，黑龙江上游那块儿察边。瑷珲副都统，派专人每年去一次，或者隔一年去一次。去一次，堆一块石头，在上边刻着字，做个记录，以便下次检查去没去。他们只是行走，不经常在那儿。打牲衙门就不同了，他是总管，哪块儿有少数民族，哪块儿有人口，他们就到哪儿去。所以，他们工作非常细，有时检查，是不是尽职尽责了，这个制度坚持没坚持，有没有专人来管，还是随随便便，名不副实呀，经常检查这个。

再一个检查户籍。从康熙朝以来，经过了几十年的工夫，有很多部落干脆都没有户口。有时罗刹派些人进来，住下了，就开垦那个村庄，村里的部落人就受罗刹管。罗刹在我们不少地方，建立了他们的小庄园，地由他们开垦，打下的粮食都让俄国人给拿走了，我们没人管没人问。

在大清国的疆土里，就这样糊里糊涂地被罗刹占领了，把这块儿大清的臣民，这些部落，收买过去，给他们卢布，给他们钱，后来把他们国籍也变了，变成了沙皇亚历山大的臣民。这地方太多了，现在都是一锅粥似的，你中有我，我中有你，把整个北疆造得支离破碎，这是第二件事，得好好清理户口。

另外，贡物也非常重要，主要是打牲和北方的渔业，那是大清的一个宝库。大清很多的衣食住行，都靠着北疆。现在有些贡物外流了，让俄国伸手拿走了。大清国臣民不给大清王朝进贡，让罗刹给管住，给罗刹进贡去。大清的一些贪官污吏，培植自己的势力，自己伸进手，打着天朝的旗号，实际上是中饱私囊。这几十年来，没人问，没人管，相当乱。何况又有理藩院、军机处、大理寺、光禄寺和各个将军衙门插手，这些官衙互相钩心斗角，尔虞我诈，把北疆弄得非常乱。他们下去自己抓自己的，互相没有联系，苦的是当地的打牲兵。还有当地的猎户、渔户、猪户、皮户、网户，这些人受多方面的盘剥，都说是朝廷来的，结果有不少是打着朝廷的旗号，干自己的勾当，民不聊生。不少人不想活了，有的就投靠罗刹了，罗刹不管，只要把户口一改，就成了罗刹的臣民。有的部落把帐包一搬，就投靠了罗刹。人口变化太大了，今天是大清臣民，明天就变过去了。变过去以后，在那边觉得不合适了，又跑回来，又成了大清臣民。在贡物方面，出现了严重的漏洞，有的偷盗国库的财宝，这不管能行吗？

还一个更严重的就是犯边军情，这个事更要管。人家的双鹰旗和宝剑快插到咱们脑袋门那块儿了，而且逼着你往后退，真是到了民族存亡的时候了。就这些事，都由图泰来处理，你看权多大吧。这次一改过去的弊端，图泰重任在肩，是扭转乾坤的事情，这事情干好了，涉及大清未来江山的巩固，就这么重要。而且还有一句话，这句话是对地方官员讲的，意思说"查理协办事务，全权处置，各地实情奏示"。告诉大清所有的边疆大吏，这次我派去的图泰巡查使，还要查办和协助你们办这些事情，他要问你什么，你们要如实奏报，就等于我去一样。他要跟你们提些事情，必须按他讲的去办，不可违抗。他可以全权处置，你们不必再给朝廷写奏折，再走那个弯子了。你看图泰的权多大吧，这确实是扭转北方乾坤的事情。这是有清以来，很让人觉得舒心、放心、畅快、痛快的事情。最后四个字也非常重要："一体周知"，所有北疆大清的臣民，都要知道这事，就这么办了。

赛冲阿和英和两位大人帮助出的主意，最早是戴均元老人，帮助想的办法，细事由赛冲阿和英和磋商以后，道光帝写了这个钦命的御笔，等于圣旨一样，这不是尚方宝剑吗？哪个能比这个厉害，说实在的，钦差大臣都没有这个权力。钦差大臣，往往是遇到了某一件特急的事情，必须去办，他是专一的，办完了就拉倒了。他不同的是全权，他管的事情，有的是军机处的，有的是理藩院、户部、吏部、光禄寺的，还有大理寺卿，安查室办的事情，这就等于把大清朝廷搬到北疆去了，这个全权人就是图泰，你看厉害不厉害？厉害呀！

有了这个圣旨，有了这个尚方宝剑，赛冲阿和英和还觉得不足，又向道光帝上奏，道光帝也允许了。是什么事？赛冲阿和英和两位大人，又想起一件事，也得办哪。就跟皇上直说了："皇上，咱们这次去，把这事办好，非常感激圣恩哪，能体察我们老臣之心，这个我们都非常满意了。我们一定鞠躬尽瘁，死而后已，让圣上放心，按圣上的旨意所讲的，我们宗宗办理。但是还有一件事，我们耿耿于怀，使我们寝食不安哪。就是我们的好友、我们大清朝的栋梁之材、北疆的巡臣穆哈连，已经去世了，这是我们大清的损失，也是北疆难以弥补的一个最悲痛的事情。我们失去一个很好的学生，也是陛下您失去了一个得力的爱将。这次既然去了，关于穆哈连死后的安排，还得请圣上降恩，这个事情也特别重要，这是暖人心的事情，圣上您得做一件事情，一是安慰在天之灵的穆哈连将军，另外也是鼓励现在正在镇守边关的各位将士。使他们看到我们的朝廷，皇上是非常圣明的，是能够体恤下情的。所以我们还建议，圣上是否考虑一下，对穆哈连和他的子女，对他们入品的事情，以勉励后人。"

前书已说过，道光对穆哈连是很有感情的，马上就说了："好爱卿，你们讲得对呀，说到我心里去了。我现在也考虑这件事情，你们两位老爱卿想的肯定比我细，你们能不能再起草一个我的谕书，我看一看，要行的话，图泰这次北上，除了执行巡查使的那个谕书以外，再写一个对穆哈连的特谕。"赛冲阿和英和大人慌忙下拜，就说："老臣，特替三品侍卫穆哈连将军叩谢圣恩。"他们感激得痛哭流涕。道光帝从龙廷上下来，把两位老臣扶了起来，然后说："老爱卿，你们现在就在这里，我让太监笔墨侍候，你们赶紧起草，然后我就看，咱们君臣很快就把它定下来。"

道光帝命太监把御笔和御砚，送到赛冲阿身边。赛冲阿拿出旁边放着的纸张，与英和悄悄商议一番，英和就请赛大人执笔，赛大人也没有推托。他蘸好了墨，把笔点点，然后，唰唰唰，很快就写完了。这些都在心里积了多少日子了，一泻而出。他写完了，对英大人说："请你看看，改一改，然后再请皇上御批。"英和一看就笑了，完全同意，写得挺周全，请皇上圣断吧。这样，赛大人拿着这个草稿站起来，到了道光帝跟前，双手高高地举过头顶，就说："请皇上龙目审阅。"虽然赛冲阿与道光帝非常熟悉，但是这些礼节在清宫里头，那是必须有的，不能认为跟皇上熟悉了，关系近了，就没有这些礼节了。这是表现宫廷的严肃，显示着皇帝的威严。要在皇上跟前随便就显示不出皇上的威武了，只有这样，对皇上毕恭毕敬，才能产生这样一种情感和气氛。

道光帝接过之后，看了看，对个别字动了动，就说："老爱卿啊，我看可以，就这样定了。"赛冲阿和英和拿过来一看，道光帝把前头和穆哈连的感情那块儿加了几句，其他地方没动。皇上让御前大臣重新誊写，然后皇帝令太监盖上了御名御玺，就是皇上的大印，这又是一篇皇帝的圣谕。说书人，把这个圣谕给各位阿哥再朗诵一下：

> 朕，未御大宝已谙穆哈连之名矣（我没登皇位时，我已非常熟悉穆哈连的名字了）。三品侍卫穆哈连亦朕旧谊深厚（他和我的友情非常深厚），知其殉事，悲凄于心，不可平抚也（知道他殉难以后，我悲泣，不能够平复啊，到现在还想他）。

谕文曰：

> "钦命北海打牲总管巡查事务，北疆水陆兵马总哨官，三品侍卫衔穆哈连，自起任北疆，耽于防务，朝夕劬劳，且罹难殉职，忠勇弥嘉，堪一世楷模焉。特拨帑银，择时安葬诚祭之。特恩赏其三女各袭五品护卫衔，皇恩浩荡，望尔敏秉父志，勤勉谒忠，勿负朕体恤之心耳。其余人等，依秩例奖有嘉。"

专门由国库拨给的银两，你们选个时间，把穆哈连将军的棺椁移到他的家乡，很好地安葬，并要很好祭奠他，这是一层意思。皇帝的谕文下头一层意思是这样写的，特恩赏其三女，各袭五品护卫衔，皇恩浩荡，望尔敏秉父志，勤勉竭忠，勿负朕体恤之心耳。这是对穆哈连将军的后代的恩赏和寄望。穆哈连的三个女儿，穆巧珍、穆巧兰、穆巧云，每人都承袭五品护卫衔，那不低呀，这么年轻的小孩现在就有了官职，不单是一般的女侠、剑客，现在是大清的五品官员，那是副巡抚这样的级别。她们的阿玛，穆哈连才是三品。皇上殷切地嘱咐三个女孩，皇恩浩荡，希望你们很好地继承父亲的遗志，勤勤恳恳，任劳任怨，竭尽全力，忠心报国，不要辜负了我对你们的体恤之心和期望，这话说得非常亲切。穆哈连在世，道光帝还是皇太子的时候，他们就兄弟相称，所以对这三个女孩，就像皇帝身边的侄女一样看待。最后还有一层意思，其余人等，依秩例奖有嘉，就是其余还有些人，这次随着穆哈连，在平复北疆的事情中，根据他的功劳大小来定。这样，就把穆哈连前一段事情，整个从皇帝圣谕的角度，做了一个很完整的、鼓舞人心的总结。

图泰就带着这两个圣谕，携着夫人和好友乌伦巴图鲁，骑着马北上了。他的夫人是坐着轿车走的。在清代的时候，北边外出，武将骑马，一般女人都坐轿车。轿车做得相当漂亮，走远路的话，都是四匹马到五匹马拉。这轿车是大轮轿车，上边带着篷子，篷子用木头镶着，木头上雕着花，非常好看。篷子里头铺着各样彩毡，三面留着小窗户，挂着布帘或者是皮帘，平时撩开，通通风，看看外边风景。根据级别不同、路途的远近，篷子里陈设着不同的东西。不过铺是相当厚，底下铺的是一些用草编的垫子，上头铺着用布缝的褥子，里头装着棉花或丝绵，再上边铺的是皮子或者是毯子。里边还放着桌子或放着柜，可以装衣服、装被子。要累了，还能一个人或两个人躺着。还有放水壶的地方，有放烟的地方，挺舒适，光线还非常充足。要写东西，把小桌子拿过来就可以。轿车的正门，就是对着赶马的地方，有两层帘子，也有的加上个小门，天冷时把小门一插，平时小门不关，打开小门，挂在两边。门上头挂着两个布帘子或竹帘子。赶车的坐在轿车前头的两侧，篷上头伸出一块，像雨搭似的，既能遮阳，又能挡雨。要走长途的话，一般都是两个车夫，一个是正手，一个是副手，互相轮换歇息。这车一赶起来，四五匹马一齐往前奔跑，哈哈，相当壮观。乌伦巴图鲁和图泰，他们都骑马跟着，有时累了，就坐在车里歇息，不必客气。

图泰这次出来，很有意思，带来四个徒弟，有小清风雷福，水耗子麻元，一声雷牛老怪，千里雁常义，咱们早就知道这几位，他们一块儿跟着来的。他们没有具体的职衔，因为他们现在的身份、名望都不够。这次跟师傅一块儿出来，主要是闯荡闯荡，锻炼锻炼。雷福和常义我介绍过，他们都是西噶珊奇格勒善大玛发的儿子。他们到这儿来，图泰马上就给安排了差使。还跟来一位小年轻的，刚过十六岁，他就是小义士文强。赛大人和英大人让他也跟来，叫他跟图泰闯荡闯荡。这个孩子的父亲非常出名，叫裕谦，是嘉庆年间的进士，在京中为官，后又到英和手下军机处任职。以后还要提这个人。赛冲阿和英和对裕谦很器重，所以裕谦就说，我的儿子交给你了，让他跟着图泰学学武艺，学习诗词。小文强长得挺英俊，眉清目秀，像个书生样子，但实际上他是很刚强的小伙子。他跟图泰一块儿骑着马来的，是图泰身边的一个小随从。

图泰他们到了黑龙江，将军衙门府派出一位帮助图泰大人，能介绍情况，并做些参谋差事的人，这位将军就是富凌阿。他是萨布素将军之后，他的祖上几代都是哨官，会几个民族的语言，对北方相当熟悉，可以这样讲，他是北疆的千里眼，顺风耳。有了他，对北疆的事情就容易了解。上次穆哈连去，没有带地方的人，这次图泰特别注意，要把地方的人带去一两个，做自己的参谋。何况图泰是巡查使，是个大人，有权力带身边的人。所以图泰到了北噶珊、东噶珊、西噶珊的时候，他身边又增加了一位，对这里的情况更加熟悉了。

话还得说回去，图泰来了以后，他们就分头摸情况。他的两个徒弟至今还没有回来，一个是牛老怪，他的外号叫一声雷呀，还一个是麻元，外号叫水耗子。他们两个去了解二丹丹的情况。因为一路上听说二丹丹下落不明，乌伦巴图鲁心情特别难受，但在众人面前不敢更多地显露出来，他怕影响兄弟们的情绪。图泰是非常懂人情的人，他知道，谁的夫人丢了，谁不疼啊，谁不惦记着，当然他对乌伦更是同情万分。所以，他在安排事情的时候，就跟四个徒弟小清风、千里雁、水耗子、一声雷讲，你们谁到北海去，先找潘天虎、潘天豹两个夫人，就是杜察朗的两个姐姐，花溜红，花溜翠，从中摸摸线索，究竟他们把二丹丹藏在什么地方。他们四个都要去，后来又考虑雷福和常义，都是西噶珊的人，他们两个的弟弟一个老七、一个老八，现在都在杜察朗大玛发那边，还得劝说他们过来。后来决定让雷福和常义到北噶珊去，摸摸杜察朗在北噶珊的整个奥秘，顺便把两个弟弟争取过来。他们的老爹奇格勒善大玛发，也是这个想法，想让他两个儿子雷福和常义，好言规劝他们，使他们早点儿回心转意，悬崖勒马，不要跟着杜察朗越陷越深。水耗子麻元和一声雷牛老怪去潘家寨，摸摸二丹丹究竟被藏在哪儿。这样他们就分头行动。

　　凡事都不是一帆风顺，图泰来前就做好了充分的心理准备。到北疆去全凭着一种坚强的意志，万事起头难哪。现在弟兄们心情都挺沉重，是啊，卡布泰和三巧他们几个，心里头惦记的是二丹丹。特别是卡布泰，心理压力更大，总觉得这个对不起，那个也对不起。云、彤二老受命于我，让我带他们来的，我怎么这么愚蠢呢，怎么把二丹丹给弄丢了，何况二丹丹不单是乌伦巴图鲁的爱妻，更重要的，她是打开北噶珊杜察朗大玛发内部的一个重要的钥匙，一个引路人。因为二丹丹是杜察朗大玛发的心肝，是柳米娜的宝贝丫头，所以，要了解罗刹的情况，了解北噶珊杜察朗大玛发的情况，有很多事情还得通过二丹丹来办，这一点是非常清楚的。结果我把二丹丹弄丢了，这不是有罪吗？这个心情图泰一来就看出来了，卡布泰天天愁眉苦脸的，情绪总是振作不起来。

　　三个小丫头，就是巧珍、巧兰、巧云，她们很年轻啊，要知道，她们刚刚是十几岁的闺女，到这儿来虽然也做了些事，但有很多事情都没办，现在又不知道敌人在什么地方，天天愁得慌，觉得一身的能耐，没地方去使啊。二丹丹姐姐不知到什么地方去了，真是活不见人，死不见尸。年轻的孩子啊，没经过世面，遇到这事，心里头难受，这是必然的。所以，她们这几天心情郁闷、压抑，情绪不像刚来时那么高。

　　乌伦巴图鲁更是这样，他表面上摆出一副笑容，尽量强打着精神，但他心里的事，图泰早就看见了。图泰整天在琢磨，怎么尽快地改变这个困难的局面呢？是什么原因，造成这种紧张的形势？用什么办法解开这个谜呢？

　　说起来，图泰这几天心情也不好，但自个儿是个头，是个首领，他知道自己的一举一动，会影响弟兄们和三巧姊妹的情绪，大家众望所归，都在看着我呢。他心里的负担，要比其他人重百倍，甚至重千倍，他想的比他们更多。他看大家情绪都舒展不开，都有一种压力，自己表面上装得若无其事，落落大方，乐观从事的样子，用自己的情绪影响大家，把大家的精神带动起来。有难事不要紧，只要大家抱团儿，总会找到解决事情的办法。他现在脑袋里想的就是如何尽快打开局面，把穆哈连大哥开拓的事业，由于敌人和一些不轨分子，跟罗刹暗中破坏，所造成这样一个僵局，尽快地扭转过来。所以，晚上他觉睡得最少，每天吃不下饭，舌头上都起了泡，只是没跟别人讲而已。最近以来，他一直没见到自己的夫人，夫人还在东噶珊呢，临来时曾嘱咐他，你处处要小心，我也不能到你那儿去。夫人总是惦记他，知道图泰是非常用心的人，就告诉他，你凡事要多注意点，别上火，自己该吃就吃，衣服我给你带了几件，该换的就换上，出外千万小心，嘱咐得非常细呀。可是图泰到这儿来，把林氏的话都忘了，他脑袋就想怎么开展工作，这话就不多说了。

咱们再讲，事不单行。就在这几天，又突然出现点闪失，可把图泰和乌伦巴图鲁吓出一身冷汗。怎么的呢？说起来，还真有意思。

小文强这个人就是好胜、好强，他对自己要求还挺严，在京师时，每天早晨挺早就起来练功。这一路上，只要到一个地方或者是住客栈，人家睡觉，他就起来练功。到这以后，自己照样练功，风雨不误。每天早晨天不亮，就悄声出去练功。他不是书生打扮，他把剑衣一穿，腰带和腿上扎得非常紧，头上把英雄巾一裹，把宝剑背在身后。他使剑跟别人不同，他的剑是背剑，背在后头，不是挎在腰上。他的剑囊外头有个皮套，皮套上有三个带，有两个带往腰上一系，上头那个带，从后肩上拿过来，在胸前头扣那块儿，专有一个带，这两个带一系，剑紧紧贴在身上，任你怎么翻跟头，剑都不动。打仗使剑时，右手从背上抽出来。三巧没见过这种剑，她们使的是挎剑，因为林氏剑是挎在身上，随时使剑时，唰的一下就拿出来，使完了马上入进去。林氏剑是软剑，能窝成圆形，剑囊可以扣在身上。大敌当前，要尽量隐蔽自己，为了不使敌人看见，外头穿着大斗篷，把剑搋在腰上，要用的时候，一按弹簧，嘣地一下就拿出来了。所以林氏剑非常快。各种剑各有各的使剑方法。这三个小丫头，没看过文强的剑，挺好奇。文强也好奇，一看，这三个小姑娘的剑跟自己的不一样。

咱们单讲文强，每天早晨悄声出去，自己选个地方练功。我已讲了，他们住的小客栈，前面是临街大道。这是一条东西大道，如果往东边直接走，道路弯曲，都是山路，还要过很多河。要是直接走到头的时候，就到了奇集湖，过海就是库页岛，北去是黑龙江口。如果沿这个道往西走，过了前头的高山峻岭，就一直通向西疆，这一片土地，现在被俄罗斯占了。这块儿就是格尔必其湖、格尔必其河和鄂尔古那河的流域。在那一带，河流和湖泊纵横，土地肥沃。这条路是当时北疆重要的生命之路，是北方的少数民族开拓出来的，人越走越多，人马踏来踏去，不知踏了多少年，路越踏越宽，两边的树，越砍越少，就形成了一条路。所以说，路就是人走出来的，人闯出来的。过了这个道，南边是一片大密林，密林那边是山碴子，山碴子那块儿，再往里走，就是独龙口、独龙洞。三巧曾经在那块儿比过武，贼人曾经把这个匾挂在那块儿的石碴子上。这片密林，古树参天，有的树顶少有二百年，顶天立地，树上落着多少乌鸦、老鹰，你看不着，光听到它们叫的声音，树太高了。树木一个挨一个，特别密。树光长干不长枝，因为往上头长，底下是光秃秃的，像笔杆子似的插在地上，树互相比赛，谁拔得最高，能够见到阳光，谁就能活下去。树林里头很热，又非常静。冬天的雪，我说书人不是说玄话，雪都掉不下来，因为枝子插得那么紧，雪都让树枝顶到天上了。下雨时，雨都浇不下来，所以，在这里头，避风、避雨、避雪，当时不少穷人、猎民逃难，没啥穿的，就在密林一待，把皮单子一铺，衣服往上一盖，睡觉都没事，一点儿不冷。虽然北国特别寒冷，这时已下了好几场雪了，外头冷，可这里头还有绿叶。文强挺会找，他就找这个地方，天天来这儿练功。没几天，就把这块儿的地踩出一个溜平溜平的圈。他总是走那个转圈的步法，把草地踩出一个圈来，非常突出，一看就是有功夫的人走的。

小文强练功很刻苦，也很勤奋，他练自己的剑法。他的剑法，叫罗汉剑，罗汉八十一剑，这是他在京师的时候，是白云观老师父教的。他的父亲裕谦大人，是个很正直的人，文章写得特别好，得到进士及第之后，大学士们看了非常高兴，就把他留到庶吉士，专给皇上的文章做整理、修缮、誊写这些事情。他的夫人受家庭教育较深，身体弱、好疲倦，逢年过节就到僧庙和道观去叩拜进香。那时小文强还在怀抱之中，由家里的奶妈看着。有一次，夫人跟裕大人说，听说白云观很出名，咱们到那儿去进香吧。他们选择了一天，雇了京师轿夫，抬着大轿，他们夫妇俩就去了。一来二去，就跟白云观好几个老道长建立了密切的师徒关系。裕谦这个人很博学，讲经说法，什么都爱好，不但四书五经背诵如流，口若悬河，有时十三经都能背下来，裕谦就聪明到这个程度。不但如此，还对讲经道藏都很熟悉，所以，道长一看他真博学，人也挺好，就非常喜欢他。老道长说："什么时候把你们的小公子抱来，让我们看看，我在这里可以给他求个福，给他脖子上挂一个长命锁，也算咱们平生有缘。下次见面你把公子给我抱来吧。"

有一天，裕谦带着夫人，又把奶妈带来，老奶妈抱着小文强，坐着两抬大轿，一块儿忽悠、忽悠地到了白云观。禅房后院是老道长住的，长着奇花异草，非常幽静，景致也很美。老道长看了小文强就说："此儿是很有福的人，我可以预见，将来他会找到一个很可心的佳人，也就是世上最好的丽人，最好的美人。"说得裕谦夫人心里美滋滋的。老道长专拿出一个麒麟子，也就是长命锁，代表福星给小文强套在脖子上，而且对他说："我现在只有三个徒弟，他们都到外地云游去了，在我晚年的时候，我还想把我的罗汉八十一剑，传给我最想传的传人，我看这个小公子，未来很有出息，我就传给他吧。"把裕谦夫妇高兴坏了，马上给老道长跪下磕头，说："我替我的孩子表示感谢了！"老道长说："不必这样，不必这样了，这是前世有缘啊。"

就这么定下来了，所以，小文强长大以后，又学经书，又学武术，聪明伶俐。他一有时间就到道观去，老道长专心教他，小文强能举一反三，很有悟性。过去都讲究悟性，所说有悟性，就是讲一件事能理解很多事。因为他有这个前世之缘，老师讲什么他都懂。就这样，文强也没扔掉读四书五经，攻自己文采，而且又喜从天降，老道长把自己真传的罗汉八十一剑教给他。老道长告诉他："你学会以后，要天天练，艺高全在人勤哪。孩子呀，人本身就那么高，像一碗水似的，但是，你如果坚持天天练的话，就会变成活水，活水就会源源不断，就会越来越聪明，越来越强。罗汉剑在于练，一个罗汉，练一次就会变成两个罗汉，你天天练，就会有八百个罗汉在帮助你。这个剑的神术、奇术就在这里。所以你越练，就会无敌于天下呀。"小文强谨遵师命，坚持不懈地练功。在他十六岁的时候，老师父、老道长仙逝了，小文强跟他父亲裕谦大人和他母亲，在白云观旁边搭了一个小房，二十多天，天天在那儿跪拜，送别自己的老恩师。

现在这个罗汉剑的传人就是小文强。小文强也不简单，你别看他是个孩子，年岁很轻，但他有大人的志向。为什么赛大人和英和大人这么喜欢他呢？因为他有出息，将来是国家的栋梁之材，所以让他到北边去闯荡一下，经经风雨，见见世面。这小孩挺好，特别谦虚，虚怀若谷，在外边一点儿看不出他是武林高人，他也从未显露过。这是我说书人，向各位阿哥介绍的，人家文强没讲，文强的父亲裕大人没讲，包括赛大人和英大人也没说过。人家没说过罗汉八十一剑相当厉害呀。周围的很多人都不知道，包括图泰，也包括乌伦巴图鲁，三巧她们，都不知道这些。

但是，每天练剑，人们可以感觉到。武术人就是这样，眼睛相当尖，都各有所长，可以说，都是高手。图泰不是高手吗？乌伦巴图鲁不是高手吗？三巧更不用说了，都是练武术的，土语说，力巴看热闹，行家看门道。行家看他的真传，这些人一看他练功的方法，练剑的奇术就不一般。所以，三巧也刮目相看，很佩服这个小哥哥。图泰也偷着看过，练武不是当着大家练，不是耍把式，耍把式是为了挣钱，开个场子，自己耍一耍，然后就要钱。那没有真正的功夫，真功夫从来不当面露，哪有当面露自己的能耐的？让人家学去，让人家知道你，那算什么能耐。文强是起大早偷着练，找个僻静的地方练。三巧也是这样，早晨起来，白天练，晚上也练，她们姊妹三个从来没停过，也是雷打不动。图泰也练，乌伦巴图鲁也练，就是卡布泰没有真功夫，说他大咧咧是真事儿，他不练，就那几套把式，弄不好，让人家一巴掌拍在地上，然后，说几句好话就拉倒。人家那几个人都有真功夫，只是互相保密罢了。

小文强，练武术，自己找个背静的地方，树一挡，外头根本看不着。要练罗汉八十一剑，得先练两个基本功，一个是头悬功，头冲下，这个功是以静带动。他的剑法是这样，真要攻你的时候，往往对方不知道，看不着他，是突如其来，使你措手不及。另一个功就是吊功，怎么吊法呢？很特殊，别人不知道，认为他像个小傻子似的。他选一个最高的树，站在地上，两腿踩地，一下子腾空而起，然后来个倒反身，脚冲上，嗖地就上去了。头本来冲上，到半空时，来个折个子，一个滚翻，脚就冲上了，头冲下，双腿紧闭，像箭似的一直往上蹿，嗖地就上去了。这个力量多大呀，正好双脚碰到他早已看到的树干，然后双脚一叉开，咔就卡在树干上了。这样头冲下，脚并在树干上，吊在那儿，纹丝不动。说书人讲的时候，好像有声，其实没有声音。树干唰唰在动，人不动，外头根本听不着他的动静，就练这个功。头冲下，眼睛半闭，耳朵听着外头的声音。眼睛看起来是闭着，实际上眼睛能瞅八方，整个地下所有的东西，周围所有的动静，他看得非常清楚。

这倒悬功可了不得，他可以把地上很多动的东西、静的东西，以及所有的东西都收入他的眼睛里。所有的声音都往他耳朵里来，他能分辨出哪个是风声，哪个是树的声音，哪个是动物的叫声，就练这个技能。练武术的人，有时头冲上，能看到上面平行的东西，头冲下就能看到下边的东西。这非常重要，人平时只注意着上面，但是地下往往不注意看，有些贼就钻这个空子，他潜身一动，让你看不着。如果是倒悬功，他就能看到地下的事情。这就像鹰一样，在树上往下看，它看的面积相当大呀，地上任何一个老鼠，怎么动弹看得都很清楚。这是人类在生存中间，模拟动物生活的技能，练出来的。

罗汉八十一剑，吊功是基本功之一，吊起来以后，就像一个蝙蝠。

蝙蝠各位阿哥都知道，它在洞里吊着，两个小爪吊在石块上，脑袋冲下，在那悠动着，要不注意看，就像是一个小枯叶。头冲下吊着，一般人血液往下去，头发胀，胀得好像要炸开似的，脸肿，时间长了，眼珠子都往外冒，这是没能耐，没功底的人。有功底的人，倒悬以后，利用气运的功夫，调动身上的血液循环加速，血液往下去，下身觉得坠，他用气的办法，把它调上去，加速循环，使头脑里的血液保持一定的量，不让它增加太多。这是气功的技术，小文强就有这个能耐。所以说，他吊起来时，一般人还不知道，谁注意那么高的树上吊着一个人呀，在下边也看不着，他用这个办法隐蔽自己。他的气功吊术，每次要练一个时辰到两个时辰，所以他起得早。

那个功做完了以后，噌地一转身下来了，在地上一站，慢慢地双手采取八卦式，双向旋转，把气从自己的胸和丹田运出来，然后上提到自己胸的膻中。在膻中穴上提到自己的龈交，通过丹田之力，搁嘴里把气吐出去，然后再把外气吸进来。这气都是搁嘴压下膻中，再压过丹田，又过半个时辰，做恢复功。他平静下来以后，双腿一盘坐在地上，坐地没声。这都是功夫，好像有一个弹簧在地上顶着似的，实际是身上的气和地上的气两个气顶着，这样又坐半个时辰，做盘静功。双腿盘上，两只手半抱过来，压在胸上。右手并指，压在左胸，左手并指，压在右胸，微闭双眼，静心养神。

那位说了，这和他剑术有什么关系？哎，他的剑术必须有他的基本功，罗汉八十一剑就是这样，这些就是他攻法的功底。他攻人的时候，自己蹿到树上去，他要攻谁的话，嗖地就下来，像鹰似的，他几剑完事以后，你不知他到哪儿去了，干脆找不到他。他并不跑，走一步嗖上天上去了，吊在树上，谁能想到啊。这就是他能攻你、你不能攻他的技术。所以八十一剑，有很多剑的刺法，剑的挑法，有八十一法。坐在地上，隐藏在那儿，一点儿动静都没有，风吹草动，谁也见不着，除非扒拉草找到他。他像石头似的不动，他就练这个。

这些功法，越来越引起三个小女侠的好奇。时间一长了，特别引起老二巧兰的不服气。你别看这三个丫头是一母所生，是一胎三女，但性格各不一样。虎生九子，九子都不一样啊。巧云非常活泼，好淘气，要点儿幽默，好闹笑，很机灵。巧兰这个丫头，表面看起来挺文静，不像她妹妹那样，到哪儿了，破马张飞地闹起来，像个小孩子。她有心劲，啥事都不服气。要巧云马上就说了："你不行，我跟你比一比。"巧兰不说，她是暗使劲，跟她的小妹妹不一样。巧云好逞强，总想跟别人比一比，你不一定比我强。老大巧珍更文静，平时从不发脾气，就像她老妹妹说的，姐姐你是一杠子也压不出个屁来，遇到什么急事，别人都非常着急，你就是不说话。但是巧珍平时一举一动，像个大家闺秀，你高我不跟你比，你矮我也不瞧不起你。当然在练剑的时候，比武的时候，或杀敌的时候，她有股虎劲儿，虎虎生风。她们三个都是丙寅年出生的，都是属虎的，三个小老虎，三只虎不是吗？都有虎劲。她们三个过去对文强不认识，是这次图泰叔叔带来的，觉得他长得挺英俊。小女孩还没有亲爱之情，不过对他挺亲近。特别是这几天文强秘密出去练功，三巧虽然自己也秘密练功，但都摽着劲儿，各使自己的招法，都在秘密观察，你的功能比我强吗，你有啥能耐，什么时候咱们比一比呢。这是年轻人的好奇心，不一定非得要压过谁。

三巧一看文强很神秘，有些做法很蹊跷。巧云不在乎，心里想，我有我的能耐，我是爷爷教的林氏飞啸剑，她对文强的剑术根本没往心里去。老大想，他爱怎么练就怎么练吧。老二不同了，她怎么想呢？他的剑跟咱们不一样，总想偷着看看去，她曾串通过大姐说："姐姐，现在文强又出去了，我都品出来了，门一响他就走了。"大姐说："你管这些干啥，一个女孩家老往人家那儿瞅啥，你不害臊吗？别去了，咱们练咱们的。"姐姐给她说了一顿，老二还不安心，又串通她的小妹说："巧云，咱们哪天去看看文强是怎么练武的，咱们悄悄去。"巧云一想，姐姐说的也有道理，就去看看吧。第二天早晨，在文强出去的时候，巧云没在乎，说话声音很大："走，咱们跟他出去，看看他到底有什么能耐。"这一说，就让文强听到了，文强想，三巧是穆大人之女，武艺高强，得尊敬她们，自己还是谦虚一点儿好。我这两天总出去，是不是太显示自己了，这不好，人家也是有能耐的。就这天，文强悄声地溜回来，巧兰和巧云她们到文强练功的地方，等了半天也没见文强来，她俩扫兴地回去了。这时天已大亮了，一看文强，从屋里出来，拿着一个木盆，洗漱去了。这时巧兰瞪着眼睛心里想："你看，都怨你，你把这事露馅儿了，人家今天干脆没动。"就这样，她们两个意见不一致，没有看成。

又过两天，巧兰想，我自己去吧，别找妹妹了，她总是咋咋呼呼的，容易露馅儿。大姐不去，我自己去，我也是练武的。她跟大姐和妹妹说，你们先去练吧，我身上不舒服，到别的地方走一走。大姐心里明白，肯定她是探听文强去了，装不知道，就说："你去吧。"老三巧云不知咋回事，就说："那带我一块儿去吧。"巧兰说："巧云，你跟姐姐就在这儿练吧，我到别处走一走，早晨练功要紧，别耽误了。"这样，巧云跟大姐一起练她们林家剑去了。

巧兰悄悄溜了出去，绕了一个弯，怕她姐姐和妹妹知道。另外，她知道图泰叔叔和乌伦巴图鲁也在外边练功，也怕他们看见。自己隐蔽着身子行走，她也不想让文强看见，自己悄悄找个地方，隐藏在那儿，看文强怎样练功的。就这样，绕了好大一个弯，又过了一个小山崖，下了一个小石台阶，从树干爬过去，又纵下来，正好到了文强练功不远的地方。她悄声过来，一看，文强正闭目，脸冲着南方，盘坐在那儿，做静功。他身子挺得很直，微闭着眼睛，双手压在胸上，双腿盘着，纹丝不动，非常静。如果看不到文强时，这里是一片沉寂，只有周围一点儿风声，别的什么都没有。她悄声地看，小文强像个佛爷一样，闭着眼睛，两个大耳朵垂着。上次没看成，怨巧云，这次自己来，一看，觉得文强有道艺，这个坐法就不一样，我们没练过。她们的功不是这样，云、彤二老的林氏功是动功，她们在山崖跳上来，跳下去。这个是静功，剑法各有各的缘，林家功是动剑，在动中求胜。这个罗汉八十一剑是静中求胜，让你不注意，在特别静中打败你。所以这个静功杀伤力很强，动功杀伤力也相当强，殊途同归，都可以置敌人于死地。这时巧兰悄悄地，两个脚啊，用脚尖挨地，一点儿一点儿往前挪。因为树林相当密，我没讲吗，都像笔杆似的插在一起，她得从缝隙往里看。她走过来，从正面看，又从后面看，她老想从他的坐功里头，看出点窍门儿，这是什么功呢，练什么呢，她好琢磨。她又往跟前凑，从这个树缝，两只手摸着树干，又慢慢往前挪到那个树。就这样，整个围着文强后头的树，转圈仔细看。

文强是微闭着眼睛，一点儿不动弹。巧兰心里想，他一点儿不知道，像个小傻子，往那儿一坐，这是练什么功呢，她抿着嘴，没敢笑出声来，多亏我没把小妹妹带来，巧云要来，不知怎么笑他呢。她就这么在后头看着。不大一会儿，看着文强，把两只手一展开："啊"地大声一叫，吐了一口气，这是静功练到一定时候，内气养足了以后，最后把气吐出来，有时候有声音，有时候没声音。他喊出一声："啊"，这一声把整个积累到体内的内气都泄了出来。今天他特意这一喊，整个树林哗啦啦地响。他的气就有这么大的力量。我讲过林中树密，外边声音进来都嗡嗡的。这声音在里头就像爆炸一样，嗡的一声，这个声音碰这个树，又碰那个树，一个接一个，回音特别雄壮，嗡嗡响，一直响了半天。

单说巧兰，还抿着嘴，想笑没笑出来，这个傻小子挺有意思，这是练的什么功呢？突然看他手一伸，啊的一声。她没注意这一声，把她吓得一激灵，忘了自己是看人家练功，以为小文强出事了，赶紧站起来往前走，想他是不是有啥危险事，还得救文强。这时文强先坐在地上，喊一声以后，双腿脚尖一点，霍地站起来，笑着向巧兰说："巧兰姐姐，欢迎你看，我看到你了，我早就看到你了。"这一说，把巧兰吓得一惊，心里想："哎呀，他说他看到我了，他怎么看到我了？闭着眼睛一点儿不动，怎么看到我了？越说越玄了。"文强过来说："巧兰姐姐"，她岁数在那儿摆着，实际是妹妹，为了尊重，他却称为姐姐。过去有这个习惯，把年岁小的称为兄长和姐姐，表示尊重，他也用这种办法。"巧兰姐姐，我功练得不好，请你们多多指教。"说完，脸就立刻红了。

文强这个人，像个文弱书生，和他练功时判若两人。练功时生龙活虎，平时就是个小书生的打扮。他跟图泰刚来时，她们三姊妹还以为他是个小书童，给图泰叔叔拿东西的，或者是背个小书箱，帮助提个水，做这些事的。后来，图泰叔叔一介绍，才知道，他家是很有身份的人。文强就是这样一个人，跟女孩一说话，脸马上先红了，红扑扑个脸，跟巧兰说："我练得不好，赶不上你们三姊妹，你们学的是林氏剑，林氏是皇上的恩师，赫赫有名，如雷贯耳。文强我献丑了，请千万不要笑话，请姐姐不要客气，多多指教我。"说着给巧兰深深地施了一礼。巧兰这时候脸也一红："文强哥哥你说哪儿去了，我是来学习的，这些天我就很佩服你，你的毅力和你的功法都非常好，我是向你学习来了。"他们互相谦虚着。

这时，巧兰走过来，看文强按她走的道，钻进一个小树林。巧兰还挺奇怪，文强干啥去了，一看文强在地上像找东西似的，就走到了三棵笔直的树跟前。巧兰不是绕着树，偷着看文强练坐功吗？她悄声地一个树摸着一个树过去，文强按她走的树过去。走到不远的一棵树底下，扶摇在一个干枝上，拿着一个什么东西回来了，笑着就给巧兰："巧兰，这个是你掉的吧？你看是不是你的。"巧兰一看，正是自己头上戴的一个小花簪。小穗挺长，上头是一个彩花，过去小姑娘常戴这样的簪子，插进头发里之后，穗一排一排地露在外边，挺好看，这是一种穗簪，不是别头发用的，主要是装饰用的。巧兰一看，这正是自己的，文强就给了她。

这一给，巧兰的脸唰一下就红了。"哎呀，什么时候掉下来的？"她自个儿一点儿不知道，而且，当时她觉得文强也没瞅她，在前头半闭着眼睛，双手捂着胸，坐在那块儿。我是在后头过来的，他怎么就看到这个簪子掉下来呢，我没看他回头，一直瞪着眼睛瞅着他，觉得非常奇怪。文强把簪子给了她，看巧兰脸一红就说："好姐姐，你把它拿去吧，这是你的，当时我在那坐着时，就听到有一种声音，我知道那块儿是掉了什么东西。"巧兰这个人也挺侃快，就觉得小文强很了不起，外表看来其貌不扬，就是一般的文弱小书生，你看人家功夫多深哪，耳朵多好使啊，真是眼观六路，耳听八方，那么一个小簪子，掉下来他都听到了。巧兰就说："哎呀，好哥哥，你坐在那块儿，怎么就知道我掉了一个簪子？"惊奇地问他，文强就说了："没什么，没什么，这是我们罗汉功必须掌握的过门功。一个是练眼功，一个是练耳功，耳朵必须听出各方面的声音，你过来的时候，我就知道有人来了，你没到之前，我就听到脚步声了。你过来时，虽然我没看，可是我知道，肯定是你们姊妹中的一位，不瞒你说，你当时一动，虽然没有笑出声，我已看出来了。"说的就这么神。

闲话少说，这件事情，使巧兰对文强有百分之百的喜爱、敬佩，他真是了不起的人，难道，除了我们三个姊妹之外，还有更强的人？这真是天外有天，人外有人，可不能骄傲啊。她想起了云、彤两位爷爷所讲的，到什么时候都要看到自己的不足，什么时候都不要满足，知识的海洋，永远是装不满的。要学一辈子，丰富一辈子，我教你们的，只是咱们林家的武功，还有张家的、孙家的，有很多家的武功呢，各有所长，千万不能骄傲啊。巧兰越想，老爷爷的话非常对呀，同时对文强这个人更刮目相看了。这些日子，一看他挺谦虚，这些本事，从来没露过，这次凑在一起，才亲眼所见，他的武艺超群，心里真正折服了。由此巧兰内心产生一种爱慕之情，这对他们今后双方感情的发展打下了良好的基础。

就在这个时候，就听到那边有说话声音，俩人侧耳一听，啊，是卡布泰叔叔，在那喊人呢："快过来，咱们赶紧把这个匾重新挂上！"他们一听，两个人赶紧从树林子里出来，过了道边，就看见卡布泰叔叔打着匾过来了。后头门一开，乌伦巴图鲁叔叔出来了，紧接着是富凌阿叔叔和巧珍、巧云。卡布泰大步流星往前走，回头看看他们，意思是说，你们赶紧过来，帮助我拿着匾，咱们把它重新挂在墙上。墙上原来有一个匾，后来匾又拿下来了，现在客栈老掌柜的把前排房子都让给大清御前来的官员住，也就是图泰大人办公的地方。后排房子还作客栈用。因为定下来了，牌子就得挂出去。

原来不是有个牌子吗？咱们讲过，卡布泰那个时候，为了先占这个地方，显赫一下，震震这块儿的邪气，他想到刻一个牌匾。那时的牌子是这样写的："大清国钦命北海打牲总管事务，北疆水陆兵马总哨官，三品侍卫穆哈连委潘家寨行在驻所。"原来是打着穆大人的牌子，穆大人在这，这是他的行在，我们替穆大人办事的，他是大清国的三品侍卫，又是水陆兵马总哨官，我们是来执行公务的，我们是朝廷的命官。现在图泰大人来了，是钦命的巡查使，这牌子写什么，他们商量一下，乌伦巴图鲁就说了："大哥，现在你已经有正式的名位了，现在咱们就不再用哈连大哥的名字，咱们应名正言顺地挂出去。"图泰就同意了，咱们在这儿办公的时间还长着呢，应该把咱们的名字真正打出去。何况大家都知道，哈连大哥已经殉难了，大清国又正式派了官员，让大家都知道这事，牌子是应该换了。

图泰仔细斟酌，就同意了，卡布泰领命之后，又重新锯了一块厚板子，他们连刻带烫，做了一块挺宽的匾。说起来，做这个匾客栈老掌柜帮了不少忙，他们弄了不到半宿时间，很快就刻出来了。匾上的字，是图泰和乌伦巴图鲁仔细斟酌以后定下来的。现在已经刻好了，该不该挂出去，乌伦巴图鲁又请示他的大哥。图泰说："好啊，那就挂出去吧。"原来的匾没挂，又挂个新牌子，让卡布泰办这事。卡布泰非常高兴，他扛着匾出来，乌伦巴图鲁、富凌阿和巧珍、巧云也跟着出来。他一喊，林中的巧兰和文强就听到了，也赶紧来帮忙。这时候，文强和三巧他们才看到，牌子上的名字已经变了，这回牌子上写的是："大清国钦命巡查使潘家寨行在驻所"，比以前简单多了，非常亮堂，后来又拿火一烫，白牌黑字，在老远就看出来了，汉字旁边标的是满文字，两种字体并排两趟，大家都挺赞成。大伙儿都夸这牌子刻得醒目，字写得也好。卡布泰说："唉，说起来，这是乌伦老弟写的字，我只是刻一刻。"小文强说："字刻得好，真精神。"这时过路的一些猎民也都围过来看。

就在这时候，突然听到树林那边，乒乓打仗的声音，是厮打格斗的声音。声音非常高，喊着扎死他，扎死他，打呀，别让他跑了。那边也喊，来贼人了，来欺负咱们了。两伙厮打到一起了，还有棍棒声，铁器声，噼里啪啦直响。有的被打得哎呀、哎呀直叫唤，有的喊救命呀。他们一听，马上就想到，救人要紧，这是在打仗，赶紧拉架去。卡布泰听的声音最洪亮，没等别人反应过来，他就说，快去，这是哪块儿来的？

这几天，他们就没听到打仗的事。各位阿哥，说书人不能不向你们讲一下，附近确实有不少少数民族的各个部落。各个部落住得挺分散，东一块，西一块，有的在山沟里，有的在半山腰上，有的在河边上，各部落之间没有联系。这一带散在地住了不少小部落，人不太多，有的住皮帐篷，有的住在土窑里，有的把树连在一起，树枝上头架着棚子，里头像小串筒的房子一样。有的住在山峦中间，在烟雨蒙蒙的地方，只要听到牛、马的叫声，那个地方就有部落。但是，很长时间没听到厮打声，大家都非常奇怪，一听卡布泰说救人要紧，三巧冲在最前头，小文强也赶紧跟着跑过去。

乌伦巴图鲁马上进屋，告诉图泰外边打仗的事。卡布泰就没管他，先跑去了。他从后头过去，穿过一片林子，前头是一个小山涧，下头流着潺潺溪水，水从旁边的树枝下哗哗地淌着。卡布泰把树枝扒拉开一看，前边有山挡住，必须越过小山崖，自己第一个噔噔跑下去了。他走山道非常有能耐，很快就下到山下。后头的三巧有腾越轻功，紧跟着卡布泰叔叔也过去了。小文强一看三个小妹妹都过去了，他能不跟着吗，也过去了。富凌阿在后头喊"站住"，他常经历这事，在山里各部落之间打架斗殴时常发生。甚至氏族之间血缘复仇的事太多了，你要拉架拉不起，你不问清楚，不知是谁对谁错，帮谁去呀，有时一个巴掌拍不响。卡布泰不明白这事，各部落之间语言都不通，另外互相之间都在火头上，眼睛都红了，你拉谁呀，弄不好，连你也一块儿打。

富凌阿是黑龙江将军衙门的，最熟悉这种事情。我没讲吗，他是千里眼，顺风耳，外号叫小飞鹰。他要跑起来，比谁都快，什么山砬子，什么河沟子，对他来说都不在话下，跑得相当快。但是，人家没走，他有经验，他说这事没法办，他就喊："卡布泰站住，别着急，等一等，等图大人来看怎么办。"卡布泰没听，一个劲儿往前跑。三个小丫头，看卡布泰叔叔跑，她们就跟着吧。文强从没来过，头一次遇到这个热闹事，哪怕是看热闹去呢，也就跟着去了。

富凌阿没办法，喊也喊不住，还得找图大人，问问怎么办，人家明白事理。他回头一看，正好乌伦巴图鲁领着图泰大人也跑着过来了。图泰对乌伦说："别让他们乱掺和，究竟是怎么回事，问清楚。"乌伦巴图鲁说："他们已经跑过去了，把三个小姑娘也带去了。"乌伦巴图鲁怕出事啊，所以赶紧追他们，这样也就撵过来。一看富凌阿站在一个土包上，一边向那边招呼呢，一边往这边喊。

这时，富凌阿看图泰他们过来了，马上就从小土包上跳下来，跑到跟前就说："图大人，图大人，你来得正好，他们跑过去了，卡布泰大哥领他们去了，我怎么喊也喊不住。"图泰问怎么回事，富凌阿说："部落之间互相斗殴，这是常有的事，别伤了咱们自己人。图大人，咱们赶紧去，把他们拦住，先了解是怎么回事，然后再说。"图泰一听，就说："对，富凌阿，你在前头要遇到他们，叫卡布泰别动，先了解一下情况。另外，你会说他们的话，跟他们好好说说。"富凌阿在前头跑，图泰他们在后头跟着。

单说卡布泰在前头，连跑带喊，别打了！别打了！两只手在不停地摆动着。那边打仗的人谁管这个，照样打。他一看有两伙，哪伙都有十五六个人，有男有女，每人都拿着棒子、刀、矛的，噼里啪啦，满地上是血，有的满脸都是血。这两伙为首的都是女的。一个年岁比较大，看起来有五十多岁，身体非常壮实，戴着狍头帽子，耳朵上有耳环，穿着皮衣服，毛冲外，是狍子皮做的，手里拿着棒子，非常剽悍，脖子上还挂着些珠子，就喊："孩子们，给我打呀！"那边也有一个老太太，看起来也是个女王，拿着一个大铁钻子，像铁条似的，前头带尖，也是一帮人，有男有女。这边老太太举着棒子，那边的老太太拿着铁钻子到处抢，地上死了一片人，有的倒在地上，有的干脆就抢东西，抢鹿，抢马，真像蚂蚁窝里翻窝一样，搅在一起，扭在一起，互相叫着。他撕她的头发，她拽他的衣服，打得不可开交。从啥地方才能分出点儿，从身上穿的衣裳能分出是哪伙的，有的穿着皮衣服，有的是皮子外头染着条子色，有个符号互相分一下，要不然干脆就认不出来了，互相打在一起。

他们正打的时候，卡布泰跑在前头，三巧也撵上去了，一边喊着："别打了！"文强跑得最快，跑到三个小姑娘前头去了，也跟着喊："别打了！"他们说的都是汉语，人家听不懂，不知是怎么回事。正打仗的这些人，一看他们拿着剑，身上穿着朝服，知道是清朝的官员来了，兵来了，他们都吓坏了，有的滚在一起，起来一看转身就跑，有的把东西抢过来就跑。单有几个不怕死的，跑过来了，他们把土炸药打开点着了，抱着就向三巧她们跑过来。这些人都不怕死啊，三巧的剑没拿出来，文强的剑也没拿出来，因为一看，都是猎人，谁也不肯拿出兵器。他们都是好心，想劝一劝，拉拉架。不过从他们穿的衣服看，不是当地的人，当地部落人穿的啥衣服都能看出来，他们都是土著人，穿的除了皮子就是皮子，有的是白板皮子，有的是翻皮子，有的皮子染了颜色，有的脸上带着纹缕儿，就是纹面，从这些方面能分出来。

　　三巧还不知怎么回事，卡布泰年岁大有经验，民间的土炸药相当厉害呀。完了我再讲，卡布泰一看，这可了不得，孩子要受伤呀，若是崩上了，即或不死，胳膊腿也得炸断呀，这都是炸野兽用的，威力无比。卡布泰干脆不管他们了，赶紧救孩子要紧，他拼命往上冲，就喊："三巧、文强，炸药要着了！快过来！过来！"卡布泰一冲，力气非常大，他那么胖、那么粗，大个子有二百多斤，把四个孩子都按倒了，压在他们身上，那边是三巧，这边是小文强，也没管他身上抢坏没抢坏。

　　就在这时候，来了几个人，把炸药放到卡布泰他们的前边，点着了就跑。卡布泰因为脑袋上蒙着一个皮帽子，像毡头似的，他头往下一抢，炸药从身上过去，没崩着身子，不过脸往下一抢的时候，可能是炸药把脑门给崩坏了，血一下子就淌下来了。三巧给压在底下了，抬头一看，卡布泰叔叔受伤了，满脸都是血，不知哪儿受伤了。可把三巧气坏了，巧云爬起来往上一蹿，把卡布泰的手往回一扳，拿起剑就去追。她这一追，巧珍、巧兰也跟着去追。

　　文强一看三巧追去了，心想，我得救她们要紧，她们若受伤可怎么办，于是他爬起来也去追。跑在最前头的还是巧兰和文强，他们想抓住几个歹人，意思是你们把我叔叔炸坏了，你们是干什么的，这么坏。这肯定是强盗，一定抓住，不能让他们跑了。他们都是武林高手，都会轻功，那几个猎人根本没有脚上功夫，很快就让巧兰和文强追上，一下子就抓住好几个人，把他们按倒那块儿。这一按不要紧，当地的少数民族非常抱团儿啊，你把我们的人抓住了，能让吗，这些人呼啦又返回来。本来是看清兵来了，要跑回去，这时一看自己的人让清兵给按倒了，有几个人一喊，口哨儿吱地一吹，这些人又返回来了。

　　这时，巧珍和巧云也追上了，想跟他们搏斗。可那边人很有办法，等文强、巧兰他们冲过来之后，用抓狍子的土方法，来对付他们。狍子不是一蹿一蹿地跑吗？就用抛网的办法，这是北方一种特有的捕猎方法，他把网往外一甩，网在天上是扇子面形，唰地一下子，往下一罩，狍子的脑袋正好钻在里边，往后一带，网一紧，就没个跑。有时一网能抓住两个，就这么厉害，鄂伦春和索伦都使用这种网，而且甩得相当准。

　　跑在最前头的，正是巧兰和文强，后头紧跟的是巧珍和巧云。这些土著猎民，一看他们上来，口哨吱一吹，有两个人就把网唰唰甩过来了，这两个网罩他们四个人，头一个网一甩，正好把巧兰和文强罩在里头了。罩进以后，往后一带，像球一样，滚在里头，马上把网一收，就抓住了。来了几个人，拎着网就跑，把文强和巧兰缠到里头，干脆不能动弹。网都是鬃毛的，相当结实，越滚越紧。第二网唰的一声又下来，巧珍眼睛尖，看见网了。她撵的时候，比她妹妹跑得稍微慢一点儿，而且看见了文强和她二妹妹让网给罩住了，她往后一退，把小妹妹一抱，网唰一下过去了，把她鼻子尖扫一下，没罩着她俩。就听哨子又一响，是暗号，意思是说：行了，咱们已抓到两个人了，快跑吧。那两个人把网收回去了，抬着网，呼啦就往回跑了。

再说，卡布泰满脸都是血，睁不开眼睛，就听他喊："不追了！不追了！"这时候，富凌阿已经赶到了。图泰也跑得相当快，他跟乌伦巴图鲁在远处看得很清楚，看到卡布泰听到爆炸声一响，他真有办法，把几个孩子按倒了。他们还非常高兴："哎呀，这老傻子，你算做对了！这个事做得还真行，把孩子护在底下了。"你想，一爆炸，几个孩子不受伤吗，卡布泰这一按，把他们压在底下了。图泰和乌伦正高兴呢，没想到这几个丫头和小文强起来，又冲到前边去，可把图泰急坏了，在后边就撵。这时候，人家已经抛网，眼瞅着把巧兰和文强抓走了。再一看卡布泰还趴在地上，满脸都是血。

图泰已经赶到，用手拍拍卡布泰的肩膀，叫他赶紧起来。图泰这时什么也不顾了，一看自己人被抓走了，这还了得，不知如何救他们。所以，他就没管别的事情，他自己轻身一纵，就纵到树上，他在树上走，从这个树绕到那个树，搁树上过去的。因为在树林里有踩出的道，可能是往那个部落去的路，看起来两个部落是分散的。图泰往前撵的就是用网抓了巧兰和文强的那个部落的人。图泰搁树上看得很清楚，那些人在前边走，图泰搁这个树跃到那个树，很快就跃到这些人的前边去了。乌伦在地上追，图泰在树上追，这些猎人都是山里人，山道最熟了，跑得也真快呀。富凌阿跑得更快，像小飞燕似的，不大一会儿就超过了乌伦巴图鲁。乌伦也是用纵跃的办法，噌噌，他们三个人，很快就追上了那几个抬着网的人，其中有两个人，一看后头有人追，撒手就跑了。这几个猎人抬着网里的两个人，虽然这两个人年轻，是小孩，但也挺沉啊。富凌阿跳到前边，唰地折个跟头，用脚踢那个人。这时从树上纵下一个人，正是图泰，骑在那个人身上，把那个人弄个狗抢屎，压在底下，下巴颏都抢出了血。乌伦巴图鲁也赶紧过来，用自己的匕首，唰唰唰，几下把网割开，把巧兰和文强救出来。这时把他俩勒得昏迷不醒，憋在一起，越勒越紧，你看，也遭老罪了。他们身上青一块紫一块的，半天才苏醒过来。

　　单说这些人，一看自己人受伤了，马上就听到转圈呜呜牛角号响。牛角号一响，接着鼓也敲起来了，这个鼓就是一种震撼人心的动人鼓。鼓一响，整个部落的人都来了。这是个信号，拿着棒子的，拿着刀的，不知搁哪儿，马上都出来了。此前不知他们在什么地方待着，没想到有这么多人。这时，图泰喊："不要动！不要动！"他们干脆不听。图泰让富凌阿用鄂伦春语、索伦语、雅布特语喊，这些人还是不听，就咔咔地往前走。走在前头那个老太太，年岁最大，挺胖，你别看天这么冷，她下身还穿着裙子，膝盖下面有皮裤腿子，肉还露在外边，肚子那块儿有文身，画着些花纹啥的，披着皮子，大家都围着她。她拿着棒子，板着脸就过来了。不少人都拿着棍棒，跟着她往前来，根本就不怕。意思是说，你大清人砍我吧，我不怕，你砍我一个，我有两个，砍我两个，我有三个，都视死如归。

　　图泰对这种形势是知道的，因为北边的疆土，很长时间是松散的，可以说，几十年来住在这块儿的土著人，互相不联系，老死不相往来，何况还有罗刹的干扰和挑拨。部落间为了争水源，争猎场，天天格斗。大部落吃小部落，弱肉强食。这地方的土著部落，多数是渔猎之民，他们经常赶着驯鹿，赶着马匹，驮着帐篷，到哪选个地方，搭上帐篷，就建起了自己的小庄园。生活一段，条件不好，就搬走，再选择另一个地方住下，就是这个情况。另外，清朝的官员不经常去，他们到时候给朝廷进贡就行了。朝廷在一个地方建立据点，每年一般是春、秋两季，收购他们的皮子，各样的土特产品，再卖给他们一些生活用品，互相交易。然后处理一些政务事情，什么户籍了，平息互相之间的争斗，宣讲大清国的律条啊。所以，他们对大清的官员不怎么熟悉，有时看官服可能明白，可是对一些老人和年轻的孩子，你就是挂一个大清的龙旗他也不认识。

　　图泰明白，和当地的土著人各部落的首领，交涉事情的时候，应当以礼相待，这更显出朝廷对这块儿的体恤和关怀，绝不能以武相争，宁让当地人揍我们，哪怕他砍了我们，我们也要忍让下去，一定让他们感到大清朝对边疆子民的关怀。我们来晚了，他们受了很多苦，遭了很多罪，所以他们才有这种仇恨的心理，这是可以理解的。图泰就命令，把这些人赶紧扶起来，违者斩。乌伦巴图鲁和富凌阿他们，马上把那些部落受伤的兄弟搀起来。卡布泰的伤不大，他头上的血都擦掉了，自己赶紧跑过来，帮助富凌阿和乌伦把这些受伤的弟兄，一个个搀扶起来，帮他们拍拍身上的灰尘，对他们受伤的地方，用自己带来的白绸子给缠上。

这是索伦部，索伦部和满洲人有很多相近的地方。他们互相越说越近，还能说到一起，所以，有些话一解释，就解释开了。特别是这个部落的女罕王，还是非常讲道理的。她开始时怒火燃烧，用棒子打对方的部落。另外，她一看，你们大清官兵来了这些人，帮助那个部落打我们，恨死了。她就吹出了一个口哨，命令用网把大清人抓来两个。现在一看，大清的官员，以大礼相拜，她长这么大，还是头一次看到。过去她认为大清的官员，一个个都是青面獠牙，除了抢就是杀，再就是逼着你进贡，如果贡品不够，那就把你圈起来，送进牢房，这是她从小就经历过的事情。没想到这个官员，虽然他身上穿的是武侠的衣裳，可是大家都听他的话，可见他不是个小官。当官的还给我们跪下，这是头一次啊。女罕王为之一震，她所有的火呀，马上就消了。她又吹一个口哨，意思是说，你们都把武器撂下，有些事我跟他们谈。

这个女罕王，看清朝的官员把他们受伤的弟兄一个一个搀扶起来，又拍拍他们身上的灰尘，帮助擦擦脸上的伤痕，那种亲热劲儿，真让人感到朝廷来的官员对他们的温暖，他们觉得非常奇怪。图泰这时就过来，给女罕王打了个千，这是清代的礼节，然后很客气地说："请问这位女罕王，你们是什么部落？因为什么事情来这儿争吵起来？我们不是来帮助哪一伙、争斗哪一伙的。我们这些人，原来在林子外边谈论事情，突然听到林子中有格斗声，而且有求救命声，不知怎么回事，我们这些人，请女罕王看看，他们都是孩子呀！"这时候站在身边的巧兰和文强脸上还带些伤呢，头还有些迷糊，巧兰由巧珍和巧云搀着，文强和图泰拉着手站在一块儿。

女罕王一看，那两个确实都是小孩，年岁都很轻，而且也受了伤，心里头的火马上就灭了。别光看我们自己人受伤了，人家也受了不小的伤。那网多厉害呀，是抓野兽的，网一套上，勒紧了，越勒越紧，能憋死人。何况北边的猎网，不是后来的棕绳，完全是用马鬃、兽鬃编成的，非常坚韧，能把肉皮卡个口子。所以一看，小孩的脸上都勒出了一道道的红印子，女罕王也挺心疼。图泰又说："我们这些孩子都是好心，劝你们别打架，就为这个事。另外，我不知道你们为啥要点土炸药，我们本来是拉架的，不是帮谁打架的，你看把我们一位将军崩的。"

这时候，女罕王和那些土著的野人，就看卡布泰这个人，长得高大魁梧，那个派头架势挺像一个大将军。好像在这几个人中，图泰他们都没有他资格老似的，还有连鬓胡子，几天没刮了，骏黑的胡子，浓眉大眼，被土炸药崩得满脸是血，头上的毡帽出了好几个洞，额头上还有血嘎渣儿，眉毛上、络腮胡子上还有一些。她一看这个将军，还龇着牙向他们笑呢，笑得那么温柔，一点儿没瞪眼睛。女罕王看到了这些情况，心里全明白了。这个首领把自己的棒子举起来，在空中一摇，大伙儿呼啦地就跟她给图泰这几个人跪下了。

图泰和乌伦、卡布泰，大家都忙过去搀扶他们。"请起来，我们都是兄弟，我们都是兄弟。"图泰和乌伦亲自过去，把这个身体非常胖，特别魁梧的女罕王，一人把着一只胳膊，慢慢地搀起来。图泰说："我们兄弟这次来，是为看望你们的，咱们当今的皇上想你们了，让我们来看你们，你们吃了不少苦。前一段，好像是没娘的孩子似的，我知道你们遭了罪。"

这一说呀，女罕王满眼流泪，双手紧紧把图泰抱住了。图泰就觉得，这个女罕王的力量真大呀，把自己狠狠地搂住了。女罕王松开手以后，就说："我们这个部落，叫獐子部，就住在后山的那个山崖下，我们是前几年从格尔必齐河那边过来的，因为罗刹总是抢我们的马匹，抢我们的猎物，我们受他们欺负，没办法才过来的，我们不少的姑娘都让他们给抢去了。"她用手擦擦眼泪，然后又接着说："我们才把这边安排好了，日子刚好一点儿，前两天，我们又受到这块儿一个土著部落的欺负。他们是獾子部，刚才你看到了，也是一个女罕王。他们老是欺负我们，他们依仗后头有人哪，力量强，就总熊人。"图泰就问："他们为啥熊你们呢？"女罕王就说了："他们有大清国的图泰帮助，图泰这个人可坏了。"她这一说，这一伙人挺吃惊，因为图泰就在这儿站着呢。图泰一听也觉得挺奇怪，什么大清国的图泰？这时旁边不少部落的人都喊："图泰是坏人！图泰是坏人！是我们的仇敌！我们就受他的欺负，他带了不少兵马，昨天还来了。"

女罕王这一说，图泰更觉得蹊跷了，这里肯定有人捣鬼。旁边的卡布泰就火了："你敢说我们的大哥？"他脾气一上来，想跟他们说说理。图泰马上跟卡布泰瞪了眼睛："不要说话。"卡布泰一看，大哥不让出声，自个儿想，你看冤枉不冤枉，凭什么让他们冤枉我们。乌伦巴图鲁说："别出声，别出声，这事让大哥慢慢说，不要着急，事情早晚会弄个水落石出。"图泰跟女罕王说："咱们有事慢慢谈，你告诉我，你们说的那个图泰，你们看没看到那个人？"

女罕王和旁边不少的野人就说了："我们怎么没看到呢，长得彪形大汉，武术相当好，领着几个女的，还有几个叫巧什么的，还有叫什么泰的，非常坏，到这儿来就压榨我们，把我们部落的东西抢走了不少。他们过两天还要来呢，他们说，要占我们的土地，把我们撵走，让我们哪来回哪去，大清国不要我们。"图泰越听越觉得离奇，啊，是这个情况，就跟女罕王说："我是大清国派来的，你告诉我女罕王，你叫什么名字？"旁边有几个人说："他是我们婆婆离妈妈。"

婆婆离是她的名字，他们是女罕王当家，都听她的。女罕王就说了："这些多数都是我的孩子，我不能让我的孩子再受欺负。你们大清国来的人，是图泰领来的，又抢走了我十几个姑娘呀，她们哭着就给捆走了，现在不知到哪去了，我们正为这件事情想讨个公道，也找不着他们。这时候，突然猺子部来人说，图泰就在他们那儿住，他们受图泰之命，又来抢我们这个地方。因为这块儿山好，下边的小河流的水非常宽绰，河里头鱼又多，我们就靠这河里的水，喂马，饮鹿，人也吃这水，我们平时就吃河里的鱼，就连穿的衣裳都是鱼皮做的。我们的帐篷不少都是鱼皮帐篷，鱼可大了，这块地方相当好，这是神主给我们恩赐的地方。猺子部早就想要这个地方，他们已经打跑好几个部落了，我们一来，他们就欺负我们。现在大清朝图泰很不讲理，也不知收了他们什么礼，就帮助他们欺负我们。我们实在活不下去了，就跟他们打起来了。"

听了婆婆离妈妈这一番话，图泰就忙说："婆婆离妈妈，这事咱们慢慢处理，这样吧，你们在哪儿住？我们今天到你们那块儿去看看，咱们在一起好好谈一谈。我是受大清国之命，专为这事来的，你要相信我，我们是真正的天朝的官员，天朝的哈番，是和你们心连心的。我们一定主持公道，帮助你们，如果真像你们说的，我们帮助你揪出那个图泰来，他是害群之马，他不是大清的官员，是大清国的败类，我们这次来，就是为了找这个图泰。"

这个部落里的人一听可高兴了，觉得自己也有靠山了。长期以来，自己像没娘的孩子似的，到处受欺负。在西部住的时候，受罗刹欺负，你只要入罗刹籍，就不欺负你，给他当奴才，给他种地，要什么给什么，要女的给女的，要男的给男的。他们因为受不了欺负，就过这边来了，到这儿偏偏又受这儿的欺负，朝廷没人管。说着，不少人泪流满面。图泰这几句话，把女罕王婆婆离妈妈感动得痛哭流涕，觉得自己这回可见到青天了。自己真找到了一个靠山，这回我们部落生活有希望了，好像多年的孤儿总算找到娘了，他们当时就是这种心情。大家都高兴得欢呼雀跃。

这时图泰回头就跟乌伦说："乌伦那，咱俩去，让三巧她们回去，二姑娘（就指巧兰）受点儿伤，把她也带回去，好好养着，小文强你也回去。"文强说："不，我一定跟叔叔去，我不要紧，我没受伤，我跟您去，保护您。"图泰想，他要去就去吧，让女孩回去歇息。就这么安排，卡布泰身体不好，就领着三巧回去歇息。另外，图泰又让富凌阿回去，到卡布泰那取些银两来，意思是，人家这边也受了伤，想给他们些银两补偿。让他取完银子再回来。

单说，图泰和乌伦巴图鲁，还有小文强，他们就上獐子部去了。刚走不远，卡布泰又跑回来了："大哥，不能去，不能去，那块儿情况咱们不清楚，到那去深入虎穴，他们要把你们宰了怎么办？"他的声音还挺大。图泰马上瞪他一眼说："咱们都是兄弟，不会的，你放心。"另外，乌伦也说："卡布泰，你不知大哥和我的武功，再有这些人，也不能制服咱们，不要紧，何况咱们是以礼相待，你听大哥的话，不会出事的。"卡布泰说："是了，大哥你们小心点。"这样，卡布泰领着三巧按原路回去了。

图泰跟女罕王俩人手拉手，非常亲近地走在人群里头。乌伦巴图鲁和小文强，紧紧跟随着，大家互相簇拥着。这时候，就听獐子部的人说："嘿，你獐子部不有大清国的人吗？我们这边也有大清国的人，你有个图泰，听说我们这边的人比图泰还厉害。"他们脑袋都很简单，很幼稚，就像孩子似的。女罕王走在道上还一再问："哈番官员，请你告诉，我们在这块儿能不能住得长，他们能不能不让我们住呢？"图泰说："不会，不会，我说话算数，你们会永久在这儿住的，子子孙孙都开发这片土地，在这里放牧啊，打猎啊，随你们的便，只要是做个老老实实的臣民，一切都会受到咱们朝廷保护的。我们也不走了，即使我有事走了，也有人来保护你们的，请相信我们。我能给你们大礼相拜叩头，那就是朝廷的态度，你们放心，要放一百个心，一千个心。你们有什么苦难的事就告诉我。"就这样，他们越谈越近，真是不打不成交呀。北方少数民族的心特别实，也非常单纯，恨就是恨，爱就是爱。有时受人挑拨，只要把挑拨的事一破开，全都是信任，百分之百地相信你。他们这样谈着，说着，很快就到了獐子部。

獐子部的地方确实挺好，下头是一片山泉，是牛满江上游的水，它的两侧中间有个山，山那边是精奇里江，这两条江正是在山的两边。这个山是外兴安岭，獐子部是在这个山岭的东侧。这块儿泉水，噗噗往上喷，是形成牛满江的一个小支流，汇入牛满江，最后流入黑龙江。他们选的地方相当好，是背靠北边的山，在一个山窝里头。在半山腰的旁边有一个瀑布，是从右侧山崖上下来的小瀑布。上头有山泉，流水清澈见底，冰凉冰凉的。这块儿的部落，多数是挖地窖子，地下挖一半，地上叠着木头，一个木头一个木头压在一起，外头墁着泥和草坯什么的，上头盖着桦树皮，有的用椴树皮盖的房盖，中间也有夹杂着不少皮张的。

整个部落安排得井然有序，挺干净，利索。女罕王先把他们几位领到了一个小山坡的下头，这块儿挖了一个深沟，还有些人正在挖沟。他们这块儿的习惯是地葬，尸首用皮子缠上，头也用皮子包上，就这么一缠就行了，不用棺材。看到十几个尸体，这位女罕王婆婆离妈妈含着眼泪说："哈番爷爷，你们看，这就是图泰他们杀的人，这些都是我的好儿女呀。他们昨天还和我们围着篝火，活蹦乱跳地玩呢，可今天就不在了。他们都是我聪明的小英雄，都是我智慧的儿女，就这样被图泰他们夺去了生命，他们从此就长睡在这里头。哈番爷爷，你不给我们做主，不替我们报这个仇吗？"

图泰上前一看，心里也非常悲痛。按照女真人的习俗，他们三个就跪下了。正好旁边供着酒和菜，图泰拿起一碗酒，自己跪着说："现在我们女真人来了，到这儿来看望各族兄弟，听说你们死得冤枉，我们要替你们报仇，请安息吧。"说着，把酒先向天弹一下，向地弹一下，然后把酒围着尸体洒一圈。洒完酒以后，他们三个又叩拜。这时女罕王就说了："走，跟我到那边看看去。"

他们告别了埋尸的地方，走到那边一看，部落边上的房子全给刨开了，有好几个被烧死的牛羊尸体，还有两个狗也被烧死了，死得特别惨。婆婆离妈妈说："这都是图泰他们害的，我们从来没有祸害过他们，他们要撵我们走。这块土地肥沃，前头那个山，叫鹿山，有很多的麋鹿、野鹿。那边的山还有紫貂，是最富饶的地方。就是前头这条河，你别看河不怎么宽，但水挺深，鱼相当多呀。"婆婆离妈妈又领到河边，本部落的人正在河里打鱼。

他们打鱼很有特点，在一条很长的桦皮船上，坐着三个人，两个人在后头划桨、掌舵，其中一个小伙子，这大冷天光着膀子，身上晒得黝黑黝黑的，外头披着一个皮子，像斗篷似的，下身穿着皮裤，光着脚丫子，站在船上，他也不怕冷。他的皮斗篷很有意思，是两个皮条子，把两个尖缝上了，用绳一勒就披在身后。这个小伙子上身光着，还文着身，刺些花纹啥的，岁数也就是三十多岁。他拿着大钢铲，顺水向下划，然后又划过来。婆婆离说："船往上冲的时候，鱼顺水往下下，水相当清，能看到鱼。"突然这个人把大铲子铲到水里，然后往上一提，好像往上提什么东西似的，水又那么急，他一点儿一点儿地倒腾铲把，手到铲把底下以后，他使劲，噢的一声，就把一条大鱼掀到桦皮船上，鱼在船上直蹦啊。这鱼叉是倒进叉，把钩插在鱼的肉里，这条鱼有四十多斤重，在船上还直扑腾。船马上就靠岸了，旁边过来几个小伙子，上去就把这鱼抱下来，然后用棒子把脑袋打几下，接着又下去捕。

婆婆离妈妈说："这鱼太多了，有的是，我们就吃这个，穿的都是鱼皮做的。"说着，婆婆离妈妈把旁边一个姑娘召唤过来。这个姑娘穿得非常好看，有花纹，图泰他们以为是布做的，等姑娘到跟前，才知不是布的。婆婆离妈妈说："她身上穿的就是鱼皮做的。"图泰他们一看这皮子特别柔软，像缎子一样，直闪亮，而且上头绣着各种花，她们就穿这种衣裳。这时候，有好几个姑娘都过来，围着图泰他们连笑带看，觉得他们穿的衣裳挺稀奇，清朝的哈番来了，不少人没看着过，婆婆离妈妈怎么喊也喊不走。图泰就请婆婆离妈妈找个地方，在一起谈个事。

婆婆离妈妈把图泰他们领到自己的聚义厅，她自个儿住的地方在后院，这是前院。房子的门用石头搭起来的，也是一个半地穴式的房子，建得挺好看。他们踩着磴下到底下去。下边铺的是石板，石板上边是木板，木板上都钉着皮子，有的是野猪皮的，很厚。他们头一次走皮子的地板，地上锃亮，有弹性，走起来不费力，一踩非常暄腾。图泰和乌伦巴图鲁有生以来头一次看到这种地板。小文强更是头一次见到，他蹲在地上直摸，皮子还能做地板，墙上都是用虎皮和豹皮围的，凳子是用野牛的骨头撖成的，像太师椅似的。桌子是用石头搭起来的，刻着各种花纹，很简单，什么蝴蝶啥的，也挺好看。旁边的屋正在噼里啪啦干活呢，图泰问他们，这是干什么活呢？婆婆离妈妈说："那个地方就是做炸药的。"

图泰一听做炸药，怎么做呀？赶紧过去看看。他们做炸药，没有什么硝、硫黄这些东西，屋子里有好些大桶，桶里头装着黑色的虫子，像蟑螂似的，有的还在爬呢，有的还浇上什么东西。婆婆离妈妈说："就用这个做的土炸药，非常有劲儿。这个黑壳虫很了不得，把它弄干以后，碾成面子，然后适当加点硝什么的，再掺上锯末子，揉上沙子，就行了。这就是小土炮，火一点着，声音特别大，里头的碎石块崩得哪都是，相当厉害。药捻子就是一根小细线引出来的，点着了就爆炸。"这是野人做的土炸药，有时候埋在动物经常出没的地方，旁边有条线扯过去，一看动物过来时，就把线引着了。或者是放在动物待的山洞里，把獾子、狍子都撵进去，然后放上土炸药。一点着就爆炸，完了再收动物的尸体。他们狩猎时经常用这个办法。还可以用土窑烧的小罐，装上炸药，点着以后，往水里一扔，一爆炸，水就翻花，能震死不少鱼。图泰一看，他们真聪明，不一定用硫黄、硝什么的，头一次看到用黑壳虫，就可以做炸药，崩卡布泰时就用的就是这个炸药。他们这一唠，增加了不少知识，而且越说和女罕王的关系越近，觉得互相之间没有什么隔阂了。

他们又回到聚义厅里头，女罕王说："咱们凑到一起不容易，喝点我们的血酒吧。喝了这个酒以后，咱们就是永世和好啊，什么酒都没用了。"说完，她马上命令奴婢和孩子们，拿来两个山鸡，再拿来一条活蛇，挺粗的，像蟒似的，把它装在一个大坛子里头。又拿来他们自己酿的米酒。这时图泰说："我们孩子太小了，他不会喝，我和我弟弟跟你们碰杯行不行？"女罕王说："行啊，孩子不喝就不喝吧，他看到蛇也害怕。"她到文强跟前说："对不起，小哈番，你也遭罪了。"图泰说："没事，没事。"这样，小文强就躲出去了，没喝。

这酒你看吓人不吓人，三大碗，这种酒发苦、发酸。一会儿过来一个人，拿着野鸡，把脖子一剐，就是一刀，血倒过来就滴到三个碗里，很快就变成了红酒。然后他又把大坛子的盖揭开，他也会拿，他光着身子，手一伸，把蛇的七寸抓住，蛇的尾巴嘬里啪啦直打，把锅旁边的盘子打得直响，像打碎似的。他使劲掐，把蛇掐出来，他从身上掏出匕首，唰地一下就把蛇的脖子砍下去，蛇没头了，身上还嘬里啪啦地动，直打这个人的身子，快卷到他身上了。他拿着蛇，脖冲下往碗里滴答血，不一会把三个碗都滴完了，蛇也没劲了，血也就没了，啪一下子，把死蛇扔到地上。就是这样三碗血酒。

婆婆离妈妈说："蟒是天下无敌的，是我们这块儿的恩人，我让它来表达我们的心意。山鸡是代表天神来的，让它代表天神，表达我们对天朝纯洁的心意。哈番爷爷，请你把这酒喝下去，这是我们对你们的迎接，也是感谢你们对我们的帮助。刚才我们有些不对的地方，请多多见谅，到这儿来就是看得起我们。我们少数民族，从来是心如血酒一样的纯洁、一样的真诚、一样的勇敢，一往无前，永远如此。愿我们把酒喝得干干净净，愿我们世世代代永远互相帮助，感谢天朝，感谢哈番爷爷。"婆婆离妈妈说完，先拿起酒碗，咕咚咕咚把酒全喝下去了，然后，啪，把碗打碎。这是他们的习俗，表示我们就这样做，绝不反悔，生死不变，终身不移。

这时候，图泰和乌伦也照她的做法，端起酒碗，闭着眼睛喝下去，一点儿也不留。说实在的，这血酒又酸又腥，他们两个，咕咚，咕咚，全喝进去了。然后，啪地一摔。这一摔，大家都高兴了，屋里的众儿女一看他们这么喝，跟咱们是真心，马上就敲起鼓，跳起舞来。两只手往上直伸，左右摇摆着，双腿上下蹦跳。女罕王也跳起来，图泰和乌伦也跟着一块儿蹦跶，和整个部落的人蹦到一起了。

蹦一会儿就满头是汗，然后女罕王就用手吱一吹，大伙儿全出去了。这时屋里就剩下女罕王和图泰、乌伦巴图鲁、小文强。女罕王让他们三个坐在正座，自己恳切地说："哈番爷爷，请你们介绍一下。"说实在的她现在还不知道他们叫什么名，还叫哈番爷爷。"哈番爷爷，请你说一下，你们是从什么地方来的，来这儿做什么的，你们为什么比他们好，难道大清有两个朝廷吗？他们那些人和你们是什么关系，你们为什么能管住他们呢？"她提出一些莫名其妙、驴唇不对马嘴的问题。

这时，乌伦巴图鲁站起来，请女罕王坐在正座，他用女真语说的，你跟我们主子谈，我坐在你的旁边。把她给让过去了。女罕王也同意，坐在正座，正好跟图泰坐在一起。图泰左边坐的是乌伦和小文强，右边坐的就是婆婆离妈妈。图泰站起来说："我们非常感谢，今天有幸到了獐子部，见到了兄弟姐妹，感谢你们的盛情款待，我再一次向婆婆离妈妈表示衷心的谢意！"他站起来，深深地施礼。婆婆离妈妈也站起来说："不用了，哈番爷爷你请坐，请坐。"这时乌伦巴图鲁站起来说："这位大人，是图泰大人，是大清皇帝派下来的，是钦命巡查使。他是图泰大人，你才说的那个不是图泰大人，这位才是咱们天朝派来的哈番，代表皇上来看望各个部落来了，是来看望你们的。"这一说，把婆婆离妈妈闹得一惊，你再说说，他是谁。图泰就笑了，说："我叫图泰，天朝来这些人，只有我叫图泰，你听错了，那个人是骗子，他欺骗你，他是坏人。他跟咱们不是真心的，他可能是个豺狼。我叫图泰。"

他们这一说，反倒把婆婆离这个老太太造愣了，马上站起来，出门就喊，她那口哨一响，从外边就来了十几个人。原来他们都在不远的地方站着，围着这块儿，他们也挺警惕，纪律还非常严格，从图泰他们见到，就是这样井井有条。一散，人就无影无踪了，哨子一响，人都出来了。这时不少人都围在外头，婆婆离就把他们召唤进来，当他们面说："你们看一看，他是不是害咱们的那个图泰，我那天没注意，因为是后赶去的，我到的时候，图泰那个坏蛋已经骑马跑了。你们不少人都看见他了。"乌伦巴图鲁也说："各位弟兄，你们到跟前看看，是不是他，要是他，我们帮你们一块儿把他抓住。"

部落里的人都恨图泰，因为很多弟兄都死在他领的那伙人手里。这些人都过来围着图泰看，左看右看，图泰干脆站起来，扬着脖子转来转去让他们看。大家看了半天，有的抪着腰，瞪着眼睛瞅，上下瞅了半天，都摇头晃脑袋，告诉婆婆离妈妈，不是他："那个人挺俊俏、挺胖，是个白脸。"这时图泰就问他们："那个人长的什么样，是不是比我高一些，团脸。另外，你注意没注意，他右眉间那块儿有个黑痣，是不是有个黑痣？"有两人说："对，我看清楚了，他右眉间上是有个黑痣。"乌伦就问道，大哥是不是他？图泰马上就说了："他不是我图泰，我们认识他，我们这次来，就是来找他的，他叫马龙。我们说起来呀，还是师兄弟关系，他也跟我师父学武术，但是这个人学坏了。他现在打着我的旗号，到处骗人，干坏事。我们这次奉朝廷之命，就是抓他来了，他是不知悔改之人，他现在在哪呢？"这几个人就说了："不知道上哪去了，在他们里边还有一位叫白姑娘的，相当厉害。她穿着天鹅绒的白大氅，骑的是白马，长得挺好看，使一把单刀，是马龙身边的人。"

乌伦马上就说："那没问题了，大哥，肯定是三丹丹。"图泰不怎么熟悉他们姊妹的情况，不过听过介绍，略知一二。乌伦心里明白，三丹丹这个人还是挺好的，不知怎么受骗了，马上就告诉图泰："大哥，现在很清楚了，他们这些人的线索从这里查到了。"

就这个时候，外边来两个人，马上到婆婆离妈妈跟前，在她耳边说了一些。婆婆离妈妈就说："图泰大人，现在你身边那个将军来了。"图泰想，哎，那肯定是富凌阿，因为他让富凌阿回去取东西。这时乌伦赶紧到了门口，看见好几个部落的人维护着富凌阿，也不知是保护，还是害怕。富凌阿进到屋里，便把一个包裹交给图泰。图泰这时就向婆婆离妈妈说："婆婆离妈妈，我们现在公务很多，就不在这儿打扰了。现在事情也很清楚了，我们军务在身，就想知道马龙这伙人在哪，你们能知道吗？"这些人都晃脑袋，说不知道，我们为啥打起来呢，因为他们帮助獾子部欺负我们。他们在獾子部那儿住，如果你们要找他们，就到獾子部去找，獾子部肯定知道他们的下落。

图泰和乌伦一想，也对，他们肯定和獾子部有关系。又问，獾子部离这儿多远，怎么走？婆婆离妈妈说："獾子部很好找，你往这边看，西边的前头是一片山，山头那块儿有一个白石砬子，白石砬子上头有几棵鹰天松，最高山尖上有几棵松树，长得非常好看，云彩好像在它头顶上过似的，是几棵青翠的古松，长得挺高。"婆婆离妈妈一边说一边指着："你搁远处看到那个松树，松树旁边有个獾子洞，獾子洞下头就是獾子部。那块儿不远，你到那儿别忘了山尖那棵松树，到了松树就能找到他们。听周围那些野人讲，你别看山近，不过要走起来，可能得半天时间，因为上山下山连过山沟啥的，再加上道路崎岖，走起来挺费劲。那是一个大的部落，他们到处抢劫，周围有很多的部落都受他们欺负，獾子部是个害人部，盼朝廷的哈番爷爷们能帮助我们，求你们了。"

图泰说："放心，我们就是为这事来的。"说完图泰就把这包银子拿出来。过去的银两一般是十两或五十两包一个小包，都称好了，因为要下去办事方便，不用再称了。他们事先都包好了，包得结结实实，这样给他们拿出十包，那是五百两银子，也不少啊。图泰直接给婆婆离妈妈，就说："这略表朝廷的心意，将来你们有什么困难，我们再帮助。我们这次来带得不多，就因为你们有人受了伤，有的人去世了，我们表示对獐子部的一种感谢和致歉，另外也对受伤的和死去的兄妹表示慰问，请额莫收下，以后我们再帮忙。我们就住在潘家寨，潘家寨那块儿挂着牌子，你有事就找我们，我叫图泰，记没记住？我是图泰。"他站在凳子上大声说："各位弟兄们，我们的好兄弟们，你们看看，我就是图泰（他指着自己的鼻子），有事找我，我愿为你们效劳。"大家一听，都笑了，而且有不少人跪下给朝廷的哈番叩头。图泰说："不用了，知道了就好。"

这时婆婆离妈妈兴高采烈、满腔热情地拉着图泰的手说："图泰哈番爷爷，你的心肠真好啊，这回我们知道了，天朝真是我们的恩人哪。"图泰说："既然情况都知道了，我们还有事，马上就去獾子部，你们一定记住我的话，别轻易地跟他们打仗，打伤人没啥用，你们遇着事找我们，一定替你们办，我们就治理这个地方，应当管，知道不知道？"婆婆离妈妈说："谨遵图大人之命。"

就这样，婆婆离妈妈把图泰、乌伦巴图鲁、小文强还有富凌阿送出部落，后头还跟着很多人，男男女女的，他们含泪告别。图泰他们已走出很远了，回头一看，婆婆离妈妈他们还在摆手呢。图泰他们感到，头次见到下头部落的人这么真挚的情感。獐子部的人更受感动，真是有生以来，第一次看到天朝的官这么好。

图泰领着乌伦、文强和富凌阿很快回到潘家寨。这时卡布泰已经歇息完了，身上擦得干干净净的，三巧也都过来了，巧兰只是受点惊吓，脸上被勒几个道子，一会儿就好了。图泰让大家坐好之后就说："事不宜迟。"就把刚才的事情详细讲一遍，逗得大家哈哈大笑。真是踏破铁鞋无觅处，得来全不费工夫。没想到，我们的仇人马龙近在咫尺，一定要找到他们。大家都要求去抓马龙，都要建头功。图泰说："不用着急，这么办，我看还是让乌伦巴图鲁去，他对马龙的情况很熟悉，另外又知道三丹丹的情况。三巧你们跟乌伦叔叔去吧，三巧武术强，对付马龙，武术必须高强。"

图泰本来也想去，乌伦巴图鲁说："你不用动，有啥事一定找你。"另外，他们商量结果，真像图泰判断的那样，马龙不会总在獐子部待着，他不一定出面，这次去也不一定能见到马龙，知道马龙这个人是狡兔三窟，非常狡猾的。因为部落之间一打仗，他肯定知道咱们听到这事儿后，会顺藤摸瓜，到獐子部找他们去。他不会那么傻，哪能束手就擒呢。他和杜察朗大玛发不知藏在什么地方，他们惯于挑拨下头打仗，而且栽赃陷害，他只能干这些勾当。所以，图泰心中有数，在家里坐镇掌握全盘，让乌伦巴图鲁领着三巧先去，如果见到三丹丹的时候，想办法先把三丹丹擒住，这样他们就少了一个臂膀。更主要的是把獐子部的女罕王争取过来，让他们弄清是非，别跟马龙这些人跑。又让乌伦带去五百两银子，个别送给他们，送的数和獐子部一样。让他们知道朝廷对你们都是一视同仁，都是兄弟姊妹，不要互相再争斗，不要再上当了，要安分守己地处理好自己部落的事情，坏人由我们朝廷来的官员制裁，擒拿，你们千万不要上当，不要听他们的话。有事情到潘家寨找我们。

图泰跟乌伦一件事一件事地安排好以后，乌伦跟三巧刚要走，这时小文强又磨住图泰，叔叔让我也跟他们去吧，我能帮他们，我不怕。他这个闯劲，图泰还真喜欢，每天刻苦练功，从不间断，今天他看出来了，一往无前，一点儿不怕死。卡布泰虽然有个愣劲，但是一看这些孩子在危难的时候，他把自己生死置之度外，保护他们，这是很难得的。小文强跟三巧一样，性体非常好，懂事，他要闯荡就闯荡去吧，也就同意了。

单讲巧云这个丫头，有点儿小个性。她总觉得文强老跟着咱们，像跟屁虫似的，她不愿意让他跟着。她大姐没出声，巧兰就说了："你咋这么说话呢，人家要来怎么不让来呢，你不知道，人家文强真有能耐啊！"巧云一撇嘴又说："哎呀，姐姐，你怎么喜欢他呀？""你这说哪儿去了！"乌伦挺喜欢小文强，也愿意让他去，多一个人就多一个帮手。文强过来，先跟乌伦说："乌伦叔叔，我愿意跟你在一起。"说完了又对三巧说："小妹妹，我跟你们在一起，挺有意思。"巧云嘴一撇，没说话，把脸一扭："真不害羞，老跟我们姑娘在一块儿。"巧珍没出声，巧兰说："文强哥哥你来得好，我们愿意在一起，来吧，欢迎你。"就这样，他们就凑到一起了。

闲话少说，乌伦巴图鲁带着这三个小姊妹和文强，简简单单地吃了晌午饭，告别图泰大哥，他们骑着马就上路了。小莱塔要跟着去，乌伦说不行，不让它跟着，道太远，不好走，让三巧给撵回去了。就这样，他们五个人骑着五匹马，就奔小西山上那个青松的方向走去。一路上没有道，从山中树林里来回穿梭，真是行路难呀。也不知獾子部的人出山怎么走，他们走了很长时间，才碰到一个老猎人，他是雅库特人。乌伦到跟前施礼，然后就问："老爷爷，到獾子部怎么走？"这时老人才告诉："你们走错了，你看，过那个岗，有条河，过了河往右拐，有几棵老榆树，那有条道，是挺窄的小鹿道，按那个鹿道往里走，别走岔道，顺正道走，一直走到山下，到山下就快到了，到跟前你们再打听就行了。"

根据老人的指点，他们在天黑的时候就到了白石砬子。这回才看清楚，这块儿是山中很高一个石砬子，下头是哗哗淌的山泉水，山路特别窄，是有人把石头凿了凿，硬凿出的一条小路。本来砬子和水是垂直的，有人硬把砬子下头凿开一个挺窄的道，走这道必须紧贴着石头走，骑着马行走更得小心，下边是悬崖，悬崖底下是水，非常危险。他们让马慢慢贴着，头还不能抬高，因为凿的石头不那么高，人骑马不猫腰就碰到上面的石头。这个石头不知是怎么凿的，真不易啊，莫非是一种神力相助？他们边想边贴着山窝窝走。走过这个险峻的山道之后，路渐渐就宽了。

再往里走，就进林子了。这回看清楚了，原来在远处看好像是一棵松树在山尖上，其实不是，是十几棵松树，都挺粗，孤零零地长十几棵古松，长在山尖上。因为地势高，在百里路之外都能看到。他们到山尖上往下瞅，在一片密林里头能看到缕缕的炊烟。乌伦巴图鲁想，肯定那就是獾子部。这时乌伦巴图鲁和三巧、文强隐进密林里去，把皮垫子一铺，把自己带来的肉干拿出来，就着山泉的凉水，咬着肉干，吃着面馍馍。晚上还不敢笼火，怕让人家发现目标。这样他们在山窝背阴的林子里，一直等了三个多时辰，天才大黑起来，他们决定夜探獾子部。

天大黑以后，他们身上穿的衣裳全变了，都是夜行衣。他们骑着马，往前走了走，大约有三袋烟的工夫，就赶到了獾子洞。过了这片林子，就看到獾子部的房子。这块儿也是土窑式的房子，依山傍水，不过这块儿的面积要远比獐子部那块儿大，人也多，看起来有五十多户人家，能有三四百口人的样子。过了这个弯，他们看那边还有散在的部落，所以算起来，能有五六百口人，也是挺大的部落。这里有牧场，堆着各样的草，有马、有牛，在山上放着呢。搁远处就听到鸡、鹅的叫声，也有狗的叫声。

这时，乌伦巴图鲁就领他们又进了密林里，把马都拴好了，把所有不用的东西都寄放在山林里，隐蔽起来。因为这儿离部落比较近了，牛马声、人喊声都能听到，一般大的野兽不到跟前来，这儿比较安全。他们几个把身上的夜行衣整理好，又把腰带系得非常紧，把需要用的兵器、暗器都装好。另外，乌伦又把包好的银两背在身后，紧紧地系好。把马拴到密林里，把不用的东西都搭在马背上，这是北方的一个规矩，没人动，他们放马的地方，离部落不太远，还比较隐蔽。这时乌伦就说了："你们在这儿等我，我先出去暗探，然后再招呼你们。"小文强说："叔叔不用动，我去，我先抓来一个知道内情的人，领到这儿来，咱们偷着审查他。"乌伦一想也有道理，咱们稍微再往前走一点儿，贴得更近一些。

这样，他们几个就出来了，没搁正道上走，在森林里头钻来钻去，一点儿声音都没有，像小猫一样。因为他们脚的底下，每人都套上一个毛靴，就是把熊皮毛冲外，做了一个鞋套，套在自己的脚上。熊皮里头装着一块木板，这样显得更结实、坚硬。他们套上熊皮以后，上头勒上几根绳子，都勒是相当紧，走在地上一点儿声音都没有。当然这个鞋一般说来，上山里去，使一两次就不用了，这都是夜行暗探时用的。真正打猎的，除非要接近重要的猛兽，比如虎和豹，要捕它的崽子，也用这个。这样离洞穴更近，使它措手不及，到了跟前，用网把洞口罩上，大动物一出来，他们用木夹子把脖子一按，生拿活擒，然后再抓小崽儿，这样捕野兽一般都要穿着毛靴。他们夜行也采取这个办法，每人套上一个毛靴，很快就接近了部落。他们搁后山上下来，前头几个房子看得非常清楚，他们在后林子里头，蹲下隐蔽起来。

这时文强跟乌伦叔叔说："我先去，你们在这儿待着。"乌伦点点头。同时他又跟巧兰说："巧兰妹妹，你也跟我去吧，咱们两个互相有个照应。"乌伦一想也对，就让巧兰跟着去。他们两个人交错着走，一个在前一个在后，互相照应，如果发现前头有敌情的时候，马上用暗号，或者用鸟的叫声，后头的人一听到鸟的叫声就知道了，后头的人马上绕过前头的人，躲过他，这样前头的人就变成后头，彼此来回窜。如果后头发现有敌情了，后头的人用小鸟叫，前头就知道了，马上隐蔽起来，并告诉他绕到前头去。他们互相窜来窜去，这是夜行中常用的一种技巧。

单说文强在前，巧兰在后，他们绕过了好几棵树，不大一会儿，文强学了一声夜猫子的叫声，告诉巧兰，你不要动了，我现在要进去，找人去了。巧兰就明白了，藏在一个非常密的榛柴棵子里。这榛柴挺粗，在里头一蹲，外头根本看不着。这时文强很快就窜到一个院子的后头，外头是木头夹的障子，里头是地窖子房，还有灯光。他轻轻扔一块石头，石头咕噜响，要是有狗的话，听到动静狗就会叫，如果外头有人，一听到声音肯定有动作。他又扔了一块石头，还是没有动静，也没有狗的叫声。他一想，这肯定是一个老人住的地方。他一纵身，障子不高，就跳进木障子里。他上前一看，地窖子里头点着獾油灯，炕上坐着老头儿老太太，他们正在做什么。

文强开门就进去了，把老头儿老太太吓了一跳。他说："我是过路的，想喝口水，请爷爷奶奶帮个忙，我马上就走。"他用满语说，因为这块儿都是索伦人，满语都能听明白。他现在穿的衣裳没什么太奇特的，就是黑衣裳。这块儿经常有过路的人，从这个部落再往西，有俄罗斯的一些部落，已经抢占咱们的地方。所以，他们常见这些人。老头儿一看这个人长得挺年轻，像个小孩样，说话挺有礼貌，也没带啥。因为他披着斗篷，上身大襟挺长，尽下头稍微露出点儿剑鞘，不注意根本看不着。老头儿老太太没害怕，两人正拧绳呢。老头儿在那块儿管纺车，老太太拿着摇绳呢。这是进山打猎常用的做地网的绳子，他的绳子有野麻，还有兽毛混到一起，往一块儿绞，做麻绳。

文强进来以后，老太太挺热情，给他舀了一勺水，文强咕咚咕咚喝进去了，喝完以后，就说："你家就你们老两口吗？"老头儿说："哎，我的儿子上前山打猎去了，还没回来呢。他要回来你就进不来，我们有七八条狗。"原来他家的猎狗全让儿子带走了，说完，老头儿很热情地让他坐下来，还让他吃几块狍子肉的肉干。文强说："谢谢，我不吃。"就问他："这块儿首领是谁呀？""啊，首领呀，我们的首领就在前头，都木琴妈妈，那非常出名啊，前两天我们和獐子部打起来了，她受了伤，在家养伤呢。过了这个房子，往道这边一拐，你就看到挂着旗帜的地方，旗帜上头有一个老虎，那个老虎旗是我们的风向旗。老虎旗上头还有一个旗，这个旗上有个大獾子，那就是我们獾子部落的旗帜，她就在那块儿。你要看到旗帜，就看到我们的部落长。找她干啥？""噢，我随便问一问，没别的事情。"停了一会儿，老头儿又接着说："你要找她，现在可能不好找，她身边来了好些人，都是外地的客人，还有一个缺胳膊的，是独臂英雄，可能姓潘，现在正在她家呢。"

文强一听，明白了，啊，是这么回事。他喝完了水，谢过了二老，就从正门出去。快到榛柴棵那块儿，他又学了两声猫头鹰的叫声。这时巧兰从树丛里出来，两人会合了，他们很快就回到乌伦巴图鲁和巧珍、巧云隐蔽的那个小树林。

文强把刚才了解的情况详细地告诉了乌伦巴图鲁。巧云在一旁就说："那独臂姓潘的，不是潘天虎就是潘天豹，太坏了，他们说自己已经回心转意，怎么闹的，还干坏事，这回可得杀他。"巧云疾恶如仇，嘴非常快。她大姐巧珍说："先别说，现在听叔叔的。"这时乌伦巴图鲁说："咱们现在就去都木琴妈妈那块儿，立即抓这个潘家的贼，还有谁？把他一网打尽。"文强马上就问："咱们要打起来怎么办？动不动刀啥的？"乌伦巴图鲁说："可以动武的，因为就是擒贼来了，如果这个部落不给咱们，还要反抗的话，可以制裁他。如果他讲道理，我们可以不杀他。假如他跟我们动手，甚至使用武器，要和我们拼的话，我们现在就执行军务，可以动武。每人带着自己的武器，凡是吃的东西都带着。另外，一定想办法，活擒这个贼，有几个抓几个，不能杀死，把他们带回去，然后想办法说服这个女罕王都木琴妈妈，让她以后老实点，别太张狂了，周围的部落都非常恨她，咱们应该制裁她。"

他们掌握了情况以后，立刻商量办法。这次作战以乌伦巴图鲁为中心，以他的信号为准，其他人都听他的信号。打头阵的就是三巧，因为三巧的名声大，潘家兄弟最怕她们，他的胳膊就是她们给削掉的，她们要出去的话，就能震住一方。让文强配合她们，有事文强马上支援，保护住三姊妹。乌伦巴图鲁作为这次坐镇的官员，他出面代表官方，代表哈番，来处理这件事情。

大家把计划安排好以后，就开始行动，三巧三姊妹先搁林子里嗖嗖嗖出去了。她们出去不大一会儿，文强也唰地一下跟出去了。他是后援呀，搁远处做后备，监视后面有没有包抄三巧的。乌伦等了半个时辰以后，自己也出去了，他是总揽全局呀。

单讲三巧三姊妹冲在前头，此时明月当空，也就是旧历十八九吧，月亮还挺亮。虽然已下了一场雪，大地皆白，明月一照，地上的雪白刷刷的。这对三巧来说有点不利，因为她们穿的夜行衣容易被看见。这个时候獾子部的人多数已经入睡了，按时辰来说，可能是亥时左右，就是快到半夜了。三巧事先按照文强调查的情况，前头有个挂旗的地方，旗帜看得挺清楚。她们三个走路形状很有意思，巧珍在中间，左侧是二姐巧兰，右侧是巧云，他们是平推着往前走，中间的道可能碰上情况，有时碰不着，她们互相用声音联系。我讲过，她们身上带着剑和其他的东西都有响声，把剑一甩，唰唰声，这是大巧的声音，唰的一声这是二姐的声，所以她们的剑就是传报的声音，只有她们三个知道。

说时迟，那时快，她们很快就到了都木琴妈妈的大寨。她们到那儿才看清楚大寨的墙都是石头堆的，外头墁着泥，是石墙，挺大的院子。这是部落头领的院子，房子挺多，但都是一般的泥土房子，有的房子建在上边，个别的房子可能是奴才住的，是半地穴的房子。她们扒着墙，手一搭，利用双手的力量一压，一抬身子，这力量相当强，脚就蹬住了墙，往里仔细看，里头有狗，而且还有巡逻的人。另外，上房下房灯光非常明亮，说明还没有睡觉，细听里头还有说话的声音，看起来屋里头挺热闹。这时大姐巧珍压后，在后墙站着，小妹巧云和二姐巧兰先到了门前。首先巧兰大声说："屋里有人吗？我们是大清王朝派来的巡逻人员，请快快报上你屋里的人，快出来，我们现在查夜呢！"这时候，文强也赶来了，他剑一闪就上了墙，隐蔽在树后，这树很密，他侧身在树的后头，能看清院里的情况。

巧兰喊了两声以后，噌噌出来很多人。因为獾子部从来是飞扬跋扈，可以说，几年来，没有人能制裁他们的。他们认为自己是天下第一，何况最近有所谓大清王朝这些人帮助他们，就更有倚仗了，一个个不知道天高地厚，真是狗仗人势，闹得更厉害了，根本没怕过谁，所以，呼啦一下子都出来了。他们以为白天打了獐子部，晚上他们报仇来了。獐子部对他们都恨得咬牙切齿，一个一个的，都拿着刀。中间出来的就是白天领着打仗的那个老太太，她出来以后站在院里喊："谁在那儿喊？真是狗胆包天！"

这时候，巧云出来，咣地把门推开，门没扣上，是用木桩子把四框钉上，中间用皮夹子扎个十字，挡挡马鹿啥的，实际上猪鸡都能钻进去。"噢，你们来了。"因为白天不少人都见到她们了，当时是獐子部的人，放的炸药，把她们吓跑了。一看她们追到这儿来了，我们这是什么地方，那女王马上就说话了："你们真是狗胆包天，敢到我们这儿来！"说这话的肯定是都木琴妈妈，她拿着大铁棍子，前边是箭头形的，二话没说呀，其他几个人都上来了，往死里下手，有五十多人，每人都拿着刀枪，立刻把三巧围到里头。三巧这时还说好话，可是，这些人不听她们的。三巧三姊妹互相靠在一起，保护自己。这时巧珍说："你们别动弹，你们要动弹，小心我的剑下不留情！"

巧珍把剑对着这帮如狼似虎的人，一看他们都拿着亮晶晶的武器，瞪着眼睛，就等都木琴妈妈一声令下，就会冲上来，而且人相当多呀，把她们姊妹三个都团团围上了。这时巧珍大声说："都木琴妈妈，我们知道你的名字，说实在的，大清王朝从来把各族都看成是自己的子民。我们是爱护你们的，不是跟你们搏斗来的。现在我要朝廷的犯人，你告诉我，这些人是不是在你这儿，一个是潘天虎、潘天豹，他们哪一个在这儿呢？另外，醉八仙刘佩是不是在这儿，还有谁？不是你们本部的人，不是你们獐子部的人，千万别留下，我们是为查这几个坏人、歹人来的。你们千万不要上当，如果不听我们的规劝，出了什么严重的后果，责任不在我们，将来你们后悔莫及。"

都木琴妈妈，这个老太太长得不像婆婆离妈妈那么胖，挺瘦小，穿的全身是皮袍子，两个耳朵上戴着四个银环，银环挺大，快到肩膀上了。另外，头上罩着一个紫貂的大帽子，帽穗盖着她的肩膀，还插着不少花朵什么的。挂着铁棒子，这既是她的武器，又能当拐杖。看样子老太太岁数不算小，有五十多岁了，摆出一副女罕王的架势，挺有派头。脚上蹬着毛冲外的水獭靴子，一直到她膝盖以上。旁边有两个女的，也都穿着皮袍戴着皮帽子，可能是她的助手，每人都拿着刀。这个老太太眼睛非常贼，直闪亮，可能吃人肝、人血，有一种特殊的让人看了像个妖怪、非常凶狠的样子。

巧珍说完以后，这个老太太，嘿嘿地冷笑一声，她说："你说对了，我就是都木琴妈妈，我们来这已有二百多年了，谁不知道这个部落，我们是都木肯哈拉，这个大部落是非常出名的。不管是谁，到我们这儿来，都得事先有人拜见。你们今天不事先拜见，就匆忙来了，还大声嚷叫，竟敢推开我的门，你们胆大包天。要知道，我手下的人那都是虎狼之师，你们这些小丫头能敢跟他们比吗？不用说别的，嘿嘿，我手上的铁杠子恐怕你们几个抬都抬不动，赶紧回去吧。"巧珍又说："都木琴妈妈，我们再一次向你们施礼，还是按我们的话做，我们是朝廷的命官，是按朝廷礼法办事，现在我们要的人在不在你们这儿，在什么地方？快点告诉我们。要在你们这儿，赶紧把人送出来，然后我们带走，咱们什么事都没有。"

都木琴妈妈一听，把大铁棒举起，当当往地下使劲一拄，大声地说："什么，小黄毛丫头，你胆真大，我告诉你，他们都在我这儿，潘天虎、潘天豹那是我的好兄弟，让你们给他砍掉一个胳膊，这个仇我正要报呢，是不是你们干的？我都听说了，你们可能就是那个叫三巧的姊妹，来得正好，你不来我们也要找你们报仇。老潘家和我们之间不是一般的关系，现在他们到这儿来，求助于我。另外，刘佩刘大人那是我们要好的弟兄，现在在我这儿喝酒呢。是啊，他们哥儿几个已经让你们杀了三个了，你还敢来要刘佩，我要替他们报仇，不给你们。不光他们在我们这儿，我明告诉你，我们的后台硬，一个我们有大清国的图泰大人，他也在我们这儿，你敢碰吗？你们是大清国什么小官，图泰大人在我们部落里呢，他听我们的，现在在指挥我们。不仅如此，我们还有威震乾坤的杜察朗大玛发的三格格，三丹丹是白雪公主，也在我这儿，他们都在屋里呢。另外，我们有罗刹的朋友，你们大清朝要不好，我就不给你们进贡，我就入罗刹籍，受罗刹人管辖，现在罗刹好几个牧师都在我这儿，其中有个罗吉采夫大牧师，就在我这儿。我是明人不干暗事，你敢碰他们的毫毛，你先碰我们，把我们打倒，我们再交出来，不然你们休想见他们！"

她这么一说，三巧心里有数了，正好这几个人都在这儿。这时文强着急了，纵身就跳下来，跟三个小妹妹说："小妹妹不要说了，你等等，我跟她说。"文强就过去说："请老妈妈，咱们有话好说，你还是把那几个人请出来，我们看看是不是在你们这儿，我们跟他们说话。咱们有些事情以后再办，不希望彼此打起来，好不好？"都木琴妈妈不听，后来他们又磨了半天，都木琴妈妈不耐烦地说："你们这么磨，行了，我请出两个让你们看看。"

把谁请出来了呢，醉八仙刘佩腆着肚子出来了。他长得像吕洞宾似的，挺胖的，外号叫醉八仙，武术也很高强。还有谁出来了呢？俄国的罗吉采夫也出来了，手按着胸脯，表示一个施礼的样子，身上还带着一个十字架，是东正教的牧师，戴着大高帽，穿着黑袍子，挺长的头发，披在肩上。看起来有六十多岁，留着八字胡子，卷卷着，从鼻子下勾上去的，长得一副老态，慢慢地走出来。谁没出来呢，三丹丹没出来，另外潘天豹没敢出来。然后都木琴妈妈说："你看一看，有没有？我不能交出去，都是我的朋友，我能随便让他们走吗？我跟你们说，这块儿我是主人，你要不走，我就要动手了，走不走？你要再不走，小心我这儿有天罗地网！"她说这个网字，三个小姊妹和文强就注意了，因为他们已上一回网的当了。是啊，弄不好，还会上他们网的陷阱，一踩到陷阱，掉下去，上边用网一罩，就会给抓住了。他们特别注意，悄悄用剑拄一拄，看不像有机关的样子，又看旁边的人有没有拿网的人。文强小声对三巧说："小心网，注意点。"巧云和巧珍点点头，然后对都木琴说："给不给人？给不给人！"

就在互相僵持不下的时候，乌伦巴图鲁赶到了，一纵身，从墙上跳下来，站在三巧和文强的中间，他的武器还挂着没露出来。乌伦深深地给都木琴妈妈鞠了一躬，就说："我是大清朝三品侍卫特命来这儿，我是巡查使图泰大人身边的副士，特来拜见獾子部各位首领，拜见都木琴妈妈，我们向你们施礼了。另外，我们给你们带来了珍贵的银两，大家还是以和好为重，请你们不要听坏人的话，不要上当。我们抓的是朝廷的命犯，他们来这儿挑拨离间，干了很多不可告人的勾当，我们为这事来的，你们把他们交出来，以后有什么事我们再谈。你们需要朝廷办啥事，我们都能代劳，而且有些事，图泰大人来这儿能就地帮忙。请都木琴妈妈要体察我们。我们今天白天到了獐子部，见了婆婆离妈妈，我们已经谈得很好，但愿我们也能建立友谊，不要刀兵相见好不好？"这边的文强也说了："都木琴妈妈，这是乌伦巴图鲁，也是朝廷的命官，你跟他说，就等于见到了朝廷的哈番，你要听他的话，好不好，我在这里，也给你施礼了。"文强说着，也给她深深地下拜。

都木琴妈妈不识抬举，她的野性就是这样，从来是杀人不眨眼，你越是恭敬，她越认为你软弱，没有能耐。你这样宽厚仁慈地对她，她反倒瞧不起你。这时都木琴妈妈不耐烦了，把棒子一蹾："给我上！别听他们的，都是乌合之众！"她这一说，呼啦上来一帮人。这时把乌伦气坏了，我们的话都说到家了，仁至义尽哪，你们怎么还这样呢，看起来，真是不惩治一下，你们都不知道我们的厉害。乌伦马上就说："那咱们就动手吧。"这话是给三巧和文强听的，意思是说，他们动手咱们就动手。

有了这话，他们能不动手吗？你想，这三个小姑娘和文强的手都痒痒了，手里拿着武器，恨不得早就斩几个，叔叔下命令了，他们把自己的武器就亮出来了，噌噌噌就蹿出去了。小文强把剑一摆，也杀过去。三巧和小文强是盖世英雄呀，这些人根本不懂得什么武术，也没什么能耐，只是跟着瞎起哄，上来抢几棒子就完，没什么招法。三巧往天上一冲，往下俯冲，剑一横扫，就倒一片呀。她们三姊妹一人杀死了好几个，地上全是血。文强那边剑还没动，都木琴妈妈旁边几个拿刀的侍女，全给杀了。文强把都木琴的貂皮帽子和右耳朵削掉了。这可把都木琴吓坏了，长这么大，从来都是杀别人的，管别人的，没看过自己人死那么多，更没想到自己挨了一剑。这一剑人家是饶命的，没往她脑袋上砍，是往她耳朵上砍的。如果要砍到脑袋上，当时就劈成两半呀。她知道，这是对她的宽容呀。当时耳朵的血都淌到脖子里头了，她连声喊"饶命、饶命！"其他人要跑，三巧她们噌噌就把他们围上了，谁也别动，谁动我就杀死谁，都给我蹲下。这时，一个一个全都蹲下了。

就在这关键时刻，跳出来一个人，此人正是三丹丹。三丹丹一看，不出来不行呀，人死了这么多。她出来也亮出了自己的宝剑。她是武林中的传人，是杜察朗大玛发从五台山请的师傅教的，花了不少银两，从小培养的，所以她的武术也是了不得的。三丹丹站在院里就喊："不要动手了！姑娘在此，三巧你看我是谁？"

三巧一看是三丹丹出来了，非常高兴。因为什么呢？三丹丹这个人还是挺正直的，她曾经帮过乌伦他们，把翔鹤从北噶珊救出来的，还有恩情在这儿呢。三巧立刻把剑收起来了："丹丹你好，你为什么到这来？"三丹丹气愤地说："你们不要过来，过来，姑娘我就跟你们拼了！"

这时乌伦巴图鲁过来对她说："丹丹你好啊！"三丹丹一看，她的二姐夫也在这儿，马上就说："乌伦巴图鲁，你把我二姐弄哪儿去了？为什么不在？我为这事来的，你还我的姐姐！"乌伦说："丹丹你不要受别人的挑拨，我们现在正在设法找你的姐姐。要说谁是凶手，肯定就是你的阿玛，杜察朗大玛发，可能他们做了秘密的事情，把她藏起来，要祸害她。"三丹丹一肚子气地说："我不信，你听谁说的？"乌伦巴图鲁说："我们已掌握了情况，是娄宝和齐宝告诉我们的，他们中的一个人就在我们手里头。丹丹哪，你不要受他们挑拨，你是挺聪明的人，而且你这个人也很正直，你跟你阿玛不一样。我们对你是相当器重的，包括原来在世的穆大人和现在来的图大人，都非常尊敬你，也尊敬你的额莫柳米娜。丹丹，我看咱们不要动手，咱们会言归于好。你要相信我，我肯定把你姐姐找回来，我们说话是算数的。"

三丹丹这次来是憋着火来的，是她额莫给派出来的。柳米娜想自己的二姑娘，问她阿玛，杜察朗大玛发不说实话，就说让三巧她们给害了，挑拨丹丹和清朝官员的关系。三丹丹开始不相信，时间长了，觉得可能是这么回事。阿玛不让她来，柳米娜说："你不要听你阿玛的话，我不相信他。丹丹你还是去一趟，找找你二姐。要真是她们害她，你赶紧救出来。你们姊妹三个都是额莫的心肝，现在你大姐在京师里头，你二姐丢了，把你二姐找回来，咱们母女团圆。如果这不行的话，过些日子咱们一块儿回彼得堡去，不要你狠心的阿玛了。"三丹丹是这么来的，所以她的心还不完全坏。她到这儿来，也是马龙骗来的。马龙告诉她："你现在跟我来，我认识獾子部的女罕王，就是都木琴，你到她这儿来，帮助我干点儿事，你的武术这么强，能独当一面。图泰马上就要来了，包括你那个黑心的二姐夫，他实际上不爱你二姐，他想利用你二姐破坏你们家，破坏北噶珊的一些秘密，想掌握北噶珊的机关和秘密的仓库。为这个他表面上跟你二姐建立感情，你千万不要上当。"马龙的嘴善于瞎叭叭，很快把小丹丹给迷惑住了，就把她带到这儿。

这两天，三丹丹也真有火，杀了不少部落的人。让乌伦巴图鲁这一说，她反倒犹豫起来，因为她对乌伦巴图鲁的印象相当好。她跟她二姐说过，你找的这个哈番无论长相、人品、武功都好，你算找对了。将来你就跟二姐夫到京师去，不比这儿强多了。所以，三丹丹对乌伦巴图鲁还挺佩服，对三巧三姊妹也很敬佩。三巧的武功更让她折服，因为她看过她们比武。在这凭我一个人的剑，要一对一打的话，可能赢一个，那也不一定，何况她们三个，还有乌伦和文强，这几个人凑到一起，我根本就跑不出去。她前思后想，怎么想也不能吃这个亏。另外，我也不能听马龙的话，马龙这个人品德不怎么好，拈花惹草，到哪儿都碰女人，她看不上他。有时马龙对她也起坏心，挑逗她。另外，她知道马龙在京师里头，是穆彰阿的女婿，已经是有妇之夫，到这来天天喝酒作乐，真是拑半拉眼珠看不上他。所以，三丹丹让三巧和乌伦巴图鲁一说，就不出声了，也不想打了。三丹丹就过去，很自然地把剑收起来了，低个头也不想到都木琴妈妈那边去。都木琴在地上哆哆嗦嗦地蹲着，头让人抓着呢，文强拿着剑指着她。

三丹丹这时心事重重，进退两难，不知自己应当怎么办才好。正在这时，巧云先走过去，很热情地把她的手攥住了，就说："好丹丹姐姐，你过这边来吧，别跟他们在一起，别跟坏人在一起，你是好人哪，你是好姐姐。"紧接着巧兰和巧珍也过来了，亲热地拉着她的手。此时三丹丹心里很难受，抱着她们姊妹哇的一声哭了。这时乌伦巴图鲁说："三丹丹啊，好妹妹，相信我，肯定想办法把你姐姐找到，将来你会清楚谁是抓二丹丹的真正凶手。你离开马龙这些人吧，这样才能对得起你的额莫柳米娜，也对得起你的大姐、二姐。"

这时，单说都木琴妈妈傻在那儿块了，一看，白姑娘已降到人家那边去了。原来她是靠着白姑娘，觉得她真厉害，除了"图泰"大人以外，那就是白姑娘，能独当一面呀，刀剑一耍起来哪个能抵得住呀。这回她站到人家那边去了，都木琴妈妈没咒念了，立刻就瘫到那儿了。乌伦巴图鲁看到这种情况，告诉小文强："你放手吧，不用管她了，她不敢怎么样。"文强松开了手，站在一边。

都木琴的耳朵掉了，血还淌呢，心里想，这回可遭了，可能要剁我了。乌伦就说："都木琴，你知道不知道你有罪。附近不少的部落，都受到你的祸害，这些年，你横行霸道，说撵就撵，说杀就杀，你欠下多少债？你知罪不？"都木琴哆哆嗦嗦地啥话也说不出来，现在只求别杀了我就行，她低着头连声说："我有罪，有罪。"乌伦说："耳朵掉了不要紧，就掉了一个耳朵吧，我们并没杀了你，你是罪有应得，是你自己找的，我们跟你说好话，你不听，敬酒不吃，吃罚酒。你不要装，赶紧站起来，不站起来，我让他割掉你那个耳朵。"都木琴妈妈吓坏了，赶紧爬起来，一声没敢出。乌伦说："现在把你藏的、我们要的罪犯都给我叫出来。藏在哪了？你快说，你要不说，我还在你身上治罪。"

这时候都木琴妈妈可软了，像绵羊了，不再那么硬气了，忙叫蹲在地下的那个人赶紧叫他们出来。叫刘大人他们出来，我受不了。门里边的人往里头传，请刘大人、潘大人赶紧出来。喊了半天，里头人还是不出来。乌伦巴图鲁就告诉三巧、文强，你们进屋去，把他们搜出来。

这时，三巧和小文强就进了屋，不大一会儿搜出来四个人，有醉八仙刘佩，这回刘佩可不像以前趾高气扬、腆个大肚子了，低着头，哆哆嗦嗦地走出来。

第二个，吓得魂都没了，是潘天豹，自从听说三巧来了，就吓坏了。他想这回算完了，没想到我的命就要没有了。那时卡布泰和三巧跟他说，你再要犯事，还要砍你另一只胳膊。当时都木琴妈妈喊他们出来时，他就没敢出来。这次三巧进屋了，他吓得把头钻到草堆里去了，屁股露在外边，文强用脚一踢，就露出来了，一看是独臂潘天豹。巧云就过去说："好你个贼人呀，你还敢反抗，剑已经砍掉了你一只胳膊，难道你还想让我们削掉那只胳膊？这次说啥也不饶你了。"把潘天豹吓得都尿裤子了，直哆嗦地说："奶奶，饶命，饶命，我是没法子，我是让马大人逼的，我不想干坏事呀，可我没法办呀，我不来不行啊，他们把刀压在我的脖子上，不来就没命了，是他们逼着我过来的！"三巧说，你给我出去。他哆哆嗦嗦地跟着刘佩低着头出来。

还有两个人，坐在正厅上，闭着眼睛，是两个罗刹人。一个叫罗吉采夫，是东正教的牧师，到处传教，到处干坏事。还有一个叫柳果罗夫，也是来传教的，他们为了扩大教徒的力量，秘密来大清国传教。这两个人脖子上还戴着十字架，小文强咔嚓就把十字架拽下来了，用刀指着他们。这样四个人都出来了，文强出来就跟乌伦说："乌伦叔叔，我们查清了，就这四个人，都在这儿呢。"乌伦就问都木琴妈妈："都木琴，是不是他们几个，还有谁没出来，你隐没隐瞒？"都木琴说："是，是，就这几个人，如果再有，我情愿被治罪。"就这样，他们把这四个人全都捆上了。

乌伦巴图鲁让都木琴把部落所有的人都召集出来。只要都木琴的牛角号一吹，整个部落的人都来了。乌伦巴图鲁让蹲在地上的人都站起来，把旁边的尸首抬到一边，地上的血用土盖上。然后，让都木琴把部落的男女老幼都召集过来，人站满了整个大院。三巧回到林子里，把几匹马牵来，因为那是秘密点，这时天已快亮了。乌伦巴图鲁让三巧到各处查查，还有没有不来的人。乌伦巴图鲁详细地向部落里的人讲，这次受皇命，大清国的巡查使图泰大人来了，我们是图泰大人手下的参将。另外告诉他们，你们受骗了，过去认识的那些人，正是我们这次来抓的贼人，图泰大人现在就在潘家寨，将来会见到的。你们说的图泰，他不是图泰，是贼人，他是打着图泰的旗号骗你们的，现在很多坏事，都是他干的。我们这次受皇命，就是来抓他的，他叫马龙，不信你们问问三丹丹，三格格，她都知道。乌伦转过身对三丹丹说："丹丹，你说一说，你见到的那个人是图泰还是马龙？"这时候，丹丹就说了："他不是图泰，图泰我不认识，他是马龙，他是穆彰阿大人的总管。"三丹丹当场做了证明。

这时，都木琴妈妈才知道自己上当了。她上了当，不等于没罪，她当然有罪。乌伦就把都木琴妈妈，这些年的罪过一个一个都点出来了，怎么到处搜刮民财，怎样欺压弱小部落，对其他部落说杀就杀，说烧就烧，使他们叛国，跑到罗刹那边去了。另外，不经大清王朝的同意，随便把罗刹的牧师请来传教，这本身就是违法行为。这事一讲，使大家就明白了，这些年来，只听都木琴的话，别人的话谁敢听呀，说杀就杀，说关进牢房就关进牢房。

乌伦巴图鲁说："现在我们要带都木琴到潘家寨去，听候审判。你们部落的事情，暂时各自自理，以后再说。谁要敢在这期间做些反叛的事情，我们格杀勿论。大家看到了，刚才那些死尸，就因为我们讲了多少次，说了多少话，他们就是不听，那是他们可耻的下场。"大家都吓得目瞪口呆，这几个人横刀立马站在那，朝廷来的哪敢惹呀？人就是这样，狗仗人势，现在一看，头领完了，力量不强了，自己已经垮下来了，谁还跟着她呀。有的蹲下来说：我们一定听天朝的，我们一定做天朝的顺民。乌伦巴图鲁说："好，我们现在要回去禀报图大人，在这两天都木琴不在的时候，你们要好自为之。"

就这样，乌伦他们把都木琴给带走了。乌伦让都木琴骑上一匹马，另外，把潘天豹也给绑上了，吊在马背上，醉八仙也绑在马上，还有两个俄国的牧师，罗吉采夫和柳果罗夫，这两个随便传教的坏人，也给绑上，押解到潘家寨。这块儿就暂时平息下来。

话要简说，他们很快就回到了潘家寨。这时，天已大亮，旭日东升。图泰出来迎接，一看他们胜利而归，该擒拿的人都拿来了，而且还见到了三丹丹，图泰心里别提多高兴了。三丹丹已回心转意，站到大清朝一边，跟她二姐站在一起。这事先没想到，是这次一个很大的收获。他们遵照图泰的命令，把这几个犯人各押一个屋，不让他们在一起，使他们互相没法串供。当然，照顾都挺好，图泰特别嘱咐，一定要以礼相待，对俄罗斯人，我们更要好好款待，看出咱们大清国从来是以礼待人，我们不做那些苟且之事。所以，给两个牧师特意安排两个更舒适的屋，还给他们预备了牛奶、面包，有专人侍候。

安排好以后，图泰跟乌伦巴图鲁商量，咱们要抓紧审讯，一定从这些人嘴里了解我们想要了解的事情。乌伦说："对，咱们抓紧进行。"他们吃完早饭以后，选另一个屋子，做一个专门的审讯屋，门口由卡布泰把守，两边站着兵丁，由黑龙江将军派来的护兵保护，整个严阵以待，显得庄严，肃穆。屋里设了大堂，图泰坐在正座，旁边是乌伦巴图鲁，他们的下侧就是富凌阿，他是受瑷珲副都统指派，又懂得多民族的语言，对下头情况比较熟悉，由他来做书记官，协助审判。图泰说："咱们在审潘天豹和刘佩时，可以请三丹丹参加。如果她愿意听，也把她请来。"三巧到屋里跟三丹丹商量，三丹丹挺愿意听，因为有些内幕她也不清楚，她只是听马龙说的。一听说让她在旁边听审判，就欣然接受，跟三巧一块儿出来了。图泰让三巧、三丹丹和文强坐在两边，一切准备工作就绪。

这时图泰让卡布泰先把潘天豹带上来。卡布泰得令以后，就领着护兵，进了潘天豹的屋。潘天豹被五花大绑着，把他提到审判的大堂。卡布泰说："跪下。"潘天豹这时都吓傻了，抓他的时候，都尿裤兜子了，心想，这回小命算完了。卡布泰一推就把他推到大堂的正中央，扑腾一声就倒下了。前头有个桌子，桌子后头坐着的是图泰大人，还有乌伦大人，这边坐着三巧和三丹丹，那边坐着的是文强，还有一个偏小桌，坐着的是富凌阿，两边还有四个护兵，一边站着两个，手都握着刀，刀插在刀鞘里，眼睛都紧盯着趴在地上的潘天豹。潘天豹要敢于反抗的话，他们随时都可以抽出刀来。另外也防备从外头冲进坏人，这四个兵勇两腿一叉开，往那一站，造成一种非常威武的气势。

潘天豹这时眼睛稍微一瞅，又吓了一跳，赶紧把头缩回去，不敢往上瞅。图泰在桌子后面一坐，声音洪亮，非常有力地说："潘天豹，你好大胆，贼心不死，你还在作恶！我们以宽容为怀，朝廷本来不记前仇，想让你改邪归正，你竟敢暗地与朝廷作对。你说，你这次干什么来了？你如果有半点虚报和谎言，本大人就地正法，你知道不？我巡察使是受皇恩钦命而来，有处置的权力，对你可以就地正法。我们不仅能够处置你，如果你罪恶严重，我们连你家都可以抄斩，所有家产全部没收。你好好想想，现在你的出路只有一条，老实交代，你干什么去了？不许撒谎，听见没有？"

潘天豹趴在地上，哆哆嗦嗦，跪不像跪，趴不像趴，一只手夹在那儿，就像一条夹尾巴狗一样。图大人说完之后，潘天豹没出声，图大人又喊一声"你听见没有？"潘天豹声音颤抖地说："小人听到了，听到了。""那你说说，是怎么回事？让你老实在家待着，不许动，你为什么还出去？当时卡布泰大人和三巧她们已正式告诉你，你要动弹，有什么事，必须立即向我们报告，你为什么私自出去？要知道，我们早就监视你了，知道你这小子是改不了的。你以为你聪明，我们早就注意了。你快说，不给你更多的时间，要不然我就命令人，先把你脖子抹了，你的脑袋留着没用，趁早埋在那块儿，喂我们大清的土地，不要你这个脏货，败类。是你亲手害死了我们朝廷的命官，穆大人，这个账我们还没找你算呢，你现在是旧账没算，又添新账，你真是贼心不死，快说！"

图泰这几句话，使潘天豹感到不说不行了，没有第二个出路了，那一刀砍下来，他是知道的，都疼昏了，再砍一刀，连脖子都没了。这时潘天豹只好如实地说："我们是受马大人之命。"图泰说："混蛋！狗仗人势，什么马大人？""是马师傅。""什么马师傅，他叫什么名字？""叫马龙，我们受他之命，他逼着我们去的。""干什么去的？""他让我们到各个部落，哎呀小子不敢说了。""快说，怎么的？""马龙让我们到各部落煽这个风，说是图泰带大清的人，现在要撵他们走，要杀各个部落的人，让他们对大清朝都记恨在心。马龙还装扮成图泰大人的身份，到处杀人放火，让我们做他前头的引路人。我不去不行，脖子上有马龙的刀压着呢。"图泰说："你不要推托自己的罪责，你本身要不臭，蛆也不能往身上爬，你始终对朝廷怀恨在心。那么我问你，潘天虎为什么不去呀？""实话跟大人说吧，大人，我哥这个人有点窝囊，小的我是有点怀恨在心，总觉得不服气，就这样，听了他的话，我有罪呀，这回把事都说了，饶我一命呀！"

图泰再细问的时候，潘天豹一口一个其他事真不知道。图泰又转个话题，问他："那么你怎么和刘佩合伙到一起的呢？"他们互相之间钩心斗角，自己觉得泥菩萨过江自身难保，潘天豹为了立功，为了免得一死，就说了："我不太知道，那天是刘佩到我这儿来的，可能他还有什么事，没告诉我，他说给谁办什么喜事。""什么办喜事？""说是给马龙，马龙来这儿要办什么喜事。""什么喜事？""具体情况他不告诉我，他是为了办喜事，来这儿找都木琴妈妈，跟她要什么东西，为这个来的。我们俩一路来的，他当然也有这个任务。他到处讲，图大人特别坏。图大人，你问我就如实说了，我真没说图大人什么坏话。我是昨天晚上刚来的，啥事还没办呢。我要是撒一点儿谎，天打五雷轰，就地不得好死！"

图泰说："你还有什么说的没有？""没有了，我刚来，就这个情况，你要细问，大人，你就问刘佩吧，刘佩可能还有些事，听说，他是杜察朗大玛发派来的，具体情况我不知道。因为我们也不敢出去，我就在家里待着，我哥哥也管着我。但是我总是不死心，这次我就出来了，看他们势力挺强，我又走上坏道了，现在败子回头金不换，我能回来，还能做好事，一定做大清朝的好臣民。"图泰说："不要说了，你不要往自己脸上抹粉，对你的好坏，世人自有公论。你还有什么说的没有？"潘天豹说："没有，小的全都说了，请查吧，查查我说得对不对。"图泰命令卡布泰把他拉下去。就这样，潘天豹被拉了下去。

图泰又命令卡布泰，把刘佩给我押上来。卡布泰喳的一声，领着护兵把刘佩押上来。刘佩这小子鸡蛋掉油锅，是个滑蛋，他自己上次就溜出去了，那个匾是他背出去的。但抓他的那天，他想卡布泰这些人肯定不会善罢甘休，他藏起来就没敢露面。那几个小子露面了，结果全都被杀。这次他等于自投罗网。卡布泰把他推进来了，刘佩假装镇静，不像潘天豹那么窝囊，还显出自己以往的侠客派头。进来以后挺着大肚子，留着络腮胡子，胸脯子敞着，奶头上长着长毛，腰带子系着，勒到肚子底子，穿着大靸鞋，就像一个散在的佛家的打扮，慢慢地走进来。把卡布泰气坏了，他奶奶的，你显示什么呢？一脚踹下去，他一个跟斗抢到那儿，"进去吧，装什么蒜！"刘佩没想到这一招，卡布泰那么胖，又有劲儿，那一脚多厉害。他没有防备，好悬把肚子摔两瓣了，肚子马上刮出血了，脑袋差一点儿没撞到桌子角上，扑通一声倒在地上："哎呀，你们干什么？"旁边几个护兵把他一拎："你赶紧跪下，装什么蒜！"

图泰说："刘佩你知罪不？你参与谋杀朝廷命官穆大人，这个账还没跟你算呢，你又把我们官家行在驻所的匾给偷走，这些事情，我们该判你罪。可你贼心不死，还继续做坏事，你知罪不？"刘佩大大方方，根本不在乎，没有出声。图泰知道，这小子可能是鬼透了，不给他点厉害不行。这时卡布泰和护兵都在门口站着，图泰眼睛瞅一下卡布泰，卡布泰完全明白，他从兜里拿出匕首，到刘佩的跟前。刘佩很傲慢，用斜眼瞅他，意思我还没瞧得起你，什么巡查使啊？没什么了不起的。不行的话，我到俄罗斯那边去，罗刹那边要我们，他们都有这个想法，脚踩两只船，因为罗刹已许了这个愿。那几个人受害时他没在跟前，他不知道大清国这些将领的威风劲儿，所以，他这会儿根本就没瞧得起，仍然装出很镇静、威武不屈的样子。

卡布泰过去，他没理他，卡布泰把他耳朵一拽，他的匕首相当快呀，刺啦一下子，把他耳朵割下一个。这个刘佩根本没想到，他认为自己是美男子，头上还梳着明朝的小抓头，道士打扮，后边有个小辫子，两个大耳朵呼扇着，显出一种佛像。卡布泰割掉他一个耳朵，血哗哗淌，他哎呀一声。卡布泰把耳朵往他跟前一扔，大声说："刘佩，你再敢在大厅上放肆，我就把你那个耳朵也削下来，不够的话，我就削你的鼻子，要知道，你是罪有应得，谋害我们朝廷的命官，本应该处死你，知道不？现在我们没这么干，是给你一条出路。"图泰说："卡布泰不要说了，你先站到那边。"卡布泰听大哥的话，就过去了。

这时刘佩疼的，手捂着耳朵，满手都是血，他又胖，耳朵又大，割下的口子相当大了，能不疼嘛，那血淌的，捂也捂不住。弄不好，那个耳朵也割下去了，没有耳朵多难看，还什么佛像呀，不定变成什么吓人的模样呢。这时候他害怕了，哎呀、哎呀地叫。图泰说："不要叫！卡布泰赶紧命人拿来布给他缠上，让他交代事情，他要不说，你就割下那个耳朵！"刘佩一听，看起来图大人同意他割，可吓坏了。这时来了两个人，给他上了止血的药，像面粉子似的，往耳朵那一撒，这药既解疼，又止血，用布把他耳朵那缠上，可难看了，脸上只露出两只眼睛，眼睛中间斜缠一块布。图泰就说："刘佩，你赶紧讲，现在给你个机会，你要知道，你是有罪的人，你本应该和那几个人一块儿被处死的，那几个人都死了，你知道不知道？""知道，知道。""我们现在给你个机会，如果你要不说，我们就立即处死你，因为你已是犯死罪的人，早就应该处死，你知道不知道？"

刘佩呀，这时候就蔫了，不敢那么趾高气扬了，这一刀子，把他所有的威风全杀没了，老实多了，就说："大人，我知道我有罪。"图泰说："既然你知道你有罪，说说你这次干什么来了，从实招来。如果你讲好了，本大人可以网开一面，上奏朝廷，可以免你一死，也可能给你安排将来的出路。如果你想鬼混过去，那是休想。你说，你这次来是什么任务，什么差使，受谁之命，来这儿做什么的，为什么要去猎子部，都干了什么勾当，什么时候去的？"刘佩说："我跟潘天豹已来五天了。"

图泰和乌伦一听，潘大豹还在撒谎，潘天豹说昨天晚上去的，等于他也是昨天晚上去的了，好像脚前脚后。刘佩一讲，他俩露出了破绽，实际上，他们俩是五天前就去了，潘天豹说的很多都是谎话。图泰心里想，潘天豹这人作恶多端，到现在还是谎话连篇，他硬说是昨天来，根本说得不对。再问刘佩："刘佩，你说说，你们是哪天来的？"刘佩说："确确实实，我们是五天前来的。""都跟谁一块儿来的？""小的不敢说。""为什么不敢说？你不想要那个耳朵了？""我说，我说。"

这个时候刘佩就怕卡布泰来，卡布泰一来，再削掉那个耳朵，可就完了。图泰说："快说！你跟谁来的，来这儿做什么？"刘佩就说："小的不敢说呀，因为来的这个人，您知道，他就是京师穆彰阿大人身边的武师、护卫马龙，马师傅。但是，他当着下头各部落的面，从来不承认自己是马师傅，也不叫自己是马龙。""他叫什么？"刘佩说了："大人，您千万不要生气，我说了，冒犯了您的名讳呀，他是借着图大人您的名字，做坏事的，他总是打着大清朝图泰的名字到处干坏事。我们来的时候，对下边的部落都说是大清朝的官员，是跟着图泰、图大人来的。所以，这块儿不少的部落，都知道图泰，不知道马龙，很多事都恨在大人您的身上了，小的有罪呀。这事不怨我，是马龙干的，是他逼着我干的。""你少说这些，你自己也干了不少坏事，马龙有马龙的账。你说你这次干什么来的？"刘佩说："我这次跟着来，是个随从，没有什么事。""你撒谎，随从还用找你吗？马龙身边也不是没有人，他为什么带着你，而且他本身武术高强，你的武术能比过他吗？要你干什么，他的徒弟哪个不比你强，你以为马龙的情况我不知道吗？马龙要你肯定另有用处。我们已知道你干什么来了，刚才潘天豹已经讲了，你还敢隐瞒吗？"

刘佩这时想，潘天豹这个小子，好张扬自己，看起来像个英雄似的，咋咋呼呼的，但是这小子胆小如鼠，昨天他就没敢出来，猫起来了。刘佩瞧不起他，遇事就害怕，是个窝囊废。想到他为了保自己命，肯定什么事都讲了，很多事可能也咬到我身上来了，潘天豹决不会守口如瓶，不会，为了保自己活命，什么事都能说，有的讲，没有的也会讲。我趁早还是说吧，想不说也不行。他一看图泰是个挺精明的人，他们不把事情弄明白，誓不罢休，趁早把事情说了吧。就这样，刘佩半天不讲话，折腾来折腾去，图泰问他，他吞吞吐吐，另外，乌伦巴图鲁也插话，就这么从中听出些漏洞。

刘佩越想越觉得潘天豹这小子不可靠，有的可能推到我身上了，我得澄清一些事。于是脑袋一转就说："图大人，我把事告诉你们，我说的可都是正事，咱不能胡说，有就是有，没有就是没有。"乌伦巴图鲁说："刘佩呀，你就说吧，不用讲这些，你讲的是真是假，我们都知道的。"刘佩就说："我这次来呀，主要是受杜察朗大玛发之命，是陪着马龙大人一块来的。"图泰就问："你们干什么来了？"刘佩就说："具体干什么事，我不清楚，我们反正是跟着马龙一块儿来的，马龙叫我们干什么，我们就干什么。"

这时坐在旁边的三丹丹憋不住了，她就问一句："刘佩，你现在还没说实话呀，你说是我阿玛让你来的，你是做什么来的，你不说是办彩礼来的吗？""什么彩礼？"三丹丹又给揭了底。图泰就说："对呀，三格格讲的是实话，你办什么彩礼来的，还想隐瞒吗？"刘佩一看，事情全糟了，连杜察朗的姑娘都帮助挤这事，还能瞒着吗，就说："这事我确实有罪，但具体情况我不知道，是杜察朗大玛发要把谁聘给马龙，马教头，马龙来这儿要娶媳妇。"图泰就说："马龙不是有夫人吗？这你们都知道啊，不就是穆彰阿大人的姑娘吗？他已经有了琪娜格格，怎么还要娶亲？是这回事吗？"刘佩说："我们知道这事，他可能要娶个二房，小夫人。""娶谁？"刘佩就说了："这事杜察朗大玛发不让说。"可把乌伦巴图鲁气坏了："刘佩，你还在耍花招。你不是啥事都说吗，怎么到关键的时候就不讲了？要把谁聘给他？"图泰也说："你快说，这样支支吾吾的，一到关键的时候，就不讲了，你是要找死啊？卡布泰你过来。"刘佩特别怕卡布泰，一听卡布泰的名字，身上直哆嗦，只好就说了："听说要把二丹丹嫁给马龙，要办这个喜事儿。"

这句话一说出来，屋子里哄的一下子，最震惊的就是乌伦巴图鲁，把他气坏了。图泰也一惊，这是想不到的事情。坐在旁边的三丹丹也不知道这个事。她这次来是受额莫柳米娜之命，让她赶紧来找她的二姐，不知到什么地方去了。柳米娜还真愿意二丹丹嫁给乌伦巴图鲁，那是正经人哪，是大清的命官，心里非常高兴。三丹丹心里也暗中高兴，我大姐到了京师，嫁了名门之家，我二姐这次也嫁到京师，也是名门之家，她对她两个姐姐的安排都特别满意。

前几天，三丹丹听说二姐失踪了，还以为清朝的官员干了什么事情，姐姐是被人害的。以前，三丹丹是这么怀疑的。杜察朗大玛发把一切责任都推到卡布泰这些人身上，说他们心怀叵测，害了我的格格。这些舆论造出去了，柳米娜心中不托底，就问自己的丈夫，杜察朗大玛发从来不说实话。她也知道，从丈夫那儿找不到一句可信的话。她把希望寄托在小女儿三丹丹身上，让三丹丹想法，明着是跟你阿玛去了，暗地里找找你二姐，这是我最惦记的。你们三个都是我的心肝宝贝，咱们在这能过就过，不能过，就离开你阿玛，回俄罗斯去，省得在这儿整天提心吊胆的，这是柳米娜的想法。三丹丹是个好心人，很正直，虽然她阿玛挺坏，可她帮助二姐办了不少好事，也帮助清朝的官员办了不少正义的事。这一点云、彤二老，包括图泰、乌伦巴图鲁的心中都有数。这样就把他们一家人分出来。他们一家人也挺怪，互相之间真是天壤之别，各人的抱负和品德都不一样。

刘佩的话一说，三巧也很吃惊。我们现在正在找二丹丹呢，怎么，她阿玛要把她改嫁？图泰大人就说："快说，这事情准吗？你是胡说八道，信口雌黄，还是真有此事？如果你在这儿信口雌黄，我就地正法你。你快说，把前因后果说清楚！"刘佩跪在地上，只好竹筒子倒豆子，直说了："图大人，我讲的是实话，具体究竟什么时候娶，怎么个娶法，二丹丹在什么地方，小的一点儿不知道。我对天起誓，将来大人可以调查，你们像青天大老爷一样，对事情会查个水落石出，看看我刘佩说的是真是假。我这次跟马龙来，实话告诉你，主要两件事，一件事就是我受命，把两个俄罗斯的牧师带到这边来，他们说要传教。这两个人情况我不清楚，这是杜察朗大玛发给我个别面授机宜的事情。因为马龙怕他们遇着清朝的官员，不安全，由马龙跟他们一块儿来。有马龙保护着，一路就安全。第二件事，也是杜察朗大玛发的安排，为的是把马龙的喜事办好，让我来这采购一些办宴席用的食品，就像熊掌，还有鹿茸和各种吃的野味、土产，包括蘑菇这些东西。还直接告诉我，要鹌鹑多少只，山鸡多少只，鹿多少头，另外还要山羊。为这个事儿，我找都木琴妈妈，让她给安排。等明后天东西齐备了，我们就走，我们主要是干这个事来的。"

这件事情清楚之后，图泰又问："马龙他们到各部落烧杀抢掠，冒充我的名号，干些坏事，你参与没参与？"刘佩说："实情禀报图大人，要知道马龙，能耐很强，他身边也有些人，他根本用不着我们做这些事。我们主要是借他们的光，保护自己。正因为如此，马龙待了两天，挑起了部落之间的争斗，就说这是图大人你们一伙人干的事情，他们达到这个目的以后，就走了。马龙没敢在这待呀，只住了一宿，两个白天，匆匆就走了，我们都不知他什么时候走的。可能都木琴妈妈知道，有些事你们可以问都木琴妈妈，我们确实不知道。为啥我们俩在这儿停留，我们俩就等着都木琴妈妈给我们备办的东西，备办齐全了，我和潘天豹就押解车辆回去。"

图泰一听刘佩说得也有道理，不管咋的，刘佩讲的，听起来合乎情理，也就没再细问他。这时候三丹丹着急了，马上就说："图大人，你想办法，赶紧把我二姐找到啊！我额莫白天夜里都想她，我这次来就是为了找她。"图泰说："三格格，你放心，你想的事，也是我们惦记的事。这两天我们正抓紧时间办呢。"三格格的话也说到乌伦巴图鲁的心里去了。乌伦巴图鲁现在好像万箭穿心一样，一听到杜察朗让他的爱妻二丹丹改嫁给马龙，马龙是什么人？那是个淫贼，是玩弄女人的人。他祸害了多少女人！他真恨杜察朗大玛发，简直是黑了心，把自个儿女儿往火坑里推，真该千刀万剐。他完全同意三丹丹的想法，必须尽快救出二丹丹。一定在马龙办喜事之前把二丹丹救出来。不能让她陷入虎口，这是乌伦巴图鲁的心情。

图泰这时命令卡布泰把刘佩带下去，刘佩磕了个头，刚要走的时候，图泰就大喊一声："刘佩！"把刘佩吓了一跳，慌忙扭过身来，赶紧跪下说："大人还有什么事？"图泰就说："你刚才讲的话，自个儿能负责吗？"刘佩赶忙说："小的讲的，全是实话，没有谎言。"图泰又问："你还有什么话，告诉本官吗？你如果能给我们提供一些有用的情况，我们会从宽处理，你听清没有？"刘佩说："听清了。""那你再说说，还有什么话，应该告诉本官。"

刘佩想一想就说："回禀图大人，小的认为，我只知道些表面的事，内情不清楚。有些事，图大人还是多了解一下都木琴妈妈，我们到她这地方来，觉得确实很诡秘，有些事我们也不清楚，我们住的地方分了好几等，我跟潘天豹住在一个屋。但不知道，那几位俄罗斯牧师住在什么地方，她从来不告诉我们。所以有些事情，你问一下都木琴妈妈，这就是我一句最真心的话，向大人禀报。"图泰说："知道了，你下去吧。"卡布泰把刘佩领下去了。下去的时候，图泰又嘱咐卡布泰，而且让刘佩听着，让他在那屋安心歇息，并把他身上的绑绳去掉，这对刘佩来说，真是一个很大的奖赏。

刘佩开始来的时候，还装着自己很强，不服气的样子，结果耳朵被割掉一个。后来刘佩还真说了点儿实情，几件事情，对图泰来讲非常重要。图泰心里想，看起来刘佩比潘天豹老实，就故意拉了他一下，用软的办法，把他绑绳去掉，让卡布泰在外边严格把守，别让他跑了。在屋里还要款待他，让他跟朝廷靠进一步，为咱们多做一点儿事情。卡布泰完全明白呀，把刘佩带下去以后，让兵丁把刘佩那屋重新收拾干净，又给送去了茶水，就像自个儿有个卧室一样。只是不能出去，外头有很多兵丁把守，这已经不简单了，刘佩心里挺感激，这就不说了。

咱们还说图泰，审完了潘天豹和刘佩以后，图泰稍稍停了一下，他想得比较细，就向在座的各位讲了自己的所有的想法。这时他又把卡布泰叫进来，让他也听听他的想法。图泰说："从咱们审问这两个贼来看，第一，我们已得到了非常重要的线索，看来杜察朗大玛发来这里还有些秘密的活动，我们现在还不清楚。第二件事，马龙很嚣张，现在他的窝巢在什么地方，我们还不清楚。第三点，二丹丹有些线索，她现在还活着，而且杜察朗大玛发又要使计谋，用自己的女儿，拢住马龙，他们要干一件非常卑鄙的事情。第四点，现在我倒想了一件事，也就是刘佩最后讲的那句话，看起来，他是诚心的，他还真想赎罪，保全自己的狗命。他不说了吗？让咱们很好地问一下都木琴妈妈。从我们昨天在婆婆离妈妈那里了解的情况看，獴子部都木琴他们这些年干些勾当，和马龙的关系，和俄罗斯牧师的关系都不寻常。我现在初步判定，都木琴这块儿有很多的事情我们还没弄清楚，包括部落里秘密的事情还不清楚，所以我想先不审她。我倒想，乌伦巴图鲁，咱们是不是再到獴子部那儿去一趟，从里到外，调查一下他们的情况。因为前次我们去了，他们已经受到了很大的震动，何况，他们的头领已经在我们手里了，那里已有我们的兵丁在秘密监视着，咱们就趁热打铁，赶紧去人，到那儿彻底搜查一下，先到都木琴的家，任何东西都要查一遍，力争掌握更多的线索和情况，也可以访问一些人，然后回来再审问都木琴。为什么俄罗斯的牧师到她那儿去，特别是刘佩又讲，她住的地方不跟他们在一起，连刘佩都不告诉，为什么这么诡秘？这里究竟是什么原因？有那么些部落，为什么光到她那儿去购买宴席的土产？另外，潘天豹他们为啥跟她的关系这么近？我倒有个问号，穆哈连大哥被暗害，与都木琴那个部落有没有关系？他们是否也参与了？这些问题，我现在脑子里是越想越多。"

大伙儿都静静地听着图泰讲的话，心里不断地琢磨着事儿。图泰说到这儿以后，又跟三丹丹说："三丹丹，三格格，我们对你的印象很好，我们从来没把你和二丹丹跟你的家里人一样看待。在没来之前，我的兄弟就是这样说的，你都知道，也感谢你对我们的帮助。虽然你这次来受他们的挑唆，也可能杀了一些无辜的人，因为你年轻，幼稚，容易上当，这些事情我们能够理解，也能够宽恕你。知道你现在心里挺难受，这些账，三丹丹哪，都要算在马龙和你阿玛杜察朗的身上，是他们干的坏事。现在你都听到了吧，是你阿玛杜察朗大玛发要把二丹丹改嫁出去，拿自己的姑娘做交易，你说这事能想到吗？"

这样一说呀，三丹丹的眼泪马上就淌下来了，低着头呜呜地哭。这几天她到处找她二姐，问了好多人，都说不知道。问马龙，马龙说，肯